SÉRIE OS INSTRUMENTOS MORTAIS

Livro 1 – Cidade dos Ossos
Livro 2 – Cidade das Cinzas
Livro 3 – Cidade de Vidro
Livro 4 – Cidade dos Anjos Caídos
Livro 5 – Cidade das Almas Perdidas
Livro 6 – Cidade do Fogo Celestial

SÉRIE AS PEÇAS INFERNAIS

Livro 1 – Anjo Mecânico
Livro 2 – Príncipe Mecânico
Livro 3 – Princesa Mecânica

O CÓDEX DOS CAÇADORES DE SOMBRAS

AS CRÔNICAS DE BANE

OS INSTRUMENTOS MORTAIS

CASSANDRA CLARE

LIVRO 3
Cidade de Vidro

LIVRO 4
Cidade dos Anjos Caídos

edição de colecionador

TRADUÇÃO DE RITA SUSSEKIND

1ª edição

— Galera —

RIO DE JANEIRO
2015

CIP-BRASIL. CATALOGAÇÃO NA FONTE
SINDICATO NACIONAL DOS EDITORES DE LIVROS, RJ

C541c

Clare, Cassandra
   Cidade de vidro + Cidade dos anjos caídos / Cassandra Clare; tradução Rita Sussekind. — 1ª ed. — Rio de Janeiro: Galera Record, 2015.
   (Os instrumentos mortais; 3 e 4)

   Tradução de: City of glass + City of fallen angels
   Sequência de: Cidade dos ossos + Cidade das cinzas
   ISBN 978-85-01-10315-4

   I. Ficção americana. I. Sussekind, Rita. II. Título. III. Série.

14-18440
CDD: 813
CDU: 821.III(73)-3

Título original em inglês:
City of Glass | *City of Fallen Angels*

Copyright Cidade de vidro © 2009 by Cassandra Clare, LLC
Copyright Cidade dos anjos caídos © 2011 by Cassandra Clare, LLC

Os direitos desta tradução foram negociados mediante acordo com a autora
a/c BAROR INTERNATIONAL, INC., Armonk, Nova York, EUA

Todos os direitos reservados.
Proibida a reprodução, no todo ou em parte, através de quaisquer meios.
Os direitos morais do autor foram assegurados.

Projeto gráfico de miolo: Renata Vidal da Cunha
Capa de Leonardo Iaccarino sobre padronagem de Rafaella Machado
Texto revisado segundo o novo Acordo Ortográfico da Língua Portuguesa.

Direitos exclusivos de publicação em língua portuguesa somente para o Brasil adquiridos pela
EDITORA RECORD LTDA.
Rua Argentina 171 — Rio de Janeiro, RJ — 20921-380 — Tel.: 2585-2000,
que se reserva a propriedade literária desta tradução.

Impresso na China

ISBN 978-85-01-10315-4

Seja um leitor preferencial Record.
Cadastre-se e receba informações sobre nossos lançamentos e nossas promoções.

Atendimento e venda direta ao leitor:
mdireto@record.com.br ou (21) 2585-2002.

EDITORA AFILIADA

LIVRO 3

Cidade de Vidro

Para minha mãe.
"Conto apenas as horas que brilham."

*Longo é o caminho
E árduo, que do Inferno leva à Luz.*

—John Milton, Paraíso Perdido

parte 1
Faíscas Voam para Cima

*O homem nasce para a tribulação
como as faíscas voam para cima.*

—*Jó 5:7*

Capítulo 1
O PORTAL

O frio da semana anterior havia chegado ao fim; o sol brilhava intensamente enquanto Clary corria pelo quintal empoeirado da frente da casa de Luke, com o capuz do casaco levantado para impedir que o cabelo voasse no rosto. O clima podia ter esquentado, mas o vento do East River ainda podia ser brutal. Soprava com um leve aroma químico, misturado ao cheiro do asfalto do Brooklyn, gasolina e açúcar queimado da fábrica abandonada no fim da rua.

Simon estava esperando por ela na varanda da frente, sentado em uma poltrona quebrada. Estava com o Nintendo DS equilibrado nos joelhos cobertos pelo jeans e o cutucava diligentemente com a caneta.

— Ponto — disse ele enquanto Clary subia os degraus. — Estou detonando no Mario Kart.

Clary tirou o capuz, balançando a cabeça para tirar o cabelo de cima dos olhos e em seguida remexeu nos bolsos procurando as chaves.

— Onde você estava? Passei a manhã inteira tentando te ligar.

Simon se levantou, guardando o retângulo iluminado na bolsa estilo carteiro.

— Estava na casa do Eric. Ensaio da banda.

Clary parou de forçar a chave na tranca — sempre emperrava — por tempo suficiente para olhar para ele.

— Ensaio da *banda*? Quer dizer que ainda está...

— Na banda? Por que não estaria? — Ele esticou os braços em volta dela. — Aqui, deixa que eu faço.

Clary ficou parada enquanto Simon girava a chave com conhecimento de causa, usando a quantidade certa de pressão e fazendo a tranca teimosa se abrir. A mão dele encostou na dela; a pele estava fria, da temperatura do ar lá fora. Ela estremeceu um pouco. Tinham acabado de desistir de tentar um relacionamento romântico na semana passada, e ela ainda se sentia confusa cada vez que o via.

— Obrigada. — Ela pegou a chave de volta sem olhar para ele.

Estava quente na sala. Clary pendurou a jaqueta no gancho do hall de entrada e foi para o quarto de hóspedes, com Simon atrás. Ela franziu a testa. Sua mala estava aberta como uma concha de marisco na cama, as roupas e cadernos de desenho espalhados por todos os lados.

— Pensei que você só fosse passar alguns dias em Idris — disse Simon, assimilando a bagunça com um singelo olhar de desalento.

— E vou, mas não sei o que levar. Quase não tenho vestidos e saias, mas e se eu não puder usar calça lá?

— Por que não poderia usar calça lá? É outro país, não outro século.

— Mas os Caçadores de Sombras são tão antiquados, e Isabelle sempre usa vestidos... — Clary parou de falar e suspirou. — Não é nada. Só estou projetando a ansiedade com relação à minha mãe no guarda-roupa. Vamos falar de outra coisa. Como foi o ensaio? A banda ainda não tem nome?

— Foi legal. — Simon pulou sobre a mesa, ficando com as pernas penduradas de um lado. — Estamos considerando um novo lema. Uma coisa irônica, como "Vimos um milhão de rostos e encantamos mais ou menos oitenta por cento deles".

— Você contou para o Eric e para o resto deles que...

— Que sou um vampiro? Não. Não é o tipo de coisa que você comenta numa conversa casual.

— Talvez não, mas eles são seus *amigos*. Deveriam saber. E, além disso, só vão achar que isso deixa você ainda mais próximo de um deus do rock, como aquele vampiro, Lester.

— Lestat — disse Simon. — Você quer dizer o vampiro Lestat. E ele é fictício, um personagem. Além do mais, não estou vendo você correr para contar para os seus amigos que é uma Caçadora de Sombras.

— Que amigos? Você é meu amigo. — Ela se jogou sobre a cama e olhou para Simon. — E eu te contei, não contei?

— Porque não teve escolha. — Simon inclinou a cabeça para o lado, examinando-a; a luz do abajur refletia nos olhos dele, deixando-os prateados. — Vou sentir saudades quando você estiver viajando.

— Vou sentir saudades também — disse Clary, apesar de sentir a pele pinicando freneticamente com o nervoso da antecipação que dificultava qualquer tentativa de se concentrar. *Eu vou para Idris!*, sua mente cantarolava. *Vou ver o país dos Caçadores de Sombras, a Cidade de Vidro. Vou salvar minha mãe.*

E estarei com Jace.

Os olhos de Simon brilharam como se ele pudesse ler os pensamentos de Clary, mas a voz saiu suave.

— Conte outra vez, por que mesmo *você* tem que ir para Idris? Por que Madeleine e Luke não podem cuidar disso sem você?

— Minha mãe foi enfeitiçada por um feiticeiro, Ragnor Fell. Madeleine disse que precisamos encontrá-lo se quisermos descobrir como reverter. Mas ele não conhece Madeleine. Conhecia a minha mãe, e Madeleine acha que ele vai confiar em mim porque pareço muito com ela. E Luke não pode ir comigo. Ele poderia ir para Idris, mas aparentemente não pode entrar em Alicante sem permissão da Clave, e eles não vão permitir. E não diga nada disso a ele, *por favor*. Ele não está nem um pouco feliz em não ir comigo. Se já não conhecesse Madeleine, acho que nem me deixaria ir.

— Mas os Lightwood vão estar lá também. E Jace. Vão te ajudar. Quero dizer, Jace disse que ajudaria, não disse? Ele não se importa que você vá?

— Claro, ele vai me ajudar — disse Clary. — E claro que não se importa. Por ele, está tudo bem.

Mas isso, ela sabia, era mentira.

Clary tinha ido direto para o Instituto depois de falar com Madeleine no hospital. Jace tinha sido a primeira pessoa para quem tinha contado o segredo da mãe, antes mesmo de Luke. E ele ficara parado, olhando para ela, parecendo cada vez mais pálido enquanto ela falava, não como se ela estivesse contando a ele que podia salvar a mãe, e sim drenando o sangue dele com uma lentidão cruel.

— Você não vai — disse ele, assim que ela concluiu. — Nem que eu precise amarrá-la e sentar em cima de você até este impulso insano passar, você não vai para Idris.

Clary sentiu como se tivesse levado um tapa. Tinha achado que ele ficaria *feliz*. Ela havia corrido direto do hospital até o Instituto para contar a Jace, e ali estava ele, na entrada, encarando-a com um olhar sombrio.

— Mas vocês vão.

— Sim, nós vamos. *Temos* que ir. A Clave convocou todos os integrantes ativos que puderem ir a Idris para uma reunião completa do conselho. Vão votar sobre o que fazer com relação a Valentim, e como fomos as últimas pessoas a vê-lo...

Clary mudou de assunto:

— Então, se você vai, por que não posso ir junto?

A forma direta como perguntou pareceu deixá-lo ainda mais irritado.

— Porque não é seguro para você lá.

— Ah, e aqui é muito seguro! Quase fui morta uma dúzia de vezes no mês passado, e tudo aconteceu aqui em Nova York.

— Isso porque Valentim estava concentrado nos dois Instrumentos Mortais que estavam aqui — disse Jace entredentes. — Ele vai transferir o foco para Idris agora, todos nós sabemos...

— Não podemos ter certeza de nada desse tipo — disse Maryse Lightwood. Ela estava na sombra do corredor, fora do campo de visão dos dois; nesse momento, foi para a frente, para as luzes da entrada. Elas iluminavam as linhas de exaustão que pareciam puxar seu rosto para baixo. Seu marido, Robert Lightwood, tinha sido ferido por veneno de demônio durante a batalha da semana anterior, e desde então precisava de cuidados constantes; Clary só podia imaginar o quão exaurida ela estava. — E a Clave quer conhecer Clarissa. Você sabe disso, Jace.

— A Clave que se dane.

— Jace — disse Maryse, parecendo mesmo uma mãe, para variar. — Linguajar.

— A Clave quer um monte de coisas — corrigiu-se Jace. — Não necessariamente precisa ter tudo.

Maryse lançou-lhe um olhar, como se soubesse exatamente do que ele estava falando e não gostasse.

— A Clave muitas vezes tem razão, Jace. Não é nenhum absurdo quererem conversar com Clary, depois do que ela passou. O que ela poderia contar a eles...

— Eu digo qualquer coisa que queiram saber — disse Jace.

Maryse suspirou e voltou os olhos azuis para Clary.

— Então você quer ir para Idris, presumo?

— Só por alguns dias. Não vou causar problema algum — disse Clary, tentando ignorar a expressão intensa de Jace e olhar para Maryse. — Juro.

— A questão não é se você vai causar problemas; a questão é se vai querer se reunir com a Clave enquanto estiver lá. Eles querem falar com você. Se recusar, duvido que nos deem autorização para levá-la conosco.

— Não... — começou Jace.

— Eu vou encontrar a Clave — interrompeu Clary, apesar de o pensamento enviar uma pontada fria por sua espinha. A única emissária da Clave que havia conhecido até então fora a Inquisidora, e não tinha sido exatamente agradável.

Maryse esfregou as têmporas com as pontas dos dedos.

— Então está decidido. — Mas ela não soava decidida; soava tensa e frágil, como uma corda de violino excessivamente retesada. — Jace, leve Clary até a porta e me encontre na biblioteca. Preciso falar com você.

Ela desapareceu novamente nas sombras sem uma única palavra de adeus. Clary ficou olhando, com a sensação de que tinha acabado de ser coberta com água gelada. Alec e Isabelle pareciam gostar muito de sua mãe, e ela tinha certeza de que Maryse não era má pessoa, de verdade, mas também não era exatamente *calorosa*.

A boca de Jace era uma linha rígida.

— Agora olha o que você fez.

— Preciso ir para Idris, mesmo que você não entenda por quê — disse Clary. — Preciso fazer isso pela minha mãe.

— Maryse confia demais na Clave — disse Jace. — Ela precisa acreditar que eles são perfeitos, e não posso dizer a ela que não são, porque... — ele parou abruptamente.

— Porque isso é algo que Valentim diria.

Clary esperava uma explosão, mas "Ninguém é perfeito" foi tudo que Jace disse. Ele se esticou e agrediu o botão do elevador com o indicador.

— Nem mesmo a Clave.

Clary cruzou os braços sobre o peito.

— É realmente por isso que você não quer que eu vá? Porque não é seguro?

Um brilho de surpresa cruzou o rosto dele.

— O que quer dizer? Por que mais eu não ia querer que você fosse?

Ela engoliu em seco.

— Porque... — *porque você disse que não quer mais ter sentimentos por mim e, veja bem, isso é muito constrangedor, mas eu ainda os tenho por você. E aposto que você sabe.*

— Porque não quero minha irmãzinha me seguindo aonde quer que eu vá? — Havia uma nota aguda em sua voz. Metade deboche, metade outra coisa.

O elevador chegou com um ruído. Puxando o portão de lado, Clary entrou e se virou para encarar Jace.

— Não quero ir só porque você vai estar lá. Eu vou para ajudar a minha mãe. A *nossa* mãe. Tenho que ajudá-la. Não entende? Se eu não fizer isso, ela pode nunca acordar. Você podia pelo menos fingir se importar um pouquinho.

Jace pôs as mãos nos ombros dela, as pontas dos dedos tocando a pele nua na borda do colarinho, provocando arrepios involuntários e sem propósito por seus nervos. Havia olheiras sob os olhos dele, Clary percebeu sem querer, e vazios escuros sob as maçãs do rosto. O casaco preto que ele vestia só destacava mais as feridas marcadas na pele do rosto, e os cílios escuros também; ele era um estudo de contrastes, algo para ser pintado em

17

sombras de preto, branco e cinza, com toques dourados aqui e ali, como os olhos, para destacar um pouco de cor.

— Deixe-me fazer isso. — Sua voz era suave, urgente. — Posso ajudá-la por você. Diga-me para onde ir, a quem perguntar. Eu trago o que precisar.

— Madeleine disse ao feiticeiro que eu iria. Ele estará esperando a filha de Jocelyn, não o filho de Jocelyn.

As mãos de Jace apertaram seus ombros com mais força.

— Então diga a ela que houve uma mudança de planos. Eu vou, não você. *Não você.*

— Jace...

— Faço o que for — disse ele. — O que você quiser, se prometer ficar aqui.

— Não posso.

Ele a soltou bruscamente, como se ela o tivesse empurrado.

— *Por que não?*

— Porque... — disse — ela é minha mãe, Jace.

— E minha. — A voz dele era fria. — Aliás, por que Madeleine não falou com nós dois sobre isso? Por que só com você?

— Você sabe por quê.

— Porque — começou ele, e desta vez soou ainda mais frio — para ela, você é a filha de Jocelyn. Mas eu sempre serei o filho de Valentim.

Ele fechou o portão entre eles. Por um instante, ela encarou Jace através da grade — que dividia o rosto dele em uma série de losangos, contornados em metal. Um único olho dourado a encarou através de um losango, uma ira furiosa cintilando em suas profundezas.

— Jace... — começou ela.

Mas, com um puxão e um estalo, o elevador já estava se movendo, levando-a para baixo, para o silêncio sombrio da catedral.

— Terra para Clary. — Simon acenou para ela. — Está acordada?

— Estou, desculpe. — Ela se sentou, balançando a cabeça para espantar as distrações. Aquela tinha sido a última vez em que vira Jace. Ele não tinha atendido ao telefone quando Clary tentou ligar depois, então ela fez todos os planos de viagem para Idris com os Lightwood, utilizando Alec como interlocutor relutante e desconfortável. Pobre Alec, preso entre Jace e a mãe, sempre tentando fazer a coisa certa. — Você falou alguma coisa?

— Só que acho que Luke voltou — disse Simon, e saltou da mesa quando a porta do quarto abriu. — É, voltou.

— Oi, Simon. — Luke soava calmo, talvez um pouco cansado. Estava com uma jaqueta jeans surrada, uma camisa de flanela e velhas botas de cadarço que pareciam ter vivido seus melhores dias há mais ou menos dez anos. Estava com os óculos puxados sobre os cabelos castanhos, que agora pareciam marcados com mais fios cinzentos do que Clary se lembrava. Tinha um pacote quadrado embaixo do braço, amarrado com um laço verde. Ele o entregou a Clary. — Trouxe uma coisa para a sua viagem.

— Não precisava! — protestou ela. — Você já fez tanta coisa... — acrescentou, pensando nas roupas que ele lhe comprara depois que tudo tinha sido destruído. Tinha dado a Clary um telefone novo e materiais de arte, sem que ela sequer pedisse. Quase tudo que tinha agora era presente de Luke. *E você nem sequer aprova o fato de que estou indo.* O último pensamento permaneceu entre eles, não pronunciado.

— Eu sei. Mas vi, e pensei em você. — Ele entregou a caixa.

O objeto dentro dela estava enrolado em camadas de lenço de papel. Clary o rasgou, tocando algo macio como pelo de gato com a mão. Ela engasgou um pouco. Era um casaco verde-garrafa, antiquado, com costura de seda dourada, botões de bronze e um capuz grande. Ela o colocou no colo, passando as mãos de forma afável no tecido macio.

— Parece algo que Isabelle vestiria — exclamou. — Como uma capa de viagem de Caçadores de Sombras.

— Exatamente. Agora estará mais como um deles — disse Luke. — Quando estiver em Idris.

Ela olhou para ele.

— Você quer que eu pareça um deles?

— Clary, você é um deles. — O sorriso dele estava colorido com tristeza. — Além disso, você sabe como tratam pessoas de fora. O que puder fazer para se misturar...

Simon emitiu um barulho estranho, e Clary olhou com culpa para ele — quase se esquecera de que ele estava lá, olhando com interesse para o relógio.

— Tenho que ir.

— Mas você acabou de chegar! — protestou Clary. — Achei que pudéssemos ficar aqui à toa, ver um filme, ou qualquer coisa...

— *Você* precisa arrumar a mala. — Simon sorriu, brilhante como um raio de sol depois da chuva. Ela quase podia acreditar que não havia nada o incomodando. — Eu apareço mais tarde para me despedir de você.

— Ah, qual é — protestou Clary. — Fique...

— Não posso. — Seu tom era conclusivo. — Vou me encontrar com a Maia.

— Ah. Ótimo — disse Clary. Maia, disse a si mesma, era gentil. Era inteligente. Era bonita. Era também uma licantrope. Uma licantrope com uma paixonite por Simon. Mas talvez tivesse que ser assim. Talvez a nova amiga *devesse* ser alguém do Submundo. Afinal de contas, ele próprio era do Submundo agora. Tecnicamente, nem deveria andar por aí com Caçadores de Sombras como Clary. — Acho que é melhor ir, então.

— Acho que sim. — Os olhos escuros de Simon eram enigmáticos. Isso era novo; ela sempre conseguira ler Simon antes. Imaginou se seria um efeito colateral do vampirismo ou outra coisa completamente diferente. — Tchau — disse ele, e se inclinou como se fosse beijá-la na bochecha, colocando o cabelo dela para trás com uma das mãos. Então parou e recuou, a expressão confusa. Ela franziu o rosto como se estivesse surpresa, mas ele já tinha ido, passando por Luke na entrada. Ela ouviu a porta bater ao longe.

— Ele está tão *estranho* — exclamou, abraçando o casaco de veludo contra si própria para se sentir segura. — Você acha que é por causa do vampirismo?

— Provavelmente não. — Luke parecia achar ligeiramente divertido. — Tornar-se do Submundo não altera a forma como se sente sobre as coisas. Ou as pessoas. Dê um tempo a ele. Você *terminou* com ele.

— Não terminei nada. Ele que terminou comigo.

— Porque você não estava apaixonada por ele. É uma situação desagradável, e acho que ele está se saindo muito bem. Muitos garotos adolescentes ficariam de mau humor, ou perambulando pela sua janela com um toca-fitas.

— Ninguém mais usa toca-fitas. Isso é coisa dos anos oitenta. — Clary saltou da cama, vestindo o casaco. Ela o abotoou até o pescoço, curtindo o toque macio do veludo. — Só quero que Simon volte ao normal. — Ela olhou para si mesma no espelho e se surpreendeu positivamente: o verde fazia com que seus cabelos ruivos se destacassem, acentuando seus olhos. Ela olhou para Luke. — Que tal?

Ele estava apoiado na porta com as mãos nos bolsos; uma sombra cruzou seu rosto enquanto ele olhava para ela.

— Sua mãe tinha um casaco igual quando era da sua idade. — Foi tudo o que disse.

Clary agarrou as pontas das mangas do casaco, enfiando os dedos em uma pilha macia de tecido. A menção da mãe, misturada à tristeza na expressão de Luke, a deixava com vontade de chorar.

— Vamos vê-la mais tarde, não vamos? — perguntou ela. — Quero me despedir antes de ir, e dizer para ela... queria dizer o que estou fazendo. E que ela vai ficar bem.

Luke assentiu.

— Vamos visitá-la no hospital mais tarde. E, Clary?

— O quê? — Ela quase não queria olhar para ele, mas, para seu alívio, quando o fez, a tristeza não estava mais lá.

Ele sorriu.

— Ser normal não é isso tudo, não.

Simon olhou para o papel na mão e depois para a catedral, os olhos semicerrados contra a claridade do sol da tarde. O Instituto se erguia contra o céu azul, uma placa de granito emoldurada com arcos pontudos e cercada por uma parede alta de pedra. Rostos de gárgula lançavam olhares maliciosos das cornijas, como se o desafiassem a se aproximar da porta da frente. Não se parecia em nada com o que tinha visto na primeira vez, disfarçada como uma ruína, mas feitiços de disfarce não funcionavam em seres do Submundo.

Você não pertence a este lugar. As palavras eram duras, penetrantes como ácido; Simon não tinha certeza se era a gárgula falando ou se a voz vinha da própria mente. *Isto é uma igreja, e você é amaldiçoado.*

— Cala a boca — murmurou. — Além disso, não ligo para igrejas. Sou judeu.

Havia um portão com filigranas em ferro na parede de pedra. Simon pôs a mão no trinco, quase esperando que a pele ardesse em dor, mas nada aconteceu. Aparentemente, o portão em si não era particularmente sagrado. Ele o empurrou e estava a meio caminho da trilha de pedrinhas até a porta da frente quando ouviu vozes — diversas e familiares — por perto.

Ou talvez não tão perto. Tinha quase se esquecido do quanto sua audição, assim como a visão, tinha aguçado desde que fora transformado. Parecia que as vozes estavam logo acima do ombro, mas ao seguir o pátio estreito pela lateral do Instituto, ele viu que as pessoas estavam bem distantes, no fim do terreno. A grama crescia selvagem, semicobrindo os caminhos de galho que conduziam ao que provavelmente tinha sido um conjunto bem-arrumado de arbustos de flores. Tinha até um banco de pedras, coberto com ervas daninhas; isto tinha sido uma igreja de verdade em outros tempos, antes de ter sido tomada pelos Caçadores de Sombras.

Ele viu Magnus primeiro, apoiado em uma parede de pedras cheia de musgo. Era difícil não notar Magnus — estava com uma camiseta branca e calças coloridas de couro. Destacava-se como uma orquídea, cercado pelo clã de Caçadores de Sombras vestidos de preto: Alec, pálido e nitidamente desconfortável; Isabelle, os longos cabelos negros presos em tranças amarradas com laços prateados, ao lado de um garotinho que só podia ser Max, o mais novo. Perto estava a mãe deles, parecendo uma versão mais alta e ossuda da filha, com os mesmos cabelos negros e compridos. Ao seu lado, uma mulher que Simon não conhecia. Inicialmente ele achou que fosse velha, visto que a cabeça era quase totalmente branca, mas em seguida a mulher se virou para falar com Maryse e ele percebeu que provavelmente não tinha mais de 34 ou 35 anos.

E havia também Jace, a alguma distância, como se não se encaixasse. Totalmente de preto, com roupas de Caçador de Sombras, como os outros. Quando Simon se vestia de preto, parecia estar a caminho de um enterro, mas Jace simplesmente parecia durão e perigoso. E *ainda mais louro*. Simon sentiu os ombros enrijecerem e imaginou se alguma coisa — tempo ou capacidade de esquecimento — poderia diluir o ressentimento que sentia por Jace. Não *queria* sentir, mas lá estava, uma pedra pesando no coração que não batia.

Alguma coisa parecia estranha a respeito daquela reunião — então Jace virou na direção dele, como se sentisse que lá estava, e Simon viu, mesmo de longe, a cicatriz fina na garganta, logo acima do colarinho. O ressentimento em seu peito transformou-se em alguma outra coisa. Jace acenou com a cabeça em sua direção.

— Já volto — disse ele para Maryse, num tom de voz que Simon jamais teria usado com a própria mãe. Parecia um adulto falando com outro adulto.

Maryse indicou permissão com um aceno distraído.

— Não entendo por que está demorando tanto — dizia ela para Magnus. — Isso é normal?

— O que não é normal é o desconto que estou lhe dando. — Magnus bateu com o calcanhar do sapato na parede. — Normalmente cobraria o dobro.

— É só um Portal *temporário* para nos transportar para Idris. E depois espero que vá fechá-lo outra vez. Esse *é* o nosso acordo. — Ela virou para a mulher que estava ao seu lado. — E você ficará aqui como testemunha, Madeleine?

Madeleine. Então esta era a amiga de Jocelyn. Não teve tempo para encará-la — Jace já o estava segurando pelo braço, arrastando-o pela lateral da igreja, para longe do alcance da vista alheia. Havia ainda mais ervas daninhas aqui, o caminho salpicado com pedaços de arbustos. Jace empurrou Simon para trás de um carvalho grande e o soltou, olhando em volta como se quisesse se certificar de que não tinha sido seguido.

— Tudo bem, podemos conversar aqui.

Ali era mais quieto, certamente, o trânsito da York Avenue abafado pela grandiosidade do Instituto.

— Foi você quem me chamou aqui — destacou Simon. — Recebi seu recado preso à minha janela quando acordei hoje de manhã. Você não usa o telefone, como uma pessoa normal?

— Não se puder evitar, vampiro — disse Jace. Ele estava examinando Simon atentamente, como se estivesse lendo as páginas de um livro. Misturadas em sua expressão, duas emoções conflitantes: um leve deslumbramento e o que a Simon parecia decepção. — Então continua funcionando. Consegue andar sob a luz do sol. Nem a luz do meio-dia o queima.

— Sim — disse Simon. — Mas você sabia disso, você estava lá. — Ele não precisava elaborar sobre o significado de "lá"; podia ver no rosto do outro que ele se lembrava do rio, da traseira da caminhonete, do sol nascendo no horizonte, de Clary gritando. Ele se lembrava tão bem quanto Simon.

— Achei que talvez tivesse passado o efeito — disse Jace, mas não parecia falar sério.

— Se eu sentir o impulso de entrar em combustão, aviso. — Simon nunca tinha tido muita paciência com Jace. — Olha, você me chamou até aqui só para me encarar como se eu fosse alguma coisa em uma placa de petri? Da próxima vez mando uma foto.

— E vou colocá-la em um porta-retratos na minha mesa de cabeceira — disse Jace, mas não parecia exatamente sarcástico. — Ouça, eu o chamei aqui por um motivo. Por mais que deteste admitir, vampiro, temos algo em comum.

— Cabelos incríveis? — sugeriu Simon, mas também não estava com disposição para o sarcasmo. Alguma coisa no olhar de Jace o estava deixando desconfortável.

— Clary — disse Jace.

Simon foi pego de surpresa.

— Clary?

— Clary — disse Jace outra vez. — Você sabe: baixa, ruiva, mal-humorada.

— Não vejo como ela possa ser alguma coisa que temos em comum — disse Simon, apesar de ver, na realidade. De toda forma, esta não era uma conversa que ele queria ter com Jace agora ou, aliás, nunca. Não havia alguma espécie de código masculino que excluía esse tipo de discussão, discussão sobre *sentimentos*?

Aparentemente não.

— Nós dois nos importamos com ela — declarou Jace, avaliando-o com o olhar. — Ela é importante para nós dois, não é?

— Você está me perguntando se eu me *importo* com ela? — A palavra parecia insuficiente para descrever o que sentia. Ele imaginou se Jace estaria tirando sarro da cara dele, o que parecia extraordinariamente cruel, mesmo para Jace. Será que o tinha trazido até aqui só para ridicularizá-lo pelo fato de não ter dado certo o romance entre ele e Clary? Apesar de Simon ainda ter esperança, pelo menos um pouco, de que as coisas poderiam mudar, de que Jace e Clary pudessem passar a sentir o que deveriam sentir um pelo outro, como irmãos *deveriam* se sentir em relação um ao outro...

Ele encontrou o olhar de Jace e sentiu aquela esperança murchar. O olhar no rosto do outro não era o de um irmão quando falava de uma irmã. Por outro lado, era óbvio que Jace não o tinha trazido aqui para tirar sarro dos seus sentimentos; a tristeza que Simon imaginava estar impressa no próprio rosto espelhava-se nos olhos de Jace.

— Não pense que gosto de fazer estas perguntas — disparou Jace. — Preciso saber o que você faria por Clary. Você mentiria por ela?

— Mentir sobre o quê? O que está havendo? — Simon percebeu o que o havia incomodado na reunião de Caçadores de Sombras no jardim. — Espere aí — disse ele. — Vocês estão indo para Idris *agora*? Clary acha que vocês irão hoje à noite.

— Eu sei — disse Jace. — E preciso que você diga aos outros que Clary o mandou aqui para avisar que não viria. Diga a eles que ela não quer mais ir para Idris. — Havia uma aflição na voz dele. Algo que Simon mal reconhecia, ou talvez fosse simplesmente tão estranho vindo de Jace que ele não conseguia processar. Jace estava *suplicante*. — Vão acreditar em você. Eles sabem o quanto... o quanto vocês são próximos.

Simon balançou a cabeça.

— Não posso acreditar. Você age como se quisesse que eu fizesse algo para Clary, mas na verdade só quer que eu faça algo para *você* — disse Simon, começando a se virar. — Estou fora.

Jace o pegou pelo braço, girando-o novamente.

— Isso *é* pela Clary. Estou tentando protegê-la. Pensei que você tivesse um mínimo de interesse em me ajudar com isso.

Simon lançou um olhar mordaz para a mão de Jace, que o segurava pelo braço.

— Como posso protegê-la se você não me contar do que a estou protegendo?

Jace não o soltou.

— Não pode simplesmente confiar em mim que isso é importante?

— Você não está entendendo o quanto ela quer ir para Idris — disse Simon. — Se eu for impedir que isso aconteça, é bom que haja um excelente motivo por trás.

Jace expirou lentamente, de forma relutante — e soltou o braço de Simon.

— O que Clary fez com Valentim no navio — disse ele, com a voz baixa. — Com o símbolo na parede, o símbolo de Abertura... bem, você viu o que aconteceu.

— Ela destruiu o navio — disse Simon. — Salvou nossas vidas.

— Fale baixo. — Jace olhou ansiosamente ao redor.

— Você não está dizendo que mais ninguém sabe disso, está? — perguntou Simon, incrédulo.

— Eu sei. Você sabe. Luke e Magnus sabem. Ninguém mais.

— O que eles acham que aconteceu? Que o navio simplesmente se desintegrou sozinho?

— Eu disse que o Ritual de Conversão de Valentim deve ter dado errado.

— Você mentiu para a Clave? — Simon não sabia ao certo se deveria ficar impressionado ou consternado.

— Sim, eu menti para a Clave. Isabelle e Alec sabem que Clary tem alguma habilidade de criar novos símbolos, então duvido que eu consiga esconder isso da Clave ou do novo Inquisidor. Mas se eles soubessem que ela pode fazer o que pode, que pode ampliar símbolos comuns para aumentar seu poder de destruição, vão querê-la como guerreira, como arma. E ela não é equipada para tal. Não foi criada para isso... — ele se interrompeu quando Simon balançou a cabeça. — O quê?

— Você é Nephilim — disse Simon lentamente. — Não deveria querer o melhor para a Clave? Se isso significa usar Clary...

— Você quer que eles fiquem com ela? Que a coloquem na linha de frente, lutando contra Valentim e contra qualquer que seja o exército que ele está criando?

— Não — disse Simon. — Não quero isso. Mas eu não sou um de vocês. Eu não tenho que me perguntar quem devo colocar na frente, Clary ou a minha família.

24

Jace ruborizou lentamente.

— Não é assim. Se eu achasse que ajudaria a Clave... Mas não vai. Ela só vai se machucar...

— Mesmo se você achasse que ajudaria a Clave — disse Simon —, você jamais deixaria que a tivessem.

— Por que você diz isso, vampiro?

— Porque ninguém pode tê-la além de você — disse Simon.

O rosto de Jace ficou sem cor.

— Então você não vai me ajudar — disse ele, incrédulo. — Você não vai *ajudá-la*.

Simon hesitou — e antes que pudesse responder, um barulho rompeu o silêncio entre eles. Um grito agudo e histérico, terrível em desespero, tornado pior pela forma repentina como se interrompeu, fez Jace girar.

— O que foi aquilo?

O grito solitário ganhou a companhia de outros gritos, e de um tinido áspero que arranhou os ouvidos de Simon.

— Aconteceu alguma coisa... os outros...

Mas Jace já não estava mais lá, correndo pelo caminho, desviando dos arbustos. Após um instante de hesitação, Simon foi atrás. Tinha se esquecido de como podia correr rápido agora — estava praticamente nos calcanhares de Jace quando dobraram a esquina da igreja e saíram no jardim.

Diante deles, o caos. Uma névoa branca cobria o jardim, e havia um cheiro pesado no ar — o odor penetrante de ozônio, e mais alguma coisa embaixo, doce e desagradável. Figuras se moviam velozmente para a frente e para trás — Simon só as via em fragmentos, enquanto apareciam e desapareciam por espaços na fumaça. Ele avistou Isabelle, com o cabelo girando em cordas negras enquanto manejava o chicote. Projetou uma luz dourada e aforquilhada mortal pelas sombras. Ela estava combatendo o avanço de algo enorme e desajeitado — como um demônio, pensou Simon. Mas estavam em plena luz do dia; isso era impossível. Enquanto cambaleava para a frente, viu que a criatura tinha formato humanoide, mas corcunda e contorcido, *errado* de alguma forma. Tinha uma prancha espessa de madeira em uma mão e atacava Isabelle quase cegamente.

Não muito longe, através de um buraco na parede de pedras, Simon podia ver o trânsito na York Avenue transcorrendo de forma plácida. O céu acima do Instituto estava claro.

— Renegados — sussurrou Jace. Seu rosto brilhava enquanto sacava uma das lâminas serafim do cinto. — Dezenas deles. — Ele empurrou Simon para o lado, quase grosseiramente. — Fique aqui, entendeu? Fique aqui.

Simon ficou congelado por um instante enquanto Jace entrava na neblina. A luz da lâmina que trazia na mão iluminou a fumaça ao redor em prata; figuras escuras iam para frente e para trás na parte interna da neblina, e Simon sentiu como se estivesse olhando através de uma parede de vidro congelado, tentando desesperadamente enxergar o que acontecia do outro lado. Isabelle tinha desaparecido; ele viu Alec, com o braço sangrando, rasgar o peito de um guerreiro Renegado e o olhar cair no chão. Outro veio por trás, mas Jace estava lá, agora com uma lâmina em cada mão; ele saltou no ar e os derrubou com um movimento cruel de tesoura — a cabeça do Renegado saiu do pescoço, jorrando sangue negro. O estômago de Simon revirou — o sangue tinha um cheiro amargo, venenoso.

Ele podia ouvir os Caçadores de Sombras chamando uns aos outros na névoa, apesar de os Renegados estarem completamente silenciosos. De repente, a neblina clareou, e Simon viu Magnus, com os olhos arregalados, perto da parede do Instituto. Estava com as mãos erguidas, uma luz azul faiscava entre elas e, contra a parede onde estava, um quadrado negro parecia estar se abrindo na pedra. Não estava vazio, ou exatamente escuro, mas brilhava como um espelho com um torvelinho de fogo preso atrás do vidro.

— O Portal! — gritava ele. — Atravessem o Portal!

Diversas coisas aconteceram ao mesmo tempo. Maryse Lightwood apareceu da névoa, carregando o menino, Max, nos braços. Ela parou para dizer alguma coisa e olhou para trás, e em seguida foi em direção ao Portal e *através* dele, desaparecendo na parede. Alec a seguiu, arrastando Isabelle consigo, seu chicote sujo de sangue deixando marcas no chão. Enquanto ele a puxava pelo Portal, algo surgiu da névoa atrás deles — um guerreiro Renegado, manejando uma faca de lâmina dupla.

Simon descongelou. Correndo para frente, gritou o nome de Isabelle — em seguida tropeçou e caiu, atingindo o chão com força o suficiente para ficar sem ar, se ele *tivesse* algum ar. Ele se sentou, virando para ver onde tinha tropeçado.

Era um corpo. O corpo de uma mulher com a garganta cortada, os olhos arregalados e azuis na morte. O sangue manchava seus cabelos sem cor. Madeleine.

— Simon, *corra!* — gritava Jace. Simon olhou e viu o outro menino correndo para fora da neblina, em direção a ele, com lâminas serafim ensanguentadas nas mãos. Em seguida, levantou os olhos. O guerreiro Renegado que tinha visto perseguindo Isabelle erguia-se sobre ele, o rosto cheio de cicatrizes contorcido em um sorriso torto. Simon girou para longe quando a faca de dupla lâmina veio em sua direção, mas mesmo com os reflexos melhorados, não foi rápido o bastante. Uma dor cortante o atingiu e tudo ficou preto.

Capítulo 2
AS TORRES DEMONÍACAS DE ALICANTE

Não havia magia suficiente, pensou Clary enquanto ela e Luke rondavam o quarteirão pela terceira vez, que fosse capaz de criar novas vagas de estacionamento em uma rua de Nova York. Não havia onde parar a caminhonete, e metade da rua tinha carros estacionados em fila dupla. Finalmente Luke estacionou perto de um hidrante e colocou a picape em ponto morto com um suspiro.

— Vá — disse ele — Diga a eles que você está aqui. Eu levo sua mala.

Clary assentiu, mas hesitou antes de alcançar a maçaneta. O estômago dela estava rígido de ansiedade, e ela desejou, não pela primeira vez, que Luke estivesse indo com ela.

— Sempre achei que na primeira vez em que saísse do país, teria pelo menos um passaporte comigo.

Luke não sorriu.

— Sei que está nervosa — disse ele. — Mas vai ficar tudo bem. Os Lightwood vão tomar conta de você.

Eu só disse isso a você um milhão de vezes, pensou Clary. Ela afagou o ombro de Luke gentilmente antes de saltar da caminhonete.

— Até já.

Ela seguiu pelo caminho de pedrinhas, o som do trânsito enfraquecendo enquanto Clary se aproximava das portas da igreja. Levou diversos instantes para despir o Instituto da magia que o escondia desta vez. Parecia que outra camada de disfarce tinha sido acrescentada à velha catedral, como uma nova cobertura de tinta. Raspá-la com a mente era difícil, doloroso até. Finalmente conseguiu, e pôde enxergar a igreja como era. As portas altas de madeira brilhavam como se tivessem acabado de ser polidas.

Havia um cheiro estranho no ar, de ozônio e queimado. Com o rosto franzido, ela pôs a mão na maçaneta. *Sou Clary Morgenstern, Nephilim, e solicito entrada no Instituto...*

A porta se abriu. Clary deu um passo para dentro. Olhou em volta, piscando, tentando identificar o que havia de tão diferente no interior da catedral.

Percebeu enquanto a porta se fechava atrás dela, confinando-a em uma escuridão aliviada somente pelo fraco brilho da janela circular no alto. Nunca tinha estado na entrada do Instituto sem dezenas de chamas acesas em elaborados candelabros alinhados no corredor entre os bancos.

Ela pegou a pedra enfeitiçada do bolso e a segurou no alto. Luz emanava dela, enviando raios luminosos por entre seus dedos. Iluminou os cantos empoeirados do interior da catedral enquanto ela ia até o elevador perto do altar sem ornamentos e apertava impacientemente o botão.

Nada aconteceu. Após meio minuto, apertou o botão mais uma vez — e mais uma vez. Encostou a orelha na porta do elevador, tentando ouvir alguma coisa. Nenhum ruído. O Instituto ficara escuro e silencioso, como uma boneca mecânica cuja bateria tivesse se esgotado.

Com os batimentos acelerados agora, Clary se apressou pelo corredor e abriu as portas pesadas. Ficou na frente dos degraus da igreja, olhando em volta freneticamente. O céu escurecia para uma cor de cobalto no alto, e o ar cheirava ainda mais a queimado. Será que tinha ocorrido um incêndio? Será que os Caçadores de Sombras haviam evacuado o prédio? Mas o local parecia intocado...

— Não foi um incêndio. — A voz era suave, aveludada e familiar. Uma figura alta se materializou das sombras, cabelos espetados formando uma desajeitada aura espinhosa. Trajava um terno preto de seda sobre uma camisa verde esmeralda brilhante e anéis exuberantes nos dedos esguios. Havia calçados elegantes envolvidos também, e uma bela quantidade de purpurina.

— Magnus? — sussurrou Clary.

— Sei em que estava pensando — respondeu Magnus. — Mas não houve incêndio nenhum. O cheiro é bruma infernal. É uma espécie de fumaça demoníaca enfeitiçada. Encobre os efeitos de certos tipos de magia.

— Bruma *demoníaca*? Então houve...

— Um ataque ao Instituto. Sim. Hoje, mais cedo. Renegados... provavelmente algumas dezenas deles.

— Jace — sussurrou Clary. — Os Lightwood...

— A bruma infernal bloqueou minha capacidade de combater os Renegados efetivamente. A deles também. Tive que enviá-los a Idris pelo Portal.

— Mas nenhum deles se machucou?

— Madeleine — disse Magnus. — Madeleine foi morta. Sinto muito, Clary.

Clary afundou nos degraus. Não conhecia muito bem a mulher, mas Madeleine tinha sido uma conexão tênue com a sua mãe — sua verdadeira mãe, a Caçadora de Sombras lutadora e valente que Clary nunca conheceu.

— Clary? — Luke estava atravessando o caminho pela escuridão que se aglomerava. Estava com a mala de Clary em uma das mãos. — O que está havendo?

Clary ficou sentada abraçando os joelhos enquanto Magnus explicava. Sob a dor por Madeleine, sentia um imenso alívio culpado. Jace estava bem. Os Lightwood estavam bem. Ela repetiu para si mesma, milhares de vezes, em silêncio. Jace estava bem.

— Os Renegados — disse Luke. — Foram todos mortos?

— Não todos. — Magnus balançou a cabeça. — Depois que enviei os Lightwood pelo Portal, os Renegados dispersaram; eles não pareceram interessados em mim. Quando fechei o Portal, já não havia mais nenhum.

Clary levantou a cabeça.

— O Portal está fechado? Mas... você ainda pode me mandar para Idris, certo? — perguntou. — Quero dizer, posso atravessar o Portal e me encontrar com os Lightwood lá, não posso?

Luke e Magnus trocaram um olhar. Luke repousou a mala a seus pés.

— Magnus? — O tom da voz de Clary subiu, estridente até para seus próprios ouvidos. — Eu *tenho* que ir.

— O Portal está fechado, Clary...

— Então abra outro!

— Não é assim tão simples — disse o feiticeiro. — A Clave guarda qualquer entrada mágica para Alicante com muito cuidado. A capital é um lugar sagrado para eles. É o Vaticano deles, sua Cidade Proibida. Nenhum integrante do Submundo pode ir para lá sem permissão, e nenhum mundano.

— Mas eu sou Caçadora de Sombras!

— Nem tanto — disse Magnus. — Além disso, as torres impedem o acesso direto à cidade. Para abrir um Portal que passasse por Alicante, precisaria que eles estivessem parados do outro lado, esperando por você. Se eu tentasse enviá-la por minha conta e risco, seria uma transgressão direta à Lei, e não estou disposto a correr esse risco, docinho, independentemente do quanto goste de você.

Clary olhou do rosto tristonho de Magnus para o cauteloso de Luke.

— Mas eu *preciso* chegar a Idris — disse ela. — Tenho que ajudar minha mãe. Tem que haver outra maneira de chegar lá, alguma maneira que não envolva um Portal.

— O aeroporto mais próximo é a um país de distância — disse Luke. — Se pudéssemos atravessar a fronteira, e isso é um "se" enorme, teríamos uma viagem longa e perigosa pela terra depois, por todos os tipos de territórios do Submundo. Poderíamos levar dias para chegar lá.

Os olhos de Clary ardiam. *Não vou chorar,* ela disse a si mesma. *Não vou.*

— Clary. — A voz de Luke era gentil. — Entraremos em contato com os Lightwood. Vamos nos certificar de que eles tenham todas as informações que precisam para conseguirem o antídoto para Jocelyn. Podem entrar em contato com Fell...

Mas Clary estava de pé, balançando a cabeça.

— Tem que ser *eu* — disse ela. — Madeleine afirmou que Fell não falaria com mais ninguém.

— Fell? Ragnor Fell? — ecoou Magnus. — Posso tentar enviar um recado para ele. Informá-lo de que deve esperar por Jace.

Parte da preocupação deixou a cabeça de Luke.

— Clary, ouviu só? Com a ajuda de Magnus...

Mas Clary não queria ouvir sobre a ajuda de Magnus. Não queria ouvir mais nada. Ela havia pensado que iria salvar a mãe, e agora não haveria nada que pudesse fazer a não ser sentar ao lado do leito da mãe, segurar sua mão flácida, e esperar que outra pessoa, em outro lugar, conseguisse fazer o que ela não podia.

Ela cambaleou pelos degraus, empurrando Luke quando ele tentou alcançá-la.

— Eu só preciso ficar um pouco sozinha.

— Clary... — Ela ouviu Luke chamar, mas se afastou dele, avançando para a lateral da catedral. Ela se viu seguindo o caminho de pedras até o local onde ele aforquilhava, indo em direção ao pequeno jardim no lado leste do Instituto, em direção ao cheiro de carvão e cinzas, com um cheiro espesso e forte sob aquele. O cheiro de magia demoníaca. Ainda havia uma névoa no jardim, fragmentos dispersos como trilhas de nuvens presas aqui e ali, na beira de um canteiro de rosas, ou se escondendo sob uma pedra. Ela podia ver onde a terra tinha sido queimada mais cedo na luta. E havia uma mancha vermelha ali, perto de um dos bancos de pedra, para a qual ela não queria olhar por muito tempo.

Clary virou a cabeça. E parou. Ali, contra a parede da catedral, havia marcas inconfundíveis de magia de símbolos, brilhando em um azul quente que se apagava lentamente contra a pedra cinza. Formavam um contorno quadrilátero, como o contorno de luz ao redor de uma porta semiaberta...

O Portal.

Alguma coisa dentro dela pareceu acordar. Ela se lembrou de outros símbolos, brilhando perigosamente contra o casco liso e metálico de um navio. Lembrou-se do tremor do navio ao se romper, a água negra do East River entrando. *São apenas símbolos*, pensou. *Símbolos. Eu posso desenhá-los. Se minha mãe pode prender a essência do Cálice Mortal dentro de um pedaço de papel, eu posso fazer um Portal.*

Percebeu que estava sendo levada até a parede da catedral pelos próprios pés, e que suas mãos alcançavam a estela no bolso. Forçando a mão a não tremer, ela colocou a ponta da estela na pedra.

Fechou os olhos com força e, contra a escuridão atrás de suas pálpebras, começou a desenhar com a mente em linhas curvas de luz. Linhas que lhe falavam de passagens, sobre ser carregada num turbilhão de ar, sobre viagens a lugares distantes. As linhas se uniram em um símbolo tão gracioso quanto um pássaro voando. Ela não sabia se era um símbolo existente ou se o tinha inventado, mas existia agora como se sempre tivesse existido.

Portal.

Ela começou a desenhar, as marcas saltando da ponta da estela em linhas pretas como carvão. A pedra chiou, preenchendo suas narinas com um cheiro ácido de queimado. Uma luz azul e quente formou-se contra as pálpebras de Clary. Ela sentiu calor no rosto, como se estivesse na frente de uma lareira. Com um arquejo, ela abaixou a mão, abrindo os olhos.

O símbolo que tinha desenhado era uma flor escura brotando na parede de pedra. Enquanto assistia, as linhas pareciam derreter e mudar, fluindo suavemente para baixo, desenrolando, se reformulando. Dentro de instantes a forma do símbolo havia mudado. Era agora o contorno de uma entrada brilhante, diversos centímetros mais alta que a própria Clary.

Ela não conseguia afastar os olhos da porta. Brilhava com a mesma luz escura que o Portal atrás da cortina na casa de Madame Dorothea. Ela estendeu a mão e...

A recolheu. Para utilizar um Portal, ela se lembrou com um aperto no peito, era preciso imaginar para onde se queria ir, aonde desejava que o Portal a levasse. Mas nunca tinha estado em Idris. Já tinha ouvido descrições, é claro. Um lugar de vales verdes, bosques escuros e água brilhante, de lagos e montanhas, e de Alicante, a cidade das torres de vidro. Podia imaginar como seria, mas imaginação não era o suficiente, não com esta magia. Se ao menos...

Ela arfou subitamente. Mas ela *tinha* visto Idris. Tinha visto em um sonho, e sabia, sem ter certeza de como, que tinha sido um sonho real. Afinal de contas, o que Jace havia dito a ela sobre Simon no sonho? Que ele não podia ficar, pois "este lugar é para os vivos"? E não muito tempo depois, Simon morrera...

Ela conduziu a memória de volta ao sonho. Tinha dançado em um salão em Alicante. As paredes eram douradas e brancas, com um teto claro como diamante. Havia um chafariz — uma bandeja prateada com uma estátua de sereia no centro — e luzes nas árvores do lado de fora da janela, e Clary vestia veludo verde, exatamente como o fazia agora.

Como se ainda estivesse no sonho, se esticou para alcançar o Portal. Uma luz brilhante se espalhou sob o toque de seus dedos, uma porta começava a se abrir em um lugar iluminado além. Clary se viu olhando para um turbilhão giratório dourado que começava a adquirir formas detectáveis — achou que pudesse enxergar os contornos de montanhas, um pedaço do céu...

— *Clary!* — Era Luke, correndo pela trilha, o rosto uma máscara de fúria e desalento. Atrás dele vinha Magnus, com os olhos de gato brilhando como metal à luz quente do Portal que banhava o jardim. — Clary, *pare!* As proteções são perigosas! Você vai acabar se matando!

Mas não tinha como parar agora. Além do Portal, a luz dourada aumentava. Ela pensou nas paredes douradas do Salão no sonho, a luz dourada refratando do vidro quebrado para todo lado. Luke estava enganado; ele não entendia o dom dela, como aquilo funcionava — que importância tinham proteções quando era possível criar uma realidade apenas desenhando?

— Tenho que ir — gritou, avançando, as pontas dos dedos esticadas. — Luke, eu sinto muito...

Ela deu um passo para a frente... e, com um último salto veloz, Luke estava ao lado dela, segurando-a pelo pulso, exatamente quando o Portal parecia explodir ao redor deles. Como um tornado arrancando uma árvore pelas raízes, a força os ergueu do chão. Clary deu uma última olhada nos carros e prédios de Manhattan que giravam para longe dela, desaparecendo enquanto uma corrente de vento a dominava, lançando-a violentamente, com o pulso ainda no aperto firme de Luke, em um caos giratório dourado.

Simon acordou com batidas rítmicas de água. Sentou-se, com um terror súbito lhe congelando o peito — na última vez em que tinha acordado ao som de ondas, fora feito prisioneiro no navio de Valentim, e o ruído suave de líquido o transportou de volta àquela terrível ocasião com uma rapidez que parecia um balde de água fria no rosto.

Mas não — uma rápida olhada ao redor o informou de que estava num lugar totalmente diferente. Para começar, estava deitado sob cobertores macios, em uma cama confortável de madeira, num quarto limpinho cujas paredes eram pintadas de azul-claro. Cortinas escuras bloqueavam a janela, mas a luz que escapava pelas bordas era o bastante para que seus olhos de vampiro enxergassem com clareza. Havia um tapete colorido no chão e um armário com espelho em uma das paredes.

Havia também uma poltrona perto da lateral da cama. Simon se sentou, deixando as cobertas caírem, e percebeu duas coisas: primeiro, que ainda estava usando a calça jeans e a camiseta de quando fora ao Instituto encontrar Jace; segundo que a pessoa na cadeira estava cochilando, com a cabeça apoiada na mão e os longos cabelos negros caindo como um xale de franjas.

— Isabelle? — disse Simon.

A cabeça dela se levantou como um daqueles brinquedos de mola que pulam da caixa e ela abriu os olhos.

— Oooh! Você está acordado! — Ela endireitou a postura e ajeitou o cabelo. — Jace vai ficar tão aliviado. Tínhamos quase certeza de que você ia morrer.

— Morrer? — ecoou Simon. Sentia-se tonto e um pouco enjoado. — De quê? — Ele olhou ao redor do quarto, piscando. — Estou no Instituto? — perguntou, e percebeu assim que as palavras saíram de sua boca que, claro, aquilo era impossível. — Quero dizer... onde estamos?

Uma expressão inquieta passou pelo rosto de Isabelle.

— Bem... então você não se lembra do que aconteceu no jardim? — perguntou ela, mexendo nervosamente na bainha de crochê do estofamento. — Os Renegados nos atacaram. Havia muitos deles, e a bruma infernal tornou a luta contra eles difícil. Magnus abriu o Portal, e estávamos correndo para atravessá-lo quando o vi correndo na nossa direção. Você tropeçou na... na Madeleine. E tinha um Renegado bem atrás; você não deve ter visto, mas Jace viu. Ele tentou te pegar, mas era tarde demais. O Renegado enfiou uma faca em você. Sangrou... muito. Então Jace matou o Renegado, pegou você e o arrastou pelo Portal com ele — concluiu, falando tão depressa que as palavras se embaralharam e Simon teve que se esforçar para entender. — E todos nós já estávamos do outro lado e... Deixe-me dizer uma coisa: todo mundo ficou muito surpreso quando Jace apareceu com você sangrando em cima dele. O Cônsul não ficou nem um pouco contente.

A boca de Simon estava seca.

— O Renegado *enfiou a faca em mim?* — Parecia impossível. Mas ele já tinha se curado uma vez, depois que Valentim cortou sua garganta. Mesmo assim, deveria ao menos *se lembrar*. Balançando a cabeça, olhou para o próprio corpo. — Onde?

— Eu mostro. — Para surpresa dele, um instante depois Isabelle estava sentada na cama ao seu lado, com as mãos frias no seu diafragma. A menina levantou a camisa dele, exibindo uma linha clara na barriga, com um fio vermelho e fino no meio. Mal era uma cicatriz. — Aqui — disse ela, passando os dedos por cima. — Está doendo?

— N-não. — Na primeira vez em que Simon vira Isabelle, a achara tão linda, tão cheia de vida, vitalidade e energia, que pensara ter finalmente encontrado uma garota que brilhava o suficiente para obscurecer a imagem de Clary que sempre pareceu impressa no interior de suas pálpebras. Foi na época em que ela o transformou em rato na festa no loft de Magnus Bane que ele percebeu que talvez Isabelle brilhasse demais para alguém normal como ele. — Não está doendo.

— Mas meus olhos estão — disse uma voz friamente sarcástica vinda da entrada. Jace. Tinha entrado tão silenciosamente que nem Simon escutara; fechando a porta atrás de si, sorriu enquanto Isabelle abaixava a camisa de Simon. — Molestando o vampiro enquanto ele está fraco demais para lutar, Iz? — perguntou. — Tenho certeza de que isso viola pelo menos um dos Acordos.

— Só estou mostrando onde ele foi esfaqueado — protestou Isabelle, mas voltou para a cadeira um pouco rápido demais. — O que está acontecendo lá embaixo? — perguntou. — As pessoas ainda estão surtando?

O sorriso deixou o rosto de Jace.

— Maryse foi para Gard com Patrick — disse ele. — A Clave está reunida e Malaquias achou que seria melhor se ela... explicasse... pessoalmente.

Malaquias. Patrick. Gard. Os nomes desconhecidos giraram na cabeça de Simon.

— Explicasse o quê?

Isabelle e Jace trocaram um olhar.

— Explicasse *você*. Aqui — disse Jace afinal. — Explicasse por que trouxemos um vampiro conosco para Alicante, o que, por sinal, é expressamente contra a Lei.

— Para Alicante? Estamos em Alicante? — Uma onda de pânico tomou Simon, rapidamente substituída por uma dor no tronco. Curvou-se, engasgando.

— Simon! — Isabelle esticou a mão, com os olhos escuros alarmados. — Você está bem?

— Vá embora, Isabelle. — Simon, com as mãos cerradas em punhos sobre a barriga, olhou para Jace, com a voz suplicante. — Faça com que ela vá embora.

Isabelle se afastou, com uma expressão magoada.

— Tudo bem. Eu vou. Não precisa repetir. — Ela se levantou e saiu do quarto, fechando a porta atrás de si.

Jace voltou-se para Simon, seus olhos âmbar sem expressão.

— O que está havendo? Achei que você estivesse se curando.

Simon levantou a mão para afastar o outro. Um gosto metálico queimava-o no fundo da garganta.

— Não é Isabelle — disse. — Não estou machucado, só estou... com fome — disse, sentindo as bochechas queimarem. — Perdi sangue, então... preciso repor.

— Claro — disse Jace, em tom de quem tinha acabado de ser informado a respeito de um interessante, se não particularmente necessário, fato científico. A leve preocupação deixou sua expressão, substituída por algo que a Simon parecia um desprezo entretido.

Isso liberou um impulso furioso dentro dele, que, se não estivesse tão debilitado pela dor, teria se lançado da cama para cima do outro em um ataque de fúria. Como estava, tudo o que podia fazer era arfar:

— Vá se danar, Wayland.

— Wayland, é? — O olhar entretido não deixou o rosto de Jace, mas as mãos foram até o pescoço e começaram a abrir o casaco.

— Não! — Simon se encolheu de volta para a cama. — Não importa quanta fome eu esteja sentindo. Não vou beber seu sangue outra vez.

A boca de Jace se retorceu.

— Como se eu fosse permitir. — Ele alcançou o bolso interior do casaco e pegou um frasco de vidro. Estava pela metade com um líquido vermelho-acastanhado. — Achei que pudesse precisar disso — disse ele. — Juntei o suco de alguns quilos de carne crua na cozinha. Foi o melhor que consegui.

Simon pegou o frasco de Jace, mas as mãos tremiam tanto que o outro teve que abri-lo para ele. O líquido era uma enganação — ralo e salgado demais para ser sangue de verdade, e com aquele gosto fraco e desagradável que, Simon sabia, significava que a carne já tinha alguns dias.

— Ugh — disse ele, após alguns goles. — Sangue morto.

Jace ergueu as sobrancelhas.

— E todo sangue não é morto?

— Quanto mais tempo faz que o animal cujo sangue bebo está morto, pior o gosto — explicou Simon. — Fresco é melhor.

— Mas você nunca tomou sangue fresco. Tomou?

Simon ergueu a sobrancelha em resposta.

— Bem, além do meu, é claro — disse Jace. — E tenho certeza que meu sangue é *fan-tás-ti-co*.

Simon repousou o frasco vazio no braço da cadeira ao lado da cama.

— Tem alguma coisa muito errada com você — disse ele. — Mentalmente, quero dizer. — Ainda estava com gosto de sangue estragado na boca, mas a dor tinha passado. Ele se sentiu melhor, mais forte, como se o sangue fosse um remédio que funcionava instantaneamente, uma droga da qual precisava para viver. Ficou imaginando se era assim que funcionava com viciados em heroína. — Então estou em Idris.

— Alicante, para ser específico — disse Jace. — A cidade capital. A *única* cidade, para falar a verdade. — Ele foi até a janela e abriu as cortinas. — Os Penhallow não acreditaram em nós — continuou. — Quando dissemos que o sol não o incomodaria. Colocaram estas cortinas. Mas você deveria olhar.

Levantando da cama, Simon se juntou a Jace na janela. E olhou fixamente.

Há alguns anos sua mãe o tinha levado e à irmã em uma viagem pela Toscana — uma semana de pratos de massa estranhos e pesados, pão sem sal, zonas rurais escuras, e a mãe acelerando por estradas estreitas e curvas, quase batendo com o Fiat nos prédios lindos e antigos que tinham ido ver. Lembrava-se de ter parado ao pé de uma montanha, em frente a uma cidade chamada San Gimignano, uma coleção de prédios cor de ferrugem marcados aqui e ali com torres altas cujos topos se erguiam como se tivessem por objetivo alcançar o céu. Se o que estava vendo agora o fazia se lembrar de qualquer coisa, era aquilo; mas era tão estranho, que era absolutamente diferente de tudo que já tivesse visto.

Olhava de uma janela superior no que deveria ser uma casa razoavelmente alta. Se olhasse para cima, podia ver cornijas de pedra e o céu além. Na frente, havia outra casa, mas não tão alta quanto esta, e entre elas corria um canal estreito e escuro, com pontes atravessando em alguns pontos — a fonte da água que havia escutado antes. A casa parecia construída na subida de uma colina — abaixo, casas de pedra cor de mel, agrupadas em ruas estreitas, dispunham-se até a beira de um círculo verde: bosques, cercados por colinas distantes, que daqui pareciam longas tiras verdes e marrons marcadas com pontos de cores outonais. Atrás das colinas erguiam-se montanhas cobertas de neve.

Mas não era nada disso que era estranho; o esquisito era que aqui e na cidade, colocadas aleatoriamente, ao que parecia, havia torres altas coroadas com espirais de um material branco-prateado que refletia a luz. Pareciam perfurar o céu como adagas brilhantes, e Simon percebeu onde já tinha visto aquele material: nas armas rígidas que pareciam de vidro, as que os Caçadores de Sombras carregavam e chamavam de lâminas serafim.

— Estas são as torres demoníacas — disse Jace, em resposta à pergunta não dita de Simon. — Elas controlam as barreiras que protegem a cidade. Graças a elas, nenhum demônio pode entrar em Alicante.

O ar que entrava pela janela era frio e limpo, o tipo de ar que jamais se respirava em Nova York: não tinha gosto de nada, nem de sujeira, nem de fumaça, nem de metal, nem de outras pessoas. Apenas ar. Simon inalou profunda e desnecessariamente antes de se virar e olhar para Jace; alguns hábitos humanos demoravam a desaparecer.

— Diga pra mim — disse ele — que me trazer aqui foi um acidente. Diga que isso não foi, de alguma forma, parte da sua vontade de impedir que Clary viesse com você.

Jace não olhou para ele, mas seu peito subiu e desceu uma vez, rapidamente, em uma espécie de suspiro reprimido.

— Isso mesmo — disse ele. — Criei uma porção de guerreiros Renegados, mandei que atacassem o Instituto e matassem Madeleine, e quase matassem o resto de nós, só para manter Clary em casa. E... pasmem! Meu plano diabólico está funcionando.

— Bem, está dando certo — disse Simon, baixinho. — Não está?

— Ouça, vampiro — disse Jace. — Manter Clary longe de Idris era o plano. Trazer você aqui não. Eu o trouxe pelo Portal porque se o deixasse para trás, sangrando e inconsciente, os Renegados teriam te matado.

— Você poderia ter ficado para trás comigo...

— Teriam matado nós dois. Não dava nem para saber quantos eram, não com a bruma infernal. Nem eu consigo combater uma centena de Renegados.

— E, no entanto — disse Simon —, aposto que para você dói admitir.

— Você é um babaca — disse Jace, sem alterar a voz —, mesmo para alguém do Submundo. Salvei sua vida, e transgredi a Lei para isso. E não foi a primeira vez, diga-se de passagem. Você poderia demonstrar um mínimo de gratidão.

— *Gratidão?* — Simon sentiu os dedos se fecharem dentro de suas palmas. — Se não tivesse me arrastado para o Instituto, eu não estaria aqui. Nunca concordei com isso.

— Concordou, sim — disse Jace —, quando disse que faria qualquer coisa por Clary. *Isto* é qualquer coisa.

Antes que Simon pudesse rebater com alguma resposta injuriada, ouviu-se uma batida à porta.

— Oi? — chamou Isabelle do outro lado. — Simon, seu momento diva já acabou? Preciso falar com Jace.

— Entre, Izzy. — Jace não tirou os olhos de Simon; havia uma fúria elétrica naquele olhar, e uma espécie de desafio que fazia Simon querer agredi-lo com alguma coisa pesada. Como uma picape.

Isabelle entrou no quarto num torvelinho de cabelos negros e saias de camadas prateadas. A blusa marfim estilo espartilho deixava os braços e ombros, marcados com símbolos, à mostra. Simon supôs que aquilo fosse bom para ela, poder exibir as Marcas em um lugar onde ninguém as acharia estranhas, para variar.

— Alec está indo para o Gard — disse Isabelle sem rodeios para Jace. — Ele quer conversar com você sobre Simon antes de sair. Pode descer?

— Claro. — Jace foi até a porta; no meio do caminho, percebeu que Simon vinha atrás e virou, irritado. — Você fica aqui.

— Não — disse Simon. — Se vão falar sobre mim, quero estar presente.

Por um instante parecia que a frieza e calma de Jace estavam prestes a estourar; ele ruborizou e abriu a boca, os olhos em chamas. Tão rápido quanto veio, a raiva se foi, graças a uma óbvia força de vontade.

— Vamos descer, vampiro. Pode conhecer toda a família feliz.

Na primeira vez em que Clary passou por um Portal, teve a sensação de voar, de um leve tropeço. Dessa vez, foi como ser jogada no coração de um tornado. Ventos uivantes atacaram-na, arrancando sua mão da de Luke, e um grito de sua boca. Caiu girando pelo coração negro e dourado do turbilhão.

Algo plano, duro e prateado como a superfície de um espelho se ergueu à frente de Clary. Lançada na direção dele, ela gritou, jogando as mãos para o ar para proteger o rosto. Atingiu a superfície e a ultrapassou, para um mundo de frio brutal e intenso sufoco. Estava se afogando em uma escuridão azul e espessa, tentando respirar, mas não conseguia inalar ar para os pulmões, só mais frio congelante...

De repente, foi resgatada pelas costas do casaco e puxada para cima. Chutou o ar, lutando, mas estava fraca demais para se libertar do que quer que a estivesse segurando. A coisa a puxou, e a escuridão azul se transformou em um azul-claro, depois dourado, conforme ela rompia a superfície da água — *era* água — e respirava fundo. Ou, pelo menos, foi o que tentou fazer. Em vez disso, engasgou-se e sufocou, pontos negros marcando sua visão. Estava sendo arrastada pela água, rapidamente, algas a atingiam e se prendiam a suas pernas e braços — debateu-se contra a garra que a prendia, e viu a imagem assustadora da coisa, não exatamente um lobo nem bem um humano, com orelhas pontudas como adagas e lábios contraídos exibindo dentes brancos pontiagudos. Tentou gritar, mas só o que saiu foi água.

No instante seguinte, estava fora dela, sendo lançada ao solo duro e compacto. Havia mãos em seus ombros, empurrando-a de rosto para baixo contra o chão. As mãos bateram em suas costas, repetidas vezes, até ela ter espasmos no peito e golfar um riacho amargo de água.

Ainda estava engasgando quando as mãos a viraram para cima. Estava olhando para Luke, uma sombra escura contra o céu azul marcado por nuvens brancas. A gentileza que estava acostumada a ver no rosto dele não estava lá. Não estava mais sob forma de lobo, mas parecia furioso. Ele obrigou Clary a sentar-se, sacudindo-a com força sem parar até ela engasgar e responder, fraca.

— Luke! Pare com isso! Você está me machucando...

As mãos dele largaram seus ombros. Ele a segurou pelo queixo com uma mão, forçando-a a levantar a cabeça, examinando seu rosto.

— A água — disse ele. — Você expeliu toda a água?

— Acho que sim — sussurrou. A voz veio fraca por causa da garganta inchada.

— Cadê sua estela? — quis saber. Em seguida, quando ela hesitou, a voz se tornou mais urgente: — Clary. Sua estela. Encontre-a.

Ela se afastou das garras dele e remexeu nos bolsos molhados, o coração pesando à medida que os dedos não tocavam em nada além de tecido molhado. Olhou com o rosto entristecido para Luke.

— Devo ter derrubado no lago. — Fungou. — A... a estela da minha mãe...

— Meu Deus, Clary. — Luke se levantou, colocando as mãos distraidamente atrás da cabeça. Estava ensopado também, com água escorrendo da calça jeans e do pesado casaco de flanela. Os óculos que normalmente usava no meio do nariz não estavam lá. Olhou sombriamente para ela. — Você está bem — disse ele. Não foi exatamente uma pergunta. — Quero dizer, agora. Está se sentindo bem?

Assentiu.

— Luke, o que houve? Por que precisamos da minha estela?

Luke não disse nada. Estava olhando em volta, como se esperasse conseguir alguma ajuda dos arredores. Clary seguiu seu olhar. Estavam na margem de um grande lago. A água era azul-clara, e brilhava aqui e ali com o reflexo da luz do sol. Imaginou se seria a fonte de luz dourada que tinha visto pelo Portal semiaberto. Não havia nada de sinistro no lago agora que ela estava a seu lado e não dentro dele. Era cercado por colinas verdes pontuadas por árvores que estavam começando a adquirir matizes, castanho-avermelhadas e douradas. Além das colinas erguiam-se montanhas altas, com os picos cheios de neve.

Clary estremeceu.

— Luke, quando estávamos na água, você se tornou meio lobo? Pensei que tivesse visto...

— Meu eu lobo consegue nadar melhor do que meu eu humano — respondeu Luke, sucinto. — E é mais forte. Tive que arrastá-la pela água, e você não estava sendo de grande ajuda.

— Eu sei — disse ela. — Desculpe. Não era para você... não era para você ter vindo comigo.

— Se não tivesse vindo, você estaria morta agora — observou. — Magnus avisou, Clary. Não se pode utilizar um Portal para entrar na Cidade de Vidro se não houver ninguém esperando do outro lado.

— Ele disse que era contra a Lei. Não disse que se eu tentasse ia quicar de volta.

— Ele falou que existem barreiras ao redor da cidade que impedem a entrada por Portais. Não é culpa dele você ter resolvido brincar com uma magia que mal compreende. Só porque tem um poder, não significa que saiba utilizá-lo — rosnou.

— Desculpe — disse Clary, baixinho. — É só que... onde estamos agora?

— No Lago Lyn — disse Luke. — Acho que o Portal nos trouxe o mais próximo possível da cidade, e depois nos despejou. Estamos nos arredores de Alicante. — Ele olhou em volta, balançando a cabeça meio por espanto, meio por cansaço. — Você conseguiu, Clary. Estamos em Idris.

— Idris? — disse Clary, e se levantou olhando tolamente para o lago. O lago cintilou para ela, azul e sossegado. — Mas... você disse que estávamos nos arredores de Alicante. Não estou vendo a cidade em lugar nenhum.

— Estamos a quilômetros de distância — disse Luke, apontando. — Está vendo aquelas montanhas ao longe? Temos que atravessá-las; a cidade fica do outro lado. Se tivéssemos um carro, poderíamos chegar lá em uma hora, mas vamos ter que andar, o que provavelmente tomará toda a tarde. — Ele cerrou os olhos para olhar o céu. — É melhor irmos.

Clary olhou espantada para si mesma. A perspectiva de uma caminhada de um dia inteiro em roupas ensopadas não a apetecia.

— Não tem mais nada que...

— Nada que possamos fazer? — disse Luke, e havia de repente em sua voz uma pitada mordaz de fúria. — Tem alguma sugestão, Clary, considerando que foi você que nos trouxe aqui? — Ele apontou para longe do lago. — Ali ficam as montanhas. Atravessáveis a pé somente no auge do verão. Congelaríamos até a morte nos picos. — Ele se virou, e apontou o dedo em outra direção. — Por lá existem quilômetros de bosques. Vão até a fronteira. São desabitados, pelo menos por seres humanos. Depois de Alicante, existem fazendas e casas de campo. Talvez pudéssemos sair de Idris, mas ainda teríamos que passar pela cidade. Uma cidade, diga-se de passagem, onde membros do Submundo como eu não são bem-vindos.

Clary olhou para ele com a boca aberta.

— Luke, eu não sabia...

— Claro que não sabia. Não sabe nada sobre Idris. Nem sequer se importa com Idris. Só estava chateada por ter ficado para trás, como uma criança, e deu um chilique. E agora estamos aqui. Perdidos, congelando, e... — Ele se interrompeu, com o rosto tenso. — Vamos. Vamos começar a andar.

Clary seguiu Luke pela borda do Lago Lyn em um silêncio triste. Enquanto caminhavam, o sol secou seus cabelos e pele, mas o casaco de veludo retinha água como uma esponja. Pendurava-se sobre ela como uma cortina de chumbo, e ela tropeçava em pedras e lama, tentando acompanhar os passos largos de Luke. Fez mais algumas tentativas de aproximação, mas Luke se manteve teimosamente em silêncio. Ela nunca tinha feito nada tão grave antes, a ponto de um pedido de desculpas não ser suficiente para suavizar a irritação de Luke. Dessa vez, parecia que era diferente.

Os penhascos se erguiam mais altos ao redor do lago enquanto progrediam, marcados com pontos de escuridão, como respingos de tinta preta. À medida em que Clary olhava mais de perto, percebia que se tratavam de cavernas na rocha. Algumas pareciam bem profundas, curvando-se escuridão adentro. Imaginou morcegos e coisas rastejantes assustadoras escondidas na escuridão e estremeceu.

Finalmente, uma trilha estreita que cortava os penhascos os conduziu a uma estrada alinhada com pedras quebradas. O lago ia ficando para trás, azul-escuro sob a luz do sol da tarde. A estrada cortava uma planície de grama que se erguia em colinas ao longe. O coração de Clary afundou; não dava nem para ver a cidade.

Luke estava olhando na direção das colinas com um olhar de intenso desalento.

— Estamos mais longe do que eu pensava. Já faz tanto tempo...

— Talvez se encontrássemos uma estrada maior — sugeriu Clary —, pudéssemos pedir carona, arrumar quem nos levasse até a cidade ou...

— *Clary*. Não existem carros em Idris. — Ao ver a expressão de choque no rosto dela, Luke riu sem muito humor. — As barreiras estragam as máquinas. Quase nenhuma tecnologia funciona aqui, telefones celulares, computadores, coisas assim. A própria Alicante é iluminada, e energizada, por luz mágica.

— Ah — disse Clary, baixinho. — Bem... a mais ou menos que distância da cidade *estamos*?

— Bem distantes. — Sem olhar para ela, Luke passou as duas mãos pelos cabelos curtos. — Tem uma coisa que é melhor eu contar.

Clary ficou tensa. Tudo o que queria antes era que Luke falasse com ela; agora não queria mais.

— Tudo bem...

— Você notou — começou Luke — que não havia nenhum barco no Lago Lyn, nenhuma doca, nada que sugerisse que o lago seja utilizado de alguma forma pela população de Idris?

— Pensei que fosse por ser muito remoto.

— Não é tão remoto assim. Algumas horas a pé de Alicante. O fato é... o lago... — Luke se interrompeu e suspirou. — Você já notou o modelo do chão da biblioteca no Instituto em Nova York?

Clary piscou.

— Notei, mas não consegui entender o que era.

— Era um anjo emergindo de um lago, segurando um cálice e uma espada. É um tema recorrente nas decorações Nephilim. Reza a lenda que o anjo Raziel saiu do Lago Lyn na primeira vez em que apareceu para Jonathan Caçador de Sombras, o primeiro Nephilim, e lhe entregou os Instrumentos Mortais. Desde então o lago foi...

— Sacralizado? — sugeriu Clary.

— Amaldiçoado — disse Luke. — A água do lago é de alguma forma venenosa aos Caçadores de Sombras. Não machuca integrantes do Submundo. O Povo das Fadas chama de Espelho dos Sonhos; eles bebem da água, pois dizem que lhes dá visões verdadeiras. Mas, para um Caçador de Sombras, beber a água é muito perigoso. Provoca alucinações, febre... e pode levar uma pessoa à loucura.

Clary sentiu frio por todo o corpo.

— Por isso você tentou me fazer cuspir tudo.

Luke assentiu. E acrescentou:

— E por isso queria que encontrasse a estela. Com um símbolo de cura, poderíamos conter os efeitos da água. Sem isso, precisamos chegar a Alicante o mais rápido possível. Existem remédios, ervas que ajudam, e conheço alguém que quase certamente os tem.

— Os Lightwood?

— Não. — A voz de Luke era firme. — Outra pessoa. Alguém que conheço.

— Quem?

Ele balançou a cabeça.

— Vamos apenas rezar para que essa pessoa não tenha se mudado nos últimos 15 anos.

— Mas pensei que você tivesse dito que era ilegal para membros do Submundo entrar em Alicante sem permissão.

O sorriso em resposta foi um lembrete do Luke que a pegara quando caiu do trepa-trepa na infância, o Luke que sempre a protegeu.

— Algumas leis são feitas para serem quebradas.

A casa dos Penhallow lembrava Simon do Instituto — parecia pertencer a outra era, de alguma forma. Os corredores e escadarias eram estreitos, feitos de pedra e madeira escura, e as janelas eram altas e finas, exibindo paisagens da cidade. Havia uma atmosfera notavelmente asiática na decoração: uma tela de papel de arroz no primeiro andar e vasos chineses nos parapeitos. Havia também diversas serigrafias nas paredes, exibindo cenas do que provavelmente seria mitologia de Caçadores de Sombras, mas com uma característica oriental — caudilhos com lâminas serafim brilhantes eram retratados com frequência, junto com criaturas coloridas parecidas com dragões e demônios com olhos esbugalhados.

— A senhora Penhallow, Jia, era a responsável pelo Instituto de Pequim. Ela divide seu tempo entre este lugar e a Cidade Proibida — disse Isabelle enquanto Simon parava para examinar uma figura. — E os Penhallow são uma família antiga. Abastada.

— Dá para perceber — murmurou Simon, olhando para os lustres, cheios de cristais pendurados, como lágrimas.

Jace, no degrau de trás deles, resmungou:

— Vamos andando. Não estamos aqui para fazer um tour histórico.

Simon pensou em uma resposta ofensiva, mas decidiu que não valia a pena. Desceu o restante das escadas em ritmo acelerado; desembocavam na base de uma grande sala. Era uma estranha mistura de velho com novo: uma janela de vidro com vista para o canal

CIDADE DE VIDRO

e música vindo de algum aparelho que Simon não podia ver. Mas não tinha televisão, nenhuma coleção de DVDs ou CDs, os tipos de sinais que Simon associava a salas de estar modernas. Em vez disso, havia diversos sofás com estofamento grosso agrupados ao redor de uma grande lareira, na qual chamas crepitavam.

Alec estava ao lado da lareira, com o uniforme escuro de Caçador de Sombras e usando um par de luvas. Levantou o olhar quando Simon entrou, e soltou o rosnado habitual, mas não disse nada.

Sentados no sofá havia dois adolescentes que Simon nunca tinha visto antes, um menino e uma menina. A menina parecia ter sangue asiático, com olhos delicados e em forma de amêndoas, cabelos escuros brilhantes puxados para trás, e uma expressão sapeca. O queixo delicado estreitava-se, terminando em uma ponta, como o de um gato. Não era exatamente bonita, mas impressionante.

O menino de cabelos negros ao seu lado era mais do que notável. Provavelmente da altura de Jace, mas parecia mais alto, mesmo sentado; era esbelto e musculoso, com um rosto pálido, elegante e inquieto, as maças do rosto e os olhos escuros sobressaíam. Havia algo estranhamente familiar nele, como se Simon já o tivesse visto.

A menina falou primeiro:

— Esse é o vampiro? — Olhou Simon de cima a baixo como se estivesse tomando suas medidas. — Nunca cheguei tão perto assim de um, pelo menos não de um que eu não estivesse planejando matar. — Ela inclinou a cabeça para o lado. — Ele é bonitinho para alguém do Submundo.

— Você terá que perdoá-la; tem cara de anjo e modos de um demônio Moloch — disse o menino com um sorriso, levantando-se. Estendeu a mão para Simon. — Sou Sebastian. Sebastian Verlac. E esta é a minha prima, Aline Penhallow. Aline...

— Não aperto a mão de gente do Submundo — disse Aline, encolhendo-se contra as almofadas do sofá. — Eles não têm alma, você sabe. Os vampiros.

O sorriso de Sebastian desapareceu.

— Aline...

— É verdade. Por isso não se enxergam no espelho e nem podem se expor ao sol.

Muito deliberadamente, Simon deu um passo para trás, para o pedaço iluminado na frente da janela. Sentiu o sol quente nas costas, no cabelo. Sua sombra foi projetada, longa e escura, pelo chão, quase alcançando os pés de Jace.

Aline respirou fundo, mas não disse nada. Foi Sebastian que se pronunciou, olhando para Simon com olhos negros curiosos.

— Então é verdade. Os Lightwood nos contaram, mas não achei...

— Que estivéssemos dizendo a verdade? — disse Jace, falando pela primeira vez desde que tinham descido. — Não mentiríamos a respeito de uma coisa dessas. Simon é... único.

43

— Eu o beijei uma vez — disse Isabelle, para ninguém em particular.

Aline ergueu as sobrancelhas.

— Eles realmente deixam fazer de tudo em Nova York, não é mesmo? — disse ela, parecendo um pouco horrorizada, um pouco invejosa. — Na última vez em que a vi, Izzy, você sequer teria considerado...

— Na última vez em que nos vimos, Izzy tinha 8 anos — disse Alec. — As coisas mudam. Agora, minha mãe teve que sair correndo, então alguém tem que pegar as notas e registros dela e levar para Gard. Sou o único que tem 18 anos, então sou o único que *pode* ir enquanto a Clave está reunida.

— Nós sabemos — disse Isabelle, jogando-se no sofá. — Você já disse isso, tipo, cinco vezes.

Alec, com ar de importante, ignorou o comentário.

— Jace, você trouxe o vampiro aqui. Então fica responsável por ele. Não deixe que vá lá fora.

O vampiro, pensou Simon. Não era como se Alec não soubesse seu nome. Simon tinha salvado sua vida uma vez. Agora era "o vampiro". Até para Alec, que era propenso a esporádicos chiliques inexplicáveis, isso era abominável. Talvez tivesse alguma coisa a ver com estarem em Idris. Talvez Alec sentisse uma necessidade maior de reafirmar o status de Caçador de Sombras aqui.

— Foi para dizer *isso* que me fez vir aqui embaixo? "Não deixe o vampiro sair"? Eu não teria deixado, de qualquer jeito — disse Jace, e sentou no sofá ao lado de Aline, que parecia satisfeita. — É melhor você se apressar para ir e voltar de Gard. Só Deus sabe que tipo de coisas depravadas podemos fazer sem suas orientações.

Alec olhou para Jace com uma superioridade calma.

— Tentem se comportar. Volto em meia hora. — Desapareceu por um arco que levava a um longo corredor; em algum lugar a distância, uma porta se fechou.

— Você não deveria provocá-lo — disse Isabelle, lançando um olhar severo a Jace. — Afinal, eles o deixaram mesmo como responsável.

Aline, Simon não pôde deixar de notar, estava sentada muito próxima a Jace, com os ombros tocando os dele, apesar de haver espaço o suficiente ao redor dos dois no sofá.

— Você alguma vez já pensou que, em alguma vida passada, Alec foi uma senhora com noventa gatos que vivia gritando com as crianças da vizinhança para saírem do seu quintal? Pois eu já — disse ele, e Aline riu. — Só porque ele é o único que pode ir a Gard...

— O que é Gard? — perguntou Simon, cansado de não ter ideia sobre nada do que todos estavam falando.

Jace olhou para ele. Estava com uma expressão fria, de poucos amigos; sua mão sobre a de Aline, que estava repousada na própria coxa.

— Sente-se — disse ele, apontando com a cabeça para a poltrona. — Ou você estava planejando ficar ali no canto, como um morcego?

Ótimo. Piadinhas de morcego. Simon se ajeitou desconfortavelmente na cadeira.

— Gard é o local oficial de reuniões da Clave — disse Sebastian, aparentemente com pena de Simon. — É onde a Lei é feita, e onde o Cônsul e o Inquisidor moram. Apenas Caçadores de Sombras adultos são permitidos no território quando a Clave está reunida.

— Reunida? — perguntou Simon, lembrando-se do que Jace tinha dito mais cedo lá em cima. — Quero dizer... não é por minha causa?

Sebastian riu.

— Não. Por causa de Valentim e dos Instrumentos Mortais. É por isso que estão todos aqui. Para discutir os próximos passos de Valentim.

Jace não disse nada, mas, ao som do nome de Valentim, seu rosto enrijeceu.

— Bem, ele vai tentar pegar o Espelho — disse Simon. — O terceiro dos Instrumentos Mortais, certo? Está aqui em Idris? Por isso todos vieram?

Fez-se um breve silêncio antes de Isabelle responder:

— A questão do Espelho é que ninguém sabe onde está. Aliás, ninguém sabe *o que é*.

— É um espelho — disse Simon. — Sabe, reflete, é de vidro. Só estou chutando.

— O que Isabelle quer dizer — começou Sebastian, gentilmente — é que ninguém sabe nada sobre o Espelho. Existem diversas menções a ele na história dos Caçadores de Sombras, mas nada específico sobre onde se encontra, qual sua aparência ou, o mais importante, o que faz.

— Presumimos que Valentim o quer — disse Isabelle —, mas isso não ajuda muito, considerando que ninguém faz ideia de onde esteja. Os Irmãos do Silêncio talvez tivessem alguma noção, mas Valentim matou todos eles. Não haverá outros, pelo menos por um tempo.

— *Todos* eles? — perguntou Simon, surpreso. — Achei que ele só tivesse matado os de Nova York.

— A Cidade dos Ossos não fica realmente em Nova York — disse Isabelle. — É como... lembra da entrada da Corte Seelie, no Central Park? Só porque a entrada é ali não significa que a corte em si fique embaixo do parque. É a mesma coisa com a Cidade dos Ossos. Existem diversas entradas, mas a Cidade... — Isabelle se interrompeu quando Aline a silenciou com um rápido gesto. Simon olhou do rosto dela para o de Jace e para o de Sebastian. Todos tinham a mesma expressão reservada, como se tivessem acabado de perceber o que estavam fazendo: contando segredos Nephilim a um integrante do Submundo. Um vampiro. Não o inimigo, precisamente, mas certamente alguém em quem não se podia confiar.

Aline foi a primeira a quebrar o silêncio. Fixando os olhos bonitos e escuros em Simon, ela disse:

— Então, como é? Ser um vampiro?

— Aline! — Isabelle parecia estarrecida. — Não pode sair por aí perguntando aos outros como é ser um vampiro.

— Não sei por quê — disse Aline. — Ele não é vampiro há tanto tempo, é? Então deve se lembrar de como é ser uma pessoa. — Voltou-se novamente para Simon. — Sangue ainda tem gosto de sangue para você? Ou tem sabor diferente agora, como suco de laranja ou coisa do tipo? Pois acho que o gosto de sangue seria...

— Tem gosto de galinha — disse Simon, apenas para calá-la.

— Sério? — Aline parecia espantada.

— Ele está tirando sarro de você, Aline — disse Sebastian —, e com toda razão. Peço desculpas pela minha prima mais uma vez, Simon. Aqueles de nós que foram criados fora de Idris tendem a ser um pouco mais familiarizados com membros do Submundo.

— Mas você não foi criado em Idris? — perguntou Isabelle. — Pensei que seus pais...

— Isabelle — interrompeu Jace, mas já era tarde demais; a expressão de Sebastian havia escurecido.

— Meus pais estão mortos — disse ele. — Um ninho de demônios perto de Calais... Tudo bem, já faz tempo — disse ele, afastando o protesto solidário de Isabelle com um gesto. — Minha tia, a irmã do pai de Aline, me criou no Instituto de Paris.

— Então você fala francês? — suspirou Isabelle. — Quem dera *eu* falasse outra língua. Mas Hodge nunca pensou que pudéssemos precisar aprender qualquer coisa além de grego arcaico e latim, e ninguém fala essas línguas.

— Também falo russo e italiano. E um pouco de romeno — disse Sebastian, com um sorriso modesto. — Posso ensinar algumas frases...

— Romeno? Impressionante — disse Jace. — Não são muitos que falam.

— Você fala? — perguntou Sebastian, interessado.

— Na verdade, não — disse Jace com um sorriso tão arrebatador que Simon sabia que ele estava mentindo. — Meu romeno é basicamente limitado a frases úteis como "estas cobras são venenosas?" e "mas você parece jovem demais para ser policial".

Sebastian não sorriu. Havia alguma coisa em sua expressão, pensou Simon. Era discreto — tudo nele era calmo —, mas Simon tinha a sensação de que a discrição escondia alguma coisa que abalava a tranquilidade exterior.

— Gosto de viajar — disse ele, com os olhos em Jace. — Mas é bom estar de volta, não é?

Jace parou por um momento de brincar com os dedos de Aline.

— O que quer dizer?

— Que não existe lugar como Idris, por mais que nós, Nephilim, façamos de diversos lugares nossas casas. Não concorda?

— Por que você está me perguntando? — O olhar de Jace era gelado.

Sebastian deu de ombros.

— Bem, você morou aqui quando era pequeno, não morou? E fazia anos que não voltava. Ou entendi errado?

— Não entendeu errado — falou Isabelle, impacientemente. — Jace gosta de fingir que não estão todos falando dele, mesmo quando sabe que estão.

— Certamente estão. — Apesar de Jace estar olhando fixamente para ele, Sebastian parecia inabalado. Simon sentiu uma espécie de afeição um pouco relutante pelo Caçador de Sombras de cabelos escuros. Era difícil encontrar quem não reagisse às provocações de Jace. — Atualmente, é só disso que se fala em Idris. De você, dos Instrumentos Mortais, de seu pai, sua irmã...

— Clarissa deveria ter vindo com você, não? — disse Aline. — Estava ansiosa por conhecê-la. O que aconteceu?

Apesar de a expressão de Jace não ter mudado, ele tirou a mão da de Aline, cerrando o punho.

— Ela não quis sair de Nova York. A mãe dela está doente no hospital. — *Ele nunca diz a nossa mãe*, pensou Simon. *É sempre a mãe dela.*

— É estranho — disse Isabelle. — Achei que ela *quisesse* vir.

— Ela queria — disse Simon. — Aliás...

Jace se levantou, tão depressa que Simon nem o viu se mover.

— Pensando bem, tenho um assunto para discutir com Simon. Em particular — apontou com a cabeça para as portas duplas na ponta da sala, seus olhos brilhando em um desafio. — Vamos, vampiro — disse ele num tom que deixou Simon com a nítida sensação de que uma recusa provavelmente resultaria em alguma espécie de violência. — Vamos conversar.

47

Capítulo 3
AMATIS

Ao fim da tarde, Luke e Clary tinham deixado o lago para trás, e caminhavam sobre um gramado alto, amplo e aparentemente infinito. Aqui e ali, havia subidas mais leves em colinas cheias de pedras pretas no topo. Clary estava exausta de tanto subir e descer colinas, uma após a outra, os sapatos escorregando na grama úmida como se fosse mármore engordurado. Quando deixaram os campos para trás e chegaram a um estreito caminho de terra, estava com as mãos sangrando e sujas de grama.

Luke ia na frente dela, com passadas determinadas. Ocasionalmente apontava itens de interesse com uma voz sombria, como o guia turístico mais deprimido do mundo.

— Acabamos de cruzar o Plano Brocelind — disse ele enquanto escalavam uma subida, um conjunto de árvores se estendendo na direção oeste, onde o sol estava baixo. — Essa é a floresta. Antigamente, os bosques cobriam quase toda a terra baixa do país. Desmataram boa parte para abrir espaço para a cidade, e para se livrar de bandos de lobisomens e ninhos de vampiros que se agrupavam nela. A Floresta Brocelind sempre foi um esconderijo de integrantes do Submundo.

Continuaram silenciosamente enquanto o caminho serpenteava pela floresta por diversos quilômetros antes de fazer uma curva abrupta. As árvores pareciam se afastar conforme uma elevação se revelava à frente eles, e Clary piscou quando andaram em torno de uma colina alta — a não ser que seus olhos estivessem enganando-a, havia *casas* ali. Pequenas fileiras brancas de casas, organizadas como uma vila de anões.

— Chegamos! — exclamou Clary, e correu para a frente, parando apenas ao perceber que Luke não estava ao seu lado.

Virou-se e o viu no meio da estrada empoeirada, balançando a cabeça.

— Não — disse ele, indo em sua direção. — Não é a cidade.

— Então é uma vila? Você disse que não havia vilas por aqui...

— É um cemitério. É a Cidade dos Ossos de Alicante. Você achou que a Cidade dos Ossos fosse o único jazigo perpétuo que temos? — Ele parecia triste. — Esta aqui é a necrópole, o lugar onde enterramos os que morrem em Idris. Você vai ver. Temos que passar por aqui para chegar a Alicante.

Clary não ia a um cemitério desde a noite em que Simon tinha morrido, e a lembrança a fez estremecer conforme passava pelas fileiras estreitas que costuravam os mausoléus como laços brancos. Alguém cuidava do local: o mármore brilhava como se recentemente esfregado e a grama estava cuidadosamente cortada. Havia muitas flores brancas aqui e ali nos túmulos; primeiramente achou que fossem lírios, mas tinham um aroma apimentado, desconhecido, que a fez se perguntar se seriam específicas de Idris. Cada tumba parecia uma casinha; algumas até tinham portões de metal ou arame, e os nomes das famílias de Caçadores de Sombras entalhados nas portas. CARTWRIGHT. MERRYWEATHER. HIGHTOWER. BLACKWELL. MIDWINTER... Ela parou em um: HERONDALE.

Voltou-se para Luke.

— Esse era o nome da Inquisidora.

— É o túmulo da família dela. Veja — apontou.

Ao lado da porta havia letras brancas entalhadas no mármore cinza. Eram nomes. MARCUS HERONDALE. STEPHEN HERONDALE. Ambos tinham morrido no mesmo ano. Por mais que Clary detestasse a Inquisidora, sentiu alguma coisa se contorcer dentro de si, um sentimento de pena que não conseguia conter. Perder o marido e o filho, em datas tão próximas... três palavras em latim estavam sob o nome de Stephen: AVE ATQUE VALE.

— O que significa isso? — perguntou, olhando para Luke.

— Significa "Saudações e adeus". É de um poema de Catulo. Em algum momento virou o que os Caçadores de Sombras dizem em funerais, ou quando alguém morre em batalha. Agora vamos, é melhor não pensar muito nessas coisas, Clary. — Luke pegou o ombro da menina e a levou gentilmente para longe do túmulo.

Talvez ele estivesse certo, pensou Clary. Talvez fosse melhor não pensar muito em morte ou em morrer agora. Tentou distrair o olhar enquanto passavam pela necrópole. Estavam quase ultrapassando os portões de ferro no final quando ela viu um mausoléu menor, surgindo como um cogumelo branco à sombra de um carvalho folhoso. O nome acima da porta se destacou para ela como se tivesse sido escrito com luzes.

FAIRCHILD.

— Clary... — Luke tentou segurá-la, mas ela já tinha ido. Com um suspiro, ele foi atrás, até a sombra da árvore onde ela estava hipnotizada, lendo os nomes dos avós e bisavós que nunca soube que tinha. ALOYSIUS FAIRCHILD. ADELE FAIRCHILD, NASCIDA NIGHTSHADE. GRANVILLE FAIRCHILD. E abaixo de todos: JOCELYN MORGENSTERN, NASCIDA FAIRCHILD.

Uma onda de frio se abateu sobre Clary. Ver o nome da mãe ali era como revisitar os pesadelos que às vezes tinha, nos quais estava no enterro da mãe e ninguém sabia dizer o que acontecera, ou como sua mãe havia morrido.

— Mas ela não está morta — disse ela, olhando para Luke. — Ela não está...

— A Clave não sabia disso — falou gentilmente.

Clary arfou. Não podia mais ouvir a voz de Luke ou vê-lo à sua frente. Diante dela erguia-se um sopé desigual, com túmulos saindo da terra como ossos quebrados. Uma lápide preta surgiu diante dela, com letras tortas esculpidas: CLARISSA MORGENSTERN, 1991 — 2007. Sob as palavras um desenho de criança malfeito mostra uma caveira com olhos enormes. Clary cambaleou para trás com um grito.

Luke a segurou pelos ombros.

— Clary, o que foi? O que há de errado?

Ela apontou.

— Ali... olha...

Mas não estava mais lá. A grama se estendia diante dela, verde e lisa, os mausoléus brancos e limpos, em fileiras organizadas.

Clary virou-se para olhar para Luke.

— Vi minha própria lápide — disse. — Dizia que eu ia morrer, agora, este ano. — Estremeceu.

Luke parecia austero.

— É a água do lago — disse ele. — Você está começando a ter alucinações. Vamos, não temos muito tempo.

Jace levou Simon para o andar de cima e por um corredor curto cheio de portas; parou apenas para abrir uma delas, com uma careta no rosto.

— Aqui — disse ele, meio empurrando Simon pela porta. Simon viu o que parecia uma biblioteca no lado de dentro: fileiras de estantes com livros, sofás longos e poltronas. — Devemos conseguir um pouco de privacidade...

Ele se interrompeu enquanto uma figura se erguia, tensa, de uma das poltronas. Era um menino com cabelos castanhos e óculos. Tinha um rosto pequeno, sério, e um livro em uma das mãos. Simon conhecia bem o bastante os hábitos de leitura de Clary para reconhecer, mesmo de longe, o volume de mangá.

Jace franziu a testa.

— Desculpe, Max. Precisamos desta sala. Conversa de adultos.

— Mas Izzy e Alec já me expulsaram da sala para poderem ter conversa de adulto — reclamou Max. — Para onde eu vou?

Jace deu de ombros.

— Para o seu quarto? — Ele apontou para a porta com o polegar. — Hora de fazer alguma coisa pelo país, garotinho. Suma.

Parecendo ofendido, Max passou pelos dois, com o livro abraçado no peito. Simon sentiu uma ponta de dó — era um saco ter idade o suficiente para querer saber o que estava acontecendo, mas jovem demais para ser sempre dispensado. O menino lhe lançou um olhar ao passar — parecia assustado e desconfiado. *Este é o vampiro*, seus olhos diziam.

— Vamos. — Jace puxou Simon para a sala, fechando e trancando a porta atrás de si. Com a porta fechada, o cômodo era tão mal iluminado que até Simon achou escuro. Cheirava a poeira. Jace atravessou o aposento e abriu as cortinas no lado oposto, revelando uma janela alta com vista para o canal do lado de fora. Água batia na lateral da casa, a apenas alguns metros abaixo deles, sob grades de pedra com marcações desgastadas de símbolos e estrelas.

Jace voltou-se para Simon com uma careta.

— Qual é o seu problema, vampiro?

— *Meu* problema? Foi você que praticamente me arrastou pelo cabelo para cá.

— Porque você estava prestes a revelar que Clary não tinha cancelado os planos de vir a Idris. Você sabe o que isso provocaria? Entrariam em contato com ela e dariam um jeito de ela vir. E eu já expliquei por que isso não pode acontecer.

Simon balançou a cabeça.

— Não te entendo — disse ele. — Às vezes você age como se a única coisa que importasse para você fosse Clary, depois age como...

Jace o encarou. O ar estava cheio de grãos de poeira; formavam uma cortina brilhante entre os dois.

— Ajo como?

— Você estava flertando com Aline — disse Simon. — Não parecia que tudo o que importava para você era Clary.

— Isso não é da sua conta — disse Jace. — Além disso, Clary é minha irmã. Você *sabe* disso.

— Eu também estava na corte das fadas — respondeu Simon. — Lembro do que a Rainha Seelie disse: *O beijo que vai libertar a menina é o que ela mais deseja.*

— Aposto que se lembra disso. Marcado no seu cérebro, não é, vampiro?

Simon fez um ruído no fundo da garganta que sequer tinha percebido ser capaz de fazer.

— Ah, não. Não vou ter essa discussão com você. Não vamos lutar por Clary. Isso é ridículo.

— Então por que puxou o assunto?

— Porque... Se você quer que eu minta, não para Clary, mas para todos os seus amigos Caçadores de Sombras, se quer que eu finja que foi ela que decidiu não vir, e se quer que eu finja que não sei dos poderes dela ou do que ela realmente pode fazer, então *você* precisa fazer alguma coisa por mim.

— Tudo bem — disse Jace. — O que você quer?

Simon ficou em silêncio por um instante, olhando através de Jace para a fileira de casas à frente do canal brilhoso. Passando pelos telhados de ameias, podia ver o topo cintilante das torres demoníacas.

— Quero que você faça o que for necessário para convencer Clary de que não sente nada por ela. E não, não me diga que vocês são irmãos; disso eu já sei. Pare de ficar alimentando, quando sabe que isso não tem futuro. E não estou falando porque a quero para mim. Estou falando porque sou amigo dela e não quero vê-la magoada.

Jace olhou para as próprias mãos por um instante sem responder. Eram mãos esguias, os dedos e juntas marcados por calos antigos. O dorso tinha linhas brancas de velhas Marcas. Eram mãos de um soldado, não de um adolescente.

— Já fiz isso — disse ele. — Falei para ela que só estava interessado em ser irmão.

— Ah. — Simon esperava que Jace fosse combatê-lo nesta batalha, e não simplesmente desistir. Um Jace que simplesmente desistia era novo, e deixou Simon quase envergonhado por pedir. *Clary não me disse nada*, queria dizer, mas, pensando bem, por que teria dito? Aliás, ela parecia estranhamente quieta e retraída ultimamente sempre que surgia o nome de Jace. — Bem, então está resolvido, eu acho. E mais uma coisa.

— Ah, é? — perguntou Jace sem muito interesse. — E o que seria?

— O que foi que Valentim disse quando Clary desenhou aquele símbolo no navio? Soava como uma língua estrangeira. *Meme* alguma coisa...?

— *Mene mene tekel upharsin* — disse Jace com um sorriso fraco. — Não reconhece? É da Bíblia, vampiro. Velho Testamento. É o seu livro, não é?

— Só porque eu sou judeu, não significa que decorei o Antigo Testamento.

— É o prenúncio da tragédia. "Deus contou os dias do teu reino, e o trouxe a um fim; Pesado foste na balança, e foste achado em falta." É um presságio de desgraça, significa o fim de um império.

— Mas o que isso tem a ver com Valentim?

— Não só com Valentim — disse Jace. — Com todos nós. A Clave e a Lei. O que Clary pode fazer muda tudo o que entendem como verdade. Nenhum ser humano pode criar novos símbolos, ou desenhar as coisas que Clary desenha. Só anjos têm este poder. E como Clary consegue... bem, parece um presságio. As coisas estão mudando. As Leis estão mudando. Os velhos caminhos podem nunca mais ser os certos outra vez. Exatamente como a rebelião dos anjos acabou com o mundo como era antes, dividiu o paraíso em dois e criou o inferno, isso poderia significar o fim dos Nephilim como hoje existem. Esta é a nossa guerra no paraíso, vampiro, e só um lado pode vencer. E meu pai pretende que seja o dele.

Apesar de o ar ainda estar frio, Clary estava morrendo de calor com suas roupas molhadas. Suor escorria de seu rosto, umedecendo o colarinho do casaco enquanto Luke, com a mão em seu braço, a apressava pela estrada sob o céu que escurecia rapidamente. Já enxergavam Alicante agora. A cidade ficava em um vale raso, dividida por um rio prateado que corria para um dos lados, parecia desaparecer, e então surgia novamente no outro. Uma confusão de prédios cor de mel com telhados vermelhos e um emaranhado de ruas curvilíneas escuras apoiava-se numa colina íngreme. Na coroa do monte erguia-se um edifício escuro de pedra, de pilares, alto, com uma torre brilhante em cada um dos pontos cardinais: quatro no total. Nos outros prédios havia as mesmas torres altas, de vidro, cada uma brilhando como um quartzo. Eram como agulhas de vidro perfurando o céu. A luz do sol que desbotava aos poucos formava arco-íris fracos em suas superfícies, como um fósforo soltando fagulhas. Era uma bela vista, e muito estranha.

Você nunca viu uma cidade até ter visto Alicante das torres de vidro.

— O que foi isso? — disse Luke, ouvindo-a. — O que você disse?

Clary não percebeu que tinha falado em voz alta. Envergonhada, repetiu as palavras, e Luke olhou para ela surpreso.

— Onde ouviu isso?

— Hodge — disse Clary. — Foi uma coisa que Hodge me disse.

Luke olhou para ela com mais atenção.

— Você está vermelha — disse ele. — Como está se sentindo?

O pescoço de Clary estava dolorido, o corpo inteiro ardendo, a boca seca.

— Estou bem — respondeu. — Vamos só chegar lá, tudo bem?

— Tudo bem. — Luke apontou para a ponta da cidade, onde os prédios terminavam, Clary pôde ver um corredor de arco, dois lados se curvando em um topo pontudo. Um Caçador de Sombras com uniforme preto vigiava sob a sombra do arco. — Aquele é o Portão do Norte, é por onde integrantes do Submundo podem entrar legalmente na cidade, desde que tenham a papelada necessária. Guardas ficam a postos dia e noite. Ou seja, se estivéssemos aqui em missão oficial ou tivéssemos permissão para vir aqui, entraríamos por ali.

— Mas não há muros ao redor da cidade — disse Clary. — Não me parece muito um portão.

— As barreiras são invisíveis, mas estão lá. As torres demoníacas as controlam. O fazem há mil anos. Você vai sentir quando atravessá-las. — Olhou mais uma vez para o rosto ruborizado dela, a preocupação dele aparente em rugas em torno dos olhos. — Pronta?

Clary fez que sim com a cabeça. Foram para longe do portão, pelo lado leste da cidade, onde os prédios eram mais agrupados. Com um gesto para que Clary ficasse quieta, Luke a puxou para uma abertura estreita entre duas casas. Clary fechou os olhos enquanto se aproximavam, quase como se esperasse ser atingida no rosto por uma parede invisível assim que pusesse o pé nas ruas de Alicante. Não foi o que aconteceu. Sentiu uma pressão repentina, como se estivesse em um avião em queda. Seus ouvidos estalaram — e então a sensação desapareceu, e ela estava no beco entre as duas construções.

Exatamente como num beco em Nova York — como em qualquer beco no mundo, aparentemente —, o cheiro era de urina de gato.

Clary espiou pelo canto de um dos prédios. Uma rua mais larga se esticava pela colina, alinhada com pequenas lojas e casas.

— Não tem ninguém aqui — observou, com alguma surpresa.

À luz desbotada, Luke parecia pálido.

— Deve ter alguma reunião no Gard. É a única coisa capaz de tirar todo mundo da rua de uma vez só.

— Mas isso não é bom? Não tem ninguém para nos ver.

— É bom e ruim. As ruas ficam basicamente desertas, o que é ótimo. Mas qualquer um que apareça terá mais probabilidade de nos notar e se lembrar de nós.

— Pensei que você tivesse dito que estavam todos no Gard.

Luke sorriu de um jeito singelo.

— Não seja tão literal, Clary. Quis dizer quase toda a cidade. Crianças, adolescentes, qualquer um isento da reunião... esses não estarão lá.

Adolescentes. Clary pensou em Jace, e apesar de não querer, seu pulso acelerou como um cavalo dando a partida do portão em uma corrida.

Luke franziu o rosto, quase como se pudesse ler os pensamentos dela.

— A partir de agora, estou violando a Lei, estando em Alicante sem me declarar à Clave no portão. Se alguém me reconhecer, podemos nos encrencar seriamente. — Ele olhou para a estreita linha avermelhada de céu visível por entre os telhados. — Temos que sair da rua.

— Achei que estivéssemos indo para a casa da sua amiga.

— Estamos. E ela não é uma amiga, precisamente.

— Então quem...?

— Apenas me siga. — Luke desviou para uma passagem entre duas casas, tão estreita que Clary podia esticar os braços e tocar as paredes de ambas as construções com os dedos, enquanto passavam e chegavam a uma rua de pedras alinhada com lojas. Os prédios em si pareciam um cruzamento entre o gótico e um conto de fadas infantil. A frente das pedras era marcada com todos os tipos de criaturas de mitos e lendas. Cabeças de monstros eram um tema recorrente, junto com cavalos alados, algo que parecia uma casa sobre pernas de galinha, sereias e, é claro, anjos. Gárgulas surgiam a cada esquina, com rostos contorcidos. E por todos os cantos havia símbolos: desenhados nas portas, escondidos no design de um entalhe abstrato, pendurados em correntes finas de metal como carrilhões de ventos que se moviam com a brisa. Símbolos de proteção, de boa sorte, até de bons negócios. Olhando para todos eles, Clary começou a se sentir um pouco tonta.

Caminharam em silêncio, mantendo-se protegidos pelas sombras. A rua de pedras estava deserta, portas de lojas fechadas e bloqueadas. Clary lançou olhares furtivos às janelas enquanto passavam. Era estranho ver uma exibição de caros chocolates artesanais em uma janela, e na seguinte, outra exposição, igualmente impressionante, de armas mortais — cutelos, bastões, cassetetes com pontas de pregos e uma coleção de lâminas serafim em diferentes tamanhos.

— Nenhuma arma de fogo — disse Clary. A própria voz parecia distante.

Luke piscou para ela.

— O quê?

— Caçadores de Sombras. Parece que nunca usam armas de fogo.

— Os símbolos impedem a ignição da pólvora. Ninguém sabe por quê. Mesmo assim, sabe-se que Nephilim usam espingardas em licantropes ocasionalmente. Não é preciso um símbolo para nos matar, apenas balas de prata. — Sua voz era sombria. De repente levantou a cabeça. Sob a luz fraca, era fácil imaginar suas orelhas esticando como as de um lobo. — Vozes — disse ele. — Devem ter encerrado no Gard.

Ele pegou o braço de Clary e a puxou de lado, para fora da rua principal. Emergiram em uma pequena praça com um poço no centro. Havia uma ponte de pedra arqueada sobre um canal estreito logo à frente deles. Sob a luz fraca, a água no canal parecia quase preta. Clary podia ouvir as vozes agora, vindo das ruas próximas. Estavam altas e pareciam irritadas. A tontura de Clary se intensificou — ela sentiu como se o chão estivesse se inclinando sob seus pés, ameaçando derrubá-la. Encostou-se à parede do beco, sem ar.

— Clary — disse Luke. — Clary, você está bem?

A voz soava espessa, estranha. Ela olhou para ele, e o ar morreu em sua garganta. As orelhas de Luke tinham crescido, estavam longas e pontudas, os dentes afiados, os olhos amarelos...

— Luke — sussurrou ela. — O que está acontecendo com você?

— Clary. — Ele esticou os braços para ela, as mãos estranhamente alongadas, as unhas afiadas e com cor de ferrugem. — Algum problema?

Ela gritou, afastando-se dele. Não sabia ao certo por que estava tão apavorada — já tinha visto Luke se transformar antes, e ele nunca a tinha machucado. Mas o pânico era algo vivo dentro dela, incontrolável. Luke pegou seus ombros, e ela se contraiu para longe dele, para longe dos olhos amarelados, animalescos, mesmo quando pediu que se calasse, implorando para que ficasse quieta com sua voz humana e normal.

— Clary, por favor...

— Me solta! Me *solta*!

Mas ele não soltou.

— É a água, você está tendo alucinações, Clary, tente se acalmar. — Ele a puxou em direção à ponte, praticamente arrastando-a. Clary podia sentir as lágrimas escorrendo pelo próprio rosto, resfriando as bochechas ardentes. — Não é real. Tente aguentar, por favor — disse ele, ajudando Clary a subir na ponte. Ela podia sentir o cheiro da água abaixo, verde e rançosa. *Coisas* se moviam abaixo da superfície. Enquanto observava, um tentáculo preto emergiu da água, a ponta esponjosa cheia de dentes afiados como agulhas. Ela se contraiu para longe da água, sem conseguir gritar, soltando um lamento baixo pela garganta.

Luke a segurou quando seus joelhos cederam, pegando-a nos braços. Não a carregava desde que ela tinha 5 ou 6 anos.

— Clary — começou ele, mas o resto das palavras se embaralhou em um rugido sem sentido ao descerem da ponte. Passaram rapidamente por uma série de casas altas e esguias que quase lembravam Clary de fileiras de casas no Brooklyn. Ou talvez estivesse tendo alucinações com a própria vizinhança? O ar ao redor deles parecia se deformar enquanto prosseguiam, as luzes das casas brilhando em volta como tochas, o canal brilhando com um fulgor fosforescente. Os ossos de Clary pareciam estar se dissolvendo dentro do corpo.

— Aqui. — Luke parou na frente de uma casa alta no canal. Chutou a porta com força, gritando; era pintada com um vermelho vistoso, quase deslumbrante, com um único símbolo em dourado. O símbolo derreteu e escorreu enquanto Clary o encarava, tomando a forma de um crânio horrível e sorridente. *Não é real*, ela disse fervorosamente a si mesma, sufocando o grito com o punho, mordendo-o até sentir gosto de sangue na boca.

A dor clareou sua mente momentaneamente. A porta se abriu, revelando uma mulher em um vestido escuro, o rosto marcado com uma mistura de raiva e surpresa. Os cabelos eram longos, uma nuvem cinza-acastanhada de fios escapava das duas tranças; tinha olhos azuis familiares. Uma pedra enfeitiçada brilhava em sua mão.

— Quem é? — exigiu. — O que quer?

— Amatis. — Luke foi até a piscina de luz enfeitiçada, com Clary nos braços. — Sou eu.

A mulher ficou pálida e cambaleou, esticando a mão para se apoiar na porta.

CIDADE DE VIDRO

— *Lucian?* — Luke tentou dar um passo para a frente, mas a mulher, Amatis, bloqueou a passagem. Estava balançando a cabeça com tanta força que as tranças chicoteavam para a frente e para trás. — Como pode vir aqui, Lucian? Como *ousa* vir aqui?

— Não tive escolha. — Luke segurou Clary com mais força. Ela conteve o choro. Todo o seu corpo parecia arder em febre, cada nervo cheio de dor.

— Então você precisa voltar — disse Amatis. — Se for embora imediatamente...

— Não estou aqui por minha causa. Estou aqui pela menina. Ela está morrendo. — Enquanto a mulher o encarava, ele acrescentou: — Amatis, por favor. Ela é a *filha de Jocelyn*.

Fez-se um longo silêncio, durante o qual Amatis virou uma estátua, imóvel na entrada. Parecia congelada, se de surpresa ou horror, Clary não sabia dizer. Clary cerrou o punho — a palma estava grudenta com sangue onde as unhas haviam penetrado —, mas nem a dor ajudava agora; o mundo estava se desfazendo em cores suaves, como um quebra-cabeça boiando na superfície da água. Mal ouviu a voz de Amatis quando ela recuou e disse:

— Muito bem, Lucian. Pode trazê-la para dentro.

Quando Simon e Jace voltaram para a sala, Aline já tinha servido comida na mesa baixa entre os sofás. Havia pão e queijo, fatias de bolo, maçãs, e até uma garrafa de vinho, na qual Max não tinha permissão de tocar. Ele estava sentado no canto com um prato de bolo, o livro aberto no colo. Simon teve pena. Ele próprio se sentia tão sozinho no meio do resto das pessoas do grupo que riam e conversavam quanto Max, provavelmente.

Viu Aline tocar o pulso de Jace com os dedos ao pegar um pedaço de maçã, e sentiu-se ficando tenso. *Mas é isso que você quer que ele faça*, disse a si mesmo, porém, de algum jeito não conseguia se livrar da sensação de que Clary estava sendo desrespeitada.

Jace encontrou seu olhar sobre a cabeça de Aline e sorriu. De alguma forma, mesmo não sendo um vampiro, conseguia ter um sorriso que parecia ser todo dentes pontudos. Simon desviou o olhar, voltando-o para a sala. Notou que a música que ouvira mais cedo não vinha de um aparelho de som, mas de uma engenhoca mecânica de aparência complicada.

Pensou em puxar conversa com Isabelle, mas ela estava falando com Sebastian, cujo rosto elegante e atento estava voltado para ela. Jace já tinha rido da paixonite de Simon por Isabelle uma vez, mas Sebastian, sem dúvida, conseguia lidar com ela. Caçadores de Sombras eram criados para serem capazes de lidar com qualquer coisa, não eram? Entretanto, o olhar no rosto de Jace quando disse que planejava ser somente irmão de Clary o deixara pensando...

— Acabou o vinho — declarou Isabelle, repousando a garrafa na mesa com um ruído.

— Vou pegar mais. — Com uma piscadela para Sebastian, ela desapareceu na cozinha.

— Se não se importa que eu fale, você está um pouco quieto. — Era Sebastian, se inclinando sobre a parte de trás da cadeira de Simon com um sorriso arrasador. Para alguém de cabelos tão escuros, pensou Simon, a pele de Sebastian era muito clara, como se não saísse muito no sol. — Está tudo bem?

Simon deu de ombros.

— Não há muitas aberturas para mim na conversa. Parece ser sempre sobre política de Caçadores de Sombras ou pessoas que não conheço, ou ambas.

O sorriso desapareceu.

— Nós, Nephilim, sabemos ser um círculo fechado. É o jeito daqueles que são excluídos do resto do mundo.

— Não acha que vocês mesmos se fecham? Detestam humanos normais...

— "Detestar" é um pouco forte — disse Sebastian. — E você realmente acha que o mundo dos humanos quereria alguma coisa conosco? Tudo o que somos é um lembrete vivo de que sempre que encontram conforto dizendo que não existem vampiros *de verdade*, ou demônios de verdade, ou monstros embaixo da cama, estão mentindo. — Ele voltou a cabeça para Jace, que, Simon percebeu, os estava encarando em silêncio havia vários minutos. — Não concorda?

Jace sorriu.

— *De ce crezi că vă ascultam conversatia?*

Sebastian encontrou seu olhar com uma expressão de interesse satisfeito.

— *M-ai urmărit de când ai ajuns aici* — respondeu. — *Nu-mi dau seama dacă nu mă placi ori dacă ești atât de bănuitor cu toată lumea.* — Levantou-se. — Aprecio a prática do romeno, mas, se não se importa, vou ver por que Isabelle está demorando tanto na cozinha. — Ele desapareceu pela entrada, deixando Jace encarando-o por trás com uma expressão confusa.

— O que houve? Ele não fala romeno, afinal? — perguntou Simon.

— Não — disse Jace. Uma pequena linha franzida havia aparecido entre seus olhos. — Não, ele fala bem.

Mas antes que Simon pudesse perguntar o que queria dizer com aquilo, Alec entrou na sala. Estava com o rosto franzido, exatamente como quando saiu. Repousou o olhar em Simon por um instante, um olhar quase de confusão nos olhos azuis.

Jace olhou para cima.

— Já voltou?

— Não por muito tempo. — Alec esticou o braço para pegar uma maçã com a mão guardada em uma luva. — Só voltei para buscar... ele — disse, gesticulando para Simon com a maçã. — Querem vê-lo no Gard.

Aline pareceu surpresa.

— Sério? — perguntou, mas Jace já estava se levantando do sofá, soltando a mão dela.

CIDADE DE VIDRO

— Querem vê-lo para quê? — disse, com uma calma perigosa. — Espero que tenha descoberto a razão antes de prometer entregá-lo.

— É claro que *perguntei* — irritou-se Alec. — Não sou burro.

— Ora, vamos — disse Isabelle. Ela havia reaparecido na entrada com Sebastian, que trazia uma garrafa. — Às vezes você é um pouco burro, você sabe. Só um *pouco* — repetiu ela, enquanto Alec lhe lançava um olhar assassino.

— Vão mandá-lo de volta a Nova York — disse. — Pelo Portal.

— Mas ele *acabou* de chegar! — protestou Isabelle, fazendo beicinho. — Não tem graça.

— Não é para ter graça, Izzy. A vinda de Simon foi um acidente, então a Clave acha que o melhor é que ele volte para casa.

— Ótimo — disse Simon. — Talvez eu até chegue antes que minha mãe perceba que saí. Qual é a diferença de fuso daqui para Manhattan?

— Você tem uma *mãe*? — Aline parecia impressionada.

Simon ignorou a última pergunta.

— Sério — disse ele, enquanto Alec e Jace trocavam olhares. — Tudo bem. Tudo o que quero é sair daqui.

— Você vai com ele? — perguntou Jace a Alec. — Para se certificar de que está tudo bem?

Estavam se entreolhando de um jeito familiar a Simon. Era como ele e Clary às vezes se olhavam, trocando códigos quando não queriam que os pais soubessem o que estavam planejando.

— O quê? — disse ele, olhando de um para o outro. — Qual é o problema?

Interromperam a troca de olhares; Alec desviou os olhos e Jace voltou-se para Simon com uma expressão suave e sorridente.

— Nada — disse. — Está tudo bem. Parabéns, vampiro, vai poder ir para casa.

Capítulo 4
DIURNO

A noite havia caído sobre Alicante quando Simon e Alec deixaram a casa dos Penhallow e partiram colina acima, em direção a Gard. As ruas da cidade eram estreitas e tortuosas, subindo como pálidas faixas de pedra ao luar. O ar estava frio, apesar de Simon só senti-lo de forma distante.

Alec caminhou em silêncio, à frente de Simon, como se fingisse que estava sozinho. Em sua vida passada, Simon teria tido que quase correr, ofegante, para acompanhar; agora descobrira que podia alcançar Alec simplesmente acelerando o passo.

— Deve ser um saco — disse Simon afinal, enquanto Alec olhava para frente. — Ser obrigado a me acompanhar, quero dizer.

Alec deu de ombros.

— Tenho 18 anos. Sou um adulto, então preciso ser o responsável. Sou o único que pode entrar e sair do Gard enquanto a Clave está reunida. Além disso, o Cônsul me conhece.

— O que é um Cônsul?

— É como um oficial muito alto da Clave. Contabiliza os votos do Conselho, interpreta a Lei para a Clave, e aconselha a eles e ao Inquisidor. Se você controla um Instituto e encontra um problema que não sabe resolver, chama o Cônsul.

— Ele aconselha o Inquisidor? Mas eu pensei... A Inquisidora não está morta?

Alec riu.

— Isso é como dizer, "o presidente não está morto?". Sim, a Inquisidora morreu; agora temos um novo. Inquisidor Aldertree.

Simon olhou para baixo da colina em direção à água escura dos canais agora distantes. Tinham deixado a cidade para trás e estavam passando por uma estrada estreita cercada de árvores sombrosas.

— Só sei de uma coisa: inquisições não funcionaram muito bem para o meu povo no passado. — Mas a expressão de Alec continuou vazia. Então Simon acrescentou: — Deixa para lá. Foi só uma piada de história mundana. Você não se interessaria.

— Você não é mundano — destacou Alec. — Por isso Aline e Sebastian estavam tão empolgados para vê-lo. Não que Sebastian deixe transparecer; ele sempre age como se já tivesse visto tudo.

Simon reagiu sem pensar.

— Ele e Isabelle estão... Tem alguma coisa rolando entre eles?

Isso fez Alec gargalhar.

— Isabelle e *Sebastian*? Nada. Sebastian é um cara legal, Isabelle só gosta de sair com meninos inadequados que nossos pais detestariam. Mundanos, integrantes do Submundo, trapaceiros mesquinhos...

— Obrigado — disse Simon. — Fico feliz em fazer parte do grupo dos criminosos.

— Acho que ela faz pela atenção — disse Alec. — Ela também é a única menina da família, então precisa provar constantemente o quanto é durona. Ou, pelo menos, é isso que pensa.

— Ou talvez esteja tentando desviar a atenção de você — disse Simon, de maneira quase ausente. — Sabe, já que os seus pais não sabem que você é gay e tudo mais.

Alec parou no meio da estrada tão de repente que Simon quase colidiu contra ele.

— Não — disse ele —, mas aparentemente *todas* as outras pessoas sabem.

— Exceto Jace — disse Simon. — Ele não sabe, sabe?

Alec respirou fundo. Estava pálido, Simon notou, ou poderia ser apenas o luar, descolorindo tudo. Seus olhos pareciam negros na escuridão.

— Realmente não entendo como isso possa ser da sua conta. A não ser que esteja tentando me ameaçar.

— Tentando *ameaçar*? — Simon espantou-se. — Não estou...

— Então por quê? — disse Alec. E de repente havia uma vulnerabilidade afiada na voz do rapaz, que estarreceu Simon. — Por que puxar o assunto?

— Porque sim — disse Simon. — Você parece me odiar o tempo todo. Não tomo como algo pessoal, mesmo que tenha salvado a sua vida. Você parece odiar o mundo todo, mais ou menos. Além disso, não temos quase nada em comum. Mas o vejo olhando para Jace, e me vejo olhando para Clary, e penso, talvez tenhamos isso em comum. E talvez por isso você pudesse desgostar de mim um pouco menos.

— Então não vai contar para Jace? — disse Alec. — Quero dizer, você contou para Clary como se sentia e...

— E não foi uma boa ideia — disse Simon. — Agora passo o tempo todo pensando em como posso voltar ao que era antes depois de uma coisa dessas. Se podemos ser amigos outra vez ou se o que tínhamos se quebrou. Não por causa dela, mas por minha causa. Talvez se encontrasse outra pessoa...

— Outra pessoa — repetiu Alec. Tinha começado a andar outra vez, rapidamente, encarando a estrada à frente.

Simon se apressou para acompanhá-lo.

— Você entendeu. Por exemplo, acho que Magnus Bane gosta muito de você. E ele é bem legal. As festas dele são ótimas, pelo menos. Mesmo que eu tenha sido transformado em rato naquela vez.

— Obrigado pelo conselho. — A voz de Alec estava seca. — Mas não acho que ele goste tanto assim de mim. Mal falou comigo quando veio abrir o Portal no Instituto.

— Talvez você devesse ligar para ele — sugeriu Simon, tentando não pensar muito no quão estranho era o fato de estar aconselhando um caçador de demônios sobre a possibilidade de namorar um feiticeiro.

— Não posso — disse Alec. — Não há telefones em Idris. E não importa, de qualquer jeito. — Seu tom era abrupto. — Chegamos. Aqui é o Gard.

Uma parede alta se erguia na frente deles, com um enorme par de portões. Os portões eram marcados com padrões espiralados e angulares de símbolos e, apesar de Simon não conseguir lê-los como Clary o fazia, havia algo impressionante na complexidade e na sensação de poder que irradiava deles. Os portões eram guardados por estátuas de pedras de anjo, com rostos ameaçadores e belos. Cada um trazia uma espada esculpida na mão, e uma criatura — uma mistura de rato, morcego e lagarto, com dentes pontudos e assustadores — contorcia-se, à beira da morte, a seus pés. Simon ficou olhando para eles por um longo tempo. Demônios, concluiu — mas poderiam tranquilamente ser vampiros.

Alec abriu o portão e gesticulou para Simon passar. Uma vez lá dentro, piscou os olhos, confuso. Desde que se tornara vampiro, sua visão noturna havia aguçado para uma clareza tipo laser, mas as dúzias de tochas alinhadas na trilha até as portas do Gard eram feitas de luz mágica, e o brilho branco e forte parecia manchar os detalhes de tudo. Tinha uma vaga noção de Alec guiando-o para a frente por um caminho estreito de pedras que reluzia com a iluminação refletida, e então havia alguém na trilha à frente dele, bloqueando a passagem com um braço levantado.

— Então este é o vampiro? — A voz era gutural o bastante para se aproximar de um rosnado. Simon levantou o rosto, a luz queimando os olhos. Eles teriam lacrimejado se ainda fossem capazes de produzir lágrimas. Luz mágica, pensou. *Luz de anjo me queima. Acho que eu não deveria estar surpreso.*

O homem à sua frente era muito alto, com pele pálida sobre maçãs do rosto saltadas. Sob uma camada de cabelos negros, tinha a testa alta, nariz proeminente e aquilino. Sua expressão ao olhar para Simon era como alguém que entra no metrô e vê um rato grande correndo para a frente e para trás nos trilhos, quase torcendo para que o trem passe e o esmague.

— Este é Simon — disse Alec, um pouco incerto. — Simon, este é o Cônsul Malaquias Dieudonné. O Portal está pronto, senhor?

— Está — disse Malaquias. Seu tom de voz era sério, e carregava um sotaque distante. — Está tudo pronto. Vamos, garoto do Submundo — disse, chamando Simon. — Quanto mais cedo isso terminar, melhor.

Simon fez menção de ir até o homem mas Alec o parou com uma mão no braço.

— Só um instante — disse ele, dirigindo-se ao Cônsul. — Ele será mandado diretamente para Manhattan? E haverá alguém esperando por ele do outro lado?

— Sim — disse Malaquias. — O feiticeiro Magnus Bane. Como permitiu estupidamente que o vampiro viesse a Idris, se responsabilizou pela volta dele.

— Se Magnus não tivesse permitido que ele atravessasse o Portal, Simon teria morrido — disse Alec, de forma um pouco ríspida.

— Talvez — disse Malaquias. — Foi o que seus pais disseram, e a Clave optou por acreditar. Contra meu conselho, por sinal. Mesmo assim, não se traz levianamente um integrante do Submundo à Cidade de Vidro.

— Não teve nada de leviano. — A raiva invadiu o peito de Simon. — Estávamos sendo atacados...

Malaquias voltou o olhar para Simon.

— Você vai falar comigo quando eu falar com você, menino do Submundo, não o contrário.

O aperto de Alec no braço de Simon ficou mais firme. Havia um olhar em seu rosto — meio hesitante, meio desconfiado, como se duvidasse da própria sabedoria ao trazer Simon.

— Ora, Cônsul, *realmente*! — A voz que atravessava o jardim era aguda, um pouco ofegante, e Simon viu, com alguma surpresa, que pertencia a um homem, pequeno e redondo, correndo pela trilha em direção a eles. Trajava uma capa cinza larga sobre o uniforme de Caçador de Sombras, e a careca brilhava à luz mágica. — Não há por que alarmar nosso convidado.

— Convidado? — Malaquias parecia enfurecido.

O homenzinho parou diante de Alec e Simon e os contemplou.

— Estamos muito satisfeitos, felizes na verdade, por você ter decidido cooperar com nosso pedido para voltar a Nova York. Realmente facilita muito as coisas. — Piscou para Simon, que retribuiu o olhar, confuso. Não achava que já tivesse conhecido um Caçador de Sombras que parecesse feliz em vê-lo. Nem quando era mundano, e definitivamente não agora, que era um vampiro. — Ah, eu quase me esqueci! — O homem deu um tapa na própria testa em remorso. — Deveria ter me apresentado. Sou o Inquisidor, o *novo* Inquisidor. Inquisidor Aldertree é o meu nome.

Aldertree estendeu a mão para Simon e, em um movimento confuso, Simon a segurou.

— E você. Seu nome é Simon?

— É — disse Simon, puxando a mão assim que pôde. O aperto de Aldertree era desagradavelmente úmido e pegajoso. — Não precisa me agradecer por cooperar. Tudo que quero é voltar para casa.

— Tenho certeza de que sim, tenho certeza de que sim! — Apesar de o tom de Aldertree ser jovial, algo passou por seu rosto enquanto falava, uma expressão que Simon não sabia nomear. Logo desapareceu, enquanto Aldertree sorria e gesticulava em direção a uma trilha estreita que se curvava ao lado do Gard. — Por aqui, Simon, por favor.

Simon foi para a frente, e Alec fez menção de segui-lo. O Inquisidor levantou a mão.

— Isso é tudo que precisamos de você, Alexander. Obrigado pela ajuda.

— Mas Simon... — começou Alec.

— Ficaremos bem — garantiu o Inquisidor. — Malaquias, por favor, leve Alexander até a saída. E dê a ele uma pedra enfeitiçada para ajudá-lo a voltar para casa, se não tiver trazido uma. A trilha pode ser traiçoeira à noite.

E com outro sorriso beatífico, partiu com Simon, deixando Alec olhando para os dois.

O mundo ardeu ao redor de Clary em um borrão quase tangível enquanto Luke a carregava sobre a entrada da casa e por um longo corredor, com Amatis se apressando à frente deles com a pedra de luz enfeitiçada. Pior do que só um pouco delirante, ela ficou com o olhar fixo enquanto o corredor se desdobrava diante dela, tornando-se cada vez mais longo, como num pesadelo.

O mundo virou de lado. De repente, ela estava deitada em uma superfície fria, e mãos colocavam um cobertor sobre ela. Olhos azuis a encaravam.

— Ela parece muito mal, Lucian — disse Amatis; sua voz era deformada e distorcida, como um disco velho. — O que aconteceu com ela?

— Bebeu meio Lago Lyn. — O som da voz de Luke desvaneceu, e por um instante a visão de Clary clareou: estava deitada no chão frio de azulejos da cozinha e, em algum lugar acima de sua cabeça, Luke estava remexendo em um armário. A cozinha tinha paredes amarelas descascadas. Num fogão antiquado de ferro preto contra uma delas, chamas saltavam, fazendo seus olhos doerem. — Anis, beladona, heléboro... — Luke se afastou do armário com um punhado de vasilhas de vidro. — Você pode ferver tudo isso junto, Amatis? Vou levá-la para perto do fogão. Ela está tremendo.

Clary tentou falar, explicar que não precisava ser aquecida, que estava queimando, mas os sons emitidos por sua boca não eram os que queria. Ela se ouviu choramingando enquanto Luke a levantava, então sentiu o calor descongelando seu lado esquerdo — não tinha nem percebido que estava com frio. Bateu os dentes com força e sentiu gosto de sangue na boca. O mundo começou a tremer ao seu redor como água sacudida em um vidro.

— O Lago dos Sonhos? — A voz de Amatis estava cheia de incredulidade. Clary não conseguia vê-la com clareza, mas ela parecia estar próxima ao fogão, com uma colher de pau na mão. — O que vocês estavam fazendo lá? Por acaso Jocelyn sabe onde...

E o mundo desapareceu, ou pelo menos o mundo real, a cozinha com as paredes amarelas e o fogo reconfortante no fogão. Em vez disso, Clary visualizou as águas do Lago Lyn, refletindo fogo como se fosse a superfície de um pedaço de vidro polido. Anjos andavam sobre o vidro — anjos com asas brancas que pendiam sangrentas e quebradas, e cada um deles tinha o rosto de Jace. Então havia outros anjos, com asas de sombras negras, e estes colocavam a mão no fogo e riam...

— Ela não para de chamar o irmão. — A voz de Amatis parecia oca, como se filtrada por uma altura impossível acima. — Ele está com os Lightwood, não está? Estão com os Penhallow na Princewater Street. Eu poderia...

— Não — disse Luke, de maneira cortante. — Não. É melhor que Jace não fique sabendo sobre isso.

Eu estava chamando Jace? Por que faria isso?, perguntou-se Clary, mas a dúvida durou pouco; a escuridão voltou e as alucinações se apoderaram dela outra vez. Dessa vez, sonhou com Alec e Isabelle; ambos pareciam ter acabado de passar por uma batalha feroz, os rostos marcados por fuligem e lágrimas. Em seguida desapareceram, e ela sonhou com um homem sem face, asas negras brotando das costas como um morcego. Sangue escorria de sua boca quando sorria. Rezando para que as visões desaparecessem, Clary fechou os olhos com força...

Demorou muito até que emergisse novamente para o som de vozes acima.

— Beba isso — disse Luke. — Clary, você tem que beber isso. — Em seguida, havia mãos nas suas costas e um pano ensopado derramando algo fluido na sua boca. Tinha um gosto amargo e horrível, e Clary se engasgou, mas as mãos que a seguravam eram firmes. Engoliu, por cima da dor na garganta inchada. — Isso — disse Luke. — Isso, assim deve melhorar.

Clary abriu os olhos lentamente. Ajoelhados a seu lado estavam Luke e Amatis, os olhos azuis praticamente idênticos, cheios de preocupação. Olhou para trás deles e não viu nada — nada de anjos ou demônios com asas de morcego, apenas paredes amarelas e um bule de chá cor-de-rosa claro equilibrado de forma precária em um parapeito.

— Eu vou morrer? — sussurrou.

Luke sorriu abatido.

— Não. Vai demorar um pouquinho para voltar à forma, mas... você vai sobreviver.

— Tudo bem. — Estava exausta demais para sentir muita coisa, até mesmo alívio. Parecia que todos os ossos do corpo tinham sido removidos, deixando para trás uma cobertura flácida de pele. Olhando para cima, tonta, através dos cílios, quase sem pensar, ela disse: — Seus olhos são os mesmos.

Luke piscou.

— Os mesmos que o quê?

— Que os dela — disse Clary, movendo o olhar sonolento para Amatis, que parecia perplexa. — O mesmo azul.

O fantasma de um sorriso passou pelo rosto de Luke.

— Bem, não é muito surpreendente, se considerarmos... — começou ele. — Clary, não tive a chance de apresentá-las adequadamente antes. Esta é Amatis Herondale. Minha irmã.

O Inquisidor se calou assim que Alec e o superintendente estavam fora do alcance auditivo. Simon o seguiu pela trilha pouco iluminada por luz mágica, tentando não franzir os olhos diante da luminosidade. Estava ciente do Gard ao seu redor como a lateral de um navio se erguendo no oceano; luzes brilhavam das janelas, manchando o céu com um fulgor prateado. Havia janelas mais baixas também, no nível do chão. Muitas tinham grades, e só havia escuridão dentro.

Por fim chegaram a uma porta de madeira em arco na lateral do prédio. Aldertree se moveu para abrir a tranca, e o estômago de Simon se contraiu. As pessoas, notara, desde que havia se transformado em vampiro, tinham odores que mudavam de acordo com o humor. O Inquisidor cheirava a algo amargo e forte como café, mas muito mais desagradável. Simon sentiu a dor aguda na mandíbula que significava que as presas de vampiro queriam descer, e se encolheu para longe do Inquisidor enquanto este passava pela porta.

O corredor adiante era longo e branco, quase como um túnel, como se tivesse sido esculpido a partir de pedra branca. O Inquisidor se apressou, sua pedra de luz mágica refletindo na parede. Para um homem de pernas tão curtas, ele se movia com grande rapidez, olhando de um lado para o outro conforme avançava, franzindo o nariz como se cheirasse o ar. Simon teve que se apressar para acompanhá-lo enquanto passavam por um enorme par de portas, abertas como asas. Na sala à frente, Simon podia ver um anfiteatro com fileiras de cadeiras, cada uma ocupada por um Caçador de Sombras vestido de preto. Vozes ecoavam da parede, muitas exaltadas em raiva, e Simon ouviu trechos de conversas ao passar, as palavras indistintas conforme os falantes se sobrepunham uns aos outros.

— Mas não temos provas do que Valentim quer. Ele não comunicou sua vontade a ninguém...

— Que diferença faz o que ele quer? É um renegado e um mentiroso; você realmente acha que alguma tentativa de apaziguá-lo nos beneficiaria, no fim das contas?

— Sabia que uma patrulha encontrou o corpo de um filhote de lobisomem nos arredores de Brocelind? Drenado de sangue. Parece que Valentim completou o ritual aqui em Idris.

— Com posse de dois dos Instrumentos Mortais, ele é mais poderoso do que qualquer Nephilim tem o direito de ser. Talvez não tenhamos escolha...

— Meu primo morreu naquele navio em Nova York! Não podemos de jeito nenhum permitir que Valentim escape ileso com o que já fez! Temos de nos vingar!

Simon hesitou, curioso para ouvir mais, mas o Inquisidor estava zumbindo em volta dele como uma abelha gorda e irritadiça.

— Vamos, vamos — disse ele, balançando a pedra de luz mágica à frente. — Não temos tempo a perder. Tenho que voltar para a reunião antes que acabe.

Ainda relutante, Simon permitiu que o Inquisidor o empurrasse pelo corredor, com a palavra "vingar" ainda ressoando nos ouvidos. A lembrança daquela noite no navio era fria, desagradável. Quando chegaram à porta esculpida com um símbolo preto e nítido, o Inquisidor pegou uma chave e a destrancou, guiando Simon para dentro com um gesto de boas-vindas.

A sala estava vazia, decorada com uma tapeçaria solitária que exibia um anjo se erguendo de um lago, empunhando uma espada numa das mãos e um cálice na outra. O fato de que já tinha visto tanto o Cálice quanto a Espada pessoalmente distraiu Simon por um instante. Só quando ouviu o clique de uma tranca percebeu que o Inquisidor tinha fechado a porta atrás deles, confinando os dois lá dentro.

Simon olhou em volta. Não havia móveis na sala além de um banco e uma mesa baixa ao lado. Um sino prateado decorativo estava repousado sobre a mesa.

— O Portal... é aqui? — perguntou, incerto.

— Simon, Simon. — Aldertree esfregou as mãos, como se ansioso por uma festa ou algum outro evento agradável. — Você realmente está com pressa para ir embora? Esperava poder lhe fazer algumas perguntas antes...

— Tudo bem. — Simon deu de ombros desconfortavelmente. — Acho que pode perguntar o que quiser.

— Quanta solicitude de sua parte! Que maravilha! — alegrou-se Aldertree. — Então, há quanto tempo exatamente você é um vampiro?

— Há mais ou menos duas semanas.

— E como aconteceu? Sofreu um ataque na rua, ou talvez à noite, na cama? Sabe quem o transformou?

— Bem... não exatamente.

— Mas, meu rapaz! — exaltou-se Aldertree. — Como pode não saber uma coisa dessas? — O olhar repousado em Simon era aberto e curioso. Ele parecia tão inofensivo, pensou Simon. Como o avô de alguém, ou um tio velho e engraçado. Simon provavelmente imaginara o cheiro amargo.

— Não foi tão simples assim — disse Simon, e prosseguiu explicando sobre as duas idas ao Dumort, uma como um rato e a segunda em um impulso tão forte que parecia que uma pinça enorme o segurara e o levara aonde queria. — Então, como pode perceber — concluiu —, assim que entrei pela porta do hotel, fui atacado... não sei qual deles me transformou, ou se foram todos, de algum jeito.

— Céus, céus. Isso não é nada bom. Muito perturbador — disse o Inquisidor, com uma voz estridente.

— Também achei — concordou Simon.

— A Clave não vai ficar satisfeita.

— O quê? — Simon estava estarrecido. — E por que a Clave se importa com a maneira como me tornei um vampiro?

— Bem, se você tivesse sido atacado, era uma coisa — disse Aldertree, num tom de quem se desculpa. — Mas você simplesmente foi para lá e, bem, se entregou aos vampiros, entende? Parece até que você *queria* se tornar um.

— Eu não queria ser um vampiro! Não foi por isso que fui até o hotel!

— Claro, claro. — A voz de Aldertree era tranquilizadora. — Vamos mudar de assunto, sim? — Sem esperar por uma resposta, prosseguiu: — Como foi que os vampiros permitiram que você sobrevivesse, jovem Simon? Considerando que ultrapassou o território deles, o procedimento padrão seria terem se alimentado até você morrer. Depois queimariam seu corpo para impedir que renascesse.

Simon abriu a boca para responder, para contar ao Inquisidor como Raphael o levara ao Instituto e Clary, Jace e Isabelle o haviam levado ao cemitério e cuidado dele enquanto cavava a própria sepultura. Então hesitou. Não sabia muito bem como funcionava a Lei, mas duvidava que em alguma circunstância fosse procedimento-padrão dos Caçadores de Sombras tomar conta de vampiros enquanto ascendiam, ou oferecer sangue para sua primeira alimentação.

— Não sei — disse ele. — Não faço ideia de por que me transformaram em vez de me matar.

— Mas um deles deve tê-lo deixado beber seu sangue, ou você não seria... bem, o que é hoje. Você está dizendo que não sabe quem foi o seu vampiro criador?

Meu vampiro criador? Simon nunca tinha pensado desse jeito; tinha consumido o sangue de Raphael quase que por acidente. E era difícil pensar no menino vampiro como qualquer espécie de criador. Raphael parecia mais novo do que Simon.

— Temo que não.

— Oh, céus! — Suspirou o Inquisidor. — Que infelicidade.

— O que é uma infelicidade?

— Bem, que você esteja mentindo para mim, meu rapaz. — Aldertree balançou a cabeça. — E eu tinha esperado *tanto* que você fosse colaborar. Isso é terrível, simplesmente terrível. Nem sequer *considerou* me contar a verdade? Como um favor?

— *Estou* contando a verdade.

O Inquisidor murchou como uma flor não regada.

— Que pena. — Suspirou novamente. — Que pena. — Ele atravessou a sala e bateu com força na porta, ainda balançando a cabeça.

— O que está havendo? — Confusão e alarme tingiam a voz de Simon. — E o Portal?

— O Portal? — Aldertree riu. — Você não achou que eu simplesmente fosse deixá-lo *ir*, achou?

Antes que Simon pudesse dizer alguma coisa em resposta, a porta se escancarou e Caçadores de Sombras vestidos de preto irromperam dentro da sala, agarrando-o. Lutou enquanto mãos fortes se fechavam em cada um de seus braços. Um capuz foi colocado sobre sua cabeça, cegando-o. Deu chutes na escuridão. Atingiu alguma coisa com o pé e ouviu um palavrão.

Foi lançado para trás violentamente; uma voz quente rosnou ao seu ouvido:

— Repita isso, vampiro, e jogarei água benta na sua garganta para o assistir vomitar sangue até a morte.

— Basta! — O tom de voz fino e preocupado do Inquisidor se alterou. — Não haverá mais ameaças! Só estou tentando ensinar uma lição ao nosso convidado. — Ele deve ter se movido para a frente, pois Simon sentiu o cheiro estranho e amargo outra vez, abafado pelo capuz. — Simon, Simon — disse Aldertree. — Foi um prazer conhecê-lo. Espero que uma noite na prisão do Gard tenha o efeito desejado e pela manhã você colabore um pouco mais. Ainda vejo um futuro brilhante para nós, assim que passarmos por este pequeno percalço. — Simon sentiu a mão dele em seu ombro. — Levem-no para baixo, Nephilim.

Simon gritou, os berros sufocados pelo capuz. Os Caçadores de Sombras o arrastaram para fora da sala, e depois pelo que parecia uma infinidade de corredores labirínticos, serpenteados e angulosos. Por fim chegaram a uma escadaria, que Simon foi forçado a descer, os pés escorregando nos degraus. Não tinha como dizer nada sobre onde estavam — exceto que havia um cheiro próximo, sombrio ao redor, como pedra molhada, e que o ar estava se tornando mais úmido e frio à medida que desciam.

Finalmente pararam. Fez-se um ruído de raspagem, como ferro se arrastando sobre pedra, e Simon foi lançado para a frente ao som de passos que recuavam, o eco de botas na pedra enfraquecendo enquanto Simon cambaleava para levantar. A sensação quente, claustrofóbica e sufocante em volta de seu rosto desapareceu, e ele reprimiu o impulso de respirar fundo — coisa de que não precisava. Sabia que era apenas um reflexo, mas seu peito doía como se realmente tivesse sido privado de ar.

Estava em uma sala quadrada de pedra, com apenas uma janela de grade sobre uma cama pequena e aparentemente dura. Através de uma porta baixa, Simon podia enxergar um banheirinho com uma pia e uma privada. A parede oeste da sala também tinha grades — barras grossas que pareciam de ferro, do chão até o teto, cravadas profundamente no solo. Havia uma porta de barras de ferro na parede; era de dobradiças e sua maçaneta de bronze era marcada com um símbolo preto e denso. Aliás, todas as barras tinham símbolos esculpidos; mesmo nas barras da janela havia linhas compridas e finas.

Apesar de saber que a porta da cela devia estar trancada, Simon não conseguiu se conter; atravessou a prisão para testar a maçaneta. Uma dor cortante correu por sua mão. Ele gritou e puxou o braço para trás, olhando-o fixamente. Fios de fumaça se ergueram da palma queimada; um desenho complexo havia sido marcado em sua pele. Parecia a estrela de Davi dentro de um círculo, com símbolos delicados desenhados em cada espaço entre as linhas.

A dor parecia incandescente. Simon fechou a mão enquanto um soluço emergia até a boca.

— Mas *o que é* isso? — Sussurrou, sabendo que ninguém podia ouvi-lo.

— É o Selo de Salomão — respondeu uma voz. — Contém, dizem eles, um dos Verdadeiros Nomes de Deus. Repele demônios, e a sua espécie também, sendo um artigo da sua fé.

Simon deu um salto, quase se esquecendo da dor na mão.

— Quem está aí? Quem disse isso?

Fez-se uma pausa. Em seguida:

— Estou na cela ao lado, Diurno — disse a voz. Era masculina, adulta, ligeiramente rouca. — Os guardas passaram metade do dia aqui conversando sobre como mantê-lo preso. Então eu nem perderia tempo tentando abrir. É melhor economizar energia até descobrir o que a Clave quer de você.

— Não podem me manter aqui — protestou Simon. — Não pertenço a este mundo. Minha família vai perceber que sumi, meus professores...

— Já cuidaram disso. Existem feitiços simples o bastante, que até um bruxo iniciante poderia utilizar, que darão aos seus pais a ilusão de que existe um motivo perfeitamente legítimo para o seu desaparecimento. Um passeio escolar. Uma visita familiar. É perfeitamente factível. — Não havia qualquer ameaça na voz, ou qualquer tristeza; era direta. — Você realmente acha que nunca fizeram alguém do Submundo desaparecer?

— Quem é você? — A voz de Simon estava entrecortada. — Também faz parte do Submundo? É aqui que nos mantêm?

Dessa vez não houve resposta. Simon chamou novamente, mas o vizinho claramente havia decidido que tinha dito tudo o que queria. Nada respondeu aos gritos de Simon, apenas silêncio.

A dor na mão havia diminuído. Olhando para baixo, Simon viu que a pele não parecia mais queimada, mas a marca do Selo estava registrada em sua palma, como se tivesse sido feita com tinta. Olhou novamente para as barras da cela. Percebeu agora que nem tudo eram símbolos: entalhadas entre eles havia Estrelas de Davi e frases da Torá em hebraico. Os entalhes pareciam recentes.

Os guardas passaram metade do dia aqui conversando sobre como mantê-lo preso, a voz dissera.

Mas não apenas porque ele era um vampiro, ironicamente; em parte, porque era judeu. Passaram metade do dia marcando o Selo de Salomão na maçaneta para que o queimasse ao tocar. Tinham levado todo este tempo para colocar os artigos de sua fé contra ele.

Por algum motivo, essa percepção despiu qualquer resquício de autocontrole de Simon. Ele sentou-se na cama e colocou a cabeça nas mãos.

A Princewater Street estava escura quando Alec voltou do Gard, as janelas das casas fechadas e cobertas por cortinas, somente um ou outro poste de luz enfeitiçada formando piscinas de luminosidade branca nos paralelepípedos. A casa dos Penhallow era a mais iluminada do bairro — velas brilhavam nas janelas, e a porta da frente estava entreaberta, permitindo que um feixe de claridade amarela se projetasse na calçada.

Jace estava sentado no muro baixo de pedras que cercava o jardim da frente dos Penhallow, seus cabelos reluzentes sob a claridade do poste mais próximo. Ele levantou o olhar enquanto Alec se aproximava, e estremeceu um pouco. Estava vestindo apenas uma jaqueta fina, Alec percebeu, e tinha esfriado desde o pôr do sol. O cheiro de rosas desabrochadas tardiamente pairava no ar frio como um perfume suave.

Alec sentou-se no muro ao lado de Jace.

— Passou o tempo todo aqui fora me esperando?

— Quem disse que estou esperando por você?

— Tudo correu bem, se é com isso que está preocupado. Deixei Simon com o Inquisidor.

— Você o *deixou*? Não ficou para se certificar de que ele voltasse bem?

— Tudo correu bem — repetiu Alec. — O Inquisidor disse que o levaria pessoalmente para enviá-lo de volta a...

— O Inquisidor disse, o Inquisidor disse — interrompeu Jace. — A última Inquisidora que conhecemos ultrapassou em muito os limites do poder que tinha... Se não tivesse morrido, a Clave a teria destituído do cargo, talvez até a tivesse amaldiçoado. Quem garante que o novo Inquisidor não é maluco também?

— Ele parecia tranquilo — disse Alec. — Bacana, até. Foi perfeitamente educado com Simon. Ouça, Jace, é assim que a Clave atua. Não controlamos tudo que acontece. Mas você precisa confiar neles. Caso contrário, tudo se transforma em caos.

— Mas eles vacilaram bastante nos últimos tempos, você tem que reconhecer.

— Talvez — disse Alec —, mas se você começar a pensar que sabe mais do que a Clave e a Lei, o que faz de *você* melhor do que a Inquisidora? Ou Valentim?

Jace se contraiu. Parecia ter levado um tapa de Alec, ou pior.

Alec sentiu um aperto no estômago.

— Desculpe. — Estendeu a mão. — Não quis...

Um raio de luz amarela brilhante cortou o jardim repentinamente. Alec levantou o olhar e viu Isabelle na entrada, cercada de luz. Era apenas uma silhueta, mas pelas mãos nos quadris, podia perceber que estava irritada.

— O que vocês dois estão *fazendo* aí fora? — perguntou. — Todos estão se perguntando onde vocês estão.

Alec voltou-se para o amigo.

— Jace...

Mas Jace, levantando-se, ignorou a mão esticada de Alec.

— Espero que tenha razão quanto à Clave. — Foi tudo que disse.

Alec assistiu enquanto Jace voltava para a casa. Sem convite, a voz de Simon lhe veio à mente. *Agora passo o tempo todo pensando em como posso voltar ao que era antes, depois de uma coisa dessas. Se podemos ser amigos outra vez ou se o que tínhamos se quebrou. Não por causa dela, mas por minha causa.*

A porta da frente se fechou, e Alec ficou sentado sozinho no jardim semi-iluminado. Fechou os olhos por um instante, a imagem de um rosto pairando por trás de suas pálpebras. Não o rosto de Jace, pela primeira vez. Os olhos que via eram verdes, pupilas retas. Olhos de gato.

Abrindo os olhos, pôs a mão na sacola e pegou uma caneta e um pedaço de papel, arrancado do caderno de espiral que usava como diário. Escreveu algumas palavras e depois, com a estela, traçou o símbolo do fogo na base da folha. Subiu mais depressa do que ele imaginava; soltou o papel enquanto queimava, flutuando pelo ar como um vaga-lume. Logo tudo o que sobrou foram algumas cinzas, voando como pó branco pelos canteiros de rosas.

Capítulo 5

UM PROBLEMA DE MEMÓRIA

A luz da tarde acordou Clary, um raio de luminosidade pálida que incidia diretamente sobre seu rosto, iluminando o interior das pálpebras em um cor-de-rosa vivo. Ela se mexeu, inquieta, e abriu os olhos cautelosamente.

A febre desaparecera, assim como a sensação de que os ossos estavam derretendo e se quebrando dentro do corpo. Ela se sentou e olhou em volta, curiosa. Estava no que só podia ser o quarto de hóspedes de Amatis — era pequeno, pintado de branco, a cama coberta com uma manta velha de lã. Cortinas de laço se abriam sobre as janelas redondas, permitindo a entrada de círculos de luz. Sentou-se lentamente, esperando ficar tonta. Nada aconteceu. Sentia-se perfeitamente saudável, e até descansada. Ao sair da cama, olhou para si mesma. Alguém a tinha posto em um pijama branco engomado, apesar de agora estar amassado e ficar grande nela; as mangas penduravam-se por cima dos dedos.

Foi até uma das janelas circulares e espiou o lado de fora. Casas empilhadas, feitas de velhas pedras douradas, erguiam-se na lateral da colina, e os telhados pareciam ter telhas de bronze. Este lado da casa não tinha vista para o canal, dava em um jardim lateral estreito, que estava ficando marrom e dourado com o outono. Uma grade subia no lado da casa; uma última rosa se pendurava nela, as pétalas envelhecidas e já amarronzadas.

A maçaneta mexeu, e Clary voltou apressadamente para a cama antes de Amatis entrar, trazendo uma bandeja. Ergueu as sobrancelhas ao perceber que Clary estava acordada, mas não disse nada.

— Onde está Luke? — perguntou Clary, puxando a coberta mais para cima.

Amatis colocou a bandeja sobre a mesa ao lado da cama. Havia uma caneca de alguma coisa quente sobre ela, e algumas fatias de pão com manteiga.

— Você deveria comer alguma coisa — disse ela. — Vai se sentir melhor.

— Estou bem — disse Clary. — Cadê o Luke?

Havia uma cadeira de costas altas perto da mesa; Amatis se sentou, cruzou as mãos no colo, e olhou calmamente para Clary. Sob a luz do dia, Clary podia ver melhor as linhas no rosto da mulher — parecia muitos anos mais velha do que a mãe de Clary, apesar de não ser possível terem idades muito distantes. Seus cabelos castanhos eram marcados por fios grisalhos, os olhos com contornos cor-de-rosa escuros, como se tivesse chorado.

— Ele não está aqui.

— Não está aqui no sentido de ter ido até a esquina para comprar Coca Diet e algumas rosquinhas, ou não está aqui no sentido...

— Foi embora hoje pela manhã, após ter passado a noite sentado com você. Quanto ao destino, não foi específico. — O tom de Amatis era seco, e se Clary não estivesse se sentindo tão infeliz, teria achado graça no fato de que aquilo fazia com que se parecesse ainda mais com Luke. — Quando ele morava aqui, antes de sair de Idris, depois que foi... transformado... comandava uma alcateia que morava na Floresta Brocelind. Disse que ia até eles, mas não explicou por quê, nem por quanto tempo, disse somente que voltaria em alguns dias.

— Simplesmente... me deixou aqui? E devo ficar quieta esperando que volte?

— Bem, não poderia levá-la junto, poderia? — perguntou Amatis. — E não será fácil para você voltar para casa. Você infringiu a Lei vindo para cá do jeito que veio, e a Clave não vai fazer vista grossa ou ser generosa quanto a deixá-la ir.

— Não quero ir para casa. — Clary tentou se recompor. — Vim aqui para... para encontrar uma pessoa. Tenho uma coisa para fazer.

— Luke me contou — disse Amatis. — Deixe-me dar um conselho: só encontrará Ragnor Fell se ele quiser ser encontrado.

— Mas...

— Clarissa — Amatis olhou com curiosidade para ela —, estamos esperando um ataque de Valentim a qualquer momento. Quase todo Caçador de Sombras em Idris está aqui na cidade, dentro das barreiras. Ficar em Alicante é a opção mais segura para você.

Clary congelou. Racionalmente, as palavras de Amatis faziam sentido, mas não ajudavam muito no que se referia a aquietar a voz interior que não parava de gritar que não podia esperar. Precisava encontrar Ragnor Fell *agora*; tinha que salvar a mãe *agora*; tinha que ir *agora*. Conteve o pânico e tentou falar casualmente.

— Luke nunca me disse que tinha uma irmã.

— Não — disse Amatis. — Não teria dito mesmo. Não éramos... próximos.

— Luke disse que seu sobrenome era Herondale — disse Clary. — Mas este é o sobrenome da Inquisidora. Não é?

— Era — disse Amatis, e enrijeceu o rosto como se as palavras doessem. — Ela era minha sogra.

O que Luke tinha dito a Clary sobre a Inquisidora? Que tinha tido um filho, que havia se casado com uma mulher com "ligações familiares indesejáveis".

— Você foi casada com Stephen Herondale?

Amatis pareceu surpresa.

— Você sabe o nome dele?

— Sei, Luke me contou, mas achei que a mulher dele tivesse morrido. Pensei que fosse por isso que a Inquisidora parecesse tão... — *horrível*, queria dizer, mas isso parecia cruel — amarga — concluiu afinal.

Amatis alcançou a caneca que havia trazido; tremeu um pouco a mão ao levantá-la.

— Sim, ela morreu. Se matou. Foi Céline, a segunda mulher de Stephen. Eu fui a primeira.

— E se divorciaram?

— Algo assim. — Amatis entregou a caneca a Clary. — Ouça, beba isto. Precisa colocar alguma coisa no estômago.

Distraída, Clary pegou a caneca e tomou um longo gole. O líquido era encorpado e salgado — não era chá, como tinha pensado, mas sopa.

— Certo — disse ela. — Então, o que aconteceu?

Amatis estava olhando para longe.

— Fazíamos parte do Ciclo, Stephen e eu, assim como todo mundo. Quando Luke... quando aquilo aconteceu a Luke, Valentim precisava de um novo tenente. Ele escolheu Stephen. E quando o escolheu, decidiu que talvez não fosse adequado a esposa do melhor amigo e conselheiro ser alguém cujo irmão era...

— Um lobisomem.

— Ele usou outra palavra — a voz de Amatis era amarga — e convenceu Stephen a anular nosso casamento e encontrar outra mulher, uma que Valentim tinha escolhido para ele. Céline era tão jovem, tão completamente obediente.

— Que horror!

Amatis balançou a cabeça com um riso fraco.

— Foi há muito tempo. Stephen foi gentil, acho... Me deu esta casa e se mudou para a mansão Herondale com os pais e Céline. Nunca mais o vi depois disso. Deixei o Ciclo, é claro. Não me aceitariam mais. A única que ainda me visitou foi Jocelyn. Ela até me contou que quando foi visitar Luke... — colocou o cabelo cinzento atrás da orelha — soube do que tinha acontecido com Stephen na Ascensão depois que tudo acabou. E Céline, eu a detestava, mas senti pena quando soube. Dizem que cortou os pulsos, sangue por todos os lados... — respirou fundo. — Vi Imogen depois no funeral de Stephen, quando puseram o corpo no mausoléu dos Herondale. Nem pareceu me reconhecer. Foi nomeada Inquisidora pouco depois. A Clave achou que mais ninguém caçaria com tanto afinco os antigos membros do Ciclo, e era verdade. Se pudesse ter lavado as lembranças de Stephen com o sangue deles, o teria feito.

Clary pensou nos olhos frios da Inquisidora, no olhar certeiro e duro, e tentou sentir pena.

— Acho que isso a deixou louca — disse ela. — Muito louca. Foi horrível comigo, mas principalmente com Jace. Era como se o quisesse morto.

— Faz sentido — disse Amatis. — Você se parece com a sua mãe, e foi criada por ela, mas seu irmão... — inclinou a cabeça para o lado — ele se parece tanto com Valentim quanto você com Jocelyn?

— Não — disse Clary. — Jace só parece com ele mesmo. — Um tremor passou por ela ao pensar em Jace. — Ele está aqui em Alicante — disse ela, pensando alto. — Se eu pudesse vê-lo...

— Não — falou Amatis com aspereza. — Você não pode deixar a casa. Para ver ninguém. E definitivamente não para ver seu irmão.

— Não posso sair de casa? — Clary ficou horrorizada. — Quer dizer que estou confinada aqui? Como uma prisioneira?

— Só por um ou dois dias — comunicou Amatis —, e além disso, você não está bem. Precisa se recuperar. A água do lago quase a matou.

— Mas Jace...

— É um dos Lightwood. Você não pode ir até lá. Assim que a virem, vão avisar a Clave que está aqui. E aí você não será a única a ter problemas com a Lei. Luke também vai.

Mas os Lightwood não vão me trair para a Clave. Não fariam isso...

As palavras morreram em sua boca. Jamais conseguiria conseguir convencer Amatis de que os Lightwood que havia conhecido há 15 anos não existiam mais, que Robert e Maryse não eram mais fanáticos cegamente leais. Ela podia ser irmã de Luke, mas para Clary continuava sendo uma estranha. Era quase uma estranha para Luke. Ele não a via fazia 16 anos — sequer chegou a mencionar sua existência. Clary se inclinou para trás sobre os travesseiros, fingindo exaustão.

— Tem razão — disse. — Não estou me sentindo bem. Acho melhor dormir.

— Boa ideia. — Amatis se inclinou e pegou a caneca vazia da mão de Clary. — Se quiser tomar um banho, o banheiro fica do outro lado do corredor. E tem um baú de roupas velhas ao pé da cama. Você parece ter o mesmo tamanho que eu quando era da sua idade, então pode ser que caibam. Ao contrário do pijama — acrescentou, e deu um sorriso fraco que Clary não retribuiu. Estava ocupada demais combatendo o ímpeto de bater com os punhos no colchão, de frustração.

Assim que a porta se fechou atrás de Amatis, Clary saiu da cama e foi para o banheiro, torcendo para que a água quente ajudasse a clarear a mente. Para seu alívio, apesar de todos os costumes antiquados dos Caçadores de Sombras, eles pareciam acreditar em sistemas de encanamento modernos, e em água quente e fria. Havia até um sabão cítrico com cheiro forte para ajudar a combater o cheiro remanescente do Lago Lyn em seus cabelos. Quando voltou, enrolada em duas toalhas, estava se sentindo muito melhor.

De volta ao quarto, remexeu no baú de Amatis. As roupas estavam cuidadosamente guardadas entre camadas de papel de seda. Havia o que pareciam roupas de escola — casacos de lã azul-marinho com uma insígnia que parecia com quatro Cs de costas uns para os outros costurada sobre um bolso no peito, saias xadrez e camisas sociais com punhos estreitos. Havia um vestido branco entre as camadas de papel — um vestido de casamento, Clary pensou, colocando-o de lado com cuidado. Abaixo, mais um vestido, este de seda prateada, com alças finas ornadas em joias para sustentar o tecido. Clary não conseguia imaginar Amatis com ele, mas... *Este é o tipo de coisa que minha mãe poderia ter vestido quando saía para dançar com Valentim*, não conseguia deixar de pensar, e deixou o vestido deslizar de volta para o baú, sentindo a textura macia e suave.

Em seguida, viu o uniforme de Caçadora de Sombras, no fundo.

Clary pegou aquelas roupas e as espalhou, curiosa, sobre o colo. Na primeira vez em que viu Jace e os Lightwood, estavam com as roupas de luta: camisas justas e calças de material escuro e resistente. De perto podia ver que o material não esticava, mas era duro, um couro fino batido até se tornar flexível. Havia uma espécie de jaqueta de zíper e calças com cintos complicados. Cintos de Caçadores de Sombras eram coisas grandes, firmes, feitas para sustentar armas.

Ela deveria, é claro, colocar um dos casacos e talvez uma saia. Provavelmente era o que Amatis tinha em mente quando sugeriu. Mas alguma coisa no uniforme de combate a chamava; *sempre* tinha tido curiosidade, sempre imaginou como seria...

Alguns minutos mais tarde as toalhas estavam penduradas ao pé da cama e Clary estava se olhando no espelho com surpresa, sem achar nenhuma graça. O uniforme cabia — era apertado, mas não muito, e fazia com que parecesse que *tinha* curvas, o que era uma espécie de novidade. Não podia deixá-la com aparência formidável — duvidava que alguma coisa pudesse — mas pelo menos parecia mais alta e, contra o material escuro, seus cabelos pareciam extraordinariamente brilhantes. Aliás... *pareço a minha mãe*, Clary pensou com espanto.

E parecia. Jocelyn sempre teve um interior duro de aço sob a aparência de boneca. Clary sempre imaginara o que havia acontecido no passado da mãe para deixá-la como era — forte e inflexível, teimosa e destemida. *Seu irmão se parece tanto com Valentim quanto você com Jocelyn?* Amatis perguntara, e Clary queria responder que não se parecia com a mãe, que a mãe era linda e ela não. Mas a Jocelyn que Amatis conhecera era a menina que havia planejado acabar com Valentim, que forjara secretamente uma aliança entre Nephilim e integrantes do Submundo para dissolver o Ciclo e salvar os Acordos. *Aquela* Jocelyn jamais teria concordado em ficar quieta em casa esperando enquanto o mundo ruía.

Sem parar para pensar, Clary atravessou o quarto e trancou a porta. Foi até a janela e a abriu. A grade estava lá, na lateral da parede de pedra como... *como uma escada*, disse Clary a si mesma. *Exatamente como uma escada — e escadas são perfeitamente seguras.*

Respirando fundo, subiu no parapeito.

Os guardas voltaram para buscar Simon na manhã seguinte, sacudindo-o para acordá-lo de um sono ruim e atormentado por sonhos estranhos. Dessa vez não o vendaram quando o conduziram de volta para cima, e ele deu uma rápida olhada na porta de barras da cela ao lado da dele. Se tinha esperanças de ver o dono da voz rouca que havia lhe falado na noite anterior, ficou desapontado. A única coisa visível através das grades era o que parecia uma pilha de panos velhos.

Os guardas apressaram Simon por uma série de corredores cinzentos, sacudindo-o rapidamente se olhasse demais em alguma direção. Finalmente chegaram a uma sala cheia de papel de parede. Havia retratos pendurados, de diferentes homens e mulheres com uniformes de Caçadores de Sombras, as molduras decoradas com símbolos. Embaixo de um dos maiores retratos havia um sofá vermelho no qual o Inquisidor estava sentado, segurando o que parecia um cálice de prata na mão. Ofereceu-o a Simon.

— Sangue? — perguntou. — Deve estar com fome.

Apontou o cálice na direção de Simon, e a visão do líquido vermelho o atingiu, assim como o cheiro. Suas veias se esticavam em direção ao sangue, como cordas em controle de um mestre de marionetes. A sensação era desagradável, quase dolorosa.

— É... humano?

Aldertree riu.

— Meu jovem! Não seja ridículo. É sangue de cervo. Fresquinho.

Simon não disse nada. O lábio inferior ardeu onde as presas desceram, e ele sentiu o gosto do próprio sangue na boca. Ficou enjoado.

A face de Aldertree se enrugou como uma ameixa seca.

— Céus — voltou-se para os guardas —, deixem-no agora, cavalheiros — disse, e eles viraram para sair. Só o Cônsul parou na porta, olhando de volta para Simon com um olhar de evidente nojo.

— Não, obrigado — disse Simon com a boca seca. — Não quero o sangue.

— Suas presas dizem o contrário, jovem Simon — respondeu Aldertree, engenhoso. — Aqui. Tome. — Esticou o cálice, e o cheiro de sangue pareceu preencher a sala como o cheiro de rosas em um jardim.

Os incisivos de Simon desceram, completamente expostos agora, rasgando-lhe o lábio. A dor foi como um tapa; ele foi para a frente, quase sem vontade, e agarrou o cálice da mão do Inquisidor. Esvaziou-o em três goles. Em seguida, percebendo o que tinha acabado de fazer, pousou-o no braço do sofá. A mão estava tremendo. *Inquisidor, um,* pensou. *Eu, zero.*

— Imagino que sua noite na cela não tenha sido tão desagradável? Não são feitas para serem câmaras de tortura, rapaz, é mais um espaço para reflexão forçada. Acho que a reflexão é excelente para centrar a cabeça, não concorda? É essencial para se pensar com clareza. Espero que tenha conseguido pensar um pouco. Parece um menino pensativo. — O Inquisidor inclinou a cabeça para o lado. — Levei aquele cobertor para você com minhas próprias mãos, saiba. Não queria que ficasse com frio.

— Sou um vampiro — disse Simon. — Não sentimos frio.

— Ah. — O Inquisidor parecia decepcionado.

— Apreciei as Estrelas de Davi e o Selo de Salomão — acrescentou Simon secamente. — É sempre bom ver pessoas se interessando pela minha religião.

— Ah, sim, claro, claro! — Aldertree alegrou-se. — Ótimos, não são, os entalhes? Incrivelmente charmosos, e, claro, infalíveis. Imagino que qualquer tentativa de tocar a porta da cela iria derreter completamente a sua mão! — Riu, claramente empolgado com o pensamento. — Enfim. Poderia dar um passo para trás, rapaz? Só um favor, meramente um favor, você entende.

Simon deu um passo para trás.

Nada aconteceu, mas os olhos do Inquisidor se arregalaram e a pele estufada em volta deles pareceu esticada e brilhante.

— Entendo — suspirou.

— Entende o quê?

— Veja onde está, jovem Simon. Olhe em volta.

Simon olhou — nada na sala havia mudado, e ele precisou de um instante para perceber do que Aldertree estava falando. Estava sobre um pedaço iluminado pelo sol que entrava por uma janela no alto.

Aldertree estava quase se contorcendo de excitação.

— Você está diretamente exposto ao sol e isso não está causando qualquer efeito. Quase não teria acreditado... quero dizer, me contaram, é claro, mas nunca vi nada parecido.

Simon não disse nada. Não parecia haver nada a ser dito.

— A pergunta para você, é claro — prosseguiu Aldertree —, é se sabe por que é assim.

— Talvez eu seja mais simpático que os outros vampiros. — Simon imediatamente lamentou ter falado. Os olhos de Aldertree se apertaram, e uma veia saltou em sua têmpora como uma minhoca gorda. Claramente não gostava de piadas que não fossem feitas por ele mesmo.

— Muito engraçado, muito engraçado — disse ele. — Deixe-me perguntar o seguinte: você é um Diurno desde que renasceu dos mortos?

— Não — começou Simon com cuidado. — Não. No começo, o sol me queimava. Mesmo um feixe de luz solar feria minha pele.

— Muito bem — Aldertree assentiu vigorosamente, como se quisesse dizer que era assim que as coisas deveriam ser. — Então quando foi que percebeu que podia se expor ao sol sem dor?

— Foi na manhã depois da grande batalha no navio de Valentim que...

— Durante a qual Valentim o capturou, certo? Ele o manteve prisioneiro no navio, com a intenção de usar seu sangue para completar o Ritual da Conversão Infernal.

— Acho que já está sabendo de tudo — disse Simon. — Não precisa de mim.

— Ah, não, de jeito nenhum! — gritou Aldertree, jogando as mãos para o alto. Tinha mãos muito pequenas, Simon notou, tão pequenas que pareciam um pouco deslocadas nas extremidades daqueles braços. — Você tem muito a contribuir, meu caro! Por exemplo, não posso deixar de imaginar se aconteceu alguma coisa no navio, alguma coisa que o *mudou*. Consegue pensar em alguma coisa?

Bebi o sangue de Jace, pensou Simon, quase inclinado a repetir o pensamento em voz alta, só de implicância — em seguida, com um susto, percebeu: *bebi o sangue de Jace*. Será que isso o tinha transformado? Seria possível? E, possível ou não, será que poderia dizer ao Inquisidor o que Jace tinha feito? Proteger Clary era uma coisa; proteger Jace era outra. Não devia nada a Jace.

Exceto que não era verdade. Jace lhe oferecera o próprio sangue, salvara sua vida. Outro Caçador de Sombras teria feito isso por um vampiro? E mesmo que tivesse feito apenas pelo bem de Clary, fazia alguma diferença? Pensou em si mesmo dizendo, *poderia tê-lo matado*. E Jace: *teria deixado*. Não tinha como prever em que espécie de encrenca Jace estaria se a Clave soubesse que ele tinha salvado a vida de Simon, e como.

— Não me lembro de nada no navio — disse Simon. — Acho que Valentim me dopou, ou coisa do tipo.

O rosto de Aldertree despencou.

— É uma péssima notícia. Péssima. Sinto muito em ouvir isso.

— Sinto muito também — disse Simon, apesar de não ser verdade.

— Então não há nada de que se lembre? Nenhum detalhezinho que se sobressaia?

— Só me lembro de ter desmaiado quando Valentim me atacou, e depois acordei... na caminhonete de Luke, indo para casa. Não me lembro de mais nada.

— Céus, céus. — Aldertree vestiu a capa. — Vejo que os Lightwood parecem ter se afeiçoado a você, mas outros da Clave não são tão... compreensivos. Foi capturado por Valentim, sobreviveu ao confronto com um novo poder peculiar que não tinha antes, e agora chegou ao coração de Idris. Entende o que isso *parece*?

Se o coração de Simon ainda batesse, estaria acelerado.

— Você acha que sou um espião de Valentim.

Aldertree pareceu espantado.

— Rapaz, rapaz, confio em você, é claro. Confio implicitamente! Mas a Clave, ah, a Clave... temo que sejam muito desconfiados. Torcíamos muito para que fosse capaz de nos ajudar. Veja, e eu não deveria estar lhe contando isso, mas sinto que posso confiar em você: a Clave está seriamente encrencada.

— A Clave? — Simon espantou-se. — Mas o que isso tem a ver com...

— Veja — prosseguiu Aldertree —, a Clave está dividida, em guerra consigo mesma, pode-se dizer, em tempos de guerra. Erros foram cometidos, pela última Inquisidora e por outros, talvez até seja melhor não perder tempo com isso. Mas veja bem, a própria autoridade da Clave, do Cônsul e do Inquisidor, está sendo questionada. Valentim sempre parece estar um passo à nossa frente, como se conhecesse nossos planos com antecedência. O Conselho não vai ouvir o que digo nem o que Malaquias disser, não depois do que aconteceu em Nova York.

— Pensei que tinha sido a Inquisidora que...

— E foi Malaquias quem a indicou. É claro que ele não fazia ideia de que ela iria enlouquecer daquele jeito...

— Mas — disse Simon, um pouco azedo —, tem a questão do que isso *parece*.

A veia saltou na testa de Aldertree outra vez.

— Esperto — disse ele. — E tem razão. Aparências importam, na política principalmente. Sempre se pode influenciar a multidão, desde que se tenha *uma boa história*. — O Inquisidor se inclinou para a frente, os olhos fixos em Simon. — Agora me deixe contar uma história para *você*. É assim. Os Lightwood já integraram o Ciclo. Em algum momento, se arrependeram e receberam o perdão sob a condição de se manterem longe de Idris; foram para Nova York e administraram o Instituto de lá. Os registros limpos os fizeram recuperar a confiança da Clave. Mas o tempo todo sabiam que Valentim estava vivo. O tempo todo foram servos leais *dele*. Pegaram seu filho...

— Mas eles não sabiam...

— *Quieto* — rosnou o Inquisidor, e Simon se calou. — Ajudaram-no a encontrar os Instrumentos Mortais e auxiliaram com o Ritual da Conversão Infernal. Quando a Inquisidora descobriu o que tramavam secretamente, providenciaram para que fosse morta durante a batalha do navio. E agora estão aqui, no coração da Clave, para espiarem nossos planos e os revelarem a Valentim na medida em que forem elaborados, para poderem nos derrotar e curvar todos os Nephilim a sua vontade. E o trouxeram consigo, você, um vampiro que suporta a luz do sol, para nos desvirtuar de seus verdadeiros planos: devolver a glória ao Ciclo e destruir a Lei. — O Inquisidor se inclinou para a frente, os olhos suínos brilhando. — O que acha da história, vampiro?

— Acho loucura — disse Simon. — E tem mais buracos do que a Kent Avenue no Brooklyn, que, por sinal, não sabe o que é uma obra de restauração há anos. Não sei o que espera conseguir com isso...

— *Espera?* — ecoou Aldertree. — Eu não *espero*, menino do Submundo. Eu sei. Sei que é meu dever sagrado salvar a Clave.

— Com uma mentira? — disse Simon.

— Com uma história — disse Aldertree. — Grandes políticos relatam contos para inspirar seus seguidores.

— Não há nada de inspirador em culpar os Lightwood por tudo...

— Alguns sacrifícios são necessários — disse Aldertree. Seu rosto brilhava com a luz refletida no suor. — Uma vez que o Conselho tenha um inimigo comum e uma razão para voltar a confiar na Clave, vai se unir. O que é o custo de uma família em comparação a tudo isso? Aliás, duvido que alguma coisa séria aconteça aos filhos dos Lightwood. Bem, talvez o menino mais velho. Mas os outros...

— Não pode fazer isso — disse Simon. — Ninguém vai acreditar nessa história.

— As pessoas acreditam no que querem acreditar — disse Aldertree —, e a Clave quer um culpado. Posso oferecer isso a eles. Só preciso de você.

— De mim? O que isso tem a ver comigo?

— Confesse. — O rosto do Inquisidor estava vermelho de empolgação agora. — Confesse que é um servo dos Lightwood, que estão todos com Valentim. Confesse e terei clemência. Eu o devolverei aos seus. Juro que o farei. Mas preciso de uma confissão para fazer a Clave acreditar.

— Você quer que eu confesse uma mentira — disse Simon. Sabia que só estava repetindo o que o Inquisidor já tinha dito, mas sua mente estava a mil; não parecia conseguir se agarrar a nenhum pensamento. Os rostos dos Lightwood giravam pela cabeça: Alec ofegando no caminho para o Gard; os olhos negros de Isabelle nos seus; Max inclinado sobre um livro.

E Jace. Jace era um deles tanto quanto se tivesse o mesmo sangue. O Inquisidor não havia dito o nome, mas Simon sabia que Jace pagaria junto com o resto. E o que quer que sofresse, Clary sofreria. Como isso tinha acontecido, se perguntou, ele estar ligado a essas pessoas — a pessoas que pensavam nele como nada além de um integrante do Submundo, semi-humano na melhor das hipóteses?

Levantou os olhos para o Inquisidor. Os de Aldertree eram de um estranho preto carvão.

— Não — disse Simon. — Não, eu não vou confessar.

— O sangue que lhe dei — disse Aldertree — é todo o sangue que vai receber até me dar uma resposta diferente. — Não havia qualquer gentileza na voz, nem mesmo falsa. — Ficaria surpreso pela sede que pode sentir.

Simon não disse nada.

— Mais uma noite na cela, então — disse o Inquisidor, se levantando e alcançando a campainha para chamar os guardas. — É bem pacífico aqui, não é? Acho realmente que uma atmosfera pacífica pode ajudar com um pequeno problema de memória, não acha?

Apesar de Clary ter dito a si mesma que se lembrava do caminho que tinha percorrido com Luke na noite anterior, constatou que não era verdade. Ir para o centro da cidade parecia a melhor aposta para encontrar um caminho, mas quando encontrou a praça de pedra com o poço inativo, não se lembrava se deveria ir para a esquerda ou para a direita. Foi para a esquerda, o que a conduziu a um arranjo de ruas retorcidas, cada uma mais parecida com a próxima, e cada passo a deixava mais perdida do que antes.

Finalmente emergiu em uma rua mais ampla cheia de lojas. Pedestres passavam apressados em ambos os lados, nenhum deles lhe dispensando qualquer atenção. Alguns também estavam vestidos com uniforme de combate, mas não a maioria: fazia frio lá fora, e casacos longos e antiquados eram a ordem do dia. O vento estava forte, e com uma pontada Clary pensou no seu casaco verde de veludo, pendurado no quarto de hóspedes de Amatis.

Luke não estivera mentindo quando disse que tinham vindo Caçadores de todas as partes do mundo para a reunião. Clary passou por uma mulher indiana com um belo sári de ouro, um par de lâminas curvas penduradas em uma corrente na cintura. Um homem alto e de pele escura com um rosto asteca angular estava olhando a vitrine de uma loja cheia de armamentos; pulseiras feitas do mesmo material sólido e brilhante das torres subiam por seus pulsos. Um pouco mais à frente na rua, um homem com uma túnica branca de nômade consultava o que parecia um mapa de ruas. Vê-lo fez com que Clary criasse coragem para abordar uma mulher que passava com um casaco pesado e pedisse instruções para achar o caminho para a Princewater Street. Se havia uma época em que os habitantes da cidade não necessariamente desconfiariam de alguém que não sabia aonde estava indo era agora.

83

Seus instintos estavam corretos; sem qualquer traço de hesitação, a mulher passou as instruções apressadamente.

— Então no fim do Canal Oldcastle, atravesse a ponte de pedra e vai encontrar a Princewater — disse, sorrindo para Clary. — Vai visitar alguém em particular?

— Os Penhallow.

— Ah, é a casa azul de bordas douradas, com os fundos para o canal. É grande, não tem como errar.

Ela não estava totalmente errada. Era grande, mas Clary passou direto antes de perceber o erro e dar meia-volta para olhar novamente. Era mais índigo do que azul, pensou, mas nem todos percebiam as cores do mesmo jeito que ela. A maioria das pessoas não sabia a diferença entre amarelo limão e açafrão. Como se fossem sequer parecidos! E as bordas não eram douradas, eram bronze. Um belo bronze escuro, como se a casa estivesse ali há muitos anos, e provavelmente estava. Tudo neste lugar era tão antigo...

Chega, Clary disse a si mesma. Sempre fazia isso quando estava nervosa, deixava a mente vagar nas direções mais estranhas. Esfregou as mãos nas laterais da calça; as palmas estavam suadas e úmidas. O material era áspero e seco contra a pele, como escamas de cobra.

Subiu os degraus e pegou a aldrava pesada. Tinha o formato de asas de anjos, e quando a deixou cair, ouviu o som ecoando como um sino gigantesco. Um instante depois a porta se abriu, e Isabelle Lightwood estava na entrada, com os olhos arregalados em choque.

— Clary?

Clary sorriu um sorriso fraco.

— Oi, Isabelle.

Isabelle se inclinou contra a porta, com a expressão melancólica, e disse:

— Ai, *droga*.

De volta à cela, Simon caiu na cama, ouvindo os passos dos guardas recuando enquanto marchavam para longe da porta. Outra noite. Outra noite na prisão enquanto o Inquisidor esperava que se "lembrasse". *Entende o que isso parece.* Em todos os seus maiores temores, nos piores pesadelos, jamais ocorreu a Simon que alguém pudesse pensar que ele era cúmplice de *Valentim*. Valentim detestava integrantes do Submundo, isso era notório. Valentim o esfaqueou, drenou seu sangue, e o abandonou para morrer. Apesar de que, verdade seja dita, o Inquisidor não sabia disso.

Algo se remexeu do outro lado da parede de cela.

— Tenho que admitir, fiquei imaginando se voltaria — disse a voz rouca da qual Simon se lembrava da noite anterior. — Imagino que não tenha dado ao Inquisidor o que ele queria?

— Acho que não — disse Simon, se aproximando da parede. Passou os dedos pelas pedras, procurando alguma rachadura, algo através do qual pudesse espiar, mas não havia nada. — Quem é você?

— Ele é um homem teimoso, o Aldertree — disse a voz, como se Simon não tivesse falado. — Vai continuar tentando.

Simon se apoiou na parede úmida.

— Então acho que vou passar um bom tempo aqui.

— Suponho que não queira me contar o que ele quer de você?

— Por que quer saber?

A risada que respondeu a Simon soava como metal arranhando pedra.

— Estou nesta cela há mais tempo do que você, Diurno. Como pode perceber, não há muito com que ocupar a mente. Qualquer distração ajuda.

Simon cruzou as mãos sobre a barriga. O sangue do cervo tinha enganado um pouco a fome, mas não fora o bastante. Seu corpo ainda doía de sede.

— Você não para de me chamar assim — disse ele. — *Diurno*.

— Ouvi os guardas falando sobre você. Um vampiro que consegue andar ao sol. Ninguém nunca viu nada parecido.

— E no entanto, há um termo para definir. Conveniente.

— É um termo do Submundo, não da Clave. Existem lendas sobre criaturas como você. Fico surpreso que não saiba.

— Não faz muito tempo que sou do Submundo — disse Simon. — E você parece saber muito a meu respeito.

— Os guardas gostam de fofocar — disse a voz. — E os Lightwood aparecendo pelo Portal com um vampiro moribundo sangrando é uma bela fofoca. Apesar de que, devo dizer, não estava esperando vê-lo por aqui, não até começarem a arrumar a cela para você. Fico surpreso que os Lightwood tenham deixado.

— Por que não deixariam? — disse Simon, amargo. — Não sou nada. Sou do Submundo.

— Talvez para o Cônsul — disse a voz. — Mas os Lightwood...

— O que têm eles?

Fez-se uma pausa curta.

— Os Caçadores de Sombras que vivem fora de Idris, principalmente os que controlam Institutos, tendem a ser mais tolerantes. A Clave local, por outro lado, é bem mais... conservadora.

— E você? — disse Simon. — É do Submundo?

— Do *Submundo*? — Simon não tinha certeza, mas havia uma ponta de raiva na voz do estranho, como se não tivesse gostado da pergunta. — Meu nome é Samuel. Samuel

Blackburn. Sou Nephilim. Há anos integrava o Ciclo, com Valentim. Matei integrantes do Submundo na Ascensão. *Não sou* um deles.

— Ah. — Simon engoliu em seco. Estava com gosto de sal na boca. Os integrantes do Ciclo de Valentim tinham sido presos e castigados pela Clave, lembrava; exceto por aqueles como os Lightwood, que tinham conseguido fazer acordos, ou aceitado exílio em troca de perdão. — E está aqui embaixo desde então?

— Não. Depois da Ascensão, fugi de Idris antes de ser capturado. Passei anos afastado, *anos*, até que, como um tolo, pensando que tinha sido esquecido, voltei. Claro que me pegaram assim que retornei. A Clave tem formas de encontrar os inimigos. Fui arrastado até o Inquisidor e interrogado durante dias. Quando acabaram, me puseram aqui. — Samuel suspirou. — Em francês este tipo de prisão é chamado de *oubliette*. Significa "local de esquecimento". É onde se joga lixo do qual não se quer lembrar, para que ele possa apodrecer sem incomodar com o fedor.

— Tudo bem. Sou do Submundo, então sou lixo. Mas você não. Você é Nephilim.

— Sou um Nephilim que apoiava Valentim. Isso faz de mim alguém nada melhor do que você. Pior, até. Sou um traidor.

— Mas há vários outros Caçadores de Sombras que faziam parte do Ciclo: os Lightwood, e os Penhallow...

— Todos se retrataram. Viraram as costas para Valentim. Eu não.

— Você não? Mas por que não?

— Porque tenho mais medo de Valentim do que da Clave — disse Samuel —, e se você fosse sensato, Diurno, também teria.

— Mas você deveria estar em Nova York! — exclamou Isabelle. — Jace disse que você tinha mudado de ideia sobre vir até aqui. Disse que você queria ficar com a sua mãe!

— Jace mentiu — respondeu Clary secamente. — *Ele* não queria que eu viesse, então mentiu para mim sobre quando vocês vinham, depois mentiu para vocês sobre eu ter mudado de ideia. Lembra quando me disse que ele nunca mentia? *Não é verdade*.

— Normalmente não mente nunca — disse Isabelle, que tinha ficado pálida. — Ouça, você veio aqui, quero dizer, isso tem alguma coisa a ver com Simon?

— Com *Simon*? Não. Ele está seguro em Nova York, graças a Deus. Apesar de que vai ficar bem irritado por não ter conseguido se despedir de mim. — A expressão confusa de Isabelle estava começando a irritar Clary. — Vamos Isabelle, me deixe entrar. Preciso falar com Jace.

— Então... você veio para cá sozinha? Conseguiu permissão da Clave? Por favor, me diga que tem permissão da Clave.

— Bem, não...

— Você transgrediu a *Lei*? — O tom de voz de Isabelle subiu, em seguida caiu. Ela continuou, quase em um sussurro: — Se Jace descobrir, vai ter um ataque. Clary, você *tem* que ir para casa.

— Não. Tenho que ficar aqui — disse Clary, ela mesma incerta quanto a origem da própria teimosia. — E preciso falar com Jace.

— Agora não é um bom momento. — Isabelle olhou em volta ansiosa, como se esperasse que houvesse alguém a quem pudesse pedir ajuda para remover Clary da área. — Por favor, volte para Nova York. Por favor?

— Pensei que você *gostasse* de mim, Izzy. — Clary resolveu apelar.

Isabelle mordeu o lábio. Estava com um vestido branco e o cabelo preso, e parecia mais nova do que normalmente. Atrás dela, Clary podia ver a entrada alta com quadros em tinta a óleo aparentemente antigos.

— Eu *gosto* de você. É que o Jace... meu Deus, o que é que você está vestindo? Onde arranjou uniforme de combate?

Clary olhou para si.

— É uma longa história.

— Não pode entrar aqui assim. Se Jace vir você...

— Ah, e daí se me vir? Isabelle, vim aqui por causa da minha mãe, *pela* minha mãe. Jace pode não me querer aqui, mas não pode me obrigar a ficar em casa. Tenho que estar aqui. Minha mãe esperava que eu fizesse isso por ela. Você faria o mesmo pela sua, não faria?

— Claro que faria — disse Isabelle. — Mas Clary, Jace tem as razões dele...

— Então eu adoraria ouvir quais são. — Clary se abaixou e passou por baixo do braço de Isabelle.

— Clary! — gritou Isabelle, e correu atrás dela, mas Clary já estava na metade do corredor. Ela viu, com a parte da mente que não estava se concentrando em desviar de Isabelle, que a casa era construída como a de Amatis, alta e esguia, mas consideravelmente maior e mais bem-decorada. O corredor abria-se para uma sala com janelas altas com vista para um canal. Barcos brancos transitavam pela água, com as velas flutuando como dentes-de-leão em uma brisa. Um menino de cabelos escuros estava sentado em um sofá perto de uma das janelas, aparentemente lendo um livro.

— Sebastian! — chamou Isabelle. — Não deixe que ela suba!

O menino levantou os olhos, alarmado — e um instante depois estava à frente de Clary, bloqueando a passagem para as escadas. Clary parou — nunca tinha visto ninguém se mover com tanta rapidez antes, exceto Jace. O menino não estava nem ofegando; aliás, sorria para ela.

— Então esta é a famosa Clary. — O sorriso iluminava seu rosto, e Clary se sentiu ficando sem ar. Havia anos que desenhava uma história em quadrinhos, o conto do filho de um rei sob uma maldição cujo efeito era que todos que ele amasse morreriam. Havia transformado todos os seus sonhos naquele príncipe sombrio, romântico, misterioso, e ali estava ele, na frente dela: a mesma pele pálida, o mesmo cabelo escorrido e olhos tão escuros que as pupilas pareciam se misturar à íris. As mesmas maçãs do rosto altas, sombreadas por longos cílios. Sabia que nunca tinha visto este menino antes, e mesmo assim...

Ele parecia confuso.

— Não acho que... já nos conhecemos?

Sem palavras, Clary balançou a cabeça.

— Sebastian! — O cabelo de Isabelle havia soltado, estava espalhado sobre os ombros, e ela os olhava, furiosa. — Não seja legal com ela. Ela não pode estar aqui. Clary, vá para casa.

Com esforço, Clary conseguiu afastar o olhar de Sebastian, e encarou Isabelle.

— O quê, voltar para Nova York? E como vou chegar lá?

— Como você chegou *aqui*? — perguntou Sebastian. — Entrar escondida em Alicante é um feito e tanto.

— Vim por um Portal — disse Clary.

— Um Portal? — Isabelle parecia espantada. — Mas não há mais nenhum Portal em Nova York. Valentim destruiu os dois...

— Não lhe devo explicações — disse Clary. — Não até que você me dê algumas. Para começar, onde está Jace?

— Ele não está aqui — respondeu Isabelle, exatamente na mesma hora em que Sebastian falou "lá em cima".

Isabelle virou-se para ele:

— Sebastian! Cale a *boca*.

Sebastian parecia perplexo.

— Mas ela é irmã dele. Ele não ia querer vê-la?

Isabelle abriu a boca e a fechou outra vez. Clary podia perceber que estava avaliando o problema: de um lado teria de explicar a relação complicada entre os dois para um Sebastian completamente absorto, do outro previa o problema de Jace ter uma surpresa desagradável. Finalmente jogou as mãos para o ar em um gesto de desespero.

— Tudo bem, Clary — disse ela, com uma quantidade incomum de raiva na voz. — Vá em frente e faça o que quiser, independentemente de quem possa machucar. É o que sempre faz mesmo, não é?

Ai. Clary lançou um olhar de reprovação a Isabelle antes de se voltar mais uma vez para Sebastian, que saiu silenciosamente do caminho. Passou por ele e subiu as escadas, vagamente ciente das vozes abaixo enquanto Isabelle gritava com o pobre Sebastian. Mas assim era Isabelle — se houvesse algum menino por perto e alguém precisasse ser culpado de alguma coisa, Isabelle o culparia.

A escadaria alargava e chegava a um andar com uma alcova que tinha vista para a cidade. Havia um menino sentado nela, lendo. Levantou o olhar enquanto Clary subia as escadas, e piscou, surpreso.

— Eu conheço você.

— Oi, Max. Clary, a irmã do Jace. Lembra?

Max se alegrou.

— Você me ensinou a ler *Naruto* — disse, esticando o livro para ela. — Olhe, comprei mais um mangá. Este se chama...

— Max, não posso conversar agora. Prometo que vejo seu livro mais tarde, mas você sabe onde está Jace?

O sorriso de Max se desfez.

— Ali — disse ele, e apontou para a última porta do corredor. — Eu queria entrar com ele, mas ele me disse que precisava fazer coisas de adulto. Todo mundo vive me dizendo isso.

— Sinto muito — disse Clary, mas não estava mais com a cabeça na conversa. Estava muito adiantada: o que diria a Jace quando o visse? O que ele diria para *ela*? Avançando pelo corredor em direção à porta, pensou, *seria melhor ser simpática, não irritada; gritar com ele só fará com que fique na defensiva. Ele tem de entender que meu lugar é aqui, assim como o dele. Não preciso ser protegida como uma peça de porcelana chinesa. Também sou forte...*

Abriu a porta. O cômodo parecia uma espécie de biblioteca, as paredes repletas de livros. Era iluminado, a luz penetrava por uma janela no alto. No meio da sala estava Jace. Mas não sozinho — nem de longe. Havia uma menina de cabelos escuros com ele, uma garota que Clary nunca tinha visto, e os dois estavam entrelaçados em um abraço apaixonado.

Capítulo 6
SANGUE RUIM

Clary foi banhada por uma tontura, como se o ar tivesse sido sugado da sala. Tentou recuar, mas tropeçou e atingiu a porta com o ombro. Ela fechou com um estrondo, e Jace e a garota se separaram.

Clary congelou. Os dois olhavam para ela. Percebeu que a menina tinha cabelos escuros e lisos até os ombros, e era muito bonita. Os botões de cima da blusa estavam abertos, exibindo uma alça do sutiã de renda. Clary sentiu que estava prestes a vomitar.

As mãos da garota foram para a blusa, abotoando-a rapidamente. Não parecia contente.

— Com licença — disse, franzindo o rosto. — Quem é você?

Clary não respondeu — estava olhando para Jace, que a encarava incrédulo. Estava completamente pálido, com círculos escuros em volta dos olhos. Olhava para Clary como se estivesse olhando para o cano de uma arma.

— Aline — a voz de Jace saiu sem calor ou cor —, esta é a minha irmã, Clary.

— Ah. *Ah.* — O rosto de Aline relaxou em um sorriso ligeiramente sem graça. — Desculpe! Que jeito de conhecê-la. Oi, sou Aline.

Foi em direção a Clary, ainda sorrindo, com a mão esticada. *Acho que não consigo tocar nela*, Clary pensou, horrorizada. Olhou para Jace, que pareceu ter lido a expressão em seus olhos; sem sorrir, pegou Aline pelos ombros, e disse alguma coisa ao ouvido da garota. Ela pareceu surpresa, deu de ombros, e foi até a porta sem dizer mais nada.

Com isso, Clary ficou a sós com Jace. Sozinha com alguém que ainda a olhava como se ela fosse seu pior pesadelo, em carne e osso.

— Jace — disse ela, e deu um passo na direção dele.

Ele recuou como se ela estivesse coberta por alguma coisa venenosa.

— O que, em nome do Anjo, Clary, você está fazendo aqui?

Apesar de tudo, a dureza do tom a machucou.

— Você podia ao menos fingir que ficou feliz em me ver. Pelo menos um pouco.

— Não estou feliz em vê-la — disse ele. Parte da cor havia voltado a seu rosto, mas as marcas escuras embaixo dos olhos ainda eram manchas cinzentas na pele. Clary esperou que dissesse mais alguma coisa, mas ele parecia satisfeito em apenas encará-la com um horror evidente. Ela percebeu com uma clareza distraída que ele vestia um casaco preto largo nos pulsos, como se tivesse perdido peso, e que as unhas das mãos estavam completamente roídas. — Nem um pouco.

— Esse não é você — disse ela. — Detesto quando age assim...

— Ah, detesta? Bem, então é melhor que eu pare, não? Quero dizer, você faz tudo que *eu* peço.

— Você não tinha o direito de fazer o que fez! — estourou, furiosa, de repente. — Mentir para mim daquele jeito. Você não tinha o direito...

— Eu tinha *todo direito!* — gritou. Não achava que ele já tivesse gritado com ela assim. — Tinha todo o direito, sua idiota, idiota. Sou seu irmão, e eu...

— E você o quê? É meu dono? Não é meu dono, irmão ou não.

A porta atrás de Clary se escancarou. Era Alec, muito bem-vestido com um longo casaco azul, cabelos negros despenteados. Calçava botas sujas de lama e trazia uma expressão incrédula no rosto geralmente calmo.

— O que, em todas as dimensões possíveis, está acontecendo aqui? — disse ele, olhando de Jace para Clary com espanto. — Estão tentando se matar?

— De jeito nenhum — disse Jace. Como em um passe de mágica, Clary viu que tudo havia desaparecido: a fúria e o pânico, e ele estava friamente calmo outra vez. — Clary já estava indo.

— Ótimo — disse Alec —, porque preciso falar com você, Jace.

— Ninguém nessa casa diz "oi, bom te ver" mais? — perguntou Clary, para ninguém em particular.

Era mais fácil culpar Alec do que Isabelle.

— É bom te ver, Clary — disse ele —, exceto, claro, pelo fato de que você não deveria estar aqui. Isabelle me disse que chegou sozinha de algum jeito, e estou impressionado...

— Será que você poderia *não* encorajá-la? — perguntou Jace.

— Mas eu preciso muito, muito falar com você sobre uma coisa. Pode nos dar uns minutinhos?

— Também preciso falar com ele — disse ela. — Sobre a nossa mãe...

— Não estou a fim de conversa — disse Jace —, com nenhum dos dois, aliás.

— Está sim — disse Alec. — Você quer conversar comigo sobre isso.

— Duvido — disse Jace. Tinha voltado o olhar novamente para Clary. — Não veio para cá sozinha, veio? — perguntou lentamente, como se percebesse que a situação era ainda pior do que imaginava. — Quem veio com você?

Não parecia haver razão para mentir.

— Luke — disse Clary. — Luke veio comigo.

Jace ficou branco.

— Mas Luke é um integrante do Submundo. Você sabe o que a Clave faz com integrantes do Submundo que vêm para a Cidade de Vidro sem registro, com quem cruza as barreiras sem permissão? Vir a Idris é uma coisa, mas entrar em Alicante? Sem falar para ninguém?

— Não — disse Clary, em um quase sussurro —, mas sei o que você vai dizer...

— Que se você e Luke não voltarem imediatamente para Nova York, vão descobrir?

Por um instante, Jace ficou calado, sustentando o olhar de Clary. O desespero na expressão dele a chocou. Era ele que a estava ameaçando, e não o contrário, afinal.

— Jace — disse Alec, no silêncio, com uma pontada de pânico na voz. — Você não se perguntou onde estive o dia todo?

— Está usando um casaco novo — disse Jace, sem olhar para o amigo. — Imagino que tenha ido às compras. Mas por que está tão ansioso em me importunar com isso, não faço ideia.

— Não estava fazendo compras — disse Alec, furioso. — Fui...

A porta se abriu outra vez. Com um floreio de vestido branco, Isabelle entrou, fechando a porta atrás. Olhou para Clary e balançou a cabeça.

— Falei que ele ia ter um ataque — disse ela. — Não falei?

— Ah, o "eu bem que avisei" — disse Jace. — Sempre um golpe de classe.

Clary olhou horrorizada para ele.

— Como você pode *brincar*? — sussurrou. — Você acabou de ameaçar Luke. Luke, que gosta de você e confia em você. Por que ele é um *membro do Submundo*. Qual é o seu problema?

Isabelle pareceu horrorizada.

— Luke está aqui? Ah, Clary...

— Ele *não está* aqui — disse Clary. — Foi embora, hoje de manhã, e eu não quero ir para onde ele foi. — Mal podia tolerar olhar para Jace. — Tudo bem. Você ganhou. Não deveríamos ter vindo. Nunca deveria ter feito aquele Portal...

— *Feito* um Portal? — Isabelle parecia espantada. — Clary, só um feiticeiro pode fazer um Portal. E não existem muitos. O único Portal em Idris fica no Gard.

— E é sobre isso que preciso conversar com você — sibilou Alec para Jace, que estava, Clary constatou com surpresa, ainda pior do que antes; parecia prestes a desmaiar. — Sobre aquilo que fui fazer ontem, a coisa que tinha que entregar no Gard...

— Alec, pare. *Pare* — disse Jace, e o desespero duro em sua voz interrompeu o outro; Alec fechou a boca e ficou olhando para Jace, mordendo o lábio. Mas Jace não pareceu vê-lo; estava olhando para Clary, seu olhar duro como vidro. Finalmente falou: — Tem razão — disse com a voz engasgada. — Não devia ter vindo. Sei que disse que é porque não é seguro para você aqui, mas não é verdade. A verdade é que não a quero aqui porque é precipitada, descuidada, e vai estragar tudo. É o seu jeito. Você não é cuidadosa, Clary.

— Vou... estragar... tudo? — Clary não conseguia encher os pulmões com ar o suficiente para produzir nada além de um sussurro.

— Ah, *Jace* — disse Isabelle com tristeza, como se fosse *ele* que tivesse sido magoado. Ele não olhou para ela. Estava olhando fixamente para Clary.

— Sempre age sem pensar — disse Jace. — Você sabe disso, Clary. Jamais teríamos ido parar no Dumort se não fosse por você.

— E Simon estaria *morto*! Isso não conta para nada? Talvez eu tenha sido precipitada, mas...

Ele levantou a voz:

— *Talvez*?

— Mas não é como se todas as minhas decisões tenham sido ruins! Você disse, depois do que fiz no barco, você *disse* que eu tinha salvado a vida de todo mundo...

O que restava da cor no rosto de Jace desapareceu, então disse, com uma crueldade repentina e aterradora:

— Cala a boca, Clary, CALA A BOCA...

— No barco? — O olhar de Alec passeou entre os dois, espantado. — O que aconteceu no barco? Jace...

— Só disse aquilo para impedi-la de ficar choramingando! — gritou Jace ignorando Alec, ignorando tudo que não fosse Clary. Ela podia sentir a força da fúria repentina como uma onda ameaçando derrubá-la. — Você é um desastre para nós, Clary! Você é uma mundana e sempre será, nunca será Caçadora de Sombras. Não sabe pensar como nós, pensar no que é melhor para todo mundo, só pensa em você! Mas tem uma guerra acontecendo agora, ou haverá em breve, e não tenho tempo nem disposição para ficar correndo atrás de você, tentando me certificar de que não vá fazer com que um de nós acabe morrendo!

Ela simplesmente o encarou. Não conseguia pensar em nada para dizer; ele nunca tinha falado com ela assim. Jamais sequer o imaginara falando desse jeito. Por mais que já o tivesse irritado no passado, ele jamais havia falado com ela como se a odiasse.

— Vá para casa, Clary — disse. Parecia muito cansado, como se o esforço de falar como realmente se sentia o tivesse esgotado. — Vá para casa.

Todos os planos dela evaporaram — as esperanças semiformadas de correr atrás de Fell, salvar a mãe, até de encontrar Luke — nada importava, nenhuma palavra veio. Caminhou até a porta. Alec e Isabelle se afastaram para deixá-la passar. Nenhum dos dois olhou para ela; em vez disso desviaram o olhar, suas expressões pareciam chocadas e constrangidas. Clary sabia que provavelmente deveria se sentir humilhada, tanto quanto furiosa, mas não. Simplesmente se sentiu morta por dentro.

Virou ao chegar na porta e olhou para trás. Jace a encarava. A luz que entrava pela janela deixava o rosto dele à sombra; tudo o que podia ver eram os pontos brilhantes de luz do sol que salpicavam seus cabelos claros, como cacos de vidro.

— Na primeira vez que você me disse que era filho de Valentim, não acreditei — disse ela. — Não apenas porque não queria que fosse verdade, mas porque você não era nada como ele. Mas você é. *Você é.*

Ela saiu da sala, fechando a porta.

— Vão me matar de fome — disse Simon.

Estava deitado no chão da cela, a pedra fria sob as costas. Mas daquele ângulo, podia ver o sol pela janela. Nos dias que se seguiram à transformação de Simon em vampiro, quando pensava que jamais voltaria a ver a luz do sol, se pegou pensando incessantemente nele e no céu. Sobre como a cor do céu mudava durante o dia: sobre o céu claro da manhã, o azul quente do meio-dia, e o tom de cobalto da escuridão do crepúsculo. Deitava-se acordado na escuridão, uma procissão de azul marchando por seu cérebro. Agora, deitado de costas na cela sob o Gard, imaginava se a luz do sol e tantos azuis lhe haviam sido restituídos só para que pudesse passar o desagradável resto da vida neste pequeno espaço com apenas um corte do céu visível através da janela de grade na parede.

— Você ouviu o que eu disse? — Levantou a voz. — O Inquisidor vai me matar de fome. Nada de sangue.

Fez-se um barulho de movimentação. Um suspiro audível. Então Samuel falou:

— Ouvi. Só não sei o que quer que eu faça a respeito. — Fez uma pausa. — Sinto muito, Diurno, se for de alguma ajuda.

— Na verdade, não — disse Simon. — O Inquisidor quer que eu minta. Quer que eu diga a ele que os Lightwood estão compactuando com Valentim. Aí ele me mandaria para casa. — Rolou de bruços, as pedras arranhando sua pele. — Deixe para lá. Não sei por que estou contando isso tudo. Você provavelmente não faz ideia do que estou falando.

Samuel emitiu um ruído, algo entre uma risada e uma tossida.

— Na verdade, sei sim. Conheci os Lightwood. Fazíamos parte do Ciclo juntos. Os Lightwood, os Wayland, os Pangborn, os Herondale, os Penhallow. Todas as boas famílias de Alicante.

— E Hodge Starkweather — disse Simon, pensando no tutor dos Lightwood. — Ele também fazia, não?

— Fazia — disse Samuel. — Mas a família dele não era nada respeitada. Hodge se mostrou promissor outrora, mas temo que jamais tenha correspondido às expectativas. — Fez mais uma pausa. — Aldertree sempre detestou os Lightwood, é claro, desde que éramos crianças. Não era rico, inteligente ou bonito, e, bem, eles não eram muito gentis com ele. Acho que ele nunca superou.

— Rico? — disse Simon. — Pensei que todos os Caçadores de Sombras fossem pagos pela Clave. Como... sei lá, num regime comunista ou coisa do tipo.

— Teoricamente, todos os Caçadores de Sombras são justa e igualmente remunerados — disse Samuel. — Alguns, como aqueles com posições mais altas na Clave, ou aqueles com grande responsabilidade, os que comandam um Instituto, por exemplo, recebem um salário maior. E tem também aqueles que vivem fora de Idris e optam por ganhar dinheiro mundano; não é proibido, desde que paguem uma fração para a Clave. Mas... — Samuel hesitou — você viu a casa dos Penhallow, não viu? O que achou?

Simon tentou recuperar a lembrança.

— Muito chique.

— É uma das melhores casas de Alicante — disse Samuel. — E eles têm outra, uma mansão no campo. Quase todas as famílias ricas têm. Veja bem, para os Nephilim, existe outra maneira de adquirir riqueza. Eles chamam de "espólio". Qualquer coisa que pertencesse a um demônio ou a um integrante do Submundo morto por um Caçador de Sombras se torna propriedade deste. Então se um feiticeiro rico transgride a Lei e é morto por um Nephilim...

Simon estremeceu.

Então matar integrantes do Submundo é um negócio lucrativo?

— Pode ser — disse Samuel, amargo —, se você não ficar escolhendo muito quem mata. Dá para entender por que há tanta oposição aos acordos. Atinge o bolso, ser obrigado a ter cuidado com o assassinato de membros do Submundo. Talvez tenha sido por isso que me juntei ao Ciclo. Minha família nunca foi rica, e ser menosprezado por não aceitar dinheiro de sangue... — interrompeu-se.

— Mas o Ciclo também matava pessoas do Submundo — disse Simon.

— Porque achavam que isso era um dever sagrado — disse Samuel. — Não por ganância. Apesar de agora não conseguir imaginar porque eu achava que importava. — Ele soava exausto. — Era Valentim. Ele tinha um jeito. Podia convencê-lo de qualquer coisa. Lembro de ter ficado ao lado dele, com as mãos cobertas de sangue, olhando para o corpo de uma mulher morta, e achando que o que estava fazendo só podia estar certo, pois fora isso que Valentim dissera.

— Uma mulher do Submundo?

Samuel arfava do outro lado da parede. Finalmente, falou:

— Você tem que entender, eu teria feito qualquer coisa que ele mandasse. Qualquer um de nós teria. Os Lightwood também. O Inquisidor sabe disso, e é isso que está tentando explorar. Mas você deve saber, existe a chance de que você ceda e ponha a culpa nos Lightwood e ele o mate assim mesmo, para calá-lo. Vai depender se a ideia de ser piedoso vai fazê-lo se sentir poderoso.

— Não importa — disse Simon. — Não vou fazer. Não vou trair os Lightwood.

— Sério? — Samuel não parecia convencido. — Existe alguma razão para isso? Você gosta tanto assim deles?

— Qualquer coisa que eu dissesse sobre eles seria mentira.

— Mas pode ser a mentira que ele quer ouvir. Você quer ir para casa, não quer?

Simon encarou a parede como se, de alguma forma, pudesse enxergar através dela e ver o homem do outro lado.

— É isso que você faria? Mentiria para ele?

Samuel tossiu — uma tosse enferrujada, como se não estivesse muito bem de saúde. Mas, pensando bem, era frio e úmido ali embaixo, coisa que não incomodava Simon, mas provavelmente afetaria muito um ser humano normal.

— Eu não aceitaria conselhos morais de mim — disse ele. — Mas sim, provavelmente mentiria. Sempre pus minha própria pele em primeiro lugar.

— Tenho certeza de que isso não é verdade.

— Na verdade — disse Samuel —, é sim. Uma coisa que se aprende à medida em que se envelhece, Simon, é que quando as pessoas dizem alguma coisa negativa a respeito de si próprias, geralmente é verdade.

Mas eu não vou envelhecer, pensou Simon. Em voz alta disse:

— Essa é a primeira vez que me chama de Simon. Simon, não Diurno.

— Suponho que sim.

— Quanto aos Lightwood — disse Simon —, não é que eu goste tanto deles. Quero dizer, gosto de Isabelle, e gosto um pouco de Alec e Jace também. Mas tem uma garota... E Jace é irmão dela.

Quando Samuel respondeu, pela primeira vez parecia estar genuinamente atento:

— Sempre tem uma garota.

* * *

No instante em que a porta se fechou e Clary se foi, Jace se jogou contra a parede, como se as pernas tivessem sido arrancadas. Estava pálido, com uma mistura de horror, choque e o que se parecia quase com... alívio, como se uma catástrofe tivesse sido evitada por pouco.

— Jace — disse Alec, dando um passo em direção ao amigo. — Você realmente acha...

Jace falou com a voz baixa, interrompendo Alec:

— Saiam — disse ele. — Apenas saiam, os dois.

— Para você poder fazer o quê? — perguntou Isabelle. — Arruinar a própria vida um pouco mais? Que merda foi essa?

Jace balançou a cabeça.

— Mandei Clary para casa. Era o melhor para ela.

— Você fez muito mais do que mandá-la para casa. Você acabou com ela. Viu a cara dela?

— Valeu a pena — disse Jace. — Você não entenderia.

— Para ela, talvez — disse Isabelle. — Espero que valha a pena para você também.

Jace virou a cara.

— Apenas... me deixe sozinho, Isabelle. Por favor.

Isabelle lançou um olhar espantado para o irmão. Jace nunca dizia "por favor". Alec pôs a mão no ombro dela.

— Deixe para lá, Jace — disse, o mais gentil possível. — Tenho certeza de que ela vai ficar bem.

Jace levantou a cabeça e olhou para Alec sem realmente olhar para ele — parecia estar encarando o nada.

— Não, ela não vai — disse ele. — Mas eu sabia disso. Aliás, pode me dizer o que veio aqui dizer. Você parecia achar muito importante naquela hora.

Alec tirou a mão do ombro de Isabelle.

— Não queria falar na frente de Clary...

Os olhos de Jace finalmente focaram em Alec.

— Não queria me falar o que na frente dela?

Alec hesitou. Quase nunca via Jace tão irritado, e só podia imaginar que efeito mais notícias desagradáveis poderiam ter. Mas não havia como esconder. Ele tinha que saber.

— Ontem — começou ele, com a voz baixa —, quando levei Simon para o Gard, Malaquias me disse que Magnus Bane iria encontrá-lo do outro lado do Portal, em Nova York. Então mandei uma mensagem com fogo para Magnus. Ele me respondeu hoje de manhã. Não encontrou Simon em Nova York. Aliás, ele disse que não houve qualquer atividade de Portal em Nova York desde que Clary passou.

— Talvez Malaquias estivesse errado — sugeriu Isabelle, após ver o rosto pálido de Jace. — Talvez outra pessoa tenha encontrado Simon do outro lado. E Magnus pode estar enganado quanto às atividades de Portal...

Alec balançou a cabeça.

— Fui até o Gard hoje de manhã com a mamãe. Queria perguntar pessoalmente a Malaquias, mas quando o vi... não sei dizer por quê, mas me escondi. Não conseguia encará-lo. Em seguida, o ouvi conversando com um dos guardas. Dizendo a eles para levarem o vampiro de volta lá para cima, pois o Inquisidor queria falar com ele outra vez.

— Tem certeza de que estavam falando de Simon? — perguntou Isabelle, mas não havia dúvida em seu tom de voz. — Talvez...

— Estavam falando sobre como o garoto do Submundo tinha sido burro por acreditar que simplesmente o mandariam de volta a Nova York sem interrogatório. Um deles disse que não conseguia acreditar que alguém tivesse tido a audácia de tentar trazê-lo para Alicante. E Malaquias disse: "bem, o que você espera do filho de Valentim?".

— Oh — sussurrou Isabelle. — Ai, meu Deus. — Ela olhou para o outro lado da sala. — Jace...

As mãos de Jace estavam cerradas em punhos nas laterais do corpo. Os olhos pareciam afundados, como se estivessem sendo empurrados para dentro do crânio. Em outras circunstâncias Alec teria posto a mão no ombro dele, mas não agora; alguma coisa em Jace o fez se conter.

— Se não tivesse sido eu a trazê-lo — disse Jace com a voz baixa e comedida, como se estivesse recitando alguma coisa —, talvez tivessem-no deixado ir para casa. Talvez tivessem acreditado...

— Não — disse Alec. — Não, Jace, a culpa não é sua. Você salvou a vida dele.

— Salvei para a Clave poder torturá-lo — disse Jace. — Que grande favor. Quando Clary descobrir... — balançou a cabeça — vai achar que o trouxe aqui de propósito, que o entreguei para a Clave *sabendo* o que iriam fazer.

— Ela não vai pensar isso. Você não teria motivo nenhum para fazer uma coisa dessas.

— Talvez — disse Jace, lentamente —, mas depois do jeito como acabei de tratá-la...

— Ninguém nunca poderia pensar que você faria isso, Jace — disse Isabelle. — Ninguém que o conheça. Ninguém...

Mas Jace não esperou para descobrir o que mais ninguém pensaria. Em vez disso, virou as costas e foi até a janela com vista para o canal. Ficou ali por um instante, a luz que entrava da janela deixando as pontas de seus cabelos dourados. Em seguida se moveu tão depressa que Alec não teve tempo de reagir. Quando viu o que ia acontecer, já era tarde demais.

Houve um barulho — o som de algo espatifando — e uma rajada repentina de vidro quebrado como um banho de estrelas estilhaçadas. Jace olhou com um interesse clínico para a mão esquerda, as juntas em escarlate enquanto grossas gotas de sangue se formavam e pingavam no chão.

Isabelle olhou de Jace para o buraco no vidro; linhas irradiavam do centro vazio, uma teia de aranha de finas rachaduras prateadas.

— Ah, Jace — disse ela, com a voz mais suave que Alec já tinha ouvido. — Como é que vamos explicar isso para os Penhallow?

De algum jeito, Clary conseguiu sair da casa. Não sabia ao certo como — tudo foi um borrão acelerado de escadas e corredores, em seguida estava correndo para a porta da frente, e de alguma forma chegara aos degraus da entrada da casa, tentando decidir se vomitaria ou não nos canteiros de rosas.

Estavam posicionados no lugar perfeito para isso, e seu estômago girava dolorosamente, mas o fato de que não tinha ingerido nada além de uma sopa estava começando a fazer efeito. Não achava que havia nada no estômago para vomitar. Em vez disso, desceu e caminhou cegamente até o portão — não se lembrava mais de que direção tinha vindo ou de como voltar para a casa de Amatis, mas não parecia mais tão importante. Não era como se estivesse ansiosa para voltar e explicar para Luke que tinham que deixar Alicante ou Jace os entregaria para a Clave.

Talvez Jace estivesse certo. Talvez ela *fosse* precipitada e imprudente. Talvez nunca pensasse sobre os impactos de suas atitudes sobre as pessoas que amava. O rosto de Simon apareceu em sua frente, nítido como uma foto, em seguida o de Luke...

Parou e se apoiou em um poste de luz. O quadrado de vidro parecia o tipo de lampião nos postes *vintage* na frente das pedras de muralha no Park Slope. Por algum motivo, era reconfortante.

— Clary! — era a voz de um garoto e soava ansiosa. *Jace*, pensou Clary imediatamente. E virou-se.

Não era Jace. Sebastian, o garoto de cabelos negros da sala dos Penhallow, estava na sua frente, ofegando como se a tivesse perseguido correndo pela rua.

Ela sentiu uma explosão da mesma sensação de antes, quando o viu pela primeira vez — reconhecimento, misturado a alguma coisa que não sabia identificar. Não era gostar ou desgostar — era uma espécie de ímpeto, como se algo a atraísse para aquele desconhecido. Talvez fosse apenas a aparência. Ele era lindo, tão lindo quanto Jace, apesar de que o que Jace tinha de dourado, este tinha de palidez e sombras. Contudo, agora, sob a luz do poste, ela podia ver que a semelhança com seu príncipe imaginário não era tão precisa quanto pensara. Até os tons eram diferentes. Era alguma coisa no formato do rosto, a maneira como se portava, o mistério escuro dos olhos...

— Você está bem? — disse ele. Tinha a voz suave. — Saiu correndo da casa como... — Parou de falar ao olhar para ela. Ainda estava agarrada ao poste como se precisasse dele para se manter de pé. — O que aconteceu?

— Briguei com Jace — disse ela, tentando manter o tom de voz controlado. — Sabe como é.

— Na verdade, não. — O tom era de quem pede desculpas. — Não tenho irmãos.

— Sorte sua — disse ela, e ficou surpresa com a amargura na própria voz.

— Não está falando sério. — Ele deu um passo mais para perto dela, e ao fazê-lo, o poste de luz piscou, formando uma piscina de luz enfeitiçada branca sobre os dois. Sebastian olhou para a luz e sorriu. — É um sinal.

— Um sinal de quê?

— Um sinal de que deve me deixar levá-la para casa.

— Mas não faço ideia de como fazer isso — disse ela, quando percebeu que realmente não sabia. — Saí de fininho da casa para vir até aqui. Não me lembro do caminho que fiz.

— Bem, onde está hospedada?

Ela hesitou antes de responder.

— Não vou contar para ninguém — disse ele. — Juro pelo Anjo.

Clary o encarou. Era um juramento e tanto, para um Caçador de Sombras.

— Tudo bem — disse ela, antes que pudesse repensar a decisão. — Estou hospedada com Amatis Herondale.

— Ótimo. Sei exatamente onde ela mora. — Ofereceu-lhe o braço. — Vamos?

Ela conseguiu dar um sorriso.

— Você é um pouco insistente, sabia?

Ele deu de ombros.

— Tenho um fetiche por donzelas em apuros.

— Não seja machista.

— Nem um pouco. Meus serviços também estão disponíveis para cavalheiros em apuros. É um fetiche igualitário — disse ele e, com um floreio, ofereceu novamente o braço.

Dessa vez, ela aceitou.

Alec fechou a porta da pequena sala do porão atrás de si e virou para encarar Jace. Normalmente, tinha olhos da cor do Lago Lyn, azul-claro e imperturbável, mas a cor tendia a mudar com os humores. Naquele instante, estavam turvos como o East River durante uma tempestade. Sua expressão também estava tempestuosa.

— Sente-se — disse ele a Jace, apontando para a cadeira baixa perto da janela empenada. — Vou buscar as ataduras.

Jace se sentou. O quarto que dividia com Alec no alto da casa dos Penhallow era pequeno, com duas camas estreitas, uma em cada parede. As roupas ficavam penduradas em cabides de madeira na parede. Havia uma única janela, que permitia a entrada de uma luz fraca — estava escurecendo, e o céu do lado de fora do vidro era azul-escuro. Jace olhou enquanto Alec se ajoelhava para pegar a bolsa de lona embaixo da cama e abri-la. Remexeu ruidosamente o conteúdo antes de se levantar com uma caixa em mãos. Jace a reconheceu como a caixa de suprimentos médicos que usavam quando os símbolos não eram opção — antisséptico, ataduras, tesouras e gaze.

— Você não vai usar um símbolo de cura? — perguntou Jace, mais por curiosidade do que por qualquer outra coisa.

— Não. Você não pode simplesmente... — Alec parou de falar, jogando a caixa na cama com um xingamento mudo. Foi até a pequena pia na parede e lavou as mãos com tanta força que a água esguichou para os lados. Jace assistiu com uma curiosidade distante. Suas mãos começaram a queimar com uma dor indistinta e ardente.

Alec pegou a caixa, puxou uma cadeira para perto da de Jace, e se sentou.

— Me dê a mão.

Jace esticou a mão. Tinha que admitir que estava bem feia. Os nós dos dedos estavam feridos, lembravam estrelas vermelhas explodindo. Havia sangue seco espalhado pelos dedos, uma luva vermelho-acastanhada.

Alec fez uma careta.

— Você é um idiota.

— Obrigado — disse Jace. Observou pacientemente enquanto Alec se curvava sobre a mão com um par de pinças e gentilmente retirava um pedaço de vidro da pele dele. — Então, por que não?

— Por que não o quê?

— Por que não usar um símbolo de cura? Isso não é um ferimento demoníaco.

— Porque — Alec pegou uma garrafa azul de antisséptico — acho que fará bem, você sentir dor. Pode se curar como um mundano. Vagarosa e desagradavelmente. Talvez aprenda alguma coisa. — Ele jogou o líquido ardido nos cortes de Jace. — Apesar de eu duvidar muito.

— Posso fazer meu próprio símbolo de cura, você sabe.

Alec começou a enrolar uma tira de atadura na mão de Jace.

— Só se você quiser que eu diga aos Penhallow o que realmente aconteceu com a janela, em vez de deixar que pensem que foi um acidente. — Ele puxou a atadura com força, apertando-a, fazendo Jace franzir o rosto. — Sabe, se eu soubesse que você ia fazer isso consigo mesmo, não teria dito nada.

— Teria sim — Jace inclinou a cabeça para o lado. — Não sabia que meu ataque à janela o perturbaria tanto.

— É que... — Feito o curativo, Alec olhou para a mão de Jace, a que ainda estava segurando entre as próprias. Era um rolo de ataduras manchado de sangue onde os dedos de Alec tocaram. — Por que você faz essas coisas com você mesmo? Não só o que fez com a janela, mas a maneira como falou com Clary. Pelo que está se punindo? Não dá para controlar os sentimentos.

A voz de Jace era firme.

— Como estou me sentindo?

— Vejo como olha para ela... — Os olhos de Alec eram remotos, vendo algo além de Jace, algo que não estava ali. — E não pode ficar com ela. Talvez apenas não soubesse como era querer alguma coisa que não podia ter.

Jace olhou com firmeza para ele.

— O que existe entre você e Magnus Bane?

A cabeça de Alec fez um movimento brusco.

— Eu não... não existe nada...

— Não sou burro. Você correu para ele depois que falou com Malaquias, antes de falar comigo, ou Isabelle, ou qualquer um...

— Porque ele era o único que podia responder minha pergunta, por isso. Não existe nada entre nós dois... — disse Alec, e em seguida, percebendo o olhar no rosto de Jace, acrescentou com relutância — mais. — Não existe mais nada entre nós dois. Tá bom?

— Espero que não seja por minha causa — disse Jace.

Alec ficou branco e recuou, como se estivesse se preparando para desviar de um golpe.

— O que quer dizer?

— Eu sei como você acha que se sente por mim — disse Jace. — Mas não sente. Você só gosta de mim porque sou seguro. Não há risco. E assim, nunca precisa tentar um relacionamento de verdade, pois pode me usar como desculpa. — Jace sabia que estava sendo cruel, e mal se importava. Machucar pessoas que amava era quase tão bom quanto se machucar quando estava neste tipo de humor.

— Entendi — disse Alec, com uma voz dura. — Primeiro Clary, depois sua mão, agora eu. Vá para o inferno, Jace.

— Não acredita em mim? — perguntou Jace. — Tudo bem. Vá em frente. Me beije agora.

Alec o encarou, horrorizado.

—Exatamente. Apesar da minha beleza desconcertante, você não gosta de mim desse jeito. E se está dando um gelo no Magnus, não é por minha causa. É porque tem medo demais de dizer para quem quer que seja quem você ama de verdade. O amor cria mentirosos — disse Jace. — A Rainha Seelie me disse. Então não me julgue por mentir sobre como me sinto. Você faz o mesmo — se levantou — e agora quero que faça novamente.

O rosto de Alec estava tenso de mágoa.

— Como assim?

— Minta por mim — disse Jace, tirando o casaco do cabide e o vestindo. — O sol está se pondo. Vão começar a voltar do Gard por agora. Quero que você diga a todos que não estou me sentindo bem, e por isso não vou descer. Diga a eles que fiquei tonto e tropecei, e foi assim que a janela quebrou.

Alec inclinou a cabeça para trás e olhou bem para Jace.

— Tudo bem — disse ele. — Se você me contar para onde vai.

— Até o Gard — disse Jace. — Vou tirar Simon da prisão.

A mãe de Clary sempre chamou a hora do dia entre o crepúsculo e a noite de "a hora azul". Dizia que naquela hora a luz era mais forte e incomum, e que era a melhor hora para pintar. Clary nunca tinha entendido de verdade o que ela queria dizer, mas agora, atravessando Alicante no crepúsculo, compreendia.

A hora azul em Nova York não era realmente *azul*; era desbotada demais por luzes de rua e placas em neon. Jocelyn deveria estar pensando em Idris. Aqui, a luz caía em retalhos de violeta pura sobre o trabalho dourado de pedra da cidade, e as lâmpadas de luz enfeitiçada formavam piscinas circulares de luz branca tão brilhante que Clary esperava sentir calor quando passava por elas. Desejou que a mãe estivesse com ela. Jocelyn poderia ter lhe mostrado partes de Alicante que eram familiares a ela, que tinham lugar em suas lembranças.

Mas jamais contaria nenhuma dessas coisas. As mantivera em segredo de propósito. E agora pode ser que você nunca saiba. Uma dor afiada — parte raiva, parte arrependimento — atingiu o coração de Clary.

— Você está incrivelmente quieta — disse Sebastian. Estavam passando em uma ponte sobre o canal cujas laterais de pedra eram marcadas com símbolos.

— Só imaginando o tamanho da encrenca quando eu chegar. Fugi pela janela, mas Amatis provavelmente já notou a minha ausência.

Sebastian franziu o rosto.

— Por que saiu escondida? Ela não deixaria que fosse visitar seu irmão?

— Eu não deveria estar em Alicante — disse Clary. — Deveria estar em casa, assistindo a tudo de longe, em segurança.

— Ah. Isso explica muita coisa.

— Explica? — Clary o olhou de soslaio, curiosa. Dava para ver as sombras azuis ondulando sobre o cabelo escuro dele.

— Todo mundo pareceu empalidecer quando seu nome foi mencionado mais cedo. Supus que havia algum sangue ruim entre você e o seu irmão.

— Sangue ruim? Bem, é uma maneira de dizer.

— Não gosta muito dele?

— *Gostar* de Jace? — Nas últimas semanas tinha passado tanto tempo pensando se amava Jace Wayland, e como em nenhum momento parou para considerar se gostava dele ou não.

— Desculpe. Ele é sua família, não é questão de gostar dele ou não.

— Eu gosto dele — respondeu, surpreendendo a si mesma. — Gosto, é que... ele me deixa furiosa. Diz o que posso e o que não posso fazer...

— Não parece funcionar muito bem — observou Sebastian.

— Como assim?

— Você parece fazer o que quer, de qualquer jeito.

— Suponho que sim. — A observação a espantou, vinda de um quase estranho. — Mas isso parece tê-lo irritado mais do que eu imaginava.

— Ele vai superar. — O tom de Sebastian parecia dar o assunto como encerrado.

Clary olhou curiosa para ele.

— *Você* gosta dele?

— Gosto dele. Mas não acho que ele goste muito de mim — Sebastian soava pesaroso. — Tudo que digo parece irritá-lo.

Dobraram a rua para uma praça com chão de pedra, rodeada por prédios altos e estreitos. No centro havia a estátua de bronze de um anjo — *o* anjo, o que tinha dado o próprio sangue para criar a raça dos Caçadores de Sombras. No extremo norte da praça havia uma grande estrutura de pedras brancas. Uma cachoeira com degraus largos de mármore que levavam a uma arcada de pilares, atrás da qual havia um par de enormes portas duplas. O efeito geral sob a luz noturna era incrível — e estranhamente familiar. Clary ficou imaginando se já teria visto um retrato deste local. Talvez a mãe já o tivesse pintado?

— Esta é a Praça do Anjo — disse Sebastian —, e aquele era o Salão do Anjo. Os Acordos foram assinados lá, visto que integrantes do Submundo não podem entrar no Gard; agora se chama Salão dos Acordos. É um lugar central de reuniões, onde ocorrem celebrações, casamentos, bailes, essas coisas. É o centro da cidade. Dizem que todos os caminhos levam ao Salão.

— Parece um pouco uma igreja, mas não tem igrejas aqui, tem?

— Não precisa — disse Sebastian. — As torres demoníacas nos mantêm a salvo. Não precisamos de mais nada. É por isso que gosto de vir aqui. Parece... pacífico.

Clary olhou surpresa para ele.

— Então você não mora aqui?

— Não. Moro em Paris. Só estou visitando a Aline, ela é minha prima. Minha mãe e o pai dela, meu tio Patrick, eram irmãos. Os pais de Aline controlaram o Instituto de Pequim por anos. Voltaram para Alicante há mais ou menos uma década.

— Eles eram... os Penhallow não faziam parte do Ciclo, faziam?

Um olhar espantado passou pelo rosto de Sebastian. Ficou em silêncio enquanto viravam e saíam da praça atrás, entrando em um labirinto de ruas escuras.

— Por que pergunta isso? — disse afinal.

— Bem... porque os Lightwood faziam.

Passaram sob um poste de luz. Clary olhou de soslaio para Sebastian. Com seu longo casaco escuro e camisa branca, sob a piscina de luz branca, parecia uma ilustração em preto e branco de um cavalheiro de um caderno de desenhos vitorianos. Os cabelos negros se curvavam perto das têmporas de um jeito que a fazia se coçar para desenhá-lo com tinta e caneta.

— Você tem que entender — começou ele. — Boa parte dos jovens Caçadores de Sombras em Idris fazia parte do Ciclo, e muitos dos que não estavam em Idris também. O tio Patrick foi, no início, mas saiu quando começou a perceber o quão sério Valentim era. Os pais de Aline não participaram da Ascensão, meu tio foi para Pequim para se afastar de Valentim e conheceu a mãe dela no Instituto de lá. Quando os Lightwood e os outros membros do Ciclo foram julgados por traição contra a Clave, os Penhallow votaram por clemência. Foram mandados para Nova York, em vez de amaldiçoados. Então os Lightwood sempre foram gratos.

— E os seus pais? — disse Clary. — Fizeram parte?

— Não. Minha mãe era mais nova que Patrick, ele a mandou para Paris quando foi para Pequim. Ela conheceu meu pai lá.

— Sua mãe *era* mais nova que Patrick?

— Ela morreu — disse Sebastian. — Meu pai também. Minha tia Élodie me criou.

— Ah — disse Clary, sentindo-se estúpida. — Sinto muito.

— Não me lembro deles — disse Sebastian. — Não de verdade. Quando era mais novo, desejava ter um irmão ou uma irmã mais velha, alguém que pudesse me contar como era tê-los como pais — olhou pensativo para ela. — Posso perguntar uma coisa, Clary? Por que você veio para Idris quando sabia que seu irmão reagiria tão mal?

Antes que pudesse responder, saíram do beco estreito que vinham seguindo e entraram em um jardim escuro familiar, o poço inativo no centro brilhando ao luar.

— Praça da Cisterna — disse Sebastian, com um tom de claro desapontamento na voz. — Chegamos aqui mais rápido do que pensei.

Clary olhou para a ponte de pedras que se erguia sobre o canal próximo. Podia ver a casa de Amatis a distância. Todas as janelas estavam iluminadas.

— Daqui consigo chegar, obrigada — disse, suspirando.

— Você não quer que eu a leve...

— Não. Não se não quiser arrumar encrenca também.

— Você acha que *eu* me encrencaria? Por ser cavalheiro o suficiente para acompanhá-la até em casa?

— Ninguém pode saber que estou em Alicante — disse ela. — É para ser segredo. E sem querer ofender, mas... você é um estranho.

— Gostaria de não ser — disse ele. — Gostaria de conhecê-la melhor. — Estava olhando para ela com uma expressão entre divertida e tímida, como se não tivesse certeza quanto a como o que tinha acabado de dizer seria recebido.

— Sebastian — disse ela, com uma sensação repentina de exaustão extrema. — Fico feliz que queira me conhecer. Mas não tenho energia para isso. Sinto muito.

— Não quis dizer...

Mas ela já estava se afastando dele, em direção à ponte. Na metade do caminho virou-se e olhou para trás. Ele parecia estranhamente desamparado ao luar, com os cabelos escuros caindo sobre o rosto.

— Ragnor Fell — disse ela.

Ele a encarou.

— O quê?

— Você me perguntou por que vim aqui mesmo sabendo que não deveria — disse Clary. — Minha mãe está doente. Muito doente. Talvez esteja morrendo. A única coisa que pode ajudá-la, a única *pessoa* que pode ajudá-la é um feiticeiro chamado Ragnor Fell. Só que não faço ideia de onde encontrá-lo.

— Clary...

Voltou-se para a casa.

— Boa-noite, Sebastian.

Foi mais difícil subir a grade do que tinha sido descê-la. Os sapatos de Clary escorregaram diversas vezes na parede úmida de pedra, e ela se sentiu aliviada quando finalmente subiu no parapeito e meio pulou, meio caiu no quarto.

A euforia durou pouco. Assim que as botas atingiram o chão, uma luz brilhante se acendeu, uma explosão suave que iluminou o quarto como a claridade da luz do dia.

Amatis estava sentada na ponta da cama, com as costas inteiramente eretas, uma pedra de luz enfeitiçada na mão. Ardia com uma luz forte que não ajudava em nada a suavizar as feições rígidas do rosto dela ou as linhas nos cantos de sua boca. Olhou em silêncio para Clary durante vários instantes. Finalmente falou:

— Com essas roupas, você fica igualzinha a Jocelyn.

Clary se levantou.

— Eu... Me desculpe — falou. — Por ter saído daquele jeito...

Amatis cerrou a mão em volta da pedra, sufocando o brilho. Clary piscou diante da fraca luz.

— Tire essa roupa — disse Amatis — e me encontre na cozinha. E nem pense em fugir novamente pela janela — acrescentou —, ou da próxima vez que voltar, encontrará a casa selada contra você.

Engolindo em seco, Clary assentiu.

Amatis se levantou e saiu sem mais nenhuma palavra. Rapidamente Clary tirou o uniforme e vestiu as próprias roupas, que estavam penduradas ao pé da cama, agora secas — os jeans estavam um pouco duros, mas foi bom colocar a camisa familiar. Sacudindo os cabelos emaranhados para trás, desceu as escadas.

Na última vez em que tinha visto o andar de baixo da casa de Amatis, estivera delirante e alucinada. Lembrava-se de longos corredores se estendendo ao infinito e de um relógio enorme cujo tiquetaquear soava como as batidas de um coração moribundo. Agora se via em uma sala pequena e aconchegante, com móveis lisos de madeira e um tapete no chão. O tamanho pequeno e as cores brilhantes a lembravam um pouco a própria sala, em sua casa no Brooklyn. Atravessou em silêncio e entrou na cozinha, onde um fogo ardia na grelha, o cômodo cheio de uma luz amarela calorosa. Amatis estava sentada à mesa. Estava com um xale azul nos ombros, que fazia seu cabelo parecer ainda mais cinza.

— Oi — Clary parou na entrada, inquieta. Não sabia dizer se Amatis estava furiosa ou não.

— Suponho que não precise perguntar aonde você foi — disse Amatis, sem tirar os olhos da mesa. — Foi ver o Jonathan, não é? Suponho que era o esperado. Talvez se tivesse tido meus próprios filhos, saberia dizer quando uma criança mente para mim. Mas esperava muito que, pelo menos desta vez, não decepcionasse *completamente* o meu irmão.

— Decepcionar Luke?

— Sabe o que aconteceu quando ele foi mordido? — O olhar de Amatis estava fixo à frente. — Quando *meu irmão* foi mordido por um lobisomem... e claro que foi, já que Valentim vinha colocando a si mesmo e a seus seguidores em riscos estúpidos e desnecessários, era apenas uma questão de tempo... ele veio e me contou o que tinha acontecido e o quanto estava assustado com a possibilidade de ter contraído a doença licantrope. E eu disse... Eu disse...

— Amatis, não precisa me contar isso...

— Disse para sair da minha casa e não voltar até ter certeza de que não tinha. Me afastei dele, não pude evitar — sua voz tremeu. — Ele podia *ver* como eu estava enojada, estava escrito na minha cara. Disse que estava com medo de que se realmente... se realmente tivesse se tornado uma criatura lupina, que Valentim pediria que ele se matasse, e eu disse... Eu disse que *talvez fosse melhor.*

Clary arquejou; não pôde evitar.

Amatis levantou o olhar rapidamente. Remorso estava espalhado pelo seu rosto.

— Luke sempre foi basicamente tão *bom*, independentemente do que Valentim tentasse obrigá-lo a fazer... Às vezes eu pensava que ele e Jocelyn eram as únicas pessoas verdadeiramente boas que conhecia, e não podia suportar a ideia de vê-lo transformado em um monstro...

— Mas ele não é assim. Não é um monstro.

— Eu não *sabia*. Depois que ele realmente se transformou, depois que fugiu daqui, Jocelyn lutou e lutou para me convencer de que ele era a mesma pessoa por dentro, de que ainda era o meu irmão. Se não tivesse sido por ela, eu nunca teria concordado em vê-lo outra vez. Deixei que ficasse aqui quando veio antes da Ascensão, deixei que se escondesse na adega, mas dava para perceber que ele não confiava verdadeiramente em mim, não depois que virei as costas para ele. E acho que ainda não confia.

— Confiou o bastante para vir até você quando fiquei doente — disse Clary. — Confiou o bastante para me deixar aqui...

— Ele não tinha alternativa — disse Amatis. — E veja como me saí bem com você. Não consegui mantê-la em casa por um único dia.

Clary se contraiu. Isso era pior do que levar bronca.

— A culpa não é sua. Eu *menti* para você e saí escondida. Não havia nada que pudesse ter feito.

— Ah, Clary — disse Amatis. — Não percebe? *Sempre* há alguma coisa que se possa fazer. São só pessoas como eu que se convencem do contrário. Disse a mim mesma que não havia nada que pudesse fazer quanto a Luke. Disse que não havia nada que pudesse fazer com relação a Stephen ter me deixado. E me recuso a sequer comparecer às reuniões da Clave porque digo a mim mesma que não há nada que possa fazer para influenciar as decisões, mesmo quando detesto as que tomam. Mas mesmo quando *escolho* fazer alguma coisa, bem, nem isso consigo fazer direito. — Seus olhos cintilavam, rígidos e brilhantes à luz do fogo. — Vá para a cama, Clary — concluiu. — E de agora em diante, pode ir e vir como quiser. Não vou fazer nada para impedi-la. Afinal, como você mesma disse, não há nada que eu *possa* fazer.

— Amatis...

— Não. — Amatis balançou a cabeça. — Vá para a cama. Por favor. — Sua voz tinha um tom decisivo; virou-se de costas, como se Clary já tivesse ido, e encarou a parede, sem piscar.

Clary girou e subiu as escadas correndo. No quarto de hóspedes fechou a porta e se jogou na cama. Achou que quisesse chorar, mas as lágrimas não vinham. *Jace me odeia*, pensou. *Amatis me odeia. Não me despedi de Simon. Minha mãe está morrendo. E Luke me abandonou. Estou sozinha. Nunca estive tão sozinha, e a culpa é toda minha.* Talvez fosse por isso que não conseguia chorar, percebeu, encarando o teto com os olhos secos. Pois de que adiantaria chorar quando não havia ninguém para confortá-la? E o pior, quando sequer podia confortar-se a si mesma?

Capítulo 7
ONDE OS ANJOS TEMEM PISAR

De um sonho envolvendo sangue e luz do sol, Simon despertou repentinamente ao som de uma voz chamando seu nome.

— *Simon.* — A voz era um sussurro sibilado. — Simon, *acorde*.

Simon estava de pé — às vezes a rapidez com que conseguia se mover surpreendia até ele mesmo —, girando na escuridão da cela.

— Samuel? — sussurrou, olhando para as sombras. — Samuel, foi você?

— Vire-se, Simon. — Agora a voz, ligeiramente familiar, continha um quê de irritação. — E venha até a janela. — Simon soube imediatamente quem era e olhou através da janela de barras para ver Jace ajoelhado na grama do lado de fora, com uma pedra de luz enfeitiçada na mão. Estava olhando para Simon com uma carranca tensa. — O que foi, achou que estivesse tendo um pesadelo?

— Talvez ainda esteja. — Havia um zumbido nos ouvidos de Simon; se ele tivesse batimentos cardíacos, teria pensado que era o sangue correndo pelas veias, mas era outra coisa, algo menos corpóreo, mas que era ainda mais imediato do que sangue.

A pedra mágica formava um padrão estranho com retalhos de luz e sombra no rosto pálido de Jace.

— Então é aqui que colocaram você. Não achava que eles ainda usassem essas celas — olhou para os lados —, fui para a janela errada, primeiro. Dei um susto e tanto no seu colega do lado. Sujeito bonito, com a barba e os trapos. Lembra um pouco os mendigos de Nova York.

Então Simon percebeu do que se tratava o zumbido nos ouvidos. Fúria. Em algum lugar distante de sua mente, estava consciente de seus lábios recuados, as pontas das presas arranhando o lábio inferior.

— Que bom que você acha tudo isso engraçado.

— Então não está feliz em me ver? — disse Jace. — Devo dizer, estou surpreso. Sempre me disseram que minha presença iluminava qualquer cômodo. Era de se pensar que isso se potencializava em celas subterrâneas frias e úmidas.

— Você sabia o que iria acontecer, não sabia? "Vão mandá-lo de volta para Nova York", você disse. Sem problemas. Mas nunca tiveram a menor intenção de fazer isso.

— Eu não sabia. — Jace o encontrou através das grades, seu olhar era claro e firme. — Sei que não vai acreditar em mim, mas achei que estivesse falando a verdade.

— Ou você está mentindo ou é burro...

— Então sou burro.

— ... ou ambos — concluiu Simon. — Estou inclinado a pensar que são ambos.

— Não tenho motivo nenhum para mentir para você. Não agora. — O olhar de Jace permaneceu firme. — E pare de mostrar as presas para mim. Está me deixando nervoso.

— Ótimo — disse Simon. — Se quer saber a razão, é porque está com cheiro de sangue.

— É a minha colônia. Eau de Ferimento Recente. — Jace levantou a mão esquerda. Era uma luva de ataduras brancas, manchada nas juntas onde o sangue havia vazado.

Simon franziu a testa.

— Pensei que a sua espécie não se machucava. Não machucados que durassem.

— Soquei uma janela — disse Jace —, e Alec fez com que me curasse como um mundano para me dar uma lição. Pronto, falei a verdade. Ficou impressionado?

— Não — disse Simon. — Tenho problemas maiores do que você. O Inquisidor não para de me fazer perguntas que não posso responder. Não para de me acusar de ter recebido meus poderes de Diurno de Valentim. De estar *espionando* para ele.

Um lampejo de preocupação passou pelos olhos de Jace.

— Aldertree disse isso?

— Aldertree deu a entender que era o que a Clave toda pensava.

— Isso é ruim. Se decidirem que você é um espião, então os Acordos não se aplicam. Não se puderem se convencer de que você quebrou a Lei. — Jace olhou em volta rapidamente antes de voltar a encarar Simon — É melhor tirarmos você daqui.

— E depois? — Simon quase não conseguia acreditar no que estava dizendo. Queria tanto sair dali que quase sentia o gosto, mas não conseguia conter as palavras que tropeçavam de sua boca. — Onde planeja me esconder?

— Tem um Portal aqui no Gard. Se conseguirmos encontrá-lo, posso mandar você de volta...

— E todo mundo vai saber que me ajudou. Jace, não é só de mim que a Clave está atrás. Aliás, duvido que sequer se importem com um integrante do Submundo. Estão tentando provar alguma coisa sobre sua família, sobre os Lightwood. Estão tentando provar que têm algum tipo de conexão com Valentim. Que nunca deixaram realmente o Ciclo.

Mesmo na escuridão, era possível ver as bochechas de Jace se encherem de cor.

— Mas isso é ridículo. Lutaram contra Valentim, no navio, Robert quase morreu...

— O Inquisidor quer acreditar que eles sacrificaram outros Nephilim que lutaram no navio para manter a ilusão de que estavam contra Valentim. Mas mesmo assim perderam a Espada Mortal, e é isso que importa para ele. Olhe, você tentou avisar a Clave, e eles não ligaram. Agora o Inquisidor está procurando algum culpado. Se puderem tachar sua família de traidora, então ninguém vai culpar a Clave pelo que aconteceu e ele vai poder fazer o que quiser, sem oposição.

Jace apoiou o rosto nas mãos, os dedos longos mexendo distraidamente no cabelo.

— Mas não posso simplesmente largá-lo aqui. Se Clary descobrir...

— Eu devia saber que era com isso que estava preocupado — Simon soltou uma risada áspera. — Então não diga a ela. Ela está em Nova York, de qualquer jeito, graças a... — interrompeu-se, incapaz de continuar. — Você tinha razão. — Foi o que acabou dizendo. — Fico feliz que ela não esteja aqui.

Jace levantou a cabeça das mãos.

— O quê?

— A Clave é louca. Quem sabe o que fariam com ela se soubessem o que ela é capaz de fazer... Você tinha razão — repetiu Simon, e quando Jace não respondeu, acrescentou —, e é bom saborear o que acabei de dizer. Provavelmente nunca mais vou repetir.

Jace o encarou com a expressão vazia, que trouxe a Simon a lembrança nada agradável de como Jace estava no navio, sangrando, morrendo no chão de metal. Finalmente, Jace falou:

— Então você está dizendo que planeja ficar aqui? Na prisão? Até quando?

— Até termos uma ideia melhor — disse Simon. — Mas tem um problema.

Jace ergueu as sobrancelhas.

— Qual?

— Sangue — disse Simon. — O Inquisidor está tentando me fazer passar fome até ceder e falar. Já estou me sentindo bem fraco. Até amanhã estarei... bem, não sei como estarei. Mas não quero sucumbir. E não vou tomar seu sangue outra vez, nem o de ninguém — acrescentou rapidamente, antes que Jace pudesse oferecer. — Sangue animal serve.

— Sangue eu posso arrumar — disse Jace. Depois hesitou. — Você... contou para o Inquisidor que eu deixei que bebesse meu sangue? Que o salvei?

111

Simon balançou a cabeça.

Os olhos de Jace brilharam, refletindo a luz.

— Por que não?

— Acho que não queria encrencá-lo ainda mais.

— Olhe, vampiro — disse Jace. — Proteja os Lightwood se puder. Mas não me proteja.

Simon levantou a cabeça.

— Por que não?

— Acho que... — disse Jace e, por um momento, enquanto olhou através das grades, Simon quase podia imaginar que estava do lado de fora, e Jace dentro da cela — porque eu não mereço.

Clary acordou com um som parecido com o de granizo batendo em telhado de metal. Sentou-se na cama, olhando em volta. O som veio novamente, uma batida aguda na janela. Tirando a coberta relutantemente, foi investigar.

Abrir a janela permitiu a entrada de um ar frio que atravessou seu pijama como uma faca. Estremeceu e se inclinou sobre o parapeito.

Alguém estava no jardim abaixo e, por um instante, o coração acelerado, tudo o que viu foi a figura alta e esguia, com cabelos amarrotados masculinos. Então ele levantou o rosto e ela viu que os cabelos eram escuros, não claros, e percebeu que pela segunda vez, esperara por Jace, mas ganhara Sebastian no lugar.

Ele estava segurando um punhado de pedrinhas em uma mão. Sorriu ao vê-la colocar a cabeça para fora, e apontou para si, em seguida para a cerca de rosas. *Desça.*

Ela balançou a cabeça e apontou para a frente da casa. *Me encontre na porta da frente.* Fechando a janela, correu para o andar de baixo. Era o fim da manhã — a luz entrando pela janela era forte e dourada, mas as luzes estavam todas apagadas e a casa, quieta. *Amatis ainda deve estar dormindo,* pensou.

Clary foi para a porta da frente, destrancou-a e a abriu. Sebastian estava lá, no degrau, e mais uma vez ela teve aquela estranha sensação, um ímpeto de reconhecimento, apesar de mais fraco desta vez. Deu um sorriso fraco para ele.

— Você jogou pedras na minha janela — disse ela. — Pensei que só fizessem isso nos filmes.

Ele sorriu.

— Belo pijama. Acordei você?

— Talvez.

— Desculpe — disse ele, apesar de não parecer lamentar nem um pouco. — Mas isso não podia esperar. Aliás, talvez você devesse subir e trocar de roupa. Vamos passar o dia juntos.

CIDADE DE VIDRO

— Uau. Confiante, não? — disse ela, mas garotos com a aparência de Sebastian provavelmente não tinham motivo nenhum para não serem confiantes. Ela balançou a cabeça. — Sinto muito, mas não posso. Não posso sair de casa. Hoje não.

Uma pequena ruga de preocupação apareceu entre os olhos dele.

— Você saiu de casa ontem.

— Eu sei, mas isso foi antes... — *Antes de Amatis me fazer sentir como uma pessoa de cinco centímetros de altura.* — Simplesmente não posso. E por favor, não tente me convencer, tudo bem?

— Tudo bem — disse ele. — Não vou discutir. Mas pelo menos deixe-me dizer o que vim dizer. Depois, prometo, se ainda quiser que eu vá embora, eu vou.

— O que é?

Ele levantou o rosto e ela ficou imaginando como era possível que olhos escuros pudessem brilhar exatamente como se fossem dourados.

— Sei onde pode encontrar Ragnor Fell.

Clary levou menos de dez minutos para subir, vestir as roupas, escrever um bilhete apressado para Amatis e voltar para encontrar com Sebastian, que esperava por ela na beira do canal. Ele sorriu enquanto ela corria para encontrá-lo, arfando, com o casaco verde pendurado sobre um braço.

— Estou aqui — disse, parando de repente. — Podemos ir agora?

Sebastian insistiu em ajudá-la com o casaco.

— Acho que ninguém nunca me ajudou com meu casaco antes — observou Clary, soltando o cabelo que tinha ficado preso sob o colarinho. — Bem, talvez garçons. Você já foi garçom?

— Não, mas fui criado por uma francesa — lembrou Sebastian. — O curso de treinamento é ainda mais rigoroso.

Clary sorriu, apesar do nervosismo. Sebastian era bom em fazê-la sorrir, percebeu com surpresa. Quase bom *demais*.

— Aonde vamos? — perguntou abruptamente. — A casa de Fell é perto daqui?

— Ele mora fora da cidade, na verdade — disse Sebastian, partindo em direção à ponte. Clary o acompanhou de perto.

— É uma caminhada longa?

— É uma caminhada muito longa. Vamos arrumar uma carona.

— Uma carona? Com quem? — E parou. — Sebastian, precisamos ter cuidado. Não podemos confiar em qualquer um em relação ao que estamos fazendo... que *eu* estou fazendo. É segredo.

Sebastian olhou para ela, os olhos escuros e pensativos.

113

— Juro pelo Anjo que o amigo que vai nos dar carona não vai dizer nada a ninguém a respeito do que estamos fazendo.

— Tem certeza?

— Tenho certeza *absoluta*.

Ragnor Fell, pensou Clary enquanto serpeavam pelas ruas movimentadas. *Vou encontrar Ragnor Fell.* Sentia um conflito de animação selvagem e receio — Madeleine o tinha feito parecer formidável. E se ele não tivesse paciência com ela, ou não tivesse tempo? E se ela não pudesse fazê-lo acreditar que era quem dizia ser? E se ele sequer se *lembrasse* da mãe dela?

Não a deixava menos nervosa o fato de que cada vez que passava por um homem louro ou uma menina com cabelos longos e escuros suas entranhas se contraíam ao pensar estar reconhecendo Jace ou Isabelle. Mas Isabelle provavelmente a ignoraria, pensou sombriamente, e Jace sem dúvida estava na casa dos Penhallow, aos beijos com a nova namorada.

— Está preocupada em ser seguida? — perguntou Sebastian ao virarem em uma rua lateral que levava para longe do centro da cidade, ao notar a maneira como ficava olhando em volta.

— Não paro de achar que estou vendo pessoas que conheço — admitiu. — Jace, ou os Lightwood.

— Não acho que Jace tenha saído da casa dos Penhallow desde que chegaram aqui. Ele basicamente parece passar o tempo amuado no quarto. E ontem machucou muito a mão, também...

— Machucou a mão? Como? — Clary, se esquecendo de olhar por onde ia, tropeçou em uma pedra. A estrada de paralelepípedos sobre a qual vinham andando de alguma forma havia mudado para uma de cascalhos sem que notasse. — Ai.

— Chegamos — anunciou Sebastian, parando na frente de uma grade alta de madeira e arame. Não havia nenhuma casa em volta: tinham deixado para trás abruptamente o distrito residencial, e só havia aquela grade em um dos lados, e um declive íngreme que se alongava até desaparecer em meio a uma floresta no outro.

Havia uma porta na grade, mas estava trancada com cadeado. Do bolso, Sebastian tirou uma chave metálica pesada e abriu o portão.

— Já volto com a nossa carona. — E fechou o portão atrás de si. Clary tentou ver entre as tábuas. Através dos buracos podia enxergar o que parecia uma casa vermelha de tábuas. Mas aparentemente não havia porta ou janelas adequadas.

O portão se abriu e Sebastian reapareceu, sorrindo de orelha a orelha. Trazia uma rédea na mão: caminhando docilmente atrás, vinha um enorme cavalo cinza e branco com um fulgor como de uma estrela na testa.

— *Um cavalo?* Você tem um cavalo? — Clary o encarou impressionada. — Quem tem um cavalo?

Sebastian acariciou o cavalo gentilmente em um dos ombros.

— Muitas famílias de Caçadores de Sombras mantêm um cavalo nos estábulos aqui em Alicante. Caso não tenha notado, não há carros em Idris. Não funcionam muito bem, com todas essas barreiras. — Afagou o couro claro da sela do cavalo, marcada com um brasão de armas que mostrava uma serpente aquática se erguendo de um lago em uma série de espirais. Sob o desenho, estava escrito o nome *Verlac* em letras delicadas. — Suba.

Clary hesitou.

— Nunca andei a cavalo antes.

— Sou eu que vou conduzir Wayfarer — garantiu Sebastian. — Você só vai ficar sentada na minha frente.

O cavalo resmungou suavemente. Tinha dentes enormes, Clary percebeu desconfortável; cada um do tamanho de uma maquininha de Pez. Imaginou aqueles dentes se enterrando em sua perna e pensou em todas as meninas que tinha conhecido na escola que queriam ganhar pôneis. Imaginou se seriam loucas.

Seja corajosa, disse a si mesma. *É o que sua mãe faria.*

Respirou fundo.

— Tudo bem. Vamos.

A decisão de Clary de ser corajosa durou o tempo que Sebastian levou para — após ajudá-la a subir — montar atrás dela e partir. Wayfarer saiu em disparada, cavalgando sobre uma estrada de cascalhos com uma força que a fazia sentir o impacto em sua espinha. Ela se agarrou ao pedaço de sela que sobrava a sua frente, as unhas enterrando o suficiente para deixarem marcas no couro.

A estrada em que estavam se estreitava à medida em que se dirigiam para fora da cidade, e agora havia espessas fileiras de árvores a cada lado, paredes verdes que bloqueavam qualquer visão mais ampla. Sebastian puxou as rédeas e o cavalo interrompeu o galope frenético, o coração de Clary desacelerando junto com os cascos. Enquanto o pânico cedia, ela se tornou lentamente consciente de Sebastian atrás de si — ele segurava as rédeas em cada um dos lados, os braços formando uma espécie de jaula ao seu redor, que a impediam de achar que estava prestes a cair do cavalo. De repente, estava muito ciente dele, não apenas da força rija nos braços que a seguravam, mas de estar apoiada em seu peito e de que ele cheirava, por algum motivo, a pimenta-do-reino. Não de um jeito ruim — era picante e agradável, bem diferente do cheiro de Jace, de sabão e luz do sol. Não que a luz do sol tivesse um cheiro, na verdade, mas se fosse o caso...

Cerrou os dentes. Estava aqui com Sebastian, a caminho de encontrar com um poderoso feiticeiro, e divagava mentalmente sobre o cheiro de Jace. Se forçou a olhar em volta. O amontoado verde de árvores se diluía e agora ela podia ver uma amplidão de campo marmorizado de cada lado. Era lindo de uma maneira forte: um tapete verde quebrado aqui e ali por uma cicatriz de estrada de pedra cinza, ou uma pedra negra se erguendo da grama. Camadas de flores brancas delicadas, as mesmas que tinha visto na necrópole com Luke, marcavam as colinas como pontinhos de neve.

— Como descobriu onde está Ragnor Fell? — perguntou, enquanto Sebastian habilmente guiava o cavalo ao redor de um barranco na estrada.

— Minha tia Élodie. Ela tem uma bela rede de informantes. Sabe de tudo o que se passa em Idris, apesar de nunca vir aqui. Detesta sair do Instituto.

— E você? Vem muito a Idris?

— Na verdade, não. Na última vez que vim tinha mais ou menos 5 anos. E desde então não via meus tios, então estou feliz por estar aqui agora. Me dá a chance de recuperar o tempo perdido. Além disso, sinto falta de Idris quando não estou aqui. Nenhum local é como este. É algo na terra desse lugar. Você vai começar a sentir, e depois terá saudade quando não estiver aqui.

— Sei que Jace sentia falta — disse. — Mas pensei que fosse por ele ter morado aqui durante anos. Foi criado aqui.

— Na mansão Wayland — disse Sebastian. — Não muito longe de onde estamos indo, para falar a verdade.

— Você realmente parece saber tudo.

— Não *tudo* — disse Sebastian, com uma risada que Clary pôde sentir em suas costas. — É, Idris causa efeito em todo mundo, mesmo naqueles como Jace, que têm motivos para detestar o lugar.

— Por que diz isso?

— Bem, ele foi criado por Valentim, não foi? E isso deve ter sido bem desagradável.

— Não sei. — Clary hesitou. — A verdade é que ele tem sentimentos confusos a esse respeito. Acho que Valentim foi um péssimo pai de uma maneira, mas de outra, os pequenos indícios de gentileza e amor que demonstrou foram todo o amor e gentileza que Jace conheceu. — Sentiu uma onda de tristeza ao falar. — Acho que ele pensava em Valentim com muito afeto, por muito tempo.

— Não posso acreditar que Valentim tenha demonstrado gentileza e amor algum dia. Valentim é um monstro.

— Bem, sim, mas Jace é filho dele. E era só um garotinho. Acho que Valentim o amava, à sua maneira...

— Não. — A voz de Sebastian era áspera. — Temo que isso seja impossível.

Clary piscou e quase virou para ver o rosto dele, mas depois pensou melhor. Todos os Caçadores de Sombras ficavam relativamente loucos quando o assunto era Valentim — ela pensou no Inquisidor e estremeceu por dentro; e mal podia culpá-los.

— Provavelmente tem razão.

— Estamos aqui — disse Sebastian abruptamente, tão abruptamente que Clary imaginou se o teria ofendido de alguma forma, e desceu do cavalo. Mas quando olhou para ela, estava sorrindo. — Fizemos um bom tempo — disse ele, amarrando as rédeas no galho mais baixo de uma árvore próxima. — Melhor do que pensei que faríamos.

Ele indicou com um gesto que ela deveria desmontar e, após um instante de hesitação, Clary desceu do cavalo para os braços dele. Agarrou-se a ele enquanto ele a pegava, as pernas bambas após a longa cavalgada.

— Desculpe — disse, timidamente. — Não tive a intenção de agarrá-lo.

— Eu não pediria desculpas *por isso*. — Sua respiração estava quente contra o pescoço dela, e Clary estremeceu. Ele manteve as mãos apenas por mais alguns instantes nas costas dela antes de soltá-la, com relutância.

Nada disso estava ajudando as pernas de Clary a parecerem mais firmes.

— Obrigada — disse ela, sabendo muito bem que estava enrubescendo, e desejando fervorosamente que sua pele clara não mostrasse a cor tão prontamente. — Então, é aqui? — olhou em volta. Estavam em um pequeno vale entre colinas baixas. Havia algumas árvores de aparência deformada ao redor da clareira. Os galhos retorcidos tinham uma beleza escultural contra o céu azul-acinzentado. Mas fora isso... — Não tem nada aqui — disse ela, com o rosto franzido.

— Clary. *Concentre-se*.

— Quer dizer... um feitiço de disfarce? Mas geralmente não preciso...

— Esses feitiços em Idris geralmente são mais fortes do que em outros lugares. Você pode ter que se empenhar mais do que o normal. — Ele pôs as mãos nos ombros dela e a virou gentilmente. — Olhe para a clareira.

Silenciosamente, Clary executou o truque mental que lhe permitia despir o feitiço daquilo que ele disfarçava. Imaginou-se esfregando terebintina em uma tela, descascando camadas de tinta para revelar a verdadeira imagem abaixo — e lá estava, uma pequena casa de pedra com um telhado íngreme, fumaça se retorcendo ao sair da chaminé em um rabisco elegante. Uma trilha de pedras serpenteava até a porta da frente. Enquanto olhava, a fumaça saindo da chaminé parou de se retorcer para cima e começou a tomar forma de um ponto de interrogação preto.

Sebastian riu.

— Acho que significa "quem está aí?"

Clary puxou o casaco mais para perto de si. O vento soprando sobre a grama não estava tão frio, mas seus ossos pareciam congelados assim mesmo.

— Parece coisa de conto de fadas.

— Você está com frio? — Sebastian pôs o braço em volta dela. Imediatamente, a fumaça começou a sair em forma de corações assimétricos. Clary soltou-se dele, sentindo-se ao mesmo tempo envergonhada e, de alguma forma, culpada, como se tivesse feito algo errado. Apressou-se até a entrada da casa, com Sebastian logo atrás. Estavam a meio caminho da trilha da entrada quando a porta se abriu.

Apesar de estar obcecada por encontrar Ragnor Fell desde que Madeleine lhe dissera o nome, Clary nunca tinha parado para imaginar como ele poderia ser. Um homem grande e barbudo, teria pensado, se tivesse considerado o assunto. Alguém parecido com um *viking*, com ombros grandes e largos.

Mas a pessoa que saiu pela porta da frente era alta e magra, com cabelos curtos e arrepiados. Vestia um colete verde de malha e um par de calças de pijama de seda. Olhou para Clary com interesse comedido, enquanto fumava um cachimbo surpreendentemente grande. Apesar de não se parecer em nada com um *viking*, pareceu instantânea e totalmente familiar.

Magnus Bane.

— Mas... — Clary olhou admirada para Sebastian, que parecia tão espantado quanto ela. Estava encarando Magnus com a boca ligeiramente aberta, um olhar vazio no rosto. Finalmente, gaguejou:

— Você é... Ragnor Fell? O feiticeiro?

Magnus tirou o cachimbo da boca.

— Bem, certamente não sou Ragnor Fell, o dançarino exótico.

— Eu... — Sebastian parecia sem palavras. Clary não sabia ao certo o que ele estivera esperando, mas Magnus foi muito para digerir. — Estávamos torcendo para que pudesse nos ajudar. Sou Sebastian Verlac, e esta é Clarissa Morgenstern, a mãe dela é Jocelyn Fairchild...

— Não me importa quem é a mãe dela — disse Magnus. — Não é possível me ver sem hora marcada. Volte mais tarde. Março é uma boa época.

— Março? — Sebastian parecia horrorizado.

— Tem razão — disse Magnus. — Chove muito. Que tal junho?

Sebastian se recompôs.

— Acho que não está entendendo o quanto é importante...

— Sebastian, não se incomode — disse Clary, enojada. — Ele só está provocando. Não pode nos ajudar mesmo.

Sebastian só pareceu mais confuso.

— Mas não vejo por que ele não poderia...

— Tudo bem, já chega — disse Magnus, e estalou os dedos uma vez.

Sebastian congelou no lugar, com a boca ainda aberta e a mão parcialmente esticada.

— *Sebastian!* — Clary se esticou para tocá-lo, mas ele estava rijo como uma estátua. Apenas as leves subidas e descidas do peito mostravam que ainda estava *vivo*. — Sebastian? — disse ela novamente, mas sem motivo: de algum jeito, ela sabia que ele não podia vê-la ou ouvi-la. Voltou-se para Magnus. — Não posso acreditar que tenha feito isso. Qual é o seu problema? Será que o que quer que tenha nesse cachimbo dissolveu seu cérebro? Sebastian está do nosso lado.

— Eu não tenho lado, Clary, querida — disse Magnus com um aceno de cachimbo. — E realmente, a culpa é sua por eu ter precisado congelá-lo por um instante. Você estava prestes a dizer que não sou Ragnor Fell.

— Porque você *não* é Ragnor Fell.

Magnus soprou um fio de fumaça e, pensativo, olhou através dela.

— Vamos — disse ele. — Deixe-me mostrar uma coisa.

Ele segurou a porta da casa, indicando com um gesto que ela deveria entrar. Com um último olhar incrédulo para Sebastian, Clary o seguiu.

O interior da casa não estava iluminado. A fraca luz do dia entrando pelas janelas era o bastante para mostrar a Clary que estavam em uma sala ampla, cheia de sombras escuras. Havia um cheiro estranho no ar, como de lixo queimando. Ela engasgou brevemente enquanto Magnus levantava a mão e estalava os dedos mais uma vez. Uma luz azul brilhante brotou dos dedos dele.

Clary arquejou. A sala parecia um matadouro — móveis despedaçados, gavetas abertas e seus conteúdos espalhados. Páginas de livros rasgadas pairavam como cinzas pelo ar. Até o vidro da janela estava quebrado.

— Recebi uma mensagem de Fell ontem à noite — disse Magnus —, me pedindo para encontrá-lo aqui. Apareci aqui, e encontrei o lugar assim. Tudo destruído, e o fedor de demônios por todos os lados.

— Demônios? Mas demônios não podem entrar em Idris...

— Não disse que entraram. Só estou relatando o que aconteceu — disse Magnus, sem inflexão. — O lugar cheira a algo de origem demoníaca. O corpo de Ragnor estava no chão. Não estava morto quando o deixaram, mas estava quando cheguei. — Se voltou para ela. — Quem sabia que você estava procurando por ele?

— Madeleine. — Sussurrou Clary. — Mas ela está morta. Sebastian, Jace e Simon. Os Lightwood...

— Ah — disse Magnus. — Se os Lightwood sabem, a Clave deve saber a essa altura, e Valentim tem espiões na Clave.

— Devia ter mantido em segredo em vez de perguntar a todos sobre ele — disse Clary, horrorizada. — A culpa é minha. Eu deveria ter alertado Fell...

— Permita-me destacar — disse Magnus — que você não conseguiria encontrar Fell, razão pela qual estava perguntando às pessoas sobre ele. Olhe, Madeleine... e também você... só pensaram em Fell como alguém que poderia ajudar sua mãe. Não alguém em quem Valentim poderia ter algum interesse. Mas há mais. Valentim não teve como acordar sua mãe, mas parece saber que o que ela fez para se colocar naquele estado tinha alguma ligação com algo que ele queria muito. Um livro de feitiços em particular.

— Como você sabe de tudo isso? — perguntou Clary.

— Porque Ragnor me contou.

— Mas...

Magnus a interrompeu com um gesto.

— Feiticeiros têm maneiras de se comunicar uns com os outros. Temos nossa própria língua. — Levantou a mão onde estava a chama azul. — *Logos*.

Letras de fogo, cada uma com pelo menos 15 centímetros de altura, apareceram nas paredes como se gravadas na pedra com líquido dourado. As letras corriam pelas paredes, soletrando palavras que Clary não conseguia ler. Ela se voltou para Magnus.

— O que diz?

— Ragnor fez isso quando soube que estava morrendo. Diria a qualquer feiticeiro que o procurasse, o que aconteceu. — Quando Magnus se virou, o brilho das letras ardentes acendia em ouro seus olhos de gato. — Ele foi atacado aqui pelos soldados de Valentim. Exigiram o *Livro Branco*. Além do Livro Gray, está entre os volumes mais famosos de trabalhos sobrenaturais jamais escritos. Tanto a receita da poção que Jocelyn tomou quanto a do antídoto para ela estão contidas nesse livro.

Clary ficou boquiaberta.

— Então estava aqui?

— Não. Pertencia a sua mãe. Tudo que Ragnor fez foi aconselhá-la quanto a onde escondê-lo de Valentim.

— Então está...

— Está na mansão da família Wayland. A casa dos Wayland era muito próxima de onde Jocelyn e Valentim moravam; eram seus vizinhos mais próximos. Ragnor sugeriu que sua mãe escondesse o livro na casa deles, onde Valentim jamais o procuraria. Na biblioteca, por sinal.

— Mas Valentim morou na mansão Wayland durante anos depois disso — protestou Clary. — Não teria encontrado?

— Estava escondido dentro de outro livro. Um que Valentim provavelmente jamais abriria. — Magnus deu um sorriso torto. — *Receitas simples para donas de casa*. Ninguém pode dizer que sua mãe não tinha senso de humor.

— Então você foi à mansão Wayland? Procurou o livro?

Magnus balançou a cabeça.

— Clary, existem barreiras de desvio na mansão. Não mantêm apenas a Clave afastada; mantêm todos afastados. *Principalmente* integrantes do Submundo. Talvez se eu tivesse tempo para trabalhar nelas, poderia decifrá-las, mas...

— Então ninguém consegue chegar à mansão? — O desespero tomou conta do seu peito. — É impossível?

— Não disse ninguém — disse Magnus. — Consigo pensar em pelo menos uma pessoa que quase certamente poderia entrar no casarão.

— Quer dizer Valentim?

— Quero dizer — disse Magnus — o filho de Valentim.

Clary balançou a cabeça.

— Jace não vai me ajudar, Magnus. Ele não me quer aqui. Aliás, duvido que sequer fale comigo.

Magnus olhou pensativo para ela.

— Acho — disse ele — que não existe muita coisa que Jace não faria por você, se você pedisse.

Clary abriu a boca, em seguida fechou-a novamente. Pensou na maneira como Magnus sempre parecera saber como Alec se sentia em relação a Jace, como Simon se sentia em relação a ela. Seus sentimentos por Jace deveriam estar escritos em sua testa agora mesmo, e Magnus era um especialista em leituras. Ela desviou o olhar.

— Digamos que eu *consiga* convencer Jace a ir até a mansão comigo e pegar o livro — disse ela. — E depois? Não sei como aplicar um feitiço, ou preparar um antídoto...

Magnus riu.

— Você achou que eu estava dando todas essas informações a troco de nada? Depois que puser as mãos no *Livro Branco*, quero que o traga diretamente para mim.

— O livro? *Você* quer?

— É um dos livros de feitiços mais poderosos do mundo. Claro que quero. Além disso, por direito, pertence aos filhos de Lilith, não aos de Raziel. É um livro de feiticeiros, e deveria estar nas mãos de um feiticeiro.

— Mas *eu* preciso dele, para curar minha mãe...

— Você precisa de uma página, e pode ficar com ela. O resto é meu. E em troca, quando me trouxer o livro, faço o antídoto e você o administra a Jocelyn. Não pode dizer que não é um acordo justo — disse, estendendo a mão. — Fechado?

Após um instante de hesitação, Clary apertou a mão dele.

— Espero não me arrepender disso.

— Certamente espero que não — disse Magnus, virando alegremente para a porta da frente. Nas paredes, as letras de fogo já estavam enfraquecendo. — Arrependimento é uma emoção tão inútil, não concorda?

O sol lá fora parecia especialmente claro, depois da escuridão da casa. Clary ficou piscando até sua vista recuperar o foco: as montanhas ao longe, Wayfarer contente comendo grama e Sebastian imóvel como uma estátua de jardim, a mão ainda estendida. Ela se voltou para Magnus.

— Você poderia descongelá-lo agora, por favor?

Magnus parecia se divertir.

— Fiquei surpreso ao receber a mensagem de Sebastian hoje de manhã — comentou. — Dizendo que estava fazendo um favor a ninguém menos do que você. Como foi que o conheceu?

— Ele é primo de uns amigos dos Lightwood, ou coisa do tipo. Ele é legal, prometo.

— Bom. Ele é lindo. — Magnus olhou sonhadoramente na direção de Sebastian. — Você deveria deixá-lo aqui. Eu poderia pendurar chapéus e coisas nele.

— Não. Não pode ficar com ele.

— Por que não? Você *gosta* dele? — Os olhos de Magnus brilharam. — Ele parece gostar de você. Eu o vi na direção da sua mão como um esquilo mergulhando atrás de um amendoim.

— Por que não falamos da *sua* vida afetiva? — rebateu Clary. — E você e Alec?

— Alec se recusa a reconhecer que temos um relacionamento, portanto me recuso a reconhecer que ele existe. Ele me mandou uma mensagem de fogo outro dia. Endereçada ao "Feiticeiro Bane", como se eu fosse um completo estranho. Continua apegado a Jace, eu acho, apesar de que *essa* relação não vai a lugar nenhum, nunca. Um problema que imagino que *você* desconheça...

— Ah, cale a boca — Clary olhou com desgosto para Magnus. — Ouça, se você não descongelar Sebastian, não vou poder sair daqui, e nunca vai conseguir o *Livro Branco*.

— Ah, tudo bem, tudo bem. Mas se eu puder fazer um pedido? Não conte a ele nada do que acabei de lhe dizer, amigo dos Lightwood ou não. — Magnus estalou os dedos de forma petulante.

O rosto de Sebastian voltou à vida, como um filme retornando após uma pausa.

— ... nos ajudar — disse ele. — Não é um simples probleminha. É questão de vida ou morte.

— Vocês Nephilim acham que todos os seus problemas são questões de vida ou morte — disse Magnus. — Agora saiam daqui. Já estou ficando entediado.

— Mas...

— Vão — disse Magnus, um tom perigoso na voz. Faíscas azuis brilhavam nas pontas dos seus longos dedos, e de repente um cheiro forte surgiu no ar, como de queimado. Os olhos de gato de Magnus brilharam. Apesar de saber que era uma encenação, Clary não pôde se conter, e se encolheu.

— Acho melhor irmos, Sebastian — disse ela.

Os olhos de Sebastian estavam apertados.

— Mas Clary...

— *Vamos*. — Insistiu, e, agarrando-o pelo braço, praticamente o arrastou em direção a Wayfarer. Relutante, ele a seguiu, resmungando para si mesmo. Com um suspiro de alívio, Clary olhou para trás. Magnus estava na porta da casa, os braços cruzados sobre o peito. Capturando o olhar da menina, sorriu e deu uma piscadela brilhante.

— Sinto muito, Clary. — Sebastian pôs uma das mãos no ombro de Clary e a outra em sua cintura para ajudá-la a subir nas costas largas de Wayfarer. Combateu a voz interior que a alertava a não subir novamente no cavalo (ou qualquer cavalo) e permitiu que ele a ajudasse. Passou uma perna por cima e se ajeitou na sela, dizendo a si mesma que estava se equilibrando em um grande sofá em movimento, e não em uma criatura viva que podia se virar e mordê-la a qualquer instante.

— Sente muito pelo quê? — perguntou, enquanto ele subia atrás. Era quase irritante a facilidade com que ele o fazia, como se estivesse dançando, mas também reconfortante de ver. Claramente sabia o que estava fazendo, pensou, enquanto ele a envolvia para pegar as rédeas. Pensou que era bom que um deles soubesse.

— Pelo Ragnor Fell. Não esperava que ele tivesse tanta má vontade em ajudar. Mas feiticeiros são caprichosos. Você já conheceu um antes, não conheceu?

— Conheci Magnus Bane. — Ela se virou momentaneamente para olhar além de Sebastian, para a casa que desaparecia a distância atrás deles. A fumaça saía da chaminé sob a forma de pequenas figuras dançantes. Vários Magnus dançantes? Daqui não tinha como saber. — Ele é o Alto Feiticeiro do Brooklyn.

— Se parece com Fell?

— Surpreendentemente semelhante. Quanto ao Fell, não tem problema. Sabia que existia a possibilidade de ele se recusar a ajudar.

— Mas lhe prometi ajuda. — Sebastian parecia genuinamente chateado. — Bem, pelo menos há outra coisa que posso mostrar, para o dia não ser uma completa perda de tempo.

— O que é? — Ela se virou novamente para vê-lo. O sol estava alto no céu atrás, acendendo as pontas de seus cabelos escuros com um contorno dourado.

Sebastian sorriu.

— Você vai ver.

Enquanto cavalgavam para cada vez mais longe de Alicante, paredes de folhagem verde se abriam dos lados, exibindo paisagens improvavelmente lindas: lagos azuis congelados, vales verdes, montanhas cinzentas, linhas prateadas de rios e riachos ladeados por bancos de flores. Clary imaginou como seria morar em um lugar como esse. Não podia conter uma sensação de nervosismo, quase sentindo-se exposta sem o conforto dos prédios altos que a fechavam.

Não que não houvesse nenhuma construção. De vez em quando, o telhado de um largo prédio de pedra surgia à vista sobre as árvores. Eram mansões, explicou Sebastian (gritando ao seu ouvido): as casas de campo de famílias ricas de Caçadores de Sombras. Lembravam Clary dos casarões ao longo do Hudson River, ao norte de Manhattan, onde nova-iorquinos ricos passavam seus verões havia centenas de anos.

A estrada sob eles havia passado de cascalhos a terra. Clary foi tirada do devaneio quando chegaram ao cume de uma colina e Sebastian parou Wayfarer.

— Aqui — disse ele.

Clary olhou fixamente. "Aqui" era uma massa de pedras queimadas, escurecidas, reconhecíveis apenas pelo contorno como algo que outrora fora uma casa: havia uma chaminé oca, ainda apontando para o céu, e um pedaço de muro com uma janela sem vidro no centro. Ervas daninhas cresciam pelas bases, verdes em meio ao preto.

— Não entendo — disse ela. — Por que estamos aqui?

— Não sabe? — perguntou Sebastian. — Foi aqui que sua mãe e seu pai moraram. Onde seu irmão nasceu. Essa era a mansão Fairchild.

Não pela primeira vez, Clary ouviu a voz de Hodge na cabeça. *Valentim acendeu uma fogueira enorme e se queimou junto com sua família, a esposa e o filho. A terra ficou preta. Ninguém nunca mais construiu nela. Dizem que a terra é amaldiçoada.* Sem outra palavra, ela desceu do cavalo. Ouviu Sebastian chamá-la, mas já estava meio correndo, meio deslizando pela colina. O solo havia aplainado onde outrora a casa estivera; as pedras escurecidas do que antigamente fora uma entrada encontravam-se secas e rachadas sob seus pés. Entre as ervas daninhas podia ver escadas que acabavam subitamente a alguns centímetros do chão.

— Clary... — Sebastian a seguiu pelas plantas, mas ela mal notou sua presença. Virando em um círculo lento, absorveu tudo. Árvores queimadas, semimortas. O que provavelmente um dia havia sido um gramado alto, subindo pela encosta de uma colina. Podia ver ao longe o telhado do que provavelmente fora outra mansão vizinha, logo acima das copas das árvores. O sol refletia em pedaços quebrados das janelas, em uma das paredes que ainda estavam de pé. Ela entrou nas ruínas, andando sobre a prateleira escurecida de um armário queimado, quase intacto, derrubado e com pedaços de louça à volta, misturados à terra negra.

Um dia isto havia sido uma casa de verdade, habitada por pessoas vivas, com ar nos pulmões. Sua mãe vivera e se casara aqui, tivera um bebê aqui. Em seguida Valentim viera e transformara tudo em poeira e cinzas, deixando Jocelyn acreditar que o filho estava morto, obrigando-a a esconder da filha a verdade sobre o mundo... Uma tristeza aguda invadiu Clary. Ela pôs a mão no rosto e quase se surpreendeu ao descobrir que estava úmido: estivera chorando sem perceber.

— Clary, desculpe. Pensei que fosse querer ver. — Era Sebastian pisando nos escombros para chegar a ela, as botas levantando nuvens de cinzas. Parecia preocupado.

Ela se voltou para ele.

— Ah, eu quero. Queria. Obrigada.

O vento havia se intensificado, jogando chumaços de cabelos negros no rosto dele. Em seguida, ele deu um sorriso pesaroso.

— Deve ser difícil pensar em tudo o que aconteceu neste lugar, em Valentim, na sua mãe... Ela foi incrivelmente corajosa.

— Eu sei — disse Clary. — Ela foi. Ela é.

Ele tocou gentilmente o rosto dela.

— Você também.

— Sebastian, você não sabe nada a meu respeito.

— Não é verdade. — E levantou a outra mão; agora estava segurando o rosto dela. O toque era gentil, quase experimental. — Ouvi tudo a seu respeito, Clary. Sobre como lutou contra seu pai pelo Cálice Mortal, sobre como foi até um hotel infestado de vampiros pelo seu amigo. Isabelle me contou histórias, e ouvi boatos também. E desde a primeira vez em que ouvi o seu nome, quis conhecê-la. Sabia que seria extraordinária.

Ela riu, trêmula.

— Espero que não esteja decepcionado demais.

— Não — sussurrou, escorregando os dedos para o queixo da menina. — De jeito nenhum. — Levantou o rosto dela até a altura do dele. Clary ficou surpresa demais para se mexer, mesmo quando ele se inclinou para perto e ela percebeu, atrasada, o que ele estava fazendo: no reflexo, ela fechou os olhos enquanto os lábios de Sebastian tocavam os dela, enviando-lhe arrepios pelo corpo. Um desejo repentino e voraz de ser beijada de um jeito que a fizesse esquecer de tudo cresceu dentro dela, então levantou os braços e envolveu o pescoço dele, em parte para se manter firme, em parte para puxá-lo para perto.

Os cabelos de Sebastian tocaram as pontas dos dedos dela, não sedosos como os de Jace, mas finos e suaves, e *ela não deveria estar pensando em Jace*. Reprimiu os pensamentos sobre ele enquanto os dedos de Sebastian passavam por seu rosto seguindo até a linha da mandíbula. Ele tinha um toque suave, apesar dos calos nas pontas dos dedos. Claro, Jace tinha os mesmos calos, decorrentes das lutas; provavelmente todos os Caçadores de Sombras tinham...

Conteve o pensamento de Jace, ou pelo menos tentou, mas não adiantou. Podia vê-lo mesmo com os olhos fechados — ver os ângulos destacados e o rosto liso que nunca conseguiria desenhar adequadamente, independentemente do quanto a imagem estivesse marcada na mente; via os ossos delicados de suas mãos, a pele cicatrizada nos ombros...

O desejo voraz que a dominara tão rapidamente recuou depressa, como um elástico esticado soltando. Ficou entorpecida, mesmo com os lábios de Sebastian pressionando os dela e as mãos subindo para sua nuca — ficou entorpecida e gelou ao perceber que estava cometendo um erro. Alguma coisa estava terrivelmente errada, mais até do que o desejo inútil por alguém que jamais poderia ter. Era alguma outra coisa: um sobressalto repentino de horror, como se estivesse dando um passo confiante para a frente e de repente caísse em um vazio negro.

Arquejou e se afastou de Sebastian com tanta força que quase tropeçou. Se ele não a estivesse segurando, ela teria caído.

— Clary. — Os olhos dele estavam fora de foco, as bochechas ruborizadas e vivas. — Clary, o que houve?

— Nada. — Sua voz soava fina aos próprios ouvidos. — Nada... é só que, eu não deveria... Não estou pronta...

— Fomos rápido demais? Podemos ir com mais calma... — Ele se esticou para tocá-la, mas antes que ela pudesse se controlar, encolheu-se. Ele pareceu magoado. — Não vou machucá-la, Clary.

— Eu sei.

— Aconteceu alguma coisa? — A mão dele subiu para ajeitar o cabelo de Clary; ela lutou contra o impulso de se afastar. — Jace...

— *Jace?* — Será que ele sabia que ela estava pensando em Jace, será que era perceptível? E ao mesmo tempo... — Jace é meu *irmão*. Por que você falaria nele assim? O que quer dizer?

— Só achei que... — Ele balançou a cabeça, dor e confusão se alternando em sua expressão. — Que talvez outra pessoa tenha te machucado.

A mão de Sebastian ainda estava na bochecha de Clary; ela levantou a sua, gentil mas firmemente, e a afastou, devolvendo-a ao próprio lugar.

— Não. Nada do tipo. Eu só... — hesitou. — Pareceu errado.

— *Errado?* — A mágoa em seu rosto desapareceu, substituída por incredulidade. — Clary, temos uma ligação. Você sabe disso. Desde o primeiro segundo em que a vi...

— Sebastian, *não*...

— Senti que você era alguém por quem esperei a vida inteira. Vi que você sentiu o mesmo. Não diga que não.

Mas não tinha sido aquilo que sentira. Sentiu como se tivesse dobrado a esquina em uma cidade estranha e de repente visto a própria casa se erguendo à sua frente. Um reconhecimento surpreendente e não totalmente agradável, quase uma pergunta: *como isso pode estar aqui?*

— Eu não — disse ela.

A raiva que se ergueu nos olhos dele — repentina, sombria, descontrolada — a pegou de surpresa. Ele agarrou os pulsos dela num aperto doloroso.

— Isso não é verdade.

Ela tentou recuar.

— Sebastian...

— *Não* é verdade. — A escuridão dos olhos parecia ter engolido as pupilas. Seu rosto era como uma máscara branca, dura e rígida.

— Sebastian — disse ela com o máximo de calma possível. — Você está me machucando.

Ele a soltou. Estava ofegante.

— Desculpe — disse ele. — Desculpe. Pensei que...

Bem, pensou errado, Clary queria dizer, mas conteve as palavras. Não queria ver aquele *olhar* no rosto dele outra vez.

— É melhor voltarmos. — Foi o que acabou dizendo. — Logo vai escurecer.

Ele assentiu, entorpecido, parecendo tão chocado pelo próprio ataque quanto ela. Virou-se e foi novamente em direção a Wayfarer, que comia grama sob a sombra larga de uma árvore. Clary hesitou por um instante, depois foi atrás dele — não parecia haver mais nada que *pudesse* fazer. Olhou para baixo furtivamente, para os próprios pulsos enquanto caminhava — estavam com marcas vermelhas onde ele tinha apertado, e o mais estranho, as pontas de seus dedos estavam manchadas de preto, como se de algum jeito as tivesse sujado de tinta.

Sebastian ficou em silêncio enquanto a ajudava a subir em Wayfarer.

— Sinto muito se sugeri alguma coisa a respeito de Jace — disse finalmente enquanto ela se ajeitava na sela. — Ele jamais faria nada para machucá-la. Sei que é por sua causa que ele tem visitado o vampiro prisioneiro no Gard...

Foi como se tudo no mundo tivesse parado subitamente. Clary podia ouvir a própria respiração chiando em seus ouvidos, viu as próprias mãos, congeladas como as de uma estátua, paradas na sela.

— Vampiro prisioneiro? — sussurrou.

Sebastian virou o rosto surpreso para ela.

— É — disse ele. — Simon, aquele vampiro que trouxeram de Nova York. Pensei... quero dizer, tinha certeza de que você estava sabendo. Jace não contou?

Capítulo 8
UM DOS VIVOS

Simon acordou com a luz do sol refletindo em um objeto que tinha sido jogado por entre as grades da janela. Levantou-se, com o corpo dolorido de fome, e viu que se tratava de um frasco de metal, mais ou menos do tamanho de uma garrafa de merendeira. Um papel enrolado tinha sido amarrado na ponta. Pegando-o, Simon desenrolou o bilhete e leu:

> *Simon: isso é sangue de vaca, fresco do açougue. Espero que esteja bom. Jace me contou o que você falou, e quero que saiba que acho muito corajoso. Aguente firme, daremos um jeito de tirá-lo daí. BJSSS Isabelle.*

Simon sorriu para os BJSSS na parte de baixo da folha. Era bom saber que o afeto exagerado de Isabelle não tinha sofrido pelas circunstâncias. Ele abriu a tampa do frasco e já tinha engolido diversos goles antes da sensação aguda de formigamento entre as omoplatas fazê-lo virar.

Raphael estava de pé no centro da cela e parecia tranquilo. Estava com as mãos para trás, com os ombros firmes. Vestia uma camisa branca e um casaco escuro. Uma corrente de ouro brilhava em seu pescoço.

Simon quase engasgou com o sangue que estava bebendo. Engoliu, ainda encarando.

— Você... você não pode estar aqui.

O sorriso de Raphael de algum jeito conseguiu transmitir a impressão de que estava com as presas à mostra, apesar de não estarem.

— Não entre em pânico, Diurno.

— Não estou em pânico. — Não era exatamente verdade. Simon sentiu como se tivesse engolido algo afiado. Não via Raphael desde a noite em que se arrastara, sangrando e ferido, para fora de uma cova precariamente cavada em Queens. Ainda se lembrava de Raphael jogando pacotes de sangue animal nele, e da maneira como os tinha rasgado com os dentes, como se ele próprio fosse um animal. Não era algo de que gostava de se lembrar. Teria ficado feliz em jamais ver o outro vampiro outra vez. — O sol ainda está brilhando. Como você está aqui?

— Não estou. — A voz de Raphael era aveludada. — Sou uma projeção. Veja. — Ele balançou a mão, passando-a pela parede de pedra ao lado. — Sou como fumaça. Não posso machucá-lo. E claro, nem você pode me machucar.

— Não quero machucá-lo — Simon colocou o frasco na cama. — *O que quero* é saber o que está fazendo aqui.

— Você saiu de Nova York tão de repente, Diurno. Você entende que deve informar o vampiro-chefe da sua área quando for deixar a cidade, não entende?

— Vampiro-chefe? Está falando de você? Pensei que o vampiro-chefe fosse outra pessoa...

— Camille ainda não voltou para nós — disse Raphael, sem qualquer emoção aparente. — Eu sou o líder durante a ausência dela. Saberia disso tudo se tivesse se dado o trabalho de se familiarizar com as leis da sua espécie.

— Minha saída de Nova York não foi planejada com antecedência. E sem ofensa, mas não penso em você como minha espécie.

— *Dios.* — Raphael abaixou os olhos, como se escondesse um divertimento. — Você é teimoso.

— Como pode dizer isso?

— Parece óbvio, não?

— Quero dizer... — A garganta de Simon fechou. — Essa palavra. Você consegue dizer, e eu não... — *Deus.*

Os olhos de Raphael voltaram-se para o alto; parecia entretido.

— Idade — disse. — E prática. E fé, ou falta dela, o que é de algumas maneiras, a mesma coisa. Você vai aprender com o tempo, novato.

— *Não me chame disso.*

— Mas é o que você é. É uma Criança da Noite. Não foi por isso que Valentim o capturou e tomou seu sangue? Por causa do que você é?

— Você parece muito bem-informado — disse Simon. — Talvez você devesse me contar.

Raphael apertou os olhos.

— Também ouvi um boato de que você tomou o sangue de um Caçador de Sombras, e que foi por isso que conseguiu seu dom, sua habilidade de andar à luz do sol. É verdade?

Os cabelos de Simon se arrepiaram.

— Isso é ridículo. Se sangue de Caçador de Sombras pudesse dar aos vampiros a capacidade de andar ao sol, todo mundo já saberia. Sangue de Nephilim seria disputadíssimo. E *jamais* haveria paz entre vampiros e Caçadores de Sombras depois disso. Então ainda bem que não é verdade.

Um sorriso fraco se formou nos lábios de Raphael.

— Verdade. Por falar em disputa, você entende, Diurno, que é um objeto de valor agora? Não existe um integrante do Submundo que não queira pôr as mãos em você.

— Isso o inclui?

— Claro que sim.

— E o que você faria se pusesse as mãos em mim?

Raphael deu de ombros.

— Talvez eu esteja sozinho na ideia de que andar ao sol não é tão bom quanto os outros vampiros pensam. Somos Crianças Noturnas por um motivo. É possível que eu o considere uma aberração tanto quanto a humanidade me considera.

— E considera?

— É possível. — A expressão de Raphael era neutra. — Acho que é um perigo para todos nós. Um perigo aos vampiros, por assim dizer. E não pode ficar nessa cela para sempre, Diurno. Eventualmente terá que sair e encarar o mundo novamente. Me encarar novamente. Mas posso dizer uma coisa. Juro que não vou machucá-lo, nem tentarei encontrá-lo, se você prometer se esconder depois que Aldertree o soltar. Se jurar ir tão longe que ninguém poderá encontrá-lo, e nunca mais procurar ninguém que tenha conhecido em sua vida mortal. Não posso ser mais justo que isso.

Mas Simon já estava balançando a cabeça.

— Não posso abandonar minha família. Ou Clary.

Raphael emitiu um ruído irritado.

— Não são mais parte de quem você é. Você é um vampiro agora.

— Mas não quero ser — disse Simon.

— Veja só você, reclamando — disse Raphael. — Nunca ficará doente, nunca morrerá, e será forte para sempre. Jamais vai envelhecer. Do que poderia reclamar?

Eternamente jovem, pensou Simon. Parecia bom, mas será que alguém realmente queria ter 16 anos para sempre? Uma coisa seria ser congelado para sempre aos 25, mas 16? Ser desengonçado para sempre, nunca crescer, o rosto ou o corpo? Sem falar que, com esta aparência, jamais poderia entrar em um bar e pedir um drinque. Nunca. Até o fim dos tempos.

— E — acrescentou Raphael — sequer precisa abrir mão do sol.

Simon não tinha a menor vontade de discutir isso outra vez.

— Ouvi os outros falando de você no Dumort — disse ele. — Sei que põe uma cruz todo domingo e vai ver a família. Aposto que sequer sabem que você é um vampiro. Então não venha me dizer para deixar todos da minha vida para trás. Não o farei, e não vou mentir dizendo que vou.

Os olhos de Raphael brilharam.

— No que a minha família acredita não importa. É no que *eu* acredito. O que eu sei. Um vampiro de verdade sabe que está morto. Aceita a própria morte. Mas você, você acha que é um dos vivos. E é isso que o faz tão perigoso. Não consegue reconhecer que não está mais vivo.

O sol estava se pondo quando Clary fechou a porta da casa de Amatis atrás de si e passou a tranca. Na entrada sombria, apoiou-se na porta por um longo instante, os olhos quase fechados. A exaustão pesava em cada um de seus membros, e a dor nas pernas era intensa.

— Clary? — A voz insistente de Amatis cortou o silêncio. — É você?

Clary ficou onde estava, à deriva na escuridão calmante atrás dos olhos fechados. Queria tanto estar em casa que quase podia sentir o gosto metálico do ar das ruas do Brooklyn. Podia ver a mãe sentada na cadeira perto da janela, uma pálida e empoeirada luz amarela atravessando as janelas abertas do apartamento, iluminando a tela enquanto ela pintava. A saudade de casa era tão visceral que doía.

— Clary. — A voz veio mais de perto desta vez. Abriu os olhos. Amatis estava na frente dela, os cabelos grisalhos puxados para trás, as mãos nos quadris. — Seu irmão está aqui para vê-la. Está esperando na cozinha.

— *Jace* está aqui? — Clary lutou para manter a raiva e o espanto longe do rosto. Não havia razão para demonstrar na frente da irmã de Luke o quão irritada estava.

Amatis a encarava com curiosidade.

— Não deveria ter deixado ele entrar? Pensei que quisesses vê-lo.

— Não, tudo bem — disse Clary, mantendo o tom calmo, com alguma dificuldade. — Só estou cansada.

— Ahnn... — Amatis não parecia acreditar. — Bem, estarei lá em cima se precisar de mim. Preciso de um cochilo.

Clary não conseguia imaginar por que razão poderia precisar de Amatis, mas assentiu e seguiu pelo corredor até a cozinha, que estava inundada de uma luz forte. Sobre a mesa, havia uma vasilha com frutas — laranjas, maçãs e peras —, um pedaço grande de pão com queijo e manteiga, e um prato ao lado com o que parecia ser... biscoitos? Amatis tinha feito *biscoitos*?

131

Sentado à mesa estava Jace. Estava inclinado para a frente, apoiado nos cotovelos, os cabelos dourados bagunçados, a camisa ligeiramente aberta no pescoço. Podia ver a bandagem espessa de Marcas negras na clavícula dele. Segurava um biscoito na mão atada. Então Sebastian tinha razão; ele realmente se machucara. Não que ela se importasse.

— Ótimo — disse ele —, você voltou. Estava começando a achar que tinha caído em um canal.

Clary simplesmente o encarou, sem palavras. Ficou imaginando se ele conseguia ler a raiva em seus olhos. Estava esparramado na cadeira, com um braço casualmente jogado para trás. Se não fosse pela rápida pulsação na base da garganta, ela quase poderia ter acreditado no ar de despreocupação de Jace.

— Você parece exausta — acrescentou. — Onde passou o dia inteiro?

— Saí com Sebastian.

— *Sebastian?* — O olhar de completo espanto foi momentaneamente gratificante.

— Ele me acompanhou até aqui ontem à noite — disse Clary, e em sua mente martelavam as palavras *serei apenas o seu irmão de agora em diante, apenas seu irmão* com o ritmo de um coração doente. — E até agora ele foi a única pessoa nesta cidade a ser remotamente gentil comigo. Então, sim, saí com Sebastian.

— Entendo — disse Jace, colocando o biscoito de volta no prato, o rosto inexpressivo. — Clary, vim aqui para me desculpar. Não deveria ter falado com você daquele jeito.

— Não — disse Clary. — Não deveria.

— Vim também para perguntar se reconsideraria voltar para Nova York.

— Meu Deus — disse Clary. — Outra vez isso...

— Não é seguro para você aqui.

— Com o que está preocupado? — perguntou, sem inflexão na voz. — Que me joguem na prisão como fizeram com Simon?

A expressão de Jace não se alterou, mas ele balança para trás na cadeira, levantando os pés do chão, quase como se ela o tivesse empurrado.

— Simon...?

— Sebastian me contou o que aconteceu com ele — prosseguiu, com a mesma voz seca. — O que você fez. De como o trouxe para cá e o deixou ser preso. Você está *tentando* me fazer odiá-lo?

— E você confia no Sebastian? — perguntou Jace. — Mal o conhece, Clary.

Ela o encarou.

— Não é verdade?

Ele sustentou o olhar de Clary, mas o rosto de Jace estava imóvel, como o de Sebastian quando ela o empurrou.

— É verdade.

Ela pegou o prato da mesa e jogou nele. Ele desviou, a cadeira saiu girando e o prato atingiu a parede sobre a pia, se espatifando numa explosão de porcelana. Ele saltou da cadeira quando ela pegou mais um prato e jogou, mirando em qualquer lugar: este bateu na geladeira e atingiu o chão aos pés de Jace, onde se quebrou em dois pedaços.

— Como pôde? Simon confiou em você. Onde ele está agora? O que vão fazer com ele?

— Nada — disse Jace. — Ele está bem. Eu o vi ontem à noite...

— Antes ou depois que eu o vi? Antes ou depois de você fingir que estava tudo bem e que você estava ótimo?

— Você viu *aquilo* como eu estar ótimo? — Jace arquejou, um som que era quase uma risada. — Devo ser um ator melhor do que eu imaginava. — Tinha um sorriso retorcido no rosto. Era um fósforo para o pavio de fúria de Clary: como ele *ousava* rir dela agora? Tentou pegar a vasilha de frutas, mas, de repente, não parecia o bastante. Chutou a cadeira para tirá-la do caminho e se jogou em cima dele, sabendo que seria a última coisa que Jace esperaria dela.

A força do ataque repentino o pegou desprevenido. Ela colidiu contra ele, fazendo-o cambalear para trás, e se chocar contra a bancada. Ela meio que caiu sobre ele, ouviu-o arfar, e puxou o braço para trás cegamente, sem sequer saber o que pretendia fazer...

Tinha se esquecido de como ele era rápido. Seu punho não atingiu o rosto dele, mas sua mão levantada; ele enrolou os dedos nos dela, forçando o braço de Clary de volta para baixo. De repente, ela ficou ciente da proximidade dos dois; estava inclinada sobre ele, pressionando-o contra a bancada com o débil peso do próprio corpo.

— Solte a minha mão.

— Você realmente vai me bater se eu soltar? — Sua voz era áspera e suave, seus olhos brilhavam.

— Não acha que merece?

Ela sentiu o peito dele subir e descer contra ela, num riso sem humor.

Acha que eu planejei tudo? Realmente acha que eu faria isso?

— Bem, você não gosta do Simon, gosta? Talvez nunca tenha gostado.

Jace emitiu um ruído áspero de incredulidade e soltou a mão dela. Quando Clary recuou, ele levantou o braço direito, com a palma para cima. Ela levou um instante para perceber o que ele estava mostrando: a cicatriz no pulso.

— Isto aqui — disse ele, a voz tensa como um fio esticado — é o lugar onde cortei meu pulso para deixar seu amigo vampiro beber meu sangue. Quase morri por isso. E agora você acha o quê? Que simplesmente o abandonei sem pensar?

Ela encarou a cicatriz no pulso de Jace — uma das muitas que cobriam seu corpo, cicatrizes de todas as formas e tamanhos.

— Sebastian me disse que você trouxe Simon aqui, e que depois Alec o levou para o Gard. Deixou a Clave ficar com ele. Você deveria saber...

— O trouxe aqui *sem querer*. Pedi que ele fosse ao Instituto para conversar com ele. Sobre *você*, na verdade. Pensei que ele talvez pudesse convencê-la a desistir da ideia de vir para Idris. Se serve de consolo, ele nem quis considerar. Enquanto estávamos lá, fomos atacados por Renegados. *Tive* que arrastá-lo pelo Portal comigo. Era isso ou deixá-lo para morrer.

— Mas por que levá-lo para a Clave? Você devia saber...

— A razão pela qual o mandamos para lá se deveu ao fato de o único Portal de Idris se encontrar no Gard. Nos disseram que iriam mandá-lo de volta a Nova York.

— E você *acreditou*? Depois do que aconteceu com a Inquisidora?

— Clary, a Inquisidora era uma anomalia. Aquela pode ter sido a sua primeira experiência com a Clave, mas não foi a minha... A Clave somos *nós*. Os Nephilim. Vivemos de acordo com a Lei.

— Só que dessa vez não viveram.

— Não — disse Jace. — Não mesmo. — Ele soava muito cansado. — E a pior parte disso tudo — acrescentou — é me lembrar de Valentim discursando sobre a Clave, sobre como é corrupta, como precisa ser limpa. E, pelo Anjo, se não concordo com ele...

Clary ficou em silêncio, primeiro porque não conseguia pensar em nada para dizer, então, por espanto enquanto Jace se esticava — quase como se não estivesse pensando no que estava fazendo — e a puxava para perto. Para própria surpresa, ela deixou. Através do tecido branco da camisa, podia ver os contornos das Marcas, pretas e curvilíneas, esticando-se sobre a pele dele como chamas de fogo. Queria apoiar a cabeça nele, queria sentir os braços ao seu redor da mesma forma que queria ar enquanto estivera se afogando no Lago Lyn.

— Ele pode ter razão quanto às coisas precisarem ser consertadas — disse ela afinal.

— Mas não tem razão quanto à maneira como isso deve acontecer. Você entende isso, não entende?

Ele semicerrou os olhos. Havia olheiras cinzentas sob eles, ela viu, vestígios de noites sem dormir.

— Não sei ao certo se consigo qualquer coisa. Você tem razão em estar brava, Clary. Eu não deveria ter confiado na Clave. Queria tanto acreditar que a Inquisidora era uma aberração, que estava agindo sem a autoridade deles, que ainda existia algum aspecto da condição de Caçador de Sombras em que eu pudesse confiar.

— Jace — sussurrou.

Ele abriu os olhos e a encarou. Estavam tão próximos, ela percebeu, que se tocavam da cabeça aos pés; até os joelhos se tocavam, e ela podia sentir o coração dele. *Afaste-se dele*, disse a si mesma, mas as pernas não obedeciam.

— O que foi? — disse ele, com a voz bem suave.

— Quero ver Simon — disse ela. — Você pode me levar até ele?

Tão subitamente quando a tinha segurado, ele a soltou.

— Não. Você não deveria nem estar em Idris. Não pode aparecer no Gard.

— Mas ele vai pensar que foi abandonado por todos. Vai achar que...

— Eu fui visitá-lo — disse Jace. — Ia soltá-lo. Ia arrancar as grades da janela com minhas próprias mãos — falou, como se não fosse grande coisa. — Mas ele não deixou.

— Ele não *deixou*? Preferiu ficar preso?

— Disse que o Inquisidor estava atrás da minha família, atrás de mim. Aldertree quer nos culpar pelo que aconteceu em Nova York. Não pode agarrar um de nós e nos torturar por uma confissão; isso a Clave condenaria. Mas está tentando fazer com que Simon conte alguma história na qual todos estaríamos em conchavo com Valentim. Simon disse que se eu o soltasse, o Inquisidor saberia, e seria ainda pior para os Lightwood.

— Isso é muito nobre da parte dele e tudo mais, mas qual é o plano a longo prazo? Ficar preso para sempre?

Jace deu de ombros.

— Ainda não tínhamos decidido.

Clary expirou, irritada.

— *Garotos* — disse. — Tudo bem, ouça. O que você precisa é de um álibi. Vamos nos certificar de que você esteja em algum lugar onde todos possam ver, assim como os Lightwood, aí a gente pega o Magnus e faz com que ele tire Simon da prisão e o devolva a Nova York.

— Detesto dizer isso, Clary, mas nunca que o Magnus vai fazer uma coisa dessas. Independente do quanto ache Alec bonitinho, não vai se colocar contra a Clave em nosso favor.

— Pode ser que faça — disse Clary — pelo *Livro Branco*.

Jace piscou.

— O quê?

Clary contou rapidamente sobre a morte de Ragnor Fell, sobre Magnus na casa dele, e sobre o livro de feitiços. Jace ouviu com uma atenção espantada até que ela terminasse.

— Demônios? — disse ele. — Magnus disse que Fell foi morto por demônios?

Clary tentou se lembrar dos detalhes.

— Não, ele disse que o lugar fedia a algo de origem demoníaca. E que Fell foi morto por servos de Valentim. Foi tudo que disse.

— Algumas magias negras deixam uma aura que cheira como a de um demônio — disse Jace. — Se Magnus não foi específico, provavelmente foi porque não ficou muito satisfeito com o fato de que há um feiticeiro por aí praticando magia negra, violando a Lei. Mas está longe de ser a primeira vez que Valentim pegou um dos filhos de Lilith para isso. Lembra do menino feiticeiro que ele matou em Nova York?

— Valentim usou o sangue dele para o Ritual. Lembro — Clary estremeceu. — Jace, Valentim quer o livro pelo mesmo motivo que eu? Para despertar minha mãe?

— Talvez. Ou, se for como Magnus acha, Valentim só quer o poder que pode conseguir dele. De qualquer jeito, é melhor pegarmos antes dele.

— Você acha que existe alguma chance de estar na mansão Wayland?

— Sei que está — disse ele, para surpresa dela. — Aquele livro de culinária? *Receitas para Donas de Casa* ou coisa do tipo? Já vi antes. Na biblioteca da mansão.

Clary ficou tonta. Quase não tinha se permitido acreditar que podia ser verdade.

— Jace, se você me levar à mansão e pegarmos o livro, eu vou para casa com Simon. Faça isso por mim e eu vou para Nova York, e não volto mais, juro.

— Magnus tinha razão, existem barreiras de desvio na mansão — disse, lentamente. — Levo você até lá, mas não é perto. Andando, pode ser que demore cinco horas.

Clary esticou o braço e pegou a estela do bolso. Segurou-a entre os dois, onde brilhou com uma luz suave, não muito diferente da emitida pelas torres de vidro.

— Quem falou em andar?

— Você recebe uns visitantes estranhos, Diurno — disse Samuel. — Primeiro Jonathan Morgenstern, e agora o vampiro-chefe de Nova York. Estou impressionado.

Jonathan Morgenstern? Simon levou um instante para perceber que era, claro, Jace. Estava sentado no chão, no centro da cela, mexendo com displicência no frasco que tinha nas mãos.

— E Isabelle Lightwood lhe trazendo sangue — disse Samuel. — É um serviço de entregas e tanto.

Simon levantou a cabeça.

— Como você sabe que foi Isabelle que trouxe? Eu não disse nada...

— A vi pela janela. Ela é a cara da mãe — disse Samuel —, pelo menos parece com como era anos atrás. — Fez-se uma pausa desconfortável. — Você sabe que o sangue é só um tapa-buraco — acrescentou. — Logo o Inquisidor vai começar a se perguntar se você já morreu de fome. Se o encontrar perfeitamente saudável, vai concluir que alguma coisa está errada e matá-lo assim mesmo.

Simon olhou para o teto. Os símbolos gravados na pedra se sobrepunham uns aos outros como areia na praia.

— Acho que terei que acreditar em Jace quando ele diz que vão encontrar um jeito de me tirar daqui — disse. E como Samuel não respondeu, acrescentou: — Vou pedir que o solte também, prometo. Não o deixarei aqui sozinho.

Samuel emitiu um ruído engasgado, como uma risada que não conseguiu sair da sua garganta.

— Ah, não acho que Jace Morgenstern vá querer *me* resgatar — disse ele. — Além disso, passar fome aqui embaixo é o menor dos seus problemas, Diurno. Logo Valentim vai atacar a cidade, e provavelmente todos seremos mortos.

Simon piscou os olhos.

— Como pode ter tanta certeza?

— Fui próximo dele em algum momento. Conhecia os planos. Os objetivos. Ele pretende destruir os bloqueios de Alicante e atacar a Clave no coração do poder dela.

— Mas pensei que não fosse possível para demônios ultrapassar os bloqueios. Pensei que fossem impenetráveis.

— É o que se diz. É preciso sangue de demônio para derrubar as barreiras, entende, e isso só pode ser feito de dentro de Alicante. Mas como nenhum demônio pode ultrapassá-las, bem, é um paradoxo perfeito, ou deveria ser. Mas Valentim alega ter encontrado uma maneira de burlar isso, um jeito de passar. E acredito nele. Vai encontrar uma maneira de derrubar as barreiras, entrar na cidade com o escritório de demônios e matar a todos nós.

A certeza na voz de Samuel fez Simon ter calafrios na espinha.

— Você parece terrivelmente conformado. Não deveria fazer alguma coisa? Alertar a Clave?

— Eu alertei. Quando me interrogaram. Disse a eles mais de uma vez que Valentim pretendia destruir as barreiras, mas me ignoraram. A Clave acha que os bloqueios se manterão eternamente, pois estão lá por mil anos. Mas Roma também, até os bárbaros chegarem. Tudo cai um dia — riu, um som amargo, raivoso. — Considere uma corrida para ver quem o mata primeiro, Diurno: Valentim, os outros integrantes do Submundo ou a Clave.

Em algum lugar entre *aqui* e *lá*, a mão de Clary foi arrancada da de Jace. Quando o furacão a cuspiu e ela atingiu o chão, o fez sozinha, com força, e rolou engasgando até parar.

Sentou-se lentamente e olhou em volta. Estava deitada no centro de um tapete persa, jogado no chão de uma grande sala de paredes de pedra. Havia móveis virados, transformados em pesados fantasmas. Havia cortinas de veludo sobre grandes janelas de vidro; o veludo era cinza e branco por causa da poeira, e grãos de sujeira dançavam ao luar.

— Clary? — Jace surgiu por trás de algo enorme, coberto de branco; talvez fosse um piano de cauda. — Você está bem?

— Estou — levantou-se, contraindo um pouco o rosto. Seu cotovelo doía. — Fora o fato de que Amatis provavelmente vai me matar quando voltarmos. Considerando que quebrei todos os pratos *e* abri um Portal na cozinha dela.

Ele estendeu a mão para ela.

— Se serve de alguma coisa — disse ele, tentando ajudá-la a se levantar —, fiquei muito impressionado.

— Obrigada — Clary olhou em volta. — Então foi aqui que você cresceu? Parece ter saído de um conto de fadas.

— Estava pensando mais em um filme de terror — disse Jace. — Meu Deus, faz anos que não vejo este lugar. Não costumava ser tão...

— Tão frio? — Clary tremeu um pouco. Abotoou o casaco, mas o frio na mansão era mais que físico: o lugar tinha uma *sensação* fria, como se jamais tivesse havido calor, luz ou riso ali dentro.

— Não — disse Jace. — Sempre foi frio. Eu ia dizer *empoeirado*. — Tirou a pedra enfeitiçada do bolso, e ela brilhou entre seus dedos. O fulgor branco atingiu seu rosto de baixo, formando sombras sob as maçãs do rosto, a cavidade das têmporas. — Este é o escritório, e precisamos da biblioteca. Vamos.

Ele a conduziu por um longo corredor repleto de espelhos, dezenas, que lhes mostravam seus reflexos. Clary não tinha percebido como estava desgrenhada: o casaco sujo de poeira, o cabelo bagunçado pelo vento. Tentou suavizá-lo discretamente e viu o sorriso de Jace no outro espelho. Por algum motivo, certamente por alguma magia de Caçador de Sombras que ela não tinha a menor esperança de entender, o cabelo *dele* estava perfeito.

O corredor era cheio de portas, algumas abertas; através das frestas, Clary podia espiar os outros cômodos, aparentemente tão empoeirados e inutilizados quanto o escritório. Michael Wayland não tinha parentes, dissera Valentim, então ela supôs que ninguém tivesse herdado o lugar após sua "morte" — tinha presumido que Valentim continuara vivendo aqui, mas claramente não parecia o caso. Tudo exalava tristeza e abandono. No Renwick, Valentim havia se referido a este lugar como "casa", havia mostrado a Jace no espelho do Portal, uma lembrança dos campos verdes e cascalho, mas isso, Clary pensou, também tinha sido mentira. Era claro que Valentim não morava aqui havia anos — talvez tivesse abandonado o lugar para deteriorar, ou só viesse ocasionalmente, para caminhar pelos corredores escuros como um fantasma.

Alcançaram a porta no fim do corredor e Jace a abriu com o ombro, chegando para trás para permitir que Clary entrasse no cômodo antes dele. Tinha imaginado a biblioteca do Instituto, e esta sala não era muito diferente: as mesmas paredes repletas de fileiras intermináveis de livros, as mesmas escadas de correr para que as prateleiras superiores fossem alcançadas. O teto era plano e com vigas, e não cônico, e não havia mesas. Cortinas verdes de veludo, os vincos cobertos de poeira branca, estavam penduradas à frente de janelas cujos vidros alternavam tons de verde e azul. Ao luar brilhavam como gelo colorido. Além do vidro, tudo era negro.

— Esta é a biblioteca? — perguntou a Jace em um sussurro, apesar de não saber ao certo por que estava sussurrando. Havia algo tão profundamente silencioso na casa enorme e vazia.

Ele estava olhando através dela, os olhos escuros com as lembranças.

— Eu costumava sentar naquela cadeira perto da janela e ler o que quer que meu pai tivesse me passado no dia. Línguas diferentes em dias diferentes, francês no sábado, inglês no domingo, mas agora não consigo me lembrar qual era o dia do latim, se era segunda ou terça...

Clary viu um flash de Jace como um menininho, com o livro equilibrado nos joelhos sentado à janela, olhando para — para onde? Havia jardins? Uma paisagem? Um muro alto de espinhos como ao redor do castelo da Bela Adormecida? Ela o viu enquanto lia, a luz que entrava pela janela formando quadrados azuis e verdes sobre os cabelos claros, e o rosto mais sério do que deveria ser o de qualquer menino de 10 anos.

— Não consigo me lembrar — disse novamente, olhando para a escuridão.

Ela tocou o ombro dele.

— Não importa, Jace.

— É, acho que não — disse e se sacudiu, como se acordasse de um sonho; em seguida atravessou a sala, a pedra iluminando o caminho. Ajoelhou-se para inspecionar uma fileira de livros e voltou a ficar de pé, com um deles na mão. — *Receitas Simples para Donas de Casa* — disse ele. — Aqui está.

Ela correu pela sala e o tomou dele. Era um livro simples, com a capa azul, empoeirado como tudo na casa. Ao abri-lo, voou poeira das páginas como um bando de mariposas.

Um quadrado grande e largo havia sido cortado no centro do livro. Encaixado no buraco como uma joia em uma caixinha, havia um volume menor, mais ou menos do tamanho de um livro de bolso, com a capa branca de couro e o título impresso em latim, em letras douradas. Clary reconheceu as palavras "branco" e "livro", mas, ao levantá-lo e abri-lo, as páginas estavam preenchidas com escrita fina e retorcida em uma língua que não conseguia entender.

— Grego — disse Jace, olhando sobre o ombro dela. — Arcaico.

— Você consegue ler?

— Não com facilidade — admitiu. — Faz anos. Mas Magnus vai conseguir, imagino. — Fechou o livro e o colocou no bolso verde do casaco dela antes de voltar para as prateleiras, tocando os livros com as pontas dos dedos.

— Quer levar algum com você? — perguntou ela gentilmente. — Se quiser...

Jace riu e abaixou a mão.

— Eu só podia ler o que ele mandava — disse. — Algumas prateleiras tinham livros nos quais sequer podia tocar. — Indicou uma fileira, mais alta, cheia de livros em capa marrom. — Li um deles uma vez, quando tinha mais ou menos 6 anos, só para ver do que se tratava. Descobri que era um diário de meu pai. Sobre mim. Notas sobre *"meu filho, Jonathan Christopher"*. Me bateu com um cinto quando descobriu que eu tinha lido. Na verdade, foi a primeira vez que soube que tinha um nome do meio.

Uma dor repentina de ódio ao pai atravessou Clary.

— Bem, Valentim não está aqui agora.

— Clary... — começou Jace, um tom de alerta na voz, mas ela já estava se esticando para alcançar um dos livros da prateleira proibida, derrubando-o no chão. Fez um barulho satisfatório ao cair. — Clary!

— Ora, vamos. — E fez novamente, derrubando outro livro, depois outro. Poeira voava das páginas conforme atingiam o chão. — Tente você.

Jace olhou para ela por um instante; em seguida, um semissorriso se formou no canto da boca. Esticando-se, ele varreu o braço pela prateleira, derrubando o restante dos livros no chão com um barulho forte. Ele riu — em seguida se interrompeu, levantando a cabeça, como um gato esticando as orelhas para escutar um som distante.

— Ouviu isso?

Ouvi o quê? Clary estava prestes a perguntar, e se conteve. *Havia* um som, cada vez mais alto agora — um sussurro agudo, como de moagem, como o som de uma máquina ganhando vida. O som parecia vir de dentro da parede. Ela deu um passo involuntário para trás enquanto as pedras à frente recuaram com um lamento agudo, enferrujado. Uma abertura se formou atrás das pedras — uma espécie de passagem, cortada grosseiramente da parede.

Além da entrada havia uma escadaria, que levava para a escuridão.

Capítulo 9
ESTE SANGUE CULPADO

— Eu nem me lembrava de que *havia* um porão aqui — disse Jace, olhando além de Clary para o buraco aberto na parede. Ele levantou a pedra, e o brilho ricocheteou no túnel que levava para baixo. As paredes eram pretas e escorregadias, feitas com uma pedra negra lisa que Clary não reconheceu. Os degraus brilhavam como se estivessem úmidos. Um cheiro estranho pairava na entrada: frio, mofado, com um ligeiro toque metálico que deixava seus nervos no limite.

— O que você acha que pode haver lá embaixo?

— Não sei. — Jace foi em direção às escadas; pôs o pé no degrau mais alto, testando o, em seguida deu de ombros como se tivesse tomado uma decisão. Começou a descer, movendo-se cuidadosamente. Na metade do caminho, virou para trás e olhou para Clary. — Você vem? Pode me esperar aí em cima se quiser.

Ela olhou em volta pela biblioteca vazia, em seguida estremeceu e foi atrás dele.

As escadas desciam em espiral, os círculos cada vez mais apertados, como se abrissem caminho dentro de uma enorme concha. O cheiro se tornou mais forte conforme se aproximavam do fundo, e os degraus alargaram, transformando-se em uma grande sala quadrada cujas paredes de pedra estavam repletas de marcas de umidade, e outras manchas mais escuras. O chão estava todo rabiscado: uma mistura de pentagramas e símbolos, com pedras brancas espalhadas aqui e ali.

Jace deu um passo para frente e alguma coisa quebrou sob seus pés. Ele e Clary olharam para baixo na mesma hora.

— Ossos — sussurrou Clary. Não eram pedras brancas, mas ossos de todas as formas e tamanhos, espalhados pelo chão. — O que ele *fazia* aqui embaixo?

A pedra ardia na mão de Jace, projetando um brilho misterioso no cômodo.

— Experiências — disse Jace com um tom seco, tenso. — A Rainha Seelie disse...

— Que espécie de ossos são esses? — A voz de Clary se ergueu. — São ossos de animais?

— Não. — Jace chutou uma pilha deles com os pés, espalhando-os. — Nem todos.

Clary sentiu um aperto no peito.

— Acho que deveríamos voltar.

Em vez disso, Jace ergueu a pedra mágica na mão. Ela emitiu um brilho forte, que em seguida ficou ainda mais intenso, iluminando o ar com um fulgor branco. Até os cantos distantes da sala entraram em foco. Três deles estavam vazios. O quarto estava coberto por um tecido pendurado. Havia alguma coisa atrás do tecido, uma forma corcunda...

— Jace — sussurrou Clary. — *O que é* aquilo?

Ele não respondeu. Surgiu uma lâmina serafim em sua mão livre de repente; Clary não sabia quando a tinha sacado, mas brilhava à luz da pedra como uma lâmina de gelo.

— Jace, não — disse Clary, mas era tarde demais, ele avançou e retirou o pano com a ponta da lâmina, em seguia o puxou e jogou para baixo. Caiu em uma nuvem de poeira.

Jace cambaleou para trás, derrubando a pedra. Enquanto a luz caía, Clary enxergou rapidamente o rosto dele: era uma máscara branca de horror. Clary pegou a pedra antes que se apagasse, e a levantou no alto, desesperada para ver o que poderia ter chocado Jace — logo ele, que não se chocava com nada — tão terrivelmente.

A princípio tudo que viu foi a forma de um homem; um homem enrolado em um pano branco sujo, agachado no chão. Algemas envolviam seus pulsos e calcanhares, presas a correntes espessas de metal enfiadas no chão de pedra. *Como ele pode estar vivo?*, pensou Clary, horrorizada, e sentiu bile subir à garganta. A pedra mágica tremeu em sua mão, e luz dançou sobre o prisioneiro: ela viu braços e pernas emaciados, marcados por todos os lados com cicatrizes de incontáveis torturas. O crânio de um rosto virou na direção dela, buracos negros onde deveria haver olhos — em seguida um movimento brusco, e ela viu que o que pensara ser um pano branco, mas que na verdade eram *asas*, asas brancas saindo de trás das costas em dois crescentes de um branco puro, as únicas coisas puras naquela sala imunda.

Arquejou, um som seco.

— *Jace*. Você está vendo...

— Estou — disse Jace ao lado dela, com uma voz entrecortada como vidro quebrado.

— Você disse que não existiam anjos, que ninguém nunca tinha visto um...

Jace estava sussurrando alguma coisa para si mesmo, uma sucessão do que pareciam xingamentos desesperados. Cambaleou para frente, em direção à criatura encolhida no chão — e se recolheu, como se tivesse batido em uma parede invisível. Olhando para baixo, Clary viu que o anjo estava agachado dentro de um pentagrama feito de símbolos entalhados no chão; brilhavam com uma fraca luz fosforescente.

— Os símbolos — sussurrou. — Não podemos passar...

— Mas tem que haver alguma coisa... — disse Jace, com a voz quase sumindo — alguma coisa que possamos fazer.

O anjo levantou a cabeça. Clary viu com uma terrível, e de certa forma distante, pena que ele tinha cabelos dourados e ondulados como os de Jace, que brilhavam à luz. Ainda havia chumaços pelas cavidades do crânio. Seus olhos eram abismos, a face marcada com cicatrizes, como uma linda pintura destruída por vândalos. Enquanto os encarava, sua boca abriu e um som se derramou da garganta — não eram palavras, mas uma música dourada penetrante, uma única nota musical, sustentada, sustentada e sustentada tão aguda e doce que o som era como dor...

Uma inundação de imagens se ergueu diante dos olhos de Clary. Ela ainda estava segurando a pedra, mas a luz não estava mais lá; ela não estava mais lá, não mais ali, mas em outro lugar, onde gravuras do passado fluíam diante dela em um sonho acordado — fragmentos, cores, sons.

Ela estava na adega, vazia e limpa, um único símbolo enorme marcado no chão de pedra. Havia um homem ao lado; segurava um livro aberto em uma mão e uma tocha branca ardente na outra. Quando levantou a cabeça, Clary viu que era Valentim: mais jovem, o rosto sem rugas e bonito, os olhos escuros límpidos e brilhantes. Enquanto entoava, o símbolo ardeu em fogo, e quando as chamas retrocederam, uma figura encolhida apareceu deitada entre cinzas: um anjo, com asas espalhadas e ensanguentado, como um pássaro derrubado do céu por um tiro...

A cena mudou. Valentim se encontrava perto de uma janela, ao seu lado uma mulher jovem com cabelos brilhantes. Um anel prateado familiar brilhava na mão dele enquanto a estendia para colocar os braços ao redor dela. Com uma pontada de dor, Clary reconheceu a mãe — mas ela era jovem, suas feições suaves e vulneráveis. Vestia uma camisola branca e estava obviamente grávida.

— Os Acordos — dizia Valentim, irritado — não foram apenas a pior ideia que a Clave já teve, mas a pior coisa que podia acontecer aos Nephilim. Que tenhamos que ser *ligados* aos integrantes do Submundo, amarrados a estas criaturas...

— Valentim — disse Jocelyn com um sorriso —, chega de política, *por favor*. — Ela esticou o braço e envolveu o pescoço de Valentim, com a expressão cheia de amor, assim como a dele, mas havia mais alguma coisa ali, algo que enviou calafrios pela espinha de Clary...

Valentim ajoelhava-se no centro de um círculo de árvores. Havia uma lua brilhante no alto, iluminando o pentagrama preto que havia sido marcado na terra da clareira. Os galhos de árvores formavam uma rede espessa acima; onde se estendiam sobre as bordas do pentagrama, as folhas se curvavam e ficavam pretas. No centro da estela de cinco pontas sentava-se uma mulher com cabelos longos e brilhantes; tinha forma esguia e adorável, o rosto escondido pela sombra, os braços nus e brancos. Sua mão esquerda estava esticada à sua frente, e quando ela abriu os dedos, Clary podia ver que havia um longo corte na palma, derramando um lento riacho de sangue em um cálice prateado apoiado na ponta do pentagrama. O sangue parecia negro ao luar, ou talvez *fosse* negro.

— A criança nascida com este sangue — dizia ela, com uma voz suave e adorável — terá mais poder que os Demônios Maiores dos abismos entre os mundos. Será mais potente do que Asmodei, mais forte que os *shedim* das tempestades. Se treinada adequadamente, não haverá nada que não possa fazer. Mas, alerto — acrescentou —, queimará a própria humanidade, como o veneno queima a vida que há no sangue.

— Agradeço a você, Dama de Edom — disse Valentim e, enquanto esticava o braço para pegar o cálice de sangue, a mulher ergueu o rosto, e Clary viu que, apesar de linda, seus olhos eram buracos negros ocos dos quais se curvavam tentáculos negros, como antenas cutucando o ar. Clary conteve um berro...

A noite, a floresta... desapareceram. Jocelyn encarava alguém que Clary não conseguia enxergar. Não estava mais grávida, e os cabelos brilhantes dispersavam-se pelo rosto assustado e desesperado.

— Não posso ficar com ele, Ragnor — disse ela. — Nem por mais um dia. Li o diário dele. Você sabe o que fez com Jonathan? Não pensei que Valentim fosse capaz daquilo. — Seus ombros tremeram. — Ele utilizou sangue de demônio... Jonathan não é mais um bebê. Sequer é humano; é um monstro...

Ela desapareceu. Valentim caminhava impaciente pelo círculo de símbolos, com uma lâmina serafim brilhando em mãos.

— Por que você não *fala*? — murmurou. — Por que não *me dá o que quero*? — Atacou com a faca, e o anjo se contorcia enquanto um líquido dourado escorria do machucado como luz do sol derretida. — Se não me dá respostas — sibilou Valentim —, pode me dar seu sangue. Trará mais benefícios a mim e aos meus do que a você.

Agora estavam na biblioteca Wayland. Luz do sol brilhava através das janelas em forma de losango, inundando a sala em verde e azul. Vozes vinham de outro cômodo:

os sons de risos e conversas, uma festa. Jocelyn estava ajoelhada próxima à prateleira de livros, olhando de um lado para o outro. Retirou um livro grosso do bolso e o colocou na prateleira...

E desapareceu. A cena mostrava um porão, o mesmo onde Clary sabia que estava agora. O mesmo pentagrama marcado no chão cicatrizado e, no centro da estrela, um anjo. Valentim estava por perto, mais uma vez com uma lâmina serafim ardendo na mão. Parecia anos mais velho agora, não mais um jovem rapaz.

— Ithuriel — disse ele. — Somos velhos amigos agora, não é? Poderia tê-lo deixado enterrado vivo sob aquelas ruínas, mas não, o trouxe aqui comigo. Todos estes anos o mantive por perto, esperando que um dia fosse me contar o que eu queria... o que precisava saber. — Ele se aproximou, exibindo a lâmina, o brilho iluminando a barreira simbólica, fazendo-a brilhar. — Quando o invoquei, sonhei que me diria *por quê*. Por que Raziel nos criou, sua raça de Caçadores de Sombras, mas não nos deu os poderes que os integrantes do Submundo têm, a velocidade dos lobos, a imortalidade do Povo das Fadas, a magia dos feiticeiros, até a resistência dos vampiros. Nos deixou despidos diante dos anfitriões do inferno, exceto por estas marcas pintadas na nossa pele. Por que os poderes deles são maiores que os nossos? Por que não podemos compartilhar do que eles têm? Como isso pode ser *justo*?

Dentro da estrela que o aprisionava, o anjo permanecia sentado em silêncio como uma estátua de mármore, parado, as asas dobradas. Seus olhos não expressavam nada além de uma terrível tristeza silenciosa. A boca de Valentim se retorceu.

— Muito bem. Mantenha-se em silêncio. Terei minha chance — Valentim ergueu a lâmina. — Tenho o Cálice Mortal, Ithuriel, e logo terei a Espada, mas sem o Espelho não posso começar a invocar. O Espelho é tudo de que preciso. Diga-me onde está, Ithuriel, e o deixarei morrer.

A cena se quebrou em fragmentos e, enquanto sua visão desbotava, Clary viu imagens agora familiares, dos próprios pesadelos — anjos com asas brancas e pretas, lençóis de água espelhada, ouro e sangue — e Jace, dando as costas para ela, sempre de costas. Clary tentou tocá-lo e pela primeira vez a voz do anjo falou em sua mente em palavras que podia entender.

Estes não são os primeiros sonhos que já mostrei a você.

A imagem de um símbolo explodiu atrás de seus olhos, como fogos de artifício — não um símbolo que já tivesse visto antes; era tão forte, simples e direto quanto um nó. Desapareceu no tempo de uma respiração e, enquanto desaparecia, a cantoria do anjo cessou. Clary estava de volta ao próprio corpo, atordoada, na sala suja e fétida. O anjo estava em silêncio, congelado, as asas dobradas, uma efígie de luto.

Clary soltou o ar em um choramingo.

— Ithuriel. — Ela esticou as mãos para o anjo, sabendo que não poderia ultrapassar os símbolos, o coração doendo. Há anos o anjo estava ali, sentado em silêncio, sozinho no escuro, acorrentado e faminto, mas impedido de morrer...

Jace estava ao lado dela. Clary podia ver pela expressão ferida que ele tinha visto as mesmas coisas que ela. Olhou para a lâmina serafim na mão, depois novamente para o anjo. Seu rosto cego estava voltado para eles em uma súplica silenciosa.

Jace deu um passo para a frente, em seguida mais um. Estava com os olhos fixos no anjo, como se, pensou Clary, houvesse alguma comunicação silenciosa entre eles, algum discurso que ela não podia ouvir. Os olhos de Jace brilhavam como discos de ouro, a luz refletida neles.

— Ithuriel. — Sussurrou.

A chama em sua mão brilhou como uma tocha. A luz cegava. O anjo levantou a cabeça, como se a luz fosse visível a seus olhos cegos. Ele esticou as mãos, as correntes que as prendiam pelos pulsos batendo como uma música áspera.

Jace virou-se para ela.

— Clary — disse ele. — Os símbolos.

Os símbolos. Por um instante ela o encarou, confusa, mas os olhos dele a instigavam a seguir em frente. Entregou a pedra mágica a Jace, pegou a estela do bolso e se ajoelhou perto dos símbolos marcados. Pareciam ter sido esculpidos na pedra com alguma coisa afiada.

Ela olhou para Jace. A expressão dele a espantou, o brilho em seus olhos — estavam cheios de fé nela, de confiança em suas habilidades. Com a ponta da estela ela traçou diversas linhas no chão, mudando os símbolos de prisão por outros de soltura, de confinamento para abertura. Brilhavam conforme ela os traçava, como se estivesse arrastando a ponta de um fósforo sobre enxofre.

Quando estava pronto, ela se levantou. Os símbolos brilhavam diante dela. Abruptamente, Jace se postou ao lado dela. A pedra mágica não estava lá, a única luz vinha da lâmina serafim que tinha dado o nome do anjo, ardendo na mão de Jace. Ele a esticou, e desta vez a mão passou pela barreira dos símbolos como se não houvesse nada ali.

O anjo levantou as mãos e tomou a lâmina dele. Fechou os olhos cegos, e por um instante Clary achou que o viu sorrir. Virou a lâmina na mão até a ponta afiada se alojar bem abaixo do esterno. Clary arquejou de leve e foi à frente, mas Jace agarrou o braço dela com o seu, forte como ferro, e a puxou para trás — exatamente quando o anjo aplicou com a lâmina o golpe final.

A cabeça do anjo foi para trás, as mãos soltando do cabo, preso exatamente onde estaria o coração — se anjos tivessem coração; Clary não sabia. Chamas explodiram do ferimento, se espalhando da lâmina. O corpo do anjo brilhava em chama branca, as correntes nos pulsos ardendo em escarlate, como ferro deixado por muito tempo no fogo. Clary pensou em pinturas medievais de santos consumidos por uma chama de êxtase sagrado — e as asas do anjo voavam largas e brancas antes de também pegarem fogo e queimarem, uma grande estrutura de fogo brilhante.

Clary não podia mais assistir. Virou-se e enterrou o rosto nos ombros de Jace. Ele pôs os braços em volta dela, seu aperto firme.

— Tudo bem — disse ele com os lábios grudados no cabelo dela —, está tudo bem. — Mas o ar estava cheio de fumaça e o chão parecia tremer sob seus pés. Só quando Jace tropeçou que ela percebeu que não era choque: o chão *estava* se movendo. Soltou Jace e cambaleou; as pedras sob os pés estavam se movendo, e uma fina chuva de sujeira descia do teto. O anjo era um pilar de fumaça; os símbolos ao redor brilhavam, dolorosamente claros. Clary os encarou, decodificando o significado, em seguida lançou um olhar desesperado para Jace:

— A mansão... era ligada a Ithuriel. Se o anjo morre, a casa...

Ela não completou a frase. Ele já a tinha pego pela mão e estava correndo para as escadas, puxando-a atrás de si. As escadas se enrolando e se curvando; Clary caiu, batendo o joelho com força em um degrau, mas o aperto de Jace em seu braço não se soltou. Ela correu, ignorando a dor na perna, os pulmões cheios de uma sujeira asfixiante.

Chegaram ao alto da escada e irromperam na biblioteca. Atrás deles, Clary podia ouvir o ruído suave conforme o resto dos degraus sucumbia. Aqui não estava muito melhor; o cômodo estremecia, livros caindo das prateleiras. Uma estátua jazia onde tinha caído, em uma pilha de cacos. Jace soltou a mão de Clary, puxou uma cadeira e, antes que ela pudesse perguntar a ele o que pretendia fazer, jogou-a contra a janela de vidro.

A cadeira voou através de uma cachoeira de vidro quebrado. Jace virou-se e estendeu a mão para ela. Atrás dele, além da moldura quebrada que sobrara, ela podia ver uma extensão de grama marcada pelo luar e uma linha de árvores ao longe. Pareciam muito distantes. *Não posso saltar essa distância*, pensou ela, e estava prestes a balançar a cabeça para Jace quando viu seus olhos arregalarem, a boca formando um aviso. Um dos bustos pesados de mármore que se amontoavam nas prateleiras mais altas tinha se soltado e estava caindo na direção dela; ela desviou, e a estátua atingiu o chão a poucos centímetros de onde Clary estivera, deixando um buraco enorme no chão.

Um segundo depois os braços de Jace estavam em volta dela, e ele a estava levantando do chão. Isso a deixou surpresa demais para lutar enquanto ele a carregava até a janela quebrada e a lançava para fora sem qualquer cerimônia.

Ela atingiu um terreno elevado de grama sob a janela e desceu tropeçando pela inclinação íngreme, ganhando velocidade até parar em um montículo com força o bastante para deixá-la sem fôlego. Ela se sentou, sacudindo a grama do cabelo. Um segundo depois, Jace parou a seu lado; ao contrário dela, rolou imediatamente para uma posição agachada, olhando colina acima, na direção da mansão.

Clary virou-se para ver para onde ele estava olhando, mas ele já a tinha agarrado, empurrando-a para a depressão entre as duas colinas. Mais tarde, encontraria hematomas escuros nos braços onde ele a segurara; agora ela apenas arquejava em surpresa enquanto ele a derrubava e rolava para cima dela, protegendo-a com o próprio corpo diante de um rugido que se erguia. Soava como se a terra estivesse se partindo, como um vulcão entrando em erupção. Uma explosão de poeira branca voou para o céu. Clary ouviu um ruído agudo por toda sua volta. Por um instante de espanto, pensou que tivesse começado a chover — em seguida percebeu que eram pedregulhos e vidros quebrados: os escombros da mansão despedaçada sendo derrubados ao redor como granizo mortal.

Jace a pressionou com mais força contra o chão, o corpo deitado sobre o dela, seus batimentos cardíacos quase tão altos nos ouvidos de Clary quanto o som das ruínas da mansão.

O rugido do colapso silenciou lentamente, como fumaça se dissipando no ar. Foi substituído pelo gorjeio alto de pássaros espantados; Clary podia vê-los sobre o ombro de Jace, circulando com curiosidade contra o céu escuro.

— Jace — disse suavemente. — Acho que derrubei sua estela em algum lugar.

Ele se levantou um pouquinho, apoiando-se nos cotovelos, e olhou para ela. Mesmo na escuridão, Clary podia se ver refletida nos olhos de Jace; o rosto dele cheio de fuligem e sujeira, o colarinho da camisa rasgado.

— Tudo bem. Contanto que não esteja machucada.

— Estou bem. — Sem pensar, levantou a mão, passando os dedos levemente pelos cabelos dele. Sentiu que ele se retesou, os olhos escurecendo.

— Tinha grama no seu cabelo — disse ela. Estava com a boca seca; adrenalina pulsava pelas veias. Tudo o que tinha acabado de acontecer, o anjo, a mansão estilhaçando, parecia menos real do que o que via nos olhos de Jace.

— Você não devia me tocar — disse ele.

A mão dela congelou onde estava, na bochecha dele.

— Por que não?

— Você sabe por quê — disse ele, e desviou dela, rolando para as costas. — Você viu o que eu vi, não viu? O passado, o anjo. Nossos pais.

Era a primeira vez, ela pensou, que ele os chamava assim. *Nossos pais*. Ela virou para o lado, querendo se aproximar dele, mas sem saber ao certo se deveria. Ele estava olhando a esmo para o céu.

— Vi.

— Você sabe o que sou — as palavras eram um sussurro angustiado. — Sou parte demônio, Clary. Parte *demônio*. Você também entendeu isso, não? — Seus olhos a perfuravam como brocas. — Você viu o que Valentim estava tentando fazer. Ele usou sangue de demônio, usou em mim antes mesmo de eu nascer. Sou parte monstro. Parte tudo que sempre me esforcei tanto para combater, destruir.

Clary afastou a lembrança da voz de Valentim dizendo: *ela me deixou porque transformei seu primeiro filho em um monstro.*

— Mas feiticeiros são parte demônios. Como Magnus. Não faz deles pessoas más...

— Não parte Demônio Maior. Você ouviu o que a mulher demônio falou.

Queimará a própria humanidade, como o veneno queima a vida que há no sangue. A voz de Clary estremeceu quando disse:

— Não é verdade. Não pode ser. Não faz sentido...

— Mas faz. — Havia um desespero furioso na voz de Jace. Ela podia ver o brilho da corrente de prata no pescoço dele, acesa como uma chama branca pela luz das estrelas. — Explica *tudo*.

— Quer dizer que explica por que você é um Caçador de Sombras espetacular? Por que é leal e destemido, honesto, e tudo que demônios *não são*?

— Explica — disse ele, calmamente — por que sinto o que sinto por você.

— Como assim?

Clary ficou em silêncio por um longo instante, encarando-a através do pequeno espaço que os separava. Podia senti-lo, apesar de ele não a estar tocando, como se ainda estivesse deitado com o corpo contra o dela.

— Você é minha irmã — disse, afinal. — Minha irmã, meu sangue, minha família. Eu deveria querer protegê-la — soltou uma risada silenciosa, sem qualquer humor —, protegê-la de garotos que quisessem fazer com você exatamente o que *eu* quero fazer.

Clary ficou sem ar.

— Você disse que só queria ser meu irmão de agora em diante.

— Eu menti — disse ele. — Demônios mentem, Clary. Sabe, existem alguns danos que você pode sofrer quando é Caçador de Sombras, ferimentos internos por sangue de demônio. Você nem sabe o que há de errado, mas está sangrando até a morte lentamente. É assim que isso é, simplesmente o fato de ser seu irmão.

— Mas Aline...

— Eu tinha que *tentar*. E tentei. — A voz dele estava sem vida. — Mas Deus sabe, não quero ninguém além de você. Sequer *quero* querer alguém além de você — passou os dedos levemente pelo cabelo de Clary, tocando suas bochechas com as pontas dos dedos. — Agora pelo menos sei por quê.

A voz de Clary tinha afundado para um sussurro.

149

— Eu também não quero ninguém além de você.

Foi recompensada por ele ter ficado sem fôlego. Lentamente, Jace se apoiou sobre os cotovelos. Ele agora estava olhando para ela, e sua expressão havia mudado — tinha um olhar que Clary nunca tinha visto antes, uma luz sonolenta, quase mortal nos olhos. Jace deixou os dedos passarem da bochecha dela para os lábios, contornando o formato da boca de Clary com a ponta do dedo.

— Você provavelmente deveria — disse ele — me dizer para não fazer isso.

Ela não disse nada. Não queria pedir a ele para parar. Estava cansada de dizer não para Jace — de jamais se permitir sentir o que todo o seu coração *queria* sentir. Qualquer que fosse o custo.

Ele se abaixou, os lábios contra a bochecha dela, tocando-a levemente, calafrios fazendo todo o corpo de Clary tremer.

— Se quiser que eu pare, diga agora — sussurrou ele. Quando ela continuou sem dizer nada, ele passou a boca na cavidade de sua têmpora. — Ou agora — e contornou a linha da maçã do rosto. — Ou agora. — Seus lábios estavam contra os dela. — Ou...

Mas ela esticou o braço e o puxou para cima dela, e o resto das palavras se perdeu em sua boca. Ele a beijou gentilmente, cuidadosamente, mas não era suavidade que Clary queria, não agora, não depois de todo esse tempo, e ela fechou os punhos na blusa dele, puxando-o com mais força. Ele gemeu suavemente, um ruído baixo na garganta, em seguida a envolveu com os braços, puxando-a para perto, e eles rolaram na grama, entrelaçados, ainda se beijando. Havia pedras contra as costas de Clary, e seu ombro doía onde tinha caído da janela, mas ela não se importava. Tudo o que existia era Jace; tudo que sentia, esperava, respirava, queria e via era Jace. Nada mais importava.

Apesar do casaco, ela podia sentir o calor dele irradiando através das roupas de ambos. Ela tirou o casaco dele, depois, de algum jeito, arrancou também a camisa. Seus dedos exploravam o corpo dele enquanto a boca de Jace explorava a dela: pele suave sobre músculos fortes, cicatrizes que pareciam fios finos. Ela tocou a cicatriz em forma de estrela no ombro de Jace — era lisa e plana, como se fizesse parte da pele, não sobressaltada como suas outras marcas. Supôs que fossem imperfeições, mas não era o que pareciam para ela; eram uma história, cortada no corpo: o mapa de uma vida de guerra interminável.

Ele se atrapalhou com os botões do casaco de Clary, suas mãos tremendo. Ela não se lembrava de já ter visto as mãos de Jace sem firmeza.

— Eu tiro — disse, e abriu o último botão; ao se levantar, algo frio e metálico atingiu sua clavícula, e Clary arquejou, surpresa.

— O que é? — Jace congelou. — Machuquei você?

— Não. Foi isso. — Tocou a corrente de prata no pescoço dele. Na ponta, havia um pequeno círculo de metal pendurado. Tinha batido nela quando se inclinara para a frente. Ela o estava encarando.

Aquele anel — o metal gasto com os desenhos de estrelas —, ela conhecia aquele anel. O anel Morgenstern. Era o mesmo anel que brilhara na mão de Valentim no sonho que o anjo havia mostrado. Pertencera a Valentim, e ele o tinha dado a Jace, como sempre se passava adiante, de pai para filho.

— Desculpe — disse Jace. Ele passou o dedo na linha da bochecha de Clary, com uma intensidade sonhadora no olhar. — Esqueci que estava com essa porcaria.

Um frio repentino inundou as veias de Clary.

— Jace — disse, com a voz baixa. — Jace, não.

— Não o quê? Não use o anel?

— Não, não... não me toque. Pare um instante.

O rosto dele ficou imóvel. Dúvidas tomaram conta de seus olhos, afastando a expressão sonhadora, mas ele não disse nada, apenas tirou a mão.

— Jace — disse ela novamente. — Por quê? Por que agora?

Ele abriu a boca em surpresa. Ela podia ver uma linha escura onde ele havia mordido o lábio inferior, ou talvez ela o tivesse mordido.

— Por que *o quê* agora?

— Você disse que não havia nada entre a gente. Que se nós... se nos deixássemos sentir o que queríamos, estaríamos machucando todos que amávamos.

— Eu disse. Estava mentindo. — Os olhos de Jace suavizaram. — Você acha que eu não quero...?

— Não — disse ela. — Não, eu não sou burra, sei que quer. Mas quando você disse que agora finalmente entende por que se sente assim por mim, o que quis dizer?

Não que ela não soubesse, pensou, mas tinha que perguntar, tinha que ouvi-lo dizer.

Jace pegou os pulsos dela e puxou as mãos de Clary para o próprio rosto, entrelaçando os dedos com os dela.

— Lembra o que eu disse na casa dos Penhallow? — perguntou. — Que você não pensa antes de agir, e por isso destrói tudo que toca?

— Não. Tinha me esquecido. Obrigada pela lembrança.

Ele mal pareceu notar o sarcasmo na voz.

— Não estava falando de você, Clary. Estava falando de mim. É assim que *eu* sou. — Virou o rosto gentilmente e os dedos dela deslizaram por sua bochecha. — Pelo menos agora sei por quê. Sei qual é o meu problema. E talvez... Talvez seja por isso que preciso tanto de você. Porque se Valentim me fez um monstro, suponho que tenha feito de você uma espécie de anjo. E Lúcifer amava Deus, não amava? Pelo menos é o que diz Milton.

Clary respirou fundo.

— *Não sou* um anjo. E você sequer sabe se foi para isso que Valentim usou o sangue de Ithuriel, talvez só o quisesse para si próprio.

151

— Ele disse que o sangue era "para mim e para os meus" — disse Jace, baixinho. — Explica por que você consegue fazer o que faz, Clary. A Rainha Seelie disse que nós dois éramos experimentos. Não só eu.

— Não sou um anjo, Jace — repetiu ela. — Não devolvo livros de biblioteca. Faço downloads ilegais de música na internet. Minto para a minha mãe. Sou *completamente normal*.

— Não para mim. — Ele olhou para ela. Seu rosto pairava frente a um fundo de estrelas. Não havia nada da arrogância de sempre na expressão; ela jamais o havia visto tão vulnerável, mas mesmo aquela vulnerabilidade estava misturada a um ódio a si próprio, profundo como um ferimento. — Clary, eu...

— Saia de cima de mim — disse Clary.

— O quê? — O desejo nos olhos de Jace quebrou em mil pedaços como cacos do espelho do Portal em Renwick e, por um instante, sua expressão ficou vazia e atônita. Ela mal podia suportar olhar para ele e ainda assim dizer não. Vendo-o agora, mesmo que *não* estivesse apaixonada por ele, aquela parte que era filha da própria mãe, que amava todas as coisas belas pela beleza, ainda o quereria.

Mas, precisamente por ser filha de sua mãe, era impossível.

— Você ouviu — disse ela. — E deixe minhas mãos em paz. — Puxou-as de volta, cerrando-as em punhos para conter a tremedeira.

Ele não se moveu. Contraiu o lábio, e por um instante Clary viu aquela luz predatória nos olhos dele novamente, mas agora, misturada com raiva.

— Não imagino que queira me dizer *por quê?*

— Você acha que só me quer porque é malvado, não humano. Você só quer outro motivo pelo qual possa se odiar. Não vou permitir que me use para provar para si mesmo o quão sem valor é.

— Nunca disse isso. Nunca disse que a estava usando.

— Tudo bem — disse ela. — Diga agora que não é um monstro. Diga que não há nada de errado com você. E diga que me quereria mesmo que não tivesse sangue demoníaco. — *Porque eu não tenho sangue de demônio. E quero você mesmo assim.*

Seus olhares se encontraram, o dele cegamente furioso; por um instante, nenhum dos dois respirou, e em seguida ele saiu de cima dela, praguejando, e se levantou. Pegando a camisa de cima da grama, começou a vesti-la, ainda encarando. Deixou a camisa para fora da calça e se virou para procurar o casaco.

Clary se levantou, cambaleando um pouco. O vento cortante a deixou com os braços arrepiados. As pernas pareciam feitas de cera semiderretida. Abotoou o casaco com dedos dormentes, combatendo o impulso de chorar. Chorar não ajudaria em nada agora.

O ar continuava cheio de poeira e cinza, a grama ao redor cheia de escombros: pedaços estilhaçados de móveis; páginas de livros soprando ao vento de maneira pesarosa;

farpas de madeira pintada de dourado; um pedaço de uma metade quase inteira de uma escada, misteriosamente intacto. Clary se virou para olhar para Jace; ele estava chutando pedaços de escombros com uma satisfação selvagem.

— Bem — disse ele —, estamos ferrados.

Não era o que ela esperava. Piscou os olhos.

— O quê?

— Lembra? Perdeu minha estela. Não tem a menor chance de você desenhar um Portal agora — pronunciou as palavras com um prazer amargo, como se a situação o satisfizesse de algum jeito obscuro. — Não temos outra forma de voltar. Vamos ter que andar.

Já não teria sido uma caminhada agradável em circunstâncias normais. Acostumada às luzes da cidade, Clary não podia acreditar no quanto era escuro à noite em Idris. As espessas sombras negras que margeavam a estrada em cada lado pareciam se arrastar com coisas praticamente invisíveis, e mesmo com a pedra mágica de Jace, ela só podia enxergar poucos metros à frente. Sentia falta de luzes de rua, do brilho ambiente de faróis, dos sons da cidade. Tudo o que podia ouvir agora eram o som uniforme das botas nos cascalhos e, às vezes, o próprio arquejo de surpresa ao tropeçar em alguma pedra.

Após algumas horas, os pés começaram a doer e estava com a boca seca como pergaminho. O ar tinha ficado muito frio, e ela se encolheu, tremendo, com as mãos nos bolsos. Mas mesmo tudo isso teria sido suportável se Jace estivesse falando com ela. Ele não tinha dito uma palavra desde que saíram da mansão, exceto para ditar direções de forma irritada, dizendo para onde ir em uma bifurcação ou mandando que desviasse de um buraco. Mesmo então, duvidava que ele se importasse se ela caísse *dentro* do buraco, exceto pelo fato de que o teria atrasado.

Afinal, o céu a leste começou a clarear. Clary, tropeçando e quase dormindo, levantou a cabeça em surpresa.

— Está cedo para amanhecer.

Jace olhou para ela com leve desprezo.

— Ali é Alicante. O sol não sobe por pelo menos mais três horas. Estas são as luzes da cidade.

Aliviada demais por estarem tão perto de casa para se importar com a forma como ele falara, Clary apressou o passo. Dobraram uma esquina e se encontraram caminhando por uma trilha ampla de terra à beira de uma colina. Ondulava-se pela curva do declive, desaparecendo em uma esquina ao longe. Apesar de a cidade ainda não ser visível, o ar tinha se tornado resplandecente, o céu marcado por um brilho avermelhado peculiar.

— Devemos estar quase chegando lá — disse Clary. — Tem algum atalho pela colina?

Jace estava com a testa franzida.

— Tem alguma coisa errada — disse ele abruptamente. Saiu em disparada, meio correndo pela estrada, levantando nuvens de poeira com as botas que brilhavam em ocre à estranha luz. Clary correu para acompanhar, ignorando os protestos dos pés cheios de bolhas. Atravessaram a curva seguinte e Jace parou subitamente, fazendo com que Clary batesse nele. Em outra situação, poderia ter sido cômico. Agora não.

A luz avermelhada estava mais forte agora, enviando um brilho escarlate ao céu noturno, iluminando a colina em que estavam como se fosse dia. Nuvens de fumaça se curvavam do vale abaixo como as penas abertas de um pavão negro. Erguendo-se do vapor preto estavam as torres demoníacas de Alicante, suas formas cristalinas como flechas de fogo perfurando o céu esfumaçado. Através da fumaça espessa, Clary podia ver o vermelho saltitante das chamas, espalhadas pela cidade como um punhado de joias brilhantes sobre um tecido escuro.

Parecia inacreditável, mas lá estava: estavam em uma colina alta sobre Alicante, e abaixo deles, a cidade estava queimando.

parte 2

Estrelas Brilham Sombriamente

Antonio: Não ficarás mais? Tampouco desejas que eu vá convosco?

Sebastian: Por vossa paciência, não. Minhas estrelas brilham sombriamente sobre mim; a malevolência do meu destino pode, talvez, destemperar o vosso; portanto, devo almejar que me deixeis suportar meus males sozinho. Seria uma má recompensa que tivesse que enfrentar algum em nome do vosso amor.

— William Shakespeare, Noite de Reis.

Capítulo 10
FOGO E ESPADA

— Está tarde — disse Isabelle, puxando aflita a cortina de renda sobre a janela alta da sala de volta para o lugar. — Ele já deveria estar de volta.

— Seja razoável, Isabelle — disse Alec, naquele tom superior de irmão mais velho que parecia implicar que, enquanto ela, Isabelle, tinha uma inclinação para a histeria, ele, Alec, estava sempre perfeitamente calmo. Até a postura dele (estava sentado em uma das poltronas macias próximas à lareira dos Penhallow, como se não tivesse nenhuma preocupação na vida) parecia ter sido pensada para exibir o quão despreocupado estava. — Jace faz isso quando está chateado, sai e fica vagando por aí. Ele disse que ia dar uma saída. Vai voltar.

Isabelle suspirou. Quase desejava que os pais estivessem lá, mas ainda estavam no Gard. O que quer que a Clave estivesse discutindo, a reunião do Conselho estava demorando muito.

— Mas ele conhece Nova York. Não conhece Alicante...

— Provavelmente conhece melhor do que você. — Aline estava sentada no sofá, lendo um livro com capa de couro vermelho-escuro. Os cabelos negros estavam puxados para trás em uma trança embutida, os olhos passeando pelo volume equilibrado em seu colo. Isabelle, que nunca fora muito de ler, sempre invejava a capacidade alheia de se perder em um livro. Havia várias coisas pelas quais teria invejado Aline em outros tempos — ser pequena e delicadamente bonita, em primeiro lugar, não como uma amazona tão alta que ao usar salto acaba ficando muito maior do que todo garoto que conhecia. Mas claro que fazia pouco tempo que Isabelle descobrira que outras meninas não serviam só para serem invejadas, evitadas ou desgostadas. — Ele morou aqui até os 10 anos. Vocês só visitaram algumas vezes.

Isabelle levou a mão até o pescoço com o cenho franzido. O pingente pendurado na corrente acabara de pulsar sem sobreaviso — mas normalmente isso só acontecia na presença de demônios, e estavam em Alicante. Não havia como ter demônios por perto. Talvez o pingente não estivesse funcionando bem.

— Não acho que ele esteja dando voltas por aí. Acho que é bastante óbvio para onde foi — respondeu Isabelle.

Alec levantou os olhos.

— Você acha que ele foi ver Clary?

— Ela ainda está aqui? Pensei que tivesse que voltar para Nova York. — Aline deixou o livro fechar. — Onde a irmã do Jace está hospedada, afinal?

Isabelle deu de ombros.

— Pergunte a *ele* — disse ela, direcionando o olhar para Sebastian.

Sebastian estava estirado no sofá em frente a Aline. Também lia, a cabeça curvada sobre o livro. Levantou os olhos como se pudesse sentir o olhar de Isabelle.

— Estava falando de mim? — perguntou calmamente. Tudo em Sebastian era calmo, pensou Isabelle com uma pontada de irritação. Inicialmente, tinha ficado impressionada com a aparência dele... aquelas maçãs do rosto tão bem delineadas e aqueles olhos negros, insondáveis... mas a personalidade afável e complacente estava começando a incomodá-la. Não gostava de meninos que pareciam não se irritar com nada, nunca. No mundo de Isabelle, raiva era igual a paixão, que era igual a diversão.

— O que você está lendo? — perguntou, mais cortante do que pretendia. — É um dos gibis do Max?

— É. — Sebastian olhou para a cópia do *Santuário do Anjo* equilibrado no braço do sofá. — Gosto das figuras.

Isabelle suspirou. Alec lançou-lhe um olhar e depois disse:

— Sebastian, hoje mais cedo... Jace sabe onde você foi?

— Está falando sobre eu ter saído com Clary? — Sebastian parecia entretido. — Ouça, não é um segredo. Teria dito a Jace se o tivesse encontrado.

— Não entendo por que ele se importaria. — Aline deixou o livro de lado, a voz meio seca. — Não é como se Sebastian tivesse feito alguma coisa errada. E daí se ele quiser mostrar um pouco de Idris a Clarissa antes de ela voltar para casa? Jace deveria ficar satisfeito pela irmã não ficar sentada à toa e irritada.

— Ele às vezes é muito... protetor — disse Alec com alguma hesitação.

Aline franziu o rosto.

— Deveria parar com isso. Não pode ser bom para ela, ser tão superprotegida. O olhar no rosto dela quando nos viu, foi como se nunca tivesse visto ninguém se *beijando*. Quero dizer, vai ver nunca viu mesmo.

— Já viu, sim — disse Isabelle, pensando na maneira como Jace havia beijado Clary na Corte Seelie. Não era algo em que gostava de pensar; já não gostava de remoer as próprias mágoas, quanto mais as dos outros. — Não é isso.

— Então o que é? — Sebastian se recompôs, tirando uma mecha de cabelo dos olhos. Isabelle viu um relance de alguma coisa, uma linha vermelha na palma dele, como uma cicatriz. — É só que ele me odeia pessoalmente? Pois não sei o que foi que eu...

— Esse livro é meu. — Uma vozinha interrompeu o discurso de Sebastian. Era Max, na entrada da sala. Estava com pijama cinza e o cabelo castanho emaranhado, como se tivesse acabado de acordar. Estava olhando para o mangá perto de Sebastian.

— O quê, isso? — Sebastian mostra o exemplar de *Santuário do Anjo*. — Pode pegar, garoto.

Max atravessou a sala e pegou o livro de volta. Franziu o cenho para Sebastian.

— Não me chame de garoto.

Sebastian riu e se levantou.

— Vou pegar um café — disse, e foi para a cozinha. Na porta, parou e se virou. — Alguém quer alguma coisa?

Fez-se um coro de recusas. Dando de ombros, Sebastian desapareceu na cozinha, deixando a porta se fechar.

— Max — repreendeu Isabelle. — Não seja rude.

— Não gosto quando pegam minhas coisas. — Max apertou a revista contra o peito.

— Cresça, Max. Ele só pegou emprestado. — A voz de Isabelle saiu mais irritada do que gostaria; ainda estava preocupada com Jace, sabia disso, e estava descontando no irmão. — Você deveria estar na cama. Já é tarde.

— Ouvi barulhos na colina. Me acordaram. — Max piscou os olhos; sem os óculos, tudo era basicamente um borrão para ele. — Isabelle...

A nota de questionamento na voz de Max chamou a atenção dela. Isabelle virou de costas para a janela.

— O quê?

— As pessoas escalam as torres demoníacas? Tipo, tem algum motivo?

Aline levantou os olhos.

— Escalar as torres demoníacas? — Riu. — Não, ninguém nunca faz isso. É totalmente ilegal, para começar, e, além disso, por que alguém faria uma coisa dessas?

Aline, pensou Isabelle, não tinha muita imaginação. Ela própria conseguia pensar em muitas razões pelas quais alguém quereria escalar as torres demoníacas, ainda que apenas para cuspir chiclete em quem passasse embaixo.

161

Max estava com a testa franzida.

— Mas alguém subiu. Sei que vi...

— O que quer que você pense que viu, provavelmente sonhou — disse Isabelle.

O rosto de Max se contraiu. Identificando uma crise em potencial, Alec se levantou e esticou a mão.

— Vamos, Max — disse ele, afetuoso. — Vamos voltar para a cama.

— Deveríamos *todos* deitar — disse Aline, se levantando. Ela foi até a janela ao lado de Isabelle e fechou as cortinas com firmeza. — Já é quase meia-noite; quem sabe quando vão voltar do Conselho? Não há razão para ficarmos...

O pingente na garganta de Isabelle pulsou outra vez, com força — e então a janela na frente de Aline se espatifou de fora para dentro. Aline gritou quando mãos entraram pelo buraco — não mãos, na verdade, Isabelle viu com a clareza do choque, mas garras enormes com escamas, das quais corriam sangue e um fluido enegrecido. Agarraram Aline e a puxaram pela janela quebrada antes que ela pudesse dar um segundo grito.

O chicote de Isabelle estava sobre a mesa perto da lareira. Ela se jogou para pegá-lo, desviando de Sebastian, que tinha vindo correndo da cozinha.

— Pegue armas — disparou ela, enquanto ele olhava espantado pela sala. — *Vá!* — berrou, e correu para a janela.

Perto da lareira, Alec estava segurando Max enquanto o menino se contorcia e gritava, tentando se soltar das garras do irmão. Alec o arrastou para a porta. *Ótimo*, pensou Isabelle. *Tire Max daqui.*

Ar frio entrava pela janela quebrada. Isabelle puxou a saia para cima e chutou o resto do vidro quebrado, agradecida pelas solas grossas das botas. Quando se livrou de todo o vidro, abaixou a cabeça e pulou pelo buraco na moldura, aterrissando com um baque no chão de pedra abaixo.

À primeira vista, a calçada parecia vazia. Não havia luzes públicas pelo canal; a iluminação principal vinha das janelas das casas próximas. Isabelle foi para a frente cuidadosamente, o chicote enrolado a seu lado. Tinha o chicote há tanto tempo — fora um presente de aniversário de 12 anos do pai — que parecia parte dela agora, como uma extensão do braço.

As sombras engrossavam à medida em que se afastava da casa e se aproximava da Oldcastle Bridge, que arqueava sobre o canal Princewater em um ângulo estranho em relação à calçada. As sombras na base se aglomeravam como moscas pretas — em seguida, enquanto Isabelle encarava, algo se mexeu nas sombras, alguma coisa branca e certeira.

Isabelle correu, se enfiando por dentro de uma cerca viva que delimitava o jardim de alguém e pulando para uma trilha de tijolos que passava por baixo da ponte. Seu chicote começara a emitir uma luz prateada e, sob sua fraca iluminação, ela podia ver

Aline estirada na beira do canal. Um enorme demônio de escamas estava esticado sobre ela, pressionando-a para baixo com o peso de seu corpo espesso como de lagarto, o rosto enterrado no pescoço...

Mas não podia ser um demônio. Nunca tinha havido um demônio em Alicante. Jamais. Enquanto Isabelle encarava em choque, a coisa levantou a cabeça e cheirou o ar, como se a sentisse ali. Era cego, ela viu, uma linha espessa de dentes serrilhados que corriam como zíper onde deveria haver olhos. Tinha outra boca na parte de baixo do rosto, com presas das quais alguma coisa pingava. As laterais da cauda brilhavam conforme ela chicoteava para a frente e para trás, e Isabelle viu, aproximando-se, que o rabo tinha uma fileira de ossos afiados como lâminas.

Aline estremeceu e emitiu um ruído, um choramingo engasgado. Uma onda de alívio tomou conta de Isabelle — tivera certeza de que Aline estava morta —, mas durou pouco. Enquanto Aline se movia, Isabelle viu que a blusa dela tinha sido rasgada na frente. Havia marcas de garras no peito, e a coisa tinha outra garra enfiada na cintura de seu jeans.

Uma onda de náusea passou por Isabelle. O demônio não estava tentando *matar* Aline — ainda não. O chicote de Isabelle ganhou vida em sua mão como a espada flamejante de um anjo vingador; lançou-se para a frente, atacando o demônio pelas costas com o chicote.

O demônio berrou e rolou de cima de Aline. Avançou para Isabelle, com as duas bocas abertas, as presas mirando o rosto dela. Dançando para trás, ela lançou o chicote mais uma vez; rasgou a cara do demônio, o peito, as pernas. Uma miríade de marcas cruzadas de rasgões se espalhou pela pele de escamas da criatura, derramando sangue e icor. Uma língua comprida e aforquilhada surgiu da boca superior, tentando atingir o rosto de Isabelle. Tinha um bulbo na ponta, ela viu, uma espécie de ferrão, como um escorpião. Ela mexeu o pulso para o lado e o chicote se curvou em volta da língua do demônio, enrolando-a com círculos de electrum flexível. O demônio berrou e berrou enquanto ela apertava o nó e puxava. A língua dele caiu com um barulho molhado e nojento nos tijolos do chão.

Isabelle puxou o chicote. O demônio girou e fugiu, com movimentos rápidos e certeiros como os de uma cobra. Isabelle foi atrás. O demônio estava na metade do caminho para a trilha que levava para cima da passagem quando uma forma escura se ergueu na frente dele. Algo brilhou na escuridão, e o demônio caiu se contorcendo no chão.

Isabelle parou abruptamente. Aline se erguia diante do demônio caído, com uma adaga fina na mão — devia estar com ela no cinto. Os símbolos na lâmina brilhavam como raios enquanto ela enterrava a arma nele, atacando repetidas vezes o corpo em espasmos do demônio até ele parar de se mover e desaparecer.

Aline levantou o olhar. Estava com o rosto inexpressivo. Não fez qualquer movimento para segurar a blusa fechada, apesar dos botões rasgados. Sangue escorria dos arranhões profundos no peito.

Isabelle soltou um assobio baixo.

— Aline, você está bem?

Aline deixou a adaga cair com um ruído. Sem mais uma palavra, virou-se e correu, desaparecendo na escuridão sob a ponte.

Pega de surpresa, Isabelle praguejou e correu atrás de Aline. Desejou que estivesse vestindo alguma coisa mais prática do que um vestido de veludo naquela noite, apesar de ter, ao menos, colocado as botas. Duvidava que conseguisse alcançar Aline se estivesse de salto.

Havia escadas de metal do outro lado da passagem de pedra, levando de volta à Princewater Street. Aline era um borrão no alto da escada. Segurando a bainha pesada do vestido, Isabelle foi atrás, as botas fazendo barulho nos degraus. Quando chegou ao topo, olhou em volta para procurar Aline.

E arregalou os olhos. Estava no pé da estrada larga que ficava em frente à casa dos Penhallow. Não conseguia mais ver Aline — ela tinha desaparecido na multidão em alvoroço que lotava a rua. E não apenas pessoas. Havia *coisas* na rua — demônios, dezenas deles, talvez mais, como a criatura com a cauda de garras que parecia um lagarto que Aline tinha liquidado debaixo da ponte. Dois ou três corpos já estavam deitados na rua, um a centímetros de Isabelle — um homem, metade das costelas arrancada. Isabelle podia ver pelos cabelos grisalhos que era um senhor idoso. *Mas claro que era*, pensou, o cérebro atuando lentamente, a velocidade dos pensamentos afetada pelo pânico. *Todos os adultos estavam no Gard. Na cidade só estavam as crianças, os idosos, e os doentes...*

A atmosfera tingida de vermelho estava com um forte cheiro de queimado, a noite cortada por berros e gritos. Havia portas abertas por toda a fileira de casas — pessoas vinham correndo e paravam congeladas no lugar ao verem a rua cheia de monstros.

Era impossível, inimaginável. Nunca na história um demônio havia atravessado as barreiras de bloqueio das torres demoníacas. E agora havia dezenas. Centenas. Talvez mais, inundando a rua como uma maré venenosa. Isabelle sentia como se estivesse presa atrás de uma parede de vidro, capaz de ver tudo, mas incapaz de se mexer — assistindo, congelada, enquanto um demônio agarrava um menino que fugia e o levantava do chão, enterrando os dentes em seu ombro.

O menino gritou, mas os gritos se perderam naquele clamor que despedaçava a noite. O volume do som aumentou e aumentou: o uivo de demônios, pessoas chamando pelos nomes de outras, o ruído de pés correndo e vidro se despedaçando. Alguém na rua gritava palavras que ela mal podia entender — algo sobre as torres demoníacas. Isabelle levantou os olhos. As espirais altas mantinham-se erguidos, sentinelas sobre a cidade, como sempre haviam estado. Porém, em vez de refletir a luz prateada das estrelas, ou mesmo a luz vermelha da cidade em chamas, estavam de um branco tão morto como a pele de um cadáver. A luminescência havia desaparecido. Um calafrio a percorreu. Não era à toa que as ruas estavam cheias de monstros — de algum jeito, por mais impossível que parecesse, as torres demoníacas haviam perdido a magia. As barreiras que protegiam Alicante havia mil anos não estavam mais lá.

A voz de Samuel silenciara havia horas, mas Simon permanecia acordado, olhando insone para a escuridão, quando ouviu os gritos.

Levantou a cabeça. Silêncio. Olhou em volta desconfortavelmente — será que tinha sonhado com o barulho? Apurou o ouvido, mas mesmo com a nova capacidade, nada era audível. Estava prestes a se deitar novamente quando os gritos voltaram, perfurando seus ouvidos como agulhas. Pareciam vir de fora do Gard.

Levantando-se, ficou de pé sobre a cama e olhou pela janela. Viu o gramado verde se estendendo, a luz distante da cidade um brilho fraco ao longe. Apertou os olhos. Havia algo de errado com a iluminação da cidade, alguma coisa... estranha. Estava mais fraca do que ele se lembrava — e havia pontos se movendo aqui e ali na escuridão, como agulhas de fogo, acenando pelas ruas. Uma nuvem pálida se erguia sobre as torres, e o ar estava carregado com o cheiro de fumaça.

— Samuel. — Simon podia perceber o alarme na própria voz. — Alguma coisa está errada.

Ouviu as portas se abrindo e pés correndo. Vozes roucas gritavam. Simon pressionou o rosto contra as grades enquanto pares de botas se agitavam lá fora, chutando pedras enquanto corriam, os Caçadores de Sombras chamando uns aos outros enquanto corriam para longe do Gard, em direção à cidade.

— As barreiras caíram! As barreiras caíram!

— Não podemos abandonar o Gard!

— O Gard não importa! Nossos filhos estão lá!

As vozes já estavam ficando mais baixas. Simon se afastou da janela, arquejando.

— Samuel! As barreiras...

— Eu sei. Ouvi. — A voz de Samuel veio forte através da parede. Não parecia assustado, mas resignado, e talvez até um pouco triunfante por constatar que tinha razão. — Valentim atacou enquanto a Clave estava reunida. Esperto.

— Mas o Gard é protegido, por que não ficam aqui?

— Você ouviu. Porque todas as crianças estão na cidade. Filhos, pais idosos... não podem simplesmente largá-los lá.

Os Lightwood. Simon pensou em Jace, e em seguida, com terrível clareza, no rosto pequeno e pálido de Isabelle sob a coroa de cabelos escuros, em sua determinação na luta, nos BJSSS no bilhete que escrevera para ele.

— Mas você avisou, você disse à Clave o que aconteceria. Por que não acreditaram?

— Porque as barreiras são a religião dessas pessoas. Não acreditar no poder das barreiras é não acreditar que são especiais, escolhidos, e protegidos pelo Anjo. Daria no mesmo acreditar que são meros mundanos.

Simon se virou para olhar novamente pela janela, mas a fumaça havia engrossado, preenchendo o ar com uma palidez cinzenta. Não podia mais ouvir vozes gritando do lado de fora; havia berros ao longe, mas muito fracos.

— Acho que a cidade está pegando fogo.

— Não. — A voz de Samuel era baixa. — Acho que é o Gard que está queimando. Provavelmente fogo demoníaco. Valentim iria atrás do Gard, se pudesse.

— Mas... — As palavras de Simon se embolaram. — Mas alguém vai vir nos soltar, certo? O Cônsul, ou... Aldertree. Não podem simplesmente nos largar aqui para a morte.

— Você é do Submundo — disse Samuel. — E eu sou um traidor. Você realmente acha que fariam outra coisa?

— Isabelle! *Isabelle!*

Alec estava com as mãos nos ombros dela e a sacudia. Isabelle levantou a cabeça lentamente; o rosto branco do irmão flutuava contra a escuridão atrás. Um pedaço curvado de madeira preso atrás do ombro direito: estava com o arco amarrado nas costas, o mesmo arco que Simon havia utilizado para matar o Demônio Maior Abbadon. Ela não conseguia se lembrar de Alec caminhando em sua direção, não conseguia se lembrar de sequer tê-lo visto na rua; era como se ele tivesse se materializado em sua frente, como um fantasma.

— Alec. — A voz saiu lenta e tremida. — Alec, pare com isso. Estou bem.

Ela se soltou dele.

— Não parecia bem — disse Alec olhando para cima e praguejando baixinho. — Temos que sair da rua. Cadê Aline?

Isabelle piscou. Não havia demônios à vista; alguém estava sentado nos degraus da frente da casa diante deles, berrando em uma série alta de gritos. O corpo do velho ainda estava na rua, e o cheiro de demônios, por todos os lados.

— Aline... um dos demônios tentou... tentou... — Prendeu a respiração. Era Isabelle Lightwood. Não ficava histérica, independentemente do desafio. — Nós o matamos, mas depois ela fugiu. Tentei segui-la, mas foi rápida demais. — Olhou para o irmão. — Demônios na cidade — disse. — Como é possível?

— Não sei — Alec balançou a cabeça. — As barreiras devem ter caído. Havia quatro ou cinco demônios Oni aqui quando saí da casa; peguei um deles espreitando nos arbustos. Os outros fugiram, mas podem voltar. Vamos. Vamos voltar para a casa.

A pessoa na escada ainda estava chorando. O som os seguiu enquanto se apressavam de volta para a casa dos Penhallow. A rua permaneceu sem demônios, mas podiam ouvir o som de explosões, gritos, e pés correndo ecoando das sombras de outras ruas escurecidas. Ao subirem os degraus da frente dos Penhallow, Isabelle olhou para trás a tempo de ver um longo tentáculo na escuridão entre duas casas agarrar a mulher que estivera sentada na escada. Os soluços se transformaram em gritos. Isabelle tentou voltar, mas Alec já a agarrara e empurrara para dentro da casa na frente dele, fechando a porta e trancando-a. A casa estava escura.

— Apaguei as luzes. Não quero atrair mais nenhum deles — explicou, empurrando Isabelle para a sala.

Max estava sentando no chão perto das escadas, abraçando os joelhos. Sebastian estava perto da janela, pregando pedaços de madeira que tinha tirado da lareira sobre o buraco onde antes havia o vidro.

— Pronto — disse ele, recuando e deixando o martelo cair sobre a prateleira de livros. — Isso deve segurar por um tempo.

Isabelle se abaixou ao lado de Max e afagou o cabelo dele.

— Você está bem?

— Não. — Os olhos grandes e assustados. — Tentei olhar pela janela, mas Sebastian mandou eu me abaixar.

— Sebastian estava certo — disse Alec. — Estava cheio de demônios nas ruas.

— Eles ainda estão lá?

— Não, mas ainda há alguns na cidade. Temos que pensar no que fazer em seguida.

Sebastian estava franzindo a testa.

— Cadê Aline?

— Ela fugiu — explicou Isabelle — A culpa é minha. Eu devia ter...

— A culpa *não* foi sua. Sem você, ela estaria morta — disse Alec, com a voz contida. — Ouça, não temos tempo para autocensura. Eu vou atrás de Aline. Quero que vocês três fiquem aqui. Isabelle, tome conta do Max. Sebastian, termine de proteger a casa.

Isabelle se pronunciou, indignada:

— Não quero que você saia sozinho! Me leve com você.

— Sou o adulto aqui. O que eu digo é o que vale. — O tom de Alec era equilibrado. — Existem muitas chances dos nossos pais chegarem do Gard a qualquer momento. Quantos mais de nós aqui, melhor. Será fácil demais acabarmos nos separando lá fora. Não vou arriscar, Isabelle. — Seu olhar passou para Sebastian. — Entendeu?

Sebastian já tinha pegado a estela.

— Vou trabalhar no bloqueio da casa com Marcas.

— Obrigado. — Alec já estava praticamente fora da casa; virou e olhou para Isabelle. Ela encontrou os olhos dele por uma fração de segundo. Em seguida saiu.

— Isabelle. — Era Max, a vozinha baixa. — Seu pulso está sangrando.

Isabelle olhou para baixo. Não tinha qualquer lembrança de ter machucado o pulso, mas Max tinha razão: o sangue já tinha manchado a manga do casaco branco. Levantou-se.

— Vou pegar minha estela. Já volto para ajudar com os símbolos, Sebastian.

Ele assentiu.

— Uma ajuda seria muito útil. Isso não é minha especialidade.

Isabelle subiu sem perguntar qual seria a especialidade dele. Sentia-se completamente exaurida, desesperadamente necessitada de uma Marca de energia. Poderia ela mesma fazer se fosse necessário, apesar de Alec e Jace sempre terem sido melhores neste tipo de símbolo.

Uma vez dentro do quarto, remexeu as coisas à procura de uma estela e algumas armas extras. Enquanto enfiava algumas lâminas serafim nos canos das botas, sua mente estava em Alec e no olhar que tinham compartilhado quando ele saiu pela porta. Não tinha sido a primeira vez que tinha visto o irmão sair, sabendo que poderia nunca mais voltar a vê-lo. Era algo que aceitava, sempre aceitara, como parte da vida; só quando conheceu Clary e Simon que percebeu que para a maioria das pessoas, é claro, nunca tinha sido assim. Não conviviam com a morte como companhia constante, uma respiração fria na nuca até nos dias mais comuns. Sempre tinha sentido tanto desprezo por mundanos, como todos os Caçadores de Sombras faziam — achava que eram frouxos, tolos, vaquinhas de presépio em sua complacência. Agora imaginava se todo aquele ódio não vinha do fato de que tinha ciúmes. Devia ser bom, não precisar se preocupar a cada vez que um de seus familiares saísse, que ele pudesse não voltar mais.

Estava na metade da escadaria, com a estela na mão, quando sentiu que alguma coisa estava errada. A sala estava vazia. Max e Sebastian não estavam à vista. Havia uma Marca de proteção incompleta em um dos pedaços de lenha que Sebastian tinha colocado sobre a janela quebrada. O martelo que tinha utilizado não estava mais lá.

Sentiu o estômago apertar.

— Max! — gritou ela, girando em um círculo. — Sebastian! Onde estão vocês?

A voz de Sebastian respondeu da cozinha.

— Isabelle, aqui.

Foi invadida por uma sensação de alívio, e ficou tonta.

— Sebastian, não tem graça — disse ela, marchando para a cozinha. — Pensei que vocês...

Deixou a porta fechar atrás de si. Estava escuro na cozinha, mais do que na sala. Apertou os olhos para tentar enxergar Sebastian e Max, mas não viu nada além de sombras.

— Sebastian? — Havia incerteza em sua voz. — Sebastian, o que você está fazendo aqui? Cadê o Max?

— Isabelle. — Ela achou ter visto alguma coisa se mexer, uma sombra escura contra sombras mais claras. A voz dele era suave, gentil, quase adorável. Não tinha percebido antes como era linda aquela voz. — Isabelle, sinto muito.

— Sebastian, você está estranho. Pare com isso.

— Sinto muito que seja você — disse ele. — Veja bem, de todos eles, era de você que eu mais gostava.

— Sebastian...

— De todos eles — repetiu, com a mesma voz baixa —, achava que era a mais parecida comigo.

Seu pulso fez um movimento para baixo, com o martelo nele.

Alec correu pelas ruas escuras em chamas, chamando por Aline sem parar. Ao deixar o distrito de Princewater e entrar no coração da cidade, o pulso acelerou. As ruas eram como uma pintura de Bosch ganhando vida: cheias de criaturas grotescas e macabras, cenas súbitas e horríveis de violência. Estranhos em pânico empurravam Alec para o lado sem olhar e corriam, gritando, sem nenhum destino aparente. O ar cheirava a fumaça e demônios. Algumas das casas estavam em chamas; outras tinham as janelas quebradas. Os paralelepípedos brilhavam com vidro quebrado. Ao se aproximar de um prédio, viu que o que pensara ser um trecho com a tinta descolorida era uma mancha enorme de sangue fresco espalhada no gesso. Girou no lugar, olhando em todas as direções, mas não viu nada que a explicasse; ainda assim, se afastou o mais rápido possível.

Alec, o único dos filhos Lightwood, se lembrava de Alicante. Era uma criança quando partiram, mas ainda carregava lembranças de torres brilhantes, as ruas cheias de neve no inverno, correntes de luz mágica enfeitando as lojas e casas, com água se espalhando no chafariz de sereia na Praça. Sempre sentia uma pontada estranha no coração ao pensar em Alicante, a esperança semidolorosa de que a família fosse voltar àquele lugar ao qual pertencia. Ver a cidade assim era como a morte de toda a alegria. Virando numa avenida mais ampla, uma das ruas que levava ao Salão dos Acordos, viu um bando de demônios Belial passando por um arco, sibilando e uivando. Arrastavam alguma coisa atrás de si — algo que se contorcia e sofria espasmos enquanto deslizava pela rua de pedras. Correu pela rua, mas os demônios já não estavam mais lá. Encolhida contra a base de uma coluna havia uma forma flácida da qual saía um rastro de sangue. Cacos de vidro se quebravam como pedras sob as botas de Alec enquanto ele se ajoelhava para virar o corpo. Após uma única olhada no rosto roxo e contorcido, encolheu os ombros e recuou, grato por não se tratar de nenhum conhecido.

Um barulho o fez se levantar. Sentiu o odor antes de ver: a sombra de alguma coisa corcunda e enorme deslizando na direção dele, vinda da ponta oposta da rua. Um Demônio Maior? Alec não esperou para descobrir. Disparou pela rua em direção a uma das casas mais altas, saltando em um parapeito e se enfiando por uma janela cujo vidro tinha sido quebrado. Alguns segundos depois, estava subindo no telhado, com as mãos doendo, os joelhos ralados. Ele se levantou, esfregando as mãos, e olhou para Alicante.

As torres demoníacas arruinadas projetavam uma luz morta nas ruas agitadas da cidade, onde *coisas* galopavam, se arrastavam e se esgueiravam nas sombras entre os prédios, como baratas sorrateiras em um apartamento escuro. O ar carregava berros e urros, o ruído de gritos, nomes chamados ao vento — e havia manifestações demoníacas também, uivos de mutilação e deleite, berros que perfuravam o ouvido humano como dor. Fumaça se erguia sobre as casas de pedras cor de mel formando uma neblina, contornando as espirais do Salão dos Acordos. Olhando para cima, em direção ao Gard, Alec viu uma enxurrada de Caçadores de Sombras correndo pela trilha da colina, iluminada pelas pedras mágicas que carregavam. A Clave estava descendo para a batalha.

Ele foi para a borda do telhado. Os prédios eram muito próximos uns dos outros, os beirais quase se tocando. Foi fácil pular daquele telhado para o seguinte, e depois para o próximo. Ele se viu correndo suavemente pelos telhados, pulando as singelas distâncias entre as casas. Era bom ter o vento frio no rosto, mais forte que o fedor dos demônios.

Correu durante vários minutos antes de perceber duas coisas: primeiro, estava correndo em direção às espirais brancas do Salão dos Acordos. E segundo, havia alguma coisa na frente, em uma praça entre dois becos, algo que parecia um chafariz de faíscas se erguendo, elas eram azuis, de um azul escuro, ardente. Alec já havia visto faíscas azuis como aquelas antes. Encarou-as por um instante antes de começar a correr.

O telhado mais próximo da praça era íngreme. Alec foi derrapando por ele, batendo com as botas nas telhas soltas. Posicionado precariamente na borda, ele olhou para baixo.

Viu a Praça da Cisterna abaixo, mas tinha a visão parcialmente bloqueada por um enorme poste de metal que se erguia na frente do prédio em que estava. Uma placa de madeira de loja pendurava-se nele, balançando com a brisa. A praça abaixo estava cheia de demônios Iblis — de forma humana, mas feitos de uma substância que parecia uma fumaça negra ondulante, cada um com um par de olhos amarelos ardentes. Haviam formado uma fila e se moviam lentamente em direção à figura solitária de um homem em um casaco cinza, forçando-o a recuar contra uma parede. Alec só podia olhar, espantado. Tudo no sujeito era familiar — a curva inclinada das costas, o emaranhado de cabelos negros, e a maneira como o fogo azul surgia das pontas dos dedos como vaga-lumes cianóticos.

Magnus. O feiticeiro estava arremessando lanças de fogo azul nos demônios Iblis; uma delas atingiu no peito um dos que avançavam. Com um ruído parecido com o de água jogada em uma chama, ele estremeceu e desapareceu em uma explosão de cinzas. Os outros se moveram para tomar seu lugar — os demônios Iblis não eram muito inteligentes —, e Magnus arremessou outro bando de lanças flamejantes. Diversos Iblis caíram, mas agora outro demônio, mais astuto que os outros, tinha *contornado* Magnus e estava vindo por trás dele, pronto para atacar...

Alec não parou para pensar. Em vez disso pulou, se segurando na borda do telhado enquanto caía e se lançando adiante para pegar o poste de metal e se enroscar nele, amenizando a queda. Soltou e aterrissou levemente no chão. O demônio, espantado, começou a virar, seus olhos amarelos como joias em chamas; Alec só teve tempo de pensar que se fosse Jace teria alguma coisa espertinha para dizer antes de tirar a lâmina serafim do cinto e atacar o demônio. Com um gemido característico o demônio desapareceu, a violência da saída desta dimensão respingando cinzas em Alec.

— *Alec*? — Magnus o estava encarando. Tinha acabado com o resto dos demônios Iblis, e a praça estava vazia exceto pelos dois. — Você acabou... Você acabou de salvar a minha vida?

Alec sabia que deveria dizer alguma coisa como "É claro, pois sou um Caçador de Sombras e isso é o que fazemos", ou "É a minha obrigação". Jace teria dito alguma coisa assim. Jace sempre sabia a coisa certa a dizer. Mas as palavras que saíram efetivamente foram bem diferentes — e soaram petulantes, mesmo aos seus próprios ouvidos.

— Você não me ligou de volta — disse ele. — Te liguei mil vezes e você não retornou.

Magnus olhou para Alec como se o outro tivesse enlouquecido.

— Sua cidade está sob ataque — disse ele. — As barreiras de bloqueio caíram e as ruas estão cheias de demônios. E você quer saber por que eu não *liguei*?

Alec contraiu o maxilar em uma expressão teimosa.

— Quero saber por que você não ligou *de volta*.

Magnus jogou as mãos para o ar, em um gesto de total exasperação. Alec notou com interesse que, ao fazê-lo, algumas faíscas escaparam das pontas dos dedos, como vaga-lumes escapulindo de um pote.

— Você é um idiota.

— Foi por *isso* que você não me ligou? Porque sou um idiota?

— Não. — Magnus caminhou em direção a ele. — Não liguei porque estou cansado de você só me querer por perto quando precisa de alguma coisa. Estou cansado de assistir enquanto você está apaixonado por outra pessoa... outra pessoa que, por acaso, nunca vai amá-lo de volta. Não como eu amo.

— Você me *ama*?

— Seu Nephilim idiota — disse Magnus, pacientemente. — Por que outra razão eu estaria aqui? Por que outra razão eu teria passado as últimas semanas consertando seus amigos imbecis cada vez que se machucam? E o tirando de cada situação ridícula em que se mete? Sem falar em estar te ajudando em uma batalha contra Valentim. E tudo de graça!

— Não tinha pensado por esse lado — admitiu Alec.

— Claro que não. Você nunca pensou por lado nenhum. — Os olhos felinos de Magnus brilharam com raiva. — Tenho setecentos anos de idade, Alexander. Sei quando alguma coisa não vai funcionar. Você sequer admite para os seus pais que eu existo.

Alec o encarou.

— Você tem *setecentos anos*?

— Bem — corrigiu-se Magnus —, oitocentos. Mas não aparento. De qualquer forma, você está perdendo o foco. O foco é...

Mas Alec nunca soube qual era o foco, pois naquele instante outra dúzia de demônios Iblis invadiu a praça. Seu queixo caiu.

— Droga.

Magnus seguiu o olhar de Alec. Os demônios já estavam se espalhando em um semicírculo em volta deles, os olhos amarelos brilhando.

— Belo jeito de desviar do assunto, Lightwood.

— Seguinte. — Alec alcançou uma segunda lâmina serafim. — Se sobrevivermos a isso, eu prometo que o apresento para toda a minha família.

Magnus ergueu as mãos, os dedos brilhando com chamas azuladas individuais. Iluminaram seu sorriso com um ardor intenso.

— Combinado.

Capítulo 11
TODAS AS HOSTES DO INFERNO

— Valentim — sussurrou Jace. Seu rosto estava pálido enquanto encarava a cidade. Através das camadas de fumaça, Clary achou que quase podia vislumbrar as ruas estreitas, entupidas com figuras correndo, pequenas formigas negras se esquivando de um lado para o outro, mas ela olhou novamente e não havia nada. Nada além das nuvens espessas de um vapor escuro e o cheiro de fogo e fumaça.

— Você acha que Valentim fez isso? — A fumaça era amarga na garganta de Clary.

— Parece um incêndio. Talvez tenha começado sozinho...

— O Portão Norte está aberto. — Jace apontou para alguma coisa que Clary mal conseguia distinguir, dada a distância e a fumaça que distorcia. — Nunca fica aberto. E as torres demoníacas perderam a luz. As barreiras devem ter caído. — Ele sacou uma lâmina serafim do cinto, segurando-a com tanta força que suas juntas ficaram da cor do marfim. — Tenho que ir para lá.

Um nó de medo apertou a garganta de Clary.

— Simon...

— Terão evacuado o Gard. Não se preocupe, Clary. Ele provavelmente está melhor do que a maioria lá. Os demônios dificilmente o incomodarão. Tendem a deixar os do Submundo em paz.

— Desculpe — sussurrou Clary. — Os Lightwood... Alec, Isabelle...

— *Jahoel* — disse Jace, e a lâmina se acendeu, clara como a luz do dia na mão esquerda atada. — Clary, quero que fique aqui. Volto para buscá-la. — A raiva evidente em seus olhos desde que tinha saído da mansão tinha evaporado. Estava parecendo um soldado agora.

Ela balançou a cabeça.

— Não. Quero ir com você.

— Clary... — ele começou, mas se interrompeu, enrijecendo completamente. Um instante depois, Clary ouviu também, uma batida pesada, rítmica, e mais alto que ela, um som como o estalo de uma enorme fogueira. Clary levou diversos instantes para desconstruir o ruído na mente, para quebrá-lo como alguém poderia quebrar uma música nas diversas notas que a compõem. — São...

— *Lobisomens.* — Jace olhava para além dela. Seguindo seu olhar, ela os viu, correndo pela colina mais próxima como uma sombra que se espalhava, iluminada em alguns pontos por olhos brilhantes ferozes. Uma alcateia inteira ou mais do que apenas isso; devia haver centenas deles, talvez até mil. Os latidos e uivos compunham o ruído que julgara ser uma fogueira, e o som erguia-se na noite, instável e áspero.

O estômago de Clary revirou. Ela conhecia lobisomens. Já tinha lutado ao lado deles. Mas aqueles não eram os lobos de Luke, não aqueles que tinham sido instruídos a cuidar dela, a não machucá-la. Pensou no terrível poder de matar do bando de Luke em ação, e de repente sentiu medo.

Ao seu lado, Jace praguejou uma vez, ferozmente. Não havia tempo de alcançar mais uma arma; puxou-a com força para perto de si, com o braço livre, e com a outra mão ergueu Jahoel alto sobre a cabeça. A luz da lâmina era ofuscante. Clary cerrou os dentes...

E os lobos estavam sobre eles. Era como uma onda quebrando... uma explosão repentina de barulho ensurdecedor, e uma corrente de ar quando os primeiros lobos do bando avançaram e *saltaram* — havia olhos ardentes e mandíbulas abertas —, Jace apertou os dedos na lateral de Clary...

E os lobos continuaram pelos lados deles, se abrindo no espaço em que estavam por uns bons 70 centímetros. Clary virou a cabeça, incrédula, enquanto dois lobos — um lustroso e malhado, o outro enorme e cinza como aço — atingiram o chão suavemente atrás deles, pausaram e continuaram correndo, sem sequer olhar para trás. Havia lobos por todo lado, e, no entanto, nenhum deles os tocou. Passaram correndo, uma inundação de sombras, os pelos refletindo o luar em lampejos de prata de modo que pareciam quase um rio solitário, movendo-se em forma de raio em direção a Jace e Clary — e depois se dividindo ao redor deles, como se fossem uma pedra. Os dois Caçadores de Sombras poderiam ter sido estátuas a julgar pela atenção dispensada pelos licantropes enquanto passavam, de bocas abertas e olhos fixos na estrada à frente.

Então desapareceram. Jace se virou para ver os últimos lobos passarem correndo para alcançar os companheiros. Fez-se silêncio novamente, apenas os ruídos muito fracos da cidade ao longe.

Jace soltou Clary, abaixando Jahoel ao fazê-lo.

— Você está bem?

— O que aconteceu? — sussurrou ela. — Aqueles lobisomens... eles simplesmente passaram por nós...

— Estão indo para a cidade. Para Alicante. — Ele pegou uma segunda lâmina serafim do cinto e a entregou para ela. — Você vai precisar disso.

— Então não vai me largar aqui?

— Não adianta. Nenhum lugar é seguro. Mas... — hesitou. — Vai tomar cuidado?

— Vou tomar cuidado — prometeu Clary. — O que faremos agora?

Jace olhou para Alicante, queimando abaixo do lugar onde estavam.

— Agora corremos.

Nunca tinha sido fácil acompanhar Jace, e agora, quando ele estava a toda velocidade, era quase impossível. Clary sentiu que ele estava até se contendo, diminuindo o ritmo para deixá-la alcançá-lo, o que era difícil para ele.

A estrada ficou mais lisa na base da montanha e se curvou através de um bosque de árvores altas e espessas, criando a ilusão de um túnel. Quando Clary saiu do outro lado, se viu diante do Portão Norte. Através do arco, podia ver uma confusão de fumaça e chamas. Jace ficou na entrada, esperando por ela. Segurava Jahoel em uma mão e outra lâmina serafim na outra, mas mesmo a luz combinada de ambas se perdia contra a luminosidade mais forte da cidade queimando atrás.

— Os guardas. — Arquejou Clary, correndo para ele. — Por que não estão aqui?

— Pelo menos um deles está sobre aquelas árvores. — Jace apontou com o queixo na direção de onde tinham vindo. — Despedaçado. Não, não olhe. — E olhou para baixo. — Você não está segurando a lâmina serafim direito. Segure assim — mostrou como fazer —, e você precisa de um nome para ela. Cassiel seria uma boa opção.

— *Cassiel* — repetiu Clary, e a luz da lâmina brilhou.

Jace olhou para ela com uma expressão ponderada.

— Gostaria de ter tido tempo de treiná-la para isso. É claro, por direito, ninguém com tão pouco treinamento quanto você deveria sequer poder usar uma lâmina serafim. Fiquei surpreso no início, mas agora que sabemos o que Valentim fez...

Clary não estava com a menor vontade de conversar sobre o que Valentim tinha feito.

— Ou talvez você só estivesse com medo de que, se me treinasse adequadamente, eu ficaria melhor do que você — disse.

O fantasma de um sorriso tocou o canto da boca dele.

— O que quer que aconteça, Clary — disse ele, olhando para ela através da luz de Jahoel —, fique comigo. Entendeu? — Obrigou-a a sustentar seu olhar, exigindo com os olhos uma promessa.

Por algum motivo a lembrança de tê-lo beijado no gramado da mansão Wayland veio até ela. Parecia ter sido há um milhão de anos. Como alguma coisa que acontecera com outra pessoa.

— Vou ficar com você.

— Ótimo. — Ele desviou o olhar, soltando-a. — Vamos.

Moveram-se lentamente pelo portão, lado a lado. Ao entrarem na cidade, ela se tornou ciente dos ruídos de batalha como que pela primeira vez: uma parede de sons, construída a partir de gritos humanos e uivos não humanos, o som de vidro quebrando e fogo ardendo. Fez o próprio sangue cantar em seus ouvidos.

O jardim logo após o portão estava vazio. Havia formas amontoadas espalhadas aqui e ali sobre os paralelepípedos; Clary tentou não olhar muito para elas. Ficou imaginando como era possível perceber que alguém estava morto, mesmo de longe, sem olhar muito de perto. Corpos mortos não lembravam corpos inconscientes; era como se você pudesse sentir que alguma coisa havia escapado deles, que alguma faísca essencial agora estava faltando.

Jace se apressou pelo jardim — Clary podia perceber que ele não gostava muito do espaço aberto e desprotegido — e seguiu por uma das estradas que saía dele. Havia mais destroços ali. Vitrines quebradas e conteúdos roubados espalhados pela rua. Havia também um cheiro no ar — um odor rançoso, espesso, de lixo. Clary conhecia aquele cheiro. Significava demônios.

— Por aqui — sibilou Jace. Desviaram para outra rua estreita. Um fogo estava queimando em um andar superior de uma das casas da rua, apesar de nenhuma das construções que a cercavam parece ter sido atingida. Clary lembrou-se, estranhamente, de fotos que vira da Blitz em Londres, onde a destruição se espalhava aleatoriamente, vinda do céu.

Olhando para cima, ela viu que o forte sobre a cidade estava encoberto por uma chaminé de fumaça negra.

— O Gard.

— Já disse, terão evacuado... — Jace parou de falar ao saírem da rua estreita para uma via pública. Havia corpos na estrada, e muitos. Alguns eram corpos pequenos. Crianças. Jace correu para a frente, Clary o seguiu, hesitante. Havia três, ela viu ao se aproximarem — nenhum deles, pensou com um alívio culpado, grande o bastante para ser de Max. Ao lado deles, o corpo de um homem mais velho, com os braços ainda abertos, como se estivesse protegendo as crianças com o próprio corpo.

CIDADE DE VIDRO

A expressão de Jace era rígida.

— Clary, vire de costas. Devagar.

Clary se virou. Logo atrás dela havia uma vitrine quebrada. Houvera bolos em exibição em algum momento — uma torre deles, com uma cobertura de glacê brilhante. Estavam espalhados pelo chão em meio a vidros quebrados, e também havia sangue nos paralelepípedos, misturado à cobertura em longas linhas rosadas. Mas não tinha sido isso que provocara o tom de alarme da voz de Jace. Alguma coisa estava se arrastando da janela — algo amorfo, enorme e pegajoso. Algo equipado com duas fileiras de dentes que percorriam toda a extensão do corpo oblongo, que estava salpicado de cobertura e vidro quebrado como uma camada de açúcar cristalino.

O demônio saiu da janela e começou a se arrastar pelos paralelepípedos em direção a eles. Algo em sua movimentação preguiçosa, desossada fez com que Clary sentisse a bile subindo à garganta. Ela recuou, quase batendo em Jace.

— É um demônio Behemoth — disse ele, olhando para a criatura deslizante na frente deles. — Eles comem *tudo*.

— Eles comem...?

— Pessoas? Sim — disse Jace. — Fique atrás de mim.

Ela deu alguns passos para trás para ficar atrás dele, os olhos fixos no Behemoth. Havia algo nele que a enojava ainda mais do que os outros demônios que encontrara antes. Parecia uma lesma com dentes, e aquele andar *mole*... Mas ao menos não se movia com rapidez. Jace provavelmente não teria muito trabalho para matá-lo.

Como que impulsionado pelo pensamento de Clary, Jace avançou, com a lâmina serafim ardente. Enfiou-a nas costas do Behemoth com um som como o de uma fruta madura demais sendo pisada. O demônio pareceu sofrer um espasmo, para em seguida dar de ombros e se recompor, aparecendo de repente a vários centímetros de distância de onde estivera.

Jace puxou Jahoel de volta.

— Era isso que eu temia — murmurou. — É apenas semicorporal. Difícil de matar.

— Então não mate. — Clary puxou a manga da blusa de Jace. — Pelo menos não é veloz. Vamos sair daqui.

Embora relutante, Jace permitiu que ela o puxasse. Viraram para correr na direção de onde tinham vindo...

E o demônio estava ali outra vez, na frente deles, bloqueando a rua. Parecia ter crescido, e um ruído baixo vinha dele, uma espécie de chiado raivoso de inseto.

— Acho que não quer que a gente vá embora — disse Jace.

— Jace...

Mas ele já estava correndo na direção da coisa, manejando Jahoel em um longo arco com a intenção de decapitar a criatura, mas a coisa simplesmente se mexeu e se reconstituiu

177

outra vez, dessa vez atrás dele. Recuou, mostrando um lado inferior estriado como o de uma barata. Jace girou e trouxe Jahoel para baixo, rasgando o tronco da criatura. Fluido verde, espesso como muco, se espalhou pela lâmina.

Jace deu um passo para trás, com o rosto se contorcendo de nojo. O Behemoth continuava emitindo o mesmo chiado. Mais fluido vazava da criatura, mas não parecia machucada. O demônio avançava decidido.

— Jace! — disse Clary. — Sua lâmina...

Ele olhou para baixo. O muco do demônio Behemoth tinha se grudado na lâmina de Jahoel, ofuscando seu fulgor. Enquanto ele olhava, a lâmina serafim crepitou e apagou como um fogo em que se jogou areia. Derrubou a arma com um xingamento antes que a gosma do demônio pudesse tocá-lo.

O Behemoth recuou outra vez, pronto para atacar. Jace desviou — então Clary estava lá, correndo entre ele e o demônio, com a lâmina empunhada. Ela atacou a criatura logo abaixo da fileira de dentes, a lâmina afundando na massa com um som repulsivo e molhado.

Ela recuou, arquejando, enquanto o demônio sofria mais um espasmo. Parecia que a criatura precisava de mais energia para se reconstituir a cada vez que sofria um ataque. Se ao menos pudessem atacá-la vezes suficientes...

Algo se moveu na beira da visão de Clary. Um brilho cinza e marrom, veloz. Não estavam sozinhos na rua. Jace se virou, arregalando os olhos.

— Clary! — gritou. — Atrás de você!

Clary girou, Cassiel brilhando em sua mão, enquanto um lobo se lançava sobre ela com os lábios contraídos em um rosnado feroz, a mandíbula aberta.

Jace gritou alguma coisa; Clary não sabia o quê, mas viu o olhar selvagem nos olhos de Jace, mesmo enquanto se jogava de lado, para fora do caminho do lobo. Ele passou por ela, com as garras esticadas, corpo arqueado — e atingiu seu alvo, o Behemoth, derrubando-o no chão antes de atacá-lo com os dentes.

O demônio gritou, ou melhor, emitiu o ruído mais próximo de um grito possível — um choramingo agudo, como ar saindo de um balão. O lobo estava sobre ele, prendendo-o, o focinho enterrado no corpo pegajoso. O Behemoth estremeceu e se debateu em um esforço desesperado de regenerar e curar os machucados, mas o lobo não estava dando chance. Suas garras afundavam profundamente na carne do demônio, o lobo arrancando pedaços gelatinosos do corpo de Behemoth com os dentes, ignorando o fluido verde que jorrava. O demônio iniciou uma última e desesperada série de espasmos convulsivos, a mandíbula batendo enquanto era derrotado — então desapareceu, deixando no lugar apenas uma poça de fluido verde sobre o paralelepípedo.

O lobo fez um barulho — uma espécie de rosnado de satisfação — e se virou para olhar Jace e Clary com olhos prateados pelo luar. Jace puxou outra lâmina do cinto e a levantou, desenhando uma linha de fogo no ar entre eles e o lobo.

O lobo rosnou, os pelos das costas se arrepiando.

Clary pegou o braço dele.

— Não... não faça isso.

— É um *lobisomem*, Clary...

— Ele matou o demônio para nós! Está do nosso lado! — Ela se afastou de Jace antes que ele pudesse segurá-la, aproximando-se lentamente do lobo, com as mãos esticadas, palmas abertas. Falou com uma voz baixa e calma: — Sinto muito. Sentimos muito. Sabemos que você não quer nos machucar. — Ela parou, com as mãos ainda esticadas, enquanto o lobo a encarava com olhos vazios. — Quem... quem é você? — perguntou. Olhou por sobre o ombro para Jace e franziu o rosto antes de pedir: — Será que pode abaixar isso?

Jace parecia prestes a dizer categoricamente a ela que *não se abaixava* uma lâmina serafim que estivesse brilhando diante do perigo, mas, antes que pudesse dizer alguma coisa, o lobo rugiu baixo e começou a se levantar. Suas pernas se alongaram, a espinha ficando ereta, a mandíbula se retraindo. Em alguns segundos, havia uma garota na frente deles — uma garota com um vestido branco, os cabelos ondulados presos em diversas tranças, uma cicatriz na garganta.

— Quem é você? — Debochou a menina com desdém. — Não posso acreditar que não me reconheceram. Não é como se todos os lobos fossem exatamente iguais. *Humanos*.

Clary soltou um suspiro de alívio.

— Maia!

— Sou eu. Salvando o traseiro de vocês, como sempre. — Ela sorriu. Estava cheia de sangue e icor, que não estivera muito visível contra a pelagem de lobo, mas agora as manchas vermelhas e pretas se destacavam sobre a pele morena. Ela pôs a mão no estômago. — E aliás, *que nojo*. Não posso acreditar que mastiguei todo aquele demônio. Espero que não seja alérgica.

— Mas o que você está *fazendo* aqui? — perguntou Clary. — Quero dizer, não que não estejamos felizes em vê-la, mas...

— Não soube? — Maia olhou confusa de Jace para Clary. — Luke nos trouxe aqui.

— Luke? — Clary a encarou. — Luke está... aqui?

Maia assentiu.

— Ele entrou em contato com a alcateia, e com várias outras, todo mundo em que conseguiu pensar, e disse para todos nós que precisávamos vir para Idris. Fomos voando até a fronteira e de lá seguimos viagem. Alguns dos outros bandos foram até a floresta através de um Portal e nos encontraram lá. Luke disse que os Nephilim precisariam da nossa ajuda... — Parou de falar para depois perguntar: — Vocês não sabiam disso?

— Não — disse Jace —, e duvido que a Clave soubesse. Não são muito bons em aceitar ajuda de integrantes do Submundo.

Maia se endireitou, os olhos ardendo em raiva.

— Se não tivesse sido por nós, todos vocês teriam sido *aniquilados*. Não havia ninguém protegendo a cidade quando chegamos...

— Não — disse Clary, lançando um olhar furioso a Jace. — Estou muito, muito grata por ter nos salvado, Maia, e Jace também está, mesmo que seja teimoso o bastante para preferir enfiar uma lâmina serafim nos próprios olhos a admitir. E não diga que espera que ele o faça — acrescentou apressadamente, percebendo o olhar no rosto da outra —, pois isso não vai ajudar em nada. Agora precisamos chegar aos Lightwood, e depois tenho que encontrar Luke...

— Os Lightwood? Acho que estão no Salão dos Acordos. É para lá que estão levando todo mundo. Pelo menos vi Alec lá — disse Maia —, e aquele feiticeiro também, o de cabelos arrepiados. Magnus.

— Se Alec está lá, os outros também devem estar. — A expressão de alívio no rosto de Jace fez Clary querer colocar a mão em seu ombro. Mas ela não o fez. — Foi inteligente levar todo mundo ao Salão; é protegido. — Colocou a lâmina serafim no cinto. — Vamos... temos que ir.

Clary reconheceu o interior do Salão dos Acordos assim que entrou lá. Era o lugar com o qual sonhara, onde estivera dançando com Simon, depois com Jace.

Era para cá que eu estava tentando me mandar quando passei pelo Portal, pensou, olhando em volta, para as paredes pálidas e o teto alto com a enorme claraboia de vidro através da qual podia ver o céu noturno. A sala, apesar de enorme, de algum jeito parecia menor e mais sombria do que no sonho. O chafariz de sereia ainda estava ali, no centro da sala, derramando água, mas não parecia lustrado, e os degraus que levavam até ele estavam infestados de pessoas, muitas com curativos. Este espaço estava cheio de Caçadores de Sombras, gente correndo aqui e ali, às vezes parando para olhar o rosto de algum passante, na esperança de ver um parente ou conhecido. O chão estava imundo, marcado com lama e sangue.

O que chamou a atenção de Clary, mais do que qualquer outra coisa, foi o silêncio. Se aquele cenário de desastre estivesse acontecendo num ambiente mundano, haveria pessoas gritando, berrando, chamando umas às outras. Mas o recinto estava praticamente silencioso. Pessoas sentavam quietas, algumas com as cabeças nas mãos, outras olhando para o nada. Crianças se mantinham perto dos pais, mas nenhuma delas chorava.

Percebeu outra coisa, também, enquanto adentrava a sala, ladeada por Jace e Maia. Havia um grupo de pessoas um pouco maltrapilhas perto do chafariz em um círculo desorganizado. Pareciam separados do resto da multidão, e quando Maia os viu e sorriu, Clary, percebeu por quê.

CIDADE DE VIDRO

— Meu bando! — exclamou Maia. Avançou na direção deles, parando apenas para olhar para trás, na direção de Clary enquanto ia. — Tenho certeza de que Luke está por aqui em algum lugar — disse, e desapareceu dentro do grupo, que se fechou ao seu redor. Clary imaginou, por um instante, o que aconteceria se seguisse a licantrope para o círculo. Será que a receberiam como amiga de Luke ou ficariam desconfiados por ser mais uma Caçadora de Sombras?

— Não — disse Jace, como que lendo a mente de Clary. — Não é uma boa...

Mas Clary não descobriu o fim da frase, pois ouviu um grito:

— *Jace!* — Alec apareceu, sem fôlego ao abrir caminho pela multidão para alcançá-los. Seus cabelos negros estavam completamente emaranhados, e tinha sangue nas roupas, mas os olhos brilhavam com uma mistura de alívio e raiva. Agarrou Jace pela frente do casaco.

— O que *aconteceu* com você?

Jace pareceu afrontado.

— O que aconteceu *comigo*?

Alec o balançou, sem delicadeza.

— Você disse que ia dar uma *caminhada*! Que tipo de caminhada demora seis horas?

— Uma bem longa? — sugeriu Jace.

— Eu poderia matá-lo — disse Alec, soltando as roupas de Jace. — Estou pensando seriamente nisso.

— Isso tornaria sua reclamação sem sentido, não é? — disse Jace. Então olhou em volta. — Cadê todo mundo? Isabelle e...

— Isabelle e Max estão na casa dos Penhallow, com Sebastian — disse Alec. — Minha mãe e meu pai estão indo buscá-los. E Aline está aqui, com os pais, mas não está falando muito. Passou maus bocados com um demônio Rezkor perto de um dos canais. Mas Izzy conseguiu salvá-la.

— E Simon? — perguntou Clary ansiosamente. — Você viu o Simon? Ele deveria ter vindo do Gard com os outros.

Alec balançou a cabeça.

— Não, não vi, mas também não vi o Inquisidor, ou o Cônsul. Provavelmente estaria com um deles. Talvez tenham parado em algum lugar ou... — parou de falar quando um murmúrio passou pelo recinto; Clary viu o grupo de licantropes levantar o olhar, alerta como um bando de cães de caça sentindo cheiro de ação. Ela se virou...

E viu Luke, cansado e sujo de sangue, entrando pelas portas duplas do Salão.

Correu para ele. Esquecendo-se do quanto havia se irritado quando ele foi embora e do quanto ele havia se irritado com ela por levá-los para Idris, deixando tudo de lado, exceto a alegria em vê-lo. Pareceu surpreso por um instante ao ver Clary correndo até ele

181

— em seguida sorriu, e esticou os braços para segurá-la e abraçá-la, como fazia quando ela era pequena. Cheirava a sangue, flanela e fumaça, e por um instante Clary fechou os olhos, pensando na maneira como Alec havia segurado Jace ao vê-lo no Salão, pois era isso que familiares faziam quando se preocupavam uns com os outros, segurar, abraçar e explicar o quanto ficaram irritados... e tudo bem, pois independentemente da raiva que o fizera sentir, ainda pertenciam a você. E o que tinha dito a Valentim era verdade. Luke era como se fosse sua família.

Ele a colocou de volta no chão, fazendo uma careta no processo.

— Cuidado — disse ele. — Um demônio Croucher me acertou no ombro perto da Merryweather Bridge. — Ele pôs as mãos nos ombros dela, examinando seu rosto. — Mas você está bem, não está?

— Ora, mas que cena tocante — disse uma voz fria. — Não é mesmo?

Clary se virou, a mão de Luke ainda em seu ombro. Atrás dela havia um homem alto com uma capa azul que ondulava em seus pés conforme se movia em direção a eles. O rosto sob o capuz da capa parecia esculpido: maçãs do rosto definidas, feições aquilinas afiadas e pálpebras expressivas.

— Lucian — disse ele, sem olhar para Clary. — Deveria ter esperado que fosse você o responsável por esta... esta invasão.

— *Invasão?* — ecoou Luke e, de repente, lá estava seu bando de licantropes, atrás dele. Tinham se posicionado tão rápida e silenciosamente que fora como se tivessem aparecido do nada. — Não fomos nós que invadimos sua cidade, Cônsul. Foi Valentim. Só estamos tentando ajudar.

— A Clave não precisa de ajuda — irritou-se o Cônsul. — Não daqueles como você. Está transgredindo a Lei só de entrar na Cidade de Vidro, com ou sem barreiras de proteção. Deve saber disso.

— Acho que está bem claro que a Clave *precisa* de ajuda. Se não tivéssemos vindo quando viemos, muitos mais de vocês estariam mortos. — Luke olhou ao redor; diversos grupos de Caçadores de Sombras haviam se aproximado deles para ver o que estava acontecendo. Alguns deles olharam diretamente para Luke; outros abaixaram as cabeças, como que envergonhados. Mas nenhum deles, pensou Clary repentinamente surpresa, parecia irritado. — Eu o fiz para provar um ponto, Malaquias.

A voz de Malaquias era fria.

— E que ponto seria esse?

— Que vocês precisam de nós — disse Luke. — Para derrotar Valentim, precisam da nossa ajuda. Não apenas da ajuda dos licantropes, mas de todos os membros do Submundo.

— O que os integrantes do Submundo podem fazer contra Valentim? — perguntou Malaquias, desdenhoso. — Lucian, você sabe muito bem. Já foi um de nós. Sempre estivemos sozinhos contra todos os perigos e protegemos o mundo do mal. Seremos páreo para Valentim com nosso próprio poder. Os membros do Submundo fariam bem em ficar fora do nosso caminho. Somos Nephilim; lutamos nossas próprias batalhas.

— Não é *exatamente* verdade, é? — disse uma voz aveludada. Era Magnus Bane, com um casaco longo e cintilante, e uma expressão safada. Clary não fazia ideia de onde ele tinha vindo. — Vocês tiveram ajuda de feiticeiros em mais de uma ocasião no passado, e pagaram uma boa quantia por isso.

Malaquias franziu o rosto.

— Não me lembro da Clave tê-lo convidado para a Cidade de Vidro, Magnus Bane.

— Não convidou — disse Magnus. — Suas barreiras caíram.

— Sério? — A voz do Cônsul destilava sarcasmo. — Não tinha percebido.

Magnus pareceu preocupado.

— Isso é terrível. Alguém deveria ter avisado... — olhou para Luke. — Diga a ele que as barreiras caíram.

Luke parecia irritado.

— Malaquias, pelo amor de Deus, os integrantes do Submundo são fortes; temos um bom número. Eu já disse, podemos ajudar.

A voz do Cônsul se ergueu.

— E *eu* disse que não precisamos, nem queremos sua ajuda.

— Magnus — sussurrou Clary, indo silenciosamente para o lado dele. Uma pequena multidão havia se reunido, assistindo à briga entre Luke e o Cônsul; tinha quase certeza de que ninguém estaria prestando atenção a ela. — Venha conversar comigo. Enquanto estão ocupados demais para perceber.

Magnus lançou a ela um rápido olhar interrogativo, assentiu, e afastou-a, cortando a multidão como um abridor de latas. Nenhum dos Caçadores de Sombras ou lobisomens reunidos parecia querer ficar no caminho de um feiticeiro de um metro e oitenta com olhos felinos e sorriso maníaco. Ele a puxou para um canto mais quieto.

— O que foi?

— Peguei o livro. — Clary o retirou do bolso do casaco, deixando marcas de dedo na capa branca. — Fui até a mansão de Valentim. Estava na biblioteca como você disse. E... — ela se interrompeu, pensando no anjo aprisionado. — Deixe para lá. — Entregou a ele o *Livro Branco*. — Aqui. Tome.

Magnus pegou o livro com os dedos longos. Ele folheou o volume, arregalando os olhos.

— É melhor do que tinha ouvido falar — anunciou alegre. — Mal posso esperar para começar com estes feitiços.

— Magnus! — A voz aguda de Clary o trouxe de volta à Terra. — Primeiro a minha mãe. Você prometeu.

— E cumpro com minha palavra. — O feiticeiro assentiu expressivamente, mas havia algo em seu olhar, algo que fazia com que Clary não confiasse plenamente.

— E mais uma coisa — acrescentou, pensando em Simon. — Antes que vá...

— Clary! — gritou uma voz, sem ar, ao seu ombro. Virou surpresa para ver Sebastian, ao lado dela. Estava com uniforme de Caçador de Sombras, e a vestimenta parecia correta nele de algum jeito, pensou, como se tivesse nascido para vesti-la. Onde todos pareciam sujos de sangue e desgrenhados, ele estava limpo, exceto pela linha dupla de arranhões na bochecha esquerda, como se algo o tivesse arranhado com garras afiadas. — Estava preocupado com você. Passei na casa de Amatis no caminho para cá, mas você não estava lá, e ela disse que não tinha visto você...

— Bom, estou bem. — Clary olhou de Sebastian para Magnus, que estava segurando o *Livro Branco* contra o peito. As sobrancelhas angulares de Sebastian se ergueram. — E você? Seu rosto... — esticou o braço para tocar os ferimentos dele. Os arranhões ainda tinham um rastro de sangue.

Sebastian deu de ombros, afastando gentilmente a mão da menina.

— Um demônio fêmea me atacou perto da casa dos Penhallow. Mas estou bem. O que está acontecendo?

— Nada. Eu só estava conversando com Ma... Ragnor — disse Clary apressadamente, percebendo com horror repentino que Sebastian não fazia ideia de quem era Magnus.

— Maragnor? — Sebastian ergueu as sobrancelhas. — Muito bem, então. — Olhou curiosamente para o *Livro Branco*. Clary desejou que Magnus o tivesse guardado; do jeito que estava segurando, as letras douradas eram visíveis. — O que é isso?

Magnus o analisou por um instante, seus olhos de gato reflexivos.

— Um livro de feitiços — disse, afinal. — Nada que interesse a um Caçador de Sombras.

— Na verdade, minha tia coleciona livros de feitiços. Posso ver? — Sebastian esticou a mão, mas antes que Magnus pudesse recusar, Clary ouviu alguém chamá-la pelo nome, e Jace e Alec apareceram, claramente insatisfeitos em ver Sebastian.

— Pensei que tivesse dito a você para ficar com Max e Isabelle! — irritou-se Alec. — Você os deixou sozinhos?

Lentamente, os olhos de Sebastian se moveram de Magnus para Alec.

— Seus pais chegaram, exatamente como você disse que fariam — sua voz era fria. — Me mandaram na frente para dizer que estavam bem, assim como Izzy e Max. Estão a caminho.

— Bem — disse Jace, a voz pesada com sarcasmo —, obrigado por transmitir *essa* notícia assim que chegou.

— Não os vi assim que cheguei — disse Sebastian. — Vi Clary.

— Porque estava procurando por ela.

— Porque precisava falar com ela. A sós. — Capturou o olhar de Clary novamente, e a intensidade do dele a fez parar. Queria dizer a ele para não olhar daquele jeito para ela na frente de Jace, mas soaria louco e despropositado, além do mais, talvez tivesse alguma coisa importante para dizer. — Clary?

Ela assentiu.

— Tudo bem. Só um segundo — disse, e viu a expressão de Jace mudar: não rosnou, mas ficou com o rosto rígido. — Já volto — acrescentou, mas Jace não olhou para ela. Estava encarando Sebastian.

Sebastian a pegou pelo pulso e a afastou dos outros, puxando-a em direção à parte mais densa da multidão. Ela olhou para trás. Todos a encaravam, até mesmo Magnus. O viu balançar a cabeça uma vez, levemente.

Parou onde estava.

— Sebastian. *Pare*. O que é? O que tem para me dizer?

Ele virou para encará-la, ainda a segurando pelo pulso.

— Pensei em irmos lá fora — disse. — Para conversar em particular...

— Não. Quero ficar aqui — disse, e ouviu a voz vacilar por um instante, como se não tivesse certeza. Mas *tinha* certeza. Puxou o braço de volta, libertando-o das garras dele. — O que há com você?

— Aquele livro — disse ele. — Que Fell estava segurando, o *Livro Branco*, você sabe onde o conseguiu?

— Era sobre *isso* que queria conversar comigo?

— É um livro de feitiços extremamente poderoso — explicou Sebastian. — E um que... bem, que tem sido procurado por muita gente, há muito tempo.

Clary bufou, irritada.

— Tudo bem, Sebastian, ouça — disse. — Aquele não é Ragnor Fell. É Magnus Bane.

— *Aquele* é Magnus Bane? — Sebastian girou e o encarou antes de olhar novamente para Clary com uma expressão acusatória no rosto. — E você sabia o tempo todo, certo? Você conhece Bane.

— Conheço, e sinto muito. Mas ele não queria que eu te contasse. E era o único que poderia ajudar a salvar minha mãe. Por isso dei o *Livro Branco* para ele. Lá tem um feitiço que pode ajudá-la.

Algo passou pelos olhos de Sebastian, e Clary teve a mesma sensação que tivera depois que ele a beijou: uma sensação repentina de alguma coisa errada, como se tivesse dado um passo para a frente esperando encontrar solo rígido embaixo, e em vez disso, pisado no vazio. Ele esticou a mão e a pegou pelo pulso.

— Você deu o livro, o *Livro Branco*, para um *feiticeiro*? Um imundo do Submundo?

Clary congelou.

— Não acredito que acabou de dizer isso. — Olhou para onde a mão de Sebastian cerceava seu pulso. — Magnus é meu amigo.

Sebastian afrouxou a força no pulso de Clary, só um pouco.

— Sinto muito — disse ele. — Não deveria ter dito isso. É que... quão bem conhece Magnus Bane?

— Melhor do que conheço você — disse Clary num tom de voz gelado. Ela olhou de volta para o lugar onde havia deixado Magnus com Jace e Alec... e um choque de surpresa a percorreu. Magnus não estava mais lá. Jace e Alec estavam sozinhos, observando-a com Sebastian. Podia sentir a desaprovação de Jace como um fogão aberto.

Sebastian seguiu o olhar dela, os olhos escurecendo.

— Bem o suficiente para saber onde foi com o seu livro?

— O livro não é meu. Eu dei para ele — irritou-se Clary, mas ficou com uma sensação fria no estômago, lembrando-se da expressão sombria de Magnus. — E não sei em que isso interessa. Ouça, aprecio sua oferta de me ajudar a encontrar Ragnor Fell ontem, mas está me assustando agora. Vou voltar para os meus amigos.

Começou a se virar, mas ele se moveu para bloqueá-la.

— Desculpe. Não deveria ter dito isso. É que... tem mais do que você sabe nessa história.

— Então me diga.

— Venha para fora comigo. Conto tudo. — O tom de Sebastian era ansioso, preocupado. — Clary, por favor.

Ela balançou a cabeça.

— Tenho que ficar aqui. Tenho que esperar por Simon. — Era em parte verdade, em parte desculpa. — Alec disse que trariam os prisioneiros para cá...

Sebastian estava balançando a cabeça.

— Clary, ninguém te falou? Deixaram os prisioneiros para trás. Ouvi Malaquias dizer. A cidade foi atacada, e evacuaram o Gard, mas não tiraram os prisioneiros. Malaquias disse que estavam de conluio com Valentim, de qualquer forma. Que não havia como soltá-los sem que isso representasse perigo.

A cabeça de Clary parecia estar cheia de fumaça; sentiu-se tonta e um pouco enjoada.

— Não pode ser verdade.

— É verdade — disse Sebastian. — Juro que é. — Apertou a mão no pulso de Clary outra vez, e ela cambaleou. — Posso levá-la até lá. Até o Gard. Posso ajudar a salvá-lo. Mas você precisa me prometer que vai...

— Ela não precisa prometer nada — disse Jace. — Solte-a, Sebastian.

Sebastian, espantado, afrouxou a mão no pulso de Clary. Ela se libertou, voltando-se para Jace e Alec, ambos com a testa franzida. A mão de Jace estava sobre o cabo da lâmina serafim no cinto.

— Clary pode fazer o que quiser — disse Sebastian. Não estava com a testa franzida, mas havia um olhar estranho, fixo em seu rosto, que de algum jeito era pior. — E agora ela quer ir comigo, salvar o amigo. O amigo que *você* colocou na cadeia.

Alec empalideceu diante disso, mas Jace apenas balançou a cabeça.

— Sei que todo mundo gosta de você, Sebastian, mas eu não gosto. Talvez seja porque você se esforça tanto para *fazer* as pessoas gostarem de você. Talvez eu só seja o babaca do contra. Mas não gosto de você, e não gosto da maneira como está segurando a minha irmã. Se ela quiser ir ao Gard procurar por Simon, tudo bem. Ela vai conosco. Não com você.

A expressão fixa de Sebastian não mudou.

— Acho que a escolha deveria ser dela — disse ele. — Não concorda?

Os dois olharam para Clary. Ela olhou através dele, na direção de Luke, ainda discutindo com Malaquias.

— Quero ir com meu irmão — afirmou.

Algo se acendeu nos olhos de Sebastian — algo que apareceu e sumiu rápido demais para que Clary pudesse identificar, apesar de ter sentido calafrios na base do pescoço, como se uma mão fria a tivesse tocado.

— Claro que quer — disse ele, e se afastou.

Foi Alec quem se moveu primeiro, empurrando Jace na frente, fazendo-o andar. Estavam a meio caminho das portas quando Clary percebeu que o pulso estava doendo — ardendo como se tivesse sido queimado. Olhando para baixo, esperava ver uma marca no pulso, onde Sebastian a havia agarrado, mas não havia nada. Apenas uma marca de sangue na manga com que ela tocara o corte na face dele. Franzindo o cenho, com o pulso ainda doendo, puxou a manga para baixo e se apressou para alcançar os outros.

Capítulo 12
DE PROFUNDIS

As mãos de Simon estavam negras de sangue.

Tinha tentado arrancar as barras da janela e da porta da cela, mas tocar qualquer uma deixava marcas sangrentas nas palmas. Eventualmente desmoronou, arquejando, no chão, e encarou as mãos, entorpecido, enquanto os ferimentos se curavam, as lesões se fechando e a pele escurecida melhorando como um vídeo em *fast forward*.

Do outro lado da parede da cela, Samuel rezava.

— *Se algum mal nos sobrevier, espada, juízo, peste, ou fome, nós nos apresentaremos diante desta casa e diante de ti, pois teu nome está nesta casa, e clamaremos a ti em nossa aflição, e tu nos ouvirás e livrarás.*

Simon sabia que não podia rezar. Tinha tentado antes, e o nome de Deus queimara-lhe a boca e sufocara sua garganta. Imaginou por que podia pensar as palavras, mas não dizê-las. E por que conseguia se expor ao sol do meio-dia sem morrer, mas não conseguia fazer uma última oração.

Fumaça havia começado a flutuar pelo corredor como um fantasma decidido. Ele podia sentir o cheiro de queimado e ouvir a crepitação do fogo se espalhando descontroladamente, mas se sentiu estranhamente destacado, longe de tudo. Era estranho se tornar um vampiro, ser presenteado com o que só podia ser chamado de vida eterna, e ainda assim, morrer aos 16.

— Simon! — A voz era fraca, mas sobressaía aos estouros e à crepitação das chamas crescentes. A fumaça no corredor havia pressagiado calor, que estava aqui agora, apertando-o como uma parede opressora. — Simon!

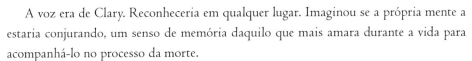

A voz era de Clary. Reconheceria em qualquer lugar. Imaginou se a própria mente a estaria conjurando, um senso de memória daquilo que mais amara durante a vida para acompanhá-lo no processo da morte.

— Simon, seu idiota! Estou aqui! Na janela!

Simon levantou-se de um salto. Duvidava que a mente fosse conjurar *aquilo*. Através da fumaça espessa viu alguma coisa branca se movendo contra as grades da janela. Ao se aproximar, os objetos brancos viraram mãos agarrando as grades. Ele pulou na cama, gritando por sobre o som do fogo.

— Clary?

— Ah, graças a Deus. — Uma das mãos se esticou, apertando-o no ombro. — Vamos tirá-lo daqui.

— Como? — perguntou Simon, com certa razão, mas fez-se um barulho e as mãos de Clary desapareceram, substituídas um segundo depois por outro par. Estas eram maiores, inquestionavelmente masculinas, as juntas com cicatrizes e dedos finos de pianista.

— Aguenta aí. — A voz de Jace era calma, confiante; era como se estivessem conversando em uma festa em vez de através de uma grade de uma masmorra que queimava rapidamente. — É melhor chegar para trás.

Obedecendo com espanto, Simon foi para o lado. As mãos de Jace cerraram sobre as barras, as juntas embranquecendo de um jeito alarmante. Houve um som enferrujado e um estalo, e o quadrado de barras soltou da pedra que o prendia e caiu ruidosamente no chão ao lado da cama. Pó de pedra choveu em uma nuvem branca sufocante.

O resto do rosto de Jace apareceu no quadrado vazio da janela.

— Simon. VAMOS. — E esticou as mãos para baixo.

Simon esticou as dele, alcançando as de Jace. Foi puxado e, em seguida, estava agarrando a beira da janela, levantando-se através do quadrado estreito como uma cobra deslizando por um túnel. Um segundo depois, estava estirado no gramado úmido, olhando para um círculo de rostos inquietos sobre o dele. Jace, Clary e Alec. Todos o olhavam preocupados.

— Está péssimo, vampiro — disse Jace. — O que aconteceu com suas mãos?

Simon se sentou. Os machucados nas mãos haviam se curado, mas ainda estavam pretas onde ele tinha agarrado as grades da cela. Antes que pudesse responder, Clary o surpreendeu com um abraço forte e repentino.

— Simon. — Suspirou. — Não acredito. Nem sabia que você estava aqui. Achava que estivesse em Nova York, até ontem à noite...

— É, bem — disse Simon —, também não sabia que você estava aqui. — Ele olhou para Jace por sobre o ombro. — Aliás, acho que fui especificamente informado de que não estava.

— Nunca disse isso — destacou Jace. — Apenas não o corrigi quando você estava, você sabe, errado. De qualquer forma, acabei de salvá-lo de queimar até a morte, então acho que não tem o direito de ficar irritado.

Queimar até a morte. Simon se afastou de Clary e olhou em volta. Estavam em um jardim quadrado, cercado pelas paredes da fortaleza em dois lados, e nos outros dois, por árvores espessas. As árvores tinham sido derrubadas onde uma trilha de cascalhos descia pela colina até a cidade — era ladeada com tochas de luz mágica, mas apenas algumas queimavam, a luz fraca e falha. Ele olhou para o Gard. Visto deste ângulo, mal dava para notar que havia um incêndio — fumaça preta manchava o céu acima, e a luz em algumas janelas parecia artificialmente brilhante, mas as paredes de pedra escondiam bem o segredo.

— Samuel — disse ele. — Temos que soltar o Samuel.

Clary pareceu confusa.

— Quem?

— Não sou a única pessoa aqui. Samuel, ele estava na cela ao lado.

— A pilha de trapos que vi pela janela? — lembrou-se Jace.

— É. Ele é um pouco estranho, mas é um bom sujeito. Não podemos deixá-lo lá. — Simon se levantou. — Samuel? Samuel!

Não obteve resposta. Simon correu para a janela baixa de grades ao lado da que tinha acabado de escalar. Através das barras, só podia ver fumaça ondulando.

— Samuel! Você está aí?

Algo se moveu dentro da fumaça — algo encurvado e sombrio. A voz de Samuel, mais áspera pela fumaça, se ergueu rouca.

— Deixem-me em paz! Vão embora!

— Samuel! Você vai morrer aí — Simon sacudiu as barras. Nada aconteceu.

— Não! Deixe-me em paz! Quero ficar!

Simon olhou em volta desesperadamente e viu Jace ao seu lado.

— Afaste-se — disse Jace, e quando Simon se inclinou para o lado, ele chutou. Atingiu as grades, que se soltaram violentamente e caíram na cela de Samuel. Samuel soltou um grito rouco.

— Samuel! Você está bem? — Uma visão de Samuel tendo a cabeça arrancada pela grade preencheu a mente de Simon.

A voz de Samuel subiu para um berro:

— VÃO EMBORA!

Simon olhou de lado para Jace.

— Acho que ele está falando sério.

Jace sacudiu a cabeça loura, irritado.

— Você tinha que arrumar um amigo de cadeia maluco, não tinha? Você não podia contar as pedras do teto ou domar um rato, como fazem os prisioneiros normais? — Sem esperar por uma resposta, Jace se ajoelhou e se arrastou pela janela.

— Jace! — Clary gritou, e ela e Alec correram para perto, mas Jace já tinha ultrapassado a janela, caindo na cela abaixo. Clary lançou um olhar furioso a Simon. — Como você pode deixá-lo fazer isso?

— Ele não podia deixar o cara para morrer — disse Alec inesperadamente, apesar de ele próprio parecer um pouco ansioso. — É de Jace que estamos falando...

Interrompeu-se enquanto duas mãos se ergueram da fumaça. Alec agarrou uma e Simon a outra, e juntos puxaram Samuel como um saco flácido de batatas e o colocaram sobre o gramado. Um instante mais tarde, Simon e Clary estavam segurando as mãos de Jace e puxando-o para fora, apesar de ele ser consideravelmente menos molenga, e ter xingado quando bateram acidentalmente com a cabeça dele no parapeito. Ele os sacudiu para livrar-se dos dois, arrastando-se sozinho para a grama, caindo no chão em seguida.

— Ai — disse ele, olhando para o céu. — Acho que torci alguma coisa. — Ele se sentou e olhou para Samuel. — Ele está bem?

Samuel estava abaixado no chão, as mãos no rosto. Estava se balançando para a frente e para trás silenciosamente.

— Acho que há algo de errado com ele — disse Alec. Esticou o braço para tocar o ombro de Samuel. Samuel se afastou, quase caindo.

— Deixe-me em paz — disse ele, a voz falhando. — Por favor. Deixe-me em paz, Alec.

Alec congelou de repente.

— O que você disse?

— Para deixá-lo em paz — disse Simon, mas Alec não estava olhando para ele. Estava olhando para Jace que, de repente muito pálido, já tinha começado a se levantar.

— Samuel — disse Alec. Falava em tom estranhamente severo. — Tire as mãos do rosto.

— Não — Samuel abaixou o queixo, os ombros tremendo. — Não, por favor. Não.

— Alec! — protestou Simon. — Não está vendo que ele não está bem?

Clary puxou a manga de Simon.

— Simon, alguma coisa não está certa.

Seus olhos estavam grudados em Jace — quando é que não estavam? — enquanto ele se movia para olhar a figura abaixada de Samuel. As pontas dos dedos de Jace estavam sangrando onde havia arranhado no parapeito, e quando tirou o cabelo dos olhos, deixou traços sangrentos em sua bochecha. Ele não pareceu notar. Estava com os olhos arregalados, a boca em uma linha fina, furiosa.

— Caçador de Sombras — disse Jace. A voz mortalmente clara. — Mostre-nos seu rosto.

Samuel hesitou, em seguida abaixou as mãos. Simon nunca tinha visto o rosto dele antes, e não tinha percebido o quão esquelético Samuel era, ou como parecia envelhecido. Estava com o rosto semicoberto por uma barba cinza espessa, os olhos perdidos em poças escuras, as bochechas marcadas por linhas. Mas mesmo com tudo isso, ainda era — de algum jeito — estranhamente familiar.

Os lábios de Alec se moveram, mas nenhum som saiu. Foi Jace que falou.

— *Hodge* — disse ele.

— Hodge? — ecoou Simon, confuso. — Mas não pode ser. Hodge era... e Samuel, ele não pode ser...

— Bem, isso é o que Hodge faz, aparentemente — disse Alec, amargo. — Faz com que pense que ele é alguém que na verdade não é.

— Mas ele disse... — começou Simon. Clary agarrou a manga do amigo com mais força, e as palavras morreram em seus lábios. A expressão no rosto de Hodge bastava. Não culpa, na verdade, ou mesmo pavor por ser descoberto, mas um pesar terrível para o qual era difícil olhar.

— Jace — disse Hodge, baixinho. — Alec... Me desculpem.

Jace estava se movendo como fazia quando estava lutando, como a luz do sol na superfície da água. Estava na frente de Hodge com uma faca na mão, a ponta afiada voltada para a garganta de seu antigo tutor. O brilho refletido do fogo deslizava pela lâmina.

— Não quero suas desculpas. Quero uma razão pela qual não deva matar você agora, aqui mesmo.

— Jace. — Alec parecia alarmado. — Jace, espere.

Houve um súbito estrondo quando parte do telhado do Gard explodiu em línguas laranjas de chamas. O calor brilhou no ar e acendeu a noite. Clary podia ver cada lâmina de grama no chão, cada linha no rosto fino e sujo de Hodge.

— Não — disse Jace. A expressão vazia dele ao olhar para Hodge lembrou Clary de outro rosto que parecia uma máscara. O de Valentim. — Você sabia o que meu pai tinha feito comigo, não sabia? Sabia de todos os segredos sujos.

Alec olhava confuso de Jace para o tutor.

— Do que você está falando? O que está acontecendo?

O rosto de Hodge se contorceu.

— Jonathan...

— Você sempre soube, e nunca disse nada. Todos aqueles anos no Instituto, e você nunca disse nada.

CIDADE DE VIDRO

A boca de Hodge arqueou.

— Eu... eu não tinha certeza — sussurrou. — Quando você não vê uma criança desde que ela é bebê... Não sabia ao certo quem você era, quanto mais *o que* você era.

— Jace? — Alec estava olhando do melhor amigo para o tutor, os olhos azuis consternados, mas nenhum dos dois prestava atenção a nada além deles próprios. Hodge parecia estar com o rosto preso em uma máscara apertada, as mãos balançando nas laterais como se com dor, olhos de um lado para o outro. Clary pensou no homem bem-vestido na biblioteca repleta de livros que lhe oferecera chá e conselhos gentis. Parecia ter sido há um milênio.

— Não acredito em você — disse Jace. — Você sabia que Valentim não estava morto. Ele deve ter dito...

— Não me disse nada — arquejou Hodge. — Quando os Lightwood me informaram de que estavam recebendo o filho de Michael Wayland, eu já estava sem notícias de Valentim desde a Ascensão. Achei que ele tivesse se esquecido de mim. Até rezei para que estivesse morto, mas nunca soube. Então, na noite que antecedeu sua chegada, Hugo apareceu com uma mensagem de Valentim. "O menino é meu filho". Era tudo o que dizia — respirou fundo — e não fazia ideia se deveria acreditar nele ou não. Pensei que saberia... pensei que saberia só de olhar para você, mas não havia nada, *nada* para me dar certeza. E achei que fosse uma armação de Valentim, mas com que objetivo? O que estaria tentando fazer? Você não tinha a menor ideia, isso era suficientemente claro para mim, mas quanto ao propósito de Valentim...

— *Você deveria ter me dito o que eu era* — disse Jace, de uma vez só, como se as palavras estivessem sendo socadas para fora dele. — Eu poderia ter feito alguma coisa a respeito. Me matado, talvez.

Hodge levantou a cabeça, olhando para Jace através do cabelo desgrenhado e imundo.

— Não tinha certeza — disse novamente, meio para si mesmo —, e nas vezes em que imaginei, pensei que, talvez, a criação pudesse importar mais do que o sangue, que você pudesse ser ensinado...

— Ensinado a quê? A não ser um monstro? — A voz de Jace tremeu, mas a faca na mão estava firme. — Você deveria saber. Ele o tornou um covarde submisso, não tornou? E você não era uma criança indefesa na época. Poderia ter lutado.

Os olhos de Hodge caíram.

— Tentei meu melhor com você — disse ele, mas mesmo aos ouvidos de Clary as palavras soavam desacreditadas.

— Até Valentim voltar — disse Jace — e você fazer tudo que ele pediu... Me deu para ele como se eu fosse um cachorro que tivesse pertencido a ele no passado, do qual tivesse pedido para você cuidar durante alguns anos...

193

— E depois foi embora — disse Alec. — Nos abandonou. Realmente achou que pudesse se esconder aqui, em Alicante?

— Não vim para me esconder — disse Hodge, a voz sem vida. — Vim para deter Valentim.

— E acha que vamos acreditar nisso — Alec soava irritado novamente. — Sempre esteve ao lado de Valentim. Poderia ter optado por dar as costas para ele...

— Nunca poderia ter escolhido isso! — O tom de voz de Hodge subiu. — Seus pais receberam a chance de uma vida nova, eu nunca recebi isso! Fiquei preso no Instituto por quinze anos...

— O Instituto era nossa casa! — disse Alec. — Era tão ruim assim, morar conosco, fazer parte da nossa família?

— Não por vocês. — A voz de Hodge falhava. — Eu amava vocês, crianças. Mas eram *crianças*. E nenhum lugar do qual jamais é permitido sair pode ser uma casa. Às vezes passava semanas sem conversar com outro adulto. Nenhum outro Caçador de Sombras confiava em mim. Nem mesmo seus pais gostavam de verdade de mim; toleravam porque não tinham outra escolha. Nunca pude me casar. Nunca pude ter meus próprios filhos. Nunca pude ter uma vida. E por fim, vocês cresceriam e iriam embora, e nem isso eu teria mais. Vivia com medo, e era só assim que eu vivia.

— Não pode nos fazer sentir pena de você — disse Jace. — Não depois do que fez. E do que você estava com medo, passando o tempo todo na biblioteca? Ácaros? Éramos nós que saíamos e lutávamos contra os demônios!

— Ele tinha medo de Valentim — disse Simon. — Não entendem...

Jace lançou-lhe um olhar venenoso.

— Cale a boca, vampiro. Isso não o envolve de nenhuma maneira.

— Não Valentim exatamente — disse Hodge, olhando para Simon quase que pela primeira vez desde que tinha sido arrastado para fora da cela. Algo naquele olhar surpreendeu Clary, quase um afeto exaurido. — Minhas próprias fraquezas no que se referia a Valentim. Sabia que ele voltaria um dia. Sabia que tentaria conquistar o poder novamente, que tentaria controlar a Clave. E sabia o que podia me oferecer. Liberdade da minha maldição. Uma vida. Um lugar no mundo. Poderia voltar a ser Caçador de Sombras, no mundo dele. E neste, isso jamais seria possível. — Havia uma ânsia evidente na voz de Hodge, dolorosa de se ouvir. — E eu sabia que estaria fraco demais para recusar se ele oferecesse.

— E veja só a vida que arrumou — disparou Jace. — Apodrecendo nas celas do Gard. Valeu a pena nos trair?

— Você sabe a resposta — Hodge soava exausto. — Valentim retirou a maldição de mim. Tinha jurado que o faria, e cumpriu. Pensei que me traria de volta ao Ciclo, ou ao que restou dele. Não o fez. Nem ele me queria. Entendi que não haveria lugar para mim nesse novo mundo. E entendi que vendi tudo que de fato tinha por uma mentira. — Olhou para as mãos sujas e cerradas. — Só me restava uma coisa, uma chance de fazer algo além de um total desperdício da minha vida. Depois que soube que Valentim havia matado os Irmãos do Silêncio, que tinha a Espada Mortal, soube que o próximo passo seria o Vidro Mortal. Sabia que precisava dos três instrumentos. E sabia que o Vidro Mortal estava aqui em Idris.

— Espere aí. — Alec levantou a mão. — O Vidro Mortal? Quero dizer, você sabe onde está? Está com quem?

— Com ninguém — disse Hodge. — Ninguém poderia possuir o Vidro Mortal. Nenhum Nephilim, e nenhum integrante do Submundo.

— Você realmente enlouqueceu ali — disse Jace, apontando com o queixo para as janelas queimadas da masmorra —, não foi?

— Jace. — Clary estava olhando ansiosamente para o Gard, o teto coroado com uma rede de espinhos de chamas vermelho-douradas. — O fogo está se espalhando. É melhor sairmos daqui. Podemos conversar na cidade...

— Passei quinze anos trancado no Instituto — prosseguiu Hodge, como se Clary não tivesse dito nada. — Não podia sequer colocar uma mão ou um pé do lado de fora. Passava o tempo todo na biblioteca, pesquisando maneiras de remover a maldição que a Clave colocou em mim. Aprendi que somente um Instrumento Mortal poderia revertê-la. Li livros e mais livros contando a história da mitologia do Anjo, de como ascendeu do lago trazendo os Instrumentos Mortais e os entregou a Jonathan, o Caçador de Sombras: Cálice, Espada e Espelho...

— Sabemos disso tudo — interrompeu Jace, irritado. — Você nos ensinou.

— Você acha que conhece a história inteira, mas não. Ao passar inúmeras vezes pelas várias versões das histórias, olhei repetidamente a mesma ilustração, a mesma imagem, todos nós já a vimos, o Anjo se erguendo do lago com a Espada em uma mão e o Cálice na outra. Nunca entendi por que o Espelho não estava representado. Então percebi. O Espelho é o lago. O lago é o Espelho. São a mesma coisa.

Lentamente, Jace abaixou a faca.

— O Lago Lyn?

Clary pensou no lago, como um espelho se erguendo para encontrá-la, a água se rompendo com o impacto.

— Eu caí no lago quando cheguei aqui. *Tem* alguma coisa ali. Luke disse que possui propriedades estranhas e que o Povo das Fadas o chama de Espelho dos Sonhos.

— Exatamente — continuou Hodge, ansioso. — E percebi que a Clave não sabia disso, que esse conhecimento havia se perdido no tempo. Nem Valentim sabia...

Foi interrompido por um bramido feroz, o som de uma torre na ponta do Gard explodindo. Enviou uma chuva do que pareciam fogos de artifício vermelho com faíscas brilhantes ao ar.

— Jace — disse Alec, levantando a cabeça em alarme. — Jace, temos que sair daqui. Levante-se — disse ele para Hodge, puxando-o pelo braço. — Você pode dizer à Clave o que acabou de nos dizer.

Hodge se levantou trêmulo. Como deveria ser, Clary se perguntou com uma pontada de pena indesejada, viver a vida envergonhado, não apenas pelo que fez, mas pelo que estava fazendo e pelo que sabia que faria outra vez? Hodge tinha desistido havia muito tempo de tentar viver uma vida melhor, ou diferente; tudo que queria era não sentir medo, e por isso tinha medo o tempo todo.

— Vamos — Alec, ainda agarrando o braço de Hodge, o empurrou. Mas Jace entrou na frente dos dois, bloqueando a passagem.

— Se Valentim conseguir o Vidro Mortal — disse —, então o que acontece?

— Jace — disse Alec, ainda segurando o braço de Hodge —, agora não...

— Se ele contar à Clave, jamais ouviremos deles — disse Jace. — Para eles, não passamos de crianças. Mas Hodge *nos deve isso.* — Voltou-se para o antigo tutor. — Você disse que percebeu que precisava impedir Valentim. Impedi-lo de fazer o quê? Que poder o Espelho dá a ele?

Hodge balançou a cabeça.

— Não posso...

— E sem mentiras. — A faca brilhava na lateral de Jace; a mão dele firme no cabo. — Pois, talvez, para cada mentira que me conte, eu arranque um dedo. Ou dois.

Hodge se encolheu, com medo verdadeiro nos olhos. Alec parecia assustado.

— Jace. Não. Seu pai é que é assim. Você não.

— Alec — disse Jace. Ele não olhou para o amigo, mas o tom de sua voz era como o toque de uma mão pesarosa. — Você não sabe como sou de verdade.

Os olhos de Alec encontraram os de Clary através da grama. Ele *não tem como imaginar por que Jace está agindo assim*, pensou. *Ele não sabe.* Ela deu um passo para a frente.

— Jace, Alec tem razão, podemos levar Hodge ao Salão e ele pode repetir para a Clave o que acabou de nos contar...

— Se estivesse com vontade de contar para a Clave, já teria feito isso — irritou-se Jace, sem olhar para ela. — O fato de que não o fez prova que é um mentiroso.

— Não se pode confiar na Clave! — protestou Hodge desesperadamente. — Há espiões infiltrados, homens de Valentim, não podia contar a eles onde estava o Espelho. Se Valentim encontrasse o Espelho, seria...

Não concluiu a frase. Algo prateado brilhou ao luar, um ponto de luz na escuridão. Alec gritou. Os olhos de Hodge se arregalaram e ele cambaleou, apertando o próprio peito. Conforme ele caía para trás, Clary viu por quê: o cabo de uma adaga longa saía das costelas, como a haste de uma flecha enterrada num alvo.

Alec, saltando para a frente, pegou o antigo tutor enquanto este caía, e o colocou gentilmente ao chão. Levantou o olhar desamparado, com o rosto respingado com o sangue de Hodge.

— Jace, por que...

— Não fui eu... — O rosto de Jace estava pálido, e Clary viu que ele ainda estava com a faca na mão, agarrada com força na lateral. — Eu...

Simon girou, e Clary acompanhou seu movimento, encarando a escuridão. O fogo acendeu a grama com um brilho laranja infernal, mas tudo estava preto entre as árvores ao redor da colina — então alguma coisa surgiu da escuridão, uma figura sombria, com cabelos escuros, emaranhados, familiares. Estava vindo na direção deles, a luz atingindo-lhe o rosto e refletindo de seus olhos escuros; pareciam estar queimando.

— *Sebastian?* — disse Clary.

Jace olhou descontroladamente de Hodge para Sebastian parado incerto no canto do jardim; Jace parecia quase estupefato.

— Você... — começou ele. — Você... fez isso?

— Tive que fazer — disse Sebastian. — Ele teria matado você.

— Com o quê? — A voz de Jace se ergueu, seca. — Sequer estava armado...

— Jace — Alec interrompeu a gritaria de Jace. — Venha cá. Me ajude com Hodge.

— Ele teria matado você — repetiu Sebastian. — Teria...

Mas Jace tinha ido se ajoelhar ao lado de Alec, guardando a faca no cinto. Alec estava segurando Hodge nos braços, com sangue na frente da própria camisa agora.

— Pegue a estela do meu bolso — disse para Jace. — Tente uma *iratze*...

Clary, enrijecida de horror, sentiu Simon se mexer ao lado dela. Virou-se para olhar para ele e ficou chocada: estava branco como papel, exceto pelo avermelhado em ambas as maçãs do rosto. Podia ver as veias sacudindo sob a pele dele, como o crescimento de um coral delicado e ramificado.

— O sangue — sussurrou, sem olhar para ela. — Preciso me afastar.

Clary se esticou para alcançar a manga dele, mas ele se lançou para trás, sacudindo o próprio braço para longe do dela.

— Não, Clary, por favor. Me solte. Vou ficar bem; vou voltar. Só... — Ela foi atrás dele, mas ele era rápido demais para ser detido. Desapareceu na escuridão entre as árvores.

— Hodge... — Alec parecia em pânico. — Hodge, fique parado...

Mas o tutor se debatia, tentando se afastar dele, para longe da estela na mão de Jace.

197

— Não. — O rosto de Hodge tinha cor de cimento. Seus olhos iam de Jace para Sebastian, que continuava nas sombras. — Jonathan...

— Jace — pediu Jace, quase em um sussurro. — Me chame de Jace.

Os olhos de Hodge repousaram nele. Clary não conseguia decifrar o olhar. Suplicante, sim, mas algo mais, cheio de pavor ou coisa parecida, e necessitado. Levantou uma mão de contenção.

— Você não — sussurrou, e saiu sangue da boca com as palavras.

Um olhar de dor passou pelo rosto de Jace.

— Alec, faça você a *iratze*, acho que ele não quer que eu o toque.

A mão de Hodge enrijeceu em uma garra; puxou a manga de Jace. A falha na respiração era audível.

— Você... nunca foi...

E morreu. Clary percebeu no instante em que a vida o deixou. Não foi algo quieto e instantâneo como em um filme; a voz engasgou em um gorgolejo, os olhos rolaram para trás e ele ficou flácido e pesado, o braço dobrado estranhamente sob ele.

Alec fechou os olhos de Hodge com as pontas dos dedos.

— *Vale*, Hodge Starkweather.

— Ele não merece isso. — A voz de Sebastian era afiada. — Não era um Caçador de Sombras; era um traidor. Não merece as últimas palavras.

A cabeça de Alec se levantou. Colocou Hodge no chão e ficou de pé, os olhos azuis como gelo. Havia sangue em suas roupas.

— Você não sabe nada sobre isso. Matou um homem desarmado, um Nephilim. É um assassino.

O lábio de Sebastian se curvou.

— Você acha que eu não sei o que ele era? — gesticulou para Hodge. — Starkweather fazia parte do Ciclo. Traiu a Clave na época e foi amaldiçoado por isso. Devia ter morrido pelo que fez, mas a Clave foi clemente, e de que adiantou? Traiu novamente a todos nós quando vendeu o Cálice Mortal para Valentim, só para se libertar da maldição, uma maldição mais do que merecida. — Parou, respirando fundo. — Eu não devia ter feito isso, mas não pode dizer que ele não mereceu.

— Como sabe tanto sobre Hodge? — perguntou Clary. — E o que você está fazendo aqui? Pensei que tivesse concordado em ficar no Salão.

Sebastian hesitou.

— Vocês estavam demorando muito — falou, afinal. — Fiquei preocupado. Achei que pudessem precisar da minha ajuda.

— Então resolveu nos ajudar *matando o cara com quem estávamos conversando*? — demandou Clary. — Porque achou que tinha um passado sombrio? Quem... quem *faz* isso? Não faz o menor sentido.

— Porque ele está mentindo — disse Jace. Olhava para Sebastian. Um olhar frio, reflexivo. — E mentindo mal. Pensei que fosse ser um pouco mais rápido, Verlac.

Sebastian encontrou o olhar de Jace.

— Não entendo o que está querendo dizer, Morgenstern.

— Ele quer dizer — disse Alec, dando um passo à frente —, que se você realmente acreditar que o que acabou de fazer foi justificável, não se importará em vir conosco até o Salão dos Acordos e se explicar ao Conselho. Não é?

Uma fração de segundo passou antes de Sebastian sorrir — o sorriso que antes havia encantado Clary, mas que agora tinha algo perturbador, como um quadro ligeiramente torto na parede.

— Claro que não. — E foi lentamente em direção a eles, quase passeando, como se não tivesse qualquer preocupação na vida. Como se não tivesse acabado de cometer um assassinato. — É claro — disse ele — que é um pouco estranho você se incomodar tanto com o fato de que matei um homem quando Jace estava planejando cortar os dedos do mesmo, um por um.

A boca de Alec enrijeceu.

— Ele não teria feito isso.

— *Você*... — Jace olhou para Sebastian com ódio. — Você não faz ideia do que está falando.

— Ou, talvez — disse Sebastian —, só esteja irritado porque eu beijei sua irmã. Porque ela me quis.

— *Não foi* — disse Clary, mas nenhum dos dois estava olhando para ela. — Eu não quis você, quero dizer.

— Ela tem esse hábito, sabe, a maneira como arfa quando beija, como se estivesse surpresa? — Sebastian tinha parado agora, diante de Jace, e sorria como um anjo. — É encantador; você deve ter notado.

Jace parecia querer vomitar.

— Minha irmã...

— *Sua irmã* — disse Sebastian. — É mesmo? Porque vocês dois não agem de acordo. Acham que as outras pessoas não percebem como se olham? Acham que conseguem esconder o que sentem? Acham que todo mundo não considera isso doentio e errado? Porque é.

— Chega. — O olhar no rosto de Jace era assassino.

— Por que você está fazendo isso? — perguntou Clary. — Sebastian, por que está falando todas essas coisas?

— Porque finalmente posso — disse Sebastian. — Você não faz ideia de como tem sido estar com vocês nos últimos dias, tendo que fingir que podia suportá-los. Que olhar para vocês não me deixava enojado. Você — disse para Jace —, sempre que não está atrás da própria irmã, está reclamando sobre como seu papaizinho não o ama. Bem, e quem poderia culpá-lo por isso? E você, sua vadiazinha estúpida — voltou-se para Clary —, dando aquele livro de valor inestimável para um feiticeiro mestiço; você tem algum neurônio nessa sua cabecinha? E você... — direcionou o olhar a Alec — acho que todos nós sabemos o que há de errado com *você*. Não deveriam permitir sua espécie na Clave. Você é nojento.

Alec empalideceu, apesar de parecer mais espantado do que qualquer outra coisa. Clary não podia culpá-lo — era difícil olhar para Sebastian, para o sorriso angelical, e imaginar que podia dizer estas coisas.

— *Fingir* que podia nos suportar? — ecoou ela. — Mas por que teria que fingir isso, a não ser que fosse... a não ser que estivesse nos espionando — concluiu, percebendo a verdade quando falou. — A não ser que fosse um espião de Valentim.

O rosto bonito de Sebastian girou, a boca cheia enrijecendo, os olhos longos e elegantes se apertando em linhas.

— E finalmente entenderam — disse. — Sério, existem dimensões demoníacas completamente escuras que são menos apagadas do que vocês.

— Podemos não ser tão espertos — disse Jace —, mas pelo menos estamos vivos.

Sebastian olhou enojado para ele.

— Eu estou vivo — destacou.

— Não por muito tempo — disse Jace. A luz do luar explodiu da lâmina da faca enquanto ele se lançava sobre Sebastian, o movimento tão rápido que pareceu borrado, mais veloz do que qualquer movimento humano já testemunhado por Clary.

Até agora.

Sebastian desviou para o lado, escapando do golpe, e pegou o braço de Jace que segurava a faca enquanto descia. A faca caiu no chão, e Sebastian segurou Jace pelas costas do casaco. Levantou-o e o empurrou com força incrível. Jace voou pelos ares, atingiu a parede do Gard com extrema força e permaneceu no chão.

— Jace! — A visão de Clary ficou branca. Correu para Sebastian para esganá-lo até a morte. Mas ele deu um passo para o lado e abaixou a mão tão casualmente como se estivesse espantando um inseto. O golpe a atingiu com força na lateral da cabeça, fazendo-a girar. Ela rolou, uma névoa vermelha de dor piscando em seus olhos.

Alec tinha tirado o arco das costas; estava armado, uma flecha pronta. Suas mãos não tremeram ao mirar Sebastian.

— Fique onde está — disse ele — e ponha as mãos atrás das costas.

Sebastian riu.

— Você não atiraria em mim de verdade — disse. Moveu-se em direção a Alec com passos fáceis e descuidados, como se estivesse subindo as escadas da própria porta da frente.

Alec apertou os olhos. Levantou as mãos em uma série de movimentos graciosos; puxou a flecha e soltou. Ela voou em direção a Sebastian...

E não acertou. Sebastian tinha desviado ou se movido de alguma forma, Clary não sabia dizer, e a flecha tinha passado por ele, enterrando-se no tronco de uma árvore. Alec teve tempo apenas para um olhar momentâneo de surpresa antes de Sebastian chegar a ele, arrancando-lhe o arco das mãos — quebrando-o em dois, e o rompimento da madeira fez Clary se contorcer como se estivesse escutando ossos quebrando. Tentou se arrastar para uma posição sentada, ignorando a dor na cabeça. Jace estava deitado a alguns metros de distância, completamente imóvel. Ela tentou se levantar, mas as pernas não pareciam estar funcionando adequadamente.

Sebastian jogou as metades quebradas do arco de lado e se aproximou de Alec. Alec já estava com uma lâmina serafim empunhada, brilhando na mão, mas Sebastian descartou-a enquanto Alec ia até ele — lançou-a fora e pegou Alec pela garganta, quase levantando-o do chão. Apertou-o sem dó, com maldade, sorrindo enquanto Alec engasgava e se debatia.

— Lightwood — respirou. — Já cuidei de um de vocês hoje. Não achei que fosse ter sorte a ponto de conseguir fazer isso duas vezes.

Lançou-o para trás, como uma marionete cujas cordas tinham sido arrancadas. Solto, Alec caiu no chão, com as mãos na garganta. Clary podia ouvir sua respiração falha e desesperada — mas seus olhos estavam em Sebastian. Uma sombra negra havia se fixado às suas costas, prendendo-se a ele como uma sanguessuga. Agarrou a garganta de Sebastian, engasgando-o e amordaçando-o enquanto ele girava no lugar, segurando a coisa que o pegara pelo pescoço. Ao virar, o luar caiu sobre ele, e Clary viu o que era.

Era Simon. Estava com os braços enrolados no pescoço de Sebastian, os incisivos brancos brilhando como agulhas ósseas. Era a primeira vez que Clary o via inteiramente como um vampiro, e encarou em assombro horrorizado, sem conseguir desviar o olhar. Estava com os lábios contraídos em um rosnado, as presas inteiramente expostas, afiadas como adagas. Enterrou-as no antebraço de Sebastian, abrindo um rasgo longo e vermelho na pele.

Sebastian gritou alto e se lançou para trás, aterrissando com força no chão. Rolou, com Simon quase em cima dele, um agarrando o outro, arranhando e rosnando como cães em uma arena. Sebastian sangrava em diversos pontos quando finalmente cambaleou e deu dois chutes nas costelas de Simon. Simon se curvou, as mãos no tronco.

— Seu carrapato traiçoeiro — rosnou Sebastian, puxando a perna para um novo golpe.

— Eu não faria isso — disse uma voz baixinha.

A cabeça de Clary se levantou, enviando mais uma explosão de dor por trás dos olhos. Jace estava a alguns centímetros de Sebastian. O rosto sangrando, um olho quase fechado com o inchaço, mas em uma das mãos havia uma lâmina serafim brilhando, e a mão que a segurava estava firme.

— Nunca matei um ser humano com uma destas — disse Jace. — Mas estou disposto a tentar.

O rosto de Sebastian se contorceu. Olhou uma vez para Simon, depois levantou a cabeça e cuspiu. As palavras que disse depois disso vieram em uma língua que Clary não reconhecia; em seguida virou com a mesma rapidez assustadora com a qual se movera ao atacar Jace, e desapareceu na escuridão.

— Não! — gritou Clary. Tentou se levantar, mas a dor era como uma flecha se enterrando em seu cérebro. Ela se encolheu na grama úmida. Um instante depois, Jace estava inclinado sobre ela, o rosto pálido e ansioso. Ela o encarou, sua visão borrando — tinha que estar borrada, não tinha, ou então não estaria imaginando a brancura ao redor dele, uma espécie de luz...

Ouviu a voz de Simon, depois a de Alec, e algo foi entregue a Jace — uma estela. O braço de Clary queimou, e um instante mais tarde, a dor começou a recuar, e sua cabeça desanuviou. Piscou para os rostos que pairavam sobre o dela.

— Minha cabeça...

— Sofreu uma concussão — disse Jace. — A *iratze* deve ajudar, mas é melhor levarmos você ao médico da Clave. Ferimentos na cabeça podem ser traiçoeiros — devolveu a estela a Alec. — Acha que consegue levantar?

Clary assentiu. Foi um erro. A dor a consumiu novamente quando mãos se esticaram para ajudá-la a se colocar de pé. Simon. Apoiou-se nele, agradecida, esperando que o equilíbrio voltasse. Ainda sentia como se fosse cair a qualquer instante.

Jace estava com a testa franzida.

— Não podia ter atacado Sebastian daquele jeito. Sequer tinha uma arma. O que você estava pensando?

— O que todos nós estávamos pensando — Alec, inesperadamente, saiu em defesa dela. — Que ele tinha acabado de arremessar você como se fosse uma bola. Jace, nunca vi ninguém levar uma vantagem dessas sobre você antes.

— Eu... ele me surpreendeu — disse Jace, um pouco relutante. — Deve ter alguma espécie de treinamento especial. Não estava esperando.

— É, bem. — Simon tocou as costelas, contraindo o rosto. — Acho que ele arrebentou algumas das minhas costelas. Mas não tem problema — acrescentou ao ver o olhar preocupado de Clary. — Estão se curando. Mas Sebastian é forte, definitivamente. Muito forte — olhou para Jace: — Há quanto tempo você acha que ele estava ali nas sombras?

Jace estava com um olhar ameaçador. Olhou por entre as árvores na direção em que Sebastian tinha ido.

— Bem, a Clave vai pegá-lo, e amaldiçoá-lo, provavelmente. Gostaria de vê-los lançando a mesma maldição de Hodge. Seria justiça poética.

Simon se virou de lado e cuspiu nos arbustos. Limpou a boca com a parte de trás da mão, seu rosto retorcido em uma careta.

— O sangue dele tem gosto podre, como veneno.

— Suponho que possamos acrescentar isso à lista de qualidades adoráveis dele — disse Jace. — O que mais será que ele está aprontando hoje?

— Precisamos voltar ao Salão. — O olhar no rosto de Alec era tenso, e Clary se lembrou de que Sebastian tinha dito alguma coisa para ele, algo sobre os outros Lightwood... — Você consegue andar, Clary?

Ela se afastou de Simon.

— Consigo. E Hodge? Não podemos simplesmente largá-lo.

— Temos que largar — disse Alec. — Teremos tempo de voltar para buscá-lo se sobrevivermos à noite.

Enquanto deixavam o jardim, Jace parou, tirou o casaco, e o colocou sobre o rosto calmo de Hodge, que estava virado para cima. Clary queria ir até Jace, talvez até colocar uma mão no ombro dele, mas alguma coisa no jeito dele lhe dizia para não fazer isso. Nem mesmo Alec se aproximou dele para oferecer um símbolo de cura, apesar de Jace estar mancando ao descer a colina.

Moveram-se juntos pela trilha em ziguezague, com armas sacadas e prontas, o céu aceso de vermelho pelo Gard em chamas atrás. Mas não viram demônios. A quietude e a estranheza da luz faziam a cabeça de Clary latejar; sentia como se estivesse em um sonho. A exaustão a atingiu pesadamente. Apenas colocar um pé na frente do outro era como levantar um bloco de cimento e jogá-lo para baixo, repetidamente. Podia ouvir Jace conversando à frente na trilha, as vozes vacilantes e fracas apesar da proximidade.

Alec falava suavemente, quase suplicante:

— Jace, a maneira como estava falando com Hodge ali. Não pode pensar assim. Ser filho de Valentim não faz de você um monstro. Independentemente do que ele tenha feito quando você era criança, independentemente do que tenha ensinado, tem que entender que não é culpa sua...

— Não quero conversar sobre isso, Alec. Nem agora, nem nunca. Não me pergunte mais sobre isso. — O tom de Jace era selvagem, e Alec se calou. Clary quase podia sentir a dor dele. Que noite, ela pensou. Uma noite de tanta dor para todos.

Tentou não pensar em Hodge, no olhar suplicante e penoso que tinha no rosto antes de morrer. Não gostava dele, mas ninguém merecia o que Sebastian havia feito. Ninguém. Pensou em Sebastian, na maneira como se movia, como faíscas voando. Nunca tinha visto outra pessoa além de Jace se movimentar daquela maneira. Queria resolver o enigma: o que tinha acontecido com Sebastian? Como um primo dos Penhallow conseguiu dar tão errado, e como nunca tinham notado? Pensara que ele quisesse ajudá-la a salvar a mãe, mas tudo o que queria era pegar o *Livro Branco* para Valentim. Magnus se enganou — não fora por causa dos Lightwood que Valentim soubera de Ragnor Fell. E sim porque ela tinha contado a Sebastian. Como pôde ser tão burra?

Desanimada, mal percebeu quando a trilha se tornou uma avenida, levando-os para a cidade. As ruas estavam desertas, as casas escuras, muitos dos postes de luz mágica destruídos, o vidro espalhado sobre as pedras. Vozes eram audíveis, ecoando ao longe, e o brilho de tochas era visível aqui e ali entre as sombras no meio dos prédios, mas...

— Está quieto demais — disse Alec, olhando em volta, em surpresa. — E...

— Não está fedendo a demônios. — Jace franziu a testa. — Estranho. Vamos. Vamos para o Salão.

Apesar de Clary estar semipreparada para um ataque, não viram nenhum demônio se movendo pelas ruas. Pelo menos nenhum vivo — mas quando passaram por um beco estreito, ela viu um grupo de três ou quatro Caçadores de Sombras reunidos em um círculo ao redor de algo que pulsava e tremia no chão. Estavam se alternando entre golpes perfurantes com varas afiadas. Dando de ombros, desviou o olhar.

O Salão dos Acordos estava aceso como uma fogueira, com luz enfeitiçada transbordando das portas e janelas. Apressaram-se pelas escadas, Clary tentando se equilibrar enquanto tropeçava. A tontura estava piorando. O mundo parecia balançar ao seu redor, como se ela estivesse dentro de um grande globo giratório. Sobre ela, as estrelas eram fileiras pintadas de branco no céu.

— Você deveria se deitar — disse Simon. Em seguida, quando ela não respondeu: — Clary?

Com um esforço enorme, se forçou a sorrir para ele.

— Estou bem.

Jace, na entrada do Salão, olhou em silêncio para ela. Sob o brilho cru da luz enfeitiçada, o sangue no rosto e o olho inchado pareciam feios, marcados e negros.

Dentro do Salão havia um bramido monótono, o murmúrio baixo de centenas de vozes. Para Clary, soavam como as batidas de um coração gigantesco. As luzes das tochas combinadas com o brilho das pedras enfeitiçadas carregadas por todos os lados agrediam seus olhos e fragmentavam sua visão; podia ver apenas formas vagas agora, formas vagas e cores. Branco, dourado, e o céu noturno acima, desbotando de preto para azul mais claro. Que horas seriam?

— Não estou vendo eles — Alec, olhando em volta ansiosamente à procura da família, soava como se estivesse a centenas de quilômetros, ou embaixo d'água. — Já deveriam estar aqui...

Sua voz diminuiu à medida em que a tontura de Clary piorou. Ela colocou uma mão em um pilar próximo para se recompor. Uma mão lhe acariciou as costas — Simon.

CIDADE DE VIDRO

Estava dizendo alguma coisa para Jace, parecia ansioso. A voz sumiu no ritmo de dezenas de outras, aumentando e diminuindo ao redor como ondas quebrando.

— Nunca vi nada parecido. Os demônios simplesmente deram as costas e se foram, desapareceram.

— Nascer do sol, provavelmente. Eles têm medo do amanhecer, e não falta muito.

— Não, era mais do que isso.

— Você só não quer pensar que voltarão amanhã, ou depois.

— Não diga isso; não há motivo para dizer isso. Vão reconstituir as barreiras.

— E Valentim simplesmente vai derrubá-las novamente.

— Talvez seja o que merecemos. Talvez Valentim estivesse certo, talvez nos aliarmos aos integrantes do Submundo signifique que perdemos a bênção do Anjo.

— Cale-se. Tenha respeito. Estão reunindo os mortos na Praça do Anjo.

— Lá estão eles — disse Alec. — Ali, perto do palanque. Parece que... — A voz se interrompeu, em seguida ele saiu, abrindo caminho pela multidão. Clary apertou os olhos, tentando aguçar a visão. Só o que via eram borrões...

Ouviu Jace prender a respiração; em seguida, sem mais uma palavra, ele estava abrindo caminho pela multidão atrás de Alec. Clary soltou o pilar, com a intenção de segui-los, mas tropeçou. Simon a segurou.

— Você precisa deitar, Clary — disse ele.

— Não — sussurrou. — Quero saber o que aconteceu...

Interrompeu-se. Ele estava olhando para além dela, para Jace, e parecia apavorado. Apoiando-se no pilar, se colocou nas pontas dos dedos, lutando para enxergar além da multidão...

Lá estavam, os Lightwood: Maryse com os braços em volta de Isabelle, que chorava sem parar, e Robert Lightwood sentado no chão, segurando alguma coisa — não, *alguém*, e Clary pensou na primeira vez em que vira Max, no Instituto, dormindo deitado em um sofá, com os óculos caídos e a mão no chão. *Ele consegue dormir em qualquer lugar*, Jace havia dito, e quase parecia estar dormindo agora, mas Clary sabia que não.

Alec estava ajoelhado, segurando uma das mãos de Max, mas Jace estava de pé, sem se mover, e parecia, mais do que tudo, perdido, como se não fizesse ideia de onde estivesse, ou do que estava fazendo ali. Tudo que Clary queria era correr para ele e envolvê-lo com os braços, mas o olhar no rosto de Simon dizia a ela que não, não, e o mesmo fazia a lembrança da mansão e dos braços de Jace a envolvendo lá. Ela era a última pessoa do mundo que poderia confortá-lo.

— Clary — disse Simon, mas ela estava se afastando dele, apesar da tontura e da dor na cabeça. Correu para a porta do Salão e a abriu, desceu os degraus e ficou ali, respirando ar frio. Ao longe, o horizonte estava marcado com fogo vermelho, as estrelas se apagando, desaparecendo no céu que se acendia. A noite havia acabado. O amanhecer chegara.

205

Capítulo 13
ONDE HÁ TRISTEZA

Clary acordou atormentada por um sonho com anjos sangrando, os lençóis fortemente enrolados ao redor de seu corpo. O quarto extra de Amatis estava escuro e fechado, era a sensação de estar trancada em um caixão. Esticou a mão e abriu as cortinas. A luz do dia entrou. Ela franziu o rosto e as fechou novamente.

Caçadores de Sombras cremavam os mortos, e desde o ataque demoníaco, o céu a oeste da cidade vivia manchado de fumaça. Olhar pela janela deixava Clary enjoada, então manteve as cortinas fechadas. Na escuridão do quarto, fechou os olhos, tentando se lembrar do sonho. Havia anjos, e a lembrança do símbolo que Ithuriel havia mostrado, passando infinitas vezes no interior de sua pálpebra como um sinal de trânsito piscando. Era um símbolo simples, tão simples quanto um nó numa corda, mas independentemente do quanto se concentrasse, não conseguia ler, não conseguia descobrir o que significava. Tudo o que sabia era que de algum jeito parecia incompleto para ela, como se quem quer que o houvesse criado, não o tivesse concluído.

Estes não são os primeiros sonhos que já mostrei a você, dissera Ithuriel. Pensou nos outros sonhos: Simon com cruzes queimadas nas mãos, Jace com asas, lagos de gelo rachado que brilhavam como vidro de espelho. Será que o anjo também tinha enviado aqueles?

Com um suspiro, sentou-se. Os sonhos podiam ser ruins, mas as imagens que marchavam por seu cérebro quando estava acordada não eram muito melhores. Isabelle, chorando no chão do Salão dos Acordos, puxando com tanta força o cabelo preto que repousava entre seus dedos que Clary temeu que pudesse arrancá-lo. Maryse gritando com

Jia Penhallow que o menino que puseram dentro de casa havia feito isso, primo deles, e que se era um aliado tão próximo de Valentim, o que isso dizia a respeito deles? Alec tentando acalmar a mãe, pedindo ajuda a Jace, mas Jace continuava ali parado enquanto o sol se erguia sobre Alicante e brilhava pelo teto do Salão.

— Amanheceu — dissera Luke, parecendo mais cansado que em qualquer outra ocasião em que Clary o vira. — Hora de trazer os corpos para dentro. — E mandara patrulhas para reunir os Caçadores de Sombras mortos e os licantropos estirados nas ruas e trazê-los à praça na frente do Salão, a praça que Clary tinha atravessado com Sebastian quando comentara que o Salão parecia uma igreja. Parecera um lugar belo para ela então, ladeado por caixas de flores e lojas pintadas em cores brilhantes. E agora estava cheia de cadáveres.

Inclusive o de Max. Pensar no menino que conversava com ela sobre mangá com tanta seriedade fez seu estômago embrulhar. Certa vez havia prometido a ele que o levaria ao Planeta Proibido, mas isso não aconteceria mais. *Teria comprado livros para ele*, pensou. *Qualquer um que quisesse*. Não que fizesse diferença.

Não pense nisso. Clary chutou os lençóis e se levantou. Após um rápido banho vestiu a calça jeans e o casaco que usara no dia em que tinha vindo de Nova York. Pressionou o rosto contra o material antes de colocar o casaco, torcendo para sentir um cheirinho do Brooklyn, ou o aroma de sabão em pó — algo que ajudasse a lembrar de casa —, mas tinha sido lavado e cheirava a sabão de limão. Com outro suspiro, desceu.

A casa estava vazia, exceto por Simon, sentado no sofá da sala. As janelas abertas atrás dele transbordavam luz do dia. Tinha ficado parecido com um gato, pensou Clary, sempre procurando espaços ao sol para se ajeitar. Independentemente de quanto sol tomasse, no entanto, a pele continuava branca.

Pegou uma maçã da vasilha e ajoelhou-se ao lado dele, sentada sobre as pernas.

— Dormiu?

— Um pouco. — Olhou para ela. — Eu que deveria perguntar a você. É você que está com olheiras. Mais pesadelos?

Ela deu de ombros.

— Mesma coisa. Morte, destruição, anjos malvados.

— Basicamente como a vida real, então.

— É, mas pelo menos quando acordo, acaba. — Deu uma mordida na maçã. — Deixe-me adivinhar. Luke e Amatis estão no Salão dos Acordos, em mais uma reunião.

— É. Acho que estão na reunião em que se reúnem e decidem que outras reuniões precisam fazer. — Simon ficou mexendo na ponta de franjas de uma almofada. — Ouviu alguma notícia do Magnus?

— Não. — Clary estava tentando não pensar no fato de que fazia três dias desde que vira Magnus, e ele não tinha se pronunciado. Ou no fato de que não havia nada que pudesse impedi-lo de pegar o *Livro Branco* e desaparecer no éter, sem nunca mais dar notícias. Ficou imaginando por que chegou a pensar que confiar em alguém que usava tanto delineador podia ser boa ideia.

Tocou levemente o pulso de Simon.

— E você? Fale de você. Continua bem aqui? — Ela queria que ele fosse para casa no instante em que a batalha acabou, para casa, onde era seguro. Mas ele tinha sido estranhamente resistente. Por qualquer que fosse a razão, parecia querer ficar. Clary torceu para que não fosse por se sentir obrigado a cuidar dela; quase disse que não precisava da proteção dele, mas não disse, pois parte dela não podia suportar vê-lo partir. Então ele ficou, e Clary estava secreta e culpadamente feliz. — Está conseguindo, você sabe, o que precisa?

— Está falando de sangue? Estou, Maia ainda me traz garrafas todos os dias. Não me pergunte onde arruma. — Na primeira manhã na casa de Amatis, um licantropo sorridente havia aparecido na porta com um gato vivo para ele.

— Sangue — dissera, em uma voz com sotaque forte. — Para você. Fresco! — Simon agradeceu ao lobisomem, esperou que fosse embora, e soltou o gato, com a expressão levemente nauseada.

— Bem, você vai ter que arrumar sangue em *algum lugar* — dissera Luke, parecendo se divertir.

— Tenho um gato de estimação — respondera Simon. — Não dá.

— Vou falar com Maia — prometera Luke, e a partir dali o sangue passou a vir em discretas garrafas de leite. Clary não fazia ideia de como Maia estava arranjando, e, assim como Simon, não queria perguntar. Não a via desde a noite da batalha; os licantropos estavam acampados em algum lugar na floresta próxima, somente Luke permaneceu na cidade.

— O que houve? — Simon inclinou a cabeça para trás, observando-a através de olhos semicerrados. — Você parece que está querendo me perguntar alguma coisa.

Havia muitas coisas que Clary queria perguntar, mas optou por uma das alternativas mais seguras.

— Hodge — disse ela, e hesitou. — Quando você estava na cela... realmente não sabia que era ele?

— Não dava para *vê-lo*. Só ouvir através da parede. Nós conversamos, e muito.

— E você gostou dele? Quero dizer, ele era simpático?

— Simpático? Não sei. Torturado, triste, inteligente, compassivo em alguns instantes... Sim, gostei dele. Acho que de algum jeito eu me parecia com ele...

— *Não diga isso!* — Clary endireitou a postura, quase derrubando a maçã. — Você não é nada como Hodge.

— Não acha que sou torturado e inteligente?

— Hodge era mau. Você não — falou Clary, decidida. — É só o que importa.

Simon suspirou.

— As pessoas não nascem boas ou ruins. Talvez nasçam com tendências a um caminho ou outro, mas é a maneira como se vive a vida que importa. E as pessoas que conhecemos. Valentim era amigo de Hodge, e acho que Hodge não teve de fato mais ninguém na vida que o desafiasse, ou o levasse a ser alguém melhor. Se eu tivesse tido esta vida, não sei como teria me saído. Mas não tive. Tenho minha família. E tenho você.

Clary sorriu para ele, mas as palavras soaram dolorosas em seus ouvidos. *As pessoas não nascem boas ou ruins.* Sempre achou que isso fosse verdade, mas nas imagens que o anjo havia mostrado, tinha visto a própria mãe chamar o filho de mau, um monstro. Desejou poder conversar com Simon a respeito, e contar tudo que o anjo mostrara, mas não podia. Significaria revelar o que haviam descoberto sobre Jace, e isso não podia fazer. O segredo era dele, não dela. Simon tinha perguntado uma vez o que Jace quisera dizer quando falou com Hodge, por que tinha se referido a si próprio como monstro, mas ela se limitou a responder que era difícil entender o que Jace queria dizer com qualquer coisa mesmo nas melhores épocas. Não tinha certeza se Simon acreditara, mas ele não voltou a perguntar.

Foi salva de ter que dizer qualquer coisa por uma batida alta na porta. Com o cenho franzido, Clary repousou o que sobrara da maçã na mesa.

— Eu atendo.

A porta aberta permitiu a entrada de uma onda de ar frio e fresco. Aline Penhallow estava nos degraus da entrada, com um casaco de seda cor-de-rosa escuro que quase combinava com os círculos sob os olhos.

— Preciso falar com você — disse, sem nenhum preâmbulo.

Surpresa, Clary só conseguiu assentir e segurar a porta aberta.

— Tudo bem. Pode entrar.

— Obrigada. — Aline passou bruscamente por ela e entrou na sala. Congelou ao ver Simon sentado no sofá, e abriu os lábios, surpresa. — Esse não é...

— O vampiro? — Simon sorriu. A singela porém inumana saliência dos incisivos era levemente visível contra o lábio inferior quando sorria daquele jeito. Clary desejou que não o fizesse.

Aline virou para Clary.

— Posso falar com você a sós?

— Não — disse Clary, e se sentou no sofá ao lado de Simon. — Qualquer coisa que tenha a dizer, pode ser para nós dois.

Aline mordeu o lábio.

— Tudo bem. Olhe, tenho uma coisa que preciso contar para Alec, Jace e Isabelle, mas não faço ideia de onde encontrá-los agora.

Clary suspirou.

209

— Mexeram uns pauzinhos e se mudaram para uma casa vazia. A família que vivia lá foi para o campo.

Aline assentiu. Muitas pessoas tinham deixado Idris desde os ataques. A maioria tinha ficado — mais gente do que Clary esperava —, mas outras haviam feito as malas e partido, deixando as próprias casas vazias.

— Estão bem, se é isso que quer saber. Olha, eu também não tenho visto ninguém. Desde a batalha. Poderia passar um recado por Luke, se você quiser...

— Não sei — Aline mordia o lábio inferior —, meus pais tiveram que contar para a tia do Sebastian em Paris o que ele fez. Ela ficou muito chateada.

— Como não poderia deixar de ser, considerando que o sobrinho se mostrou um gênio do mal — disse Simon.

Aline lançou um olhar sombrio a ele.

— Ela disse que isso não tinha nada a ver com o feitio dele, que só podia ser algum engano. Então me mandou algumas fotos. — Aline remexeu no bolso e puxou diversas fotografias ligeiramente dobradas, que entregou para Clary. — Veja.

Clary olhou. As fotos mostravam um menino risonho, de cabelos escuros, bonito de um jeito não convencional, com um sorriso torto e um nariz ligeiramente grande. Parecia o tipo de menino com o qual seria bom se relacionar. Além disso, não era nada parecido com Sebastian.

— *Esse* é o seu primo?

— Esse é Sebastian Verlac. O que significa...

— Que o menino que estava aqui, dizendo que se chamava Sebastian, era outra pessoa? — Clary olhou as fotos, cada vez mais agitada.

— Achei que... — Aline estava mordendo o lábio outra vez. — Achei que se os Lightwood soubessem que Sebastian, ou quem quer que fosse aquele menino, não é realmente nosso primo, talvez me perdoassem. *Nos* perdoassem.

— Tenho certeza de que o farão — disse Clary, da forma mais gentil possível. — Mas a coisa vai além disso. A Clave vai querer saber que Sebastian não era apenas um Caçador de Sombras desorientado. Valentim o enviou deliberadamente como espião.

— Ele foi tão convincente — disse Aline. — Sabia coisas que só minha família sabe. Coisas sobre a nossa infância...

— Faz a gente pensar — disse Simon — sobre o que terá acontecido ao verdadeiro Sebastian. Seu primo. Parece que ele deixou Paris, veio para Idris, mas não chegou de fato. Então o que aconteceu com ele no caminho?

Clary respondeu.

— Valentim aconteceu. Deve ter planejado tudo, sabido onde Sebastian estaria, e como interceptá-lo no caminho. E se fez isso com Sebastian...

— Pode haver outros — disse Aline. — Você deveria informar à Clave. Conte a Lucian Graymark — captou o olhar surpreso de Clary. — As pessoas o ouvem. Meus pais disseram.

— Talvez você devesse ir conosco ao Salão — sugeriu Simon. — Diga a ele você mesma.

Aline balançou a cabeça.

— Não posso encarar os Lightwood. Principalmente Isabelle. Ela salvou minha vida e eu... eu simplesmente fugi. Não consegui me conter. Apenas corri.

— Estava em estado de choque. Não teve culpa.

Aline não parecia convencida.

— E agora o irmão dela... — interrompeu-se, mordendo o lábio outra vez. — Em todo caso. Ouça, tem uma coisa que quero contar, Clary.

— *Me* contar? — Clary se espantou.

— É — Aline respirou fundo. — Olha, o que você viu, entre mim e Jace, não foi nada. *Eu* beijei *ele*. Foi para... experimentar. E não deu muito certo.

Clary se sentiu enrubescendo até um tom de vermelho provavelmente espetacular. *Por que ela está me falando isso?*

— Olha, tudo bem. Isso é problema do Jace, não meu.

— Bem, você pareceu bem chateada. — Um pequeno sorriso se esboçou nos cantos da boca de Aline. — E acho que sei por quê.

Clary engoliu o gosto amargo na boca.

— Sabe?

— Ouça, seu irmão dá as voltas dele. Todo mundo sabe disso; já ficou com muitas meninas. Você ficou preocupada que ele pudesse se encrencar caso se envolvesse comigo. Afinal, nossas famílias são, *eram*, amigas. Não precisa se preocupar. Ele não faz meu tipo.

— Acho que nunca ouvi uma garota dizer isso antes — disse Simon. — Pensei que Jace fosse a espécie de cara que faz o tipo de todo mundo.

— Também achava — disse Aline lentamente — e por isso o beijei. Estava tentando descobrir se qualquer cara faz o meu tipo.

Ela beijou Jace, pensou Clary. *Não foi ele que a beijou. Ela o beijou.* Encontrou o olhar de Simon sobre Aline. Ele parecia se divertir.

— Então, o que decidiu?

Aline deu de ombros.

— Não tenho certeza ainda. Mas... então, pelo menos não tem mais que se preocupar com Jace.

Quem me dera.

— Sempre tenho que me preocupar com Jace.

* * *

O interior do Salão dos Acordos tinha sido rapidamente reconfigurado desde a noite da batalha. Com o Gard destruído, agora servia como câmara do Conselho, um local de reuniões para pessoas procurando por familiares desaparecidos, e um lugar onde era possível se informar sobre os acontecimentos mais recentes. O chafariz central estava seco, e, em ambos os lados, longos bancos haviam sido puxados, formando fileiras em frente a um palanque no lado oposto da sala. Enquanto alguns Nephilim estavam sentados nos bancos do que parecia uma sessão do Conselho, nas fileiras e sob as arcadas que envolviam a grande sala, dezenas de outros Caçadores de Sombras se remexiam ansiosamente. O Salão não mais parecia um lugar onde alguém cogitaria dançar. Havia uma atmosfera peculiar no ar, uma mistura de tensão e ansiedade.

Apesar da reunião da Clave no centro, havia murmúrios por todos os lados. Clary captou trechos enquanto ela e Simon passavam pela sala: as torres demoníacas já haviam voltado a funcionar. As barreiras estavam ativas novamente, porém, mais fracas do que antes. Demônios tinham sido vistos nas colinas ao sul da cidade. As casas de campo estavam abandonadas, mais famílias tinham abandonado a cidade, e algumas abandonaram também a Clave.

No palanque erguido, cercado por mapas da cidade pendurados, encontrava-se o Cônsul, ameaçador como um guarda-costas, ao lado de um homem baixo e roliço vestido de cinza. O sujeito roliço gesticulava irritado enquanto falava, mas ninguém parecia prestar atenção.

— Ah, droga, é o Inquisidor — murmurou Simon ao ouvido de Clary, apontando. — Aldertree.

— E lá está Luke — disse Clary, encontrando-o na multidão. Estava perto do chafariz seco, imerso em uma conversa com um homem com um uniforme inteiramente destruído e uma atadura no lado esquerdo do rosto. Clary olhou em volta, procurando por Amatis, e finalmente a viu, sentada em silêncio na ponta de um banco, o mais longe possível dos outros Caçadores de Sombras. Ela viu Clary e fez uma cara de espanto, começando a se levantar.

Luke também viu Clary, franziu a testa e falou com o homem de ataduras em voz baixa, pedindo licença. Atravessou a sala até o lugar onde Clary e Simon se encontravam, perto de um dos pilares, as rugas da testa se aprofundando enquanto se aproximava.

— O que está fazendo aqui? Sabe que a Clave não permite crianças nas reuniões, e quanto a *você* — olhou para Simon — provavelmente não é uma boa ideia dar as caras na frente do Inquisidor, mesmo que ele não possa fazer nada a respeito. — O canto de sua boca se levantou em um sorriso. — Não sem prejudicar qualquer aliança que a Clave possa desejar com algum membro do Submundo no futuro, pelo menos.

— Isso mesmo. — Simon balançou os dedos num aceno para o Inquisidor, Aldertree ignorou.

— Simon, pare. Estamos aqui por um motivo. — Clary entregou as fotos de Sebastian para Luke. — Esse é Sebastian Verlac. O *verdadeiro* Sebastian Verlac.

A expressão de Luke se tornou sombria. Viu as fotos sem dizer nada enquanto Clary repetia a história contada por Aline. Simon, por sua vez, parecia inquieto, olhando com raiva para Aldertree, do outro lado da sala, que o ignorava deliberadamente.

— Então, o verdadeiro Sebastian tem alguma semelhança com a versão impostora? — perguntou Luke afinal.

— Não muito — disse Clary. — O falso Sebastian era mais alto. E provavelmente louro, pois definitivamente pintou o cabelo. Ninguém tem o cabelo *tão* preto. — *E a tinta saiu nos meus dedos quando o toquei*, pensou, mas guardou para si. — De qualquer forma, Aline queria que mostrássemos estas fotos a você e aos Lightwood. Achou que se talvez soubessem que ele não era parente dos Penhallow, então...

— Ela ainda não falou sobre isso com os pais, falou? — Luke indicou as fotos.

— Ainda não, acho — disse Clary. — Acho que veio direto a mim. Queria que eu contasse para você. Disse que as pessoas o ouvem.

— Talvez algumas ouçam — Luke olhou para o homem com a atadura no rosto. — Eu estava falando com Patrick Penhallow, na verdade. Valentim era um bom amigo dele antigamente, e pode ter mantido os olhos na família Penhallow de alguma maneira desde então. Você disse que Hodge contou que tinha espiões aqui. — Devolveu as fotos a Clary. — Infelizmente, os Lightwood não farão parte do Conselho nesta reunião. Hoje de manhã foi o enterro de Max. Devem estar no cemitério. — E ao ver o olhar de Clary, acrescentou: — Foi uma cerimônia muito íntima, Clary. Só a família.

Mas eu sou da família de Jace, dizia uma voz baixa, em protesto, na cabeça dela. Mas havia outra voz, mais alta, surpreendendo-a pela amargura: *E ele também disse que ficar perto de você era como sangrar lentamente até a morte. Você realmente acha que ele precisa disso quando já está no enterro de Max?*

— Então você pode contar a eles essa noite, talvez — disse Clary. — Quero dizer; acho que será uma notícia boa. Quem quer que Sebastian seja, não é parente dos amigos deles.

— Seria uma notícia melhor se soubéssemos onde ele está — resmungou Luke — ou que outros espiões Valentim tem por aqui. Devia haver, pelo menos, vários deles envolvidos na derrubada das barreiras enfeitiçadas. Só pode ter sido feito de dentro da cidade.

— Hodge disse que Valentim tinha descoberto como fazer — disse Simon. — Disse que é preciso sangue de demônio para derrubar as barreiras, mas não tinha como trazer sangue de demônio para a cidade. Só que Valentim descobriu uma maneira.

— Alguém pintou um símbolo em sangue demoníaco no cume de uma das torres — disse Luke com um suspiro —, então, claramente, Hodge tinha razão. Infelizmente, a Clave sempre confiou demais nas barreiras. Mas mesmo o quebra-cabeça mais complicado tem uma solução.

— Me parece o tipo de esperteza que acaba com você durante o jogo — disse Simon. — Assim que você protege seu forte com um Feitiço de Invencibilidade Total, alguém vem e descobre como destruir o lugar.

— Simon? — disse Clary. — Cale a boca.

— Ele não está errado, não — disse Luke. — Só não sabemos como trouxe sangue de demônio para a cidade sem acionar as barreiras — deu de ombros. — É o menor dos nossos problemas no momento. As barreiras estão de volta, mas já sabemos que não são invencíveis. Valentim poderia voltar a qualquer momento com força ainda maior, e duvido que pudéssemos combatê-lo. Não temos Nephilim o suficiente, e os que estão aqui parecem completamente desmoralizados.

— Mas e os integrantes do Submundo? — perguntou Clary. — Você *disse* ao Cônsul que a Clave tinha que lutar junto aos do Submundo.

— Posso dizer isso a Malaquias e a Aldertree até cansar, mas não significa que vão ouvir — disse Luke, exaurido. — A única razão pela qual estão me deixando ficar aqui é porque a Clave votou em me manter como conselheiro. E só fizeram *isso* porque vários deles tiveram as vidas salvas por meu bando. Mas não significa que queiram mais integrantes do Submundo em Idris...

Alguém gritou.

Amatis estava de pé, com a mão sobre a boca, olhando para a frente do Salão. Havia um homem na entrada, emoldurado pelo brilho da luz do sol do lado de fora. Era apenas uma silhueta, até dar um passo adiante, adentrando o Salão, e Clary pôde ver seu rosto pela primeira vez.

Valentim.

Por algum motivo, a primeira coisa que Clary notou foi que estava muito bem barbeado. Fazia com que parecesse mais jovem, mais como o menino revoltado das lembranças que Ithuriel tinha mostrado. Em vez da roupa de batalha, trajava um terno riscado elegante e uma gravata. Não estava armado. Poderia ser um homem caminhando pelas ruas de Manhattan. Poderia ser o pai de qualquer pessoa.

Não olhou na direção de Clary, sequer notou que ela estava ali. Estava com os olhos em Luke enquanto caminhava pelo corredor estreito entre os bancos.

Como pôde entrar aqui assim sem nenhuma arma?, perguntou-se Clary, e teve a resposta logo depois: o Inquisidor Aldertree emitiu um ruído como o de um urso ferido; afastou-se de Malaquias, que estava tentando segurá-lo; cambaleou pelos degraus do palanque; e se lançou contra Valentim.

Passou pelo corpo de Valentim como uma faca cortando papel. Valentim virou-se para olhar para Aldertree com uma expressão de interesse vazio enquanto o Inquisidor cambaleava, batia contra um pilar, e caía desajeitadamente sobre o chão. O Cônsul, seguindo-o, curvou-se para ajudá-lo a levantar — tinha um olhar de nojo mal contido ao fazê-lo, e Clary imaginou se o nojo seria direcionado a Valentim ou a Aldertree por agir como um tolo.

Outro fraco murmúrio percorreu a sala. O Inquisidor chiou e se debateu como um rato em uma ratoeira, com Malaquias segurando-o com firmeza pelos braços enquanto Valentim continuava pela sala sem outro olhar destinado a qualquer um deles. Os Caçadores de Sombras que estavam reunidos ao redor dos bancos recuaram, como as ondas do Mar Vermelho se abrindo para Moisés, deixando uma trilha clara até o centro da sala. Clary estremeceu quando ele se aproximou de onde ela estava com Luke e Simon. *É apenas uma Projeção*, disse a si mesma. *Não está aqui de verdade. Não pode machucar.*

Ao seu lado, Simon se encolheu. Clary pegou a mão dele quando Valentim parou nos degraus do palanque e se virou para olhar diretamente para ela. Ele passou os olhos por ela, como se a medissem, ignorou Simon, e repousou o olhar em Luke.

— Lucian — disse.

Luke devolveu o olhar, firme e seguro, sem dizer nada. Era a primeira vez em que ficavam juntos no mesmo cômodo desde Renwick, pensou Clary, e lá Luke estava semimorto pela luta, e coberto de sangue. Agora era mais fácil marcar tanto as diferenças quanto as semelhanças entre os dois: Luke com a velha camisa de flanela e a calça jeans, Valentim com o belo terno caro; Luke com a barba por fazer e partes grisalhas no cabelo, Valentim parecendo não ter mais de 25 anos — só que mais frio, de alguma forma, e mais duro, como se os anos passados o estivessem transformando lentamente em pedra.

— Ouvi dizer que a Clave o trouxe para o Conselho agora — disse Valentim. — Nada mais apropriado para uma Clave diluída pela corrupção e disposta a se rebaixar do que ter mestiços degenerados infiltrados. — Tinha a voz plácida, alegre até, tanto que era difícil sentir o veneno nas palavras, ou realmente acreditar que estava falando sério. O olhar dele se voltou para Clary. — Clarissa — disse ele —, aqui com o vampiro, posso perceber. Quando as coisas tiverem se ajustado, precisamos discutir suas escolhas de bichos de estimação.

Um rugido grave veio da garganta de Simon. Clary segurou sua mão com força — com tanta força que, em outros tempos, ele teria se encolhido de dor. Agora não parecia sentir.

— Não — sussurrou ela. — Não.

Valentim já tinha desviado a atenção deles. Subiu os degraus do palanque e se virou para olhar para a multidão.

— Tantos rostos familiares — observou. — Patrick. Malaquias. Amatis.

Amatis permaneceu rija, os olhos ardentes de ódio.

O Inquisidor ainda se debatia nas garras de Malaquias. O olhar de Valentim passou para ele, quase entretido.

— Até você, Aldertree. Ouvi dizer que foi indiretamente responsável pela morte de meu velho amigo Hodge Starkweather. Uma pena.

Luke encontrou a voz.

— Então você admite — disse. — Derrubou as barreiras. Enviou os demônios.

— Eu os enviei — disse Valentim. — Posso enviar mais. Sem dúvida, a Clave, até mesmo a Clave, burra do jeito que é, devia esperar isso. *Você* esperava, não, Lucian?

Os olhos de Luke eram de um azul profundo.

— Esperava. Mas conheço você, Valentim. Então veio para negociar, ou para se gabar?

— Nem uma coisa, nem outra. — Valentim olhou para a multidão silenciada. — Não tenho necessidade de negociar — disse, e apesar de o tom ser calmo, a voz se projetava como se estivesse amplificada. — Nem desejo de me gabar. Não gosto de causar mortes de Caçadores de Sombras; já somos tão poucos, em um mundo que precisa desesperadamente de nós. Mas é assim que a Clave gosta, não é? É só mais uma das regras sem sentido, uma das regras que utilizam para transformar Caçadores de Sombras comuns em pó. Fiz o que fiz porque precisei. Fiz porque era a única maneira de fazer a Clave ouvir. Os Caçadores de Sombras não morreram por minha causa; morreram porque a Clave me ignorou. — Encontrou o olhar de Aldertree em meio à multidão; o rosto do Inquisidor estava pálido e tendo espasmos. — Então, muitos de vocês já fizeram parte do meu Ciclo — disse Valentim lentamente. — Falo com vocês agora, e com os que sabiam do Ciclo, mas ficaram de fora. Vocês se lembram do que previ há quinze anos? Que a não ser que agíssemos contra os Acordos, a cidade de Alicante, nossa preciosa capital, seria governada por bandos babões de mestiços, as raças degeneradas pisando sobre tudo que valorizamos? E é como previ, tudo aconteceu. O Gard foi incendiado, o Portal destruído, nossas ruas dominadas por monstros. Escória semi-humana querendo nos guiar. Então, meus amigos, meus inimigos, meus irmãos sob o Anjo, pergunto a vocês, acreditam em mim agora? — Levantou a voz a um grito: — ACREDITAM EM MIM AGORA?

Seu olhar varreu a sala como se esperasse resposta. Não obteve — apenas um mar de faces.

— Valentim — a voz de Luke, apesar de suave, rompeu o silêncio: — Não consegue enxergar o que fez? Os Acordos que tanto temia não tornaram os integrantes do Submundo iguais aos Nephilim. Não asseguraram a semi-humanos um lugar no Conselho. Todo o antigo ódio continua aqui. Devia ter confiado nisso, mas não o fez, não conseguiu, e agora nos deu a única coisa que poderia nos unir. — Os olhos dele procuraram os de Valentim. — Um inimigo comum.

Um rubor passou pelo rosto pálido de Valentim.

— Não sou um inimigo. Não dos Nephilim. *Você* é. É você que está tentando instigá-los a uma luta inútil. Acha que os demônios que viu são tudo que tenho? São uma fração do que posso invocar.

— Existem mais de nós, também — disse Luke. — Mais Nephilim, e mais integrantes do Submundo.

— *Integrantes do Submundo* — rosnou Valentim. — Vão fugir ao primeiro sinal de perigo verdadeiro. Nephilim nasceram para serem guerreiros, para proteger este mundo, mas o mesmo mundo detesta sua espécie. Existe uma razão pela qual prata limpa o queima, e a luz do dia destrói as Crianças Noturnas.

— Não a mim — disse Simon com a voz rígida e clara, apesar da garra da Clary. — Aqui estou, ao sol...

Mas Valentim simplesmente riu.

— Já o vi engasgar com o nome de Deus, vampiro — disse ele. — Quanto a suportar a luz do sol... — interrompeu-se e riu. — Você é uma anomalia, talvez. Uma aberração. Mas um monstro, ainda assim.

Um *monstro*. Clary pensou em Valentim no navio, no que havia dito lá: *sua mãe me disse que tinha transformado o primeiro filho dela em um monstro. Me deixou antes que tivesse a chance de fazer a mesma coisa com a segunda.*

Jace. Pensar no nome dele provocava uma dor aguda. *Depois do que fez, fica aqui falando em monstros...*

— O único monstro aqui — disse ela, apesar de si, e da decisão de ficar quieta — é você. Eu vi Ithuriel — prosseguiu quando ele virou para olhar para ela, surpreso. — Sei de tudo...

— Duvido — disse Valentim. — Se soubesse, ficaria de boca fechada. Pelo bem do seu irmão, se não pelo seu próprio.

Não ouse falar comigo sobre Jace!, Clary queria gritar, mas outra voz veio para interrompê-la, uma voz feminina, fria, inesperada, destemida e amarga.

— E quanto ao *meu* irmão? — Amatis foi para o pé do palanque, olhando para Valentim. Luke se surpreendeu e balançou a cabeça para ela, que o ignorou.

Valentim franziu a testa.

— O que tem Lucian? — A pergunta de Amatis, Clary sentiu, o perturbara, ou talvez fosse o simples fato de que Amatis estava ali, perguntando, confrontando-o. Já fazia anos que ele a tomara como fraca, como alguém improvável de confrontá-lo. Valentim nunca gostava quando as pessoas o surpreendiam.

— Você disse que ele não era mais meu irmão — disse Amatis. — Tirou Stephen de mim. Destruiu minha família... Diz que não é um inimigo dos Nephilim, mas colocou todos nós uns contra os outros, família contra família, destruindo vidas sem remorso. Diz que odeia a Clave, mas foi você que fez dela o que é hoje: mesquinha e paranoica. Nós, Nephilim, confiávamos uns nos outros. *Você* mudou isso. Jamais o perdoarei por isso. — A voz dela tremeu. — Ou por me fazer tratar Lucian como se não fosse mais meu irmão. Também não o perdoarei. Nem me perdoarei por ter lhe dado ouvidos.

— Amatis... — Luke deu um passo à frente, mas a irmã levantou a mão para interrompê-lo. Seus olhos brilhando com as lágrimas, mas suas costas eretas, a voz firme e segura.

— Houve um tempo em que *todos* nós estávamos dispostos a ouvi-lo, Valentim — disse ela. — E todos temos essa memória viva em nossa consciência. Não mais. *Não mais.* Esse tempo acabou. Alguém aqui discorda de mim?

Clary levantou a cabeça e olhou para os Caçadores de Sombras reunidos: olhavam para Amatis como um rascunho de desenho de uma multidão, com borrões brancos como faces. Viu Patrick Penhallow, com a mandíbula cerrada, e o Inquisidor, que tremia como uma árvore frágil em um vento forte. E Malaquias, cujo rosto escuro e polido estava estranhamente ilegível.

Ninguém disse nada.

Se Clary tivesse esperado que Valentim se irritasse com a falta de resposta dos Nephilim que almejava liderar, ficaria decepcionada. Além de uma contração no músculo da mandíbula, estava sem qualquer expressão. Como se tivesse esperado tal resposta. Como se a tivesse planejado.

— Muito bem — disse ele. — Se não vão dar ouvidos à razão, terão de ouvir a força. Já mostrei que posso derrubar as barreiras de proteção ao redor da cidade. Vejo que as levantaram outra vez, mas isso não traz qualquer consequência; posso derrubá-las novamente com enorme facilidade. Terão de aderir às minhas exigências ou enfrentar todos os demônios que a Espada Mortal puder invocar. Vou dizer a eles que não poupem ninguém, nenhum homem, mulher ou criança. A escolha é de vocês.

Um murmúrio varreu a sala; Luke parecia espantado.

— Você destruiria *sua própria espécie* deliberadamente, Valentim?

— Às vezes plantas doentes precisam ser cortadas para preservar o jardim — disse Valentim. — E se *todas* estão doentes... — virou-se para encarar a multidão horrorizada — a escolha é de vocês — repetiu. — Tenho o Cálice Mortal. Se preciso, vou recomeçar; um novo mundo de Caçadores de Sombras, criado e orientado por mim. Mas posso lhes dar esta chance. Se a Clave transferir todos os poderes do Conselho para mim e aceitar minha soberania inquestionável e meu governo, serei clemente. Todos os Caçadores de Sombras farão um juramento de obediência e aceitarão um símbolo de lealdade permanente que os ligará a mim. Estes são os meus termos.

Fez-se silêncio. Amatis estava com a mão na boca; o restante da sala balançou diante dos olhos de Clary em um borrão. *Não podem sucumbir a ele*, pensou. *Não podem.* Mas que escolha teriam? Que escolha algum deles teria? *Estão aprisionados na armadilha de Valentim,* pensou em vão, *como certamente eu e Jace estamos presos pelo que ele nos fez. Estamos ligados a ele por nosso próprio sangue.*

Foi apenas um instante, apesar de ter parecido uma hora para Clary, antes de uma voz fina interromper o silêncio — a voz aguda e aracnídea do Inquisidor:

— Soberania e governo? — gritou. — *Seu* governo?

— Aldertree. — O Cônsul se moveu para contê-lo, mas o Inquisidor foi rápido demais. Livrou-se e se lançou para o palanque. Estava gritando alguma coisa, as mesmas palavras repetidas vezes, como se tivesse perdido completamente a cabeça, com os olhos revirados e praticamente só as partes brancas aparecendo. Empurrou Amatis de lado, subindo cambaleante os degraus do palanque para encarar Valentim.

— Eu sou o Inquisidor, entende? O *Inquisidor!* — gritou. — Sou parte da Clave! Do *Conselho!* Sou eu que faço as regras, e não você! Sou eu que governo, e não você! Não permitirei que faça isso, seu indivíduo arrogante, nojento, amante de demônios...

Com um olhar muito próximo ao tédio, Valentim esticou a mão, quase como se quisesse tocar o Inquisidor no ombro. Mas não podia tocar em nada, era apenas uma Projeção... Então Clary arquejou quando a mão dele passou através da pele, dos ossos e da carne do Inquisidor, desaparecendo em suas costas. Passou apenas um segundo, um único segundo, durante o qual todo o Salão pareceu encarar o braço esquerdo de Valentim, enterrado de alguma forma, impossivelmente até o pulso, no peito de Aldertree. Então Valentim girou o punho com força, repentinamente, para a esquerda, uma guinada rápida, como se abrisse uma teimosa maçaneta enferrujada.

O Inquisidor soltou um único grito e caiu como uma pedra.

Valentim puxou a mão de volta. Estava cheia de sangue, uma luva escarlate que ia até o cotovelo, manchando a lã cara do terno. Abaixando a mão sangrenta, olhou para a multidão horrorizada, repousando os olhos em Luke. E lentamente disse:

— Vocês têm até amanhã à meia-noite para considerar meus termos. Então trarei meu exército, com força total, para a planície Brocelind. Se ainda não tiver recebido uma mensagem de rendição da Clave, marcharei até Alicante com meu exército, e dessa vez não deixarei que nada sobreviva. É o período que têm para considerar minhas condições. Usem o tempo com sabedoria.

E com isso, desapareceu.

Capítulo 14
NA FLORESTA ESCURA

—Ora, ora — disse Jace, ainda sem olhar para Clary; não a tinha olhado desde que chegara, com Simon, na entrada da casa em que os Lightwood estavam morando. Em vez disso, estava apoiado no parapeito de uma das janelas altas na sala, olhando para o céu que escurecia rapidamente. — Um cara vai ao enterro do irmão de nove anos e perde toda a diversão.

— Jace — disse Alec, com a voz cansada. — Não.

Alec estava jogado em uma das cadeiras velhas, que eram as únicas coisas para se sentar na sala. A casa tinha aquela sensação esquisita e alheia de um lugar que pertence a outros: era decorada em tecidos de temática floral, babados e em pastel, e tudo parecia ligeiramente desgastado ou esfarrapado. Havia uma vasilha de vidro cheia de chocolates na pontinha da mesa perto de Alec; Clary, faminta, já tinha comido alguns e os achou quebradiços e secos. Ficou imaginando que tipo de gente vivia ali. O tipo que fugia quando as coisas complicavam, pensou amargamente; mereciam ter a casa tomada por terceiros.

— Não o *quê*? — perguntou Jace; lá fora estava escuro o suficiente agora, a ponto de Clary conseguir ver o rosto dele refletido no vidro da janela. Os olhos pareciam pretos. Estava com roupas de luto de Caçador de Sombras; não vestiam preto em enterros, já que preto era a cor do uniforme de combate. A cor da morte era branca, e o casaco branco de

Jace tinha símbolos vermelhos costurados ao redor do colarinho e dos pulsos. Diferente dos símbolos de batalha, que eram todos de agressão e proteção, estes falavam uma língua mais gentil, de cura e pesar. Havia faixas de metal moldadas ao redor dos pulsos também, com símbolos semelhantes nelas. Alec estava vestido da mesma maneira, todo de branco com os mesmos símbolos vermelho-dourados sobre o tecido. Fazia o cabelo dele parecer muito preto.

Jace, pensou Clary, por outro lado, parecia um anjo todo de branco. Só que do tipo vingador.

— Você não está com raiva de Clary. Ou Simon — disse Alec. — Pelo menos — acrescentou com uma careta levemente preocupada — não *acho* que esteja com raiva de Simon.

Clary quase esperava que Jace rebatesse com raiva, mas tudo que disse foi:

— Clary sabe que não estou com raiva dela.

Simon, apoiando os cotovelos no encosto do sofá, revirou os olhos, mas se limitou a dizer:

— O que não entendo é como Valentim conseguiu matar o Inquisidor. Pensei que Projeções não pudessem afetar nada efetivamente.

— Não deveriam — disse Alec. — São apenas ilusões. Como ar colorido, por assim dizer.

— Bem, não neste caso. Ele enfiou a mão dentro do Inquisidor e *girou*... — Clary estremeceu. — Foi muito sangue.

— Como um bônus especial para você — disse Jace a Simon.

Simon ignorou.

— Já houve algum Inquisidor que não tenha sofrido uma morte horrível? — Ele se perguntou em voz alta. — É como ser o baterista em Spinal Tap.

Alec passou a mão no rosto.

— Não acredito que meus pais ainda não saibam disso — disse ele. — Não posso dizer que estou ansioso para contar.

— Onde estão seus pais? — perguntou Clary. — Pensei que estivessem lá em cima.

Alec balançou a cabeça.

— Ainda estão na necrópole. No túmulo de Max. Mandaram a gente de volta. Queriam ficar um pouco sozinhos.

— E Isabelle? — perguntou Simon. — Cadê ela?

O bom humor, pouco que fosse, deixou a expressão de Jace.

— Não sai do quarto — disse ele. — Ela acha que o que aconteceu com Max foi culpa dela. Não quis nem ir ao enterro.

— Já tentaram falar com ela?

— Não — disse Jace —, estamos socando repetidamente a cara dela em vez disso. Por quê, você acha que não vai dar certo?

— Perguntar não ofende — respondeu Simon, num tom calmo.

— Vamos contar a ela essa história de o Sebastian não ser o Sebastian — disse Alec. — Pode ser que se sinta melhor. Ela acha que devia ter percebido que havia algo errado com ele, mas se era um espião... — Alec deu de ombros. — Ninguém notou nada estranho nele. Nem mesmo os Penhallow.

— *Eu* o achei um babaca — destacou Jace.

— É, mas só porque... — Alec se afundou ainda mais na cadeira. Parecia exausto, a pele pálida contra o branco forte da roupa. — Não faz a menor diferença. Depois que descobrir sobre as ameaças de Valentim, nada será capaz de animá-la.

— Mas será que ele faria isso? — perguntou Clary. — Mandar um exército de demônios contra os Nephilim? Quero dizer, ele ainda é um *Caçador de Sombras*, não é? Não seria capaz de destruir o próprio povo.

— Não se importou o bastante com os próprios filhos para não destruí-los — disse Jace, encontrando os olhos dela do outro lado da sala. Permaneceram se encarando. — O que a faz pensar que ele se importaria?

Alec olhou de um para o outro, e Clary percebeu pela expressão dele que Jace ainda não havia contado nada sobre Ithuriel. Parecia espantado e muito triste.

— Jace...

— Isso explica uma coisa — disse Jace, sem olhar para Alec. — Magnus estava tentando ver se conseguia utilizar um símbolo de rastreamento em alguma das coisas que Sebastian tinha deixado no quarto, para tentar localizá-lo. Não estava conseguindo ler nada do que demos para ele. Tudo... vazio.

— O que isso significa?

— Eram coisas de Sebastian Verlac. O Sebastian falso as pegou quando o interceptou. E Magnus não está conseguindo nada delas porque o verdadeiro Sebastian...

— Provavelmente está morto — concluiu Alec. — E o Sebastian que conhecemos é esperto demais para deixar para trás qualquer coisa que pudesse ser utilizada para encontrá-lo. Precisa ser algum objeto que de algum jeito seja muito ligado àquela pessoa. Uma herança de família, uma estela, uma escova com cabelos nela, alguma coisa assim.

— O que é péssimo — disse Jace —, pois se pudéssemos segui-lo, provavelmente nos levaria diretamente a Valentim. Tenho certeza de que voltou direto para o mestre com um relatório completo. Provavelmente contou tudo sobre a teoria maluca do lago-espelho de Hodge.

— Talvez não fosse maluca — disse Alec. — Puseram guardas nas trilhas que vão para o lago, e levantaram barreiras que alertarão se alguém se transportar por Portal para lá.

— Ótimo. Tenho certeza de que todos nós estamos muito seguros agora — disse Jace, e se inclinou novamente contra a parede.

— O que não entendo — disse Simon — é por que Sebastian ficou por aqui. Depois do que fez com Izzy e Max, ia ser pego, não havia mais como fingir. Quero dizer, mesmo achando que tinha matado a Izzy, e não só nocauteado, como poderia explicar que os dois estavam mortos e ele estava bem? Já estava encrencado. Então para que ficar para a luta? Para que ir ao Gard *me* pegar? Tenho certeza de que ele não se importava se eu vivesse ou morresse.

— Agora está sendo muito severo com ele — disse Jace. — Tenho certeza de que preferiria que morresse.

— Na verdade — disse Clary —, acho que ele ficou por minha causa.

O olhar de Jace se desviou para o dela em um lampejo dourado.

— Por sua causa? Estava querendo mais um encontro quente?

Clary enrubesceu.

— Não. E nosso encontro não foi quente. Aliás, não foi nem um encontro. E de qualquer jeito, essa não é a questão. Quando ele entrou no Salão, ficou tentando me fazer sair com ele para podermos conversar. Queria alguma coisa de mim. Só não sei o quê.

— Ou talvez só quisesse você — disse Jace. Ao ver a expressão de Clary, acrescentou: — Não desse jeito. Quis dizer que de repente queria levá-la até Valentim.

— Valentim não se importa comigo — disse Clary. — Ele sempre só se importou com você.

Alguma coisa piscou nas profundezas dos olhos de Jace.

— É assim que você chama? — A expressão dele era assustadoramente desolada. — Depois do que aconteceu no barco, ele se importa com você. O que significa que precisa ter cuidado. Muito cuidado. Aliás, não faria mal nenhum se passasse os próximos dias dentro de casa. Pode se trancar no quarto, como Isabelle.

— Não vou fazer isso.

— Claro que não — disse Jace —, porque vive para me torturar, não é mesmo?

— Nem tudo, Jace, *gira em torno de você* — disse Clary, furiosa.

— Possivelmente — disse Jace —, mas você tem que admitir que a maioria das coisas gira.

Clary resistiu ao impulso de gritar.

Simon limpou a garganta.

— Por falar em Isabelle, que meio que era o assunto aqui, mas pensei que podíamos voltar a isso antes que outra discussão tome conta do recinto, acho que eu deveria falar com ela.

— Você? — disse Alec, e depois, parecendo ligeiramente envergonhado pela própria descompostura, acrescentou rapidamente: — É que... ela não quer sair do quarto nem pela própria família. Por que sairia por você?

— Talvez porque eu *não sou* da família — disse Simon. Estava com as mãos nos bolsos, os ombros para trás. Mais cedo, quando Clary estava sentada perto dele, tinha visto que ainda havia uma fina linha branca ao redor do pescoço de Simon, onde Valentim havia cortado sua garganta, e cicatrizes nos pulsos, onde estes também tinham sido cortados. Seus encontros com o mundo dos Caçadores de Sombras o tinham mudado, e não só na superfície, ou mesmo no sangue; a mudança era mais profunda. Mantinha-se de pé, de cabeça erguida, suportava tudo o que Jace e Alec faziam com ele e não parecia se importar. O Simon que teria se assustado com eles, ou se sentido desconfortável, não existia mais.

Sentiu uma dor repentina no coração, e percebeu com uma pontada o que era. Estava com *saudades* dele — com saudades de Simon. Do Simon de antigamente.

— Acho que vou tentar fazer com que Isabelle fale comigo — disse Simon. — Piorar não vai.

— Mas já está praticamente escuro — disse Clary. — Dissemos a Luke e a Amatis que voltaríamos antes do sol se pôr.

— Eu volto com você — disse Jace. — Quanto ao Simon, consegue se locomover no escuro, não é, Simon?

— Claro que sim — disse Alec indignado, como se quisesse compensar pela alfinetada de antes. — Ele é um vampiro, e... só agora percebi que você estava brincando. Esqueça o que eu disse.

Simon sorriu. Clary abriu a boca para protestar novamente — e voltou a fechá-la. Parcialmente porque não estava sendo razoável, e sabia disso. E parcialmente porque havia algo no olhar de Jace, algo que a atravessou e chegou a Simon, um olhar que a calou: era divertimento, pensou Clary, misturado com gratidão e talvez até — o mais surpreendente de tudo — um pouquinho de respeito.

Era uma caminhada curta entre a nova casa dos Lightwood e a de Amatis; Clary desejou que fosse mais longa. Não conseguia se livrar da sensação de que cada instante que passava com Jace era de alguma forma precioso e limitado, e que estavam se aproximando de alguma espécie de prazo invisível que os separaria para sempre.

Olhou de lado para ele. Estava olhando para a frente, como se ela nem estivesse lá. A linha do perfil dele era acentuada e bem marcada sob a luz mágica que iluminava as ruas. O cabelo ondulado contra a bochecha, sem de fato esconder a cicatriz branca na têmpora onde houvera uma Marca. Ela podia ver uma linha metálica brilhando na garganta de Jace, onde o anel Morgenstern se pendurava na corrente. Sua mão esquerda estava vazia; as juntas pareciam em carne viva. Então realmente estava se curando como um mundano, como Alec havia pedido que fizesse.

Clary estremeceu. Jace olhou para ela.

— Está com frio?

— Só estava pensando — disse ela. — Fiquei surpresa por Valentim ter ido atrás do Inquisidor, e não de Luke. O Inquisidor é um Caçador de Sombras, e Luke... Luke faz parte do Submundo. Além do mais, Valentim o odeia.

— Mas de certa forma o respeita, mesmo que faça parte do Submundo — disse Jace, e Clary pensou no olhar que ele havia lançado a Simon mais cedo, depois tentou não pensar. Detestava pensar em Jace e Valentim sendo semelhantes de alguma forma, mesmo em algo tão trivial quanto um olhar. — Luke está tentando fazer a Clave mudar, pensar de uma nova maneira. É exatamente o que Valentim fez, mesmo que os objetivos fossem... bem, não fossem os mesmos. Luke é um iconoclasta. Quer mudar. Para Valentim, o Inquisidor representa a Clave velha e limitada que ele tanto detesta.

— E foram amigos no passado — disse Clary. — Luke e Valentim.

— "As Marcas daquilo que outrora foram" — disse Jace, e Clary pôde perceber que estava citando alguma coisa, pelo tom semidesdenhoso na voz. — Infelizmente, você nunca realmente odeia ninguém tanto quanto a alguém com quem já se importou um dia. Imagino que Valentim tenha algo especial planejado para Luke, mais para frente, depois que assumir o controle.

— Mas ele não vai assumir o controle — disse Clary, e quando Jace não respondeu, levantou a voz. — Ele *não* vai vencer, não pode. Não quer guerra de verdade, não contra Caçadores de Sombras *e* integrantes do Submundo...

— O que a faz pensar que os Caçadores de Sombras vão lutar junto com os integrantes do Submundo? — disse Jace, ainda sem olhar para ela. Estavam caminhando pela rua do canal, e ele estava com os olhos na água e o maxilar rijo. — Só porque Luke disse? Luke é idealista.

— E por que isso é uma coisa ruim?

— Não é. Só que eu não sou — disse Jace, e Clary sentiu uma pontada fria no coração pelo vazio da voz. *Desespero, raiva, ódio. São qualidades demoníacas. Está agindo como acha que deveria.*

Tinham chegado à casa de Amatis; Clary parou antes dos degraus, virando-se para encará-lo.

— Talvez — disse ela. — Mas você também não é como *ele*.

Jace espantou-se um pouco com a frase, ou talvez fosse apenas a firmeza no tom. Virou a cabeça para olhar para ela pelo que parecia a primeira vez desde que tinham saído da casa dos Lightwood.

— Clary... — começou, mas se interrompeu, respirando fundo. — Tem sangue na sua manga. Está machucada?

Foi em direção a ela, pegando seu pulso com a mão. Clary olhou para baixo e viu, para a própria surpresa, que ele tinha razão — havia uma mancha escarlate irregular na manga direita do casaco. O estranho é que ainda era de um vermelho brilhante. Sangue seco não deveria ter uma cor mais escura? Ela franziu a testa.

— Esse sangue não é meu.

Ele relaxou um pouco, o aperto afrouxando.

— É do Inquisidor?

Ela balançou a cabeça.

— Na verdade acho que é de Sebastian.

— Sangue de *Sebastian*?

— É... Quando ele entrou no Salão, lembra, estava com o rosto sangrando. Acho que Isabelle deve tê-lo arranhado, mas, seja como for, toquei o rosto dele e o sangue ficou. — Olhou mais de perto. — Pensei que Amatis tivesse lavado o casaco, mas acho que não.

Esperava que então Jace fosse soltá-la, mas, em vez disso, ele a segurou pelo pulso durante um longo momento, examinando o sangue, antes de largar o braço, aparentemente satisfeito.

— Obrigado.

Encarou-o por um instante antes de balançar a cabeça;

— Não vai me explicar o que foi isso, vai?

— Sem chance.

Jogou os braços para o alto, irritada.

— Vou entrar. Te vejo mais tarde.

Virou-se e subiu as escadas para a entrada da frente da casa de Amatis. Não havia a menor chance de ela saber que, assim que virou a cabeça, o sorriso desaparecera do rosto de Jace, ou que ele passou um longo tempo na escuridão depois de a porta se fechar, de vigia e enrolando um pedacinho de fio, sem parar, entre os dedos.

— Isabelle — disse Simon. Tinha feito algumas tentativas até encontrar a porta dela, mas o grito de "Vá embora!" que emanou desta o convenceu de que tinha acertado. — Isabelle, me deixe entrar.

Ouviu uma batida abafada e a porta reverberou levemente, como se Isabelle tivesse atirado alguma coisa. Possivelmente um sapato.

— Não quero falar com você e Clary. Não quero falar com ninguém. Me deixe em paz, Simon.

— Clary não está aqui — disse Simon. — E não vou embora até você falar comigo.

— Alec! — gritou Isabelle. — Jace! Façam com que ele vá embora!

Simon esperou. Não houve qualquer barulho do andar de baixo. Ou Alec tinha saído, ou resolvera ficar na dele.

— Não estão aqui, Isabelle. Estou sozinho.

Fez-se silêncio. Finalmente, Isabelle falou novamente. Dessa vez, a voz veio mais de perto, como se estivesse grudada do outro lado da porta.

— Você está sozinho?

— Estou — disse Simon.

A porta se abriu. Isabelle estava ali com uma coberta preta, seus cabelos compridos caídos sobre os ombros. Simon nunca a tinha visto assim: descalça, os cabelos despenteados, sem maquiagem.

— Pode entrar.

Ele passou por ela e entrou no quarto. À luz da porta podia ver que parecia, como diria sua mãe, que tinha passado um furacão. Roupas espalhadas em pilhas pelo chão, uma bolsa de pano aberta como se tivesse explodido. O chicote prateado-dourado brilhante de Isabelle estava pendurado em um dos cantos da cama, um sutiã branco no outro. Simon desviou o olhar. As cortinas estavam fechadas, as lâmpadas apagadas.

Isabelle se jogou no canto da cama e olhou para ele com um divertimento amargo.

— Um vampiro ruborizado. Quem diria — levantou o queixo. — Então, deixei você entrar. O que quer?

Apesar do olhar furioso, Simon achou que ela parecia mais jovem do que normalmente, os olhos grandes e escuros no rosto branco. Podia ver as cicatrizes brancas que traçavam sua pele clara, pelos braços nus, pelas costas e clavícula, até nas pernas. *Se Clary continuar sendo Caçadora de Sombras*, pensou, *um dia vai ficar assim, cheia de cicatrizes*. O pensamento não o perturbou tanto quanto poderia em outros tempos. Havia alguma coisa na maneira como Isabelle mostrava as cicatrizes, como se sentisse orgulho delas.

Tinha alguma coisa nas mãos, alguma coisa que girava sem parar entre os dedos. Era uma coisa pequena que brilhava levemente à meia luz. Pensou por um instante que pudesse ser algum tipo de joia.

— O que aconteceu com Max — disse Simon. — Não foi culpa sua.

Ela não olhou para ele. Olhava fixamente para o objeto nas mãos.

— Sabe o que é isso? — disse, e mostrou o objeto. Parecia um pequeno soldadinho de brinquedo, esculpido de madeira. Um Caçador de Sombras de brinquedo, percebeu Simon, com uniforme preto pintado. O brilho prateado que tinha notado era a tinta da espadinha que segurava; estava praticamente gasta. — Era do Jace — falou, sem esperar que ele respondesse. — Era o único brinquedo que tinha quando veio de Idris. Não sei, talvez tenha feito parte de um conjunto maior um dia. Acho que ele mesmo fez, mas nunca falou muito a respeito. Levava para todos os cantos quando era pequeno, sempre no bolso, ou o que fosse. Então um dia notei Max carregando. Jace devia ter uns 13 anos. Simplesmente deu de presente para o Max, eu acho, quando cresceu demais para brincar.

Seja como for, estava com Max quando o encontraram. Foi como se o tivesse pego para ter algo a que se ater quando Sebastian... quando ele... — interrompeu-se. O esforço para não chorar era evidente; a boca transformada em uma careta, como se estivesse mudando de forma. — Era *eu* que deveria estar protegendo ele. Deveria estar por perto para ele ter em quem se apoiar, não um brinquedo tolo de madeira. — Jogou-o sobre a cama, os olhos brilhando.

— Você estava inconsciente — protestou Simon. — Quase morreu, Izzy. Não havia nada que pudesse ter feito.

Isabelle balançou a cabeça, os cabelos emaranhados remexendo-se sobre os ombros. Parecia feroz e selvagem.

— O que você sabe sobre isso? — perguntou. — Sabia que Max veio até nós na noite em que morreu e disse ter visto alguém subindo nas torres demoníacas, e eu disse que ele estava sonhando e o mandei embora? E ele estava certo. Aposto que foi o desgraçado do Sebastian, subindo a torre para derrubar as barreiras. E Sebastian o matou para que não pudesse contar a ninguém o que tinha visto. Se ao menos eu tivesse ouvido, gastado um segundo para ouvir, isso não teria acontecido.

— Você não tinha como saber — disse Simon. — Quanto a Sebastian... ele não era realmente primo dos Penhallow. Enganou a todos.

Isabelle não pareceu surpresa.

— Eu sei — disse. — Ouvi você falando com Alec e Jace. Estava escutando do alto da escada.

— Estava ouvindo nossa conversa?

Ela deu de ombros.

— Até a parte que você disse que ia subir para falar comigo. Depois voltei. Não estava com vontade de ver você. — Ela olhou de lado para ele. — Mas digo o seguinte: você é persistente.

— Ouça, Isabelle. — Simon deu um passo para a frente. Estava estranhamente consciente, de repente, do fato de que ela não estava muito vestida, então conteve o impulso de colocar a mão no ombro dela, ou de fazer qualquer outra coisa excessivamente carinhosa. — Quando meu pai morreu, eu sabia que não era culpa minha, mas mesmo assim não parei de pensar em todas as coisas que deveria ter feito, deveria ter dito, antes de ele morrer.

— É, bem, isso *é* minha culpa — disse Isabelle. — E o que eu deveria ter feito era tê-lo ouvido. O que ainda posso fazer é caçar o desgraçado que fez isso e matá-lo.

— Não tenho certeza de que isso vá ajudar...

— Como você sabe? — perguntou Isabelle. — Por acaso encontrou a pessoa responsável pela morte do seu pai e o matou?

— Meu pai teve um infarto — disse Simon. — Então, não.

— Então você não sabe do que está falando, sabe? — Isabelle levantou o queixo e olhou fixamente para ele. — Vem aqui.

— O quê?

Ela o chamou imperiosamente com o dedo indicador.

— Vem *aqui*, Simon.

Relutantemente, ele foi na direção dela. Estava a menos de 30 centímetros de distância quando ela o segurou pela frente da camisa, puxando-o em sua direção. Os rostos estavam a poucos centímetros de distância; dava para ver a pele dela brilhando com as marcas de lágrimas recentes.

— Sabe do que estou realmente precisando agora? — disse ela, enunciando cada palavra com clareza.

— Hum — disse Simon. — Não?

— De uma distração — disse ela, e, com um semigiro, o puxou para a cama ao lado dela.

Ele aterrissou de costas entre uma pilha emaranhada de roupas.

— Isabelle — protestou Simon sem muita determinação —, tem certeza de que realmente acha que isso vai fazer você se sentir melhor?

— Vai por mim — disse Isabelle, colocando uma mão no peito dele, sobre o coração que não batia. — Já estou me sentindo melhor.

Clary ficou deitada na cama sem dormir, olhando para uma única fresta de luar que riscava o teto. Seus nervos ainda estavam muito chacoalhados pelos eventos do dia para que conseguisse dormir, e o fato de que Simon não tinha voltado antes do jantar — ou depois — não ajudou. Por fim, mencionara sua preocupação para Luke, que vestira um casaco e fora até a casa dos Lightwood. Voltara com ar de divertimento.

— Simon está bem, Clary — dissera ele. — Vá para a cama. — Depois saíra outra vez, com Amatis, para mais uma das intermináveis reuniões no Salão dos Acordos. Ficou imaginando se alguém já tinha limpado o sangue do Inquisidor.

Sem ter mais o que fazer, tinha ido para a cama, mas o sono permanecia intangível. Clary continuava vendo Valentim na cabeça, enfiando o braço no corpo do Inquisidor e arrancando-lhe o coração. A maneira como tinha se virado para ela e dito, *ficaria de boca fechada, pelo bem do seu irmão, se não pelo seu próprio.* Acima de tudo, os segredos descobertos no encontro com Ithuriel puseram um peso em seu peito. Sob todas essas ansiedades havia o medo, constante como as batidas de um coração, de que a mãe morreria. Onde estava Magnus?

Fez-se um barulho nas cortinas, e uma onda repentina de luz do luar escorreu para o quarto. Clary se sentou, pegando a lâmina serafim que mantinha na cabeceira.

— Tudo bem. — Uma mão se colocou sobre a dela; esguia, cicatrizada e familiar. — Sou eu.

Clary respirou fundo e segurou a mão dele.

— Jace — disse. — O que você está fazendo aqui? O que houve?

Por um instante ele não respondeu, e ela se virou para olhá-lo, puxando os lençóis para cima. Clary se sentiu ruborizando, extremamente ciente do fato de que só estava com a parte de baixo de um pijama e uma camisola fina — em seguida viu a expressão dele, e o próprio constrangimento diminuiu.

— Jace? — sussurrou. Ele estava próximo à cabeceira da cama, ainda com as roupas brancas de luto, e não havia nada de leve, sarcástico ou distante na maneira como olhava para ela. Estava muito pálido, e os olhos pareciam assombrados e quase negros de exaustão. — Você está bem?

— Não sei — disse, com o jeito entorpecido de quem acabava de acordar de um sonho. — Não ia vir para cá. Passei a noite inteira andando, não consegui dormir, e o tempo todo me via andando para cá. Para você.

Ela se sentou mais reta, deixando o lençol cair pelos quadris.

— Por que não consegue dormir? Aconteceu alguma coisa? — perguntou, e imediatamente se sentiu tola. O que *não* tinha acontecido?

Jace, no entanto, mal pareceu ouvir a pergunta.

— Precisava ver você — disse ele, mais para si próprio. — Sei que não devia. Mas *precisava*.

— Bem, então sente-se — disse ela, puxando as pernas para dar espaço para ele na ponta da cama —, porque você está me deixando nervosa. Tem certeza de que não aconteceu nada?

— Não disse que não aconteceu nada. — Sentou na cama, olhando para ela. Estava tão próximo que ela poderia simplesmente ter se inclinado e o beijado...

Seu peito apertou.

— É alguma notícia ruim? Está tudo... Estão todos...

— Não é ruim — disse Jace —, e não é nenhuma novidade. É o oposto disso. É uma coisa que eu sempre soube, e você, você provavelmente também sabe. Deus sabe que não escondi muito bem. — Os olhos dele examinaram o rosto dela, lentamente, como se quisesse memorizá-lo. — O que aconteceu — disse ele, e hesitou — foi que percebi uma coisa.

— Jace — sussurrou ela de repente, e por motivo nenhum que conseguisse identificar, estava com medo do que ele estava prestes a dizer. — Jace, você não precisa...

— Estava tentando ir para... algum lugar — disse Jace. — Mas continuava sendo atraído para cá. Não conseguia parar de andar, de pensar. Sobre a primeira vez em que a vi, e sobre como depois daquilo não consegui esquecê-la. Queria, mas não consegui. Forcei Hodge a deixar que fosse eu a ir encontrá-la e levá-la ao Instituto. E mesmo naquela época, naquela cafeteria estúpida, quando a vi sentada naquele sofá com Simon, mesmo *então* aquilo pareceu errado, *eu* é que deveria estar sentado com você. Que deveria tê-la feito rir daquele jeito. Não conseguia me livrar daquela sensação. Deveria ter sido eu. E quanto mais a conhecia, mais sentia; nunca tinha me acontecido isso antes. Sempre que eu queria uma garota, depois que conhecia, não queria mais; mas com você a sensação só se fortalecia, até a noite em que você apareceu em Renwick e eu *soube*.

"E depois descobrir que a razão pela qual me sentia daquele jeito, como se você fosse uma parte de mim que tinha perdido e nem sabia que sentia falta até vê-la novamente, que o motivo para isso era o fato de que você era *minha irmã* parecia alguma espécie de piada cósmica. Como se Deus estivesse cuspindo em mim. E não sei nem por quê, por pensar que poderia *tê-la*, que mereceria algo assim, ser tão feliz assim. Não conseguia pensar no que podia ter feito para receber um castigo desses...

— Se você está sendo castigado — disse Clary —, então também estou. Porque todas essas coisas que sentiu, eu também senti, mas não podemos... *Temos* que parar de nos sentir assim, é nossa única chance.

Jace estava com as mãos cerradas nas laterais.

— Nossa única chance de quê?

— De ficarmos juntos. Do contrário não poderemos nem ficar perto um do outro, nem mesmo na mesma sala, e não posso suportar isso. Prefiro ter você na minha vida, mesmo como irmão, do que não ter...

— E eu tenho que ficar parado enquanto você namora outros, se apaixona por outra pessoa, se casa...? — A voz dele endureceu. — E enquanto isso, eu morro um pouco mais a cada dia, assistindo.

— Não. Até lá, não se importará mais — disse ela, imaginando, mesmo ao dizer, se poderia suportar a ideia de um Jace que não se importasse. Não tinha pensado tão longe quanto ele. E, quando tentou se imaginar vendo ele se apaixonar por outra pessoa, casar, não conseguia sequer pensar, não enxergava nada além de um túnel negro que se esticava à sua frente, eternamente. — Por favor. Se não dissermos nada... Se simplesmente fingirmos...

— Não dá para fingir — disse Jace, objetivo. — Eu amo você, e vou amar até morrer, e se houver vida depois disso, vou amar também.

Clary perdeu o fôlego. Ele as havia dito — as palavras das quais não se podia recuar. Lutou para encontrar uma resposta, mas não veio nenhuma.

— E sei que você acha que só quero ficar com você para... para mostrar a mim mesmo o monstro que sou — disse ele. — E talvez eu seja um monstro. Não sei a resposta para isso. Mas o que sei é que mesmo que haja sangue de demônio em mim, há sangue humano também. E eu não podia amá-la desse jeito se não fosse pelo menos um pouquinho humano. Porque demônios *querem*. Mas não amam. E eu...

Ele se levantou, com uma espécie de ímpeto violento, e atravessou o quarto até a janela. Parecia perdido, perdido como tinha estado no Grande Salão sobre o corpo de Max.

— Jace — disse Clary, alarmada, e quando ele não respondeu, ela se levantou cambaleando e foi até ele, colocando a mão em seu braço. Ele continuou olhando pela janela; os reflexos dos dois no vidro eram quase transparentes, contornos fantasmagóricos de um garoto alto e uma garota menor, a mão dela agarrando ansiosamente a manga dele. — Qual é o problema?

— Não deveria ter contado desse jeito — disse ele, sem olhar para ela. — Sinto muito. Provavelmente foi demais para absorver. Você pareceu tão... chocada. — A tensão na voz dele era como um fio esticado.

— E fiquei mesmo — disse. — Passei os últimos dias imaginando se você me odiava. E depois que o vi agora à noite, tive certeza de que sim.

— Odiar você? — ecoou, parecendo espantado. Esticou o braço e tocou o rosto dela, levemente, apenas as pontas dos dedos na pele de Clary. — Disse para você que não conseguia dormir. Amanhã à meia-noite estaremos em guerra, ou sob o domínio de Valentim. Esta pode ser a última noite das nossas vidas, certamente a última remotamente normal. E tudo em que conseguia pensar era que queria estar com você.

O coração de Clary parou.

— Jace...

— Não é disso que estou falando — disse ele. — Não vou tocá-la, se você não quiser. Sei que é errado, meu Deus, como é errado, mas só quero me deitar com você, e acordar com você, só uma vez, uma única vez na vida. — Havia desespero em sua voz. — É só esta noite. No quadro geral das coisas, o quanto uma noite pode importar?

Porque pense em como vamos nos sentir pela manhã. Pense no quanto vai ser pior, fingir que não significamos nada um para o outro na frente de todas as outras pessoas depois de passarmos uma noite juntos, mesmo que a única coisa que façamos seja dormir. É como consumir só um pouquinho de uma droga — só faz com que se queira mais.

Mas foi por isso que contou a ela o que tinha contado, percebeu Clary. Porque não era verdade, não para ele; não havia nada que pudesse piorar, assim como não havia nada que pudesse melhorar. O que ele sentia era tão derradeiro quanto uma sentença de morte, e será que podia dizer que para ela era tão diferente? E mesmo que torcesse para que sim, mesmo que torcesse para que algum dia pudesse ser persuadida pelo tempo, pela razão ou pelo atrito gradual a não se sentir mais assim, não importava. Jamais havia desejado nada na vida tanto quanto queria esta noite com Jace.

— Feche as cortinas, então, antes de vir para a cama — disse ela. — Não consigo dormir com tanta luz no quarto.

O olhar que passou pelo rosto dele era de pura incredulidade. Não esperava realmente que ela dissesse sim, percebeu Clary, surpresa, para um instante mais tarde sentir o abraço dele quando enterrou o rosto em seus cabelos ainda bagunçados.

— Clary...

— Venha para a cama — disse ela suavemente. — Está tarde. — Então se afastou dele e voltou para a cama, deitando e puxando as cobertas até a cintura. De algum jeito, vendo-o assim, quase podia imaginar que as coisas eram diferentes, que muitos anos haviam se passado e que estavam juntos há tanto tempo que já tinham feito isso centenas de vezes, que todas as noites pertenciam a eles, não só esta. Apoiou o queixo nas mãos e o observou enquanto fechava as cortinas e depois abria o zíper da jaqueta branca e a pendurava no encosto de uma cadeira. Estava com uma camiseta cinza-clara por baixo, e as Marcas que se entrelaçavam sobre os braços nus brilhavam sombrias enquanto ele desafivelava o cinto de armas e o repousava no chão. Ele desamarrou as botas e as descalçou enquanto ia para a cama, se esticando cuidadosamente ao lado de Clary. Deitado sobre as costas, virou a cabeça para olhar para ela. Uma luz fraca entrava no quarto através das cortinas, o suficiente apenas para que ela visse o contorno do rosto de Jace e o brilho de seus olhos.

— Boa noite, Clary — disse ele.

As mãos dele repousaram a cada um dos lados do próprio corpo. Mal parecia respirar; não sabia ao certo se ela própria estava respirando. Ela colocou as próprias mãos sobre o lençol, de modo que os dedos de ambos se tocaram — de forma tão singela que ela provavelmente mal teria percebido que estava tocando alguém se não fosse Jace; mas como era ele, as terminações nervosas das pontas de seus dedos pinicavam levemente, como se os estivesse repousando sobre uma chama. Sentiu-o ficando tenso ao seu lado e depois relaxando. Tinha fechado os olhos, e os cílios formavam sombras finas contra as curvas das maçãs do rosto. A boca se curvou em um sorriso, como se sentisse que ela estava olhando, e ela imaginou como ele estaria de manhã, com o cabelo bagunçado e olheiras. Apesar de tudo, pensar nisso lhe causou uma pontada de felicidade.

Entrelaçou os dedos nos dele.

— Boa noite — sussurrou. De mãos dadas como crianças em um conto de fadas, dormiu ao lado dele no escuro.

Capítulo 15

TUDO DESMORONA

Luke tinha passado boa parte da noite assistindo ao trajeto da lua pelo teto translúcido do Salão dos Acordos, como uma moeda de prata rolando pela superfície transparente de uma mesa de vidro. Quando a lua estava quase cheia, como agora, sentia a visão se aguçando de forma correspondente e uma melhora no olfato, mesmo sob forma humana. Agora, por exemplo, detectava o cheiro do suor da dúvida, e o gosto penetrante de medo. Podia sentir a preocupação inquieta de sua alcateia na Floresta Brocelind enquanto andavam de um lado para o outro na escuridão sob as árvores e esperavam por notícias dele.

— Lucian. — A voz de Amatis ao seu ouvido era baixa, porém aguda. — *Lucian!*

Despertado do devaneio, Luke lutou para focar os olhos exaustos na cena diante de si. Era um grupinho pequeno e desigual, o daqueles que haviam concordado em ao menos ouvir seu plano. Menos do que esperava. Muitos que conhecia da antiga vida em Idris — os Penhallow, os Lightwood, os Ravenscar — e todos os que tinha acabado de conhecer, como os Monteverde, que governavam o Instituto de Lisboa e conversavam em uma mistura de português e inglês, ou Nasreen Chaudhury, o cabeça do Instituto de Mumbai. Seu sári verde-escuro era estampado em símbolos elaborados de uma prata tão brilhante que Luke instintivamente se encolheu ao passar por perto.

— Sério, Lucian — disse Maryse Lightwood. O pequeno rosto branco estava marcado por exaustão e pesar. Luke não esperava realmente que ela ou o marido viessem, mas concordaram assim que ele mencionou. Supunha que deveria se sentir grato por sequer estarem aqui, mesmo que a tristeza tendesse a deixar Maryse com o humor mais mordaz que o habitual. — Foi você que nos quis aqui; o mínimo que pode fazer é prestar atenção.

— Está prestando — Amatis estava sentada sobre as pernas como uma menina, mas tinha a expressão firme —, não é culpa de Lucian estarmos dando voltas e voltas há uma hora.

— E vamos continuar dando voltas e voltas até encontrarmos uma solução — disse Patrick Penhallow, com certa irritação na voz.

— Com todo o respeito, Patrick — disse Nasreen, com seu sotaque melodioso —, pode ser que não haja solução para esse problema. O melhor que podemos esperar é um plano.

— Um plano que não envolva escravização em massa ou... — começou Jia, esposa de Patrick, em seguida se interrompeu, mordendo o lábio. Era uma mulher bonita e esguia, que se parecia muito com a filha, Aline. Luke se lembrou de quando Patrick tinha fugido para o Instituto de Pequim e se casado com ela. Tinha sido um tanto escandaloso, pois ele deveria se casar com uma menina que os pais já tinham escolhido para ele em Idris. Mas Patrick nunca gostou de fazer o que lhe mandavam, uma qualidade pela qual Luke agora se sentia grato.

— Ou aliança com membros do Submundo? — disse Luke. — Temo que não haja como evitar isso.

— O problema não é esse, e você sabe — disse Maryse. — É toda a questão dos assentos no Conselho. A Clave nunca vai concordar. Você sabe disso. *Quatro* assentos...

— Quatro não — disse Luke. — Um para cada um: Povo das Fadas, Filhos da Lua e filhos de Lilith.

— Os feiticeiros, as fadas e os licantropos — disse a voz suave de Monteverde, com as sobrancelhas arqueadas. — E os vampiros?

— Não me prometeram nada — admitiu Luke. — E também não prometi nada a eles. Podem não estar loucos para se juntar ao Conselho; não gostam muito da minha espécie, nem das reuniões e regras. Mas a porta está aberta para eles, se mudarem de ideia.

— Malaquias e o bando dele jamais concordarão, e pode ser que não tenhamos votos o suficiente no Conselho sem eles — murmurou Patrick. — Além disso, sem os vampiros, que chance temos?

— Uma ótima chance — irritou-se Amatis, que parecia acreditar no plano de Luke mais do que ele mesmo. — Há muitos integrantes do Submundo que *vão* lutar conosco, e são muito poderosos. Só os feiticeiros...

Balançando a cabeça, a sra. Monteverde se voltou para o marido.

— Esse plano é uma loucura. Não vai funcionar. Não se pode confiar em ninguém do Submundo.

— Funcionou durante a Ascensão — disse Luke.

A portuguesa contraiu os lábios.

— Só porque Valentim estava lutando com um exército de tolos — disse ela. — E não de demônios. E como saberemos que os velhos integrantes do Ciclo não vão voltar a ficar do lado dele quando ele chamar?

— Cuidado com o que diz, senhora — resmungou Robert Lightwood. Foi a primeira vez que falou em mais de uma hora; tinha passado quase toda a noite sem se pronunciar, imobilizado pela tristeza. Havia rugas no rosto dele que Luke podia jurar que não estavam ali três dias antes. Seu tormento era evidenciado pelos ombros tensos e punhos cerrados; Luke mal podia culpá-lo. Nunca tinha gostado muito de Robert, mas havia algo na imagem de um homem grande tornado impotente pela tristeza que era doloroso testemunhar. — Se você acha que eu me juntaria a Valentim após a morte de Max... Por causa dele meu menino foi *assassinado*...

— Robert — murmurou Maryse. Ela pôs a mão no braço dele.

— Se não nos juntarmos a ele — disse o sr. Monteverde —, *todas* as nossas crianças podem morrer.

— Se acha isso, então por que está aqui? — Amatis se levantou. — Pensei que tivéssemos concordado...

Eu também. A cabeça de Luke doeu. Era sempre assim com eles, pensou, dois passos para a frente e um para trás. Eram tão ruins quanto os membros do Submundo em pé de guerra, e sequer conseguiam perceber. Talvez todos ficassem melhores se resolvessem os problemas no combate, como seu bando fazia...

Um lampejo de movimento nas portas do Salão chamou sua atenção. Foi momentâneo, e se não estivesse tão perto da lua cheia, talvez não tivesse visto ou reconhecido a figura que passou rapidamente diante das portas. Chegou a se perguntar por um instante se estaria imaginando coisas. Às vezes, quando estava muito cansado, achava que via Jocelyn — no piscar de uma sombra, no jogo de luz em uma parede.

Mas não era Jocelyn. Luke se levantou.

— Vou dar um intervalo de cinco minutos para tomar um ar. Já volto. — Sentiu os outros olhando para ele enquanto ia até a porta da frente, todos eles, até Amatis. O sr. Monteverde sussurrou alguma coisa para a mulher; Luke captou a palavra "lobo" no meio. *Provavelmente acham que vou lá para fora correr em círculos e uivar para a lua.*

O ar do lado de fora era fresco e frio, o céu cinza como aço. O amanhecer avermelhou o céu a leste e projetou uma sombra cor-de-rosa claro nos degraus de mármore branco que levavam às portas do Salão. Jace estava esperando por ele, na metade da escada. As roupas brancas de luto que vestia atingiram Luke como um tapa na cara, um lembrete de todas as mortes que tinham vivenciado ali, e que estavam prestes a vivenciar novamente.

CIDADE DE VIDRO

Luke parou a diversos degraus acima de Jace.

— O que você está fazendo aqui, Jonathan?

Jace não disse nada e Luke mentalmente censurou o próprio esquecimento — Jace não gostava de ser chamado de Jonathan, e geralmente respondia com grande objeção ao nome. Mas, dessa vez, não pareceu se importar. O rosto que levantou para Luke estava tão sombriamente rijo quanto a face dos adultos no Salão. Apesar de Jace ainda estar a um ano de se tornar adulto pela Lei da Clave, já tinha visto coisas piores em sua breve vida do que a maioria dos adultos podia sequer imaginar.

— Estava procurando seus pais?

— Está falando dos Lightwood? — Jace balançou a cabeça. — Não, não quero falar com eles. Estava procurando você.

— É sobre Clary? — Luke desceu diversos degraus até ficar logo acima de Jace. — Ela está bem?

— Está. — A menção ao nome de Clary pareceu deixar Jace tenso da cabeça aos pés, o que, por sua vez, atiçou os nervos de Luke; mas Jace jamais diria que Clary estava bem se não estivesse.

— Então o que foi?

Jace olhou para além dele, em direção às portas do Salão.

— Como está lá? Algum progresso?

— Na verdade, não — admitiu Luke. — Por mais que não queiram se render a Valentim, gostam menos ainda da ideia de ter integrantes do Submundo no Conselho. E sem a promessa de assentos no Conselho, meu pessoal não vai lutar.

Os olhos de Jace faiscaram.

— A Clave vai *odiar* essa ideia.

— Não precisam amar. Só precisam preferir à ideia de suicídio.

— Vão enrolar — alertou Jace. — Eu estabeleceria um prazo se fosse você. A Clave atua melhor com prazos.

Luke não conseguiu evitar sorrir.

— Todos os integrantes do Submundo que eu puder invocar se aproximarão do Portão Norte no crepúsculo. Se, até lá, a Clave concordar em lutar junto a eles, entrarão na cidade. Se não, vão dar as costas. Não pude deixar que fosse nem um pouco mais tarde do que isso; como está, mal nos deixa tempo para chegarmos a Brocelind antes da meia-noite.

Jace assobiou.

— Isso é teatral. Torcendo para que a visão de todos aqueles integrantes do Submundo vá inspirar a Clave ou assustá-la?

— Provavelmente um pouco dos dois. Muitos dos que compõem a Clave são associados a Institutos, como você; estão muito mais acostumados a ver integrantes do Submundo. São

237

os nativos de Idris que me preocupam. A visão do exército do Submundo pode deixá-los em pânico. Por outro lado, não faz mal lembrá-los do quanto estão vulneráveis.

Quase como uma deixa, os olhos de Jace desviaram para as ruínas do Gard, uma cicatriz negra perto da colina sobre a cidade.

— Não sei se alguém ainda precisa de mais algum lembrete em relação a isso — encarou Luke, os olhos claros muito sérios — mas preciso contar uma coisa, e quero que seja em segredo.

Luke não conseguiu conter a surpresa.

— Por que contar para mim? Por que não aos Lightwood?

— Porque é você que está no comando aqui, na verdade. Sabe disso.

Luke hesitou. Alguma coisa no rosto branco e cansado de Jace conseguiu extrair compaixão de sua exaustão — compaixão e um desejo de mostrar a este menino, que tinha sido tão traído e tão usado pelos adultos na vida dele, que nem todos os adultos eram assim, que havia alguns nos quais podia confiar.

— Tudo bem.

— E — disse Jace — porque confio que saberá como explicar para Clary.

— Explicar *o que* para Clary?

— Por que tive que fazer isso. — Os olhos de Jace estavam grandes à luz do sol nascente; isso o fazia parecer muito mais jovem. — Vou atrás de Sebastian, Luke. Sei como encontrá-lo, e vou segui-lo até que ele me leve a Valentim.

Luke suspirou, surpreso.

— Você *sabe como encontrá-lo?*

— Magnus me ensinou a utilizar um feitiço de rastreamento quando estava na casa dele no Brooklyn. Estávamos tentando utilizar o anel do meu pai para encontrá-lo. Não funcionou, mas...

— Você não é um feiticeiro. Não vai conseguir realizar um feitiço de rastreamento.

— São símbolos. Do mesmo tipo que a Inquisidora usou para me observar quando fui ver Valentim no navio. Tudo de que eu precisava para fazer funcionar era de alguma coisa do Sebastian.

— Mas já tratamos disso com os Penhallow. Ele não deixou nada para trás. O quarto estava inteiramente vazio, provavelmente por esse exato motivo.

— Encontrei uma coisa — disse Jace. — Um fiapo ensopado com o sangue dele. Não é muito, mas é o suficiente. Tentei, e funcionou.

— Não pode ir atrás de Valentim por conta própria, Jace. Não permitirei.

— Não pode me impedir. Sabe que não. A não ser que queira lutar comigo aqui nestes degraus. E também não vai me vencer. Sabe disso tão bem quanto eu. — Havia um tom estranho na voz de Jace, uma mistura de certeza e ódio a si próprio.

— Ouça, por mais determinação que tenha em bancar o herói solitário...

— Não sou um herói — disse Jace. A voz era clara e sem tom, como se estivesse relatando o mais simples dos fatos.

— Pense no que isso vai fazer com os Lightwood, mesmo que nada aconteça a você. Pense em Clary...

— Você acha que *não* pensei nela? Acha que não pensei na minha família? Por que acha que estou fazendo isso?

— Você acha que não me lembro de como é ter 17 anos? — respondeu Luke. — De pensar que você tem o poder de salvar o mundo, e não só o poder, mas a responsabilidade...

— Olhe para mim — disse Jace. — Olhe para mim e me diga que sou apenas um garoto de 17 anos comum.

Luke suspirou.

— Não há nada de comum em você.

— Agora me diga que é impossível. Diga que o que estou sugerindo não pode ser feito. — Quando Luke não disse nada, Jace prosseguiu: — Ouça, seu plano é bom, até onde vai. Traga os integrantes do Submundo, lute contra Valentim até os portões de Alicante. É melhor que simplesmente se deitar e deixar que ande sobre vocês. Mas ele vai esperar isso. Não o pegará de surpresa. Eu... eu poderia pegá-lo de surpresa. Ele pode não saber que Sebastian está sendo seguido. É ao menos uma chance, e temos que agarrar quaisquer chances que tivermos.

— Isso pode ser verdade — disse Luke. — Mas é demais para esperar de qualquer pessoa. Mesmo você.

— Mas será que não vê, só *eu posso* — disse Jace, com a voz invadida pelo desespero. — Mesmo que Valentim sinta que o estou seguindo, pode permitir que eu me aproxime o suficiente...

— O suficiente para fazer o quê?

— Matá-lo — disse Jace. — O que mais?

Luke olhou para o garoto abaixo dele na escada. Desejou que de algum jeito pudesse se esforçar e enxergar Jocelyn nele, da mesma maneira como a via em Clary, mas Jace era somente, e sempre, ele mesmo — contido, sozinho, separado.

— Você seria capaz de fazer isso? — disse Luke. — De matar seu próprio pai?

— Seria — disse Jace, a voz tão distante quanto um eco. — Esse é o momento que você me diz que não posso matá-lo, pois ele é, afinal de contas, meu pai, e matar o pai é um crime imperdoável?

— Não. Este é o momento em que digo que é preciso ter certeza de que é capaz — disse Luke, e percebeu, para a própria surpresa, que alguma parte de si já tinha aceitado que Jace faria exatamente o que disse que faria, e ele deixaria. — Não pode fazer isso, romper todos os seus laços aqui e caçar Valentim por conta própria, só para fracassar na última hora.

— Ah — disse Jace —, sou perfeitamente capaz. — Desviou os olhos de Luke, passou-os pelos degraus em direção à praça que até ontem de manhã estivera cheia de corpos: — Meu pai fez de mim o que sou. E o odeio por isso. Posso matá-lo. Ele se certificou disso.

Luke balançou a cabeça.

— Independentemente de como foi criado, Jace, você lutou contra isso. Ele não o corrompeu...

— Não — disse Jace —, ele não precisou. — Olhou para o céu, riscado de azul e cinza, pássaros começando as canções matinais nas árvores da praça, e concluiu: — É melhor eu ir.

— Quer que eu diga alguma coisa aos Lightwood?

— Não, não diga nada a eles. Vão tratar de culpá-lo se descobrirem que você sabia o que eu ia fazer e não me impediu. Deixei bilhetes — acrescentou. — Vão entender.

— Então por quê...

— Contei isso tudo? Porque quero que saiba. Quero que tenha isso em mente enquanto elabora seus planos de batalha. Que estou lá, procurando por Valentim. Se encontrá-lo, mando uma mensagem. — Sorriu de maneira fugaz. — Pense em mim como seu plano B.

Luke se esticou e pegou a mão do rapaz.

— Se seu pai não fosse quem é — disse —, ele sentiria orgulho de você.

Jace pareceu surpreso por um instante, então, rapidamente, ruborizou e puxou a mão de volta.

— Se você soubesse... — começou, e mordeu o lábio. — Deixe para lá. Boa sorte, Lucian Graymark. *Ave atque vale.*

— Vamos torcer para que não seja adeus de verdade — disse Luke. O sol estava subindo depressa agora e, enquanto Jace levantava a cabeça, franzindo o cenho para a intensificação repentina da luz, havia algo em seu rosto que espantou Luke, alguma coisa naquela mistura de vulnerabilidade e orgulho teimoso. — Você me lembra alguém — disse, sem pensar. — Alguém que conheci há muitos anos.

— Eu sei — disse Jace, com uma contração amarga na boca. — Lembro Valentim.

— Não — disse Luke, com uma voz interrogativa; mas Jace virou de costas e a semelhança desbotou, espantando os fantasmas da memória. — Não, não estava pensando em Valentim.

No momento em que Clary acordou, soube que Jace tinha ido, mesmo antes de abrir os olhos. A mão, ainda esticada pela cama, estava vazia; nenhum dedo retribuía a pressão dos dela. Sentou-se lentamente, com o peito apertado.

Deve ter retraído as cortinas antes de sair, pois as janelas estavam abertas e barras brilhantes de luz solar riscavam a cama. Clary se perguntou por que não tinha sido acordada pela luz. Pela posição do sol, já era tarde. Estava com a cabeça pesada e cheia, os olhos borrados. Talvez fosse apenas porque não tivera pesadelos durante a noite, pela primeira vez em tanto tempo, e o corpo estava recuperando o sono.

Somente quando se levantou percebeu o papel dobrado na cabeceira. Pegou-o com um sorriso se formando nos lábios — quer dizer que Jace tinha deixado um bilhete — e quando algo pesado escorregou de sob o papel e rolou no chão aos seus pés, ficou tão surpresa que deu um salto para trás, pensando que fosse uma coisa viva.

A seus pés, havia um rolo de metal brilhante. Sabia o que era antes mesmo de se abaixar para pegá-lo. A corrente e o anel de prata que Jace usava em volta do pescoço. O anel da família. Raramente o vira sem ele. Uma súbita sensação de pânico se abateu sobre ela.

Abriu o bilhete e examinou as primeiras linhas: *Apesar de tudo, não posso suportar a ideia de ver este anel perdido para sempre, não mais do que posso suportar a de deixá-la para sempre. E, ainda que não tenha escolha quanto a uma das coisas, ao menos posso fazer algo em relação à outra.*

O restante da carta pareceu se misturar em um borrão de letras sem significado; ela teve que ler diversas vezes para entender alguma coisa. Quando finalmente o fez, ficou parada, olhando para baixo, observando o papel balançando enquanto a mão tremia. Entendia agora por que Jace havia contado tudo aquilo, e por que dissera que uma noite não importava. Uma pessoa pode dizer o que quiser a outra, se achar que nunca mais vai vê-la novamente.

Mais tarde, ela não teve nenhuma lembrança de ter decidido o que fazer em seguida, ou de ter procurado alguma coisa para vestir, mas de alguma forma estava correndo pelas escadas, vestida com a roupa de Caçadora de Sombras; a carta em uma das mãos e a corrente com o anel pendurada no pescoço.

A sala estava vazia, o fogo na lareira reduzido a cinzas, mas barulho e luz emanavam da cozinha: um som de conversa, e o cheiro de alguma coisa cozinhando. *Panquecas?*, pensou Clary, surpresa. Não imaginaria que Amatis soubesse fazê-las.

E tinha razão. Entrando na cozinha, Clary sentiu os olhos arregalarem — Isabelle, com seus cabelos negros brilhantes amarrados em um coque na nuca, estava ao fogão, com um avental na cintura e uma colher de metal na mão. Simon estava à mesa, atrás dela, com os pés em uma cadeira, e Amatis, longe de mandá-lo tirar os pés do móvel, estava apoiada na bancada, parecendo muito entretida.

Isabelle acenou com a colher para Clary.

— Bom dia — disse ela. — Quer tomar café? Apesar de estar mais para a hora do almoço.

Sem saber o que falar, Clary olhou para Amatis, que deu de ombros.

— Eles acabaram de aparecer e quiseram fazer café da manhã — disse ela —, e tenho que admitir, não sou boa cozinheira.

Clary pensou na péssima sopa de Isabelle no Instituto e se esforçou para não dar de ombros.

— Cadê o Luke?

— Em Brocelind, com a alcateia — disse Amatis. — Está tudo bem, Clary? Você parece um pouco...

— Agitada. — Concluiu Simon por ela. — *Está* tudo bem?

Por um instante, Clary não conseguiu pensar em uma resposta. *Eles acabaram de aparecer*, dissera Amatis. O que significava que Simon tinha passado a noite inteira com Isabelle. Ela o encarou. Ele não parecia nem um pouco diferente.

— Estou bem — disse ela. Não era hora de se preocupar com a vida amorosa de Simon. — Preciso falar com Isabelle.

— Então fale — disse ela, cutucando um objeto disforme na panela, que, Clary temeu, tratava-se de uma panqueca. — Estou ouvindo.

— *A sós* — disse Clary.

Isabelle franziu a testa.

— Não pode esperar? Estou quase acabando...

— Não — disse Clary, e tinha algo no tom que fez Simon, ao menos, se sentar direito. — Não pode esperar.

Simon deslizou da mesa.

— Tudo bem. Vamos dar um pouco de privacidade a vocês duas — disse ele. Voltou-se para Amatis: — Talvez você possa me mostrar aquelas fotos de quando Luke era bebê.

Amatis lançou um olhar preocupado a Clary, mas seguiu Simon para fora da cozinha.

— Acho que posso...

Isabelle balançou a cabeça enquanto a porta se fechava. Alguma coisa brilhou na nuca dela: uma adaga fina e delicada prendia o coque no lugar. Apesar do quadro de domesticidade, ela ainda era uma Caçadora de Sombras.

— Ouça — disse ela. — Se for sobre o Simon...

— Não é sobre ele. É sobre Jace — disse, jogando o bilhete para Isabelle. — Leia isso.

Com um suspiro, Isabelle desligou o fogão, pegou o papel, e se sentou para ler. Clary pegou uma maçã de uma cesta na mesa e se sentou enquanto Isabelle, em frente a ela, examinava a carta em silêncio. Clary segurou o descascador — não conseguia se imaginar de fato comendo a maçã, ou, aliás, comendo qualquer coisa, nunca mais.

Isabelle levantou os olhos do papel, com as sobrancelhas arqueadas.

— Isso parece um pouco... pessoal. Tem certeza de que eu deveria estar lendo?

Provavelmente não. Clary mal conseguia se lembrar das palavras a essa altura agora; em qualquer outra situação, jamais teria mostrado para Isabelle, mas o pânico em relação a Jace suplantava qualquer outra preocupação.

— Apenas leia até o fim.

Isabelle voltou-se para o bilhete. Quando acabou, repousou o papel na mesa.

— Pensei que ele pudesse fazer alguma coisa assim.

— Entendeu o que eu estava querendo dizer — disse Clary, as palavras atropelando umas às outras —, mas ele não pode ter saído há tanto tempo assim, ou ido tão longe. Deveríamos ir atrás dele e... — interrompeu-se, o cérebro finalmente processando o que Isabelle havia dito, e alcançado a boca. — O que quer dizer com "pensou que ele pudesse fazer alguma coisa assim"?

— Exatamente o que disse. — Isabelle colocou uma mecha de cabelo atrás da orelha. — Desde que Sebastian desapareceu, todo mundo está falando sobre como encontrá-lo. Revirei o quarto dele na casa dos Penhallow procurando qualquer coisa que pudesse ajudar a encontrá-lo, mas não havia nada. Deveria ter imaginado que se ele encontrasse alguma coisa que o pusesse na trilha de Sebastian, correria atrás sem nem pensar — mordeu o lábio —, mas preferia que ele tivesse levado Alec com ele. Alec não vai ficar contente.

— Então você acha que Alec vai querer ir atrás dele? — perguntou Clary, com esperança renovada.

— Clary. — Isabelle parecia levemente irritada. — Como podemos ir atrás dele? Como podemos ter a mais leve ideia de para onde ele foi?

— Tem que haver alguma maneira...

— Podemos tentar rastreá-lo. Mas Jace é esperto. Vai ter descoberto alguma maneira de bloquear o rastro, exatamente como Sebastian.

Uma raiva fria se agitou no peito de Clary.

— Você nem mesmo *quer* encontrá-lo? Sequer se importa com o fato de que ele saiu em uma missão praticamente suicida? Ele não pode encarar Valentim sozinho.

— Provavelmente não — disse Isabelle. — Mas imagino que Jace tenha as razões dele para...

— Para quê? Para querer morrer?

— *Clary.* — Os olhos de Isabelle acenderam com uma luz repentina de raiva. — Você acha que o resto de nós está *seguro*? Estamos todos esperando a morte ou pelo menos a escravidão. Você realmente consegue visualizar Jace simplesmente parado, esperando alguma coisa horrível acontecer? Realmente consegue ver...

— Tudo que visualizo é que Jace é seu irmão tanto quanto Max era — disse Clary —, e você se importou com o que aconteceu a *ele.*

243

Ela se arrependeu no instante em que falou; o rosto de Isabelle ficou branco, como se as palavras de Clary tivessem tirado a cor da pele da outra.

— Max — disse Isabelle com uma fúria controlada com dificuldade — era um *menininho*, não um lutador, ele tinha *nove anos*. Jace é um Caçador de Sombras, um guerreiro. Se combatermos Valentim, você acha que Alec não irá para a batalha? Você acha que nós todos não estamos, o tempo todo, preparados para morrer se precisarmos, se a causa for suficientemente importante? Valentim é pai de Jace; Jace provavelmente tem a melhor chance dentre todos nós de se aproximar dele para fazer o que precisa ser feito...

— Valentim vai matar Jace se achar necessário — disse Clary. — Não vai poupá-lo.

— Eu sei.

— Mas só o que importa é se ele vai partir com honra? Não vai sentir falta dele?

— Vou sentir falta dele todos os dias — disse Isabelle —, pelo resto da minha vida, que, sejamos honestas, se ele fracassar, provavelmente não passará de uma semana — balançou a cabeça. — Você não entende, Clary. Não entende como é viver sempre em guerra, ou crescer com batalha e sacrifício. Não é culpa sua. É como foi criada...

Clary levantou as mãos.

— Eu *entendo*. Sei que não gosta de mim, Isabelle. Porque para você eu sou uma mundana.

— Você acha que é por *isso*... — Isabelle se interrompeu, com os olhos brilhando; não só de raiva, Clary constatou surpresa, mas de lágrimas. — Meu Deus, você não entende *nada*, entende? Conhece Jace há o quê, um mês? Eu conheço há sete anos. E em todo o tempo em que o conheci, nunca o vi se apaixonar, nunca nem o vi *gostar* de ninguém. Ele ficava com meninas, claro. Meninas sempre se apaixonavam por ele, mas ele nunca se *importou*. Acho que é por isso que Alec pensava... — Isabelle parou por um instante, mantendo a compostura. *Ela está tentando não chorar*, pensou Clary espantada; Isabelle, que parecia *nunca* chorar. — Sempre me preocupou, e a minha mãe também, quero dizer, que espécie de adolescente nunca sequer se interessa por ninguém? Era como se sempre estivesse meio dormindo no que se referia a outras pessoas. Pensava que talvez o que aconteceu em relação ao pai tivesse causado alguma espécie de dano permanente a ele, como se talvez nunca pudesse amar ninguém. Se eu ao menos tivesse sabido o que *realmente* tinha acontecido com o pai dele... Mas, pensando bem, eu provavelmente teria pensado a mesma coisa, não é? Quero dizer, quem *não* teria sofrido um estrago com aquilo?

"E depois a conhecemos, e foi como se ele tivesse acordado. Você não podia ver, porque nunca o conheceu de outro jeito. Mas eu vi. Hodge viu. Alec viu! Por que acha que ele a odiou tanto? Foi assim desde o instante em que a conhecemos. Você achou incrível poder nos ver, e era, mas, para mim, o que era incrível era que Jace *podia vê-la também*. Ficou falando de você em todo o caminho para o Instituto; fez Hodge mandá-lo atrás de você; e quando a trouxe de volta, não queria que você fosse embora. Onde quer que você estivesse, ele ficava olhando... Estava até com ciúme de Simon. Não sei nem se ele mesmo percebeu, mas estava. Eu notei. Com ciúme de um mundano. E depois do que aconteceu com Simon na festa, se dispôs a acompanhá-la ao Dumort, a transgredir a Lei da Clave só para salvar um mundano do qual sequer gostava. Ele fez por você. Porque se alguma coisa acontecesse com Simon, *você* sofreria. Você foi a primeira pessoa de fora da família cuja felicidade ele levou em consideração. Porque ele a *amava*."

Clary fez um barulho no fundo da garganta.

— Mas isso foi antes...

— Antes de descobrir que você era irmã dele. Eu sei. E não a culpo por *isso*. Você não tinha como saber. E acho que não pôde evitar ter namorado Simon logo em seguida como se nem se importasse. Pensei que uma vez que Jace soubesse que eram irmãos, desistiria e superaria, mas não superou, e não podia superar. Não sei o que Valentim fez quando ele era pequeno. Não sei se é por isso que ele é desse jeito, ou se é simplesmente assim, mas ele não consegue superá-la, Clary. Não consegue. Comecei a detestar vê-la. Detestava que *Jace* a visse. É como um ferimento por veneno de demônio, tem que deixar quieto para melhorar. Cada vez que se tira os curativos, apenas reabre o machucado. Cada vez que ele a vê, é como se estivesse deixando as feridas expostas mais uma vez.

— Eu sei — sussurrou Clary. — Como você acha que é para mim?

— Não sei. Não tenho como dizer o que está sentindo. *Você* não é minha irmã. Não a odeio, Clary. Até gosto de você. Se fosse possível, não existe ninguém que eu iria preferir que ficasse com Jace além de você. Mas espero que possa entender quando digo que, se por algum milagre, sobrevivermos a isso tudo, espero que minha família se mude para algum lugar bem longe, e que nunca mais a vejamos.

Lágrimas ardiam por trás dos olhos de Clary. Era estranho, ela e Isabelle sentadas aqui nesta mesa, chorando por Jace, por razões ao mesmo tempo muito diferentes e estranhamente iguais.

— Por que está me falando isso tudo?

— Porque você está me acusando de não querer proteger Jace. Mas eu quero protegê-lo. Por que acha que fiquei tão irritada quando você apareceu de repente na casa dos Penhallow? Age como se não fizesse parte de tudo isso, do nosso mundo; fica sempre de fora, mas *faz* parte disso. Você é central. Não pode simplesmente fingir que é coadjuvante para sempre, Clary, não quando é filha de Valentim. Não quando Jace está fazendo isso em parte por sua causa.

— Por *minha* causa?

— Por que você acha que ele está tão disposto a se arriscar? Por que você acha que não se importa em morrer? — As palavras de Isabelle penetraram os ouvidos de Clary como agulhas afiadas. *Sei por quê*, pensou ela. *É porque acha que é um demônio, acha que não é realmente humano, por isso. Mas não posso contar isso, não posso revelar a única coisa que faria com que entendesse.* — Sempre achou que houvesse alguma coisa errada com ele, e agora, por sua causa, acha que foi amaldiçoado para sempre. Ouvi quando ele disse isso a Alec. Por que *não* arriscar a própria vida, quando não se quer viver? Por que *não* arriscar a própria vida se nunca vai ser feliz, independentemente do que faça?

— Isabelle, chega. — A porta se abriu, quase silenciosamente, e Simon estava na entrada. Clary tinha quase se esquecido do quanto a audição dele estava melhor agora. — Não é culpa de Clary.

Isabelle enrubesceu.

— Fique fora disso, Simon. Você não sabe o que está acontecendo.

Simon entrou na cozinha, fechando a porta.

— Ouvi quase tudo que vocês estavam falando — falou, como se fosse natural. — Mesmo através da parede. Você disse que não sabe o que Clary está sentindo porque não a conhece há muito tempo. Bem, eu conheço. Se acha que Jace é o único sofrendo, está enganada.

Fez-se silêncio; a ferocidade na expressão de Isabelle desbotou ligeiramente. A distância, Clary pensou ter ouvido o barulho de alguém batendo à porta da frente: Luke, provavelmente, ou Maia, trazendo mais sangue para Simon.

— Não foi por minha causa que ele partiu — disse Clary, e seu coração começou a bater acelerado. *Será que posso contar a eles o segredo de Jace, agora que ele se foi? Será que posso dizer a eles o verdadeiro motivo pelo qual partiu, o verdadeiro motivo pelo qual Jace não se importa de morrer?* Palavras começaram a jorrar dela, quase contra a vontade. — Quando eu e Jace fomos para a mansão Wayland, quando fomos procurar o *Livro Branco*...

Ela se interrompeu quando a porta da cozinha abriu. Amatis estava lá, com a expressão mais estranha no rosto. Por um instante, Clary achou que ela estivesse assustada, e seu coração parou. Mas não era susto no rosto de Amatis, não realmente. Estava com a mesma cara de quando Clary e Luke apareceram de repente na casa dela. Parecia que tinha visto um fantasma.

— Clary — disse ela lentamente. — Tem uma pessoa aqui para vê-la...

Antes que pudesse concluir, a tal pessoa passou por ela e entrou na cozinha. Amatis chegou para trás, e Clary conseguiu ver bem a intrusa — uma mulher esguia, vestida de preto. Num primeiro momento, tudo o que Clary viu foi a roupa de Caçadora de Sombras, e quase não a reconheceu, não até seus olhos alcançarem o rosto da mulher e ela sentir o estômago se revirando da maneira como tinha acontecido quando Jace conduziu a moto deles pelo telhado do Dumort, a uma altura de dez andares.

Era a mãe dela.

parte 3
O Caminho para o Paraíso

Oh, sim, sei que o caminho para o paraíso era fácil.
Encontramos o pequeno reino da nossa paixão
Que podem compartilhar todos os que caminham pela estrada dos amantes.
Cambaleávamos numa felicidade selvagem e secreta;
E deuses e demônios clamavam em nossos sentidos.

— Siegfried Sassoon, "O Amante Imperfeito"

Capítulo 16
ARTIGOS DE FÉ

Desde a noite em que voltara para casa e descobrira que a mãe desaparecera, Clary imaginava vê-la novamente, bem e saudável, com tanta frequência, que as imaginações haviam adquirido uma qualidade de fotografia desbotada de tanto ser admirada. Aquelas imagens surgiram diante dela agora, mesmo enquanto permanecia de olhos arregalados, incrédula — imagens nas quais sua mãe, parecendo saudável e feliz, a abraçava e falava sobre o quanto havia sentido falta da filha, mas que tudo ficaria bem agora.

A mãe da imaginação tinha pouquíssima semelhança com a mulher diante dela agora. Lembrava-se de Jocelyn suave e artística, um pouco desleixada com o macacão respingado de tinta, os cabelos ruivos amarrados em um rabo de cavalo ou em um coque bagunçado preso por um lápis. Esta Jocelyn era brilhante e penetrante como uma faca, o cabelo puxado firmemente para trás sem um fio fora do lugar; o preto austero do uniforme fazendo com que seu rosto parecesse pálido e duro. E a expressão também não era como a que Clary imaginara: em vez de deleite, havia algo muito semelhante a pavor na maneira como olhava para a filha, seus olhos verdes arregalados.

— Clary — suspirou. — Suas *roupas*.

Clary olhou para si mesma. Estava com o uniforme preto de Caçadora de Sombras de Amatis, exatamente o que a mãe tinha passado a vida inteira se certificando de que a filha jamais precisasse vestir. Clary engoliu em seco e se levantou, segurando a borda da mesa com as mãos. Podia ver como as juntas estavam brancas, mas de algum jeito as mãos pareciam desligadas do corpo, como se pertencessem a outra pessoa.

Jocelyn foi em direção a ela, esticando os braços.

— Clary...

E Clary se viu recuando, de um jeito tão afobado que atingiu a bancada com a lombar. A dor a percorreu, mas a garota mal percebeu; estava olhando fixamente para a mãe. Assim como Simon, com a boca ligeiramente aberta; Amatis parecia abalada.

Isabelle se levantou, colocando-se entre Clary e a mãe. A mão dela escorregou sob o avental, e Clary teve a sensação de que, quando ela a puxasse de volta, estaria segurando o chicote de electrum.

— O que está acontecendo aqui? — perguntou Isabelle. — Quem é você?

A voz dela tremeu um pouco conforme começava a perceber a expressão no rosto de Jocelyn; ela a estava encarando, com a mão no coração.

— *Maryse*. — A voz de Jocelyn mal foi um sussurro.

Isabelle pareceu espantada.

— Como sabe o nome da minha mãe?

O rosto de Jocelyn enrubesceu em uma onda.

— Claro. Você é filha de Maryse. É que... você parece tanto com ela. — Abaixou a mão lentamente e disse: — Sou Jocelyn Fr...Fairchild. Sou mãe de Clary.

Isabelle tirou a mão de sob o avental e olhou para Clary, com o olhar confuso.

— Mas você estava no hospital... em Nova York...

— Estava — disse Jocelyn, com a voz mais firme. — Mas graças a minha filha, estou bem agora. E gostaria de um instante com ela.

— Não sei ao certo — disse Amatis — se ela quer um instante com você. — Esticou o braço para colocar a mão no ombro de Jocelyn. — Deve estar em choque...

Jocelyn cumprimentou Amatis e foi na direção de Clary, esticando os braços.

— Clary...

Finalmente, Clary encontrou a própria voz. Uma voz fria, gelada e tão furiosa que a surpreendeu.

— Como você chegou aqui, Jocelyn?

A mãe dela parou onde estava, um olhar de incerteza passando pelo rosto.

— Por um Portal que me deixou na entrada da cidade com Magnus Bane. Ontem ele veio até mim no hospital, trouxe o antídoto. Contou tudo que você fez por mim. Desde que acordei, tudo que quero é ver você... — a voz dela falhou. — Clary, aconteceu alguma coisa?

— Por que você nunca me contou que eu tinha um irmão? — disse Clary. Não era o que esperava dizer, sequer era o que planejara que saísse de sua boca. Mas foi o que veio.

Jocelyn abaixou as mãos.

— Pensei que ele estivesse morto. Achei que só fosse machucar se contasse.

— Tenho uma coisa para dizer, mãe — disse Clary. — Saber é melhor do que não saber. Sempre.

— Desculpe... — começou Jocelyn.

— *Desculpe?* — A voz de Clary levantou; foi como se algo dentro dela tivesse se rasgado, e estava tudo saindo, toda a amargura, a fúria contida. — Quer me contar por que nunca me falou que eu era uma Caçadora de Sombras? Ou que meu pai ainda estava vivo? Ah, e aquela parte em que você pagou Magnus para roubar minhas lembranças?

— Estava tentando protegê-la...

— Bem, você fez um *péssimo* trabalho! — falou, ainda mais alto. — O que você esperava que fosse acontecer comigo depois que desapareceu? Não tivesse sido por Jace e os outros, eu estaria morta. Nunca me ensinou a me proteger. Nunca me contou como as coisas eram realmente perigosas. O que estava pensando? Que se eu não pudesse ver as coisas ruins, isso significava que elas não poderiam me ver? — Seus olhos queimavam. — Você sabia que Valentim não estava morto, disse a Luke que achava que ele continuava vivo.

— Por isso tive que escondê-la — disse Jocelyn. — Não podia arriscar deixar Valentim saber onde estava. Não podia deixar que tocasse em você...

— Porque ele transformou seu primeiro filho em um monstro — disse Clary —, e você não queria que fizesse o mesmo comigo.

Chocada e sem palavras, Jocelyn só conseguia encará-la.

— É — disse afinal. — Sim, mas não foi tudo, Clary...

— Roubou minhas lembranças — disse Clary. — Tirou-as de mim. Roubou quem eu era.

— Isso não é o que você é! — gritou Jocelyn. — Nunca quis que você fosse...

— Não importa o que você queria! — gritou Clary. — É quem eu sou! Você as tirou de mim, *e não pertenciam a você!*

Jocelyn estava pálida. Lágrimas surgiram nos olhos de Clary — não podia suportar ver a mãe assim, tão machucada, e era ela quem a estava machucando — e sabia que se abrisse a boca, mais coisas terríveis sairiam, mais palavras de ódio. Tapou a boca com a mão e correu para o corredor, passando pela mãe e pela mão estendida de Simon. Tudo que queria era se afastar. Empurrando a porta da frente cegamente, meio caiu na rua. Atrás dela, alguém gritou seu nome, mas ela não se virou. Já estava correndo.

Jace ficou ligeiramente surpreso por descobrir que Sebastian tinha deixado o cavalo dos Verlac no estábulo em vez de fugir galopando pela noite. Talvez tenha ficado com medo de que Wayfarer pudesse ser rastreado de alguma forma.

Jace sentiu certa satisfação ao selar o cavalo e sair da cidade montado. É claro que, se Sebastian realmente quisesse Wayfarer, não o teria deixado para trás — e, além disso, o cavalo não era realmente de Sebastian. Mas o fato era que Jace gostava de cavalos. Tinha 10 anos na última vez em que montara, mas as lembranças, constatou satisfeito, voltaram depressa.

Ele e Clary tinham levado seis horas para ir a pé da mansão Wayland até Alicante. Ele demorou cerca de duas horas para fazer o caminho inverso, quase a galope. Ao se aproximarem da crista com vista para a casa e os jardins, tanto ele quanto o cavalo estavam cobertos por um brilho de suor.

Os feitiços de desvio que escondiam a mansão tinham sido destruídos junto com os alicerces da casa. O que restou da construção outrora elegante foi uma pilha de pedras. Os jardins, chamuscados nas pontas agora, ainda traziam lembranças da época em que vivera lá quando criança. Os canteiros de rosas, agora sem botões e cheios de ervas daninhas; os bancos de pedra perto das piscinas vazias; o vale onde havia deitado com Clary na noite em que a mansão sucumbiu. Podia ver o brilho azul do lago próximo através das árvores.

Uma onda de amargura o invadiu. Enfiou a mão no bolso e sacou primeiro uma estela — tinha "pegado emprestada" do quarto de Alec antes de sair, como substituta para a que Clary perdera, pois Alec sempre podia arrumar outra — em seguida, o fio que tinha arrancado da manga do casaco de Clary. Segurou-o na palma da mão, o fiapo manchado de vermelho-marrom em uma ponta. Cerrou o punho, com força o suficiente para que os ossos sobressaíssem sob a pele, e com a estela traçou um símbolo atrás da mão. A leve picada era mais familiar do que dolorosa. Observou o símbolo afundar na pele como pedra na água, e fechou os olhos.

Em vez da parte interna das pálpebras, ele viu um vale. Estava em um cume olhando por cima e, como estivesse diante de um mapa que indicasse sua localização, sabia exatamente onde estava. Lembrou-se de como a Inquisidora soube precisamente onde estava o barco de Valentim no meio do East River e percebeu: *foi assim que ela fez*. Cada detalhe era claro — a grama, o emaranhado de folhas marrons a seus pés — mas não havia som. O cenário estava assustadoramente silencioso.

O vale era uma ferradura com uma extremidade mais estreita que a outra. Um fio prateado brilhante de água — um córrego ou um riacho — corria pelo centro e desaparecia entre pedras na extremidade estreita. Ao lado do riacho, havia uma casa cinza de pedras, com fumaça branca saindo da chaminé quadrada. Era uma cena estranhamente pastoral, tranquila sob o azul do céu. Enquanto observava, uma figura esguia surgiu. Sebastian. Agora que não precisava mais se dar o trabalho de fingir, a arrogância era evidente na maneira como andava, na projeção dos ombros, no leve sorriso afetado no rosto. Sebastian se ajoelhou à beira do rio e enfiou as mãos lá, passando água no rosto e no cabelo.

Jace abriu os olhos. Embaixo dele, Wayfarer mastigava grama, satisfeito. Jace colocou a estela e o fio de volta no bolso e, com uma última olhada às ruínas da casa em que tinha crescido, puxou as rédeas e bateu com os calcanhares nas laterais do cavalo.

Clary deitou-se na grama perto da borda de Gard Hill e olhou melancólica para Alicante. A vista daquele lugar era espetacular, tinha que admitir. Podia olhar sobre os telhados da cidade, com seus entalhes elegantes e cata-ventos marcados com símbolos, e além das torres do Salão dos Acordos, havia alguma coisa que brilhava ao longe como as bordas de uma moeda de prata — o Lago Lyn? As ruínas pretas do Gard se erguiam atrás dela, e as torres demoníacas reluziam como cristal. Clary quase achou que dava para ver as barreiras de bloqueio, brilhando como uma rede invisível nos contornos da cidade.

Olhou para as próprias mãos. Tinha arrancado vários punhados de grama nos últimos espasmos de raiva, e estava com os dedos grudentos com sujeira e sangue onde havia arrancado metade de uma unha. Depois que a fúria passou, uma sensação de vazio completo a substituiu. Não tinha percebido o quão irada estava com a mãe, não até que ela entrasse pela porta e Clary pusesse de lado o pânico pela vida dela e percebesse o que havia embaixo. Agora que havia se acalmado, ficou imaginando se uma parte de si quisera punir a mãe pelo que havia acontecido com Jace. Se não tivessem mentido para ele — se não tivessem mentido para os *dois* —, então talvez o choque da descoberta a respeito do que Valentim havia feito com ele quando era apenas um bebê não o teria levado a um gesto que Clary não podia deixar de considerar próximo ao suicídio.

— Posso me juntar a você?

Ela saltou, surpresa, e rolou para o lado ao olhar para cima. Simon estava lá de pé, com as mãos nos bolsos. Alguém — Isabelle, provavelmente — tinha dado a ele uma jaqueta escura, feita do mesmo material preto espesso que os Caçadores de Sombras utilizavam para seus uniformes. Um vampiro de uniforme, pensou Clary, imaginando se seria a primeira vez.

— Você conseguiu me surpreender — disse ela. — Acho que não sou uma grande Caçadora de Sombras.

Simon deu de ombros.

— Bem, em sua defesa, eu me movo com uma graça silenciosa... como uma pantera.

Apesar de tudo, Clary sorriu. Sentou-se, esfregando a sujeira das mãos.

— Vá em frente, junte-se a mim. O festival do lamento é aberto a todos.

Sentando ao lado dela, Simon olhou a cidade e assobiou.

— Bela vista.

— É mesmo. — Clary olhou de lado para ele. — Como você me encontrou?

— Bem, levei algumas horas. — Ele sorriu, os lábios levemente tortos. — Depois me lembrei de que quando a gente brigava, no ensino fundamental, você ia para o meu telhado e minha mãe tinha que subir para buscá-la.

— E daí?

— Conheço você — disse ele. — Quando se chateia, vai para o alto.

Entregou alguma coisa a ela. Era o casaco verde, cuidadosamente dobrado. Ela pegou e vestiu — já estava mostrando sinais de uso. Tinha até um pequeno buraco no cotovelo, com tamanho suficiente para um dedo atravessar.

— Obrigada, Simon. — Entrelaçou as mãos em volta dos joelhos e olhou para a cidade. O sol estava baixo no céu, e as torres tinham começado a emitir uma luz cor-de-rosa avermelhada. — Minha mãe mandou você aqui para me buscar?

Simon balançou a cabeça.

— Luke, na verdade. E ele só me pediu para dizer que seria melhor você voltar antes de o sol se pôr. Têm umas coisas muito importantes acontecendo.

— Que tipo de coisas?

— Luke deu até o pôr do sol para a Clave decidir se concordaria em dar assentos no Conselho aos integrantes do Submundo, e eles virão todos pelo Portão Norte no crepúsculo. Se a Clave concordar, podem entrar em Alicante. Se não...

— Serão mandados embora — concluiu Clary. — E a Clave se rende a Valentim.

— É.

— Eles vão concordar — disse Clary. — *Têm* que concordar. — Ela abraçou os joelhos. — Jamais escolheriam Valentim. Ninguém faria isso.

— Bom saber que seu idealismo não foi prejudicado — disse Simon, e apesar da suavidade da voz, Clary ouviu outra se sobrepondo àquela. A de Jace, dizendo que não era um idealista, e ela estremeceu, apesar do casaco que vestia.

— Simon? — disse ela. — Tenho uma pergunta boba.

— Qual?

— Você dormiu com Isabelle?

Simon emitiu um ruído de engasgo. Clary virou lentamente para olhar para ele.

— Você está bem? — perguntou ela.

— Acho que sim — respondeu, recuperando a pose com esforço evidente. — Está falando sério?

— Bem, você *passou* a noite toda fora.

Simon ficou em silêncio por um instante. Finalmente, ele falou:

— Não sei se é da sua conta, mas não.

— Bem — disse Clary, após uma pausa judiciosa —, acho que você não tiraria vantagem dela quando está tão abalada pelo luto e tudo mais.

Simon riu.

— Se algum dia conhecer o homem que poderia tirar vantagem de Isabelle, terá que me contar. Gostaria de apertar a mão dele. Ou sair correndo para longe dele, não tenho certeza.

— Então você não está com ela.

— Clary — disse Simon —, por que está me perguntando sobre Isabelle? Não quer falar sobre a sua mãe? Ou sobre Jace? Izzy contou que ele foi embora. Sei como deve estar se sentindo.

— Não — disse Clary. — Acho que não sabe.

— Você não é a única pessoa que já se sentiu abandonada. — Havia uma ponta de impaciência na voz de Simon. — Acho que pensei... quero dizer, nunca a vi tão furiosa. E com a sua mãe. Pensei que estivesse com saudade dela.

— Claro que senti saudade dela! — disse Clary, percebendo mesmo ao dizer como a cena na cozinha devia ter parecido. Principalmente para a mãe. Afastou o pensamento. — É que estive tão focada em resgatá-la, salvá-la de Valentim e depois encontrar um jeito de curá-la, que em nenhum momento parei para pensar em como estava com raiva por ela ter mentido por todos esses anos. Por ter escondido isso de mim, escondido a verdade. Nunca ter me dito quem eu realmente era.

— Mas não foi isso que disse quando ela entrou — comentou Simon, baixinho. — Você falou "por que você nunca me contou que eu tinha um irmão?".

— Eu sei — Clary arrancou uma folha de grama da terra, remexendo-a entre os dedos. — Acho que não consigo deixar de pensar que se eu soubesse a verdade, não teria conhecido Jace desse jeito. Não teria me apaixonado por ele.

Simon ficou em silêncio por um instante.

— Acho que nunca ouvi você falar isso antes.

— Que o amo? — Riu, mas soava lúgubre mesmo aos próprios ouvidos. — Parece inútil fingir que não, a essa altura. Talvez não tenha importância. Provavelmente nunca mais o verei, de qualquer forma.

— Ele vai voltar.

— Talvez.

— Ele vai voltar — repetiu Simon. — Por você.

— Não sei — Clary balançou a cabeça. Estava esfriando enquanto o sol mergulhava para tocar a beira do horizonte. Ela espremeu os olhos, inclinando-se para a frente, encarando. — Simon. Olhe.

Ele seguiu o olhar. Além das barreiras, no Portão Norte da cidade, centenas de figuras escuras se reuniam, algumas agrupadas, outras isoladas: os integrantes do Submundo que Luke tinha chamado para ajudar a cidade, esperando pacientemente pela permissão da

Clave para entrar. Um tremor percorreu a espinha de Clary. Ela não estava apenas no cume da colina, olhando sobre uma queda íngreme para a cidade abaixo, mas no alto de uma crise, um evento que alteraria o funcionamento de todo o mundo dos Caçadores de Sombras.

— Estão aqui — disse Simon, meio para si mesmo. — Será que isso significa que a Clave se decidiu?

— Espero que sim. — A grama que Clary estava enrolando nos dedos havia se tornado um emaranhado verde; ela a jogou de lado e arrancou outra. — Não sei o que faço se cederem a Valentim. Talvez possa criar um Portal que leve todos nós para algum lugar onde Valentim jamais nos encontre. Uma ilha deserta ou coisa do tipo.

— Muito bem, também tenho uma pergunta boba — disse Simon. — Você pode criar símbolos novos, certo? Por que não pode criar um que destrua todos os demônios do mundo? Ou que mate Valentim?

— Não é assim que funciona — disse Clary. — Só posso criar símbolos que eu possa visualizar. A imagem toda tem que vir à minha cabeça, como uma foto. Quando tento visualizar "matar Valentim" ou "controlar o mundo" ou coisa do tipo, não recebo nenhuma imagem. Só estática.

— Mas de onde você acha que as imagens dos símbolos vêm?

— Não sei — disse Clary. — Todos os símbolos que os Caçadores de Sombras conhecem vêm do Livro Gray. Por isso só podem ser aplicados em Nephilim; é para isso que servem. Mas existem outros símbolos, mais antigos. Magnus me contou. Como a Marca de Caim. Era uma Marca de proteção, mas não vinha do Livro Gray. Então quando penso nesses símbolos, como o do Destemor, não sei se são coisas que estou inventando ou de que estou me *lembrando*, símbolos mais antigos que os Caçadores de Sombras. Símbolos tão antigos quanto os próprios anjos. — Pensou no símbolo que Ithuriel lhe mostrara, aquele simples como um nó. Será que tinha vindo a ela pela própria mente ou pela do anjo? Ou era simplesmente alguma coisa que sempre existira, como o oceano ou o céu? Pensar nisso a fez estremecer.

— Está com frio? — perguntou Simon.

— Estou... você não?

— Não sinto mais frio. — Ele a envolveu com o braço, esfregando as costas dela em círculos lentos, então riu, pesaroso: — Acho que não está ajudando em nada, já que eu não tenho mais calor humano e tudo mais.

— Não — disse Clary. — Quero dizer, sim, ajuda. Não pare. — Ela se virou para ele. Simon estava olhando para o Portão Norte, em torno do qual as figuras escuras do Submundo ainda se amontoavam, quase imóveis. A luz vermelha das torres demoníacas refletia em seus olhos; ele parecia alguém em uma foto tirada com flash. Clary podia ver as fracas veias azuis sob a superfície onde a pele era mais fina: as têmporas, a base da clavícula. Sabia o suficiente sobre vampiros para reconhecer que isso significava que fazia tempo desde que se alimentara pela última vez. — Está com fome?

Agora ele olhou para ela.

— Está com medo de que eu morda você?

— Sabe que pode beber do meu sangue a hora que quiser.

Um tremor, não de frio, atravessou Simon, e ele a puxou com mais força contra a lateral do próprio corpo.

— Jamais faria isso — disse ele, acrescentando em seguida, com mais suavidade: —, além disso, tomei o sangue de Jace... Já me alimentei o bastante com sangue dos meus amigos.

Clary pensou na cicatriz prateada no lado da garganta de Jace. Lentamente, com a mente ainda ocupada pela imagem de Jace, falou:

— Você acha que é por isso que...?

— Por isso o quê?

— Por isso que o sol não o machuca. Quero dizer, antes daquilo machucava, não? Antes da noite no barco?

Ele assentiu relutantemente.

— Então o que mais mudou? Ou foi só porque você bebeu o sangue dele?

— Está falando por ele ser Nephilim? Não. Não, é outra coisa. Você e Jace... não são exatamente normais, são? Quero dizer, não são Caçadores de Sombras normais. Tem alguma coisa especial em vocês dois. Como a Rainha Seelie falou: foram experimentos — e sorriu diante do olhar espantado dela. — Não sou burro. Sei fazer conexões. Você com seus poderes com os símbolos e Jace, bem... ninguém pode ser tão irritante assim sem alguma espécie de assistência sobrenatural.

— Você realmente desgosta tanto assim dele?

— Não desgosto de Jace — protestou Simon. — Quero dizer, inicialmente o odiei, claro. Parecia tão arrogante e seguro de si, e você agia como se ele tivesse pendurado a lua...

— Não fiz nada disso.

— Deixe-me concluir, Clary. — A voz de Simon saía numa torrente sem fôlego, se é que alguém que não respirava podia ficar sem fôlego. Soava como se estivesse correndo na direção de alguma coisa. — Dava para perceber o quanto gostava dele, e achei que ele estivesse usando você, que não passava de uma mundana tola que ele podia impressionar com seus truques de Caçador de Sombras. Primeiro disse a mim mesmo que você jamais cairia nessa, e depois que, mesmo que caísse, ele se cansaria alguma hora, e você voltaria para mim. Não tenho orgulho disso, mas quando se está desesperado, acredita-se em qualquer coisa, eu acho. Depois, quando no fim das contas descobrimos que ele era seu irmão, pareceu um alívio de última hora, e fiquei satisfeito. Fiquei satisfeito até mesmo por vê-lo sofrendo, até aquela noite na Corte Seelie quando você o beijou. Pude ver...

— Ver o quê? — soltou Clary, incapaz de suportar a pausa.

— O jeito como ele a olhou. Naquele instante entendi. Nunca a usou. Ele a amava, e estava morrendo por isso.

— Por isso que foi para o Dumort? — sussurrou Clary. Era algo que sempre quisera saber, mas nunca conseguiu perguntar.

— Por causa de você e Jace? Não, na verdade, não. Desde aquela noite no hotel, queria voltar. Sonhava com isso. E acordava fora da cama, me vestindo, ou já na rua, e sabia que queria voltar para lá. À noite era sempre pior, e quanto mais perto do hotel, pior ficava. Sequer me ocorreu que pudesse ser alguma coisa sobrenatural, pensei que fosse estresse pós-traumático. Naquela noite estava tão exausto e furioso, estávamos tão perto do hotel, e estava tarde... Mal me lembro do que aconteceu. Só me lembro de ter me afastado do parque, e depois, nada.

— Mas se não tivesse sentido raiva de mim... Se não o tivéssemos perturbado...

— Não foi como se eu tivesse escolha — disse Simon. — E nem como se eu não soubesse. Não se pode sufocar a verdade para sempre, alguma hora ela vem à tona. Meu erro foi não ter contado a você sobre o que estava acontecendo comigo, não ter dito nada sobre os sonhos. Mas não me arrependo do nosso namoro. Fico feliz por termos tentado. E amo você por ter tentado, mesmo que nunca fosse dar certo.

— Queria muito que tivesse dado certo — disse Clary suavemente. — Nunca quis machucá-lo.

— Eu não mudaria nada — disse Simon. — Não desistiria de amá-la. Por nada. Sabe o que Raphael me disse? Que eu não sabia ser um bom vampiro, que vampiros aceitavam que estavam mortos. Mas enquanto me lembrar de como era amar você, sempre vou me sentir como se estivesse vivo.

— Simon...

— Veja — ele interrompeu Clary com um gesto, os olhos escuros se arregalando. — Lá embaixo.

O sol era uma lasca vermelha no horizonte; enquanto olhava, soltou seus últimos raios e desapareceu, sumindo atrás da borda escura do mundo. As torres demoníacas de Alicante arderam em uma vida subitamente incandescente. À luz delas, Clary podia ver a multidão escura se agitando inquieta em volta do Portão Norte.

— O que está acontecendo? — sussurrou. — O sol se pôs. Por que os portões não estão abrindo?

Simon estava parado.

— A Clave — disse ele. — Deve ter dito não a Luke.

— Mas não podem! — A voz de Clary se levantou, aguda. — Isso significaria...

— Vão se render a Valentim.

— *Não podem!* — gritou Clary novamente, mas enquanto olhava, avistou os grupos de figuras escuras que antes cercavam as barreiras se virarem e se afastarem da cidade, como formigas deixando para trás um formigueiro destruído.

O rosto de Simon parecia feito de cera à luz fraca.

— Suponho que realmente nos odeiem tanto assim. Preferem Valentim.

— Não é ódio — disse Clary. — É medo. Mesmo Valentim tinha medo. — Falou sem pensar, e percebeu que era verdade. — Medo e inveja.

Simon olhou com surpresa para ela.

— Inveja?

Mas Clary já tinha voltado ao sonho que Ithuriel mostrara, com a voz de Valentim ecoando no ouvido. Queria perguntar a ele por quê. *Por que Raziel nos criou, sua raça de Caçadores de Sombras, mas não nos deu os poderes que os integrantes do Submundo têm; a velocidade dos lobos, a imortalidade do Povo das Fadas, a magia dos feiticeiros, até a resistência dos vampiros. Nos deixou despidos diante dos anfitriões do inferno, exceto por estas linhas pintadas na nossa pele. Por que os poderes deles são maiores que os nossos? Por que não podemos compartilhar do que eles têm?*

Os lábios de Clary se abriram e ela ficou olhando para a cidade abaixo sem ver. Tinha a vaga noção de que Simon dizia seu nome, mas estava com a mente acelerada. O anjo poderia ter mostrado qualquer coisa, pensou, mas escolheu estas cenas, estas lembranças, por um motivo. Pensou em Valentim clamando, *Que tenhamos que ser* ligados *aos membros do Submundo, amarrados a essas criaturas!*

E o símbolo. Aquele com o qual tinha sonhado. O símbolo tão simples quanto um nó. *Por que não podemos compartilhar do que eles têm?*

— Ligação — disse ela em voz alta. — É um símbolo de ligação. Une gostar e desgostar.

— O quê? — Simon olhou confuso para ela.

Ela se levantou desajeitada, tirando a sujeira da roupa.

— Tenho que ir para lá. Onde eles estão?

— Onde quem está? Clary...

— A *Clave.* Onde eles estão se reunindo? Onde está Luke?

Simon se levantou.

— No Salão dos Acordos. Clary...

Mas ela já estava correndo pelo caminho que levava à cidade. Xingando baixinho, Simon foi atrás.

Dizem que todos os caminhos levam ao Salão. As palavras de Sebastian voltaram à cabeça de Clary e ela correu pelas ruas estreitas de Alicante. Torceu para que fosse verdade, pois do contrário definitivamente se perderia. As ruas giravam em ângulos estranhos, não como as ruas retas, adoráveis e bem desenhadas de Manhattan. Em Manhattan sempre se sabia onde estava. Tudo era claramente numerado e disposto. Isso era um labirinto.

Ela correu por um pequeno pátio e por uma das ruas do canal, sabendo que, se seguisse a água, afinal sairia na Praça do Anjo. Para surpresa de Clary, o caminho a levou pela casa de Amatis, e então estava correndo, arfando, por uma rua mais ampla, curva, familiar. Abria para a praça, o Salão dos Acordos erguendo-se amplo e branco diante dela, com a estátua do anjo brilhando no centro da praça. Ao lado da estátua estava Simon, com os braços cruzados, olhando sombriamente para ela.

— Podia ter esperado — disse ele.

Clary se inclinou para a frente, as mãos nos joelhos, recuperando o fôlego.

— Não pode... dizer isso... quando chegou aqui antes de mim.

— Velocidade de vampiro — disse Simon com satisfação. — Quando chegarmos em casa, tenho que participar de corridas.

— Isso seria... roubar. — Com uma última arfada, Clary se ajeitou e tirou o cabelo suado dos olhos,

— Vamos. Vamos entrar.

O Salão estava cheio de Caçadores de Sombras, mais Caçadores de Sombras do que Clary jamais havia visto, mesmo na noite do ataque de Valentim. As vozes se erguiam em um rugido como uma avalanche; a maioria deles havia se reunido em grupos que brigavam, falando alto — o palanque estava vazio, o mapa de Idris pendurado abandonado atrás.

Procurou em volta por Luke. Levou um instante para encontrá-lo, apoiado em um pilar com os olhos semicerrados. Ele parecia péssimo — semimorto, seus ombros curvados. Amatis estava atrás, afagando-o preocupada. Clary olhou em volta, mas Jocelyn não estava em lugar nenhum na multidão.

Por apenas um instante, ela hesitou. Depois pensou em Jace, indo atrás de Valentim sozinho, sabendo muito bem que poderia morrer. Ele sabia que fazia parte disso, de tudo; ela também fazia — sempre fizera, mesmo quando não sabia. A energia da adrenalina que ainda corria pelo seu corpo, aguçando sua percepção, deixando tudo claro. Quase claro demais. Apertou a mão de Simon.

— Me deseje sorte — disse ela, depois seus pés a levaram em direção aos degraus do palanque, quase por vontade própria, em seguida estava de pé, virando-se para encarar a multidão.

Não tinha certeza quanto ao que esperava. Engasgos de surpresa? Um mar de rostos silenciados em expectativa? Mal a perceberam — apenas Luke levantou os olhos, como se a sentisse ali, e congelou com um olhar de espanto no rosto. E havia alguém vindo na direção dela pela multidão — um homem alto com ossos tão proeminentes quanto a proa de um navio. O Cônsul Malaquias. Estava gesticulando para que descesse do palanque, balançando a cabeça e gritando alguma coisa que Clary não conseguia ouvir. Mais Caçadores de Sombras estavam se virando para ela, enquanto o Cônsul passava pela multidão.

Clary tinha o que queria agora, todos os olhos voltados para ela. Ouviu sussurros pelo recinto. "É ela. A filha de Valentim."

— Têm razão — disse ela, projetando a voz o máximo que podia —, *sou* filha de Valentim. Nunca soube que ele era meu pai até algumas semanas atrás. Não sabia sequer que ele *existia* até poucas semanas. Sei que muitos de vocês não vão acreditar, e não tem problema. Podem acreditar no que quiserem. Desde que também acreditem que sei coisas sobre Valentim que vocês não sabem, coisas que podem ajudar nesta batalha contra ele, *se ao menos me deixarem falar.*

— Ridículo. — Malaquias estava na base dos degraus do palanque. — Isso é ridículo. Você não passa de uma garotinha...

— Ela é filha de Jocelyn Fairchild. — Era Patrick Penhallow. Tendo passado para a frente da multidão, ele levantou a mão. — Deixe a menina falar, Malaquias.

A multidão estava sussurrando.

— Você — disse Clary ao Cônsul. — Você e o Inquisidor jogaram meu amigo Simon na prisão...

Malaquias deu um sorriso de escárnio.

— Seu amigo vampiro?

— Ele me contou que você perguntou a ele o que havia acontecido naquela noite no navio de Valentim no East River. Achou que Valentim pudesse ter feito alguma coisa, alguma espécie de magia negra. Bem, não fez. Se quer saber o que destruiu aquele navio, a resposta é: eu. Eu o destruí.

A risada incrédula de Malaquias foi ecoada por diversos outros da multidão. Luke estava olhando para ela, balançando a cabeça, mas Clary prosseguiu:

— Fiz com um símbolo — disse ela. — Um símbolo tão forte que acabou com o navio. Posso criar novos símbolos. Não apenas os do Livro Gray. Símbolos que ninguém nunca viu, poderosos...

— Basta — rugiu Malaquias. — Isso é ridículo. Ninguém pode criar novos símbolos. É completamente impossível. — E se voltou para a multidão: — Assim como o pai dela, esta menina não passa de uma mentirosa.

— Ela não está mentindo. — A voz veio do fundo da multidão. Era clara, forte e determinada. As pessoas se viraram, e Clary viu quem tinha se pronunciado: Alec. Estava com Isabelle de um lado e Magnus do outro. Simon estava com eles, e Maryse Lightwood também. Formavam um pequeno nó, com aparência decidida, nas portas dianteiras. — Eu a vi criando um símbolo. Até o utilizou em mim. Funcionou.

— Você está mentindo — disse o Cônsul, mas a dúvida penetrou seus olhos. — Para proteger sua amiga.

— Sério, Malaquias? — disse Maryse, decidida. — Por que meu filho mentiria sobre uma coisa assim, quando a verdade pode ser descoberta tão facilmente? Dê uma estela à menina, e permita que crie um símbolo.

Um murmúrio de consentimento passou pelo Salão. Patrick Penhallow deu um passo à frente e entregou uma estela a Clary. Ela pegou o objeto com gratidão e finalmente voltou-se para a multidão.

Ficou com a boca seca. A adrenalina ainda estava alta, mas não o bastante para afogar seu medo do palco. O que deveria fazer? Que tipo de símbolo convenceria a multidão de que estava falando a verdade? O que poderia *mostrar* a verdade?

Ela olhou então, através das pessoas, e viu Simon com os Lightwood, encarando-a através do espaço que os separava. Da mesma maneira que o Jace havia olhado para ela na mansão. Era o elo que ligava estes dois garotos que tanto amava, pensou, o ponto em comum: ambos acreditavam nela, quando ela mesma não acreditava em si.

Olhando para Simon, e pensando em Jace, desceu a estela e desenhou um ponto agudo no interior do pulso, onde a veia batia. Não olhou para baixo enquanto o fazia, desenhou em voo cego, confiando em si e na estela para criar o símbolo de que precisava. Desenhou fraca e levemente — só precisaria dele por um instante — mas sem um segundo de hesitação. Então, quando terminou, levantou a cabeça e abriu os olhos.

A primeira coisa que viu foi Malaquias. O rosto dele estava branco, e ele se afastava dela com um olhar de horror. Disse alguma coisa — uma palavra em uma língua que não reconhecia — e atrás dele viu Luke, encarando-a, com a boca ligeiramente aberta.

— Jocelyn? — disse Luke.

Ela balançou a cabeça para ele, apenas levemente, e olhou para a multidão. Era um borrão de faces, desbotando e entrando em foco enquanto encarava. Alguns sorriam, outros olhavam em volta surpresos, outros se voltavam para as pessoas ao lado. Alguns tinham expressões de horror e admiração, as mãos tapando suas bocas. Ela viu Alec olhando rapidamente para Magnus, depois para ela, incrédulo, e Simon confuso; em seguida Amatis avançou, passando por Patrick Penhallow e correndo para a ponta do palanque.

— Stephen! — disse ela, olhando para Clary com uma espécie de espanto deslumbrado. — *Stephen!*

— Oh — disse Clary. — Oh, Amatis, não. — Em seguida sentiu a magia do símbolo escorregar dela, como se tivesse tirado um vestuário fino e invisível. O rosto ansioso de Amatis se desfez, e ela recuou do palanque, com a expressão entre cabisbaixa e admirada.

Clary olhou pela multidão. Estavam em silêncio, cada rosto voltado para ela.

— Sei o que todos acabaram de ver — disse. — E sei que sabem que esse tipo de magia ultrapassa qualquer feitiço ou ilusão. E fiz com um símbolo, um único símbolo, um símbolo *que eu criei*. Existem razões pelas quais tenho esta habilidade, e sei que podem não gostar delas, ou sequer acreditar nelas, mas não importa. O que importa é que posso ajudá-los a vencer a batalha contra Valentim, se me deixarem.

— Não haverá batalha contra Valentim — disse Malaquias. Não olhou nos olhos dela enquanto falava. — A Clave decidiu. Concordaremos com os termos dele, e pretendemos nos render amanhã de manhã.

— Não podem fazer isso — disse ela, com uma pontada de desespero na voz. — Vocês acham que vai ficar tudo bem se simplesmente desistirem? Acham que Valentim vai permitir que continuem vivendo suas vidas? Acham que vai restringir as matanças a demônios e integrantes do Submundo? — Olhou em volta da sala. — A maioria de vocês não vê Valentim há quinze anos. Talvez tenham se esquecido de como ele realmente é. Mas eu sei. Eu o ouvi falando sobre os planos. Acham que podem continuar vivendo suas vidas sob o comando dele, mas não poderão. Ele os controlará completamente, porque sempre poderá ameaçar destruí-los com os Instrumentos Mortais. Começará com os membros do Submundo, é claro. Mas depois vai para a Clave. Vai matá-los primeiro porque os acha fracos e corruptos. Depois partirá para qualquer um que tenha alguém do Submundo em qualquer lugar na família. Talvez um irmão lobisomem — desviou o olhar para Amatis —, ou uma filha adolescente rebelde que às vezes sai com um cavaleiro do Povo das Fadas — olhou para os Lightwood —, ou qualquer um que sequer tenha sido amigo de alguém do Submundo. Depois vai atrás de quem quer que já tenha contratado os serviços de um feiticeiro. Quantos de vocês se encaixam nisso?

— Isso é um absurdo — disse Malaquias, decidido. — Valentim não está interessado em destruir os Nephilim.

— Mas ele não acha que ninguém que se associe aos do Submundo seja digno de ser chamado de Nephilim — insistiu Clary. — Ouçam, sua guerra não é contra Valentim. É contra os demônios. Manter os demônios longe deste mundo é o seu encargo, um encargo do céu. E um encargo do céu não é algo que simplesmente possam *ignorar*. Os membros do Submundo também detestam demônios. Também os destroem. Se Valentim conseguir o que quer, vai passar tanto tempo tentando matar cada integrante do Submundo e cada Caçador de Sombras que já tiver se associado a um deles que vai se esquecer dos demônios, e vocês também, pois estarão ocupados demais sentindo medo de Valentim. E eles vão controlar o mundo, isso é um fato.

— Já vi para onde isso vai — disse Malaquias, entre dentes. — Não vamos lutar ao lado de integrantes do Submundo a serviço de uma batalha que não temos a menor chance de vencer...

— Mas podem vencer — disse Clary. — Podem. — Estava com a garganta seca, a cabeça doendo, e os rostos na multidão diante dela pareciam se misturar em um borrão sem face, pontuado aqui e ali por leves explosões de luz. *Mas não pode parar agora. Você precisa continuar.* — Meu pai detesta os integrantes do Submundo porque tem inveja deles — prosseguiu, com as palavras tropeçando, umas sobre as outras. — Tem inveja e medo de todas as coisas que eles podem fazer e ele não. Detesta que algumas raças sejam mais poderosas que os Nephilim, e aposto que não é o único a se sentir assim. É fácil ter medo daquilo que não se compartilha — respirou fundo — mas e se *pudessem* compartilhar? E se eu pudesse criar um símbolo que ligasse todos vocês, cada Caçador de Sombras que estivesse lutando ao lado de um integrante do Submundo, e pudessem compartilhar seus poderes, pudessem se curar tão depressa quanto um vampiro, ser tão resistentes quanto um lobisomem ou tão velozes quanto um cavaleiro do Povo das Fadas? E eles, por sua vez, pudessem compartilhar do seu treinamento, das suas habilidades de batalha. Poderiam ser uma força indestrutível; se me deixarem Marcá-los, e se lutarem com os integrantes do Submundo. Porque se não lutarem ao lado deles, os símbolos não vão funcionar. Fez uma pausa. — Por favor — disse, mas a palavra saiu quase inaudível da garganta seca. — Por favor, deixem-me Marcá-los.

As palavras se perderam em um silêncio ressonante. O mundo se moveu em um borrão móvel, e ela percebeu que tinha dado a metade final do discurso olhando para o teto do Salão, e que as explosões brancas suaves que tinha visto tinham sido estrelas caindo do céu noturno, uma por uma. O silêncio prosseguiu enquanto as mãos de Clary, nas laterais, se fechavam. Depois, lentamente, muito lentamente, abaixou a cabeça e encontrou os olhos da multidão que a encarava de volta.

Capítulo 17
O CONTO DA CAÇADORA DE SOMBRAS

Clary estava sentada no degrau superior do Salão dos Acordos, olhando para a Praça do Anjo. A lua tinha surgido mais cedo e por pouco dava para vislumbrá-la sobre os telhados das casas. As torres demoníacas refletiam sua luz, branco-prateada. A escuridão escondia bem as cicatrizes e feridas da cidade; parecia em paz sob o céu noturno — caso não se olhasse para Gard Hill e o contorno arruinado da fortaleza. Guardas patrulhavam a praça abaixo, aparecendo e desaparecendo conforme entravam e saíam dos pontos iluminados pela luz enfeitiçada. Ignoraram deliberadamente a presença de Clary.

Alguns degraus abaixo, Simon andava para a frente e para trás, com passos incrivelmente silenciosos. Estava com as mãos nos bolsos, e quando se virou na base da escada para voltar a subir, o luar emanou de sua pele pálida como se ele fosse uma superfície reflexiva.

— Pare de andar de um lado para o outro — disse ela. — Você só está me deixando mais nervosa.

— Desculpe.

— Sinto como se estivéssemos aqui há séculos. — Clary tentou aguçar os ouvidos, mas não conseguia ouvir nada além do burburinho de muitas vozes vindo das portas fechadas do Salão. — Você consegue ouvir o que eles estão falando lá dentro?

Simon cerrou os olhos; parecia estar se concentrando muito.

— Um pouco — falou, após uma pausa.

— Queria estar lá dentro — disse Clary, batendo os pés nos degraus, irritada. Luke tinha pedido a ela que esperasse do lado de fora enquanto a Clave deliberava; queria mandar Amatis com ela, mas Simon insistiu em vir no lugar, dizendo que seria melhor que Amatis ficasse do lado de dentro, apoiando Clary. — Queria fazer parte da reunião.

— Não — disse Simon. — Não queria.

Ela sabia por que Luke tinha pedido para esperar do lado de fora. Podia imaginar o que estavam falando sobre ela lá. *Mentirosa. Aberração. Tola. Louca. Burra. Monstro. Filha de Valentim.* Talvez estivesse melhor do lado de fora, mas a tensão de ter que esperar pela decisão da Clave era quase dolorosa.

— Talvez eu possa subir em um destes — disse Simon, olhando para os pilares brancos que sustentavam o teto do Salão. Havia símbolos talhados em padrões sobrepostos, mas fora isso não havia apoios pelos quais pudesse subir. — Para extravasar.

— Ora, vamos — disse Clary. — Você é um vampiro, não o Homem-Aranha.

A resposta de Simon foi dar uma corridinha pelas escadas até a base do pilar. Olhou pensativo por um instante antes de esticar as mãos e começar a subir. Clary o observou, boquiaberta, enquanto as pontas dos dedos e os pés encontravam apoios impossíveis na pedra.

— Você *é* o Homem-Aranha! — exclamou.

Simon olhou de cima do pilar.

— Isso faz de você a Mary Jane. Ela tem cabelo ruivo — disse ele, e olhou para o céu, franzindo o rosto. — Estava torcendo para conseguir ver o Portão Norte daqui, mas não subi o suficiente.

Clary sabia por que ele queria ver o portão. Mensageiros haviam sido enviados para solicitar aos integrantes do Submundo que esperassem enquanto a Clave deliberava, e Clary só podia torcer para que aceitassem. E se aceitassem, como estariam as coisas lá? Clary imaginou a multidão esperando, inquieta, pensando...

As portas duplas do Salão se abriram levemente. Uma figura esguia passou pelo espaço, fechou a porta e se virou para encarar Clary. Ela estava coberta pela sombra, e só quando foi mais para a frente, aproximando-se da luz enfeitiçada que iluminava os degraus que Clary viu o fulgor dos cabelos ruivos e reconheceu a mãe.

Jocelyn levantou o olhar, com a expressão entretida.

— Ora, olá, Simon. Fico feliz em ver que está... se ajustando.

Simon soltou o pilar e caiu, aterrissando levemente na base. Ele parecia levemente atrapalhado.

— Oi, sra. Fray.

— Acho que não tem mais por que me chamar assim agora — disse a mãe de Clary. — Talvez devesse me chamar de Jocelyn — hesitou. — Sabe, por mais estranha que esta... situação seja, é bom vê-lo aqui com Clary. Não consigo me lembrar da última vez em que vi os dois separados.

Simon parecia seriamente constrangido.

— É muito bom vê-la também.

— Obrigada, Simon. — Jocelyn olhou para a filha. — Agora, Clary, será que poderíamos conversar um instante? A sós?

Clary permaneceu sentada imóvel por um longo tempo, olhando para a mãe. Era difícil não sentir como se estivesse olhando para uma estranha. A garganta parecia apertada, quase demais para falar. Olhou para Simon, que claramente esperava um sinal dela que indicasse se deveria ficar ou sair. Suspirou.

— Tudo bem.

Simon levantou os polegares, encorajando Clary antes de sumir novamente para dentro do Salão. Clary virou-se e olhou fixamente para a praça, observando os guardas fazendo as rondas, enquanto Jocelyn vinha sentar-se junto dela. Parte de Clary queria se inclinar para o lado e deitar a cabeça no ombro da mãe. Poderia até fechar os olhos e fingir que estava tudo bem. A outra parte sabia que não faria diferença; não poderia manter os olhos fechados para sempre.

— Clary — disse Jocelyn afinal, suavemente. — Sinto muito.

Clary olhou para as mãos. Continuava, percebeu, segurando a estela de Patrick Penhallow. Esperava que ele não achasse que ela tinha a intenção de roubar.

— Nunca achei que fosse voltar a ver esse lugar — prosseguiu Jocelyn. Clary olhou de lado para a mãe e viu que ela estava encarando a cidade, na direção das torres demoníacas que projetavam suas luzes pálidas sobre o horizonte. — Sonhei com isso algumas vezes. Queria até pintar, pintar minhas lembranças daqui, mas não podia. Achei que se você visse as pinturas algum dia, poderia fazer perguntas, querer saber como as imagens tinham surgido na minha cabeça. Tinha tanto medo que você descobrisse de onde eu realmente vinha. Quem eu realmente era.

— E agora já sei.

— E agora já sabe. — Jocelyn soava saudosa. — E tem todos os motivos para me odiar.

— Não odeio você, mãe — disse Clary. — Só...

— Não confia em mim — disse Jocelyn. — Não posso culpá-la. Devia ter contado a verdade. — Ela tocou gentilmente o braço de Clary, e pareceu encorajada quando a filha não se afastou. — Posso dizer que o fiz para protegê-la, mas sei como deve soar. Eu estava lá, agora mesmo, no Salão, vendo você...

— Estava lá? — Clary espantou-se. — Não a vi.

— Estava bem no fundo do Salão. Luke tinha me dito para não vir à reunião, que minha presença só chatearia a todos e atrapalharia tudo, e provavelmente estava certo, mas queria muito estar lá. Entrei discretamente depois que começou e me escondi nas sombras. Mas estava lá. E só queria dizer...

— Que fiz papel de boba? — disse Clary, amarga. — Disso eu já sei.

— Não. Queria dizer que senti muito orgulho de você.

Clary se virou para olhar a mãe.

— Sentiu?

Jocelyn assentiu.

— Claro que senti. A maneira como se colocou diante da Clave daquele jeito. A maneira como mostrou a eles o que podia fazer. Fez com que olhassem para você e vissem a pessoa que mais amavam no mundo, não fez?

— Fiz — disse Clary. — Como sabe?

— Porque ouvi todos chamando nomes diferentes — disse Jocelyn suavemente. — Mas continuei vendo você.

— Ah. — Clary olhou para os pés. — Bem, continuo sem ter certeza se acreditam em mim no que se refere aos símbolos. Quero dizer, espero que acreditem, mas...

— Posso ver? — perguntou Jocelyn.

— Ver o quê?

— O símbolo. O que você criou para unir Caçadores de Sombras e integrantes do Submundo — hesitou. — Se não puder me mostrar...

— Não, tudo bem. — Com a estela, Clary traçou as linhas do símbolo que o anjo tinha mostrado no mármore do degrau do Salão dos Acordos, e elas arderam em quentes traços dourados enquanto desenhava. Era um símbolo forte, um mapa de linhas curvas sobrepondo-se a uma matriz de retas. Simples e complexo ao mesmo tempo. Clary agora sabia por que pareceu meio incompleto quando o visualizou anteriormente: precisava de um símbolo combinando para funcionar. Seu duplo. Um parceiro. — Aliança — disse ela, puxando a estela de volta. — É assim que vou chamar.

Jocelyn observou silenciosamente enquanto o símbolo queimava e desbotava, deixando resquícios de linha preta na pedra.

— Quando eu era jovem — disse afinal —, lutei tanto para unir integrantes do Submundo e Caçadores de Sombras, para proteger os Acordos. Achei que estivesse perseguindo uma espécie de sonho, algo que a maioria dos Caçadores de Sombras nem podia imaginar. E agora você tornou isso concreto, literal e *real*. — Piscou os olhos com força. — Percebi uma coisa, olhando para você no Salão. Sabe, durante todos esses anos tentei protegê-la, escondendo-a de tudo. Por isso detestei quando foi ao Pandemônio. Sabia que era um lugar onde membros do Submundo e mundanos se misturavam, e isso significava que haveria Caçadores de Sombras lá. Acho que foi alguma coisa no seu sangue que a atraiu para aquele lugar, alguma coisa que reconhecia o mundo das sombras mesmo sem a Visão. Pensei que fosse ficar segura se eu ao menos pudesse manter aquele mundo escondido. Nunca pensei em tentar protegê-la ajudando-a a ser forte e a lutar — parecia triste —, mas de algum jeito, ficou forte assim mesmo. Forte o bastante para que eu conte a verdade, se ainda quiser ouvir.

— Não sei. — Clary pensou nas imagens que o anjo havia mostrado, em como eram terríveis. — Sei que fiquei com raiva por você ter mentido. Mas não sei se quero ficar sabendo de mais coisas horríveis.

— Conversei com Luke. Ele acha que você deve saber do que tenho para contar. A história toda. Tudo. Coisas que nunca contei a ninguém, nem a ele. Não posso prometer que toda a verdade é agradável. Mas é a verdade.

A Lei é dura, mas é a Lei. Devia a Jace essa tentativa de descobrir a verdade, tanto quanto devia a si mesma. Clary apertou com mais força ainda a estela, suas juntas embranquecendo.

— Quero saber tudo.

— Tudo... — Jocelyn respirou fundo. — Não sei nem por onde começar.

— Que tal começar por como pôde se casar com Valentim? Como pôde se casar com um homem daqueles, fazer dele o meu pai... Ele é um *monstro*.

— Não. Ele é um homem. Não é um bom homem. Mas se quer saber por que me casei, foi porque o amava.

— Não pode tê-lo amado — disse Clary. — Ninguém pode.

— Tinha a sua idade quando me apaixonei por ele — disse Jocelyn. — Achava que ele era perfeito, brilhante, inteligente, maravilhoso, engraçado, charmoso. Eu sei, está me olhando como se eu tivesse perdido a cabeça. Só conhece Valentim como ele é agora. Não pode imaginar como ele foi. Quando estudávamos juntos, *todo mundo* o amava. Ele parecia reluzir, de algum jeito, como se houvesse alguma parte especial e brilhantemente iluminada do universo a qual somente ele tinha acesso, e se tivéssemos sorte, ele poderia dividir conosco, mesmo que fosse só um pouquinho. Todas as garotas o amavam, e eu achava que não tinha chance. Não havia nada de especial em mim. Eu nem era muito popular; Luke era um dos meus melhores amigos, e eu passava quase o tempo todo com ele. Mas mesmo assim, de algum jeito, Valentim me escolheu.

Que nojo, Clary queria dizer, mas se conteve. Talvez fosse a melancolia na voz da mãe, misturada com o arrependimento. Talvez fosse o que ela dissera sobre Valentim reluzir... Clary já tinha pensado a mesma coisa a respeito de Jace, e depois se sentiu tola por pensar. Talvez todos os apaixonados se sentissem daquela maneira.

— Tudo bem — disse ela. — Entendi. Mas você tinha 16 anos. Isso não significa que precisava ter se casado com ele depois.

— Tinha 18 anos quando casamos. Ele tinha 19 — disse Jocelyn com um tom de naturalidade.

— Meu Deus — disse Clary horrorizada. — Você me *mataria* se eu quisesse me casar aos 18 anos.

— Mataria — concordou Jocelyn. — Mas Caçadores de Sombras tendem a casar mais cedo do que mundanos. A vida deles... a *nossa* vida é mais curta; muitos dos nossos sofrem mortes violentas. Tendemos a fazer tudo mais cedo por causa disso. Mesmo assim, eu era jovem para casar. Apesar disso, minha família ficou feliz por mim; até Luke ficou feliz por mim. Todos achavam que Valentim era um garoto maravilhoso. E ele era, sabe, só um menino. A única pessoa a me dizer que eu não deveria me casar com ele foi Madeleine. Éramos amigas na escola, mas quando contei que estava noiva, ela disse que Valentim era egoísta e cheio de ódio, que o charme dele mascarava uma amoralidade terrível. Falei para mim mesma que ela estava com inveja.

— E estava?

— Não — disse Jocelyn —, estava falando a verdade. Eu só não quis ouvir. — Olhou para as próprias mãos.

— Mas se arrependeu — disse Clary. — Depois que se casou com ele, se arrependeu, não foi?

— Clary — disse Jocelyn. Soava cansada. — Nós éramos *felizes*. Pelo menos nos primeiros anos. Fomos morar na mansão dos meus pais, onde cresci; Valentim não queria ficar na cidade, e queria que o resto do Ciclo também evitasse Alicante ou os olhares curiosos da Clave. Os Wayland moravam em uma mansão a dois ou três quilômetros da nossa, e havia outros por perto... os Lightwood, os Penhallow. Era como estar no centro do mundo, com toda a atividade à volta, todo esse entusiasmo, e o tempo todo estive ao lado de Valentim. Nunca me fez sentir dispensada ou inútil. Não, eu era um elemento-chave no Ciclo. Minha opinião era uma das poucas em que ele confiava. Falou milhares de vezes que sem mim, não conseguiria nada. Sem mim, não seria nada.

— *Falou?* — Clary não conseguia imaginar Valentim dizendo nada assim, nada que o fizesse soar... vulnerável.

— Falou, mas não era verdade. Valentim nunca poderia ser um nada. Nasceu para ser um líder, para ser o centro de uma revolução. Mais e mais convertidos vinham a ele. Eram atraídos pela paixão e pelo brilhantismo das ideias. Raramente falava em integrantes do Submundo naqueles primeiros dias. Era tudo sobre a reformulação da Clave, sobre a mudança de leis ultrapassadas, severas e equivocadas. Valentim disse que deveria haver mais Caçadores de Sombras, mais combatentes de demônios, mais Institutos, que deveríamos nos preocupar menos em nos esconder e mais em proteger o mundo contra os demônios. Que deveríamos andar orgulhosos pelo mundo. Era sedutora a visão dele: um mundo cheio de Caçadores de Sombras, onde demônios corriam de medo e os mundanos, em vez de acreditar que não existíamos, nos agradeciam pelo que fazíamos por eles. Éramos jovens, achávamos que reconhecimento importava. Mal sabíamos... — Jocelyn respirou fundo, como se estivesse prestes a mergulhar. — Então engravidei.

Clary sentiu um frio pinicando a nuca e de repente — não sabia dizer por quê — não tinha mais certeza de que queria a verdade da mãe, não tinha mais certeza de que queria ouvir, novamente, sobre como Valentim havia transformado Jace em um monstro.

— Mãe...

Jocelyn balançou a cabeça sem prestar atenção ao redor.

— Você me perguntou por que nunca contei que você tinha um irmão. *É por isso*. — Respirou de um jeito irregular. — Fiquei tão feliz quando descobri. E Valentim... sempre quis ser pai, dizia. Treinar o filho para ser um guerreiro, como o pai dele o havia treinado. "Ou sua filha", eu dizia, e ele sorria e respondia que uma filha poderia ser uma guerreira tanto quanto um menino, e ele ficaria feliz com qualquer um. Achava que tudo estava perfeito.

"Depois Luke foi mordido por um lobisomem. Dizem que existe cinquenta por cento de chance de uma mordida transmitir licantropia, mas é mais na casa dos setenta e cinco. Raramente vi alguém escapar da doença, e Luke não foi exceção. Na lua cheia seguinte, ele se transformou. Estava lá na nossa entrada de manhã, coberto de sangue, com as roupas em trapos. Queria confortá-lo, mas Valentim me puxou de lado. 'Jocelyn', disse ele, 'o bebê'. Como se Luke estivesse prestes a arrancar o neném da minha barriga. Era *Luke*, mas Valentim me empurrou de lado e arrastou Luke pelos degraus e para o bosque. Quando voltou, muito mais tarde, estava sozinho. Corri para ele, mas ele disse que Luke tinha se matado pelo desespero de ter se tornado licantrope. Que estava... morto."

A dor na voz de Jocelyn era evidente e áspera, pensou Clary, mesmo agora, quando sabia que Luke não tinha morrido. Mas Clary se lembrou do próprio desespero ao segurar Simon enquanto ele morria nos degraus do Instituto. Havia algumas sensações que jamais se esquecia.

— Mas ele deu uma faca para Luke — disse Clary com a voz baixa. — Disse a ele que se matasse. Fez o marido de Amatis se divorciar dela, só porque o irmão havia se transformado em um lobisomem.

— Eu não sabia — disse Jocelyn. — Depois que Luke morreu, foi como se eu tivesse caído em um buraco negro. Passei meses no quarto, dormindo o tempo todo, comendo só por causa do bebê. Mundanos chamariam o que eu tive de depressão, mas Caçadores de Sombras não têm esses tipo de termo. Valentim acreditava que eu estava tendo uma gravidez complicada. Disse a todos que eu estava doente. Eu *estava* doente: não conseguia dormir. Não parava de achar que estava ouvindo ruídos estranhos, gritos na noite. Valentim me dava remédios para o sono, mas só faziam com que eu tivesse pesadelos. Sonhos horríveis de que Valentim estava me prendendo, enfiando uma faca em mim, ou que eu estava engasgando com veneno. De manhã, estava exausta, e passava o dia dormindo. Não fazia ideia do que estava se passando do lado de fora, não imaginava que tinha forçado Stephen a se divorciar de Amatis e a se casar com Céline. Estava em um torpor. Então... — Jocelyn entrelaçou as mãos em seu colo, estavam tremendo. — Então tive o bebê.

Fez-se silêncio por tanto tempo que Clary ficou se perguntando se ela iria continuar. Jocelyn tinha o olhar pedido nas torres demoníacas, os dedos batendo nervosamente numa tatuagem sobre os joelhos. Finalmente falou:

— Minha mãe estava comigo quando o bebê nasceu. Você não a conheceu. Sua avó. Era uma mulher tão generosa. Teria gostado dela, eu acho. Ela me entregou meu filho, e inicialmente minha única certeza era que ele se encaixava perfeitamente nos meus braços, que o cobertor envolvendo-o era macio, e que ele era tão pequeno e delicado, com apenas um tufo de cabelos louros na cabeça. Então ele abriu os olhos.

A voz de Jocelyn era monótona, quase sem nuances, e mesmo assim, Clary sentiu um tremor, receando o que a mãe poderia dizer em seguida. *Não*, queria dizer. *Não me conte*. Mas Jocelyn prosseguiu, as palavras escapando de sua boca como veneno frio.

— Fui banhada por horror. Foi como ser jogada no ácido. Minha pele pareceu queimar até os ossos, e tive que me esforçar muito para não derrubar o bebê e começar a gritar. Dizem que cada mãe reconhece o próprio filho instintivamente. Suponho que o oposto também seja verdade. Cada nervo no meu corpo gritava que aquele bebê não era meu, que era alguma coisa horrível e artificial, tão desumana quanto um parasita. Como minha mãe podia não ver? Ela sorria para mim, como se nada estivesse errado.

"'O nome dele é Jonathan', disse uma voz na entrada. Levantei o olhar e vi Valentim encarando aquilo tudo com um olhar de prazer. O bebê abriu os olhos novamente, como se reconhecesse o som do próprio nome. Tinha olhos negros, negros como a noite, insondáveis como túneis cavados no crânio. Não havia nada de humano ali."

Fez-se um longo silêncio. Clary ficou sentada imóvel, olhando para a mãe com um horror boquiaberto. *É de Jace que está falando*, pensou. *De Jace quando bebê. Como é possível se sentir assim em relação a um* bebê?

— Mãe — sussurrou. — Talvez... talvez estivesse chocada, ou coisa do tipo. Ou talvez estivesse doente...

— Foi o que Valentim me disse — contou Jocelyn, sem qualquer emoção. — Que eu estava doente. Valentim adorava Jonathan. Não conseguia entender o que havia de errado comigo. E eu sabia que ele tinha razão. Eu era um monstro, uma mãe que não suportava o próprio filho. Pensei em me matar. E talvez o tivesse feito... então recebi um recado, entregue por carta de fogo, de Ragnor Fell. Era um feiticeiro que sempre foi próximo da minha família; era quem chamávamos se precisássemos de um feitiço de cura ou coisa parecida. Tinha descoberto que Luke havia se tornado líder do bando de lobisomens na Floresta Brocelind, na fronteira leste. Queimei o recado assim que o recebi. Sabia que Valentim jamais poderia saber. Mas só quando fui ao acampamento dos lobisomens tive a certeza de que Valentim havia mentido para mim, mentido sobre o suicídio de Luke. Foi ali que comecei a odiá-lo de verdade.

— Mas Luke disse que você sabia que havia algo errado com Valentim, que sabia que ele estava fazendo alguma coisa terrível. Disse que sabia mesmo antes da transformação dele.

Por um instante, Jocelyn não respondeu.

— Sabe, Luke nunca deveria ter sido mordido. Não devia ter acontecido. Era uma patrulha de rotina na floresta, estava com Valentim... Não deveria ter acontecido.

— Mãe...

— Luke diz que falei para ele que tinha medo de Valentim antes de ele ser transformado. Conta que disse a ele que podia ouvir gritos através das paredes da mansão, que suspeitava de alguma coisa, temia alguma coisa. E Luke, Luke que confiava com tanta facilidade, perguntou sobre isso a Valentim no dia seguinte. Naquela noite, Valentim o levou para caçar, e Luke foi mordido. Acho que... acho que Valentim me fez esquecer o que eu tinha visto, o que quer que houvesse me assustado. Me fez acreditar que foram pesadelos. E acho que se certificou de que Luke fosse mordido naquela noite. Acho que queria Luke fora de cena, para que ninguém pudesse me lembrar de que eu tinha medo de meu marido. Mas não percebi, não de cara. Luke e eu nos vimos tão brevemente no primeiro dia, e eu queria tanto contar a ele sobre Jonathan... mas não consegui. Não consegui. Jonathan era meu filho. Mesmo assim, ver Luke, apenas vê-lo, me deixou mais forte. Voltei para casa dizendo a mim mesma que faria um novo esforço com Jonathan, que aprenderia a amá-lo. Que me forçaria a amá-lo.

"Naquela noite fui acordada pelo som de um bebê chorando. Me levantei de um pulo, sozinha no quarto. Valentim estava em uma reunião do Ciclo, então não tinha ninguém com quem compartilhar minha admiração. Jonathan, veja só, nunca chorava; nunca fazia barulho. Seu silêncio era uma das coisas que mais me perturbava. Corri pelo corredor até o quarto dele, mas ele estava dormindo em silêncio. Mesmo assim, eu *podia ouvir* um bebê chorando, tinha certeza disso. Parecia estar vindo da adega vazia, mas a porta estava trancada, a adega nunca fora usada. Mas eu tinha crescido na mansão. Sabia onde meu pai escondia a chave..."

Jocelyn não olhou para Clary enquanto falava; parecia perdida na história, nas lembranças.

— Nunca contei a história da mulher do Barba Azul, contei, quando você era pequena? O marido disse para a mulher nunca olhar na sala trancada, mas ela olhou, encontrando os restos de todas as esposas que ele havia matado antes dela, exibidas como borboletas em um quadro. Não fazia ideia do que eu encontraria quando destrancasse a porta. Se tivesse que fazer novamente, será que conseguiria abrir a porta, utilizar minha pedra enfeitiçada para me guiar pela escuridão? Não sei, Clary. Simplesmente não sei.

"O cheiro... ah, o cheiro lá embaixo, de sangue, morte e podridão. Valentim havia cavado um buraco sob o chão, no que outrora fora uma adega. Não tinha sido uma criança que eu tinha escutado chorar, afinal. Havia celas lá agora, com coisas aprisionadas. Criaturas demoníacas, amarradas com correntes de electrum, contorcidas, caídas e murmurando nas celas, mas havia mais, muito mais: corpos de integrantes do Submundo, em diferentes estágios de morte ou em processo. Havia lobisomens, os corpos semidissolvidos por pó de prata. Vampiros imersos de cabeça para baixo em água benta até as peles descascarem dos ossos. Fadas cujas peles tinham sido perfuradas com ferro frio.

"Mesmo agora, não penso nele como um torturador. Não de verdade. Parecia perseguir um fim quase científico. Havia livros de anotações perto de cada cela, registros meticulosos das experiências, quanto tempo havia demorado para cada criatura morrer. Tinha um vampiro cuja pele ele havia queimado diversas vezes para ver se havia algum ponto a partir do qual a pobre criatura não pudesse mais se regenerar. Era difícil ler o que ele tinha escrito sem sentir vontade de desmaiar, ou de vomitar. De algum jeito, não fiz uma coisa nem outra.

"Havia uma página voltada para experimentos que tinha realizado em si mesmo. Tinha lido em algum lugar que sangue de demônio podia atuar como um amplificador dos poderes com os quais Caçadores de Sombras nascem naturalmente. Tentou injetar nele mesmo, mas não adiantou nada. Nada aconteceu, além de ficar doente. Por fim, concluiu que já era velho demais para que o sangue funcionasse nele, que para ter efeito completo, tinha que ser dado a uma criança — de preferência a uma que ainda não tivesse nascido.

"Na página ao lado da que relatava essas conclusões, havia uma série de notas com um título que reconheci. Meu nome. *Jocelyn Morgenstern*.

"Lembro de como meus dedos tremiam enquanto passava as páginas, as palavras queimando no meu cérebro. 'Jocelyn tomou a mistura outra vez esta noite. Nenhuma mudança visível nela, mas é a criança que me preocupa... Com infusões regulares de icor demoníaco como as que tenho dado para ela, a criança pode ser capaz de qualquer coisa... Ontem à noite ouvi o coração da criança, mais forte que qualquer coração humano, o som como o de um sino poderoso, abrindo as portas para o início de uma nova geração de Caçadores de Sombras, o sangue de anjos e demônios misturado para gerar poderes muito além do que se imaginava ser possível... O poder dos integrantes do Submundo não será mais o maior da terra...'

"Tinha mais, muito mais. Passei pelas páginas, os dedos tremendo, minha mente acelerada, vendo as misturas que Valentim me dava para tomar a cada noite, os pesadelos em que era esfaqueada, sufocada, envenenada. Mas não era a mim que estava envenenando. Era Jonathan. Jonathan, que havia transformado em alguma espécie de *coisa*, metade demônio. E foi aí, Clary... Foi *aí* que percebi o que Valentim realmente era."

Clary soltou a respiração que não percebeu que estava prendendo. Era horrível — tão horrível — e, no entanto, tudo se encaixava com a visão que Ithuriel havia mostrado para ela. Não sabia ao certo de quem sentia mais pena, da mãe ou de Jonathan. Jonathan — não conseguia pensar nele como Jace, não com a mãe ali, não com a história fresca na cabeça — condenado a não ser exatamente humano por um pai que se importava mais em matar integrantes do Submundo que com a própria família.

— Mas... você não foi embora, foi? — perguntou Clary, a voz soando baixinha aos próprios ouvidos. — Você ficou...

— Por duas razões — disse Jocelyn. — Uma foi a Ascensão. O que descobri na adega naquela noite foi um tapa na cara. Me acordou da tristeza e me fez perceber o que estava se passando a minha volta. Depois que percebi o que Valentim estava planejando, o extermínio completo do Submundo, soube que não podia permitir que acontecesse. Comecei a me encontrar com Luke em segredo. Não podia dizer a ele o que Valentim havia feito comigo e com o nosso filho. Sabia que só o deixaria irritado, e que não conseguiria se conter, tentaria caçá-lo e matá-lo, e só conseguiria ser morto no processo. E não podia deixar que mais ninguém soubesse o que tinha sido feito com Jonathan. Apesar de tudo, ainda era meu filho. Mas contei a Luke sobre os terrores da adega, sobre minha convicção de que Valentim estava perdendo a razão, enlouquecendo progressivamente. Juntos, planejamos impedir a Ascensão. Me sentia compelida a isso, Clary. Era uma espécie de expiação, a única maneira pela qual poderia achar que paguei pelo pecado de ter me juntado ao Ciclo, de ter confiado em Valentim. De tê-lo amado.

— E ele não soube? Valentim, quero dizer. Não percebeu o que estava fazendo?

Jocelyn balançou a cabeça.

— Quando as pessoas te amam, elas confiam em você. Além disso, em casa eu tentava fingir que estava tudo normal. Passei a me comportar como se minha repulsa inicial a Jonathan tivesse passado. Levava-o para a casa de Maryse Lightwood, deixava que brincasse com o filho dela, Alec. Às vezes Céline Herondale se juntava a nós; estava grávida na época. "Seu marido é tão gentil", dizia ela. "É tão preocupado com Stephen e comigo. Me dá poções e misturas para a saúde do bebê; são ótimas."

— Oh — disse Clary. — Oh, meu Deus.

— Foi o que pensei — disse Jocelyn sombriamente. — Queria dizer a ela para não confiar em Valentim, para não aceitar nada que ele desse, mas não podia. O marido dela era o melhor amigo de Valentim, e ela teria me delatado imediatamente. Fiquei de boca fechada. E depois...

— Ela se matou — disse Clary, lembrando-se da história. — Mas... foi por causa do que Valentim fez com ela?

Jocelyn balançou a cabeça.

— Sinceramente, acho que não. Stephen foi morto em uma incursão, e ela cortou os pulsos quando soube. Estava grávida de oito meses. Sangrou até a morte... — fez uma pausa — e foi Hodge que encontrou o corpo. Valentim de fato pareceu perturbado com as mortes. Desapareceu por quase um dia inteiro depois disso, e voltou para casa com olhos turvos, atordoado. E, mesmo assim, me senti quase grata pela perturbação dele. Pelo menos significava que não estava prestando atenção ao que *eu* estava fazendo. A cada dia eu ficava com mais medo de que Valentim fosse descobrir a conspiração e me torturar para tentar conseguir a verdade: quem fazia parte da nossa aliança secreta? Quanto do plano dele eu tinha denunciado? Imaginei como suportaria a tortura, se poderia aguentar. Morria de medo de não conseguir. Resolvi, afinal, tomar medidas que garantissem que isso não acontecesse. Fui a Fell com meus temores e ele criou uma poção para mim...

— A poção do *Livro Branco* — disse Clary, entendendo. — Por isso que você a queria. E o antídoto, como foi parar na biblioteca dos Wayland?

— Escondi lá uma noite durante uma festa — disse Jocelyn, esboçando um sorriso. — Não queria contar a Luke, sabia que ele detestaria toda a ideia da poção, mas todas as outras pessoas que conhecia faziam parte do Ciclo. Mandei um recado para Ragnor, mas ele estava deixando Idris e não disse quando voltaria. Disse que sempre poderia ser encontrado por mensagem, mas quem mandaria? No fim, percebi que havia uma pessoa para quem poderia contar, uma pessoa que odiava Valentim o suficiente para jamais me delatar para ele. Enviei uma carta a Madeleine, explicando o que planejava fazer, e que a única maneira de me reviver seria encontrando Ragnor Fell. Nunca recebi resposta, mas tinha que acreditar que ela tinha lido e entendido. Era minha única esperança.

— Duas razões — disse Clary. — Você disse que havia duas razões pelas quais ficou. Uma foi a Ascensão. Qual foi a outra?

Os olhos verdes de Jocelyn estavam cansados, mas luminosos e bem abertos.

— Clary — disse ela —, não consegue adivinhar? A segunda razão era que estava grávida outra vez. Grávida de você.

— Ah — disse Clary com a voz baixinha. Lembrou-se de Luke dizendo, *estava grávida novamente e sabia há algumas semanas*. — Mas isso não fez com que tivesse ainda mais vontade de fugir?

— Fez — disse Jocelyn. — Mas sabia que não podia. Se fugisse de Valentim, ele teria movido céus e infernos para me recuperar. Teria me seguido até o fim do mundo, pois eu pertencia a ele, e ele jamais me deixaria. Eu talvez o deixasse vir atrás de mim, e assumisse o risco, mas nunca permitiria que fosse atrás de você. — Afastou o cabelo do rosto exaurido. — Só havia uma maneira de me certificar de que ele não viesse. E o jeito era ele morrer.

Clary olhou surpresa para a mãe. Jocelyn ainda parecia cansada, mas o rosto brilhava com uma luz feroz.

— Achei que fosse ser morto durante a Ascensão — disse. — Não poderia tê-lo matado pessoalmente. Por alguma razão, não conseguiria. Mas nunca pensei que fosse sobreviver à batalha. E mais tarde, quando a casa foi incendiada, quis acreditar que estivesse morto. Disse a mim mesma, milhares de vezes, que ele e Jonathan tinham morrido queimados no fogo. Mas sabia... — Não terminou a sentença. — Foi por isso que fiz o que fiz. Achei que fosse o único jeito de protegê-la, roubar suas lembranças, torná-la o mais normal possível. Escondê-la no mundo mundano. Foi estúpido, percebo agora, estúpido e errado. E sinto muito, Clary. Só espero que possa me perdoar, se não agora, no futuro.

— Mãe. — Clary limpou a garganta. Durante os últimos dez minutos, só sentia que estava prestes a chorar. — Tudo bem. É que... só não entendo uma coisa. — Enrolou os dedos no tecido do casaco: — Quero dizer, já sabia um pouco sobre o que Valentim havia feito com Jace, quero dizer, com Jonathan. Mas o jeito como descreve Jonathan, é como se fosse um monstro. E mãe, Jace não é assim. Não é nada assim. Se o conhecesse... Se pudesse ao menos conhecê-lo...

— Clary — Jocelyn esticou o braço e pegou a mão da filha —, tenho mais para contar. Não há mais nada que eu tenha escondido de você, não menti a respeito de nada. Mas há coisas que eu nunca soube, que só descobri agora. E elas podem ser muito difíceis de ouvir.

Piores do que o que já me contou?, pensou Clary. Mordeu o lábio e assentiu.

— Vá em frente, conte. Prefiro saber.

— Quando Dorothea me disse que Valentim tinha sido visto na cidade, soube que era atrás de mim que ele estava, por causa do Cálice. Queria fugir, mas não consegui contar a você por quê. Não a culpo por ter corrido de mim naquela noite terrível, Clary. Só me dei por satisfeita por você não estar lá quando seu pai... quando Valentim e os demônios invadiram nosso apartamento. Só tive tempo de engolir a poção, podia ouvi-los arrombando a porta lá embaixo... — Interrompeu-se, com a voz firme. — Torci para que Valentim me deixasse para morrer, mas não foi o que aconteceu. Levou-me para Renwick com ele. Tentou diversos métodos para me acordar, mas nada funcionou. Eu estava em uma espécie de estado de sonho; tinha certa consciência da sua presença, mas não conseguia me mover ou responder a ele. Duvido que pensasse que eu podia ouvi-lo ou entendê-lo. E, mesmo assim, sentava perto de mim e conversava comigo.

— Conversava com você? Sobre o quê?

— Sobre nosso passado. Nosso casamento. Sobre como tinha me amado, e eu o havia traído. Sobre como não tinha amado mais ninguém desde então. E acho que foi sincero, até onde se pode acreditar na sinceridade dele. Sempre fui a pessoa com quem ele conversava sobre as dúvidas que tinha, a culpa que sentia, e nos anos que se seguiram a minha fuga, ele não teve mais ninguém. Acho que não conseguia deixar de conversar comigo, mesmo sabendo que não deveria. Acho que só queria conversar com alguém. Você pensaria que sua cabeça estaria ocupada com o que tinha feito com aqueles coitados, transformando-os em Renegados, ou com o que estava planejando fazer com a Clave. Mas não. Ele queria conversar sobre Jonathan.

— O que tinha Jonathan?

A boca de Jocelyn enrijeceu.

— Queria me dizer que sentia muito pelo que havia feito a Jonathan antes de nascer, pois sabia que aquilo quase me destruíra. Sabia que eu quase tinha me suicidado por causa de Jonathan, apesar de não saber do meu desespero pelo que havia descoberto sobre *ele próprio*. De algum jeito, tinha conseguido sangue de anjo. É uma substância quase lendária para Caçadores de Sombras. Tomar desse sangue aparentemente dá uma força incrível. Valentim havia tomado e descoberto que o efeito era não só uma força aumentada, mas também uma sensação de euforia e felicidade a cada vez que injetava. Então ele pegou um pouco, secou para virar pó, e misturou à minha comida, torcendo para que ajudasse com o meu desespero.

Sei como ele conseguiu sangue de anjo, pensou Clary, lembrando-se de Ithuriel com uma tristeza profunda.

— Você acha que funcionou?

— Depois fiquei pensando se teria sido por isso que encontrei foco e capacidade de continuar, e de ajudar Luke a impedir a Ascensão. Seria irônico se fosse esse o caso, considerando o que Valentim tinha feito inicialmente. Mas o que ele não sabia era que, enquanto fazia isso, eu estava grávida de você. Então enquanto pode ter me afetado um pouco, a afetou muito mais. Acredito que seja por isso que pode fazer o que faz com os símbolos.

— E talvez — disse Clary — seja a razão pela qual você consegue fazer coisas como prender a imagem do Cálice Mortal em uma carta de tarô. E o motivo pelo qual Valentim é capaz de coisas como retirar a maldição de Hodge...

— Valentim tem anos de prática em realizar experimentos em si próprio, em uma miríade de formas — disse Jocelyn. — Está tão próximo agora quanto um ser humano, um Caçador de Sombras, pode chegar de ser um feiticeiro. Mas nada do que possa fazer em si mesmo teria o tipo de efeito profundo que teria em você ou em Jonathan, porque vocês eram novos demais. Não sei se alguém antes de Valentim já fez o que ele foi capaz de fazer com um bebê, antes do nascimento.

— Então Jace... Jonathan e eu realmente fomos experiências.

— Com você ele não teve a intenção. Com Jonathan, Valentim queria criar uma espécie de superguerreiro, mais forte, mais rápido e melhor que os outros Caçadores de Sombras. Em Renwick, Valentim me contou que Jonathan realmente era tudo isso. Mas que também era cruel, amoral e estranhamente vazio. Jonathan era suficientemente leal a Valentim, mas suponho que Valentim tenha percebido, em algum momento, que ao tentar criar uma criança superior às outras, tinha criado um filho que jamais poderia amá-lo.

Clary pensou em Jace, na maneira como estivera em Renwick, no modo como apertou aquele pedaço de Portal quebrado com tanta violência que fez sangue escorrer pelos dedos.

— Não — disse ela. — Não e não. Jace não é assim. Ele ama Valentim. Não deveria, mas ama. E não é vazio. É o oposto de tudo que você está falando.

As mãos de Jocelyn se apertaram em seu colo. Eram marcadas por todos os lados com finas cicatrizes brancas — as cicatrizes que todos os Caçadores de Sombras tinham, a lembrança de Marcas apagadas. Mas Clary nunca tinha realmente reparado nas cicatrizes da mãe. A magia de Magnus sempre a fazia esquecer. Havia uma, no interior do pulso da mãe, que se parecia muito com a forma de uma estrela...

Então a mãe voltou a falar, e todos os pensamentos relativos a qualquer outra coisa escaparam à mente de Clary.

— Não estou — disse Jocelyn — falando de Jace.

— Mas... — disse Clary. Tudo parecia acontecer muito lentamente, como se estivesse sonhando. *Talvez esteja sonhando*, pensou. *Talvez minha mãe nunca tenha acordado, e tudo isso não passe de um sonho.* — Jace é o filho de Valentim. Quero dizer, quem mais poderia ser?

Jocelyn olhou nos olhos da filha.

— Na noite em que Céline Herondale morreu, estava grávida de oito meses, e Valentim vinha dando poções a ela, pois estava tentando nela o que havia tentado em si mesmo, com o sangue de Ithuriel, torcendo para que o filho de Stephen fosse tão forte e poderoso quanto suspeitava que Jonathan seria, mas sem as piores qualidades de Jonathan. Não podia suportar que o experimento fosse desperdiçado. Então, com a ajuda de Hodge, tirou o bebê da barriga de Céline. Ela estava morta havia pouco tempo...

Clary engasgou.

— Não é possível.

Jocelyn prosseguiu como se Clary não tivesse falado.

— Valentim pegou aquele bebê e mandou que Hodge o levasse para uma casa dele, especialmente construída para abrigar a criança, em um vale não muito longe do Lago Lyn. Por isso que passou aquela noite inteira fora de casa. Hodge cuidou do bebê até a Ascensão. Depois disso, porque Valentim estava se passando por Michael Wayland, foi com a criança para a mansão Wayland e o criou como filho de Michael Wayland.

— Então Jace — sussurrou Clary —, Jace *não é* meu irmão?

Sentiu a mãe apertar sua mão — um aperto solidário.

— Não, Clary. Não é.

A visão de Clary escureceu. Podia sentir o próprio coração, as batidas distintas, separadas. *Minha mãe está com pena de mim*, pensou vagamente. *Acha que isso é uma notícia* ruim. Estava com as mãos trêmulas.

— Então de quem eram os ossos no incêndio? Luke disse que havia a ossada de uma criança...

Jocelyn balançou a cabeça.

— Aqueles eram os ossos de Michael Wayland e do filho dele. Valentim matou os dois e incinerou os corpos. Queria que a Clave pensasse que tanto ele quanto o filho estavam mortos.

— Então Jonathan...

— Está vivo — disse Jocelyn, com dor no rosto —, Valentim me contou em Renwick. Valentim criou Jace na mansão Wayland, e Jonathan na casa perto do lago. Conseguiu dividir o tempo entre os dois, viajando de uma casa para a outra, às vezes deixando um ou ambos sozinhos por longos períodos. Parece que Jace nunca soube sobre Jonathan, apesar de que talvez Jonathan soubesse da existência de Jace. Nunca se encontraram, apesar de provavelmente terem morado a poucos quilômetros um do outro.

— E Jace não tem sangue de demônio? Não é... amaldiçoado?

— Amaldiçoado? — Jocelyn pareceu surpresa. — Não, não tem sangue de demônio. Clary, Valentim experimentou em Jace quando era um bebê o mesmo sangue que usou em mim e em você. Sangue de *anjo*. Jace não é amaldiçoado. Pelo contrário. Todo Caçador de Sombras tem sangue de anjo, vocês dois só têm um pouco mais.

A mente de Clary era um turbilhão. Tentou imaginar Valentim criando dois filhos ao mesmo tempo, um parte demônio, outro parte anjo. Um menino sombra, e um luz. Amando os dois, talvez, tanto quanto Valentim pudesse amar alguém. Jace nunca soube sobre Jonathan, mas o que o outro menino soube sobre ele? Seu complemento, seu oposto? Será que detestava sequer pensar nele? Desejava conhecê-lo? Teria sido indiferente? Ambos tão solitários. E um deles era seu irmão — seu verdadeiro irmão de sangue, por parte de mãe e pai.

— Acha que ele continua igual? Jonathan, quero dizer? Acha que ele pode ter... melhorado?

— Acho que não — disse Jocelyn, gentilmente.

— Mas por que tem tanta certeza? — Clary se virou e olhou para a mãe, ansiosa, de repente. — Quero dizer, talvez tenha mudado. Passaram-se tantos anos. Talvez...

— Valentim me contou que passou anos ensinando Jonathan a parecer agradável, até charmoso. Queria que ele fosse um espião, e não se pode ser espião quando se espanta a todos que conhece. Jonathan até aprendeu a projetar alguns feitiços, a convencer os outros de que era adorável e confiável... — Jocelyn suspirou. — Só estou contando isso para que não se sinta mal por ter sido enganada. Clary, você o conheceu. Ele só nunca contou o nome verdadeiro, pois estava se passando por outra pessoa. Sebastian Verlac.

Clary encarou a mãe. *Mas ele é o primo dos Penhallow*, parte de sua mente insistia, mas claro que Sebastian nunca tinha sido quem alegava ser; tudo que dissera não passou de mentira. Pensou na maneira como se sentiu na primeira vez em que o viu, como se estivesse reconhecendo alguém que sempre conhecera, alguém intimamente familiar, tanto quanto ela mesma. Nunca sentira aquilo em relação a Jace.

— Sebastian é meu irmão?

O rosto esguio de Jocelyn estava cansado, e suas mãos entrelaçadas. As pontas dos dedos brancas, como se as estivesse pressionando com força demais.

— Falei longamente com Luke hoje sobre o que aconteceu em Alicante desde que chegou. Ele me contou sobre as torres demoníacas e a desconfiança de que Sebastian havia derrubado os bloqueios, apesar de não fazer ideia de como. Foi então que percebi quem Sebastian realmente era.

— Quer dizer, porque ele mentiu sobre ser Sebastian Verlac? E porque é um espião de Valentim?

— Por essas duas coisas, sim — disse Jocelyn —, mas na verdade só soube quando Luke me contou que você disse que Sebastian tinha pintado o cabelo. E posso estar errada, mas um menino só um pouco mais velho que você, com cabelos claros e olhos escuros, sem pais, completamente leal a Valentim... Não pude deixar de pensar que se tratava de Jonathan. E mais que isso. Valentim sempre tentou descobrir uma maneira de derrubar as barreiras, sempre disse que havia um jeito de fazer isso. As experiências em Jonathan com sangue de demônio, ele disse que foi para deixá-lo mais forte, um lutador melhor, mas era mais do que isso...

Clary a encarou.

— Como assim "mais do que isso"?

— Ele era a maneira de derrubar os bloqueios — disse Jocelyn. — Não se pode trazer demônios a Alicante, mas é necessário sangue de demônio para tirar as barreiras. Jonathan tem sangue de demônio; está nas veias dele. E o fato de ser um Caçador de Sombras lhe dá entrada automática na cidade quando quiser, independentemente de qualquer coisa. Usou o próprio sangue para derrubar as barreiras, tenho certeza disso.

283

Clary pensou em Sebastian diante dela no gramado perto das ruínas da mansão Fairchild. Na maneira como os cabelos escuros voavam sobre o rosto. Em como a havia segurado pelos pulsos, as unhas entrando em sua pele. Em como havia dito que era impossível que Valentim já tivesse amado Jace. Pensou que tivesse sido por ele odiar Valentim. Mas não, percebeu. Era... ciúme.

Pensou no príncipe moreno dos desenhos, no que se parecia tanto com Sebastian. Tinha tratado a semelhança como coincidência, um truque da mente, mas agora imaginava se não teria sido o laço do sangue compartilhado que fizera com que desse ao herói infeliz da sua história o rosto do irmão. Tentou visualizar o príncipe mais uma vez, mas a imagem pareceu se estilhaçar e dissolver diante dos olhos, como cinzas sopradas ao vento. Só conseguia enxergar Sebastian agora, a luz vermelha da cidade em chamas refletida nos olhos dele.

— Jace — disse ela. — Alguém tem que contar a ele. Ele precisa saber a verdade. — Os pensamentos atropelaram-se uns aos outros, desordenados; se Jace soubesse, se soubesse que não tinha sangue de demônio, talvez não tivesse ido atrás de Valentim. Se soubesse que não era irmão de Clary afinal...

— Mas pensei — disse Jocelyn, com uma mistura de solidariedade e confusão —, que ninguém soubesse onde ele está...?

Antes que Clary pudesse responder, as portas duplas do Salão se abriram, derramando luz sobre a arcada de pilares e os degraus abaixo. O ronco de vozes, não mais abafado, se ergueu enquanto Luke passava pelas portas. Parecia exausto, mas havia uma leveza nele que não estava ali antes. Parecia quase aliviado.

Jocelyn se levantou.

— Luke. O que foi?

Ele deu alguns passos em direção às duas, em seguida parou entre a entrada e as escadas.

— Jocelyn — disse ele —, sinto interrompê-la.

— Tudo bem, Luke. — Mesmo através daquilo tudo Clary pensou, *por que ficam dizendo os nomes um do outro assim?* Havia uma espécie de constrangimento entre os dois agora, um desconforto que não havia antes. — Aconteceu alguma coisa ruim?

Ele balançou a cabeça.

— Não. Pela primeira vez, aconteceu uma coisa boa. — Sorriu para Clary, e não havia nada de desconfortável no gesto; parecia satisfeito com ela, orgulhoso, até. — Você conseguiu, Clary — disse —, a Clave concordou em deixar que você os Marque. Não haverá rendição, afinal.

Capítulo 18
SAUDAÇÕES E ADEUS

O vale era mais bonito na realidade do que parecera na visão de Jace. Talvez fosse o luar brilhante que tornava prateado o rio que cortava o vale verde. Bétulas brancas e álamos marcavam as laterais do vale, as folhas tremendo na brisa gelada — estava frio no cume, e não havia proteção contra o vento.

Aquele era, sem dúvida, o vale onde vira Sebastian pela última vez. Finalmente o estava alcançando. Após amarrar Wayfarer em uma árvore, Jace pegou o fio com sangue no bolso e repetiu o ritual de procura, só para se certificar.

Fechou os olhos, esperando ver Sebastian, com sorte em algum lugar muito próximo — talvez até mesmo no vale, ainda...

Em vez disso, viu apenas escuridão.

Seu coração acelerou.

Tentou novamente, colocando o fio na mão esquerda e desenhando desajeitadamente o símbolo com a direita, menos ágil. Respirou fundo antes de fechar os olhos dessa vez.

Nada, mais uma vez. Apenas uma negritude sombria, vacilante. Ficou lá durante um minuto inteiro, os dentes cerrados, o vento entrando pela jaqueta, causando arrepios em sua pele. Afinal, xingando, abriu os olhos — depois, em um ataque de raiva desesperada, abriu também o punho; o vento soprou o fio e o levou para longe, tão depressa que mesmo que tivesse se arrependido imediatamente, não poderia ter pegado de volta.

Sua mente acelerou. Claramente o símbolo de procura não estava mais funcionando. Talvez Sebastian tivesse percebido que estava sendo seguido e feito alguma coisa para bloquear o feitiço — mas o que se *poderia* fazer para impedir um rastreamento? Talvez tivesse encontrado uma grande quantidade de água. Água rompia magia.

Não que isso fosse de grande ajuda. Não era como se Jace pudesse ir a todos os lagos do país para ver se Sebastian estava flutuando por eles. E tinha chegado tão perto — tão perto. Tinha *visto* este vale, Sebastian nele. E lá estava a casa, quase invisível, contra um pequeno bosque na base do vale. Pelo menos valeria dar uma olhada pela casa, para ver se havia alguma coisa que pudesse apontar para a localização de Sebastian ou de Valentim.

Com a sensação de resignação, Jace usou a estela para se Marcar com alguns símbolos de rápida ação e rápido desaparecimento: um para lhe dar silêncio, outro para rapidez e outro para passos precisos. Quando terminou — e sentiu a dor aguda, familiar e quente contra a própria pele —, guardou a estela no bolso, afagou o pescoço de Wayfarer, e começou a descer o vale.

O declive era enganosamente íngreme e traiçoeiro, com seus seixos soltos. Jace alternou entre descer cuidadosamente e deslizar pelas pedrinhas soltas, o que era rápido, porém perigoso. Quando chegou à base do vale, estava com as mãos sangrando por ter caído no cascalho solto mais de uma vez. Lavou-as no riacho claro e veloz; a água estava gelada.

Quando se endireitou e olhou em volta, percebeu que agora estava enxergando o vale por um ângulo diferente do que vira no rastreamento. Havia o bosque de árvores, com os galhos entrelaçados, as paredes do vale se erguendo por todos os lados, e a pequena casa. As janelas estavam escuras agora, e não havia fumaça na chaminé. Jace sentiu uma pontada que misturava alívio e decepção. Seria mais fácil revistar a casa se não houvesse ninguém dentro. Por outro lado, não havia ninguém lá.

Enquanto se aproximava, ficou imaginando o que na casa tinha parecido misterioso na visão. De perto, era apenas um típico sítio de Idris, feito de quadrados de pedra branca e cinzenta. As cortinas outrora tinham sido pintadas de azul, mas parecia que ninguém retocava a pintura havia anos. Estavam desbotadas e descascadas pelo efeito do tempo.

Alcançando uma das janelas, Jace subiu no parapeito e olhou através do painel embaçado. Viu uma sala grande, ligeiramente empoeirada, com uma bancada que percorria uma parede. As ferramentas espalhadas não eram nada que se utilizasse em trabalho manual — eram ferramentas de feiticeiros: pilhas de pergaminho manchado; velas pretas; largas vasilhas de cobre com líquido negro seco nas bordas; uma variedade de facas, algumas finas como furadores, outras com lâminas largas e quadradas. Havia um pentagrama marcado no chão, com os contornos borrados, cada uma das cinco pontas decorada com um símbolo diferente. O estômago de Jace apertou — os símbolos pareciam os que tinham sido talhados ao redor dos pés de Ithuriel. Será que Valentim poderia ter feito isso? Será que poderiam ser coisas *dele*? Era esse o seu esconderijo; um esconderijo que Jace nunca visitou, nunca sequer soube que existira?

Jace saltou do parapeito, aterrissando em um gramado seco — exatamente no mesmo momento em que uma sombra passou pela face da lua. Mas não havia pássaros aqui, pensou ele, e olhou para o alto bem a tempo de ver um corvo lá em cima. Congelou, em seguida ocultou-se na sombra de uma árvore e espiou por entre os galhos. Enquanto o corvo mergulhava mais para perto do chão, Jace soube que seu primeiro instinto estivera correto. Não era um corvo qualquer — era Hugo. O corvo que pertencera a Hodge; Hodge o utilizava algumas vezes para enviar mensagens para fora do Instituto. Desde então, Jace descobrira que Hugo pertencera originalmente a seu pai.

Jace chegou mais para perto do tronco da árvore. Estava com o coração acelerado outra vez, mas agora por entusiasmo. Se Hugo estava ali, só podia significar que estava trazendo um recado e, dessa vez, a mensagem não seria para Hodge. Seria para Valentim. *Tinha* que ser. Se Jace conseguisse segui-lo...

Empoleirado em um parapeito, Hugo espiou por uma das janelas da casa. Aparentemente percebendo que a casa estava vazia, o pássaro levantou voo com um grasnido irritado e foi na direção do rio.

Jace saiu das sombras e partiu na trilha do corvo.

— Então, tecnicamente — disse Simon —, mesmo que Jace não seja de fato seu parente, você *beijou* seu irmão.

— Simon! — Clary estava chocada. — Cale A BOCA. — Se virou para ver se alguém estava ouvindo, mas, felizmente, não parecia o caso. Clary estava em um assento alto no palanque no Salão dos Acordos, Simon a seu lado. A mãe estava na beira do palanque, inclinada para falar com Amatis.

Ao redor deles no Salão, reinava o caos enquanto os integrantes do Submundo que vinham do Portão Norte entravam aos montes, afluindo pelas portas, se apertando contra as paredes. Clary reconheceu diversos membros do bando de Luke, inclusive Maia, que sorriu para ela do outro lado da sala. Havia fadas, pálidas e frias, e adoráveis como pingentes de gelo, e feiticeiros com asas de morcego, pés de bode e até um com chifres, um fogo azul faiscando das pontas de seus dedos enquanto passavam pelo recinto. Os Caçadores de Sombras misturavam-se a eles, parecendo nervosos.

Segurando com firmeza a estela com as duas mãos, Clary olhou em volta, ansiosa. Onde estava Luke? Tinha sumido na multidão. Encontrou-o após um instante, falando com Malaquias, que balançava a cabeça violentamente. Amatis encontrava-se por perto, lançando olhares afiados ao Cônsul.

— Não faça eu me arrepender de ter contado isso tudo, Simon — disse Clary, encarando-o. Tinha feito o possível para contar a versão resumida da história de Jocelyn, essencialmente através de sussurros, enquanto ele a ajudava a atravessar a multidão até o palanque, para sentar-se lá. Era estranho estar ali em cima, olhando para a sala como se fosse a rainha de todos os que examinava. Mas uma rainha não estaria tão desesperada.

— Além disso, ele beija muito mal.

— Ou talvez só tenha sido nojento, porque ele era... sabe, *seu irmão*. — Simon parecia se divertir com tudo aquilo mais do que Clary achava que ele tinha o direito.

— *Não* diga isso onde minha mãe puder escutar, ou vou matá-lo — disse, lançando um segundo olhar. — Já estou sentindo como se fosse vomitar ou desmaiar. Não piore as coisas.

Jocelyn, voltando da beira do palanque a tempo de ouvir as últimas palavras de Clary — apesar de, felizmente, não ter escutado o que ela e Simon vinham discutindo — afagou o ombro de Clary de modo a reassegurá-la.

— Não fique nervosa, meu amor. Você foi ótima antes. Precisa de alguma coisa? Um cobertor, água quente...

— Não estou com frio — disse Clary pacientemente —, e também não preciso de um banho. Estou bem. Só quero que Luke venha até aqui e me diga o que está acontecendo.

Jocelyn acenou na direção de Luke para chamar sua atenção, silenciosamente dizendo alguma coisa que Clary não conseguia decifrar.

— Mãe — disparou —, *não!* — Mas era tarde demais. Luke olhou para cima, e o mesmo fizeram diversos Caçadores de Sombras. A maioria deles desviou o olhar com a mesma rapidez, mas Clary sentiu o fascínio nos olhares. Era estranho pensar que a mãe dela era uma espécie de figura lendária aqui. Basicamente todos no recinto tinham ouvido seu nome e cultivavam alguma espécie de opinião a seu respeito, boa ou ruim. Clary ficou imaginando como a mãe fazia para não se deixar perturbar. Ela não parecia incomodada; mas sim tranquila, contida e perigosa.

Um instante depois, Luke havia se juntado a eles no palanque, com Amatis ao lado. Ainda parecia cansado, mas alerta e até um pouco animado.

— Espere só um segundo. Todos estão vindo — disse Luke.

— Malaquias — disse Jocelyn, sem olhar diretamente para Luke enquanto falava —, ele estava enchendo o seu saco?

Luke fez um gesto de indiferença.

— Acha que devíamos enviar uma mensagem a Valentim recusando os termos. Eu disse que não deveríamos avisar. Deixemos Valentim aparecer com o exército em Brocelind, esperando uma rendição. Malaquias parecia achar que não era justo, e quando disse a ele que guerra não era um jogo de críquete entre colegiais ingleses, falou que, se algum dos integrantes do Submundo saísse do controle, pretendia interferir e cancelar tudo... Não sei o que ele acha que vai acontecer, como se o povo do Submundo não pudesse parar de lutar nem por cinco minutos.

— É exatamente o que ele pensa — disse Amatis. — É o Malaquias. Provavelmente acha que vocês vão começar a devorar uns aos outros.

— Amatis — disse Luke. — Alguém pode ouvir. — Ele se virou, então, enquanto dois homens subiam os degraus atrás: um era um cavaleiro do Povo das Fadas, alto e magro, com longos cabelos escuros que escorriam a cada lado do rosto estreito. Usava uma túnica de armadura branca: um metal fosco, resistente, feito de pequenos círculos sobrepostos, como as escamas de um peixe. Tinha olhos verdes como folhas.

O outro era Magnus Bane. Não sorriu para Clary enquanto se posicionava ao lado de Luke. Usava uma capa longa e escura, abotoada até o pescoço, e seus cabelos escuros estavam repuxados para trás.

— Você está tão *recatado* — disse Clary, encarando-o.

Magnus sorriu singelamente.

— Fiquei sabendo que tinha um símbolo para nos mostrar. — Foi tudo que disse.

Clary olhou para Luke, que assentiu.

— Ah, sim — disse ela. — Só preciso de alguma coisa para escrever, de um papel.

— Eu *perguntei* se você precisava de alguma coisa — disse Jocelyn num sussurro irritado, soando bastante como a mãe que Clary lembrava.

— Tenho papel — disse Simon, pescando no bolso da calça. Entregou para ela. Era um flyer amassado de um show da banda dele na Knitting Factory em julho. Clary deu de ombros e o virou, erguendo a estela emprestada. Faíscas brilharam singelamente quando tocou a ponta do papel e, por um instante, se preocupou que o flyer pudesse queimar, mas a pequena chama recuou. Pôs-se a desenhar, fazendo o melhor para bloquear todo o resto: o barulho da multidão, a sensação de que todos a estavam encarando.

O símbolo saiu como antes — um padrão de linhas que se curvavam fortemente, sobrepondo-se umas às outras, em seguida se esticando pela página, como se esperassem um acabamento que não estava lá. Esfregou a poeira da página e a levantou, com uma sensação absurda de que estava na escola, fazendo alguma espécie de apresentação para a turma.

— O símbolo é este — disse. — Requer um segundo símbolo para completar, para funcionar adequadamente. Um... símbolo aliado.

— Um integrante do Submundo, um Caçador de Sombras. Cada metade da parceria tem que ser Marcada — disse Luke. Desenhou uma cópia do símbolo na base da página, rasgou o papel ao meio, e entregou a ilustração a Amatis. — Comece a circular com o símbolo — sugeriu. — Mostre aos Nephilim como funciona.

Com um aceno de cabeça, Amatis desapareceu pelos degraus para a multidão. O cavaleiro do Povo das Fadas, olhando atrás dela, balançou a cabeça.

— Sempre me disseram que só os Nephilim podem suportar as Marcas do Anjo — disse ele, com alguma desconfiança. — Que o resto de nós ficaria louco, ou morreria, caso as usasse.

— Esta não é uma das Marcas do Anjo — disse Clary. — Não é do Livro Gray. É segura, prometo.

O cavaleiro do Povo das Fadas não parecia impressionado.

Com um suspiro, Magnus dobrou a manga e esticou a mão para Clary.

— Vá em frente.

— Não posso — disse ela. — O Caçador de Sombras que o Marcar será seu parceiro, e eu não vou participar da batalha.

— Espero que não — disse Magnus. Olhou para Luke e Jocelyn, que estavam ao lado um do outro. — Vocês dois — disse. — Vão em frente. Mostrem ao cavaleiro do Povo das Fadas como funciona.

Jocelyn piscou surpresa.

— O quê?

— Presumi — disse Magnus — que vocês dois seriam parceiros, considerando que são praticamente casados.

Jocelyn enrubesceu, e cuidadosamente evitou olhar para Luke.

— Não tenho uma estela...

— Pegue a minha. — Clary a entregou. — Vai, mostre a eles.

Jocelyn se virou para Luke, que parecia completamente espantado. Ele esticou a mão antes que ela tivesse tempo de pedir, e Jocelyn marcou a palma com uma precisão apressada. A mão dele tremeu enquanto desenhava, e ela pegou o pulso dele para segurá-lo no lugar; Luke olhou para ela enquanto trabalhava, e Clary pensou na conversa que tinham tido sobre a mãe, quando ele contou sobre seus sentimentos por Jocelyn, e sentiu uma pontada de tristeza. Ficou imaginando se a mãe sequer sabia que Luke a amava, e se soubesse, o que diria.

— Pronto — Jocelyn retirou a estela. — Acabei.

Luke levantou a mão, com a palma exposta, e mostrou a marca negra no centro para o homem-fada.

— Satisfeito, Meliorn?

— *Meliorn?* — disse Clary. — Já o *conheci*, não conheci? Você costumava sair com Isabelle Lightwood.

Meliorn estava quase sem expressão, mas Clary podia jurar que ele parecia singelamente desconfortável. Luke balançou a cabeça.

— Clary, Meliorn é um cavaleiro da Corte Seelie. É muito improvável que...

— Ele estava *totalmente* saindo com Isabelle — disse Simon —, e ela deu um pé na bunda dele. Pelo menos ela disse que ia dispensá-lo. Terrível, cara.

Meliorn piscou para ele.

— Você — disse ele com desgosto —, você é o representante escolhido pelas Crianças Noturnas?

Simon balançou a cabeça.

— Não. Só estou aqui por causa dela. — E apontou para Clary.

— As Crianças Noturnas — disse Luke, após breve hesitação — não estão participando, Meliorn. Passei essa informação para sua Dama. Elas optaram por... por seguir o próprio caminho.

As feições delicadas de Meliorn formaram uma careta.

— Preferia ter sabido disso — disse ele. — As Crianças Noturnas são sábias e cuidadosas. Qualquer esquema que atraia a ira deles atrai *minha* desconfiança.

— Não disse nada sobre ira. — Começou Luke, com uma mistura de calma deliberada e leve irritação. Clary duvidava que qualquer um que não o conhecesse bem seria capaz de reconhecer que estava irritado. Podia sentir o desvio de atenção: estava olhando para a multidão. Seguindo o olhar, Clary viu uma figura familiar cortar o caminho pela sala: Isabelle, com os cabelos negros balançando, o chicote enrolado no pulso como uma série de pulseiras douradas.

Clary pegou o pulso de Simon.

— Os *Lightwood*. Acabei de ver Isabelle.

Olhou para a multidão, apertando os olhos.

— Não sabia que estava procurando por eles.

— Por favor, vá falar com ela por mim — sussurrou, olhando para ver se alguém estava prestando atenção a eles; ninguém estava. Luke gesticulava para alguém na multidão; Jocelyn dizia algo a Meliorn, que olhava para ela com uma expressão próxima do alarme. — Tenho que ficar aqui, mas... por favor, preciso contar a ela e Alec o que minha mãe me falou. Diga a eles para virem falar comigo assim que puderem. Por favor, Simon.

— Tudo bem. — Claramente preocupado com a intensidade do tom, Simon soltou-se dela e tocou sua bochecha de modo a reassegurá-la. — Já volto.

Ele desceu pelos degraus e desapareceu no meio da multidão; quando ela se virou novamente, viu que Magnus estava olhando para ela, a boca em uma linha torta.

— Tudo bem — disse ele, obviamente respondendo a qualquer que fosse a pergunta que Luke tinha acabado de fazer. — Conheço a planície Brocelind. Vou armar o Portal na praça. Mas um tão grande assim não vai durar muito, então é melhor fazer todo mundo atravessar rapidamente assim que forem Marcados.

Enquanto Luke assentia e se virava para dizer alguma coisa a Jocelyn, Clary inclinou-se para a frente e falou baixinho:

— Obrigada, aliás. Por tudo que fez pela minha mãe.

O sorriso desigual de Magnus alargou.

— Não achou que eu fosse fazer, achou?

— Fiquei me perguntando... — admitiu Clary. — Principalmente considerando que, quando o vi na cabana, sequer me contou que Jace tinha trazido Simon pelo Portal com ele quando veio para Alicante. Não pude gritar com você sobre isso antes, mas *o que* você estava pensando? Achou que eu não fosse me interessar?

— Achei que fosse se interessar até demais — disse Magnus. — Que largaria tudo e correria para o Gard. E precisava que fosse procurar o *Livro Branco*.

— Foi desumano — disse Clary, furiosa. — E está enganado. Eu teria...

— Teria feito o mesmo que qualquer pessoa. O que eu teria feito se fosse alguém de quem *eu* gostasse. Não a culpo, Clary, e não o fiz porque achei que fosse fraca. Fiz porque é humana, e conheço os modos da humanidade. Estou vivo há muito tempo.

— Como se você nunca fizesse nenhuma tolice porque tem sentimentos — disse Clary. — Cadê o Alec, aliás? Por que não está procurando por ele para escolhê-lo como parceiro?

Magnus pareceu franzir a testa.

— Não o abordaria com os pais lá. Você sabe disso.

Clary apoiou o queixo na mão.

— Fazer a coisa certa por amor às vezes é um saco.

— É mesmo — disse Magnus —, é mesmo.

O corvo voava em círculos lentos e preguiçosos, passando por cima das árvores em direção ao paredão oeste do vale. A lua estava alta, eliminando a necessidade de luz enfeitiçada enquanto Jace seguia, mantendo-se encostado nas árvores.

A parede do vale erguia-se alta, uma barreira brilhante de pedras cinzentas. A trilha do corvo parecia seguir a curva do rio para oeste, finalmente desaparecendo em uma fissura estreita na parede. Jace quase torceu o tornozelo diversas vezes na pedra molhada e desejou que pudesse xingar em voz alta, mas Hugo certamente ouviria. Em vez disso, agachado de uma maneira desconfortável, se concentrou em não quebrar uma perna.

A camiseta estava ensopada de suor quando ele chegou à beira do vale. Por um instante pensou que tivesse perdido Hugo de vista, e se desesperou — em seguida viu a forma negra voando baixo e sumindo pelo buraco no muro de pedra do vale. Jace correu para a frente — era um alívio tão grande, poder correr em vez de se arrastar. Enquanto se aproximava da fissura, pôde ver um buraco maior e mais escuro além, um esconderijo. Catando a pedra de luz enfeitiçada no bolso, Jace mergulhou atrás do corvo.

Apenas um pingo de luz se filtrava através da boca da caverna, e após alguns passos, mesmo isso foi engolido pela escuridão opressora. Jace ergueu a pedra e deixou a luminosidade sangrar por entre os dedos.

Inicialmente achou que de algum jeito tinha encontrado o caminho para fora outra vez, e que, no alto, as estrelas eram visíveis novamente, em toda sua glória luminosa. As estrelas nunca cintilavam em lugar nenhum como em Idris — e não estavam brilhando agora. A luz enfeitiçada tinha encontrado diversos depósitos brilhantes de mica na pedra na rocha ao redor, e as paredes se animaram com pontos intensos de luz.

Mostraram a Jace que ele estava em um espaço estreito todo de pedra, com a entrada da caverna atrás, dois túneis escuros à frente. Jace pensou nas histórias contadas pelo pai sobre heróis perdidos em labirintos que utilizavam cordas ou barbantes para encontrar o caminho de volta. Mas ele não tinha uma coisa nem outra consigo. Aproximou-se dos túneis e ficou parado em silêncio por um longo tempo, ouvindo. Escutou a água pingando, fracamente, de algum lugar ao longe; a corrente do riacho, um ruído do que pareciam asas e... vozes.

Deu um pulo para trás. As vozes vinham do túnel à esquerda, tinha certeza. Passou o dedão pela pedra para diminuir sua luz, até que estivesse exalando apenas um fraco brilho, o bastante para iluminar a passagem. Em seguida, avançou na escuridão.

— Está falando sério, Simon? É verdade mesmo? Isso é fantástico! É maravilhoso! — Isabelle esticou o braço para pegar a mão do irmão. — Alec, ouviu o que Simon disse? Jace *não é* filho de Valentim. Nunca foi.

— Então ele é filho *de quem*? — quis saber Alec, apesar de Simon ter a sensação de que ele só estava parcialmente atento à conversa. Parecia procurar por alguma coisa na sala. Os pais estavam a alguma distância, franzindo o cenho na direção deles; Simon tinha se preocupado com a possibilidade de ter que explicar a história toda para eles também, mas foram gentis o suficiente para conceder a ele alguns minutos a sós com Isabelle e Alec.

— Que diferença faz?! — Isabelle levantou as mãos em deleite, em seguida franziu a testa. — Na verdade, é uma boa pergunta. Quem *era* o pai dele? Michael Wayland?

Simon balançou a cabeça.

— Stephen Herondale.

— Então ele é neto da Inquisidora — disse Alec. — Deve ser por *isso* que ela... — Sua frase ficou incompleta enquanto ele olhava a esmo.

— Por isso que ela o *quê*? — perguntou Isabelle. — Alec, preste atenção. Ou pelo menos diga o que está procurando.

— Não o quê — disse Alec. — Quem. Magnus. Queria perguntar se ele aceitaria ser meu parceiro na batalha. Mas não faço ideia de onde esteja. *Você* o viu? — indagou, direcionando a pergunta a Simon.

Simon balançou a cabeça.

— Ele estava no palanque com Clary, mas — esticou o pescoço para olhar — agora não está mais. Provavelmente está na multidão em algum lugar.

— Sério? Você vai convidá-lo para ser seu parceiro? — perguntou Isabelle. — É como uma dança, esse negócio de parceiro, só que com matança.

— Então é exatamente como uma dança — disse Simon.

— Talvez eu convide você para ser meu parceiro, Simon — disse Isabelle, erguendo a sobrancelha com delicadeza.

Alec franziu a testa. Ele estava, assim como o resto dos Caçadores de Sombras na sala, completamente equipado — todo de preto, com um cinto no qual se penduravam armas múltiplas. Tinha um arco preso às costas; Simon ficou satisfeito em ver que ele tinha arrumado outro para repor o que havia sido destruído por Sebastian.

— Isabelle, você não precisa de um parceiro, porque não vai lutar. É nova demais. E se sequer pensar no assunto, mato você.— Alec levantou a cabeça. — Espere... *aquele é o Magnus?*

Isabelle, seguindo o olhar dele, riu.

— Alec, é licantrope. Uma licantrope menina. Aliás, é ela, como se chama? May.

— Maia — corrigiu Simon. Estava a alguma distância, com calças de couro marrom e uma camiseta preta apertada que dizia O QUE NÃO ME MATA... É MELHOR FUGIR DE MIM. Uma corda fina prendia seus cabelos trançados. Virou, como se estivesse sentindo os olhos nela, e sorriu. Simon retribuiu o sorriso. Isabelle o olhou furiosa. Simon parou de sorrir abruptamente. Quando exatamente sua vida tinha ficado tão complicada?

O rosto de Alec acendeu.

— Lá está Magnus — disse, e saiu sem olhar para trás, abrindo caminho pela multidão até o espaço onde o bruxo alto estava. A surpresa de Magnus quando Alec se aproximou foi visível, mesmo de longe.

— É até bonitinho — disse Isabelle, olhando para eles —, sabe, de um jeito meio idiota.

— Idiota por quê?

— Porque — explicou Isabelle — Alec está tentando fazer com que Magnus o leve a sério, mas nunca sequer falou sobre ele com os nossos pais, nem mesmo que gosta de, você sabe...

— Feiticeiros? — disse Simon.

— Muito engraçado. — Isabelle o encarou. — Você sabe o que quero dizer. O que está acontecendo aqui é...

— O que está acontecendo aqui, exatamente? — perguntou Maia, chegando perto o suficiente para que conseguissem ouvi-la. — Quero dizer, não estou entendendo direito essa história de parceiros. Como vai funcionar?

— Assim. — Simon apontou para Alec e Magnus, que estavam um pouco afastados da multidão, num espaço pequeno no qual só havia eles. Alec estava desenhando na mão de Magnus com uma expressão concentrada, os cabelos negros caindo para a frente e escondendo os olhos.

— Então todos temos que fazer isso? — disse Maia. — Receber desenhos, quero dizer.

— Só se forem lutar — disse Isabelle, olhando friamente para a outra. — Você não parece ter 18 anos ainda.

Maia sorriu.

— Não sou Caçadora de Sombras. Licantropes são considerados adultos aos 16.

— Bem, assim sendo terá que receber um desenho — disse Isabelle. — De um Caçador de Sombras. Então é melhor procurar por um.

— Mas... — Maia, ainda olhando para Alec e Magnus, interrompeu-se e ergueu as sobrancelhas. Simon virou para ver o que ela estava olhando, e encarou.

Alec estava com os braços em volta de Magnus, beijando o feiticeiro com tudo, na boca. Magnus, que parecia em estado de choque, estava congelado no lugar. Diversos grupos de pessoas — tanto Caçadores de Sombras quanto integrantes do Submundo — encaravam e cochichavam. Olhando para o lado, Simon viu os Lightwood, com olhos arregalados e queixo caído com a exibição. Maryse estava com a mão na boca.

Maia parecia perplexa.

— Espere um segundo — disse ela. — Todos nós temos que fazer aquilo também?

Pela sexta vez, Clary examinou a multidão, procurando Simon. Não conseguia encontrá-lo. A sala era uma massa de Caçadores de Sombras e integrantes do Submundo, a multidão se espalhando por portas abertas e pelos degraus do lado de fora. Por todos os lados havia lampejos de estelas conforme os do Submundo e os Caçadores de Sombras se uniam em pares e se Marcavam. Clary viu Maryse Lightwood esticando a mão para uma fada alta e de pele verde tão pálida e régia quanto ela própria. Patrick Penhallow trocava Marcas solenemente com um feiticeiro cujo cabelo brilhava com faíscas azuis. Pelas paredes do Salão, Clary podia ver o brilho do Portal na praça. As estrelas brilhando pelo vidro conferiam um ar surrealista àquilo tudo.

— Incrível, não? — disse Luke. Estava na beira do palanque, olhando pela sala. — Caçadores de Sombras e membros do Submundo, se associando, no mesmo recinto. Trabalhando juntos. — Parecia maravilhado. A única coisa em que Clary conseguia pensar era que gostaria que Jace estivesse presente para ver aquilo tudo. Não conseguia colocar de lado o medo que sentia por ele, independentemente do quanto tentasse. A ideia de que ele pudesse encarar Valentim, de que fosse arriscar a vida por se acreditar amaldiçoado, de que pudesse morrer sem jamais saber que não era verdade...

— Clary — disse Jocelyn, levemente entretetida —, ouviu o que eu disse?

— Ouvi — disse Clary —, e é incrível. Eu sei.

Jocelyn pôs a mão sobre a de Clary.

— Não era isso que eu estava falando. Luke e eu vamos lutar. Sei que sabe disso. Você ficará aqui com Isabelle e as outras crianças.

— Não sou criança.

— Sei que não é, mas é jovem demais para lutar, e mesmo que não fosse, nunca foi treinada.

— Não quero ficar sentada aqui sem fazer nada.

— Nada? — disse Jocelyn, espantada. — Clary, nada disso estaria acontecendo se não fosse por sua causa. Não teríamos nem a chance de lutar se não fosse você. Estou tão orgulhosa. Só queria dizer que apesar de eu e Luke precisarmos ir, vamos voltar. Vai ficar tudo bem.

Clary encarou a mãe nos olhos tão verdes quanto os seus próprios.

— Mãe — disse ela. — Não minta.

Jocelyn respirou fundo e se levantou, puxando a mão de volta. Antes que pudesse dizer alguma coisa, algo chamou a atenção de Clary — um rosto familiar na multidão. Uma figura esguia, escura, movendo-se certeira em direção a eles, passando com uma graça surpreendente pelo Salão lotado — como se pudesse *atravessar* a multidão, como fumaça pelos buracos de uma grade.

E *era* o que estava fazendo, percebeu Clary, enquanto ele se aproximava do palanque. Raphael, vestido com a mesma camisa branca e calça preta que trajava na primeira vez em que o vira. Tinha se esquecido do quanto ele era franzino. Mal parecia ter 14 anos ao subir as escadas, o rosto fino calmo e angelical, como um coroinha nos degraus de uma igreja.

— Raphael. — A voz de Luke parecia espantada, misturada com alívio. — Não pensei que fosse vir. As Crianças Noturnas reconsideraram a união a nós na luta contra Valentim? Ainda há um assento aberto no Conselho para vocês, se quiserem. — E esticou a mão para Raphael.

Os olhos claros e adoráveis de Raphael o encararam sem qualquer expressão.

— Não posso apertar sua mão, lobisomem. — Quando Luke se ofendia, sorria, apenas o suficiente para exibir as pontas brancas das presas. — Sou uma Projeção — disse, levantando a mão para que pudessem ver a luz atravessando-a. — Não posso tocar em nada.

— Mas... — Luke olhou para o luar que atravessava pelo telhado. — Por que... — Abaixou a mão. — Bem, estou feliz em vê-lo aqui. Independentemente da forma como tenha escolhido aparecer.

Raphael balançou a cabeça. Por um instante, repousou os olhos em Clary — um olhar de que ela não gostou muito —, em seguida voltou-se para Jocelyn, com o sorriso ainda maior.

— Você — disse ele —, mulher de Valentim. Outros da minha espécie, que lutaram ao seu lado na Ascensão, me falaram a seu respeito. Admito que jamais acreditei que fosse vê-la pessoalmente.

Jocelyn inclinou a cabeça.

— Muitas das Crianças Noturnas lutaram bravamente na ocasião. Sua presença aqui indica que podemos lutar em parceria mais uma vez?

Era estranho, pensou Clary, ouvir a mãe falar daquela maneira fria e formal, e no entanto parecia natural para Jocelyn. Tão natural quanto sentar no chão com velhos macacões, segurando um pincel.

— Espero que sim — disse Raphael, e seu olhar passou por Clary outra vez, como o toque de uma mão fria. — Só temos uma simples exigência, bem pequena. Se ela for honrada, as Crianças Noturnas de muitas terras lutarão felizes ao seu lado.

— O assento no Conselho? — disse Luke. — Claro, pode ser formalizado, os documentos preparados em uma hora...

— Não — interrompeu Raphael —, não estou falando do assento no Conselho. É outra coisa.

— Outra coisa? — ecoou Luke confuso. — O que é? Garanto a você, se estiver a nosso alcance...

— Ah, está sim. — O sorriso de Raphael cegava. — Aliás, é algo que está dentro das paredes deste Salão enquanto falamos. — Ele se virou e gesticulou com graça para a multidão. — É o menino Simon que queremos — disse. — O Diurno.

O túnel era longo e cheio de curvas, retorcendo-se sobre si mesmo, como se Jace estivesse se arrastando pelas entranhas de um monstro enorme. Cheirava a pedra molhada, cinzas e mais alguma coisa, algo úmido e estranho que lembrava ligeiramente o cheiro da Cidade dos Ossos.

Finalmente, o túnel desembocou em uma câmara circular. Enormes estalactites, com as superfícies lustrosas como joias, penduravam-se de um teto alto e irregular de pedra. O chão era liso como se tivesse sido polido, alternando aqui e ali com estampas misteriosas de pedras incrustadas. Uma série de estalagmites circundava a câmara. No centro havia uma única estalagmite de quartzo, enorme, subindo do chão como uma presa gigante, marcada aqui e ali com um desenho avermelhado. Olhando de perto, Jace viu que as laterais de estalagmite eram transparentes, e a estampa avermelhada efeito de alguma coisa se movendo *dentro* dela, como um tubo de ensaio cheio de fumaça colorida.

No alto, a luz se filtrava por um buraco circular na pedra, uma claraboia natural. A câmara certamente tinha sido projetada, e não fruto de algum acidente geográfico — as estampas complexas no chão deixavam isso claro —, mas quem teria escavado uma câmara subterrânea tão gigantesca, e por quê?

Um grasnido agudo ecoou pelo recinto, enviando um choque pelos nervos de Jace. Ele se lançou para atrás de uma estalagmite volumosa, apagando a pedra de luz enfeitiçada exatamente no momento em que duas figuras surgiram das sombras na entrada mais distante e vieram em direção a ele, com as cabeças próximas em uma conversa. Só quando chegaram ao centro e a luz os atingiu que Jace conseguiu reconhecê-los.

Sebastian.

E Valentim.

Esperando evitar a multidão, Simon pegou o caminho mais longo até o palanque, se escondendo atrás dos inúmeros pilares que se alinhavam nas laterais do Salão. Manteve a cabeça abaixada enquanto seguia, perdido nos próprios pensamentos. Parecia estranho que Alec, apenas um ou dois anos mais velho que Isabelle, estivesse partindo para lutar em uma guerra, e que o resto deles fosse ficar para trás. E Isabelle parecia calma em relação a isso. Sem grito, sem histeria. Era como se esperasse. Talvez fosse o caso. Talvez todos já estivessem esperando.

Ele estava perto do palanque quando levantou os olhos e viu, para sua surpresa, Raphael diante de Luke, como sempre, quase sem expressão. Luke, por outro lado, parecia agitado — balançava a cabeça, gesticulava em protesto, e Jocelyn, ao lado dele, aparentava estar furiosa. Simon não conseguia ver o rosto de Clary — estava de costas para ele — mas a conhecia suficientemente bem para reconhecer a tensão que carregava nos ombros.

Sem querer ser visto por Raphael, Simon se escondeu atrás de um pilar, ouvindo a conversa. Mesmo com o falatório da multidão, conseguia escutar a voz de Luke que se erguia.

— Está fora de cogitação — dizia Luke. — Não posso acreditar que teve a coragem de pedir.

— E não posso acreditar que tem a coragem de recusar. — A voz de Raphael era fria e clara, o tom, ainda agudo de menino. — É uma coisa tão pequena.

— Não é uma *coisa*. — Clary parecia furiosa. — É o Simon. Ele é uma *pessoa*.

— É um vampiro — disse Raphael. — Coisa de que parecem se esquecer.

— E você não é um vampiro também? — perguntou Jocelyn, o tom tão frio quanto em todas as vezes em que Clary e Simon arrumaram problemas por fazerem alguma coisa estúpida. — Está dizendo que a *sua* vida não tem valor?

Simon pressionou-se contra o pilar. O que estava acontecendo?

— Minha vida tem muito valor — disse Raphael —, uma vez que é, ao contrário da sua, eterna. Não há limites para o que posso conquistar, enquanto há um fim claro no que lhe concerne. Mas a questão não é essa. Ele é um vampiro, um dos meus, e estou solicitando-o de volta.

— Não pode tê-lo *de volta* — irritou-se Clary. — Ele nunca foi seu. Nunca sequer se interessou por ele até descobrir que podia andar à luz do dia...

— Pode ser — disse Raphael —, mas não pelo motivo que pensa — esticou a cabeça, seus olhos brilhantes, suaves e escuros de um lado para o outro, como os de um pássaro. — Nenhum vampiro deve ter o poder que ele tem — disse —, assim como nenhum Caçador de Sombras deve ter os poderes que você e seu irmão têm. Durante anos nos disseram que éramos errados e anormais. Mas isso, *isso* sim é anormal.

— Raphael. — O tom de Luke era de aviso. — Não sei o que quer. Mas não existe a menor chance de permitirmos que machuque Simon.

— Mas permitirá que Valentim e o exército de demônios machuquem todas estas pessoas, seus aliados. — Raphael fez um gesto que varria a sala. — Vai permitir que arrisquem a vida por vontade própria, mas não dá a mesma escolha a Simon? Talvez a dele fosse diferente da sua — abaixou os braços. — Sabe que do contrário não lutaremos ao seu lado. As Crianças Noturnas não farão parte deste dia.

— Então não façam — disse Luke. — Não comprarei sua colaboração com uma vida inocente. Não sou Valentim.

Raphael voltou-se para Jocelyn.

— E você, Caçadora de Sombras? Vai permitir que este lobisomem decida o que é melhor para o seu povo?

Jocelyn olhava para Raphael como se ele fosse uma barata que tivesse encontrado no chão limpo da cozinha. Muito lentamente, ela disse:

— Se você encostar uma mão no Simon, vampiro, eu o cortarei em pedacinhos e darei para meu gato comer. Entendeu?

A boca de Raphael enrijeceu.

— Muito bem — disse ele. — Quando estiverem todos mortos em Brocelind, perguntará a si mesma se uma vida valia tantas.

Desapareceu. Luke se virou rapidamente para Clary, mas Simon não estava mais olhando para eles: olhava as próprias mãos. Pensou que estariam tremendo, mas estavam tão paradas quanto as de um cadáver. Lentamente, fechou-as.

Valentim estava como sempre, um homem grande num uniforme de Caçador de Sombras modificado, os ombros largos e espessos em desacordo com o rosto afiado e de feições finas. Estava com a Espada Mortal nas costas, em uma capa de couro grande. Vestia um largo cinto com diversas armas: espessas adagas de caça, punhais estreitos e facas recurvadas para esfolar. Olhando para Valentim por trás da pedra, Jace se sentiu como sempre em relação ao pai — uma persistente afeição familiar corroída por frieza, decepção e desconfiança.

Era estranho ver o pai com Sebastian, que estava... diferente. Também usava um uniforme, com uma espada longa de cabo prateado na cintura, mas não foi a roupa que causou estranheza a Jace. Foi o cabelo, não mais uma cobertura de mechas negras, mas claro, brilhante, uma espécie de ouro branco. Caía bem nele, para falar a verdade, melhor que o cabelo escuro; a pele não parecia mais assustadoramente pálida. Provavelmente pintara o cabelo para se parecer mais com o verdadeiro Sebastian Verlac, e esta era sua verdadeira aparência. Uma onda amarga e turva de ódio passou por Jace, e teve que se conter para manter-se atrás da pedra e não avançar com tudo na garganta de Sebastian.

Hugo grasniu novamente e desceu para pousar no ombro de Valentim. Uma estranha angústia percorreu Jace quando viu o corvo na posição que havia se tornado tão familiar durante os anos em que conhecera Hodge. Hugo praticamente morava no ombro do tutor, e vê-lo no de Valentim parecia estranho, até mesmo errado, apesar de tudo que Hodge tinha feito.

Valentim esticou a mão e acariciou as penas brilhantes do pássaro, assentindo com a cabeça como se os dois estivessem imersos em um diálogo. Sebastian assistiu, com as claras sobrancelhas arqueadas.

— Alguma palavra de Alicante? — quis saber, enquanto Hugo deixava o ombro de Valentim, erguendo-se novamente no ar, as asas esfregando as pontas parecidas com joias das estalactites.

— Nada tão compreensível como eu gostaria — disse Valentim. O som da voz do pai, frio e sereno como sempre, atravessou Jace como uma flecha. Suas mãos se contorceram involuntariamente e ele as pressionou com força nas laterais, grato pelo pedregulho que o escondia. — Uma coisa é certa. A Clave está se aliando à força de membros do Submundo de Lucian.

Sebastian franziu o rosto.

— Mas Malaquias disse...

— Malaquias fracassou. — A mandíbula de Valentim estava rígida.

Para surpresa de Jace, Sebastian se aproximou e pôs a mão no braço de Valentim. Havia alguma coisa naquele toque — algo íntimo e familiar — que causou em Jace a sensação de ter o estômago invadido por um ninho de minhocas. Ninguém tocava Valentim daquela maneira. Nem ele teria tocado o pai assim.

— Está chateado? — perguntou Sebastian, com o mesmo tom do toque na voz, a mesma presunção grotesca e peculiar de proximidade.

— A Clave está mais contaminada do que imaginei. Sabia que os Lightwood estavam inteiramente corrompidos, e esse tipo de corrupção é contagioso. Por isso tentei impedir que entrassem em Idris. Mas o resto... ter deixado a mente ser levada tão facilmente pelo veneno de Lucian, quando ele nem ao menos é um Nephilim... — O nojo de Valentim era evidente, mas não se afastou de Sebastian, Jace percebeu com incredulidade crescente, nem se mexeu para tirar a mão pousada em seu ombro. — Estou decepcionado. Pensei que enxergariam a razão. Preferia não terminar as coisas desse jeito.

Sebastian parecia entretido.

— *Eu* não concordo — falou. — Pense neles, prontos para a luta, em busca da glória, apenas para descobrir que não importa. Que o gesto é fútil. Pense nas expressões estampadas nos rostos. — A boca se esticou em um sorriso.

— Jonathan. — Valentim suspirou. — Essa é uma necessidade feia, nada com que se deleitar.

Jonathan? Jace se agarrou na pedra, com as mãos repentinamente escorregadias. Por que Valentim chamaria Sebastian pelo *seu* nome? Teria sido um erro? Mas Sebastian não parecia surpreso.

— Não é melhor se eu gostar do que estou fazendo? — disse Sebastian. — Certamente me diverti em Alicante. Os Lightwood foram melhores companhias do que você me fez acreditar, principalmente aquela Isabelle. Certamente nos separamos no clímax. Quanto a Clary...

Só de ouvir Sebastian falar o nome de Clary, o coração de Jace parou, repentina e dolorosamente.

— Não foi nada como pensei que seria — prosseguiu Sebastian, petulante. — Não se parecia em nada comigo.

— Não há ninguém no mundo como você, Jonathan. Quanto a Clary, ela sempre foi exatamente como a mãe.

— Não admite o que realmente quer — disse Sebastian. — Ainda não. Mas vai acabar cedendo.

Valentim ergueu a sobrancelha.

— Como assim, vai acabar cedendo?

Sebastian sorriu, um sorriso que encheu Jace com uma raiva quase incontrolável. Ele mordeu o lábio com força, sentindo gosto de sangue.

— Ah, você sabe — disse Sebastian. — Vai passar para o nosso lado. Mal posso esperar. Enganá-la foi uma das coisas mais divertidas que já fiz.

— Não era para estar se divertindo. Era para ter descoberto o que ela estava procurando. E quando encontrou, sem você, devo acrescentar, deixou que entregasse a um feiticeiro. Depois fracassou em trazê-la consigo quando saiu, apesar da ameaça que ela representa para nós. Não é exatamente um resultado glorioso, Jonathan.

— *Tentei* trazê-la. Mas não tiraram os olhos dela, e eu não podia sequestrá-la no meio do Salão dos Acordos. — Sebastian parecia aborrecido. — Além disso, como falei, ela não faz ideia de como utilizar o poder de criação de símbolos dela. É ingênua demais para representar qualquer perigo...

— Seja lá o que a Clave esteja planejando agora, ela é a figura central — disse Valentim. — Foi o que Hugin disse. Ele a viu no palanque no Salão dos Acordos. Se puder mostrar à Clave o poder que tem...

Jace sentiu um súbito medo por Clary, misturado a uma estranha sensação de orgulho — claro que estava no centro das coisas. Esta era *sua* Clary.

— Então vão lutar — disse Sebastian. — Que é o que queremos, não é? Clary não importa. É a batalha que importa.

— Acho que a subestima — disse Valentim, baixinho.

— Fiquei de olho nela — falou Sebastian. — Se o poder dela fosse tão ilimitado quanto você pensa, poderia tê-lo utilizado para tirar o amiguinho vampiro da prisão, ou salvar o tolo do Hodge enquanto morria...

— Poder não precisa ser ilimitado para ser mortal — disse Valentim. — Quanto a Hodge, talvez devesse mostrar um pouco mais de reserva no tocante à morte dele, considerando que foi você quem o matou.

— Ele estava prestes a contar a eles sobre o Anjo. *Tive* que matar.

— *Quis* matar. Sempre quer. — Valentim pegou um par pesado de luvas de couro do bolso e as vestiu lentamente. — Talvez tivesse contado. Talvez não. Durante todos aqueles anos em que ele cuidou de Jace no Instituto, deve ter imaginado o que estava criando. Hodge era um dos poucos que sabia que havia mais de um menino. Sabia que não me trairia, era covarde demais para isso. — Flexionou os dedos nas luvas, franzindo o rosto.

Mais de um menino? Do que Valentim estava falando?

Sebastian descartou Hodge com um aceno.

— Quem se importa com o que ele pensava? Já está morto, e foi tarde. — Seus olhos negros brilharam. — Vai ao lago agora?

— Vou. Já sabe o que tem que ser feito? — Valentim levantou o queixo em direção à espada na cintura de Sebastian. — Use essa aí. Não é a Espada Mortal, mas sua aliança é suficientemente demoníaca para esse propósito.

— Não posso ir ao lago com você? — A voz de Sebastian tinha assumido um tom claramente manhoso. — Não podemos liberar o exército agora?

— Ainda não é meia-noite. Eu disse que daria até meia-noite. Pode ser que mudem de ideia.

— Não vão m...

— Dei minha palavra. Vou cumpri-la. — O tom de Valentim era final. — Se Malaquias não se pronunciar até meia-noite, abra o portão. — Vendo a hesitação de Sebastian,

Valentim pareceu impaciente. — Preciso que faça isso, Jonathan. Não posso esperar aqui até meia-noite; levarei quase uma hora para chegar ao lago pelos túneis, e não tenho a menor intenção de permitir que a batalha se estenda por muito tempo. Gerações futuras deverão saber com que rapidez a Clave perdeu, e o quão conclusiva foi nossa vitória.

— É que vou lamentar não ver a invocação. Gostaria de estar lá quando fizer. — O olhar de Sebastian era ávido, mas havia algo calculado embaixo, alguma coisa sarcástica, gananciosa, planejada, e estranha e deliberadamente... *fria*. Mas isso não pareceu incomodar Valentim.

Para espanto de Jace, Valentim tocou a lateral do rosto de Sebastian, um gesto rápido e claramente afetuoso, antes de se virar e andar até a parede mais afastada da caverna, onde coágulos espessos de sombras se reuniam. Ele parou ali, uma figura pálida em contraste com a escuridão.

— Jonathan — chamou novamente, e Jace olhou, sem conseguir se conter. — Você vai olhar no rosto do Anjo um dia. Afinal de contas, herdará os Instrumentos Mortais quando eu me for. Talvez um dia você também invoque Raziel.

— Eu gostaria disso — disse Sebastian, e ficou completamente parado enquanto Valentim, com um aceno final, desaparecia na escuridão.

A voz de Sebastian caiu para um meio sussurro.

— Gostaria muito — rosnou. — Gostaria de cuspir na cara no desgraçado. — Girou, o rosto uma máscara branca sob a fraca luz. — É melhor aparecer, Jace — disse ele. — Sei que está aqui.

Jace congelou — mas apenas por um segundo. O corpo se moveu antes que a mente tivesse tempo de acompanhar, colocando-se de pé. Correu para a entrada do túnel, pensando somente em chegar do lado de fora, em mandar um recado a Luke, de algum jeito.

Mas a entrada estava bloqueada. Sebastian estava parado lá, com a expressão fria e de regozijo, os braços esticados, os dedos quase tocando as paredes do túnel.

— Sério — disse ele —, não pensou que fosse mais rápido do que eu, pensou?

Jace parou. O coração batia irregular no peito, como um metrônomo quebrado, mas a voz estava firme:

— Considerando que sou melhor do que você sob todos os aspectos possíveis, não tinha por que não pensar.

Sebastian apenas sorriu.

— Pude ouvir seu coração batendo — disse, suavemente. — Quando estava me assistindo com Valentim. Ficou incomodado?

— Com o fato de parecer que você está namorando meu pai? — Jace deu de ombros. — Você é meio jovem para ele, na minha opinião.

— *O quê?* — Pela primeira vez desde que o conhecera, Sebastian parecia espantado. Mas Jace só conseguiu curtir por um instante, antes da compostura de Sebastian voltar.

303

Mas havia um brilho escuro em seus olhos que indicava que não tinha perdoado Jace por fazê-lo perder a calma. — Pensei em você algumas vezes — prosseguiu Sebastian, com a mesma voz suave. — Parecia haver alguma coisa em você, ocasionalmente, alguma coisa atrás desses olhos amarelos. Um rastro de inteligência, ao contrário do restante da sua família adotiva idiota. Mas suponho que seja apenas uma pose, um ar de desafiador. É tão tolo quanto o resto, apesar da sua década de boa criação.

— O que você sabe sobre a minha criação?

— Mais do que pode imaginar. — Sebastian abaixou as mãos. — O mesmo homem que o criou também me criou. Só que não se cansou de mim depois dos primeiros dez anos.

— O que quer dizer? — A voz de Jace veio em um sussurro, depois, enquanto olhava para o rosto imóvel e sisudo de Sebastian, pareceu enxergar o outro como que pela primeira vez: os cabelos brancos, os olhos pretos como carvão, as linhas rígidas da face, como algo esculpido em pedra, e viu mentalmente o rosto do pai como o anjo havia mostrado, jovem, afiado, alerta e faminto, e *soube*. — Você — disse ele. — Valentim é seu pai. Você é meu *irmão*.

Mas Sebastian não estava mais na frente dele; de repente estava atrás, com os braços ao redor dos ombros de Jace, como se quisesse abraçá-lo, mas tinha as mãos cerradas.

— Saudações e adeus, meu irmão — disparou, e apertou os braços, cortando a respiração de Jace.

Clary estava exausta. Uma dor de cabeça latejante, efeito colateral de ter desenhado o símbolo da Aliança, havia se instalado em sua fronte. Parecia que alguém estava tentando chutar uma porta para abri-la pelo lado de dentro.

— Está tudo bem? — Jocelyn pôs a mão no ombro da filha. — Não está com cara de quem está passando bem.

Clary olhou para baixo — e viu o símbolo aracnídeo sobre a parte de cima da mão da mãe, sua contraparte na palma de Luke. O estômago dela apertou. Estava conseguindo lidar com o fato de que dentro de algumas horas a mãe poderia estar de fato *combatendo um exército de demônios* — mas somente porque oprimia o pensamento cada vez que ele surgia.

— Só estou me perguntando onde Simon está. — Clary se levantou. — Vou atrás dele.

— Lá embaixo? — Jocelyn olhou preocupada para a multidão. Estava diminuindo agora, Clary notou, à medida que os que tinham sido Marcados saíam pelas portas para a praça do lado de fora. Malaquias estava perto da entrada, o rosto de bronze impassível enquanto dizia a Caçadores de Sombras e membros do Submundo aonde ir.

— Vou ficar bem. — Clary passou pela mãe e por Luke pelos degraus do palanque. — Já volto.

Pessoas se viravam para encarar enquanto ela descia e deslizava para a escuridão. Podia sentir os olhos nela, o *peso* dos olhares. Examinou a multidão, procurando pelos Lightwood, ou por Simon, mas não viu ninguém que conhecesse — e era difícil ver qualquer coisa sobre o amontoado de gente, considerando sua estatura. Com um suspiro, Clary foi para o lado oeste do Salão, onde a multidão era menor.

No instante em que se aproximou da linha alta de pilares de mármore, a mão de alguém saltou do meio de dois deles e a puxou de lado. Clary teve tempo de arquejar em surpresa, em seguida estava na escuridão atrás do maior pilar, com as costas contra a parede fria de mármore, as mãos de Simon agarrando seus braços.

— Não grite, tá? Sou só eu — disse ele.

— Claro que não vou gritar. Não seja ridículo. — Clary olhou de um lado para o outro, imaginando o que estaria acontecendo. Só conseguia ver pedacinhos do Salão, entre os pilares. — Mas por que está dando uma de James Bond? Estava mesmo indo procurá-lo.

— Eu sei. Estava esperando você descer do palanque. Queria falar com você onde mais ninguém pudesse ouvir. — Lambeu os lábios, nervoso. — Ouvi o que Raphael disse. O que queria.

— Ah, Simon. — Os ombros de Clary arquearam. — Ouça, não aconteceu nada. Luke o mandou embora...

— Talvez não devesse ter feito isso — disse Simon. — Talvez devesse ter dado a Raphael o que ele queria.

Ela piscou.

— Quer dizer *você*? Não seja tolo. Não existe a menor possibilidade...

— Existe uma possibilidade. — O aperto dele em seus braços aumentou. — Quero fazer isso. Quero que Luke diga a Raphael que haverá acordo. Ou eu mesmo direi.

— Sei o que está fazendo — protestou Clary. — E respeito e admiro, mas não precisa fazer isso, Simon, não precisa. O que Raphael está pedindo é errado, e ninguém vai julgá-lo por não se sacrificar por uma guerra que nem é sua.

— Mas é isso — disse Simon. — O que Raphael disse está certo. Eu *sou* um vampiro, e você se esquece disso. Ou talvez só queira esquecer. Mas faço parte do Submundo, e você é Caçadora de Sombras, e essa guerra é de nós dois.

— Mas não é como eles...

— Sou um deles — falou lenta e deliberadamente, como se quisesse se certificar de que ela entendesse cada palavra que proferia — e sempre serei. Se os integrantes do Submundo lutarem essa guerra sem a participação dos que estão com Raphael, então não haverá assento para as Crianças Noturnas no Conselho. Não farão parte do mundo que Luke está tentando criar, um mundo onde Caçadores de Sombras e membros do Submundo trabalharão juntos. Um mundo em que estejam juntos. Os vampiros serão excluídos disso. Serão os inimigos dos Caçadores de Sombras. Eu serei *seu* inimigo.

305

— Nunca poderia ser sua inimiga.

— Isso me mataria — disse Simon simplesmente. — Mas não posso ajudar em nada ficando aqui fingindo que não sou parte disso. E não estou pedindo permissão. Gostaria que me ajudasse. Mas se não quiser, peço para Maia me levar ao acampamento dos vampiros de qualquer forma, e me entrego a Raphael. Entendeu?

Ela o encarou. Ele estava segurando seus braços com tanta força que Clary podia sentir o sangue pulsando na pele sob as mãos dele. Passou a língua pelos lábios secos; a boca estava com um gosto amargo.

— O que posso fazer — sussurrou —, para ajudar?

Olhou para Simon, incrédula enquanto ele falava. Já estava balançando a cabeça antes mesmo de ele terminar, jogando o cabelo para a frente e para trás, quase cobrindo os olhos.

— Não — disse ela —, essa ideia é louca, Simon. Não é um presente; é um *castigo*...

— Talvez não para mim — disse Simon. Olhou para a multidão, e Clary viu Maia lá, olhando para eles, a expressão nitidamente curiosa. Estava claro que esperava por Simon. *Rápido demais*, pensou Clary. *Tudo está acontecendo rápido demais*.

— É melhor do que a alternativa, Clary.

— Não...

— Pode ser que não me machuque. Quero dizer, *já fui castigado, não fui?* Já não posso entrar em igrejas, sinagogas, não posso dizer... não posso dizer nomes sagrados, não posso envelhecer, já estou privado de uma vida normal. Talvez isso não mude nada.

— Mas talvez mude.

Ele soltou os braços dela, escorregou a mão para a lateral, e tirou a estela de Patrick do cinto de Clary. Entregou-a a ela.

— Clary — disse ele. — Faça isso por mim. Por favor.

Clary pegou a estela com dedos dormentes e a levantou, encostando a ponta na pele de Simon, logo acima dos olhos. *A primeira Marca*, dissera Magnus. A primeira. Pensou nisso, e a estela começou a se mover como um dançarino quando a música começa. Linhas pretas se traçaram na testa dele como uma flor desabrochando num rolo de filme acelerado. Quando terminou, sua mão direita doía e ardia, mas ao recuar para olhá-lo, soube que tinha desenhado uma coisa perfeita, estranha e antiga, algo que remetia aos primórdios da história. Brilhava como uma estrela sobre os olhos de Simon enquanto ele passava os dedos na própria testa, com a expressão deslumbrada e confusa.

— Posso sentir — disse ele. — Como uma queimadura.

— Não sei o que vai acontecer — sussurrou Clary. — Não sei quais são os efeitos colaterais que isso pode ter a longo prazo.

Com um meio sorriso torto, ele levantou a mão para tocá-la na bochecha.

— Vamos torcer para que a gente tenha a chance de descobrir.

Capítulo 19
PENIEL

Maia ficou em silêncio durante quase todo o caminho para a floresta, mantendo a cabeça abaixada e olhando de um lado para o outro apenas ocasionalmente, com o nariz enrugado em concentração. Simon ficou imaginando se ela estaria *farejando* o caminho, e decidiu que, apesar de um pouco estranho, certamente contava como um talento útil. Também descobriu que não precisava se apressar para acompanhá-la, independentemente da rapidez com que ela se movesse. Mesmo quando chegaram ao pátio gasto que levava até a floresta e Maia começou a correr — rápida, quieta e mantendo-se próxima ao chão —, ele não teve dificuldades de acompanhar. Era um aspecto de ser vampiro que ele podia dizer honestamente que o agradava.

Foi rápido demais; o bosque ficou mais denso e eles estavam correndo entre as árvores, sobre um solo arranhado e cheio de raízes grossas, denso com folhas caídas. Os galhos acima formavam padrões entrelaçados contra o céu aceso pelas estrelas. Eles emergiram do meio das árvores e se viram em uma clareira com pedregulhos espalhados que brilhavam como dentes brancos e quadrados. Havia pilhas de folhas aqui e ali, como se alguém tivesse passado por ali com um ancinho gigante.

— Raphael! — Maia colocou as mãos ao redor da boca e estava chamando com uma voz alta o suficiente para assustar os pássaros das árvores no alto. — Raphael, mostre-se!

Silêncio. Então as sombras se moveram; um barulho tamborilado soou, como chuva atingindo um telhado de lata. As folhas empilhadas no chão sopraram pelo ar em pequenos ciclones. Simon ouviu Maia tossir; estava com as mãos erguidas, como que para espantar folhas para longe do rosto, dos olhos.

Tão repentinamente quanto o vento surgiu, assentou. Raphael estava lá, a apenas alguns centímetros de Simon. Cercando-o, havia um grupo de vampiros, pálidos e imóveis como árvores ao luar. Tinham expressões frias, completamente hostis. Reconheceu-os do Hotel Dumort: a pequena Lily e o louro Jacob, os olhos estreitos como facas. Mas havia vários que nunca tinha visto antes.

Raphael deu um passo para a frente. Sua pele estava lívida, os olhos envoltos por sombras negras, mas sorriu ao ver Simon.

— Diurno — disse sob a respiração. — Você veio.

— Vim — disse Simon. — Estou aqui, então, está feito.

— Está longe de estar feito, Diurno. — Raphael olhou para Maia. — Licantrope — disse ele. — Volte ao líder do seu bando e agradeça-o por ter mudado de ideia. Diga a ele que as Crianças Noturnas irão lutar ao lado dele em Brocelind.

O rosto de Maia estava rijo.

— Luke não mudou...

Simon interrompeu-a rapidamente:

— Tudo bem, Maia. Vá.

Os olhos dela estavam luminosos e tristes.

— Simon, pense bem — disse ela. — Não precisa fazer isso.

— Preciso sim. — O tom era firme. — Maia, muito obrigado por me trazer aqui. Agora vá.

— Simon...

Ele abaixou a voz.

— Se *não* for, matarão nós dois, e tudo isso terá sido em vão. Vá. Por favor.

Ela assentiu e se virou, Transformando-se conforme girava, de modo que em um instante era uma menina humana, com as tranças batendo nos ombros, e no seguinte, atingiu o chão correndo de quatro, uma loba veloz e silenciosa. Saiu correndo da clareira e desapareceu nas sombras.

Simon virou-se novamente para os vampiros — e quase gritou; Raphael estava bem ali, a poucos centímetros dele. De perto, a pele dele tinha os traços escuros que denunciavam a fome. Simon pensou na noite no Hotel Dumort — rostos aparecendo das sombras, risadas fugazes, cheiro de sangue — e estremeceu.

Raphael esticou o braço para Simon e o pegou pelos ombros, as mãos enganadoramente leves eram fortes como ferro.

— Vire a cabeça — disse ele —, e olhe para as estrelas; será mais fácil assim.

— Então você *vai* me matar — disse Simon. Para a própria surpresa, não sentiu medo, nem mesmo qualquer agitação; tudo parecia ter desacelerado e se tornado perfeitamente claro. Estava ao mesmo tempo ciente de cada folha nos galhos acima, cada pedrinha no chão, cada par de olhos fixado nele.

— O que você achava? — disse Raphael, com um pouco de tristeza, Simon notou. — Não é pessoal, garanto. É como disse antes, você é perigoso demais para poder continuar como está. Se eu soubesse o que você se tornaria...

— Jamais teria me deixado sair daquela cova. Eu sei — disse Simon.

Raphael encontrou seu olhar.

— Todos fazem o que precisam para sobreviver. Sob esse aspecto, somos exatamente como os humanos. — Seus dentes de agulha desceram como delicadas lâminas. — Será rápido. — Inclinou-se para a frente.

— Espere! — disse Simon, e quando Raphael recuou com o cenho franzido, falou novamente, com mais força: — Espere! Tem uma coisa que preciso mostrar.

Raphael emitiu um baixo sussurro sibilado.

— É bom que não esteja apenas tentando me atrasar, Diurno.

— Não é isso. Tem uma coisa que achei que devesse ver — Simon esticou o braço e tirou o cabelo da testa. Pareceu um gesto tolo, até teatral, mas ao fazê-lo, viu o rosto pálido e desesperado de Clary ao olhar para ele, com a estela na mão, e pensou: *bem, por ela, pelo menos tentei.*

O efeito em Raphael foi ao mesmo tempo assustador e instantâneo. Chegou para trás como se Simon tivesse brandido um crucifixo nele, com os olhos arregalando.

— Diurno — disparou —, quem fez isso com você?

Simon apenas arregalou os olhos. Não sabia ao certo qual reação esperava, mas não era aquela.

— Clary — disse Raphael, respondendo à própria pergunta —, é claro. Só um poder como o dela permitiria isso, um vampiro, Marcado, e com uma Marca como essa...

— Uma Marca como o *quê?* — perguntou Jacob, o louro esguio logo atrás de Raphael. O resto dos vampiros também os encarava, com expressões que misturavam confusão e temor. Qualquer coisa que assustasse Raphael, pensou Simon, certamente também os assustaria.

— Esta Marca — disse Raphael, ainda olhando somente para Simon — não é uma daquelas do Livro Gray. É uma Marca ainda mais antiga que ele. Uma das anciãs, desenhada pelas mãos do próprio Marcador. — Fez menção de tocar a testa de Simon, mas não pareceu capaz de fazê-lo; sua mão hesitou por um instante, em seguida pendeu ao lado de seu corpo. — Há registros sobre Marcas como esta, mas nunca tinha visto uma. E esta...

Simon disse:

— "Portanto quem matar a Caim, sete vezes sobre ele cairá a vingança. E pôs o Senhor um sinal em Caim, para que não o ferisse quem quer que o encontrasse." Pode *tentar* me matar, Raphael. Mas eu não aconselharia.

— A Marca de Caim? — disse Jacob, incrédulo. — Essa Marca em você é a Marca de *Caim*?

— Mate-o — disse uma vampira ruiva que estava perto de Jacob. Falava com um sotaque forte, russo, pensou Simon, apesar de não ter certeza. — Mate-o assim mesmo.

A expressão de Raphael era um misto de fúria e incredulidade.

— Não o farei — disse ele. — Qualquer mal feito a ele voltará contra o causador sete vezes. Essa é a natureza da Marca. Claro que, se qualquer um de vocês quiser assumir o risco, por favor, fique à vontade.

Ninguém falou ou se moveu.

— Não achei que fosse o caso — disse Raphael. Seus olhos esquadrinharam Simon. — Como a rainha malvada no conto de fadas, Lucian Graymark me mandou uma maçã envenenada. Suponho que ele estivesse torcendo para que eu o machucasse e sofresse a punição subsequente.

— Não — disse Simon de repente. — Não, Luke sequer sabe o que fiz. O gesto dele foi de boa-fé. Você precisa honrar sua palavra.

— Então você *escolheu* isso? — Pela primeira vez havia alguma coisa além de desprezo, pensou Simon, na maneira como Raphael olhava para ele. — Esse não é um feitiço protetor simples, Diurno. Sabe qual foi o castigo de Caim? — perguntou suavemente, como se compartilhasse um segredo com Simon. — "E agora maldito és tu desde a terra. Fugitivo e viajante serás."

— Então — disse Simon —, me tornarei um viajante. Farei o que for preciso.

— Tudo isso — disse Raphael —, tudo isso pelos Nephilim.

— Não apenas pelos Nephilim — disse Simon. — Estou fazendo isso por vocês também. Mesmo que não queiram — levantou a voz de modo que os vampiros silenciosos ao redor pudessem ouvi-lo. — Estava preocupado que outros vampiros soubessem do que me aconteceu e pensassem que sangue de Caçadores de Sombras poderia permitir que andassem durante o dia também. Mas não é por isso que tenho este poder. Foi uma coisa que Valentim fez. Um experimento. Ele provocou isso, não Jace. E não pode ser refeito. Jamais acontecerá novamente.

— Suponho que esteja falando a verdade — disse Jacob, para a surpresa de Simon. — Certamente conheci uma ou duas Crianças Noturnas que provaram sangue de Caçador de Sombras no passado. Nenhuma delas desenvolveu *afeição* ao sol.

310

— Uma coisa era recusar ajuda aos Caçadores de Sombras antes — disse Simon, voltando-se outra vez para Raphael —, mas agora, agora que me mandaram para cá... — deixou o restante da frase no ar.

— Não tente me chantagear, Diurno — disse Raphael. — Uma vez que as Crianças Noturnas fecham um acordo, cumprem com a própria parte, independentemente do quão mau tenha sido o negócio — sorriu ligeiramente, os dentes de agulha brilhando no escuro. — Só uma coisa — falou. — Um último ato que solicito de você, para provar que de fato agiu de *boa-fé*. — A ênfase que colocou nas últimas palavras pesava com frieza.

— O quê? — perguntou Simon.

— Não seremos os únicos vampiros lutando a batalha de Lucian Graymark — disse Raphael. — Você também vai.

Jace abriu os olhos em um redemoinho prateado. Sua boca estava cheia de um líquido amargo. Tossiu, imaginando por um instante se estaria se afogando — mas se estivesse, seria em terra seca. Estava sentado ereto com as costas contra uma estalagmite, e suas mãos estavam atadas atrás. Tossiu novamente e a boca se encheu de sal. Não estava se afogando, percebeu, mas engasgando com sangue.

— Acordou, irmãozinho? — Sebastian se ajoelhou na frente dele, com um pedaço de corda nas mãos, um sorriso como uma faca desembainhada. — Ótimo. Por um instante temi que o tivesse matado cedo demais.

Jace virou a cabeça para o lado e cuspiu uma enorme quantidade de sangue no chão. Parecia que tinha um balão inflando em sua cabeça, pressionando o interior do crânio. O redemoinho prateado a seu redor desacelerou e parou, revelando o desenho brilhante das estrelas visíveis através do buraco no telhado da caverna.

— Esperando uma ocasião especial para me matar? O Natal está chegando.

Sebastian olhou pensativo para Jace.

— Tem uma boca grande. Não foi com Valentim que aprendeu isso. O que *de fato* aprendeu com ele? Não me parece que ele tenha ensinado muito sobre luta também. — Inclinou-se mais para perto. — Sabe o que ele me deu de aniversário quando fiz nove anos? Uma lição. Ele me ensinou que tem um ponto nas costas de um homem no qual, se você afundar uma faca, pode perfurar o coração e romper a espinha, de uma vez só. O que *você* ganhou no nono aniversário, anjinho? Um biscoito?

Nono aniversário? Jace engoliu em seco.

— Então me diga, em que buraco ele estava mantendo *você* enquanto eu crescia? Pois não me lembro de tê-lo visto na mansão.

— Cresci neste vale. — Sebastian apontou com o queixo para a saída da caverna. — Também não lembro de tê-lo visto por aqui, pensando bem. Mas sabia sobre você. Aposto que não sabia sobre mim.

Jace balançou a cabeça.

— Valentim nunca quis se gabar a seu respeito. Não consigo imaginar o motivo.

Os olhos de Sebastian brilharam. Era fácil ver, agora, a semelhança com Valentim: a mesma combinação incomum de cabelo branco-prateado e olhos pretos, os mesmos ossos finos que, em outro rosto menos forte, o fariam parecer delicado.

— Sabia sobre você — disse ele. — Mas você não sabe de nada, sabe? — Sebastian se levantou. — Eu o queria vivo para que pudesse ver isso, irmãozinho — falou. — Então observe, e com muita atenção. — Com um movimento tão veloz que foi quase invisível, sacou a espada da cintura. Tinha um cabo prateado e, como a Espada Mortal, brilhava com uma luz fraca e escura. Uma estampa de estrelas se projetou na superfície da lâmina negra; capturando a verdadeira luz das estrelas enquanto Sebastian virava a lâmina, e queimava como fogo.

Jace prendeu a respiração. Ficou imaginando se Sebastian meramente desejava matá-lo; mas não, já o teria feito enquanto estivera inconsciente, se fosse essa sua intenção. Jace observou enquanto Sebastian se aproximava do centro da câmara, com a espada firme na mão, apesar de ela aparentar ser muito pesada. Sua mente girava. Como Valentim podia ter outro filho? Quem era a mãe dele? Outra pessoa no Ciclo? Era mais velho ou mais novo que Jace?

Sebastian tinha chegado à enorme estalagmite tingida de vermelho no centro da caverna. Parecia pulsar conforme ele se aproximava, e a fumaça no interior girou mais depressa. Sebastian fechou os olhos até a metade e levantou a lâmina. Disse alguma coisa — uma palavra em língua demoníaca — e manejou a espada, num golpe rápido e firme, em um arco cortante.

O topo da estalagmite quebrou. Dentro, era oca como um tubo de ensaio, cheio de uma massa de fumaça preta e vermelha que girava para cima como gás escapando de um balão furado. Um rugido soou — menos um som, mais uma espécie de pressão explosiva. Jace sentiu os ouvidos estalarem. De repente, ficou difícil respirar. Queria agarrar o colarinho da camisa, mas não conseguia mexer as mãos: estavam muito bem presas.

Sebastian estava meio escondido atrás da coluna que expelia vermelho e preto. A fumaça se enroscava e serpenteava para cima.

— Veja! — gritou, o rosto brilhando. Os olhos estavam acesos, o cabelo branco batendo ao vento, e Jace ficou imaginando se o pai teria sido parecido com aquilo quando era jovem: terrível e, no entanto, fascinante de alguma forma. — Contemple o exército de Valentim!

A voz dele foi afogada pelo som. Era um barulho como o da maré batendo na costa, a quebra de uma onda enorme, trazendo grandes detritos consigo, os ossos esmagados de cidades inteiras, o avanço de um grande poder maligno. Uma coluna enorme de escuridão se retorcia num borbotão, jorrando da estalagmite, como um funil pelo ar, vazando em direção — e através — do buraco rasgado no telhado da caverna. Demônios. Levantavam-se gritando, uivando e rosnando, uma massa borbulhante de garras, presas, dentes e olhos flamejantes. Jace se lembrou de estar deitado no convés do navio de Valentim enquanto o céu, a terra e o mar em volta se transformavam num pesadelo; isso era pior. Era como se a terra tivesse se partido e o inferno transbordado. Os demônios carregavam um fedor como o de mil corpos em decomposição. As mãos de Jace se contorceram uma na outra até as cordas lhe cortarem o pulso, fazendo-o sangrar. Sentiu um gosto amargo na boca e engasgou, impotente, com sangue e bile enquanto os últimos demônios subiam e desapareciam no alto, uma onda escura de horror riscando as estrelas.

Jace achou que tivesse desmaiado por um minuto ou dois. Certamente houve um período de negritude durante o qual os berros e uivos no alto desbotaram e ele pareceu pairar pelo ar, entre a terra e o céu, com um senso de destacamento que era de alguma forma... pacífico.

Acabou depressa demais. De repente, foi jogado de volta para o próprio corpo, os pulsos em agonia. Seus ombros se esticaram para trás, o fedor dos demônios tão pesado no ar que ele se virou de lado e teve ânsias de vômito incontroláveis. Ouviu uma risada seca e levantou o olhar, engolindo em seco para aliviar o gosto ácido na garganta; Sebastian se ajoelhou, com as pernas entre as de Jace, os olhos brilhando.

— Tudo bem, irmãozinho — disse. — Eles já foram.

Os olhos de Jace estavam úmidos, a garganta nua e arranhada. A voz era um resmungo:

— Ele disse meia-noite. Valentim disse para abrir o portão à meia-noite. Não pode ser meia-noite ainda.

— Sempre acho melhor pedir perdão do que permissão nessas situações. — Sebastian olhou para o céu vazio agora. — Devem levar uns cinco minutos para chegar à planície Brocelind daqui, muito menos do que meu pai levará para chegar ao lago. Quero ver um pouco de sangue Nephilim derramado. Quero que se contorçam e morram no chão. Merecem vergonha antes do esquecimento.

— Acha mesmo que os Nephilim têm tão poucas chances contra os demônios? Não é como se estivessem despreparados...

Sebastian fez um movimento de descaso com o pulso.

— Pensei que estivesse nos ouvindo. Não entendeu o plano? Não sabe o que meu pai vai fazer?

Jace não disse nada.

313

— Foi bondade sua — disse Sebastian — me levar até Hodge naquela noite. Se ele não tivesse revelado que o espelho que procurávamos era o Lago Lyn, não sei se esta noite seria possível. Porque qualquer um que detenha os dois primeiros Instrumentos Mortais e se coloque diante do Vidro Mortal pode invocar o Anjo Raziel nele, exatamente como o Caçador de Sombras Jonathan fez há mil anos. E depois que se invoca o Anjo, pode-se pedir uma coisa dele. Uma tarefa. Um... favor.

— Um favor? — Jace sentiu frio por todo o corpo. — E Valentim vai pedir a derrota dos Caçadores de Sombras em Brocelind?

Sebastian se levantou.

— Isso seria um desperdício — disse. — Não. Vai pedir que todos os Caçadores de Sombras que não beberam do Cálice Mortal, todos os que não são seus seguidores, tenham os poderes removidos. Não serão mais Nephilim. E, dessa forma, com as Marcas que carregam... — sorriu. — Vão se tornar Renegados, presa fácil para os demônios, e os membros do Submundo que não tiverem fugido serão rapidamente erradicados.

Os ouvidos de Jace apitavam com um ruído baixo e duro. Sentiu-se tonto.

— Mesmo Valentim — disse —, mesmo Valentim jamais faria isso...

— Por favor — disse Sebastian. — Você realmente acha que meu pai não vai levar a cabo o que planejou?

— *Nosso* pai — disse Jace.

Sebastian olhou para ele. Seus cabelos eram uma aura branca; parecia com a espécie de anjo mau que teria seguido Lúcifer para fora do céu.

— Perdão — disse ele, com um ar entretido. — Você está *rezando*?

— Não. Eu disse *nosso* pai. Estava falando de Valentim. Não é *seu* pai. Nosso.

Por um instante, Sebastian ficou sem expressão; em seguida o canto da boca se ergueu e ele sorriu.

— Anjinho — disse ele. — Você é um tolo, não é? Exatamente como meu pai sempre falou que era.

— Por que fica me chamando assim? — perguntou Jace. — Por que fica tagarelando sobre anjos...

— Meu Deus — disse Sebastian —, você não sabe *nada*, sabe? Alguma vez o meu pai disse a você alguma palavra que não fosse mentira?

Jace balançou a cabeça. Estava puxando as cordas que amarravam os pulsos, mas a cada vez que o fazia, elas pareciam ficar mais apertadas. Podia sentir a própria pulsação em cada um de seus dedos.

— Como sabe que ele não mentiu para *você*?

— Porque tenho o sangue dele. Sou exatamente como ele. Quando ele se for, vou controlar a Clave em seu lugar.

— Eu não me gabaria sobre ser exatamente como ele se fosse você.

— Tem isso, também. — A voz de Sebastian não tinha qualquer emoção. — Não finjo ser nada além do que sou. Não me comporto como se ficasse horrorizado por meu pai fazer o que é necessário para salvar os dele, mesmo que eles não queiram ou, se quer saber minha opinião, mereçam, ser salvos. Quem você preferiria ter como filho, um menino que sente orgulho de ser seu filho, ou outro que se acovarda de você, que sente vergonha e medo?

— Não tenho medo de Valentim — disse Jace.

— E não deveria — disse Sebastian. — Devia ter medo de mim.

Havia alguma coisa na voz dele que fez Jace abandonar a luta contra as cordas e levantar os olhos. Sebastian continuava empunhando a espada. Era uma coisa linda e escura, pensou Jace, mesmo quando Sebastian abaixou a ponta e a repousou sobre a clavícula de Jace, tocando levemente seu pomo de Adão.

Jace lutou para manter a voz firme.

— Agora o quê? Vai me matar enquanto estou amarrado? Pensar em lutar contra mim o assusta a esse ponto?

Nada, nem uma faísca de emoção, passou pelo rosto pálido de Sebastian.

— Você — disse ele — não representa qualquer ameaça a mim. É uma pestilência. Um incômodo.

— Então por que não me desamarra?

Sebastian, completamente parado, o encarou. Parecia uma estátua, pensou Jace, como a estátua de um príncipe morto há muito tempo — alguém que morrera jovem e mimado. E era essa a diferença entre Sebastian e Valentim; apesar de partilharem da mesma aparência de mármore, Sebastian tinha o ar de alguma coisa arruinada — alguma coisa comida por dentro.

— Não sou tolo — disse Sebastian —, e você não pode me enganar. Só o deixei vivo por tempo o suficiente para que pudesse ver os demônios. Agora quando morrer, pode voltar aos seus anjos ancestrais e dizer que não há mais lugar para eles neste mundo. Falharam com a Clave, e a Clave não precisa mais deles. Temos Valentim agora.

— Está me matando porque quer que eu mande uma mensagem a *Deus* para você? — Jace balançou a cabeça, a ponta da lâmina arranhando sua garganta. — É mais louco do que eu pensava.

Sebastian simplesmente sorriu e pressionou um pouco mais a lâmina; quando Jace engoliu, pôde sentir a ponta afundando em sua traqueia.

— Se tiver alguma oração de verdade, irmãozinho, faça agora.

— Não tenho nenhuma oração — disse Jace. — Mas tenho um recado. Para o nosso pai. Pode passar para ele?

— Claro — falou Sebastian suavemente, mas alguma coisa na maneira como disse, um breve indício de hesitação antes de falar, confirmou o que Jace já estava pensando.

— Está mentindo — disse. — Não vai transmitir o recado, porque não pretende contar a ele o que fez. Ele nunca pediu que me matasse, e não ficará feliz ao descobrir.

— Bobagem. Você não é nada para ele.

— Você acha que ele nunca vai saber o que me aconteceu se me matar agora, aqui. Pode dizer a ele que morri na batalha, ou ele simplesmente concluirá que foi isso que aconteceu. Mas está errado se acha que ele não vai saber. Valentim sempre sabe.

— Não sabe do que está falando — disse Sebastian, mas seu rosto enrijeceu.

Jace continuou, explorando a vantagem:

— Mas não pode esconder o que está fazendo. Existe uma testemunha.

— Uma testemunha? — Sebastian pareceu quase surpreso, o que Jace contou como uma espécie de vitória. — Do que você está falando?

— O corvo — disse Jace. — Está observando das sombras. Vai contar tudo a Valentim.

— Hugin? — O olhar de Sebastian levantou, e apesar de o corvo não estar visível em lugar algum, o rosto de Sebastian, quando voltou-se novamente para o de Jace, estava cheio de dúvidas.

— Se Valentim souber que me matou enquanto estava amarrado e indefeso, sentirá nojo de você — disse Jace, e ouviu a própria voz cair nas cadências do pai, na maneira como Valentim falava quando queria alguma coisa: suave e persuasiva. — Vai dizer que é um covarde. E jamais o perdoará.

Sebastian não disse nada. Estava olhando para Jace, os lábios tremendo, e ódio borbulhando atrás dos olhos como veneno.

— Solte-me — disse Jace suavemente. — Solte-me e lute comigo. É a única maneira.

Os lábios de Sebastian estremeceram de novo, intensamente, e dessa vez Jace achou que tivesse ido longe demais. Sebastian puxou a espada para trás e levantou-a, o luar irrompeu em milhares de cacos prateados, prateados como seus cabelos. Exibiu os dentes — e o ruído da espada cortou o ar noturno com um grito enquanto ele a trazia para baixo em um arco giratório.

Clary estava sentada nos degraus do palanque no Salão dos Acordos, segurando a estela nas mãos. Nunca havia se sentido tão sozinha. O Salão estava completa e totalmente vazio. Clary havia procurado em todos os cantos por Isabelle depois que os combatentes atravessaram o Portal, mas não a tinha encontrado. Aline dissera que Isabelle provavelmente estava na casa dos Penhallow, onde ela própria e outros adolescentes deveriam tomar conta de pelo menos uma dúzia de crianças que não tinham idade para lutar. Tentou convencer Clary a ir junto, mas ela não quis. Se não conseguisse encontrar Isabelle, preferia ficar sozinha a ficar com quase estranhos. Ou foi o que pensou. Mas sentada aqui, achou o silêncio e o vazio cada vez mais opressivos. Mesmo assim, não se moveu. Estava se empenhando ao máximo para não pensar em Jace, em Simon, não pensar na mãe, em Luke ou Alec — a única maneira de não pensar, constatou, era ficar parada encarando um único quadrado de mármore no chão, contando as rachaduras nele, incessantemente.

Havia seis. *Uma, duas, três. Quatro, cinco, seis.* Concluiu a contagem e começou novamente. *Uma...*

O céu acima dela explodiu.

Ou pelo menos foi como soou. Clary jogou a cabeça para trás e olhou para cima, através do teto claro do Salão. O céu estivera escuro há um segundo; agora era uma massa giratória de chama e escuridão, coberta por uma bizarra luz alaranjada. *Coisas* se moviam contra aquela luz — coisas horríveis que não queria ver, coisas que a faziam se sentir agradecida à escuridão por impedir que visse. Rápidos olhares já eram ruins o bastante.

A claraboia transparente acima tremulava e se curvava enquanto a hoste de demônios passava, como se estivesse sendo deformada por um tremendo calor. Finalmente, ouviu-se um ruído como de um tiro, e uma rachadura enorme apareceu no vidro, expandindo-se em incontáveis fissuras. Clary desviou, cobrindo a cabeça com as mãos, enquanto o vidro chovia a seu redor como lágrimas.

Estavam quase no campo de batalha quando o ruído veio, rasgando a noite ao meio. Em um instante, a floresta estava tão silenciosa quanto escura. No seguinte, o céu acendeu com um brilho laranja infernal. Simon cambaleou e quase caiu; segurou um tronco de árvore para se manter de pé, mal conseguindo acreditar no que via. Ao redor, todos os outros vampiros olhavam para o alto, as faces brancas como flores noturnas, levantando-se para alcançar o luar enquanto um pesadelo cruzava o céu atrás do outro.

— Você não para de desmaiar — disse Sebastian. — É extremamente tedioso.

Jace abriu os olhos. Uma dor lancinante em sua cabeça. Levantou a mão para tocar o lado do rosto — e percebeu que não estava mais amarrado. Tinha uma corda solta no pulso. A mão voltou do rosto preta — sangue, escuro ao luar.

Olhou em volta. Não estavam mais na caverna: encontrava-se deitado sobre terra macia e grama no chão do vale, não muito longe da casa de pedra. Podia ouvir o ruído da água no riacho, claramente próximo. Galhos de árvores entrelaçados no alto bloqueavam parte da luz da lua, mas ainda estava suficientemente claro.

— Levante-se — disse Sebastian. — Tem cinco segundos antes que o mate onde está.

Jace se levantou o mais lentamente possível. Continuava um pouco tonto. Lutando para se equilibrar, enfiou os calcanhares na terra, tentando adquirir um pouco de estabilidade.

— Por que me trouxe aqui?

— Dois motivos — disse Sebastian. — Primeiro, gostei de nocauteá-lo. Segundo, seria ruim para qualquer um de nós derrubar sangue no chão daquela caverna. Pode acreditar. E pretendo derramar muito sangue seu.

Jace apalpou o cinto, e seu coração afundou. Ou havia derrubado quase todas as armas enquanto Sebastian o arrastava pelos túneis ou, o mais provável, Sebastian as tinha jogado fora. Tudo que restara era uma adaga. Uma lâmina curta — curta demais, nada que se comparasse à espada.

— Não é exatamente uma arma, isso aí. — Sebastian sorriu, dentes brancos em contraste com a escuridão banhada pelo luar.

— Não posso lutar com isso — disse Jace, tentando soar tão trêmulo e nervoso quanto possível.

— Que pena. — Sebastian se aproximou de Jace, com um sorriso malicioso. Segurava a espada sem tanta firmeza, teatralmente despreocupado, as pontas dos dedos tamborilando um ritmo leve no cabo. Se em algum momento fosse ter uma abertura, pensou Jace, provavelmente era agora. Puxou o braço para trás e socou a cara de Sebastian com a máxima força possível.

Ossos trituraram sob suas juntas. O golpe enviou Sebastian ao chão. Caiu para trás na terra, a espada voou da mão dele. Jace a pegou ao avançar, e um segundo depois estava sobre Sebastian, com a lâmina na mão.

O nariz de Sebastian sangrava, uma linha escarlate correndo pelo rosto. Esticou o braço e puxou o colarinho, exibindo a garganta pálida.

— Então, vá em frente — disse ele. — Mate-me de uma vez.

Jace hesitou. Não queria hesitar, mas lá estava: a irritante relutância em matar alguém deitado indefeso no chão à sua frente. Jace se lembrou de Valentim, provocando-o em Renwick, desafiando o filho a matá-lo, e de não ter conseguido. Mas Sebastian era um assassino. Tinha matado Max e Hodge.

Ergueu a espada.

E Sebastian se levantou do chão, mais rápido do que o olhar era capaz de acompanhar. Pareceu voar no ar, executando uma cambalhota elegante e aterrissando graciosamente na grama, a poucos centímetros de distância. Ao fazê-lo, desferiu um chute, atingindo a mão de Jace. O golpe arrancou a espada dele. Sebastian pegou-a no ar, rindo, e atacou com a lâmina, mirando o coração de Jace. Jace deu um salto para trás e a lâmina cortou o ar, logo à frente dele, rasgando sua camisa na frente. Uma dor aguda, e Jace sentiu o sangue escapando de um corte superficial no peito.

Sebastian riu, avançando em direção a Jace, que recuou, pegando a adaga precária no cinto ao fazê-lo. Olhou em volta, torcendo desesperadamente para haver mais alguma coisa que pudesse utilizar como arma — um bastão, qualquer coisa. Ao redor, não havia nada além de grama, o rio correndo e as árvores no alto, os galhos se espalhando pelo alto como uma rede esverdeada. De repente, se lembrou da Configuração Malaquias onde a Inquisidora o prendera. Sebastian não era o único capaz de saltar.

Sebastian atacou novamente, mas Jace já tinha saltado — impulsionando-se pelo ar. O galho mais baixo estava a mais ou menos seis metros de distância; agarrou-o, balançando-se para cima dele. Ajoelhando no galho, viu Sebastian, no chão, girar e olhar para cima. Jace arremessou a adaga e ouviu Sebastian gritar. Sem fôlego, levantou-se...

E de repente Sebastian estava no galho ao lado dele. Seu rosto pálido estava ruborizado de raiva, o braço com que segurara a espada escorrendo sangue. Tinha derrubado a arma, evidentemente, na grama, apesar de isso só os deixar em pé de igualdade, pensou Jace, considerando que ele também não tinha mais a adaga. Viu com alguma satisfação que pela primeira vez Sebastian parecia *furioso* — furioso e surpreso, como se um animal de estimação que considerava domado o tivesse mordido.

— Foi divertido — disse Sebastian. — Mas agora acabou.

Lançou-se para cima de Jace, pegando-o pela cintura, derrubando-o do galho. Caíram seis metros pelo ar, engalfinhados, atacando um ao outro — e atingiram o chão com força, o bastante para que Jace visse estrelas atrás dos olhos. Agarrou o braço ferido de Sebastian e enterrou os dedos nele; Sebastian berrou e bateu no rosto de Jace. A boca de Jace se encheu com gosto salgado de sangue; engasgou-se ao rolarem pela terra, socando um ao outro. Sentiu um repentino choque de um frio polar; tinham rolado pelo declive até o rio e estavam deitados meio dentro, meio fora da água. Sebastian arfou, e Jace aproveitou para agarrar seu pescoço e fechar as mãos ao redor, apertando. Sebastian engasgou, agarrou o pulso direito de Jace e o jogou para trás, com força o bastante para quebrar os ossos. Jace se ouviu gritando, a própria voz distante, e Sebastian aproveitou a vantagem, girando o pulso quebrado sem dó até Jace soltá-lo e cair na lama aguada, com um uivo de agonia.

Com os joelhos pressionados contra o peito de Jace, um deles afundando em suas costelas, Sebastian sorriu para ele. Os olhos brilhavam em branco e preto por entre a máscara de sujeira e sangue. Algo brilhava em sua mão direita. A adaga de Jace. Devia tê-la pegado no chão. A ponta estava diretamente sobre o coração de Jace.

— E cá estamos na mesma posição de cinco minutos atrás — disse Sebastian. — Teve sua chance, Wayland. Alguma palavra final?

Jace olhou para cima, sangue escorrendo da boca, os olhos ardendo com suor, e sentiu somente vazio e exaustão. Seria realmente assim que morreria?

— Wayland? — disse. — Você sabe que meu nome não é esse.

— É tanto quanto Morgenstern — disse Sebastian. Inclinou-se para a frente, apoiando o próprio peso na adaga. A ponta perfurou a pele de Jace, provocando uma onda de dor pelo corpo dele. O rosto de Sebastian estava a poucos centímetros de distância, a voz um sussurro sibilado: — Você *realmente* achou que fosse filho de Valentim? Realmente achou que uma coisa patética e manhosa feito você era digna de ser um Morgenstern, de ser *meu irmão?* — Jogou o cabelo branco para trás: estava fino com suor e água do rio. — Você é uma troca — disse. — Meu pai o arrancou de um cadáver para transformá-lo num experimento. Tentou criá-lo como filho dele, mas você era fraco demais para servir para alguma coisa. Não podia ser um guerreiro. Era um nada. Inútil. Então ele o mandou para os Lightwood e torceu para que pudesse ter alguma utilidade mais tarde, como um chamariz. Ou isca. *Nunca o amou.*

Jace piscou os olhos, que ardiam.

— Então você...

— *Eu* sou filho de Valentim. Jonathan Christopher Morgenstern. Você nunca teve direito a esse nome. É um fantasma. Um fingidor. — Os olhos dele estavam pretos e brilhantes, como carapaças de insetos mortos, e de repente Jace ouviu a voz da mãe, como que em um sonho... mas ela não era mãe dele... dizendo *Jonathan não é mais um bebê. Sequer é humano; é um monstro.*

— É você — disse Jace sem fôlego. — É você que tem sangue de demônio. Não eu.

— Isso mesmo. — A adaga se enterrou mais um milímetro na carne de Jace. Sebastian continuava sorrindo, mas era um sorriso largo demais, como de uma caveira. — Você é o menino-anjo. Tive que ouvir tudo a seu respeito. Com seu rostinho lindo e angelical, os bons modos e os sentimentos delicados, tão delicados. Não conseguia sequer ver um pássaro morrer sem chorar. Não era à toa que Valentim tinha vergonha de você.

— Não. — Jace se esqueceu do sangue na boca, da dor. — É de você que ele tem vergonha. Acha que ele não o levou para o lago porque precisava que ficasse para trás para abrir o portão à meia-noite? Como se não soubesse que você não conseguiria esperar. Não o levou junto porque tem vergonha de se colocar diante do Anjo e mostrar a ele o que fez. Mostrar a *coisa* que criou. Mostrar *você* — Jace olhou para Sebastian; conseguia sentir uma pena terrível, triunfante, ardendo nos próprios olhos. — Sabe que não há nada de humano em você. Talvez o ame, mas o odeia também...

— Cale a boca! — Sebastian empurrou a adaga, girando o cabo. Jace arqueou para trás com um grito, e agonia explodiu como um raio atrás de seus olhos. *Vou morrer*, pensou. *Estou morrendo.* É o fim. Imaginou se o coração já tinha sido perfurado. Não conseguia se mexer, nem respirar. Sabia agora como uma borboleta devia se sentir ao ser pregada em um quadro. Tentou falar, dizer um nome, mas nada além de sangue saiu da sua boca.

E mesmo assim Sebastian pareceu ler o olhar.

— *Clary*. Quase me esqueci. Está apaixonado por ela, não é? A vergonha de seus impulsos incestuosos imundos quase deve tê-lo matado. Pena que não sabia que ela não era sua irmã. Poderia ter passado o resto da vida com ela, se não fosse tão burro. — Curvou-se para baixo, enfiando a faca com mais força, arranhando um osso com a ponta. Falou ao ouvido de Jace, uma voz suave como um sussurro. — Ela também o amava — disse. — Mantenha isso em mente enquanto morre.

A escuridão veio como uma inundação pelos cantos dos olhos, como tinta derramando em uma foto, borrando a imagem. De repente, não havia mais dor nenhuma. Não sentia nada, nem mesmo o peso de Sebastian, era como se estivesse flutuando. O rosto de Sebastian pairou sobre ele, branco contra a escuridão, a adaga levantada na mão. Algo dourado e brilhante reluziu no pulso de Sebastian, como se estivesse com uma pulseira. Mas não era uma pulseira, pois estava se movendo. Sebastian olhou para a mão, surpreso, enquanto a adaga caía e batia na lama com um ruído.

Em seguida a própria mão, separada do pulso, foi parar no chão também.

Jace olhou, tonto, enquanto a mão arrancada de Sebastian quicava ao lado de um par de botas pretas altas. As botas estavam calçadas em um par de pernas delicadas, que subiam até um torso esguio e um rosto familiar coberto por uma cachoeira de cabelos pretos. Jace levantou os olhos e viu Isabelle, com o chicote ensopado de sangue, os olhos fixos em Sebastian, que encarava o pulso sangrento boquiaberto e espantado.

Isabelle sorriu sombriamente.

— Isso foi por Max, desgraçado.

— *Vadia* — sibilou Sebastian, e se levantou enquanto o chicote de Isabelle o atacou novamente com incrível velocidade. Ele desviou e sumiu. Ouviu-se um ruído. Provavelmente desapareceu por entre as árvores, pensou Jace, apesar de a dor ser demais para que pudesse virar e olhar.

— Jace! — Isabelle se ajoelhou sobre ele, a estela brilhando na mão esquerda. Estava com os olhos brilhantes com lágrimas; devia estar péssimo, percebeu Jace, para Isabelle ter ficado daquele jeito.

— Isabelle. — Tentou dizer. Tentou dizer a ela para correr, fugir, pois independente do quão espetacular e corajosa fosse, e era tudo isso, não chegava aos pés de Sebastian. E não tinha a menor chance de Sebastian permitir que uma coisinha ínfima como ter a mão arrancada o parasse. Mas tudo que saiu da boca de Jace foi um barulho como um gorgolejo.

— Não fale. — Ele sentiu a ponta da estela queimar na pele do peito. — Vai ficar tudo bem. — Isabelle sorriu trêmula para ele. — Provavelmente está imaginando que diabos estou fazendo aqui — falou. — Não sei o quanto você sabe, não sei o que Sebastian contou, mas você não é filho de Valentim. — O símbolo *iratze* já estava quase concluído; Jace já conseguia sentir a dor diminuindo. Acenou com a cabeça singelamente, tentando dizer para ela: *eu sei*. — Então, eu não ia vir atrás de você depois que fugiu, pois você disse no bilhete que não era para fazer isso, e entendi. Mas não podia deixá-lo morrer pensando que tinha sangue de demônio, sem contar que não há nada de errado com você, apesar de, sinceramente, como você pode sequer pensar uma coisa dessas... — a mão de Isabelle estremeceu e ela congelou, sem querer estragar a marca. — E você precisava saber que Clary não é sua irmã — disse, mais gentilmente. — Porque... porque precisava. Então pedi que Magnus me ajudasse a rastreá-lo. Usei o soldadinho de madeira que você deu para Max. Acho que normalmente Magnus não teria ajudado, mas digamos que ele estava com um humor *surpreendentemente* bom, e talvez eu tenha dito que Alec queria que o fizesse, apesar de não ser *estritamente* verdade, mas ele vai demorar um pouco para descobrir. E quando soube onde estava, bem, ele já tinha armado o Portal, e eu sou *muito* boa em passar sorrateiramente.

Isabelle gritou. Jace tentou alcançá-la, mas ela estava além do alcance, sendo levantada, jogada para o lado. O chicote caiu de sua mão. Ajoelhou-se desajeitadamente, mas Sebastian já estava ali. Os olhos ardiam com raiva, e havia um pano ensanguentado em volta do pulso. Isabelle mirou no chicote, porém, Sebastian foi mais rápido. Girou e deu um chute nela, com força. O pé calçado acertou-a nas costelas. Jace quase pensou que pudesse ter *escutado* as costelas de Isabelle quebrando enquanto ela voava para trás, aterrissando desajeitada sobre a lateral do corpo. Ele a ouviu gritar — Isabelle, que nunca gritava de dor — enquanto Sebastian chutava outra vez e pegava o chicote dela, brandindo-o na mão.

Jace rolou para o lado. O *iratze* quase concluído ajudou, mas a dor no peito ainda era forte, e ele sabia, de uma forma distante, que o fato de que estava tossindo sangue provavelmente significava que o pulmão estava perfurado. Não sabia quanto tempo teria. Minutos, provavelmente. Procurou pela adaga onde Sebastian a havia derrubado, perto dos restos da mão. Jace se levantou, cambaleando. O cheiro de sangue estava por todos os lados. Pensou na visão de Magnus, no mundo transformado em sangue, e na mão escorregadia ainda prendendo o cabo da arma.

Deu um passo para a frente. Depois mais um. Cada passo parecia como arrastar os pés por cimento. Isabelle estava gritando palavrões para Sebastian, que ria enquanto lançava o chicote contra o corpo dela. Os gritos atraíram Jace como se fosse um peixe em um anzol, mas enfraqueciam à medida que se movia. O mundo girava como um carrossel.

Mais um passo, disse Jace a si mesmo. Mais um. Sebastian estava de costas para ele; estava concentrado em Isabelle. Provavelmente achava que Jace já estava morto. E quase estava mesmo. *Um passo*, disse a si mesmo, mas não conseguia, não conseguia arrastar os pés por mais nem um passo. Sua visão estava sendo tomada pela escuridão — uma escuridão mais profunda que a do sono. Uma escuridão que apagaria tudo que já tinha visto e traria um repouso absoluto. Pacífico. Pensou, de repente, em Clary — Clary como a vira pela última vez, dormindo, com o cabelo espalhado pelo travesseiro e a bochecha apoiada na mão. Naquele instante achou que jamais havia visto nada tão pacífico, mas é claro que ela só estava dormindo, como qualquer outra pessoa dormiria. Não tinha sido a paz dela que o surpreendera, mas a dele próprio. A paz que sentia ao estar com ela era diferente de tudo que já houvesse conhecido.

Sentiu uma dor percorrendo sua espinha e percebeu, surpreso, que, de algum jeito, contra a própria vontade, as pernas o tinham guiado para a frente naquele último passo crucial. Sebastian estava com o braço para trás, o chicote brilhando na mão; Isabelle deitada na grama, um monte encolhido, e não gritava mais — não se movia mais.

— Sua vadiazinha Lightwood — dizia Sebastian. — Devia ter esmagado seu rosto com aquele martelo quando tive a chance...

E Jace levantou a mão, com a adaga empunhada, e enterrou a lâmina nas costas de Sebastian.

Sebastian cambaleou para a frente, derrubando o chicote. Virou-se lentamente e olhou para Jace, e Jace pensou, com um horror distante, que talvez Sebastian não fosse humano, que, no fim das contas, talvez fosse impossível matá-lo. O rosto de Sebastian estava branco, a hostilidade havia desaparecido, e o fogo escuro dos olhos. Mas não se parecia mais com Valentim. Parecia... assustado.

Abriu a boca, como se quisesse dizer alguma coisa a Jace, mas os joelhos já estavam cedendo. Caiu no chão, a força da queda fazendo-o deslizar pelo declive e para o rio. Parou com as costas contra o chão, os olhos fixos no céu; a água fluía ao redor dele, levando fios escuros de sangue com a corrente.

"Ele me ensinou que tem um ponto nas costas de um homem no qual, se você afundar uma faca, pode perfurar o coração e romper a espinha, de uma vez só", Sebastian dissera. *Acho que ganhamos o mesmo presente naquele ano, meu irmão*, pensou Jace. *Não foi?*

— Jace! — Era Isabelle, o rosto ensanguentado, lutando para sentar. — *Jace!*

Tentou correr em direção a ela, tentou dizer alguma coisa, mas as palavras não saíram. Caiu de joelhos. Um peso enorme o pressionava nos ombros, e a terra o chamava: para baixo, para baixo, para baixo. Mal tinha consciência de Isabelle gritando seu nome enquanto a escuridão o levava.

Simon era um veterano de inúmeras batalhas. Isto é, se batalhas de *Dungeons & Dragons* contassem. Seu amigo Eric era o especialista em história militar e ele geralmente era o responsável pela organização das guerras nos jogos, que envolviam dezenas de bonecos se movendo em linhas pela paisagem lisa desenhada em papel.

Era a maneira como sempre pensara em batalhas — ou como elas aconteciam nos filmes, com dois grupos avançando um sobre outro, num território plano. Linhas retas e progressões organizadas.

Aquilo não era nada assim.

Era um caos, uma refrega de gritos e movimentos, e a paisagem não era lisa, mas uma massa de lama e sangue misturada sobre um pasto espesso e instável. Simon imaginou que as Crianças Noturnas chegariam ao campo de batalha e seriam saudadas por algum encarregado; imaginou que primeiramente veria a batalha de longe, e que assistiria enquanto os dois lados colidiam. Mas não houve saudação, e não havia lados. A batalha se ergueu da escuridão como se ele tivesse saído acidentalmente de uma rua lateral deserta e ido parar em um motim no meio da Times Square — de repente, havia multidões surgindo em volta, mãos o agarrando, empurrando-o para fora do caminho, e os vampiros estavam se espalhando, mergulhando na batalha sem sequer olhar para trás, para ele.

E havia demônios — demônios por todos os lados, e nunca tinha imaginado os tipos de ruídos que emitiam, os gritos, uivos e rosnados, e o pior, os barulhos de rasgos, cortes e satisfação voraz. Simon desejou que pudesse desligar sua audição de vampiro, mas não podia, e os sons eram como facas perfurando-lhe os tímpanos.

Tropeçou sobre um corpo deitado meio dentro e meio fora da lama, virou-se para ver se alguma ajuda era necessária, e viu que o Caçador de Sombras a seus pés havia sido destroçado do pescoço para cima. Ossos brancos reluziam contra a terra escura e, apesar de sua natureza vampiresca, Simon sentiu-se nauseado. *Devo ser o único vampiro do mundo a se enojar com sangue*, pensou, então alguma coisa o atingiu com força por trás, e ele caiu, deslizando por um declive de lama até um fosso.

O corpo de Simon não era o único ali. Rolou de costas exatamente quando um demônio se ergueu sobre ele. Parecia a imagem da Morte em uma representação medieval — um esqueleto animado, a machadinha sangrenta em uma mão ossuda. Desviou para o lado enquanto a lâmina descia, a poucos centímetros de seu rosto. O esqueleto emitiu um ruído de decepção e levantou novamente a machadinha...

E foi atingido na lateral por um taco de madeira. O esqueleto se quebrou como uma piñata cheia de ossos. Desfez-se em pedacinhos com um som como o de castanholas batendo antes de desaparecerem na escuridão.

Havia um Caçador de Sombras sobre Simon. Não era ninguém que já tivesse visto antes. Um homem alto, barbado e ensanguentado, que passava uma mão suja pela testa enquanto olhava para Simon, deixando uma linha de fuligem no lugar.

— Você está bem?

Espantado, Simon assentiu e começou a se levantar.

— Obrigado.

O estranho se inclinou, oferecendo uma mão para ajudá-lo. Simon aceitou — e foi lançado para fora do fosso. Aterrissou de pé na beira, com os pés deslizando na lama molhada. O estranho deu um sorriso acanhado.

— Desculpe. Força do Submundo... meu parceiro é um lobisomem. Não estou acostumado. — Olhou no rosto de Simon. — Você é um vampiro, certo?

— Como soube?

O homem sorriu. Era um sorriso cansado, mas não havia nada de não amistoso nele.

— Suas presas. Descem quando está lutando. Sei porque... — interrompeu-se. Simon poderia ter concluído a frase por ele: *sei porque já matei muitos vampiros.* — Seja como for. Obrigado. Por lutar conosco.

— Eu... — Simon estava prestes a dizer que ainda não tinha lutado. Ou contribuído com nada, na verdade. Virou-se para falar, e conseguiu pronunciar exatamente uma palavra antes de uma coisa impossivelmente enorme, cheia de garras, e alada descer do céu e enterrar os talões nas costas do Caçador de Sombras.

O homem nem gritou. A cabeça foi para trás, como se tivesse olhado em surpresa, imaginando o que o teria agarrado — em seguida sumiu, chicoteando no céu negro vazio em um giro de dentes e asas. Seu taco caiu no chão aos pés de Simon.

Simon não se moveu. A coisa toda, desde o instante em que caiu no fosso, levou menos de um minuto. Virou-se entorpecido, olhando em volta para as lâminas que rodavam pela escuridão, nas garras de demônios, nos lampejos que corriam aqui e ali pelo escuro como vaga-lumes passando pela folhagem — em seguida percebeu o que eram. As luzes brilhantes de lâminas serafim.

Não podia ver os Lightwood, os Penhallow, Luke, nem mais ninguém que reconhecesse. Não era um Caçador de Sombras. E mesmo assim, aquele homem o agradeceu por lutar. O que tinha dito a Clary era verdade — esta batalha também era dele, e ele era necessário aqui. Não o Simon humano, gentil, nerd e que detestava sangue, mas o Simon vampiro, uma criatura que ele mesmo mal conhecia.

Vampiros de verdade sabem que estão mortos, dissera Raphael. Mas Simon não se sentia morto. Nunca tinha se sentido mais vivo. Virou-se enquanto outro demônio se erguia à sua frente: parecia um lagarto, escamoso, com dentes de roedor. Foi para cima de Simon com as garras negras estendidas.

Simon saltou. Atingiu a enorme lateral da coisa e se prendeu a ela, enterrando as unhas, as escamas abrindo caminho sob suas garras. A Marca em sua testa latejou quando afundou as presas no pescoço do demônio.

Tinha um gosto horrível.

※ ※ ※

Quando o vidro parou de cair, ficou um buraco no teto, largo, como se um meteoro o tivesse atravessado. Um ar frio soprou pelo espaço. Tremendo, Clary se levantou, limpando poeira de vidro das roupas.

A luz enfeitiçada que iluminava o Salão tinha se apagado: estava escuro agora, e espesso com sombras e poeira. A fraca iluminação do Portal que desbotava na praça era ligeiramente visível, brilhando através das portas da frente abertas.

Provavelmente não era mais seguro ficar ali, pensou Clary. Poderia ir até a casa dos Penhallow e se juntar a Aline. Tinha atravessado metade do Salão quando ouviu passos no chão de mármore. Com o coração acelerado, virou-se e viu Malaquias, uma sombra longa e aracnídea à meia-luz, caminhando em direção ao palanque. Mas o que ainda estava fazendo aqui? Não deveria estar com o resto dos Caçadores de Sombras no campo de batalha?

Enquanto ele se aproximava do palanque, ela percebeu algo que a fez levar a mão até a boca, contendo um grito de surpresa. Havia uma forma negra empoleirada no ombro de Malaquias. Um pássaro. Um corvo, na verdade.

Hugo.

Clary abaixou para se esconder atrás de um pilar enquanto Malaquias subia os degraus do palanque. Havia algo inconfundivelmente furtivo na maneira como olhava de um lado para o outro. Aparentemente satisfeito por não estar sendo observado, tirou alguma coisa pequena e brilhante do bolso e a colocou no dedo. Um anel? Esticou a mão para rodá-lo, e Clary se lembrou de Hodge na biblioteca do Instituto, tirando um anel da mão de Jace...

O ar à frente de Malaquias emitiu um brilho fraco, uma espécie de calor. Uma voz saiu dele, uma voz familiar, tranquila e controlada, agora com um leve toque de irritação.

— O que foi, Malaquias? Não estou com humor para conversinhas agora.

— Meu lorde Valentim — disse Malaquias. A hostilidade usual tinha sido substituída por um espírito adulador viscoso. — Hugin me visitou, agora mesmo, trazendo notícias. Presumi que já tivesse chegado ao Espelho, e por isso ele me procurou no lugar. Achei que fosse querer saber.

O tom de Valentim era cortante:

— Muito bem. Que notícias?

— É o seu filho, lorde. Seu *outro* filho. Hugin o rastreou no vale da caverna. Pode até tê-lo seguido nos túneis para o lago.

Clary agarrou o pilar, os dedos esbranquiçados. Estavam falando de Jace.

Valentim resmungou:

— Ele encontrou o irmão lá?

— Hugin disse que deixou os dois lutando.

Clary sentiu o estômago revirando. Jace lutando com Sebastian? Pensou na maneira como Sebastian tinha levantado Jace no Gard e o arremessado, como se não pesasse nada. Uma onda de pânico tomou conta dela, tão intensa que por um instante os ouvidos apitaram. Quando a sala voltou a entrar em foco, tinha perdido qualquer que tivesse sido a resposta de Valentim para Malaquias.

— São os que têm idade o suficiente para serem Marcados, mas não o bastante para lutar que me preocupam — dizia Malaquias agora. — Eles não votaram na decisão do Conselho. Não me pareceu justo que sejam punidos da mesma forma como os que estão em combate.

— Considerei isso. — A voz de Valentim parecia a vibração de um baixo. — Porque os adolescentes são Marcados com mais leveza, levam mais tempo para se tornarem Renegados. Diversos dias, no mínimo. Acredito que possa ser reversível.

— Enquanto aqueles de nós que beberam do Cálice Mortal permanecerão completamente inabalados?

— Estou ocupado, Malaquias — disse Valentim. — Já disse que você está a salvo. Estou confiando minha própria vida a este processo. Tenha um pouco de fé.

Malaquias abaixou a cabeça.

— Tenho muita fé, lorde. Permaneci, por muitos anos, servindo-o em silêncio, sempre.

— E será recompensado — disse Valentim.

Malaquias levantou o olhar.

— Milorde...

Mas o ar parou de brilhar. Valentim desaparecera. Malaquias franziu a testa, depois desceu os degraus do palanque em direção às portas da frente. Clary se encolheu atrás do pilar, torcendo desesperadamente para que ele não a visse. Que história era essa de Renegados? A resposta brilhou no canto de sua mente, mas parecia horrível demais para ser contemplada. Mesmo Valentim seria incapaz de...

Então algo voou contra seu rosto, algo escuro, rodopiando. Mal teve tempo de levantar os braços e cobrir os olhos quando algo atingiu as costas das suas mãos. Ouviu um grasnido feroz, e as asas bateram contra seus pulsos levantados.

— Hugin! Chega! — disse a voz aguda de Malaquias. — *Hugin!* — Mais um grasnido e uma batida, em seguida, silêncio. Clary abaixou os braços e viu o corvo imóvel aos pés do Cônsul. Enfeitiçado ou morto, não sabia dizer. Com um rosnado, Malaquias chutou o corvo de forma selvagem para fora do caminho e foi na direção de Clary, furioso. Agarrou-a pelo pulso sangrento e a levantou com um puxão. — Menina burra — disse.

— Há quanto tempo está ouvindo?

— Tempo o suficiente para saber que faz parte do Ciclo — disparou, girando o pulso na mão dele, que segurou firme. — Está do lado de Valentim.

— *Só existe um lado* — sibilou ele. — A Clave é tola, mal conduzida, se vende a meios-homens e monstros. Tudo que quero é purificá-la, devolvê-la à sua antiga glória. Um objetivo que, era de se pensar, todo Caçador de Sombras aprovaria, mas não; ouvem a tolos e a admiradores de demônios como você e Lucian Graymark. E agora você enviou a nata dos Nephilim para morrer nessa batalha ridícula, um gesto vazio que não adiantará de nada. Valentim já iniciou o ritual; logo o Anjo irá se erguer, e os Nephilim se tornarão Renegados. Todos, exceto alguns poucos sob a proteção de Valentim...

— Isso é assassinato! Ele está assassinando Caçadores de Sombras!

— Assassinato não — disse o Cônsul. A voz ecoava com fanatismo passional. — Limpeza. Valentim criará um novo mundo de Caçadores de Sombras, um mundo livre de fraqueza e corrupção.

— Fraqueza e corrupção não estão no *mundo* — irritou-se Clary. — Estão nas *pessoas*. E sempre estarão. O mundo só precisa de boas pessoas para equilibrar. E você está planejando matar todas elas.

Ele olhou para ela por um instante com surpresa genuína, como se estivesse espantado com a força de seu tom.

— Belas palavras para uma menina que trairia o próprio pai. — Malaquias a puxou para perto de si, sacudindo brutalmente o pulso sangrento. — Talvez devêssemos ver o quanto Valentim se importaria se eu lhe ensinasse...

Mas Clary nunca descobriu o que ele queria ensinar. Uma forma escura se ergueu entre eles — com asas abertas e garras estendidas.

O corvo atingiu Malaquias com a ponta de uma unha, rasgando um talho sangrento no rosto do Cônsul. Com um grito, o homem libertou Clary e levantou os braços, mas Hugo havia voado e o atacava violentamente com o bico e as garras. Malaquias cambaleou para trás, os braços se debatendo, e se chocou contra a quina de um banco com força. O banco tombou com um estrondo; desequilibrado, ele se estatelou em seguida, com um grito sufocado — que logo se interrompeu.

Clary correu para onde Malaquias estava estirado no chão de mármore, um círculo de sangue já se espalhando em uma piscina ao seu redor. Tinha aterrissado em um monte de vidro quebrado que caíra do telhado, e um dos pedaços denticulados perfurara a garganta dele. Hugo continuava sobrevoando, circulando o corpo de Malaquias. Soltou um grasnido triunfante enquanto Clary olhava para ele — aparentemente não tinha gostado dos chutes e golpes do Cônsul. Malaquias deveria saber que não podia atacar uma das criaturas de Valentim, pensou Clary amargamente. O pássaro não era mais clemente que seu mestre.

Mas não havia tempo para pensar em Malaquias agora. Alec tinha dito que havia barreiras ao redor do lago, e que se alguém fosse até lá através de um Portal, um alarme soaria. Valentim provavelmente já estava no espelho — não havia tempo a perder. Recuando para longe do corvo lentamente, Clary se virou e correu em direção às portas da frente do Salão e ao brilho do Portal além dele.

Capítulo 20
PESADO NA BALANÇA

A água atingiu seu rosto como um golpe. Clary afundou, se afogando, na escuridão gelada; o primeiro pensamento fora de que o Portal havia se dissipado além de qualquer reparo, e que estava presa no turbilhão preto, o local de transição, onde sufocaria e morreria, exatamente da maneira como Jace a alertara na primeira vez em que usou um Portal.

O segundo pensamento foi o de que já estava morta.

Provavelmente só ficou inconsciente por alguns segundos, apesar de ter parecido o fim de tudo. Quando acordou, foi com um choque semelhante ao de romper uma camada de gelo. Estivera inconsciente, e agora, de repente, não estava mais; estava deitada de costas sobre terra fria e úmida, olhando para um céu tão cheio de estrelas que parecia que um punhado de pedaços de prata havia sido espalhado pela superfície escura. Estava com a boca cheia de um líquido repugnante; virou a cabeça para o lado, tossiu e cuspiu até conseguir respirar novamente.

Quando o estômago parou de sofrer espasmos, rolou para o lado. Tinha os pulsos atados por uma linha de luz que brilhava levemente e as pernas pesadas e estranhas, pinicando por todos os pontos como enormes alfinetes. Ficou imaginando se teria aterrissado neles por acaso, ou se era um efeito colateral de quase ter se afogado. A nuca queimava como se tivesse sido picada por uma vespa. Com um sobressalto se sentou, as pernas esticadas desajeitadamente, e olhou em volta.

Estava na margem do Lago Lyn, onde a água dava lugar à areia. Uma parede negra de pedra se erguia atrás, as falésias de que se lembrava de quando havia estado ali com Luke. A areia em si era escura, brilhando com mica prateada. Aqui e ali havia tochas de luz enfeitiçada, preenchendo o ar com uma incandescência prateada, deixando um rastro de linhas brilhantes na superfície da água.

Perto da costa do lago, a alguns metros de onde estava, havia uma pequena mesa feita de pedras lisas empilhadas. Claramente tinha sido montada com pressa; apesar dos espaços entre as pedras estar preenchido com areia molhada, algumas delas escorregavam, angulosas. Sobre a superfície de pedras havia algo que fez Clary perder o fôlego — o Cálice Mortal, e deitada sobre ele na diagonal, a Espada Mortal, uma língua de chama negra sob a luz enfeitiçada. Ao redor do altar havia linhas negras de símbolos marcados na areia. Olhou para eles, mas estavam misturados, sem significado...

Uma sombra cortou a areia, movendo-se rapidamente — a sombra longa e escura de um homem, nítido sob a luz das tochas. Quando Clary levantou a cabeça, ele já estava sobre ela.

Valentim.

O choque de vê-lo foi tão imenso que quase não foi um choque. Não sentiu nada ao olhar para o pai, cujo rosto pairava como a lua contra o céu escuro: branco, austero, pontuado com olhos negros como crateras de meteoros. Sobre a camisa, havia algumas faixas de couro sustentando uma dúzia ou mais de armas. Erguiam-se por trás dele como esporões de um porco espinho. Parecia imenso, impossivelmente largo, a estátua aterrorizante de um deus guerreiro em busca de destruição.

— Clarissa — disse. — Assumiu um grande risco, vindo para cá através de um Portal. Teve sorte porque a vi aparecendo na água naquele instante. Estava inconsciente; se não fosse por mim, teria se afogado. — Um músculo atrás da boca de Valentim se moveu. — E eu não perderia tempo com as barreiras de alarme que a Clave colocou ao redor do lago. Eu as derrubei assim que cheguei. Ninguém sabe que está aqui.

Não acredito em você! Clary abriu a boca para disparar as palavras na cara dele. Mas não saiu nenhum som. Foi como um daqueles pesadelos em que se tenta gritar e gritar, mas nada acontece. Apenas uma lufada seca de ar escapou, o arquejo de alguém tentando berrar com a garganta cortada.

Valentim balançou a cabeça.

— Não se incomode em tentar falar. Utilizei um Símbolo de Quietude, um daqueles que os Irmãos do Silêncio usam, na sua nuca. Tem um símbolo de atadura nos pulsos, e outro desabilitando suas pernas. Não tentaria me levantar, as pernas não vão sustentá-la, e você só vai sentir dor.

Clary o encarou, tentando perfurá-lo com os olhos, cortá-lo com o ódio. Mas ele nem percebeu.

— Podia ter sido pior, sabe. Quando a arrastei para a areia, o veneno do lago já tinha começado a atuar. Eu já a curei, por sinal. Não que espere agradecimentos. — Deu um sorriso tênue. — Você e eu, nós nunca tivemos uma conversa, tivemos? Não uma conversa de verdade. Deve imaginar por que nunca aparentei ter um interesse paterno em você. Sinto muito se a magoei por isso.

Agora o olhar de Clary foi de carregado de ódio a incrédulo. Como poderiam ter uma conversa se sequer podia falar? Tentou forçar as palavras, mas nada além de um engasgo curto saiu da garganta.

Valentim voltou-se novamente para o altar e pôs a mão na Espada Mortal. Ela projetava uma luz negra, uma espécie de brilho reverso, como se sugasse a iluminação do ar em volta.

— Não sabia que sua mãe estava grávida de você quando me deixou — disse. Estava falando com ela, pensou Clary, de um jeito como jamais havia falado antes. O tom era calmo, até simpático, mas não era só isso. — Sabia que havia algo errado. Ela achou que estivesse escondendo a infelicidade. Peguei um pouco de sangue de Ithuriel, sequei até transformar em pó, e misturei com a comida dela, achando que pudesse curar a tristeza. Se soubesse que estava grávida, não teria feito isso. Já tinha resolvido não experimentar mais com uma criança que tivesse meu sangue.

Está mentindo, Clary queria gritar com ele. Mas não tinha certeza se estava mesmo. Ainda soava estranho para ela. Diferente. Talvez porque estivesse falando a verdade.

— Depois que ela fugiu de Idris, passei anos procurando-a — disse. — E não só porque ela estava com o Cálice Mortal. Porque a amava. Pensei que se pudesse falar com ela, poderia fazê-la enxergar a razão. Fiz o que fiz naquela noite em Alicante em um ataque de raiva, querendo destruí-la, destruir tudo que envolvia nossa vida juntos. Mas depois... — balançou a cabeça, virando para olhar para o lago. — Quando finalmente a encontrei, ouvi rumores de que tinha outra criança, uma filha. Presumi que seu pai fosse Lucian. Ele sempre a amou, sempre quis tirá-la de mim. Pensei que ela finalmente tivesse cedido. Que tivesse consentido ter um filho com um sujo do Submundo. — A voz dele endureceu. — Quando a encontrei no apartamento em Nova York, ela mal estava consciente. E disparou que eu tinha transformado seu primeiro filho em um monstro, e que me deixou antes que eu pudesse repetir a dose com a segunda. Depois caiu nos meus braços. Todos aqueles anos procurei por ela, e aquilo foi tudo que tive. Aqueles breves segundos nos quais me encarou com a expressão de uma vida inteira de ódio. Percebi uma coisa ali.

Valentim levantou Maellartach. Clary se lembrou do quão pesada era a Espada, e viu enquanto a lâmina se erguia que os músculos no braço de Valentim sobressaíam, duros e definidos, como cordas se curvando sob a pele.

— Percebi — continuou — que o motivo por ter me deixado foi para protegê-la. Ela odiava Jonathan, mas você... teria feito qualquer coisa para protegê-la. Protegê-la de *mim*. Até viveu entre mundanos, que sei que deve ter doído nela. Deve ter sofrido por nunca ter podido criá-la com nenhuma das nossas tradições. Você é metade do que poderia ter sido. Tem seu talento com símbolos, mas foi desperdiçado pela sua criação mundana.

Abaixou a espada. A ponta dela estava, agora, no ar logo acima do rosto de Clary; podia vê-la com o canto do olho, flutuando na beira da vista como uma mariposa prateada.

— Naquele instante, soube que Jocelyn jamais voltaria para mim, por sua causa. Você é a única coisa no mundo que ela amou mais do que a mim. E por sua causa, ela me odeia. E detesto olhar para você por isso.

Clary virou a cabeça. Se ele fosse matá-la, não queria ver a morte se aproximando.

— Clarissa — disse Valentim. — Olhe para mim.

Não. Queria olhar para o lago. Ao longe, do outro lado da água, podia ver um fraco brilho vermelho, como uma fogueira afundada em cinzas. Sabia que era a luz da batalha. Sua mãe estava lá. E Luke. Talvez fosse o certo estarem juntos, mesmo que não estivesse com eles.

Vou manter os olhos naquela luz, pensou. *Ficarei olhando para ela, não importa o que aconteça. Será a última coisa que verei na vida.*

— Clarissa — repetiu Valentim. — Você é a cara dela, sabia? A cara de Jocelyn.

Sentiu uma dor aguda na bochecha. Era a lâmina da Espada. Ele a estava pressionando contra sua pele, tentando forçá-la a olhar para ele.

— Vou invocar o Anjo agora — disse. — E quero que veja enquanto acontece.

Clary tinha um gosto amargo na boca. *Sei por que está tão obcecado pela minha mãe. Porque ela era a única coisa sobre a qual você acreditava ter total controle que se virou e o mordeu. Achava que era dono dela, e não era. Por isso a quer aqui, agora, para testemunhar sua vitória. Por isso eu vou ter que servir.*

A espada espetou ainda mais a bochecha. Valentim disse:

— *Olhe para mim, Clary.*

Olhou. Não queria, mas a dor era forte demais — a cabeça foi empurrada para o lado, quase contra a vontade, o sangue pingando em gotas grossas pelo rosto, espalhando-se na areia. Uma dor nauseante a dominou ao levantar a cabeça para olhar o pai.

Ele estava olhando para a lâmina de Maellartach. Esta também estava suja de sangue. Quando olhou novamente para ela, tinha uma luz estranha nos olhos.

— Preciso de sangue para completar a cerimônia — disse. — Pretendia utilizar o meu próprio, mas quando a vi no lago, soube que foi a maneira de Raziel me avisar para usar o da minha filha no lugar. Por isso a limpei do veneno do lago. Está purificada agora. Purificada e pronta. Então, obrigado, Clarissa, pelo seu sangue.

De alguma forma, pensou Clary, ele estava sendo sincero, estava honestamente agradecido. Há muito tinha perdido a capacidade de distinção entre coação e cooperação, entre medo e vontade, entre amor e tortura. E com essa percepção veio uma onda de torpor — de que adiantava odiar Valentim por ser um monstro quando ele mesmo não sabia que o era?

— E agora — disse Valentim —, só preciso de um pouco mais. — E Clary pensou, *um pouco mais de quê?* exatamente quando ele levantou a Espada e a luz das estrelas explodiu dela, e pensou, *claro. Não é só sangue que quer, mas morte*. A Espada já tinha se alimentado de sangue o suficiente a essa altura, assim como o próprio Valentim. Os olhos da menina acompanharam a luz negra de Maellartach que cortava o ar em direção a ela...

E voou pelos ares. Arrancada da mão de Valentim, foi lançada na escuridão. Os olhos de Valentim se arregalaram; o olhar desceu, primeiro para a mão sangrenta que antes empunhava a espada — e em seguida subiu e viu, na mesma hora que Clary, o que havia arrancado a Espada Mortal da sua mão.

Jace, com uma espada de aparência familiar na mão esquerda, estava na ponta de uma elevação de areia, a poucos centímetros de Valentim. Clary podia ver pela expressão do pai que ele não tinha ouvido Jace se aproximando.

O coração de Clary parou ao vê-lo. Com sangue seco no rosto e uma marca vermelha na garganta lívida. Os olhos brilhavam como espelhos, e sob a luz enfeitiçada pareciam negros, negros como os de Sebastian.

— Clary — disse ele, sem tirar os olhos do pai. — Clary, você está bem?

Jace!, lutou para dizer o nome dele, mas nada passava pelo bloqueio da garganta. Sentiu como se estivesse engasgando.

— Não pode responder — disse Valentim. — Não pode falar.

Os olhos de Jace brilharam.

— O que você fez com ela? — Manejou a espada na direção de Valentim, que deu um passo para trás. Sua expressão era cautelosa, porém não assustada. Havia um cálculo naquele olhar de que Clary não gostou. Sabia que devia se sentir triunfante, mas não, aliás; se sentia alguma coisa, era um pânico ainda maior do que antes. Tinha percebido que Valentim a mataria e havia aceitado o fato. Mas agora Jace estava aqui, e seu medo havia se expandido para incluí-lo também. E ele parecia tão... *destruído*. O uniforme estava rasgado em um braço, e a pele embaixo marcada com linhas brancas. A camisa arrebentada na frente, e um *iratze* desbotado sobre o coração que não tinha sido capaz de apagar a cicatriz vermelha embaixo. Estava com as roupas manchadas de sujeira, como se tivesse rolado no chão. Mas o que mais assustava era a expressão. Tão... desolada.

— Um Símbolo de Quietude. Não vai machucá-la. — Os olhos de Valentim estavam fixos em Jace, famintos, pensou Clary, como se estivessem se alimentando só de vê-lo. — Suponho — perguntou Valentim — que não tenha vindo para se juntar a mim? Para ser abençoado pelo Anjo ao meu lado?

A expressão de Jace não mudou. Estava com os olhos grudados no pai adotivo, e não havia nada neles, nenhum resquício de afeto, amor, ou lembrança. Não havia nem ódio. Apenas... desprezo, pensou Clary. Um desprezo frio.

— Sei o que está planejando — disse Jace. — Sei por que quer invocar o Anjo. E não vou permitir. Já mandei Isabelle alertar o exército...

— Alertas não adiantarão de nada. Este não é o tipo de perigo do qual se pode escapar — os olhos de Valentim desviaram para a espada de Jace. — Abaixe isso — começou —, e podemos conversar... — interrompeu-se. — Essa não é a sua espada. Essa é uma espada Morgenstern.

Jace sorriu. Um sorriso doce e sombrio.

— Era de Jonathan. Ele está morto agora.

Valentim parecia espantado.

— Quer dizer...

— Peguei do chão, onde ficou — disse Jace, sem qualquer emoção — depois que o matei.

Valentim aparentava estar pasmo.

— Você matou Jonathan? Como pôde?

— Ele teria me matado — disse Jace. — Não tive escolha.

— Não foi isso que quis dizer. — Valentim balançou a cabeça; ainda parecia espantado, como um boxeador que tivesse sido golpeado com força demais no momento em que atingia a lona. — Eu criei Jonathan, eu mesmo o treinei. Não havia guerreiro melhor.

— Aparentemente — disse Jace — havia.

— Mas... — E a voz de Valentim falhou; pela primeira vez Clary ouviu uma falha naquela voz suave, controlada e falsa. — Mas ele era seu irmão.

— Não. Não era. — Jace deu um passo para a frente, aproximando a lâmina do coração de Valentim. — O que aconteceu com meu verdadeiro pai? Isabelle disse que morreu em um motim, mas foi mesmo? Você o matou, como fez com minha mãe?

Valentim ainda estava estarrecido. Clary sentiu que ele estava lutando para se controlar — lutando contra a dor da perda? Ou apenas com medo de morrer?

— Não matei sua mãe. Ela se suicidou. Cortei-o do corpo dela. Se não tivesse feito isso, você teria morrido junto.

— Mas por quê? Por que fez isso? Não precisava de um filho, você *tinha* um filho! — Jace parecia mortal ao luar, pensou Clary, mortal e estranho, como alguém que não conhecia. A mão que empunhava a espada na direção da garganta de Valentim era firme. — Diga a verdade — ordenou Jace. — Não quero mais mentiras sobre sermos carne e sangue. Pais mentem para os filhos, mas você... você não é meu pai. E eu quero a verdade.

— Não era de um filho que eu precisava — disse Valentim. — Era de um soldado. Achei que Jonathan pudesse ser esse soldado, mas tinha muito de natureza demoníaca. Também era muito selvagem, impetuoso, não tinha sutileza. Temia, mesmo naquela época, quando mal tinha deixado a primeira infância, que jamais tivesse a paciência ou a compaixão para me seguir, para seguir meus passos no comando da Clave. Então tentei novamente com você. E tive o oposto do problema. Você era gentil demais. Empático demais. Sentia a dor alheia como se fosse sua; não suportava a morte dos animais de estimação. Entenda, meu filho, eu o amava por essas coisas. Mas o que me fazia amá-lo era justamente o que o tornava inútil para mim.

— Então me achava afável e inútil — disse Jace. — Suponho assim que vá surpreendê-lo quando seu filho afável e inútil lhe cortar a garganta.

— Já passamos por isso. — A voz de Valentim era firme, mas Clary achou que podia ver suor pelas têmporas, na base da garganta. — Você não faria isso. Não quis fazer em Renwick, não quer fazer agora.

— Está enganado. — O tom de Jace era calculado. — Me arrependi de não tê-lo matado em cada dia que se passou desde que o soltei. Meu irmão Max está morto porque não o matei naquele dia. Dezenas, talvez centenas tenham morrido porque não fiz o que tinha que ter feito. Sei qual é o seu plano. Sei que pretende aniquilar quase todos os Caçadores de Sombra de Idris. E pergunto a mim mesmo quantos mais terão que morrer antes que eu faça o que deveria ter feito na Ilha de Blackwell? Não — continuou —, não *quero* matá-lo. *Mas o farei.*

— Não faça isso — disse Valentim. — Por favor. Não quero...

— Morrer? Ninguém quer morrer, pai. — A ponta da espada de Jace desceu, movendo-se até estar sobre o coração de Valentim. O rosto de Jace estava calmo, a expressão de um anjo aplicando justiça divina. — Tem alguma palavra final?

— Jonathan...

Sangue manchou a camisa de Valentim onde a ponta da espada o pressionava, e Clary viu, no olho da mente, Jace em Renwick, com a mão tremendo, sem querer machucar o pai. E Valentim o provocando. Enfie a lâmina. *Sete centímetros, talvez dez.* Agora não era assim. A mão de Jace estava firme. E Valentim parecia apavorado.

— *Últimas palavras* — sibilou Jace. — Quais são?

Valentim levantou a cabeça. Os olhos negros voltados para o menino à sua frente eram solenes.

— Sinto muito — disse. — Sinto muitíssimo. — Esticou a mão, como se quisesse alcançar Jace, tocá-lo, até... Então a mão virou, com a palma para cima, os dedos se esticando; em seguida houve um flash prateado, e algo voou por Clary como uma bala disparada de um revólver. Ela sentiu o deslocamento de ar roçando sua bochecha, e então

Valentim pegou o que quer que fosse no ar, uma longa língua de fogo prateado brilhando em sua mão ao trazê-la para baixo.

Era a Espada Mortal. Tinha deixado um traço de luz negra no ar enquanto Valentim enterrava a lâmina no coração de Jace.

Os olhos de Jace se arregalaram. Um olhar de confusão incrédula passou pelo rosto dele; olhou para baixo, para si, onde Mallaertach pendurava-se de forma grotesca em seu peito — parecia mais bizarro do que terrível, como um fragmento de pesadelo que não fazia sentido. Valentim puxou a mão para trás, arrancando a Espada do peito de Jace da mesma maneira como tiraria uma adaga de uma bainha; como se o estivesse mantendo de pé, Jace se ajoelhou. A espada escorregou de seu punho e atingiu o chão úmido. Olhou com espanto, como se não fizesse ideia de por que a segurava, ou de por que tinha que soltá-la. Abriu a boca como se fosse fazer a pergunta, e sangue se derramou sobre seu queixo, manchando o que sobrava da camisa em farrapos.

Tudo depois disso pareceu acontecer muito lentamente para Clary, como se o tempo se esticasse. Ela viu Valentim afundar no chão e puxar Jace para o próprio colo, como se Jace ainda fosse muito pequeno e pudesse ser segurado com facilidade. Puxou-o para perto, abaixou o rosto e o pressionou contra os ombros de Jace, e, por um instante, Clary pensou que ele até estivesse chorando, mas quando levantou a cabeça, os olhos de Valentim estavam secos.

— Meu filho — sussurrou. — Meu menino.

A terrível desaceleração do tempo se esticou ao redor de Clary como uma corda prestes a estrangulá-la, enquanto Valentim segurava Jace e afastava o cabelo sangrento da testa. Segurou Jace enquanto ele morria e a luz deixava seus olhos. Em seguida Valentim colocou o corpo do filho adotivo gentilmente no chão, cruzando os braços sobre o peito, como se quisesse esconder o machucado aberto e sangrento ali.

— *Ave...* — começou, como se quisesse dizer as palavras sobre Jace, a despedida dos Caçadores de Sombras, mas a voz falhou, e ele se virou abruptamente e voltou para o altar.

Clary não conseguia se mover. Mal conseguia respirar. Podia ouvir as batidas do próprio coração, a respiração arranhando na garganta seca. Com o canto dos olhos via Valentim, perto da beira do lago, com sangue escorrendo da lâmina de Maellartach e pingando no Cálice Mortal. Ele estava entoando palavras que não conseguia entender. Não se importava para querer entender. Tudo acabaria logo, e ela estava quase feliz por isso. Imaginou se teria energia o suficiente para se arrastar para onde Jace estava, se poderia deitar ao lado dele e esperar o fim. Olhou para ele, deitado imóvel sobre a areia sangrenta e chamuscada. Tinha os olhos fechados, o rosto parado; se não fosse o buraco no peito, poderia ter dito a si mesma que ele estava dormindo.

Mas não estava. Era um Caçador de Sombras; morrera na batalha; merecia a bênção final. *Ave atque vale.* Seus lábios formaram as palavras, apesar de estas terem saído da boca em lufadas silenciosas de ar. No meio da despedida parou, perdendo o fôlego. O que deveria dizer? Saudações e adeus, Jace Wayland? O nome não era verdadeiramente dele. Nunca sequer tinha *sido* batizado, pensou agoniada, apenas recebera o nome de uma criança morta porque interessava a Valentim na época. E havia tanto poder em um nome...

Virou a cabeça e olhou para o altar. Os símbolos que o cercavam tinham começado a brilhar. Eram símbolos de invocação, de nomeação e de ligação. Não eram diferentes dos que haviam mantido Ithuriel aprisionado nas celas sob a mansão Wayland. Agora, muito contra a vontade, pensou na maneira como Jace tinha olhado para ela naquele momento, no brilho da fé em seus olhos, em como acreditara nela. Sempre a achou forte. Mostrara isso em tudo que fazia, em cada olhar e cada toque. Simon também tinha fé nela, no entanto, sempre que a segurava, era como se ela fosse alguma coisa frágil, feita de vidro delicado. Mas Jace a segurava com toda a força que tinha, sem sequer parar para imaginar se ela aguentaria — sabia que Clary era tão forte quanto ele.

Valentim estava mergulhando a Espada sangrenta repetidas vezes na água do lago agora, entoando um canto baixo e rápido. A água ondulava, como se uma mão gigante estivesse passando os dedos singelamente na superfície.

Clary fechou os olhos. Lembrando da maneira como Jace tinha olhado para ela na noite em que libertara Ithuriel, não conseguia deixar de imaginar como olharia para ela agora se a visse tentando se deitar para morrer ao lado dele na areia. Não ficaria tocado, não acharia o gesto bonito. Ficaria irritado por ela desistir. Ficaria tão... desapontado.

Clary se abaixou de modo que estivesse deitada no chão, puxando as pernas mortas por trás. Lentamente se arrastou pela areia, com os joelhos e as mãos atadas. A faixa brilhante no pulso queimava e ardia. A camisa se rasgou enquanto se arrastava pelo chão, e a areia arranhava a pele exposta da barriga. Mal sentiu. Era difícil se arrastar desse jeito — suor escorria pelas costas, entre as omoplatas. Quando finalmente chegou ao círculo de símbolos, arfava tão alto que se apavorou com a possibilidade de Valentim ouvi-la.

Mas ele nem se virou. Tinha o Cálice Mortal em uma das mãos e a Espada na outra. Enquanto observava, ele puxou a mão direita para trás, pronunciou diversas palavras que pareciam gregas e largou o Cálice. Brilhou como uma estrela cadente enquanto se aproximava da superfície da água e desaparecia com um mergulho.

O círculo de símbolos produzia um leve calor, como uma fogueira parcialmente apagada. Clary teve que virar e se esforçar muito para fazer a mão alcançar a estela no cinto. A dor nos pulsos apertou quando os dedos se fecharam ao redor e ela a puxou com um arquejo sufocado de alívio.

Não conseguia separar os pulsos, então segurou a estela de forma desajeitada com as duas mãos. Levantou-se sobre os cotovelos, olhando para os símbolos. Podia sentir o calor deles no rosto; tinham começado a brilhar como luz enfeitiçada. Valentim estava com a Espada Mortal posicionada, pronta para ser arremessada; estava entoando as últimas palavras do feitiço de invocação. Com um último impulso de força, Clary colocou a ponta da estela na areia, não arranhando os símbolos que Valentim havia desenhado, mas traçando os próprios sobre eles, escrevendo um novo símbolo sobre o que representava o nome dele. Era um símbolo tão pequeno, pensou, uma mudança tão sutil — nada como seu imensamente poderoso símbolo de Aliança, nada como a Marca de Caim.

Mas era tudo que podia fazer. Esgotada, Clary rolou de lado enquanto Valentim puxou o braço e deixou a Espada Mortal voar.

Maellartach deslocou-se silenciosamente, um borrão preto e prateado que se juntou ao preto e prateado do lago. Um grande jorro de água se ergueu do lugar onde a Espada mergulhou: um esguicho de água platinada. Ele se ergueu mais alto, um cilindro de prata fundida, como chuva caindo para cima. Fez-se um enorme estrondo de colisão, o ruído de gelo rompendo, de uma geleira se quebrando — então o lago pareceu estourar, água prateada explodindo para o alto, como um dilúvio ao contrário.

E subindo em meio ao dilúvio veio o Anjo. Clary não sabia ao certo o que estava esperando — algo como Ithuriel, mas Ithuriel tinha sido diminuído por tantos anos de cativeiro e tormento. Este era um anjo em toda sua glória. Enquanto ele se erguia da água, os olhos dela começaram a queimar, como se estivesse olhando para o sol.

Valentim havia baixado os braços. Olhava para cima com uma expressão de encanto, um homem vendo seu maior sonho se realizar.

— *Raziel* — arfou.

O Anjo continuou se erguendo; era como se o lago afundasse, revelando uma enorme coluna de mármore no centro. Primeiro a cabeça emergiu da água, cabelos como correntes de prata e ouro. Depois ombros, brancos como pedras, e um tronco nu — Clary viu que o Anjo era cheio de Marcas, assim como os Nephilim, apesar de os símbolos de Raziel serem dourados e vivos, movendo-se pela pele branca como pequenas faíscas voando de uma fogueira. De alguma forma, o Anjo era ao mesmo tempo enorme e não maior que um homem: os olhos de Clary doeram ao tentar absorvê-lo por completo e, mesmo assim, ele era tudo que ela via. Ao se erguer, asas surgiram nas costas dele e se abriram completamente sobre o lago; eram douradas, cobertas de penas, e em cada pena havia um olho dourado aberto.

Era lindo, e ao mesmo tempo aterrorizante. Clary queria desviar o olhar, mas não o fez. Assistiria a tudo. Assistiria por Jace, pois ele não podia.

É exatamente como todas aquelas imagens, pensou. O Anjo subindo do lago, com a Espada em uma das mãos e o Cálice na outra. Ambos pingando água, mas Raziel seco como um osso, assim como as asas. Os pés repousaram, brancos e descalços, na superfície do lago, mexendo as águas em pequenas ondas de movimento. Seu rosto, lindo e não humano, olhou para Valentim.

Então ele falou.

A voz era como um choro e um grito, e como música, tudo de uma vez. Não continha palavras, mas ainda assim era totalmente compreensível. A força da respiração do Anjo quase derrubou Valentim para trás; ele enterrou os calcanhares da bota na areia, a cabeça inclinada para trás como se estivesse andando contra uma ventania. Clary sentiu o vento do hálito do Anjo passar por ela: era quente como ar escapando de uma fornalha, e cheirava a estranhos temperos.

Já faz mil anos desde que fui invocado para este lugar pela última vez, disse Raziel. *Jonathan Caçador de Sombras foi quem me chamou, e implorou que eu misturasse meu sangue ao de homens mortais em um Cálice e criasse uma raça de guerreiros que livrasse esta terra dos demônios. Fiz tudo que me pediu e disse a ele que não o faria mais. Por que me invoca agora, Nephilim?*

A voz de Valentim era ansiosa:

— Mil anos se passaram, Glorioso, mas os demônios continuam aqui.

E o que é isso para mim? Mil anos para um anjo se passam entre um piscar de olhos e outro.

— Os Nephilim que criou foram uma grande raça de homens. Por muitos anos lutaram bravamente para livrar este plano do veneno dos demônios. Mas falharam devido à fraqueza e corrupção de seus soldados. Pretendo devolvê-los à sua antiga glória...

Glória? O Anjo soava levemente curioso, como se a palavra fosse estranha. *Glória pertence somente a Deus.*

Valentim não hesitou:

— A Clave como criada pelos primeiros Nephilim não existe mais. Aliou-se ao Submundo, aos não humanos envenenados por demônios que infestam este mundo como pulgas na carcaça de um rato. Minha intenção é limpar este mundo, destruir cada integrante do Submundo, junto com cada demônio...

Demônios não possuem almas. Mas as criaturas às quais se refere, os Filhos da Lua, da Noite, de Lilith e as Fadas, todos têm almas. Parece que suas regras quanto ao que constitui e o que não constitui um ser humano são mais rígidas que as nossas. Clary poderia jurar que a voz do Anjo tinha assumido um tom seco. *Pretende desafiar o céu como aquela outra Estrela da Manhã cujo nome carrega, Caçador de Sombras?*

— Desafiar o céu não, Lorde Raziel. Aliar-me ao céu...

Em uma guerra provocada por você? Somos o céu, Caçador de Sombras. Não tomamos parte em suas batalhas mundanas.

Quando Valentim falou novamente, parecia quase ferido.

— Lorde Raziel. Certamente não teria permitido que algo como um ritual pelo qual pudesse ser invocado existisse se não *tivesse intenção* de ser invocado. Nós, os Nephilim, somos seus filhos. Precisamos de sua orientação.

Orientação? Agora o Anjo parecia entretido. *Esse não parece o propósito pelo qual me trouxe aqui. O que busca é o próprio renome.*

— Renome? — ecoou Valentim, rouco. — Dei tudo por essa causa. Minha mulher. Meus filhos. Não hesitei em entregar meus filhos. Dei tudo que tenho por isso, *tudo*.

O Anjo simplesmente permaneceu parado, olhando para Valentim com seus estranhos olhos não humanos. As asas se moviam em oscilações lentas e involuntárias, como nuvens passando pelo céu. Finalmente falou:

Deus pediu a Abraão que sacrificasse o filho em um altar muito parecido com este, para ver quem Abraão amava mais, Isaac ou Deus. Mas ninguém lhe pediu que sacrificasse seu filho, Valentim.

Valentim olhou para o altar a seus pés, cheio do sangue de Jace, depois novamente para o Anjo.

— Se for preciso, eu o obrigarei a fazer isso — disse. — Mas prefiro ter sua cooperação voluntária.

Quando Jonathan Caçador de Sombras me invocou, disse o Anjo, *dei a ele minha assistência porque podia ver que seu sonho de um mundo livre de demônios era verdadeiro. Imaginou um paraíso nesta terra. Mas você sonha apenas com a própria glória e não ama o céu. Meu irmão Ithuriel é testemunha disso.*

Valentim empalideceu.

— Mas...

Achou que eu não soubesse? O Anjo sorriu. O sorriso mais terrível que Clary já tinha visto. *É verdade que o mestre do círculo que desenhou pode me arrancar uma única ação. Mas esse mestre não é você.*

Valentim o encarou.

— Lorde Raziel, não há mais ninguém...

Mas há, disse o Anjo. *Sua filha.*

Valentim girou. Clary, deitada semiconsciente na areia, com os pulsos e braços gritando em agonia, encarou de volta. Por um instante, os olhos se encontraram — e ele olhou para ela, olhou de verdade, e percebeu que era a primeira vez que o pai olhava para ela e a via. A primeira e única vez.

— Clarissa — disse. — O que você fez?

Clary esticou a mão, e com o dedo escreveu na areia aos pés dele. Não desenhou símbolos. Desenhou palavras: as palavras que ele havia dito na primeira vez em que vira o que ela podia fazer, quando desenhou o símbolo que destruiu o navio.

MENE MENE TEKEL UPHARSIN.

Ele arregalou os olhos, exatamente como Jace havia feito antes de morrer. Valentim ficou branco como um osso. Virou lentamente para encarar o Anjo, levantando as mãos em um gesto de súplica.

— Meu lorde Raziel...

O Anjo abriu a boca e cuspiu. Ou pelo menos foi o que pareceu para Clary — que o Anjo tinha cuspido, e que o que saiu da boca dele foi uma faísca atirada de fogo branco, como uma flecha em chamas. A flecha voou diretamente por cima da água e se enterrou no peito de Valentim. Ou talvez "enterrar" não seja o termo — o atravessou, como uma pedra através de papel fino, deixando um buraco de fumaça do tamanho de um punho. Por um instante, Clary, olhando para cima, pôde ver através do peito do pai e enxergar o lago e o brilho flamejante do Anjo além.

O momento passou. Como uma árvore abatida, Valentim caiu no chão e ficou estirado — com a boca aberta em um grito silencioso, os olhos cegos fixados eternamente em um último olhar de incredulidade diante de uma traição.

Esta foi a justiça do céu. Confio que não esteja consternada.

Clary levantou o olhar. O Anjo pairou sobre ela, como uma torre de chama branca, riscando o céu. As mãos estavam vazias; o Cálice Mortal e a Espada encontravam-se na margem do lago.

Pode me pedir uma coisa, Clarissa Morgenstern. O que deseja?

Clary abriu a boca. Nenhum ruído saiu.

Ah, sim, disse o Anjo, e agora a voz era gentil. *O símbolo*. Os muitos olhos nas asas piscaram. Algo passou por ela. Suave, mais suave que seda ou qualquer outro tecido, mais suave que um sussurro ou o toque de uma pena. Era como imaginava que seriam as nuvens se tivessem textura. Um aroma suave veio com o toque — um cheiro agradável, doce e inebriante.

A dor desapareceu dos pulsos. Soltas, as mãos relaxaram para os lados. A ardência na nuca também se foi, e o peso das pernas. Lutou para se ajoelhar. Mais do que qualquer coisa, queria se arrastar pela areia sangrenta, em direção ao local onde o corpo de Jace estava, se arrastar para ele, deitar do lado e envolvê-lo nos braços, mesmo que estivesse morto. Mas a voz do Anjo a compelia; ficou onde estava, olhando para a luz dourada brilhante.

A batalha na planície Brocelind está terminando. O domínio de Morgenstern sobre seus demônios se foi junto com sua morte. Muitos já estão fugindo; o restante logo será destruído. Alguns Nephilim já estão vindo para a costa deste lago neste instante. Se tiver um desejo, Caçadora de Sombras, diga agora. O Anjo fez uma pausa. *E lembre-se de que não sou um gênio, portanto só tem direito a um. Escolha o desejo com sabedoria.*

Clary hesitou — apenas por um instante, mas o momento se esticou o máximo que um instante poderia se alongar. Podia pedir qualquer coisa, pensou tonta, qualquer coisa: o fim da dor, da fome no mundo, das doenças, ou paz na terra. Mas talvez isso não estivesse em poder dos anjos para concederem. E talvez as pessoas tivessem que encontrar essas coisas por si próprias.

Mas não fazia diferença. Só existia uma coisa que podia pedir, no fim das contas, uma única escolha verdadeira.

Levantou os olhos para os do Anjo.

— Jace — disse.

A expressão do Anjo não mudou. Não fazia ideia se Raziel achava que seu pedido era bom ou ruim, ou se — pensou, com uma onda repentina de pânico — pretendia concedê-lo.

Feche os olhos, Clarissa Morgenstern, disse o Anjo.

Clary fechou. Não se dizia não a um anjo, independentemente do que ele pretendesse. Com o coração acelerado, ficou flutuando na escuridão por trás das pálpebras, tentando não pensar em Jace. Mas o rosto dele aparecia contra a tela branca de seus olhos fechados assim mesmo — não sorrindo para ela, mas olhando de esguelha, e ela podia ver a cicatriz na têmpora, a curva desigual no canto da boca e a linha prateada onde Simon o mordera; todas as marcas, defeitos e imperfeições que faziam dele a pessoa que mais amava no mundo. *Jace*. Uma luz brilhante acendeu sua visão em escarlate, e ela caiu na areia, imaginando se iria desmaiar... ou talvez estivesse morrendo... mas não queria morrer, não agora que podia ver o rosto de Jace com tanta clareza à sua frente. Quase podia ouvir a voz também, dizendo seu nome, do mesmo jeito que havia sussurrado em Renwick, incessantemente. *Clary. Clary. Clary.*

— Clary — disse Jace. — Abra os olhos.

Ela abriu.

Estava deitada na areia, com as roupas rasgadas, molhadas e ensanguentadas. Isso estava igual. De diferente havia o fato de que o Anjo tinha ido embora, e com ele a luz branca que acendera a noite como se fosse dia. Ela olhava para o céu noturno, estrelas brancas como espelhos brilhando na escuridão e se inclinando sobre ela, a luz nos olhos mais luminosa que a de qualquer estrela, estava Jace.

Os olhos de Clary o absorveram, cada parte dele, do cabelo emaranhado ao rosto encardido e sujo de sangue, aos olhos brilhando através das camadas de sujeira; dos ferimentos visíveis através das mangas esfarrapadas ao rasgo ensanguentado na frente da camisa, através do qual sua pele pálida aparecia — e não havia marca nem ferimento que indicasse que a Espada o tinha perfurado. Podia ver a pulsação na garganta, e quase lançou os braços ao redor dele ao ver isso, pois significava que o coração estava batendo e...

— Você está vivo — sussurrou. — Vivo de verdade.

Com um espanto lento, esticou o braço para tocar o rosto de Clary.

— Estava no escuro — disse suavemente. — Não havia nada além de sombras, e eu era uma sombra, e soube que estava morto, que tinha acabado, tudo. Depois ouvi sua voz. Ouvi você chamar meu nome, e isso me trouxe de volta.

— Eu não. — A garganta de Clary apertou. — O Anjo o trouxe de volta.

— Porque você pediu. — Silenciosamente, traçou os contornos do rosto dela com os dedos, como se estivesse se certificando de que ela era real. — Podia ter pedido qualquer coisa no mundo, e pediu a mim, por mim.

Sorriu para ele. Por mais que estivesse imundo, coberto de sangue e terra, era a coisa mais linda que já tinha visto.

— Mas não quero mais nada no mundo.

Com isso, a luz nos olhos dele, já brilhante, ardeu tão forte que mal conseguia olhá-lo. Pensou no Anjo, em como tinha queimado como mil tochas, e que Jace tinha um pouco daquele sangue incandescente, e em como aquele fogo brilhava através dele agora, pelos olhos, como luz atravessando rachaduras em uma porta.

Eu te amo, Clary queria dizer. *E teria feito tudo outra vez. Sempre pediria você.* Mas não foram essas as palavras que falou.

— Você não é meu irmão — disse a ele, um pouco sem fôlego, como se, tendo percebido que ainda não tinha dito essas palavras, não pudesse dispará-las rápido o bastante. — Sabe disso, não sabe?

Quase imperceptivelmente, através da sujeira e do sangue, Jace sorriu.

— Sei — falou. — Sei disso.

Epílogo
PELO CÉU, COM ESTRELAS

Amei-te, então arrastei estas correntes de homens para minhas mãos e escrevi minha vontade pelo céu com estrelas.

—T. E. Laurence

A fumaça se ergueu em uma espiral lenta, traçando delicadas linhas em preto através do ar claro. Jace, sozinho na colina com vista para o cemitério, sentava-se com os cotovelos nos joelhos e observava a fumaça subindo em direção ao céu. Não deixou de reparar na ironia: eram os restos do pai, afinal.

Podia enxergar o ataúde de onde estava, obscurecido por fumaça e chamas, e pelo pequeno grupo ao redor. Reconheceu os cabelos brilhantes de Jocelyn dali, e Luke ao lado, com a mão nas costas dela. Jocelyn estava com a cabeça para o lado, sem olhar para a pira funerária em chamas.

Jace poderia ter integrado aquele grupo, se quisesse. Tinha passado os últimos dias na enfermaria, e só tinha sido liberado pela manhã, em parte para poder comparecer ao enterro de Valentim. Mas tinha chegado até a metade do caminho para a pira, uma pilha de lenha descascada, branca como ossos, e percebeu que não conseguia avançar mais. Em vez disso, virou-se de costas e subiu a colina, afastando-se do cortejo dos enlutados. Luke o chamou, mas Jace não se virou.

Ficou sentado olhando enquanto se reuniam ao redor do ataúde, observou Patrick Penhallow com o uniforme branco acender a lenha. Era a segunda vez naquela semana que via um corpo queimar, mas o de Max fora dolorosamente pequeno, e Valentim era um homem grande — mesmo deitado com os braços cruzados sobre o peito, com uma lâmina serafim no punho. Os olhos foram amarrados com seda branca, como de costume. Tinham sido corretos com ele, pensou Jace, apesar de tudo.

Não haviam enterrado Sebastian. Um grupo de Caçadores de Sombras tinha voltado para o vale, mas não encontrara o corpo — levado pelo rio, disseram a Jace, mas ele tinha suas dúvidas.

Procurou Clary na multidão ao redor do ataúde, mas ela não estava lá. Já fazia quase dois dias desde que a vira pela última vez, no lago, e sentia saudade dela quase como se fisicamente houvesse alguma coisa faltando. Não era culpa dela o fato de não terem se visto. Ficou preocupada que ele não estivesse forte o bastante para voltar a Alicante por um Portal, e tinha razão. Quando os primeiros Caçadores de Sombras chegaram, estava ingressando em um estado de inconsciência. Acordou no dia seguinte no hospital da cidade com Magnus Bane olhando para ele com uma expressão estranha — poderia ser extrema preocupação ou mera curiosidade, com Magnus era difícil dizer. Magnus disse a ele que apesar de o Anjo tê-lo curado fisicamente, parecia que o espírito e a mente estavam exauridos a ponto de só poderem ser curados pelo repouso. De qualquer forma, estava bem agora. A tempo de ir ao enterro.

Um vento surgiu e soprou a fumaça para longe. A distância, podia ver as torres de Alicante, sua antiga glória restaurada. Não tinha certeza quanto ao que esperava conquistar sentado ali e assistindo ao corpo do pai queimar, ou o que falaria se estivesse lá embaixo com os enlutados, dizendo as últimas palavras a Valentim. *Nunca foi meu pai de verdade*, poderia dizer, ou, *foi o único pai que conheci*. Ambas as declarações eram igualmente verdadeiras, independentemente do quão contraditórias.

Quando abriu os olhos no lago — sabendo, de algum jeito, que estivera morto, mas não estava mais —, Jace só conseguia pensar em Clary, deitada a uma curta distância dele na areia ensanguentada, com os olhos fechados. Foi aos tropeços até ela, quase em pânico, temendo que estivesse ferida, ou até morta; e quando ela abriu os olhos, só conseguiu pensar no fato de que não estava. Só quando chegaram outros, ajudando-o a se levantar, exclamando espantados ao verem a cena, que viu o corpo de Valentim encolhido na beira do lago e sentiu a força da visão como um soco no estômago. Sabia que Valentim estava morto — ele mesmo o teria matado —, mas mesmo assim, de algum jeito, era doloroso ver. Clary tinha olhado para Jace com uma expressão triste no rosto, e ele soube que, mesmo que ela odiasse Valentim, e jamais tivesse tido qualquer razão para não fazê-lo, sentia a perda de Jace.

Semicerrou os olhos e uma inundação de imagens dominou o interior de suas pálpebras: Valentim o levantando da grama em um abraço forte, Valentim o segurando firme na proa de um barco em um lago, ensinando-o a se equilibrar. E outras lembranças mais sombrias: a mão de Valentim estalando contra o rosto dele, um falcão morto, o anjo algemado na adega dos Wayland.

— Jace.

Levantou os olhos. Luke estava diante dele, uma silhueta preta contornada pelo sol. Vestia jeans e uma camisa de flanela, como sempre — nada de branco funerário para ele.

— Acabou — disse Luke. — A cerimônia. Foi curta.

— Tenho certeza de que foi. — Jace enterrou os dedos no chão, recebendo bem a rispidez da terra arranhando as pontas dos dedos. — Alguém falou alguma coisa?

— Só as palavras de praxe. — Luke sentou no chão ao lado de Jace, franzindo um pouco o cenho. Jace não havia perguntado a ele como fora a batalha; na verdade não queria saber. Sabia que tinha acabado mais depressa do que todos esperavam: após a morte de Valentim, os demônios que havia convocado fugiram noite afora como névoa afastada pelo sol. Mas isso não significava que não tivessem ocorrido mortes. O corpo de Valentim não foi o único enterrado em Alicante naqueles dias.

— E Clary não... Quero dizer, ela não...

— Veio ao enterro? Não. Não quis. — Jace podia sentir Luke olhando de lado para ele. — Não a viu? Desde...

— Não, não desde o lago — respondeu Jace. — Foi a primeira vez que me deixaram sair do hospital, e tive que vir aqui.

— Não *tinha* que vir — disse Luke. — Podia ter ficado longe.

— Eu quis — admitiu Jace. — Não sei o que isso diz sobre mim.

— Enterros são para os vivos, Jace, não para os mortos. Valentim foi mais seu pai que de Clary, mesmo que não compartilhassem o sangue. Você que tinha que se despedir. É você que vai sentir falta dele.

— Não achei que tivesse permissão para sentir falta dele.

— Nunca nem conheceu Stephen Herondale — disse Luke. — E quando foi entregue a Robert Lightwood, já era crescido. Valentim foi o pai da sua infância. *Deve* sentir falta.

— Não paro de pensar em Hodge — disse Jace. — No Gard, fiquei perguntando para ele por que nunca me contou o que eu era, naquele momento ainda achava que era parte demônio, e ele disse que era porque não sabia. Achei que estivesse mentindo. Mas agora acho que falou a verdade. Ele era uma das poucas pessoas que sabia que *havia* um bebê Herondale que sobrevivera. Quando apareci no Instituto, não fazia ideia de qual dos

347

filhos de Valentim eu era. O verdadeiro ou o adotivo. E eu poderia ser qualquer um. O demônio ou o anjo. E acho que ele nunca soube, não até ver Jonathan no Gard e perceber. Então tentou fazer o melhor que pôde comigo nestes anos todos, independentemente de qualquer coisa, até Valentim reaparecer. Foi uma espécie de ato de fé, não acha?

— Foi — disse Luke. — Acho que sim.

— Hodge disse que achou que talvez a criação pudesse fazer diferença, independentemente do sangue. E fico pensando, se tivesse ficado com Valentim, se ele não tivesse me mandado para os Lightwood, será que teria sido como Jonathan? Será que seria daquele jeito agora?

— Faz alguma diferença? — disse Luke. — Você é do jeito que é por um motivo. E se quer minha opinião, acho que Valentim o mandou para os Lightwood porque sabia que seria sua melhor chance. Talvez tivesse outras razões também. Mas não pode esquecer que ele o mandou para pessoas que sabia que o amariam, e que o criariam com amor. Pode ter sido uma das poucas coisas que ele já fez por outra pessoa. — Afagou o ombro de Jace, um gesto tão paternal que quase o fez sorrir. — Não me esqueceria disso, se fosse você.

Clary, de pé e olhando pela janela de Isabelle, observou a mancha de fumaça sobre o céu de Alicante, que parecia uma mão suja contra uma janela. A cremação de Valentim era hoje, sabia; a cremação do pai, na necrópole além dos portões.

— Está sabendo da celebração de hoje à noite, não está? — Clary virou-se para Isabelle, atrás dela, segurando dois vestidos diante do corpo, um azul e outro cinza como aço. — Qual acha que devo vestir?

Para Isabelle, acreditava Clary, roupas sempre seriam terapêuticas.

— O azul.

Isabelle colocou os vestidos na cama.

— O que você vai vestir? Você vai, não é?

Clary pensou no vestido prateado no fundo do baú de Amatis, no adorável tecido. Mas Amatis provavelmente jamais deixaria que o usasse.

— Não sei — respondeu. — Provavelmente uma calça jeans e meu casaco verde.

— Sem graça — disse Isabelle. Olhou para Aline, que estava sentada em uma cadeira perto da cama, lendo: — Não acha sem graça?

— Acho que deve deixar Clary vestir o que quiser. — Aline não desgrudou os olhos do livro. — Além disso, não é como se ela fosse se arrumar para alguém.

— Vai se arrumar para Jace — disse Isabelle, como se fosse óbvio. — Pelo menos devia.

Aline levantou os olhos, piscando confusa, em seguida sorriu.

— Ah, certo. Toda hora me esqueço. Deve ser estranho, não é mesmo, saber que ele não é seu irmão?

— Não — disse Clary com firmeza. — Pensar que ele era meu irmão era estranho. Isso parece... certo. — Olhou para trás, para a janela. — Não que o tenha visto desde que descobri. Não desde que voltamos a Alicante.

— É estranho — disse Aline.

— Não é estranho — disse Isabelle, com um olhar carregado de significado que Aline não pareceu notar. — Ele estava no hospital. Só saiu hoje.

— E não veio vê-la imediatamente? — perguntou Aline a Clary.

— Não pôde — disse Clary. — Tinha o enterro de Valentim para ir. Não podia perder.

— Talvez — disse Aline alegremente. — Ou talvez não esteja mais interessado em você. Quero dizer, agora que não é mais proibido. Algumas pessoas só querem o que não podem ter.

— Não Jace — disse Isabelle, rapidamente. — Jace não é assim.

Aline se levantou, derrubando o livro na cama.

— É melhor eu me vestir. Nos vemos hoje à noite? — E com isso saiu do quarto, cantarolando.

Isabelle, observando-a sair, balançou a cabeça.

— Acha que ela não gosta de você? — perguntou. — Ou... será que está com ciúme? Ela parecia interessada em Jace.

— Rá! — Clary pareceu achar divertido. — Não, não está interessada nele. Acho que é uma dessas pessoas que falam o que vem à cabeça. E, vai saber, de repente está certa.

Isabelle tirou o prendedor do cabelo, deixando-o cair sobre os ombros. Atravessou o quarto e se juntou a Clary na janela. O céu estava claro agora, além das torres demoníacas; a fumaça desaparecera.

— *Você* acha que ela está certa?

— Não sei. Tenho que perguntar a Jace. Acho que o verei hoje à noite na festa. Ou na celebração da vitória, ou como quer que se chame — Olhou para Isabelle. — Sabe como vai ser?

— Vai ter um cortejo — disse Isabelle — e fogos, provavelmente. Música, dança, jogos, essas coisas. Como um grande festival de rua em Nova York. — Olhou pela janela, com a expressão saudosa. — Max iria gostar.

Clary esticou o braço e acariciou o cabelo de Isabelle, da maneira que faria com a própria irmã, se tivesse uma.

— Sei que iria.

* * *

Jace teve que bater duas vezes à porta na velha casa do canal antes de ouvir passos rápidos correndo para responder; seu coração pulou, em seguida se estabilizou quando a porta se abriu e Amatis Herondale estava na entrada, olhando surpresa para ele. Aparentava estar se arrumando para a celebração: trajava um vestido longo, cinza-claro, e brincos metálicos claros que ressaltavam as linhas prateadas do cabelo.

— Pois não?

— Clary — começou, e parou, sem saber ao certo o que dizer. Onde estava sua eloquência? Isso era algo que costumava ter, mesmo quando não havia mais nada, mas agora se sentia como se tivesse sido cortado e todas as palavras inteligentes e fáceis tivessem escapado dele, deixando-o vazio. — Clary está aqui? Gostaria de falar com ela.

Amatis balançou a cabeça. O vazio de sua expressão desaparecera, e olhava tão intensamente para ele que o deixou nervoso.

— Não está. Acho que está com os Lightwood.

— Ah — Surpreendeu-se com a própria decepção. — Desculpe por tê-la incomodado.

— Não é incômodo nenhum. Estou feliz em vê-lo, para falar a verdade — disse alegremente. — Gostaria de falar com você sobre um assunto. Entre; já volto.

Jace entrou no hall enquanto ela desaparecia pelo corredor. Ficou imaginando que assunto teria para tratar com ele. Talvez Clary tivesse decidido que não queria mais nada com ele e escolhido Amatis para transmitir o recado.

Amatis voltou rapidamente. Não estava segurando nada que se parecesse com um bilhete — para alívio de Jace —, mas trazia uma pequena caixa de metal nas mãos. Era um objeto delicado, com um desenho de pássaros gravado.

— Jace — disse Amatis. — Luke me contou que Stephen... que seu pai é Stephen Herondale. Contou tudo que aconteceu.

Jace assentiu, o que considerou o gesto apropriado. A notícia estava se espalhando lentamente, que era como preferia; com sorte já teria voltado a Nova York antes que todos em Idris soubessem e passassem a encará-lo o tempo todo.

— Sabe que fui casada com Stephen antes de sua mãe — prosseguiu Amatis, com a voz apertada, como se as palavras machucassem. Jace a encarou; isso seria a respeito da mãe? Será que tinha ressentimento contra ele por trazer más lembranças de uma mulher que morreu antes mesmo que ele nascesse? — Dentre todos os que hoje estão vivos, provavelmente sou quem melhor conheceu o seu pai.

— Sim — disse Jace, desejando estar em outro lugar. — Tenho certeza de que isso é verdade.

— Sei que provavelmente tem sentimentos confusos em relação a ele — disse, surpreendendo-o principalmente porque era verdade. — Nunca o conheceu. E não foi esse o homem que o criou, mas você se parece com ele, exceto pelos olhos; estes são da sua mãe. E talvez eu esteja louca por incomodá-lo com isso. Talvez não tenha qualquer interesse em saber nada sobre Stephen. Mas *era* seu pai, e se ele o tivesse conhecido... — Entregou a caixa a ele, quase fazendo-o dar um salto para trás. — Tenho algumas coisas dele que guardei ao longo dos anos. Cartas que escreveu, fotos, uma árvore genealógica. A pedra enfeitiçada dele. Talvez não tenha perguntas agora, mas talvez um dia tenha, e quando tiver... Quando tiver, terá isso. — Ficou parada, esticando a caixa como se estivesse oferecendo um tesouro precioso. Jace esticou a mão e pegou a caixa sem dizer nada; era pesada, e o metal, frio contra a pele.

— Obrigado — disse ele. Era o melhor que conseguia fazer. Hesitou, em seguida disse: — Tem uma coisa. Uma coisa que venho me perguntando.

— Sim?

— Se Stephen era meu pai, então a Inquisidora, Imogen, era minha avó.

— Era... — Amatis fez uma pausa. — Uma mulher muito difícil. Mas sim, era sua avó.

— Ela salvou minha vida — disse Jace. — Quero dizer, por um bom tempo agiu como se me odiasse. Depois viu isto — puxou o colarinho da camisa de lado, mostrando a Amatis a cicatriz branca em forma de estrela no ombro — e salvou minha vida. Mas o que esta cicatriz pode representar para ela?

Os olhos de Amatis se arregalaram.

— Não se lembra de ter recebido essa cicatriz, não é?

Jace balançou a cabeça.

— Valentim me disse que foi um ferimento de quando eu era jovem demais para me lembrar, mas agora acho que não acredito nele.

— Não é uma cicatriz. É uma marca de nascença. Existe uma velha lenda familiar sobre isso, que diz que um dos primeiros Herondale a se tornar Caçador de Sombras recebeu a visita de um anjo em um sonho. O anjo o tocou em seu ombro, e quando ele acordou, tinha uma marca como essa. E todos os descendentes também a têm. — Deu de ombros. — Não sei se a história é verdadeira, mas todos os Herondale a possuem. Seu pai também tinha uma, aqui. — Tocou a parte superior do braço direito. — Dizem que significa que teve contato com um anjo. Que é abençoado, de alguma forma. Imogen deve ter visto a marca e concluído quem realmente era.

Jace ficou olhando para Amatis, mas não a estava vendo: via a noite no navio; o convés molhado, preto, e a Inquisidora morrendo a seus pés.

— Ela disse uma coisa para mim enquanto morria: "Seu pai teria orgulho de você." Achei que estivesse sendo cruel. Pensei que estivesse falando de Valentim...

Amatis balançou a cabeça.

— Estava falando de Stephen — disse suavemente. — E tinha razão. Ele teria orgulho.

Clary abriu a porta da frente de Amatis e entrou, pensando no quão rapidamente a casa se tornara familiar. Não tinha mais que se esforçar para se lembrar do caminho até a porta da frente, ou de como a maçaneta emperrava. O brilho do canal era familiar, assim como a vista de Alicante pela janela. Quase podia se imaginar morando aqui, quase conseguia visualizar como seria se Idris fosse sua casa. Ficou imaginando do que sentiria falta primeiro. Comida chinesa? Filmes? Midtown Comics?

Estava prestes a se dirigir para a escada quando ouviu a voz da mãe vindo da sala — aguda e ligeiramente agitada. Mas o que poderia ter chateado Jocelyn tanto assim? Tudo estava bem agora, não estava? Sem pensar, Clary encostou-se à parede perto da sala e ouviu a conversa.

— Como assim, vai ficar? — dizia Jocelyn. — Quer dizer que não vai voltar para Nova York?

— Me pediram para ficar em Alicante e representar os lobisomens no Conselho — disse Luke. — Disse a eles que daria uma resposta hoje à noite.

— Outra pessoa não pode fazer isso? Um dos líderes de bando aqui de Idris?

— Sou o único líder de bando que já foi Caçador de Sombras. Por isso me querem. — Suspirou. — Fui eu que comecei isso tudo, Jocelyn. Devo ficar e ver como se desenvolve.

Fez-se um curto silêncio.

— Se é assim que se sente, então claro que deve ficar — disse Jocelyn afinal, mas a voz não soava segura.

— Vou ter que vender a livraria. Organizar as coisas. — Luke soava rude. — Não é como se já estivesse me mudando.

— Posso cuidar disso. Depois de tudo o que fez... — Jocelyn não parecia ter a energia para manter o tom alegre. A voz se perdeu no silêncio, um silêncio que se estendeu por tanto tempo que Clary pensou em limpar a garganta e entrar na sala para anunciar sua presença.

Logo depois, ficou grata por não tê-lo feito.

— Ouça — disse Luke —, há muito tempo quero dizer isso, mas não disse. Sabia que jamais importaria, mesmo que eu dissesse, por causa do que sou. E nunca quis que isso fizesse parte da vida de Clary. Mas agora ela sabe, então acho que não faz diferença. Então, posso falar. Eu te amo, Jocelyn. Há vinte anos. — Fez uma pausa. Clary se esforçou para ouvir a resposta da mãe, mas Jocelyn ficou em silêncio. Finalmente Luke voltou a falar, com a voz pesada: — Tenho que voltar para o Conselho, e avisar a eles que vou ficar. Nunca mais precisamos conversar sobre isso outra vez. Só me sinto melhor em ter dito depois de tanto tempo.

Clary se encolheu novamente contra a porta enquanto Luke, com a cabeça abaixada, saiu da sala. Passou por ela sem parecer vê-la e abriu a porta da frente. Ficou ali por um instante, olhando para o brilho do sol refletido na água do canal. Em seguida se foi, fechando a porta.

Clary ficou onde estava, encostada na parede. Sentia-se terrivelmente triste por Luke, e terrivelmente triste pela mãe também. Parecia que Jocelyn realmente não amava Luke, e talvez jamais pudesse. Exatamente como tinha sido com ela e Simon, exceto que não conseguia enxergar nenhuma maneira pela qual Luke e a mãe pudessem consertar as coisas. Não se ele fosse ficar em Idris. Lágrimas arderam em seus olhos. Estava prestes a virar e entrar na sala quando ouviu o barulho da porta da cozinha abrindo e outra voz. Esta parecia cansada, e um pouco resignada. Amatis.

— Desculpe por ter ouvido isso, mas estou feliz por ele ficar — disse a irmã de Luke. — Não só porque estará perto de mim, mas porque dará a ele uma chance de esquecê-la.

Jocelyn soou defensiva.

— Amatis...

— Faz muito tempo, Jocelyn — disse Amatis. — Se não o ama, ele precisa saber.

Jocelyn ficou em silêncio. Clary desejou que pudesse ver a expressão da mãe. Estaria triste? Irritada? Resignada?

Amatis arquejou de leve.

— A não ser que... você o *ama*?

— Amatis, não posso...

— Ama! Você ama! — Fez-se um barulho agudo, como se Amatis tivesse batido as mãos. — Sabia que amava! Sempre soube!

— Não importa. — Jocelyn parecia cansada. — Não seria justo com Luke.

— Não quero ouvir. — Outro ruído, dessa vez de agito, e Jocelyn emitiu um som de protesto. Clary imaginou se Amatis teria agarrado sua mãe. — Se o ama, vá agora e diga a ele. Agora, antes que ele vá para o Conselho.

— Mas querem que ele seja o representante no Conselho! E ele quer...

Tudo que Lucian quer — disse Amatis com firmeza — é você. Você e Clary. É tudo que ele sempre quis. Agora vá.

Antes que Clary tivesse chance de se mover, Jocelyn entrou no corredor. Foi em direção à porta — e viu Clary, encolhida contra a parede. Parando, abriu a boca em surpresa.

— Clary! — Soava como se estivesse tentando fazer a voz parecer leve e alegre, e fracassando completamente. — Não sabia que estava aqui.

Clary se afastou da parede, agarrou a maçaneta, e abriu a porta. A luz do sol entrou no hall. Jocelyn ficou piscando sob a luminosidade, com os olhos na filha.

— Se você não for atrás de Luke — disse Clary, enunciando com total clareza —, eu, pessoalmente, vou matá-la.

Por um instante, Jocelyn pareceu espantada. Em seguida sorriu.

— Bem — disse —, se você coloca nestes *termos*.

Logo depois estava fora da casa, correndo pela trilha do canal em direção ao Salão dos Acordos. Clary fechou a porta e se apoiou nela. Amatis, surgindo da sala, passou por ela para se apoiar no parapeito, olhando ansiosa pela janela.

— Acha que ela vai alcançá-lo antes que ele chegue ao Salão?

— Minha mãe passou a vida inteira me perseguindo — disse Clary. — Ela é *rápida*.

Amatis olhou para ela e sorriu.

— Ah, isso me lembra — disse. — Jace passou aqui para vê-la. Acho que está esperando encontrá-la na celebração hoje à noite.

— Está? — disse Clary, pensativa. *Perguntar não ofende. Quem não arrisca, não petisca.* — Amatis — disse, e a irmã de Luke deixou de olhar pela janela para encará-la, curiosa.

— Sim?

— Aquele seu vestido prateado no baú — disse Clary. — Posso pegar emprestado?

As ruas já estavam começando a se encher com pessoas enquanto Clary voltava pela cidade em direção à casa dos Lightwood. Era crepúsculo, e as luzes estavam começando a se acender, preenchendo a atmosfera com um brilho claro. Buquês de flores brancas familiares penduravam-se em cestas nas paredes, preenchendo o ar com seu aroma pungente. Símbolos dourado-escuros queimavam nas portas das casas enquanto passava; os símbolos falavam em vitória e alegria.

Havia Caçadores de Sombras nas ruas. Nenhum estava uniformizado — trajavam uma variedade de trajes elegantes, de modernos a históricos. Era uma noite estranhamente morna, então poucas pessoas usavam casacos, mas havia diversas mulheres com o que Clary julgava serem vestidos de baile, as saias volumosas varrendo as ruas. Uma figura escura e esguia atravessou a estrada à frente dela enquanto virava para entrar na rua dos Lightwood, e viu que se tratava de Raphael, de mãos dadas com uma mulher alta de cabelos escuros usando um vestido vermelho. Olhou para trás e sorriu para Clary, um sorriso que provocou um calafrio nela, e ela pensou que era verdade, que realmente havia algo estranho nos integrantes do Submundo às vezes, algo estranho e assustador. Talvez a questão fosse que nem tudo que era assustador era também necessariamente ruim.

Mas tinha dúvidas quanto a Raphael.

A porta da frente dos Lightwood estava aberta, e grande parte da família já estava do lado de fora. Maryse e Robert Lightwood estavam lá, conversando com outros dois adultos; quando se viraram, Clary viu com leve surpresa que eram os Penhallow, pais de Aline. Maryse sorriu para ela; estava elegante em uma roupa azul-escura de seda, com o cabelo amarrado para trás em um laço prateado espesso. Era parecida com Isabelle

— tanto que Clary queria esticar a mão e tocá-la no ombro. Maryse ainda parecia tão triste, mesmo ao sorrir, e Clary pensou: *está se lembrando de Max, assim como Isabelle, e pensando no quanto ele gostaria disso tudo.*

— Clary! — Isabelle desceu pelos degraus da frente, os cabelos negros esvoaçando atrás. Não estava com nenhuma das duas roupas que tinha mostrado a Clary antes, mas um lindo vestido dourado de cetim que abraçava seu corpo como pétalas fechadas de uma flor. Calçava sandálias altas, e Clary se lembrou do que Isabelle dissera uma vez sobre como gostava de saltos, e riu para si mesma. — Você está *linda*.

— Obrigada. — Clary mexeu um pouco envergonhada no tecido prateado diáfano do vestido. Era provavelmente a coisa mais feminina que já tinha vestido. Deixava seus ombros expostos, e cada vez que sentia a ponta do cabelo fazer cócegas na pele, tinha que combater o impulso de procurar um moletom para se cobrir. — Você também.

Isabelle se inclinou para sussurrar ao ouvido de Clary.

— Jace não está aqui.

Clary recuou.

— Então onde...

— Alec disse que deve estar na praça, onde vão soltar os fogos. Sinto muito, não sei o que há com ele.

Clary deu de ombros, tentando esconder a decepção.

— Tudo bem.

Alec e Aline saíram aos tropeços da casa atrás de Isabelle, Aline com um vestido vermelho brilhante que deixava seu cabelo surpreendentemente preto. Alec tinha se vestido como sempre, um casaco e calças escuras, apesar de, Clary tinha que admitir, o casaco aparentar não ter nenhum buraco. Sorriu para Clary, e ela pensou, surpresa, que ele *realmente* parecia diferente. Mais leve, de algum jeito, como se um peso tivesse sido tirado de seus ombros.

— Nunca fui a uma celebração que contasse com a presença de integrantes do Submundo antes — disse Aline, olhando nervosa pela rua, onde havia uma fada cujos longos cabelos estavam amarrados com flores... não, pensou Clary, o cabelo *era feito* de flores, ligadas por finas cordas verdes. Estava tirando algumas flores brancas de uma cesta, olhando-as com atenção e comendo-as.

— Vai adorar — disse Isabelle. — Sabem curtir uma festa. — Acenou para os pais e foram para a praça, Clary ainda lutando contra o impulso de cobrir a parte de cima do corpo cruzando os braços sobre o peito. O vestido girava sobre os pés como fumaça se curvando ao vento. Pensou na fumaça que havia se levantado sobre Alicante mais cedo naquele dia, e estremeceu.

— Ei! — disse Isabelle, e Clary levantou os olhos para ver Simon e Maia vindo em direção a eles pela rua. Quase não tinha visto Simon durante o dia; ele tinha ido ao Salão observar a reunião preliminar do Conselho porque, declarou, estava curioso para saber quem seria escolhido para representar os vampiros. Clary não conseguia imaginar Maia vestindo nada tão feminino quanto um vestido, e ela de fato estava vestida com calças de cintura baixa e uma camiseta que dizia ESCOLHA SUA ARMA e tinha dados de RPG desenhados sob as palavras. Era uma camiseta de quem costumava jogar esse tipo de coisa, pensou Clary, imaginando se Maia realmente jogava, ou se estava usando a camiseta apenas para impressionar Simon. Se fosse esse o caso, tinha escolhido bem. — Estão indo para a Praça do Anjo?

Maia e Simon confirmaram e foram todos juntos para o Salão em um grupo unido. Simon diminuiu o ritmo para andar ao lado de Clary, e caminharam juntos em silêncio. Era bom simplesmente estar perto de Simon outra vez. Ele foi a primeira pessoa que quis ver quando voltou a Alicante. Abraçara-o com força, feliz por ele estar vivo, e tocou a Marca na testa dele.

— Salvou você? — perguntara, desesperada para ouvir que não tinha feito aquilo em vão.

— Salvou. — Fora tudo que dissera em resposta.

— Gostaria de poder tirá-la de você — dissera. — Queria saber o que pode acontecer com você por causa dela.

Ele a pegara pelo pulso e arrastara gentilmente sua mão de volta à lateral do corpo.

— Vamos esperar — dissera Simon. — E veremos.

Vinha observando-o de perto, mas tinha que admitir que a Marca não parecia afetá-lo de nenhuma forma visível. Parecia o mesmo de sempre. Simon. Só tinha mudado o penteado para esconder a Marca; se você não soubesse que estava lá, jamais adivinharia.

— Como foi a reunião? — perguntou Clary, olhando-o da cabeça aos pés, para ver se estava vestido para a celebração. Não estava, mas não podia culpá-lo: o jeans e a camiseta eram tudo que tinha para usar. — Quem escolheram?

— *Não* foi o Raphael — disse Simon, soando satisfeito com isso. — Outro vampiro. Tinha um nome pretensioso. Nightshade ou coisa do tipo.

— Sabe, me perguntaram se eu queria desenhar o símbolo do Novo Conselho — disse Clary. — É uma honra. Eu disse que faria. Vai ter o símbolo do Conselho cercado por representações das quatro famílias do Submundo. Uma Lua para os lobisomens, e estava pensando em um trevo de quatro folhas para as fadas. Um livro de feitiços para os feiticeiros. Mas não consigo pensar em nada para os vampiros.

— Que tal uma presa? — sugeriu Simon. — Talvez com sangue pingando. — Exibiu os dentes.

— Obrigada — disse Clary. — Foi de grande ajuda.

— Que bom que pediram a você — disse Simon, mais sério. — Você merece a honra. Merece uma medalha, na verdade, pelo que fez. O símbolo da Aliança e tudo mais.

Clary deu de ombros.

— Não sei. Quero dizer, a batalha mal durou dez minutos, afinal. Não sei quanto ajudei.

— Eu estive *na* batalha, Clary — disse Simon. — Pode ter durado dez minutos, mas foram os piores dez minutos da minha vida. E na verdade não quero falar a respeito. Mas digo que mesmo em dez minutos, se não fosse por você, teriam sido muito mais mortos. Além disso, a batalha foi só uma parte. Se não tivesse feito o que fez, não haveria um Novo Conselho. Seríamos Caçadores de Sombras e integrantes do Submundo, odiando uns aos outros, em vez de Caçadores de Sombras e integrantes do Submundo, indo juntos a uma festa.

Clary sentiu um nó subindo na garganta e olhou para a frente, controlando-se para não chorar.

— Obrigada, Simon — hesitou, tão brevemente que ninguém além de Simon teria percebido. Mas ele percebeu.

— O que houve? — perguntou.

— Só estou imaginando o que faremos quando voltarmos para casa — disse. — Quero dizer, sei que Magnus cuidou da sua mãe, então ela não está histérica com o seu sumiço, mas... a escola. Perdemos muitas aulas. E nem sei...

— Você não vai voltar — disse Simon, baixinho. — Acha que não sei? É uma Caçadora de Sombras agora. Vai concluir sua educação no Instituto.

— E você? É um vampiro. Vai simplesmente voltar para o colégio?

— Vou — disse Simon, surpreendendo-a. — Vou. Quero uma vida normal, na medida do possível. Quero colégio, faculdade, tudo isso.

Ela apertou a mão dele.

— Então deve ter tudo. — Sorriu para ele. — Claro, todo mundo vai ter um ataque quando você voltar.

— Ter um ataque? Por quê?

— Porque está muito mais gato do que quando saiu. — Deu de ombros. — É verdade. Deve ser uma coisa de vampiro.

Simon pareceu espantado.

— Estou mais gato agora?

— Claro que está. Quero dizer, é só olhar para aquelas duas. Estão totalmente a fim de você. — Apontou para alguns metros adiante, onde Isabelle e Maia caminhavam lado a lado, com as cabeças inclinadas.

Simon olhou para a frente, para as meninas. Clary poderia jurar que ele estava enrubescendo.

— Estão? Às vezes elas se juntam e sussurram e ficam me *olhando*. Não faço ideia do que seja.

— Claro que não faz. — Clary sorriu. — Pobrezinho, duas garotas lindas competindo pelo seu amor. Que vida dura.

— Tudo bem. Então você me diz qual das duas escolher.

— Nem pensar. Isso é por sua conta. — Ela baixou a voz outra vez. — Olha só, você pode sair com quem quiser, e vou dar *todo* o meu apoio. Sou toda apoio. Apoio é meu nome do meio.

— Então é por *isso* que nunca me contou seu nome do meio. Achei que fosse alguma coisa vergonhosa.

Clary ignorou o comentário.

— Só me prometa uma coisa, tudo bem? Sei como são as meninas. Sei como detestam que o namorado tenha uma melhor amiga mulher. Apenas me prometa que não vai me cortar totalmente da sua vida. Que ainda podemos sair de vez em quando.

— De vez em quando? — Simon balançou a cabeça. — Clary, você é louca.

Seu coração afundou.

— Quer dizer...

— *Quero dizer* que jamais sairia com uma garota que quisesse que eu cortasse você da minha vida. Não tem negociação. Quer um pouco *dessa* maravilha? — Gesticulou para si mesmo. — Bem, minha melhor amiga vem junto. Jamais a cortaria da minha vida, não mais do que cortaria minha mão direita e daria de presente de dia dos namorados para alguém.

— Eca — disse Clary. — Precisava disso?

Ele deu um sorriso torto.

— Precisava.

A Praça do Anjo estava quase irreconhecível. O Salão brilhava em branco na ponta da praça, parcialmente obscurecido por uma floresta elaborada de árvores enormes que cresciam do centro. Claramente eram fruto de magia — apesar de que, pensou Clary, lembrando-se da habilidade de Magnus de movimentar copos de café e móveis por Manhattan em um piscar de olhos, talvez sejam reais, se tiverem sido transplantadas. As árvores se erguiam quase à altura das torres demoníacas, os troncos prateados envolvidos com laços e luzes coloridas entre as redes verdes formadas por galhos. A praça cheirava a flores brancas, fumaça e folhas. Ao redor das extremidades havia mesas e longos bancos, e grupos de Caçadores de Sombras e membros do Submundo preenchendo-os, rindo, bebendo e conversando. Apesar das risadas, havia uma melancolia misturada ao ar de celebração — uma tristeza palpável, lado a lado com a alegria.

As lojas que envolviam a praça tinham as portas abertas, lançando luz sobre o pavimento. Foliões passavam, carregando pratos de comida e taças de hastes longas contendo vinho e líquidos coloridos. Simon observou um kelpie passar, carregando uma taça de líquido azul, e ergueu uma sobrancelha.

— Não é como a festa de Magnus. — Isabelle o tranquilizou. — Acho que tudo aqui pode ser bebido em segurança.

— *Acha?* — Aline parecia preocupada.

Alec olhou para a minifloresta, as luzes coloridas refletindo nas íris azuis de seus olhos. Magnus estava à sombra de uma árvore, conversando com uma menina de vestido branco e uma nuvem de cabelos castanhos-claros. Ela se virou enquanto Magnus olhava para eles, e Clary encontrou o olhar da moça por um instante através da distância que as separava. Havia algo de familiar nela, apesar de Clary não saber exatamente o quê.

Magnus se afastou e veio na direção deles, e a menina com quem estava falando escorregou para as sombras e desapareceu. Ele parecia um cavalheiro vitoriano, com um longo casaco preto sobre um colete roxo de seda. Um lenço quadrado com as iniciais M.B. bordadas saía do bolso.

— Bonito colete — disse Alec com um sorriso.

— Quer um igual? — perguntou Magnus. — Na cor que preferir, é claro.

— Não ligo para roupa — protestou Alec.

— E adoro isso em você — anunciou Magnus —, mas adoraria que tivesse, talvez, um terno de marca. Que tal? Dolce? Zegna? Armani?

Alec engasgou enquanto Isabelle ria, e Magnus aproveitou a oportunidade para se inclinar para perto de Clary e sussurrar ao seu ouvido.

— A escada do Salão dos Acordos. Vá.

Queria perguntar o que queria dizer com isso, mas ele já tinha se voltado novamente para Alec e os outros. Além disso, tinha a sensação de que sabia. Apertou o pulso de Simon antes de sair, e ele virou para sorrir para ela antes de voltar à conversa com Maia.

Atravessou a beira da floresta enfeitiçada para chegar ao outro lado da praça, entrando e saindo das sombras. As árvores iam até o pé das escadas do Salão, provável razão pela qual os degraus estavam desertos. Mas não totalmente. Olhando para as portas, Clary conseguiu identificar um contorno escuro familiar, sentado à sombra do pilar. Seu coração acelerou.

Jace.

Teve que segurar a saia com as mãos para subir as escadas, com medo de pisar nela e rasgar o tecido delicado. Quase desejou ter vestido as roupas normais ao se aproximar de Jace, que estava sentado com as costas contra um pilar, olhando para a praça. Trajava suas roupas mais mundanas — calça jeans, camisa branca e uma jaqueta escura por cima. E quase pela primeira vez desde que o conhecera, pensou, não parecia estar armado.

De repente, se sentiu bem-vestida demais. Parou a uma pequena distância dele, subitamente incerta quanto ao que dizer.

Como se a sentisse ali, Jace levantou o olhar. Estava segurando alguma coisa equilibrada no colo, Clary reparou, uma caixa prateada. Parecia cansado. Havia sombras sob seus olhos, e os cabelos claros dourados estavam bagunçados. Arregalou os olhos.

— Clary?

— Quem mais poderia ser?

Ele não sorriu.

— Não parece você.

— É o vestido. — Passou as mãos pelo tecido, envergonhada. — Normalmente não visto coisas tão... bonitas.

— Está sempre linda — disse, e ela se lembrou da primeira vez em que a chamou de linda, na estufa no Instituto. Não dissera como um elogio, mas como algo inegável, como o fato de que era ruiva e gostava de desenhar. — Mas parece... distante. Como se não pudesse tocá-la.

Ela aproximou-se e se sentou ao lado dele no degrau largo do alto. A pedra era fria através do vestido. Esticou a mão para ele; tremia levemente, o suficiente para ser visível.

— Toque em mim — disse ela. — Se quiser.

Ele pegou a mão dela e a colocou contra a própria bochecha por um instante. Em seguida, repousou-a no colo dela. Clary estremeceu um pouco, lembrando-se das palavras de Aline no quarto de Isabelle. *Talvez não esteja mais interessado em você, agora que não é mais proibido.* Tinha dito que ela parecia distante, mas a expressão nos olhos dele era tão remota quanto uma galáxia distante.

— O que tem na caixa? — perguntou. Continuava segurando o retângulo prateado com firmeza em uma mão. O objeto parecia caro, delicadamente esculpido com uma estampa de pássaros.

— Fui até a casa de Amatis mais cedo, procurar por você — disse. — Mas não estava lá. Então conversei com Amatis. Ela me deu isso. — Indicou a caixa. — Pertencia ao meu pai.

Por um instante Clary simplesmente olhou para ele sem entender. *Era de Valentim?*, se perguntou. E, em seguida, com um sobressalto: *não, não é o que ele está dizendo.*

— Claro — disse ela. — Amatis foi casada com Stephen Herondale.

— Estive analisando. Lendo as cartas, as páginas do diário. Achei que, fazendo isso, poderia sentir alguma espécie de ligação com ele. Algo que saltasse das páginas e dissesse, *sim, é o seu pai*. Mas não sinto nada. Apenas pedaços de papel. Qualquer pessoa poderia ter escrito estas coisas.

— Jace — disse suavemente.

— Isso é outra coisa — falou. — Não tenho mais um nome, tenho? Não sou Jonathan Christopher, este era outro. Mas é o nome ao qual estou acostumado.

— Quem inventou o apelido Jace? Foi você mesmo?

Jace balançou a cabeça.

— Não. Valentim sempre me chamou de Jonathan. E era assim que me chamavam quando cheguei ao Instituto. Não era para eu ter pensado que meu nome era Jonathan Christopher, sabe, foi um acidente. Descobri o nome no diário do meu pai, mas não era de mim que estava falando. Não era o meu progresso no registro. Era o de Seb... de Jonathan. Então na primeira vez que contei a Maryse que meu nome do meio era Christopher, disse a si mesma que tinha se equivocado na lembrança, e que o nome do meio do filho de Michael era Christopher. Já haviam se passado dez anos, afinal. Mas foi quando começou a me chamar de Jace: era como se quisesse me dar um nome novo, algo que pertencesse a ela, à minha vida em Nova York. E eu gostei. Nunca apreciei muito Jonathan — virou a caixa nas mãos — e fico imaginando se Maryse soube, ou adivinhou, mas não quis saber. Ela me amava... e não queria acreditar.

— Por isso que ficou tão irritada quando descobriu que você *era* filho de Valentim — disse Clary. — Porque achava que deveria ter sabido. Meio que sabia, *sim*. Mas nunca queremos acreditar nesse tipo de coisa sobre quem amamos. Ela tinha razão quanto a quem você era de verdade. E você *tem* um nome. Seu nome é Jace. Valentim não lhe deu esse nome. Maryse deu. A única coisa que faz um nome importante, e seu, é que é dado por alguém que o ama.

— Jace o quê? — disse ele. — Jace Herondale?

— Ora, por favor — disse ela. — Você é Jace *Lightwood*. Sabe disso.

Levantou os olhos para os dela. Os cílios os encobriam quase completamente, escurecendo o dourado. Clary achou que ele parecia um pouco menos remoto, mas pensou que talvez estivesse apenas imaginando.

— Talvez seja uma pessoa diferente do que imaginava — continuou, torcendo desesperadamente para que ele entendesse o que estava dizendo. — Mas ninguém se torna completamente diferente da noite para o dia. Descobrir que Stephen era seu pai biológico por si só não fará com que o ame automaticamente. E não precisa. Valentim não era seu pai de verdade, mas não porque não tem o sangue dele nas veias. Não era seu verdadeiro pai porque não *agia* como um pai. Não tomou conta de você. Foram os Lightwood que sempre fizeram isso. *Eles* são sua família. Assim como a minha mãe e Luke são a minha. — Esticou a mão para tocar o ombro dele, e puxou-a de volta. — Desculpe — disse. — Aqui estou eu passando sermão, e você provavelmente veio para cá ficar sozinho.

— Tem razão — disse ele.

Clary perdeu o fôlego.

— Tudo bem, então. Vou embora. — Ela se levantou, esquecendo de segurar o vestido, e quase pisou na bainha.

— Clary! — Repousando a caixa, Jace se levantou rapidamente. — Clary, espere. Não foi isso que quis dizer. Não quis dizer que pretendia ficar sozinho. Quis dizer que está certa em relação a Valentim, aos Lightwood...

Ela virou e olhou para ele. Jace estava meio à sombra e meio fora dela, a luz brilhante e colorida da festa projetando estampas estranhas na pele dele. Pensou na primeira vez em que o vira. Achou que ele parecia um leão. Belo e mortal. Parecia diferente agora. Aquela capa dura e defensiva que usava como uma armadura não estava mais lá, e ele vestia ferimentos no lugar, visível e orgulhosamente. Não tinha nem mesmo utilizado a estela para tirar os ferimentos do rosto, junto à linha da mandíbula, na garganta onde a pele aparecia acima do colarinho da camisa. Mas continuava lindo, mais do que antes, pois agora parecia humano; humano e real.

— Sabe — disse ela —, Aline disse que talvez não estivesse mais interessado em mim. Agora que *não é* proibido. Agora que pode ficar comigo se quiser. — Tremeu um pouco no vestido, agarrando os cotovelos com as mãos. — É verdade? Você não está... interessado?

— *Interessado?* Como se você fosse um... um livro ou uma notícia? Não, não estou *interessado*. Estou... — interrompeu-se, procurando a palavra como alguém procurava um interruptor no escuro. — Você se lembra do que disse antes? Sobre me sentir como se o fato de você ser minha irmã ser uma espécie de piada cósmica comigo? Com nós dois?

— Lembro.

— Nunca acreditei — disse. — Quero dizer, de alguma maneira acreditei, deixei que me levasse ao desespero, mas nunca *senti*. Nunca senti que fosse minha irmã. Porque nunca senti por você o que se deve sentir por uma irmã. Mas não significava que não sentisse que você era parte de mim. Isso eu sempre senti. — Notando a expressão confusa de Clary, interrompeu-se com um ruído de impaciência: — Não estou me expressando direito. Clary, detestei cada segundo em que pensei que fosse minha irmã. Detestei cada instante em que pensei que o que sentia por você significava que havia alguma coisa errada comigo. Mas...

— Mas *o quê?* — O coração de Clary batia tão acelerado que estava se sentindo mais do que um pouco tonta.

— Pude ver o deleite com que Valentim encarava a maneira como me sentia por você. Como você se sentia por mim. Ele usou como uma arma contra nós dois. E isso me fez odiá-lo. Mais do que tudo que fez comigo, isso me fez detestá-lo, e me jogou contra ele, e talvez fosse do que eu precisava. Pois houve ocasiões em que não soube se queria segui-lo ou não. Foi uma escolha difícil, mais difícil do que gosto de lembrar. — Sua voz estava tensa.

— Perguntei a você se eu tinha escolha uma vez — lembrou Clary — e você respondeu "sempre temos escolha". Você optou por se colocar contra Valentim. No final, foi a escolha que fez, e não importa o quão difícil foi. Importa é que aconteceu.

— Eu sei — disse Jace. — Só estou dizendo que acho que fiz essa escolha em parte por sua causa. Não posso me desligar de você, Clary, desatar meu coração, meu sangue, minha mente ou qualquer outra parte de mim. E não quero.

— Não quer? — sussurrou.

Deu um passo na direção dela. Estava com os olhos fixos no rosto de Clary, como se não pudesse desviá-los.

— Sempre achei que o amor tornasse as pessoas burras. Fracas. Más Caçadoras de Sombras. *Amar é destruir*. E acreditei nisso.

Ela mordeu o lábio, mas também não conseguia tirar os olhos dele.

— Achava que ser um bom Caçador de Sombras significava não se importar — falou. — Com nada, principalmente comigo mesmo. Corri todos os riscos que pude. Me lançava no encalço de demônios. Acho que deixei Alec complexado sobre a espécie de guerreiro que era, só porque ele queria viver — Jace deu um sorriso torto —, então a conheci. Você era uma mundana. Fraca. Não era lutadora. Nunca tinha treinado. E vi o quanto amava sua mãe, Simon, e como iria ao inferno para salvá-los. E entrou naquele hotel de vampiros. Caçadores de Sombras com décadas de experiência não teriam feito aquilo. O amor não a enfraquecia, a deixava mais forte do que qualquer pessoa que já conheci. E percebi que o fraco era eu.

— *Não*. — Clary estava chocada. — Não é, não.

— Talvez não mais. — Deu mais um passo, e agora estava próximo o suficiente para tocá-la. — Valentim não conseguia acreditar que eu tinha matado Jonathan — falou. — Não conseguia acreditar porque eu era o fraco, e Jonathan era o bem-treinado. Por todas as razões, provavelmente era ele que deveria ter me matado. Quase matou. Mas pensei em *você*, a vi lá, claramente, como se estivesse na minha frente, me observando, e soube que queria viver, mais do que jamais havia desejado qualquer coisa, nem que fosse só para ver seu rosto mais uma vez.

Clary desejou conseguir se mover, poder se esticar e tocá-lo, mas não conseguia. Os braços pareciam congelados nas laterais. O rosto dele estava próximo ao dela, tão perto que podia ver o próprio reflexo nas pupilas dele.

— E agora estou olhando para você — disse —, e você está me perguntando se ainda a quero, como se eu pudesse deixar de amar. Como se eu fosse desistir do que me deixa mais forte que qualquer outra coisa. Nunca ousei dar tanto de mim a ninguém antes; apenas pedaços de mim aos Lightwood, a Isabelle e Alec, mas levei anos para fazer isso... Mas Clary, desde a primeira vez em que a vi, pertenci completamente a você. E continuo pertencendo. Se você me quiser.

Por uma fração de segundo, ela ficou imóvel. Então, de algum jeito, pegou a frente da camisa dele e o puxou para si. Os braços dele a envolveram, quase a levantando da sandália, e logo ele a estava beijando — ou ela o estava beijando, não tinha certeza, e não fazia diferença. A sensação da boca dele na dela era elétrica; Clary agarrou os braços dele, puxando-o para perto, com força. A sensação do coração de Jace batendo através da camisa a deixou tonta de alegria. O coração de ninguém batia como o de Jace, e nem poderia.

Ele a soltou finalmente e ela arfou — tinha se esquecido de respirar. Jace pegou o rosto de Clary com as mãos, traçando a curva das maçãs do rosto dela com os dedos. A luz tinha voltado aos seus olhos, tão brilhantes quanto tinham estado no lago, mas agora havia neles um fulgor travesso.

— Então — disse ele. — Não foi tão ruim assim, foi, mesmo não sendo proibido?

— Já beijei piores — disse ela, com uma risada trêmula.

— Sabe — disse Jace, se curvando para encostar a boca na dela —, se a falta de *proibido* preocupa, ainda pode me proibir de fazer coisas.

— Que tipo de coisas?

Clary o sentiu sorrir em sua boca.

— Coisas assim.

Após um tempo, desceram a escada e foram para a praça, onde uma multidão havia começado a se reunir para esperar os fogos. Isabelle e os outros tinham encontrado uma mesa perto do canto da praça e estavam juntos por lá, em bancos e cadeiras. Enquanto se aproximavam do grupo, Clary se preparou para soltar a mão de Jace — e então se conteve. Podiam dar as mãos se quisessem. Não havia nada de errado nisso. O pensamento quase a deixou sem fôlego.

— Chegaram! — Isabelle foi dançando até eles, exultante, com uma taça de um líquido fúcsia, que entregou a Clary. — Beba um pouco disso!

Clary apertou os olhos.

— Vai me transformar em roedora?

— Cadê a confiança? Acho que é suco de morango — disse Isabelle. — De qualquer forma, é delicioso. Jace? — Ofereceu a ele a taça.

— Sou homem — disse ele —, e homens não consomem bebidas cor-de-rosa. Vá, mulher, e me traga alguma coisa marrom.

— Marrom? — Isabelle fez uma careta.

— Marrom é uma cor masculina — disse Jace, e puxou um chumaço de cabelo de Isabelle com a mão livre. — Aliás, veja, é a cor que Alec está usando.

Alec olhou pesarosamente para o casaco.

— Era preto — disse ele. — Mas desbotou.

— Podia incrementar com uma fita de lantejoulas na cabeça — sugeriu Magnus, oferecendo ao namorado algo azul e brilhante. — Só uma ideia.

— Resista ao impulso, Alec. — Simon estava sentado na beira de um muro baixo com Maia ao lado, apesar de ela parecer estar imersa em um papo com Aline. — Vai ficar parecendo a Olivia Newton-John em *Xanadu*.

— Existe coisa pior — observou Magnus.

Simon saiu da mureta e veio até Clary e Jace. Com as mãos nos bolsos de trás da calça jeans, olhou para eles pensativamente por um longo momento. Afinal, falou:

— Parece feliz — disse a Clary. Desviou o olhar para Jace. — E é bom para você que pareça.

Jace ergueu a sobrancelha.

— Esta é a parte em que me diz que se eu machucá-la, você vai me matar?

— Não — disse Simon. — Se machucar Clary, ela é perfeitamente capaz de matá-lo sozinha. Possivelmente com uma variedade de armas.

Jace pareceu satisfeito com o pensamento.

— Ouça — disse Simon. — Só queria dizer que tudo bem se não gostar de mim. Se fizer Clary feliz, por mim tudo bem. — Esticou a mão, e Jace soltou a de Clary e apertou a de Simon, com um olhar espantado no rosto.

— Não desgosto de você. Aliás, justamente porque gosto de você, vou lhe dar um conselho.

— Conselho? — Simon parecia desconfiado.

— Vejo que está tendo sucesso com essa coisa de vampiro — disse Jace, indicando Isabelle e Maia com um aceno de cabeça. — E parabéns. Muitas garotas adoram essa coisa de morto-vivo sensível. Mas eu abriria mão do aspecto musical se fosse você. Roqueiros vampiros já estão fora de moda e, além disso, você não deve ser muito talentoso...

Simon suspirou.

— Não suponho que possa reconsiderar a parte em que não gostava de mim?

— Chega, vocês dois — disse Clary. — Não podem ser babacas um com o outro para sempre, sabem.

— Tecnicamente — disse Simon —, eu posso.

Jace emitiu um ruído deselegante; após um instante, Clary percebeu que ele estava tentando ficar sério, mas não estava sendo totalmente bem-sucedido.

Simon sorriu.

— Te peguei.

— Bem — disse Clary. — Este *é* um momento lindo. — Olhou em volta procurando Isabelle, que provavelmente estaria tão satisfeita quanto ela por Jace e Simon estarem se dando bem, do jeito deles.

Em vez disso, viu outra pessoa.

Na beira da floresta enfeitiçada, onde a sombra se misturava à luz, havia uma mulher esguia com um vestido verde da cor das folhas, os longos cabelos vermelhos amarrados numa tiara dourada.

A Rainha Seelie. Olhava diretamente para Clary, e quando a menina encontrou seu olhar, ela levantou a mão e acenou para que viesse. *Venha.*

Se foi por vontade própria ou pela estranha compulsão do Povo das Fadas, Clary não sabia ao certo, mas com uma desculpa sussurrada, encaminhou-se para a beira da floresta, passando por foliões animados. Percebeu, ao se aproximar da Rainha, uma enorme quantidade de fadas por perto, em um círculo ao redor da Dama. Mesmo que quisesse parecer sozinha, a Rainha não estava longe dos cortesãos.

A Rainha levantou uma mão imperiosa.

— Aí — disse. — E nem um passo mais perto.

Clary, a alguns passos da Rainha, parou.

— Milady — disse, lembrando da formalidade com que Jace havia se endereçado à Rainha na Corte. — Por que pede que eu me aproxime?

— Gostaria de um favor seu — disse a Rainha sem preâmbulos. — E claro, prometeria um favor em retribuição.

— Um favor *meu*? — admirou-se Clary. — Mas... você nem gosta de mim.

A Rainha tocou os lábios pensativa, com um único e longo dedo.

— O Povo das Fadas, diferentemente dos humanos, não se preocupa muito com *gostar*. Amor, talvez, e ódio. Ambas são emoções úteis. Mas *gostar*... — Deu de ombros de forma elegante. — O Conselho ainda não escolheu quem de nós quer como representante — falou. — Sei que Lucian Graymark é como um pai para você. Ouviria se pedisse. Gostaria que pedisse a ele que escolhessem meu cavaleiro Meliorn para a missão.

Clary lembrou-se do Salão dos Acordos, e de Meliorn dizendo que não queria lutar a batalha se as Crianças Noturnas não lutassem também.

— Acho que Luke não gosta muito dele.

— E mais uma vez — disse a Rainha —, fala em *gostar*.

— Quando a vi antes, na Corte Seelie — disse Clary —, chamou a mim e a Jace de irmãos. Mas sabia que não éramos irmãos de verdade. Não sabia?

A Rainha sorriu.

— O mesmo sangue corre sob suas veias — disse. — O sangue do Anjo. Todos que carregam o sangue do Anjo são irmãos sob a pele.

Clary estremeceu.

— Mas poderia ter nos contado a verdade. E não o fez.

— Falei a verdade de acordo com a minha percepção. Todos contamos a verdade como a vemos, não? Alguma vez já parou para pensar que inverdades podia haver no conto que sua mãe narrou, mas que serviam a algum propósito? Realmente acha que conhece todos os segredos do seu passado?

Clary hesitou. Sem saber por quê, de repente ouviu a voz da Madame Dorothea na cabeça. *Vai se apaixonar pela pessoa errada*, a semibruxa havia dito a Jace. Clary tinha presumido que Dorothea só estava se referindo a quantos problemas o afeto de Jace por Clary traria aos dois. Mas mesmo assim havia buracos, ela sabia, na memória — mesmo agora, coisas, eventos, que não tinham voltado a ela. Segredos cujas verdades jamais conheceria. Havia desistido deles, considerando-os perdidos e desimportantes, mas talvez...

Não. Sentiu as mãos cerrarem nas laterais. O veneno da Rainha era sutil, mas poderoso. Havia alguém no mundo que pudesse dizer verdadeiramente que conhecia todos os segredos a respeito de si? E não era melhor deixar alguns segredos quietos?

Balançou a cabeça.

— O que fez na Corte — disse. — Talvez não tenha mentido. Mas não foi gentil. — Começou a virar para se afastar. — E já tive crueldade o bastante.

— Realmente recusaria um favor da Rainha da Corte Seelie? — perguntou. — Nem todo mortal tem uma chance dessas.

— Não preciso de nenhum favor seu — disse Clary. — Tenho tudo que quero.

Virou as costas para a Rainha e se afastou.

Quando voltou ao grupo que tinha deixado, descobriu que tinham recebido Robert e Maryse Lightwood, que estavam — viu, com surpresa — apertando as mãos de Magnus Bane, que havia dispensado a fita brilhante de cabeça e se tornado o modelo de decoro. Maryse estava com os braços no ombro de Alec. O restante dos amigos estava sentado em um grupo na mureta; Clary estava prestes a se juntar a eles quando sentiu um toque no ombro.

— Clary! — Era a mãe, sorrindo para ela, com Luke ao lado, de mãos dadas. Jocelyn não estava nem um pouco arrumada; tudo que vestia era uma calça jeans e uma blusa folgada, que ao menos não estava manchada de tinta. Mas pela maneira como Luke a olhava, era possível perceber que não a achava nada menos que perfeita. — Que bom que finalmente a encontramos.

Clary sorriu para Luke.

— Então suponho que *não* esteja de mudança para Idris?

— Não — disse. Clary nunca o vira tão feliz. — A pizza aqui é péssima.

Jocelyn riu e saiu para conversar com Amatis, que admirava uma bolha de vidro cheia de fumaça que não parava de mudar de cor. Clary voltou a olhar para Luke.

— Você *realmente* ia deixar Nova York, ou só falou aquilo para fazer com que ela finalmente se manifestasse?

— Clary — disse Luke —, estou chocado por sugerir uma coisa dessas. — Sorriu, mas logo ficou sério. — Tudo bem por você, certo? Sei que isso representa uma grande mudança na sua vida, eu ia ver se você e sua mãe gostariam de se mudar para a minha casa, considerando que o apartamento de vocês está inabitável agora...

Clary riu.

— Uma grande mudança? Minha vida *já* mudou completamente. Várias vezes.

Luke olhou para Jace, que os encarava do muro. Jace acenou, com a boca se curvando para cima em um sorriso entretido.

— Acho que sim — disse Luke.

— Mudar é bom — disse Clary.

Luke levantou a mão; o símbolo da Aliança havia desbotado, assim como em todos os outros, mas a pele dele ainda tinha o traço branco que o denunciava, a cicatriz que jamais desapareceria por completo. Olhou pensativo para a Marca.

— É sim.

— Clary! — chamou Isabelle do muro. — Fogos de artifício!

Clary bateu levemente no ombro de Luke e foi se juntar aos amigos. Estavam sentados enfileirados na mureta: Jace, Isabelle, Simon, Maia e Aline. Parou ao lado de Jace.

— Não estou vendo fogos — disse, zombando de Isabelle.

— Paciência, gafanhoto — disse Maia. — Quem espera sempre alcança.

— Sempre achei que fosse "quem espera pega onda" — disse Simon. — Não é à toa que eu tenha passado a vida inteira confuso.

— Confuso é gentileza sua — disse Jace, mas claramente não estava prestando muita atenção; esticou a mão e puxou Clary para perto, quase sem reparar, como se fosse um reflexo. Ela se apoiou no ombro dele, olhando para o alto. Nada iluminava o céu além das torres demoníacas, lançando um brilho branco-prateado contra a escuridão.

— Onde você foi? — perguntou, baixo o suficiente para que somente ela ouvisse a pergunta.

— A Rainha Seelie queria um favor — disse Clary. — E queria me conceder um favor em retorno. — Sentiu Jace ficar tenso. — Relaxe. Eu disse que não.

— Não são muitas pessoas que recusariam um favor da Rainha Seelie — disse Jace.

— Falei que não precisava de favor — disse Clary. — Que tinha tudo o que queria.

Jace riu disso, suavemente, e pôs a mão no ombro dela; seus dedos brincaram com a corrente no pescoço de Clary, e ela olhou para baixo, para o brilho prateado no vestido. Vinha usando o anel Morgenstern desde que Jace o deixara para ela, e às vezes ficava se perguntando por quê. Realmente queria se lembrar de Valentim? E, ao mesmo tempo, seria certo esquecer?

Não se podia apagar tudo que causava dor à lembrança. Não queria se esquecer de Max ou Madeleine, ou de Hodge, ou da Inquisidora, ou mesmo de Sebastian. Cada lembrança era valiosa; mesmo as ruins. Valentim quisera esquecer: esquecer que o mundo precisava mudar, e que os Caçadores de Sombras tinham que mudar com ele — esquecer que integrantes do Submundo são dotados de almas, e que todas as almas importam ao tecido do mundo. Quisera pensar somente no que tornava os Caçadores de Sombras diferentes dos membros do Submundo. Mas sua ruína veio justamente de onde eram iguais.

— Clary — disse Jace, interrompendo o devaneio. Apertou os braços em volta dela, e ela levantou a cabeça; a multidão vibrava enquanto os primeiros rojões subiam. — Olhe.

Ela olhou enquanto os fogos explodiam em um banho de faíscas — faíscas que pintavam as nuvens no alto conforme caíam, uma por uma, em linhas de fogo dourado, como anjos caindo do céu.

AGRADECIMENTOS

Ao olhar para trás depois de ter escrito um livro, é impossível não perceber a dimensão do esforço coletivo envolvido e o quão rapidamente tudo teria ido por água abaixo como o *Titanic* se você não tivesse a ajuda de seus amigos. Tendo isso em mente: obrigada ao NB Team e aos Massachusetts All-Stars; obrigada a Elka, Emily e Clio pelas horas me ajudando com o roteiro, e a Holly Black por ter passado horas pacientemente lendo as mesmas cenas inúmeras vezes. A Libba Bray por garantir as rosquinhas e um sofá onde escrever, a Robin Wasserman por me distrair com episódios de *Gossip Girl*, a Maureen Johnson por me encarar de um jeito assustador enquanto eu tentava trabalhar, e a Justine Larbalestier e Scott Westerfeld por me obrigar a levantar do sofá e procurar um lugar para escrever. Agradeço também a Ioana por me ajudar com o meu (inexistente) romeno. Obrigada, como sempre, a meu agente, Barry Goldblatt, à minha editora, Karen Wojtyla; às equipes da Simon & Schuster e Walker Books por assumirem os bastidores da série, e a Sarah Payne por sugerir alterações mesmo muito depois do fim do prazo. E, é claro, à minha família: minha mãe, meu pai, Jim e Kate, o clã dos Eson e, é claro, Josh, que ainda acha que Simon foi inspirado nele (e talvez esteja certo).

LIVRO 4

Cidade dos Anjos Caídos

3

Para Josh
Sommes-nous les deux livres d'une même ouvrage?*

---

* Nós dois somos livros de uma mesma obra?

parte 1
Anjos Exterminadores

Há doenças que caminham na escuridão;
e há os anjos exterminadores, que voam envoltos nas cortinas de
imaterialidade e uma natureza reservada;
a quem não podemos ver, mas cuja força sentimos,
e afundamos sob suas espadas.

— Jeremy Taylor, "Sermão de um Funeral"

Capítulo 1
MESTRE

—Só café, por favor.

A garçonete ergueu as sobrancelhas pintadas.

— Não quer comer nada? — perguntou. O sotaque era carregado, a postura, decepcionada.

Simon Lewis não podia culpá-la; ela provavelmente torcera por uma gorjeta melhor do que a que ganharia por uma única xícara de café. Mas ele não tinha culpa se vampiros não comiam. Às vezes, em restaurantes, pedia comida assim mesmo, apenas para preservar uma aparência de normalidade, mas, nas últimas horas da noite de terça-feira, quando o Veselka estava quase sem clientes, não parecia valer o esforço.

— Só o café.

Dando de ombros, a garçonete pegou o cardápio plastificado e foi transmitir o pedido. Simon acomodou-se na cadeira dura de plástico do restaurante e olhou em volta. Veselka, um café na esquina da Ninth Street com a Second Avenue, era um de seus lugares preferidos no Lower East Side — um antigo restaurante de bairro coberto por murais em preto e branco, onde permitiam que o cliente passasse o dia sentado, contanto que pedisse café em intervalos de meia hora. Também ofereciam o que outrora fora seu pierogi e borscht vegetariano favorito, mas estes dias tinham ficado para trás.

Era meio de outubro, e tinham acabado de colocar a decoração de Halloween — um cartaz tremulante que dizia BORSCHT-OU-TRAVESSURAS! e um vampiro falso de papelão com o apelido de Conde Blintzula. Em outros tempos, Simon e Clary achavam as decorações bregas hilárias, mas o Conde, com as presas falsas e a capa preta não parecia mais tão engraçado aos olhos de Simon.

Simon olhou para a janela. Era uma noite fria, e o vento soprava folhas pela Second Avenue como punhados de confete. Uma menina vinha andando pela rua, uma menina usando um casaco comprido justo, seus cabelos negros e longos ao vento. As pessoas se viraram para vê-la passar. Simon já tinha olhado para garotas assim no passado, imaginando de um jeito preguiçoso para onde estavam indo e quem iriam encontrar. Não seriam caras como ele, disso sabia.

Exceto que, neste caso, era. O sino da porta da frente do restaurante soou quando esta se abriu, e Isabelle Lightwood entrou. Sorriu ao ver Simon, e foi na direção dele, tirando o casaco com um movimento de ombros e colocando-o nas costas da cadeira antes de se sentar. Sob o casaco vestia o que Clary chamava de suas "típicas roupas de Isabelle": um vestido curto e justo de veludo, meia arrastão e botas. Trazia uma faca enfiada no topo da bota esquerda que Simon sabia que só ele conseguia enxergar; mesmo assim, todos no restaurante observaram enquanto ela sentava, jogando os cabelos para trás. Independentemente do que vestisse, Isabelle atraía atenção como uma queima de fogos de artifício.

A bela Isabelle Lightwood. Quando Simon a conheceu, presumiu que não teria tempo para alguém como ele. No fim das contas esteve essencialmente certo. Isabelle gostava de meninos que seus pais reprovavam e, no universo dela, isso significava membros do Submundo — fadas, lobisomens e vampiros. O fato de que estivessem saindo juntos regularmente havia um ou dois meses o impressionava, ainda que a relação se limitasse a encontros raros como este. E ainda que não deixasse de imaginar, será que se não tivesse sido transformado em vampiro, se sua vida inteira não tivesse sido alterada naquele momento, estariam sequer namorando?

Ela colocou uma mecha de cabelo atrás da orelha, o sorriso brilhante.

— Está bonito.

Simon olhou para si mesmo no reflexo da janela do restaurante. A influência de Isabelle era clara na aparência de Simon, que mudara desde que começaram a namorar. Forçou-o a se livrar dos moletons de capuz em prol de jaquetas de couro, e os tênis foram trocados por sapatos de marca. Os quais, por sinal, custavam trezentos dólares o par. Continuava a usar as camisetas características com frases estampadas — a de agora dizia OS EXISTENCIALISTAS O FAZEM INUTILMENTE — mas as calças jeans não tinham mais buracos nos joelhos ou bolsos rasgados. Também tinha deixado os cabelos crescerem, e agora eles caíam sobre os olhos, cobrindo a testa, mas isso era mais por necessidade do que por Isabelle.

Clary caçoava dele pelo novo *look*; mas, pensando bem, Clary achava tudo hilário no que se referia à vida amorosa de Simon. Não conseguia acreditar que ele estivesse namorando Isabelle seriamente. Claro, também não conseguia acreditar que o amigo estivesse namorando Maia Roberts, uma amiga deles que, por acaso, também era licantrope. E definitivamente não acreditava que Simon ainda não tinha contado para nenhuma das duas sobre a outra.

Simon não sabia ao certo como acontecera. Maia gostava de ir para a casa dele jogar Xbox — não tinham o videogame na delegacia de polícia abandonada onde o bando de lobisomens morava — e foi só na terceira ou quarta visita que ela se inclinou e deu um beijo nele antes de sair. Ele gostou, e em seguida ligou para Clary para saber se deveria contar para Isabelle.

— Descubra o que está rolando entre você e Isabelle — aconselhara ela. — E aí conte.

No fim das contas, foi um mau conselho. Já tinha se passado um mês, e Simon ainda não sabia ao certo o que estava acontecendo entre ele e Isabelle, então não contou nada. E quanto mais tempo passava, mas desconfortável se tornava a ideia de falar alguma coisa. Até agora tinha conseguido levar. Isabelle e Maia não eram amigas, e quase nunca se viam. Infelizmente para ele, a situação estava prestes a mudar. A mãe de Clary e seu amigo de longa data, Luke, se casariam dentro de algumas semanas, e tanto Isabelle quanto Maia tinham sido convidadas para a cerimônia, algo que ele achava mais aterrorizante do que a ideia de ser perseguido pelas ruas de Nova York por uma gangue furiosa de caçadores de vampiros.

— Então — disse Isabelle, despertando-o do devaneio. — Por que aqui e não no Taki's? Lá serviriam sangue.

Simon fez uma careta diante do volume da voz dela. Isabelle não era nada sutil. Felizmente, ninguém parecia estar escutando, nem mesmo a garçonete que voltou, colocou uma xícara de café na frente dele, encarou Izzy e saiu sem anotar o pedido.

— Gosto daqui — respondeu ele. — Clary e eu vínhamos quando ela fazia aulas na Tisch. Têm ótimos borscht e blintzes, que são como bolinhos de queijo doces, além disso, fica aberto durante a noite toda.

Isabelle, no entanto, o ignorou. Estava olhando por cima do ombro dele.

— O que é *aquilo*?

Simon seguiu o olhar.

— É o Conde Blintzula.

— Conde *Blintzula*?

Simon deu de ombros.

— É uma decoração de Halloween. Conde Blintzula é para crianças. Como Conde Chocula, ou o Conde da *Vila Sésamo*. — Ele sorriu diante do olhar confuso de Isabelle. — Você sabe. Ele ensina as crianças a contar.

Isabelle estava balançando a cabeça.

— Existe um programa de TV em que as crianças aprendem a contar com um *vampiro*?

— Faria sentido se você já tivesse assistido — murmurou Simon.

— Não é uma ideia totalmente desprovida de base mitológica — disse Isabelle, ativando o modo Caçadora de Sombras palestrante. — Algumas lendas afirmam que vampiros são obcecados por contagem, e que se você derrubar grãos de arroz na frente deles, terão que parar o que estão fazendo para contá-los. Não há verdade nisso, é claro, não mais do que aquela história do alho. E vampiros não têm nada que ensinar crianças. Vampiros são aterrorizantes.

— Obrigado — disse Simon. — É uma brincadeira, Isabelle. Ele é o Conde. Conde conta. Você sabe. "O que o Conde comeu hoje, crianças? *Um* biscoito com gotas de chocolate, *dois* biscoitos com gotas de chocolate, *três* biscoitos com gotas de chocolate..."

Sentiram uma corrente de ar frio quando a porta do restaurante se abriu, para que mais um cliente entrasse. Isabelle estremeceu e esticou o braço para pegar o cachecol preto de seda.

— Não é nada realista.

— O que preferia? "O que o Conde comeu hoje, crianças? *Um* aldeão inocente, *dois* aldeões inocentes, *três* aldeões inocentes..."

— Shh. — Isabelle terminou de amarrar o cachecol na garganta e se inclinou para a frente, colocando a mão no pulso de Simon. Seus olhos negros de repente ganharam vida, da forma que só faziam quando ela estava caçando demônios ou pensando em caçar demônios. — Olhe ali.

Simon seguiu o olhar. Havia dois homens perto do mostruário com frente de vidro que continha os itens de padaria: bolos com camadas espessas de glacê, pratos de rolinhos de biscoito e pães doces com recheio de creme. Contudo, nenhum deles parecia interessado em comida. Ambos eram baixos e dolorosamente magros, tanto que as maçãs do rosto saltavam das faces pálidas como facas. Os dois tinham cabelos finos e grisalhos, olhos cinza-claros e vestiam casacos cor de ardósia amarrados com cintos que iam até o chão.

— Agora — disse Isabelle —, o que acha que eles são?

Simon cerrou os olhos na direção deles. Ambos o encararam de volta, os olhos desprovidos de cílios pareciam buracos vazios.

— Parecem um pouco com gnomos de jardim do mal.

— São humanos subjugados — sibilou Isabelle. — Pertencem a um vampiro.

— "Pertencem" do tipo...?

Ela emitiu um ruído impaciente.

— Pelo Anjo, você não sabe nada sobre sua espécie, sabe? Nem sequer sabe como vampiros são feitos?

— Bem, quando uma mamãe vampira e um papai vampiro se amam muito...

Isabelle fez uma careta para ele.

— Tudo bem, você sabe que vampiros não precisam de sexo para se reproduzir, mas aposto que não sabe como funciona.

— Sei sim — respondeu Simon. — Sou um vampiro porque bebi um pouco do sangue de Raphael antes de morrer. Beber sangue mais morte é igual a vampiro.

— Não exatamente — disse Isabelle. — Você é um vampiro porque bebeu um pouco do sangue de Raphael, depois foi mordido por outros vampiros, e *depois* morreu. É preciso ser mordido em algum momento durante o processo.

— Por quê?

— Saliva de vampiro tem... propriedades. Propriedades transformadoras.

— Eca — disse Simon.

— Sem "eca" para cima de mim. É você que tem o cuspe mágico. Vampiros mantêm humanos por perto e se alimentam deles quando precisam de sangue: como máquinas de lanche ambulantes — disse Izzy com desgosto. — É de se pensar que ficariam fracos com a perda de sangue o tempo todo, mas saliva de vampiro tem propriedades de cura. Aumenta a contagem de hemácias, os deixa mais fortes e saudáveis, e faz com que vivam mais. É por isso que não é contra a Lei um vampiro se alimentar de um humano. Na verdade não os machuca. É claro que às vezes o vampiro decide que quer mais do que apenas um lanche, quer um subjugado, e então começa a alimentar o humano mordido com pequenas quantidades de sangue de vampiro, só para mantê-lo dócil, mantê-lo conectado ao mestre. Subjugados idolatram os mestres, e amam servi-los. Tudo que querem é ficar perto deles. Como você ficou quando voltou ao Dumont. Foi atraído ao vampiro cujo sangue tinha consumido.

— Raphael — disse Simon, com a voz gelada. — Deixa eu te contar uma coisa, não sinto nenhum desejo ardente de estar com ele ultimamente.

— Não, desaparece quando você se torna um vampiro completo. São apenas os subjugados que idolatram seus senhores e não podem desobedecê-los. Não entende? Quando voltou ao Dumont, o clã de Raphael o drenou, você morreu, e então se tornou um vampiro. Mas se não tivessem drenado, se tivessem dado mais sangue de vampiro, eventualmente se tornaria um subjugado.

— Isso tudo é muito interessante — disse Simon. — Mas não explica por que estão nos encarando.

Isabelle olhou para eles.

383

— Estão encarando *você*. Talvez o mestre tenha morrido e estejam procurando outro vampiro para ser o dono deles. Você pode ter bichinhos de estimação. — Ela sorriu.

— Ou — disse Simon — talvez estejam aqui pelos bolinhos de batata fritos.

— Humanos subjugados não comem comida. Vivem com uma mistura de sangue de vampiro e sangue animal. Isso os mantém em um estado de animação suspensa. Não são imortais, mas envelhecem muito lentamente.

— Infelizmente — disse Simon, olhando para eles –, não parecem conservar a beleza.

Isabelle endireitou a postura.

— E estão vindo para cá. Acho que já vamos descobrir o que querem.

Os humanos subjugados se moviam como se estivessem sobre rodas. Não pareciam dar passos, e sim deslizar para a frente silenciosamente. Levaram apenas alguns segundos para atravessar o restaurante; quando se aproximaram da mesa de Simon, Isabelle já tinha tirado a adaga afiada como um estilete da bota. O objeto estava sobre a mesa, brilhando sob as luzes fluorescentes do restaurante. Era de uma prata escura, pesada, com cruzes queimadas em ambos os lados do cabo. A maioria das armas repelentes de vampiros parecia conter cruzes, baseando-se, pensou Simon, na crença de que a maioria dos vampiros era cristã. Quem diria que ser da minoria religiosa poderia ser tão vantajoso?

— Já estão perto o bastante — disse Isabelle, enquanto os dois subjugados paravam ao lado da mesa, com os dedos a poucos centímetros da adaga. — Digam o que querem, vocês dois.

— Caçadora de Sombras. — A criatura da esquerda falou com um sussurro sibilado. — Não sabíamos de sua presença nesta situação.

Isabelle ergueu uma sobrancelha delicada.

— E que situação seria esta?

O segundo subjugado apontou um dedo longo e cinza na direção de Simon. A unha na ponta era amarelada e afiada.

— Temos assuntos com o Diurno.

— Não, não têm — disse Simon. — Não faço ideia de quem sejam vocês. Nunca os vi antes.

— Sou o senhor Walker — respondeu a primeira criatura. — Ao meu lado está o senhor Archer. Servimos à criatura vampiresca mais poderosa de Nova York. Líder do maior clã de Manhattan.

— Raphael Santiago — disse Isabelle. — Neste caso devem saber que Simon não faz parte de nenhum clã. É um agente livre.

O senhor Walker deu um sorrisinho contido.

— Meu mestre estava na esperança de que tal situação pudesse ser alterada.

Simon encontrou o olhar de Isabelle do outro lado da mesa. Ela deu de ombros, mas disse:

— Raphael não disse a você que queria que ficasse *longe* do clã?

— Talvez tenha mudado de ideia — sugeriu Simon. — Sabe como ele é. Genioso. Inconstante.

— Não saberia. Não o vejo desde aquela vez em que ameacei matá-lo com um candelabro. Mas ele soube lidar bem com a situação. Não recuou.

— Fantástico — disse Simon. Os dois subjugados estavam olhando para ele. Tinham olhos de uma cor pálida, cinza embranquecida, como neve suja. — Se Raphael me quer no clã, é porque quer algo de mim. Melhor me dizerem o quê.

— Não temos conhecimento dos planos de nosso mestre — disse o senhor Archer com um tom insolente.

— Nada feito, então — disse Simon. — Não vou.

— Se não quer vir conosco, temos autorização para utilizar força para trazê-lo.

A adaga pareceu saltar para a mão de Isabelle; ou, pelo menos, mal pareceu se mover, e mesmo assim a garota a segurava. Ela a girou devagar.

— Eu não faria isso se fosse você.

O senhor Archer exibiu os dentes para ela.

— Desde quando os filhos do Anjo se tornaram guarda-costas de trapaceiros do Submundo? Pensei que estivesse acima destes assuntos, Isabelle Lightwood.

— Não sou a guarda-costas dele — disse Isabelle. — Sou a *namorada*. O que me dá o direito de lhes dar uma surra se o incomodarem. É assim que funciona.

Namorada? Simon ficou espantado o suficiente para olhá-la com surpresa, mas ela estava encarando os dois subjugados, os olhos escuros brilhando. Por um lado, não achava que Isabelle já tinha se referido a si mesma como sua namorada antes. Por outro, era sintomático do quão estranha a vida havia se tornado se *aquilo* era a coisa que mais o espantara esta noite, e não o fato de que tinha acabado de ser convocado para um encontro com o vampiro mais poderoso de Nova York.

— Nosso mestre — disse o senhor Walker, no que provavelmente imaginava ser um tom suave — tem uma proposta para o Diurno...

— O nome dele é Simon. Simon Lewis.

— Para o senhor Lewis. Posso garantir que o senhor Lewis achará muito vantajoso se estiver disposto a nos acompanhar e escutar. Juro pela honra de nosso mestre que não sofrerá nenhum mal, Diurno, e que se quiser recusar a oferta, terá liberdade de fazê-lo.

Meu mestre, meu mestre. O senhor Walker dizia as palavras com uma mistura de adoração e admiração. Simon deu de ombros ligeiramente por dentro. Que coisa horrível ser tão ligado a alguém, e não ter qualquer vontade própria de verdade.

Isabelle estava balançando a cabeça; disse "não" para Simon sem pronunciar as palavras. Provavelmente estava certa, pensou ele. Isabelle era uma excelente Caçadora de

Sombras. Caçava demônios e integrantes do Submundo transgressores — vampiros tratantes, feiticeiros praticantes de magia negra, lobisomens que tivessem se revoltado e comido alguém — desde os 12 anos de idade, e provavelmente era melhor no que fazia do que qualquer Caçador de Sombras da idade dela, com exceção do irmão Jace. E também tinha Sebastian, pensou Simon, que fora melhor do que os dois. Mas ele estava morto.

— Tudo bem — disse ele. — Eu vou.

Os olhos de Isabelle se arregalaram.

— Simon!

Ambos os subjugados esfregaram as mãos, como vilões de uma revista em quadrinhos. O gesto em si não era assustador, na verdade; era o fato de o fazerem exatamente ao mesmo tempo, e da mesma maneira, como se fossem marionetes cujas cordas estivessem sendo puxadas simultaneamente.

— Excelente — disse o senhor Archer.

Isabelle bateu com a faca na mesa com um ruído e se inclinou para a frente, os cabelos negros brilhantes esfregando a mesa.

— Simon — disse com um sussurro urgente. — Não seja tolo. Não há razão para ir com eles. E Raphael é um babaca.

— Raphael é um vampiro mestre — disse Simon. — O sangue dele me fez vampiro. Ele é meu... como quer que o chamem.

— Ancestral, criador, gerador, há milhões de nomes para o que ele fez — disse Isabelle, distraída. — E talvez o sangue dele o tenha feito vampiro. Mas não o fez *Diurno*. — Os olhos de Isabelle o encontraram do outro lado. *Você é Diurno por causa de Jace*. Mas jamais falaria em voz alta; apenas alguns sabiam a verdade, toda a história por trás do que Jace era, e o que Simon era por causa disso. — Não tem que fazer o que ele diz.

— Claro que não tenho — disse Simon, abaixando a voz. — Mas se eu me recusar a ir, acha que Raphael vai deixar para lá? Não vai. Vão continuar vindo atrás de mim. — Lançou um olhar de lado para os subjugados; pareceram concordar, apesar de poder ter sido imaginação. — Vão me incomodar em todo canto. Quando estiver na rua, no colégio, na casa de Clary...

— E daí? Clary não dá conta? — Isabelle jogou as mãos para o alto. — Tudo bem. Pelo menos me deixe ir junto.

— Certamente não — interrompeu o senhor Archer. — Esta não é uma questão para Caçadores de Sombras. É assunto das Crianças Noturnas.

— Não vou...

— A Lei nos confere o direito de conduzir nossos negócios de forma privada. — O senhor Walker disse automaticamente. — Com a nossa espécie.

Simon olhou para eles.

— Deem-nos um momento, por favor — disse. — Quero conversar com Isabelle.

Fez-se um instante de silêncio. Ao redor deles a vida no restaurante continuava. O lugar estava começando a receber sua onda de movimentação noturna com o final do filme no cinema daquele quarteirão, e as garçonetes se apressavam, carregando pratos quentes de comida para fregueses; casais riam e conversavam nas mesas próximas; cozinheiros gritavam pedidos uns para os outros por trás do balcão. Ninguém olhava para eles ou percebia que algo estranho se passava. Simon já estava acostumado a feitiços de disfarce, mas não conseguia conter a sensação às vezes, quando estava com Isabelle, de estar preso atrás de uma parede invisível de vidro, afastado do resto da humanidade e de seu cotidiano.

— Tudo bem — disse o senhor Walker, recuando. — Mas nosso mestre não gosta de esperar.

Recuaram em direção à porta, aparentemente imunes às rajadas de ar frio de quando alguém entrava ou saía, e ficaram parados como estátuas. Simon voltou-se para Isabelle.

— Tudo bem — disse. — Não vão me machucar. Não *podem* me machucar. Raphael sabe tudo sobre... — Gesticulou desconfortavelmente para a testa. — Isto.

Isabelle esticou o braço para o outro lado da mesa e afastou o cabelo dele, o toque mais clínico do que carinhoso. Ela estava franzindo o cenho. O próprio Simon já tinha olhado para a Marca vezes o suficiente, no espelho, para saber bem como era. Como se alguém tivesse usado um pincel fino para delinear um desenho simples na testa, um pouco acima e bem no meio dos olhos. A forma parecia mudar às vezes, como as imagens encontradas em nuvens, mas era sempre nítida, preta, e de alguma forma parecia perigosa, como um sinal de alerta escrito em outra língua.

— Realmente... funciona? — sussurrou.

— Raphael acha que sim — respondeu Simon. — E não tenho motivo para achar que não. — Ele pegou o pulso dela e afastou-o do rosto. — Vai ficar tudo bem, Isabelle.

Ela suspirou.

— Cada parte do meu treinamento diz que não é uma boa ideia.

Simon apertou os dedos dela.

— Qual é. Está curiosa quanto ao que Raphael quer, não está?

Isabelle afagou a mão dele e recostou-se na cadeira.

— Conte tudo quando voltar. E ligue para mim *primeiro*.

— Vou ligar. — Simon se levantou, fechando o zíper do casaco. — E me faça um favor? Dois favores, na verdade.

Isabelle olhou para ele levemente entretida.

— O quê?

— Clary disse que estaria treinando no Instituto hoje à noite. Se encontrá-la, não diga aonde fui. Ela vai se preocupar à toa.

Isabelle revirou os olhos.

— Ok, eu faço. Segundo favor?

Simon se inclinou sobre a mesa e a beijou na bochecha.

— Experimente o borscht antes de ir embora. É fantástico.

O senhor Walker e o senhor Archer não eram companhias muito falantes. Conduziram Simon silenciosamente pelas ruas do Lower East Side, muitos passos à frente dele com aquele estranho ritmo deslizante. Estava ficando tarde, mas as calçadas da cidade estavam cheias de gente — terminando o turno da noite, apressando-se para casa depois do jantar, cabeças baixas, colarinhos levantados para se protegerem contra o vento frio. Na St. Mark's Place havia mesas armadas pelo meio fio, vendendo de tudo, desde meias baratas e desenhos a lápis de Nova York a incensos de madeira de sândalo esfumaçados. Folhas rangiam pela calçada como ossos secos. O ar cheirava a exaustor de carro misturado à madeira de sândalo, e, abaixo disso, o cheiro de seres humanos — pele e sangue.

O estômago de Simon embrulhou. Tentava manter garrafas de sangue animal no quarto em quantidades suficientes — tinha uma pequena geladeira no fundo do armário agora, onde a mãe não veria — para nunca sentir fome. O sangue era nojento. Achava que iria se acostumar, e até mesmo começaria a querer, mas apesar de matar as pontadas de fome, não havia nada naquilo que o fizesse gostar como outrora gostou de um chocolate, de burritos vegetarianos ou de sorvetes de café. Continuava sendo sangue.

Mas sentir fome era pior. Sentir fome significava que podia sentir o cheiro de coisas que não queria detectar — sal sobre pele; o aroma demasiadamente maduro e doce de sangue exalando dos poros de estranhos. Isso o deixava faminto, confuso e inteiramente errado. Curvando-se, ele enfiou os punhos nos bolsos do casaco e tentou respirar pela boca.

Viraram à direita na Third Avenue e pararam diante de um restaurante cuja placa dizia CLOISTER CAFÉ. JARDIM ABERTO O ANO INTEIRO. Simon piscou para a placa.

— O que estamos fazendo aqui?

— Este é o local de encontro escolhido por nosso mestre. — O tom do senhor Walker era neutro.

— Hum. — Simon estava confuso. — Pensei que o estilo de Raphael fosse mais, você sabe, marcar reuniões sobre uma catedral não consagrada ou em alguma cripta cheia de ossos. Nunca me pareceu um cara do tipo restaurante da moda.

Ambos os subjugados o encararam.

— Algum problema, Diurno? — perguntou o senhor Archer afinal.

Simon se sentiu, de alguma forma, censurado.

— Não. Problema nenhum.

O interior do restaurante era escuro, e havia um bar com bancada de mármore percorrendo uma parede. Nenhum servente ou garçom se aproximou deles ao atravessarem a sala até uma porta no fundo, passarem por esta, e se dirigirem ao jardim.

Muitos restaurantes em Nova York têm varandas em jardins; poucos ficavam abertos nesta época do ano. Este ficava em um pátio entre diversos prédios. As paredes tinham sido pintadas com murais *trompe l'oeil* exibindo jardins italianos cheios de flores. As árvores, suas folhas douradas e vermelhas com o outono, estavam cheias de correntes de luzes brancas, e lâmpadas de calor espalhadas entre as mesas emitiam um brilho avermelhado. Um pequeno chafariz jorrava musicalmente no centro do pátio.

Apenas uma mesa estava ocupada, e não era por Raphael. Uma mulher esguia com um chapéu de aba larga sentava-se à mesa perto da parede. Enquanto Simon observava confuso, ela levantou a mão e acenou. Ele virou e olhou atrás de si; evidentemente, não havia ninguém lá. Walker e Archer tinham começado a se mover novamente; perplexo, Simon os seguiu ao atravessarem o pátio e pararem a alguns centímetros de onde a mulher se sentava.

Walker se inclinou acentuadamente.

— Mestra — disse.

A mulher sorriu.

— Walker — disse. — E Archer. Muito bem. Obrigada por trazerem Simon até mim.

— Espere um instante. — O olhar de Simon foi da mulher para os dois subjugados novamente. — Você não é Raphael.

— Céus, não. — A mulher tirou o chapéu. Uma enorme quantidade de cabelos louros prateados, brilhantes sob as luzes de natal, caía sobre os ombros. Tinha o rosto liso, branco e oval, muito bonito, dominado por enormes olhos verde-claros. Usava luvas negras compridas, uma blusa de seda preta, uma saia justa e um cachecol preto amarrado no pescoço. Era impossível adivinhar a idade dela, ou pelo menos a idade que tinha quando havia sido transformada em vampira. — Sou Camille Belcourt. É um prazer conhecê-lo.

Estendeu a mão que estava coberta por uma luva preta.

— Disseram-me que encontraria Raphael Santiago aqui — disse Simon, sem pegar a mão da dama. — Você trabalha para ele?

Camille Belcourt riu como um chafariz jorrando água.

— Certamente não! Apesar de ele outrora ter trabalhado para mim.

E Simon lembrou. *Pensei que o vampiro-chefe fosse outra pessoa*, dissera a Raphael uma vez, em Idris, parecia uma eternidade atrás.

Camille ainda não voltou para nós, respondera Raphael. *Eu sou o líder durante a ausência dela.*

— É a vampira-chefe — disse Simon. — Do clã de Manhattan. — Voltou-se então para os subjugados. — Vocês me enganaram. Disseram que eu viria encontrar Raphael.

— Disse que encontraria nosso mestre — respondeu o senhor Walker. Tinha olhos vastos e vazios, tão vazios que Simon ficou imaginando se realmente teriam tido intenção de enganá-lo ou se eram simplesmente programados como robôs para dizerem o que quer que o mestre mandasse dizer, e desconhecessem desvios do script. — E aqui está nosso mestre.

— De fato. — Camille sorriu um sorriso brilhante para os subjugados. — Por favor, deixem-nos, Walker, Archer. Preciso conversar com Simon a sós. — Havia algo na maneira como ela disse, tanto seu nome quanto a palavra "sós", que parecia uma carícia secreta.

Os subjugados se curvaram e recuaram. Enquanto o senhor Archer virava e se afastava, Simon viu uma marca na lateral da garganta, um ferimento profundo, tão escuro que parecia tinta, com dois pontos mais escuros no interior. Os pontos mais escuros eram perfurações, circuladas com carne ressecada e rasgada. Simon sentiu um tremor silencioso percorrer o corpo.

— Por favor — disse Camille, e afagou o assento ao lado dela. — Sente-se. Quer um pouco de vinho?

Simon se sentou, empoleirando-se desconfortavelmente na beira de uma cadeira dura de metal.

— Não bebo.

— Claro — disse ela, solidária. — Mal é um incipiente, não é? Não se preocupe demais. Com o tempo vai se treinar para consumir vinho e outras bebidas. Alguns dos mais velhos da nossa espécie podem consumir comida com poucos efeitos negativos.

Poucos efeitos negativos? Simon não gostou de como aquilo soou.

— Vamos demorar muito? — perguntou ele, olhando fixo para o celular, que lhe informou que passava das dez e meia. — Tenho que ir para casa.

Camille tomou um gole de vinho.

— Tem? E por quê?

Porque minha mãe está me esperando acordada. Tudo bem, não havia razão para que esta mulher precisasse saber.

— Você interrompeu meu encontro — disse ele. — Só estava imaginando o que poderia ser tão importante.

— Ainda mora com sua mãe, não mora? — perguntou, repousando a taça. — Estranho, não é, um vampiro poderoso como você se recusando a sair de casa, a se juntar a um clã?

— Então interrompeu meu encontro para caçoar de mim por ainda morar em casa. Não podia ter feito isso em uma noite em que eu não tivesse um encontro? É o caso da maioria das noites, caso esteja curiosa.

— Não estou caçoando de você, Simon. — Passou a língua pelo lábio inferior, como se estivesse saboreando o gosto do vinho que acabara de beber. — Quero saber por que não se tornou parte do clã de Raphael.

Que é o mesmo que o seu, não?

— Tive a forte impressão de que ele não queria que eu fizesse parte — respondeu Simon. — Ele basicamente disse que me deixaria em paz, se eu fizesse o mesmo. Então o deixei em paz.

— *Deixou.* — Os olhos verdes brilharam.

— Nunca quis ser vampiro — disse Simon, meio imaginando por que estava contando estas coisas para esta mulher estranha. — Queria uma vida normal. Quando descobri que era Diurno, pensei que pudesse ter uma. Ou ao menos algo perto disso. Posso frequentar o colégio, morar em casa, posso ver minha mãe e minha irmã...

— Contanto que jamais coma na frente deles — disse Camille. — Contanto que esconda a necessidade de sangue. Nunca se alimentou de um humano, não é? Só sangue empacotado. Velho. Animal. — Ela franziu o nariz.

Simon pensou em Jace, e afastou o pensamento rapidamente. Jace não era precisamente *humano.*

— Não, nunca.

— Um dia vai. E quando o fizer, não vai esquecer. — Ela se inclinou para a frente, e o cabelo claro esfregou na mão dele. — Não pode esconder quem verdadeiramente é para sempre.

— Que adolescente não mente para os pais? — disse Simon. — Seja como for, não vejo por que se importa. Aliás, ainda não sei por que estou aqui.

Camille se inclinou para a frente. Quando o fez, o colarinho da blusa preta de seda se abriu. Se Simon ainda fosse humano, teria enrubescido.

— Pode me deixar ver?

Simon sentiu os olhos saltarem das órbitas.

— Ver o quê?

Ela sorriu.

— A Marca, tolinho. A Marca do Andarilho.

Simon abriu a boca e, em seguida, fechou novamente. *Como ela sabe?* Pouquíssimas pessoas sabiam da Marca que Clary tinha posto nele em Idris. Raphael havia insinuado se tratar de um assunto de segredo mortal, e Simon o tratara como tal.

Mas os olhos de Camille eram muito verdes e firmes, e, por algum motivo, ele queria fazer o que ela desejava que fizesse. Alguma coisa na maneira como olhava para ele, algo na musicalidade da voz. Esticou o braço e afastou o cabelo, exibindo a testa para inspeção.

Os olhos de Camille se arregalaram, os lábios se abrindo. Levemente tocou a garganta com os dedos, como se estivesse checando o pulso inexistente lá.

— Oh — disse. — Como tem sorte, Simon. Quanta sorte.

— É uma maldição — disse. — Não é uma benção. Sabe disso, certo?

Os olhos da vampira brilharam.

— "E Caim disse para o Senhor, meu castigo é maior do que posso suportar." É maior do que pode suportar, Simon?

Simon se recostou, deixando o cabelo cair de volta para o lugar.

— Posso suportar.

— Mas não quer. — Ela passou um dedo enluvado na borda da taça de vinho, com os olhos fixos nele. — E se eu pudesse oferecer uma forma de transformar o que você considera uma maldição em uma vantagem?

Diria que finalmente está chegando na razão pela qual me trouxe aqui, o que é um começo.

— Estou ouvindo.

— Reconheceu meu nome quando o disse a você — falou Camille. — Raphael já falou de mim, não falou? — Ela tinha um sotaque, muito fraco, que Simon não conseguia situar.

— Ele disse que você era a líder do clã, e que ele só estava comandando durante sua ausência. Assumindo o lugar como... como um vice-presidente, ou coisa do tipo.

— Ah. — Camille mordeu levemente o lábio inferior. — Isso, por sinal, não é exatamente verdade. Gostaria de lhe contar a verdade, Simon. Gostaria de fazer uma oferta. Mas primeiro preciso de sua palavra em um assunto.

— E qual seria?

— De que tudo que se passar entre nós aqui esta noite permanecerá segredo. Ninguém pode saber. Nem sua amiguinha ruiva, Clary. Nem suas amigas. Nenhum dos Lightwood. Ninguém.

Simon se recostou mais uma vez.

— E se eu não quiser prometer?

— Então pode se retirar, se assim desejar — respondeu. — Mas então nunca saberá o que eu queria contar. E irá lamentar esta perda.

— Estou curioso — afirmou Simon. — Mas não sei se estou tão curioso assim.

Os olhos de Camille tinham uma pequena faísca de surpresa e divertimento, e talvez, pensou Simon, até mesmo algum respeito.

— Nada do que tenho a lhe dizer os envolve. Não afetará a segurança de nenhum deles, ou o bem-estar. O segredo é para minha segurança.

Simon a olhou com desconfiança. Estava falando sério? Vampiros não eram como fadas, que não podiam mentir. Mas tinha que admitir que estava curioso.

— Tudo bem. Guardo o segredo, a não ser que eu ache que algo que está dizendo represente perigo para meus amigos. Neste caso, vale tudo.

O sorriso dela era gelado; Simon podia perceber que Camille não gostava que desconfiassem dela.

— Muito bem — disse ela. — Suponho que não tenha tanta escolha quando preciso tanto assim da sua ajuda. — Inclinou-se para a frente, uma mão esguia ainda brincando com a base da taça de vinho. — Até muito pouco tempo liderei o clã de Manhattan, e com muita satisfação. Tínhamos belas dependências em um velho prédio pré-guerra no Upper West Side, não naquela toca de ratos daquele hotel em que Santiago mantém as pessoas. Santiago, ou Raphael, como você chama, era meu homem de confiança. Meu companheiro mais leal, ou, pelo menos, era o que eu achava. Uma noite descobri que ele estava assassinando humanos, atraindo-os para o hotel no Spanish Harlem, e bebendo sangue por diversão. Deixava os ossos no lixão do lado de fora. Correndo riscos estúpidos, violando a Lei do Pacto. — Tomou um gole de vinho. — Quando fui confrontá-lo, percebi que ele tinha contado ao resto do clã que eu era a assassina, a transgressora. Foi tudo uma armação. Ele tinha a intenção de me matar, para obter poder. Fugi, tendo apenas Walker e Archer para me oferecer segurança.

— E por todo este tempo ele alegou estar liderando até a sua volta?

Ela fez uma careta.

— Santiago é um mentiroso de talento. Deseja que eu volte, isso é certo, para poder me matar e assumir o clã.

Simon não tinha certeza quanto ao que ela gostaria de ouvir. Não estava acostumado a mulheres adultas olhando para ele com olhos grandes e cheios de lágrimas, ou despejando suas histórias de vida em cima dele.

— Sinto muito — disse, afinal.

Ela deu de ombros, de forma tão expressiva que ele ficou imaginando se talvez aquele sotaque fosse francês.

— Passado — falou. — Estive escondida em Londres durante todo este tempo, procurando aliados, ganhando tempo. Então ouvi falar de você. — Levantou a mão. — Não posso lhe dizer como; jurei segredo. Mas assim que soube, percebi que era por você que eu esperava.

— Eu era? Sou?

Ela se inclinou para a frente e tocou a mão dele.

— Raphael tem medo de você, Simon, e com razão. É da espécie dele, um vampiro, mas não pode ser ferido ou morto; ele não pode erguer um dedo contra você sem trazer a fúria de Deus contra a própria cabeça.

Fez-se silêncio. Simon pôde ouvir o murmúrio elétrico suave das luzes de Natal acima, a água caindo no chafariz de pedra do pátio, o chiado e o ruído da cidade. Quando ele falou, a voz saiu suave:

— Você disse.

— O quê, Simon?

— A palavra. A fúria de... — A palavra ardeu e queimou em sua boca, como sempre acontecia.

— Sim. *Deus.* — Ela retirou a mão, mas os olhos eram calorosos. — Há muitos segredos na nossa espécie, tantos que posso contar, mostrar. Aprenderá que não é amaldiçoado.

— Senhorita...

— Camille. Deve me chamar de Camille.

— Ainda não entendi o que quer de mim.

— Não? — Ela balançou a cabeça, e os cabelos brilhantes esvoaçaram diante de seu rosto. — Quero que se junte a mim, Simon. Se junte a mim contra Santiago. Entraremos juntos no hotel infestado de ratos; assim que os seguidores virem que você está comigo, o deixarão para ficar do meu lado. Acredito que por baixo do medo que sentem dele, são leais a mim. Acredito que quando nos virem juntos, o medo vai desaparecer e virão para o nosso lado. Homens não podem lutar contra o divino.

— Não sei — disse Simon. — Na Bíblia, Jacó lutou contra um anjo e venceu.

Camille olhou para ele com as sobrancelhas erguidas.

Simon deu de ombros.

— Escola hebraica.

— "E Jacó chamou o nome do lugar de Peniel: pois vi Deus cara a cara." Veja bem, você não é o único que conhece as escrituras. — O olhar cerrado havia desaparecido, e ela estava sorrindo. — Pode não perceber, Diurno, mas enquanto tiver essa Marca, é o braço vingador do céu. Ninguém pode se colocar diante de você. Certamente não um vampiro.

— Você tem medo de mim? — perguntou Simon.

E arrependeu-se quase instantaneamente de dizê-lo. Os olhos negros da mulher escureceram como nuvens de tempestade.

— Eu, medo de você? — Mas ela logo se recobrou, o rosto se acalmou, a expressão suavizada. — Claro que não — respondeu. — Você é um homem inteligente. Estou convencida de que vai enxergar a sabedoria da proposta que faço e se juntará a mim.

— E qual exatamente é a sua proposta? Quero dizer, entendo a parte em que vamos enfrentar Raphael, mas e depois? Não detesto Raphael de fato, nem quero me livrar dele só por me livrar. Ele me deixa em paz. É tudo o que eu sempre quis.

Ela cruzou as mãos diante de si. Usava um anel prateado com uma pedra azul no dedo médio esquerdo, sobre o tecido da luva.

— Acha que é isso que quer, Simon. Acha que Raphael está lhe fazendo um favor em deixá-lo em paz, como colocou. Na verdade ele o está isolando. Neste momento, você acredita que não precisa de outros da sua espécie. Está contente com os amigos que tem, humanos e Caçadores de Sombras. Contenta-se em esconder garrafas de sangue no quarto e em mentir para a sua mãe quanto a quem é.

— Como é que você...

Ignorando-o, ela prosseguiu:

— Mas e daqui a dez anos, quando em tese terá 26 anos? Em vinte anos? Trinta? Acha que ninguém vai perceber que as pessoas envelhecem e mudam, e você não?

Simon não disse nada. Não queria admitir que não tinha pensado tão à frente. Que não queria pensar tão à frente.

— Raphael lhe ensinou que outros vampiros são prejudiciais. Mas não precisa ser assim. A eternidade é um tempo muito longo para se passar sozinho, sem outros da sua espécie. Outros que entendam. É amigo de Caçadores de Sombras, mas nunca poderá ser um deles. Sempre será diferente e de fora. Conosco pode fazer parte de algo. — Enquanto se inclinava para a frente, uma luz branca brilhou do anel, agredindo os olhos de Simon. — Temos milhares de anos de conhecimentos que podemos compartilhar com você, Simon. Pode aprender a manter seu segredo; como comer e beber, como falar o nome de Deus. Raphael foi cruel ao esconder estas informações de você, e até o levou a pensar que não existem. Existem. Posso ajudá-lo.

— Se eu ajudar você primeiro — observou Simon.

Ela sorriu, seus dentes eram brancos e afiados.

— Ajudaremos um ao outro.

Simon se inclinou para trás. A cadeira de ferro era dura e desconfortável, e ele de repente se sentiu cansado. Olhando para as próprias mãos, podia perceber que as veias tinham escurecido, espalhando-se pela parte de trás das juntas. Precisava de sangue. Precisava conversar com Clary. Precisava de tempo para pensar.

— Está abalado — disse Camille. — Entendo. É muito para absorver. Ficaria feliz em oferecer o tempo de que precisasse para se decidir quanto a isso, e quanto a mim. Mas não temos muito tempo, Simon. Enquanto estiver na cidade, corro perigo por causa de Raphael e seus comparsas.

— Comparsas? — Apesar de tudo, Simon deu um sorrisinho.

Camille pareceu espantada.

— Sim?

— Bem, é que... "comparsas". É como dizer "malfeitores" ou "capangas". — Ela o encarou confusa. Simon suspirou. — Desculpe. Provavelmente não assistiu a tantos filmes ruins quanto eu.

395

Camille franziu o cenho ligeiramente, uma linha muito fina aparecendo entre as sobrancelhas.

— Fui informada de que você seria ligeiramente peculiar. Talvez seja apenas porque não conheço muitos vampiros de sua geração. Mas isso será bom para mim, sinto, estar perto de alguém tão... jovem.

— Sangue novo — disse Simon.

Com isso ela enfim sorriu.

— Então está pronto? Para aceitar minha oferta? Para começar a trabalhar comigo?

Simon olhou para o céu. As cordas de luzinhas brancas pareciam ofuscar as estrelas.

— Veja — falou ele —, aprecio sua oferta. De verdade. — *Droga*, pensou. Tinha que haver algum jeito de dizer isso sem que soasse como se estivesse recusando um convite para o baile de formatura. *Fico muito, muito lisonjeado que tenha me pedido, mas...* Camille, como Raphael, falava rija e formalmente, como se estivesse em um conto de fadas. Talvez ele pudesse tentar isso. Então disse: — Necessito de algum tempo para tomar minha decisão. Tenho certeza de que compreende.

Muito delicadamente, ela sorriu, mostrando apenas as pontas das presas.

— Cinco dias — respondeu. — Não mais. — Estendeu a mão enluvada para ele. Algo brilhava na palma. Era um pequeno frasco de vidro, mais ou menos do tamanho de um frasco de amostra grátis de perfume, mas parecia cheio de um pó amarronzado. — Terra de sepultura — explicou. — Esmague isto, e saberei que está me invocando. Se não me chamar em cinco dias, enviarei Walker para buscar a resposta.

Simon pegou o frasco e o colocou no bolso.

— E se a resposta for não?

— Ficarei decepcionada. Mas nos separaremos como amigos. — Ela empurrou a taça de vinho. — Até logo, Simon.

Simon se levantou. A cadeira emitiu um ruído chiado ao ser arrastada sobre o chão, alto demais. Sentiu como se devesse dizer mais alguma coisa, mas não tinha ideia do quê. Todavia, por enquanto, parecia dispensado. Decidiu que preferia parecer um daqueles vampiros modernos estranhos com maus modos a arriscar ser arrastado novamente para a conversa. Saiu sem dizer mais nada.

No caminho de volta pelo restaurante, passou por Walker e Archer, que estavam perto do grande bar de madeira, com os ombros encolhidos sob os longos casacos cinzentos. Sentiu a força dos olhares nele ao passar e acenou com os dedos para eles — um gesto que estava entre um aceno amigável e um descarte. Archer mostrou os dentes — dentes humanos e lisos — e passou por ele em direção ao jardim, com Walker logo atrás. Simon observou enquanto tomavam os respectivos lugares nas cadeiras diante de Camille; ela não levantou o olhar enquanto eles se sentaram, mas as luzes brancas que iluminavam o jardim se apagaram repentinamente — não uma por uma, mas todas de uma vez — deixando Simon olhando para um bloco desorientador de escuridão, como se alguém tivesse apagado as estrelas. Quando os garçons perceberam e se apressaram para o lado de fora, para corrigir o problema, inundando o jardim com luzes fracas outra vez, Camille e os humanos subjugados tinham desaparecido.

Simon destrancou a porta da frente de casa — uma de uma longa fileira de casas idênticas de tijolos que preenchiam aquele quarteirão do Brooklyn — e a abriu levemente, escutando com atenção.

Tinha dito para a mãe que ia ensaiar com Eric e os outros colegas de banda para um show no sábado. Houve um tempo em que ela simplesmente teria acreditado nele, e a história acabaria aí; Elaine Lewis sempre foi uma mãe tranquila, nunca impusera horário de voltar para casa nem a Simon nem à irmã, nunca insistiu que voltassem cedo em dias de semana. Simon estava acostumado a passar horas na rua com Clary, entrar com a própria chave e cair na cama às duas da manhã, comportamento que não suscitava grandes comentários da parte da mãe.

As coisas eram diferentes agora. Tinha estado em Idris, o país natal dos Caçadores de Sombras, por quase duas semanas. Havia desaparecido de casa, sem chance de oferecer uma desculpa ou explicação. O feiticeiro Magnus Bane havia assumido as rédeas da situação e executado um feitiço de memória na mãe de Simon de modo que ela agora não tinha qualquer lembrança do sumiço do filho. Ou, ao menos, nenhuma lembrança *consciente*. Mas seu comportamento tinha mudado. Agora ela desconfiava, ficava por perto, sempre observando, insistindo que estivesse em casa em determinado horário. Na última vez em que ele voltara de um encontro com Maia, se deparou com Elaine na entrada, sentada em uma cadeira na frente da porta, com os braços cruzados, e um olhar de fúria mal controlada no rosto.

Naquela noite tinha conseguido ouvi-la respirando antes de vê-la. Agora só escuta o ruído fraco da televisão vindo da sala. Devia estar esperando por ele acordada, provavelmente assistindo a alguma maratona de um daqueles dramas de hospital que adorava. Simon fechou a porta e se apoiou nela, tentando reunir forças para mentir.

Era difícil o bastante não comer na presença da família. Por sorte a mãe saía cedo para o trabalho e voltava tarde, e Rebecca, que fazia faculdade em Nova Jersey e só aparecia em casa ocasionalmente para lavar a roupa, não estava presente o suficiente para perceber nada de estranho. A mãe normalmente já tinha saído pela manhã quando ele acordava, e o café e o almoço que havia preparado com tanto amor já estavam colocados na bancada da cozinha. Ele os jogava no lixo no caminho do colégio. O jantar era mais difícil. Nas noites em que ela estava presente, ele tinha que espalhar a comida pelo prato, fingir que não estava com fome, ou que queria comer no quarto enquanto estuda. Uma ou duas vezes forçou a comida a descer só para agradá-la, e passou horas no banheiro depois, suando e vomitando até eliminar tudo do sistema.

Detestava ter de mentir para ela. Sempre sentiu um pouco de pena de Clary, pela relação pesada com Jocelyn, a mãe mais superprotetora que ele já conhecera. Agora a situação estava invertida. Desde a morte de Valentim, a garra de Jocelyn em Clary tinha relaxado a ponto de ela ser quase uma mãe normal. Enquanto isso, sempre que Simon estava em casa, podia sentir o peso do olhar da própria mãe, como uma acusação, aonde quer que fosse.

Esticando os ombros, ele derrubou a bolsa-carteiro perto da porta e foi para a sala encarar a realidade. A televisão estava ligada, com o noticiário passando. O âncora local narrava algo para mexer com a emoção do público — um bebê encontrado abandonado em um beco atrás de um hospital no centro da cidade. Simon se surpreendeu. A mãe detestava o noticiário. Achava deprimente. Ele olhou para o sofá, e a surpresa desapareceu. Ela estava dormindo, os óculos na mesa ao lado, um copo no chão, o conteúdo pela metade. Simon podia sentir o cheiro daqui — provavelmente uísque. Sentiu uma pontada. A mãe quase nunca bebia.

Simon foi para o quarto dela e voltou com um cobertor de crochê. Elaine continuava dormindo, a respiração lenta e uniforme. Era uma mulher pequena como uma ave, e tinha uma auréola de cabelos negros cacheados, com marcas grisalhas que se recusava a pintar. Trabalhava durante o dia para uma ONG ambiental, e a maioria de suas roupas possuía uma temática animal. Neste momento estava com um vestido com estampa de golfinhos e ondas e um pregador que outrora fora um peixe de verdade, mergulhado em resina. O olho envernizado parecia encarar Simon em tom de acusação enquanto ele se curvava para envolver o cobertor sobre os ombros da mãe.

Ela se moveu, espasmódica, virando a cabeça para o outro lado.

— Simon — sussurrou. — Simon, onde você está?

Arrasado, Simon soltou o cobertor e se levantou. Talvez devesse acordá-la, avisar que estava bem. Mas neste caso haveria perguntas que não queria responder, e aquele olhar ferido no rosto dela que não suportava. Ele se virou e foi para o quarto.

Tinha se jogado na cama e agarrado o telefone da cabeceira, prestes a discar o número de Clary, sem sequer parar para pensar. Pausou por um instante, escutando o barulho da linha. Não podia contar a ela sobre Camille; tinha prometido manter em segredo a oferta da vampira, e apesar de não se sentir em dívida com Camille, se tinha algo que havia aprendido ao longo dos últimos meses, era que renegar promessas feitas a criaturas sobrenaturais era uma péssima ideia. Mesmo assim, queria ouvir a voz de Clary, como sempre acontecia quando tinha um dia ruim. Bem, podia sempre reclamar para ela sobre a vida amorosa; isso parecia diverti-la infinitamente. Rolando na cama, puxou o travesseiro sobre a cabeça e discou o número de Clary.

Capítulo 2

QUEDA

— Então, se divertiu com Isabelle hoje? — Clary, com o telefone colado na orelha, retorceu-se cuidadosamente de uma longa viga para a outra. As vigas ficavam a seis metros de altura nos caibros do sótão do Instituto, onde se localizava a sala de treinamento. Andar pelas vigas deveria ensinar a pessoa a se equilibrar. Clary as detestava. Seu medo de altura tornava a coisa toda doentia, apesar da corda elástica amarrada na cintura que deveria impedi-la de atingir o chão se caísse. — Já contou a ela sobre Maia?

Simon emitiu um ruído fraco e evasivo que Clary sabia que significava um "não". Podia ouvir música ao fundo; conseguia visualizá-lo deitado na cama, o som tocando suavemente enquanto conversava com ela. Soava cansado, aquele tipo de cansaço profundo que ela sabia que queria dizer que o tom leve não refletia o estado de espírito. Ela perguntou se ele estava bem diversas vezes no início da conversa, mas Simon descartou a preocupação.

Ela riu com desdém.

— Está brincando com fogo, Simon. Espero que saiba.

— Não sei. Você realmente acha tão sério? — Simon soava lamurioso. — Não tive uma única conversa com Isabelle ou Maia sobre exclusividade.

— Deixa eu te contar uma coisa sobre garotas. — Clary se sentou em uma viga, deixando as pernas penduradas no ar. As janelas de meia-lua do sótão estavam abertas, o ar noturno frio entrava, refrescando sua pele suada. Ela sempre achara que os Caçadores de Sombras treinassem com roupas de um tecido grosso, que pareciam de couro, mas, aparentemente, estas eram para treinos posteriores, que envolviam armas. Para o tipo de treinamento que estava cumprindo (exercícios para aumentar a flexibilidade, velocidade e senso de equilíbrio), ela usava uma camiseta leve e calças folgadas que a faziam se lembrar de um uniforme de hospital. — Mesmo que não tenha tido a conversa sobre exclusividade, elas vão se irritar se descobrirem que você está saindo com alguém que elas conhecem sem ter contado nada. É uma regra dos relacionamentos.

— Bem, como é que eu ia saber sobre essa regra?

— Todo mundo sabe sobre a essa regra.

— Pensei que você estivesse do meu lado.

— Estou do seu lado!

— Então por que não está sendo mais solidária?

Clary trocou o telefone de orelha e olhou para as sombras abaixo dela. Onde estava Jace? Tinha saído para pegar outra corda e disse que voltaria em cinco minutos. Claro, se a visse ao telefone ali em cima, provavelmente a mataria. Ele raramente ficava encarregado do treinamento de Clary — normalmente era Maryse, Kadir ou um dos diversos outros membros do Conclave de Nova York, trabalhando temporariamente até que um substituto para o antigo tutor do Instituto, Hodge, pudesse ser encontrado —, mas quando era tarefa sua, ele levava muito a sério.

— Porque — respondeu ela — seus problemas não são problemas de verdade. Está saindo com duas garotas lindas simultaneamente. Pense um pouco. É tipo... o problema de um astro do rock.

— Ter problemas de um astro do rock pode ser o mais próximo que um dia chegarei de ser de fato um astro do rock.

— Ninguém mandou batizar sua banda de Mofo Devasso, meu caro.

— Agora se chama Millenium Lint! — protestou Simon.

— Ouça, apenas resolva isto antes do casamento. Se as duas pensam que vão com você, e descobrirem na hora que está saindo com ambas, vão matá-lo. — Ela se levantou. — E aí vai estragar o casamento da minha mãe, e ela vai matá-lo. Então vai morrer duas vezes. Bem, três vezes, tecnicamente...

— Nunca disse para nenhuma das duas que ia ao casamento com elas! — Simon parecia em pânico.

— Sim, mas é o que elas esperam. É para isso que meninas têm namorados. Para terem quem levar para eventos chatos. — Clary foi para a beira da viga, olhando para as sombras iluminadas por luzes enfeitiçadas abaixo. Tinha um velho círculo de treinamento desenhado no chão; parecia um alvo. — Seja como for, tenho que pular desta viga agora, e, possivelmente, me lançar para minha morte terrível. Falo com você amanhã.

— Tenho ensaio da banda às duas, lembra? Te vejo lá.

— Até amanhã. — Ela desligou e guardou o telefone no sutiã; as roupas leves de treinamento não tinham bolsos, então o que uma garota poderia fazer?

— Então, está planejando ficar aí a noite toda? — Jace apareceu no centro do alvo e olhou para ela.

Estava usando uma roupa de luta, e não de treinamento como Clary, e seus cabelos claros se destacavam, contrastando com o preto. Tinha escurecido levemente desde o fim do verão, e agora era um dourado mais escuro do que claro, o que, Clary achava, ficava ainda melhor nele. Sentia-se absurdamente feliz por agora conhecê-lo há tempo suficiente para notar as pequenas mudanças na aparência.

— Pensei que você fosse subir — gritou ela para baixo. — Mudança de planos?

— Longa história. — Sorriu para ela. — Então? Quer treinar saltos?

Clary suspirou. Treinar saltos envolvia saltos da viga para o espaço vazio e utilizar a corda elástica para se segurar enquanto se empurrava das paredes e dava cambalhotas para cima e para baixo, aprendendo sozinha a girar, chutar e se esquiar sem se preocupar com chãos duros ou com machucados. Já tinha visto Jace fazendo, e ele parecia um anjo caindo do céu, voando pelo ar, girando e rodopiando com uma graça linda de bailarino. Ela, por outro lado, se enrolava como um tatuzinho-de-quintal assim que o chão se aproximava, e o fato de que sabia, racionalmente, que não iria atingi-lo, não parecia fazer grande diferença.

Estava começando a imaginar se ter nascido Caçadora de Sombras não fazia diferença; talvez fosse tarde demais para se transformar em uma, ou, pelo menos, em uma completamente capaz. Ou talvez o dom que fazia dela e de Jace o que eram tivesse sido distribuído desigualmente entre os dois, de forma que ele tivesse recebido toda a graça física, e ela... bem, não muita.

— Vamos, Clary — disse Jace. — Pule.

Ela fechou os olhos e saltou. Por um instante se sentiu pendurada no ar, livre de tudo. Então a gravidade tomou conta, e ela mergulhou em direção ao chão. Instintivamente, encolheu os braços e as pernas, mantendo os olhos bem fechados. A corda se esticou ao máximo e ela voltou, voando para cima novamente antes de cair outra vez. Na medida em que a velocidade diminuiu, ela abriu os olhos e se viu pendurada na ponta da corda, mais ou menos um metro e meio acima de Jace. Ele estava sorrindo.

— Maravilha — disse ele. — Tão graciosa quanto um floco de neve caindo.

— Eu estava gritando? — indagou ela, verdadeiramente curiosa. — Você sabe, durante a queda.

Ele assentiu.

— Por sorte ninguém está em casa ou teriam presumido que eu estava te matando.

— Ha. Você nem sequer me alcança. — Ela chutou com uma perna e girou lentamente no ar.

Os olhos de Jace brilharam.

— Quer apostar?

Clary conhecia aquela expressão.

— Não — disse rapidamente. — O que quer que vá fazer...

Mas já tinha feito. Quando Jace se movia rapidamente, os movimentos individuais eram quase invisíveis. Ela viu a mão dele ir até o cinto, e, em seguida, algo brilhou no ar. Ouviu o som de tecido rompendo acima da cabeça quando a corda foi cortada. Solta, ela caiu livremente, surpresa demais para gritar — diretamente nos braços de Jace. A força os jogou para trás, então se espalharam juntos em um dos tatames, Clary em cima dele. Ele sorriu para ela.

— Agora — disse ele — foi muito melhor. Não gritou nem um pouquinho.

— Não deu tempo. — Clary estava sem fôlego, e não apenas pelo impacto da queda. Estar esticada sobre Jace, o corpo dele contra o seu, fazia com que suas mãos tremessem e o coração batesse mais rápido. Achava que talvez a reação física a ele, as reações de um ao outro, fossem diminuir com a familiaridade, mas isso não tinha acontecido. Se alguma coisa estava mudando, era pra pior à medida que passava tempo com ele... ou melhor, dependendo do ponto de vista.

Ele a encarava com olhos dourados escuros; Clary ficou imaginando se a cor teria se intensificado desde o encontro com Raziel, o Anjo, nas margens do Lago Lyn em Idris. Não podia perguntar a ninguém: apesar de todos saberem que Valentim havia invocado o Anjo, e que o Anjo tinha curado Jace dos ferimentos provocados por Valentim, ninguém além de Clary e Jace sabia que Valentim havia feito mais do que simplesmente machucar o filho adotivo. Tinha esfaqueado Jace no coração como parte da cerimônia de invocação — ele o esfaqueara e o segurara enquanto morria. A enormidade daquilo ainda chocava Clary, e, ela desconfiava, Jace também. Concordaram em nunca contar para ninguém que Jace tinha *morrido*, mesmo que por um breve instante. Era o segredo deles.

Ele esticou o braço e puxou o cabelo do rosto.

— Estou brincando — disse. — Você não é tão ruim assim. Vai chegar lá. Devia ter visto os saltos de Alec no começo. Acho que ele deu um chute na própria cabeça uma vez.

— Claro — disse Clary. — Mas ele provavelmente tinha 11 anos. — Ela olhou para Jace. — Suponho que você sempre tenha sido incrível nisso.

— Nasci incrível. — Ele acariciou a bochecha de Clary com as pontas dos dedos, levemente, mas o suficiente para fazê-la estremecer. Ela não disse nada; ele estava brincando, mas de certa forma era verdade. Jace nasceu para ser o que era. — Até que horas pode ficar hoje à noite?

Um sorrisinho surgiu no rosto de Clary.

— Já acabamos o treino?

— Gostaria de pensar que acabamos a parte da noite em que ele é absolutamente necessário. Apesar de haver algumas coisas que eu gostaria de treinar... — Ele esticou o braço para puxá-la para baixo, mas, naquele instante, a porta se abriu e Isabelle entrou, os saltos altos das botas fazendo barulho no chão de madeira polido.

Ao ver Jace e Clary esparramados no chão, ergueu as sobrancelhas.

— Namorando, percebo. Achei que deveriam estar treinando.

— Ninguém mandou entrar sem bater, Iz. — Jace não se moveu, apenas virou a cabeça para o lado para olhar para Isabelle com uma mistura de irritação e afeto. Clary, no entanto, se levantou desajeitada, esticando as roupas amassadas.

— Aqui é a sala de treinamento. Um espaço público. — Isabelle estava tirando uma das luvas; eram de veludo vermelho brilhante. — Acabei de comprá-las na *Trash and Vaudeville*. Em liquidação. Não acham lindas? Não gostariam de ter um par? — Ela balançou os dedos na direção deles.

— Não sei — disse Jace. — Acho que iam destoar do meu uniforme.

Isabelle fez uma careta.

— Souberam do Caçador de Sombras que encontraram morto no Brooklyn? O corpo estava todo desfigurado, então ainda não sabem quem é. Presumo que tenha sido para lá que a mamãe foi.

— É — respondeu Jace, se sentando. — Reunião da Clave. Encontrei com ela na saída.

— Não me contou isso — disse Clary. — Foi por isso que demorou tanto para buscar corda?

Ele assentiu.

— Desculpe. Não queria preocupá-la.

— O que ele quer dizer — disse Isabelle — é que não queria estragar o clima romântico. — Mordeu o lábio. — Só espero que não seja nenhum conhecido nosso.

— Não acho que possa ser. O corpo foi jogado em uma fábrica abandonada, estava lá há dias. Se fosse algum conhecido, teríamos percebido a ausência. — Jace puxou o cabelo para trás da orelha.

Estava olhando para Isabelle com certa impaciência, pensou Clary, como se estivesse irritado por ela ter tocado no assunto. Ela gostaria que ele tivesse contado mais cedo, mesmo que tivesse afetado o clima. Muito do que ele fazia, do que todos eles faziam, os colocava em constante contato com a realidade da morte. Todos os Lightwood ainda estavam, à sua maneira, de luto pela morte do filho mais novo, Max, que havia morrido simplesmente por estar no lugar errado, na hora errada. Era estranho. Jace tinha aceitado sua decisão de largar a escola e iniciar o treinamento sem um pio, mas se acanhava em discutir os perigos da vida de Caçador de Sombras com ela.

— Vou me trocar — anunciou Clary, e foi para a porta que levava até o pequeno vestiário anexo à área de treinamento.

Era muito simples: paredes claras de madeira, um espelho, um chuveiro e ganchos para roupas. Havia toalhas empilhadas cuidadosamente em um banco de madeira perto da porta. Clary tomou um banho rápido e vestiu as roupas de rua: — meia-calça, botas, saia jeans e um casaco rosa novo. Olhando-se no espelho, viu que tinha um buraco na meia-calça e os cabelos ruivos molhados estavam emaranhados. Jamais ficaria perfeitamente alinhada como Isabelle sempre estava, mas Jace não parecia se importar.

Quando voltou para a sala de treinamento, Isabelle e Jace já tinham deixado o tópico de Caçadores de Sombras mortos para trás, e tratavam de algo que ele parecia achar ainda mais horripilante — o encontro de Isabelle com Simon.

— Não posso acreditar que ele realmente tenha te levado para um restaurante de fato. — Jace estava de pé agora, guardando os tatames e a roupa de treinamento enquanto Isabelle se apoiava na parede e brincava com as luvas novas. — Pensei que a ideia dele de encontro fosse te fazer assisti-lo jogar *World of Warcraft* com os amigos nerds.

— Eu — observou Clary — sou uma das amigas nerds dele, muito obrigada.

Jace deu um sorrisinho para ela.

— Não era exatamente um restaurante. Era mais uma lanchonete. Com sopa rosa que ele queria que eu experimentasse — disse Isabelle, pensativa. — Ele foi um doce.

Clary se sentiu imediatamente culpada por não contar a ela — nem a Jace — sobre Maia.

— Ele disse que vocês se divertiram.

O olhar de Isabelle se desviou para ela. Havia uma característica peculiar na expressão de Isabelle, como se estivesse escondendo alguma coisa, mas desapareceu antes que Clary pudesse ter certeza de que sequer tinha estado lá.

— Você falou com ele?

— Falei, ele me ligou há alguns minutos. Só para dar um oi. — Clary deu de ombros.

— Entendo — disse Isabelle, a voz repentinamente viva e fria. — Bem, como falei, ele é um doce. Mas talvez um pouco doce *demais*. Isso pode ser chato. — Ela pôs as luvas nos bolsos. — De qualquer forma, não é algo permanente. É só uma brincadeira por enquanto.

A culpa de Clary desbotou.

— Vocês já conversaram sobre, você sabe, exclusividade?

Isabelle pareceu horrorizada.

— Claro que não. — Então bocejou, esticando os braços de um jeito felino sobre a cabeça. — Muito bem, hora de dormir. Até mais tarde, pombinhos.

Então ela saiu, deixando uma nuvem entorpecente de perfume de jasmim atrás de si.

Jace olhou para Clary. Tinha começado a desabotoar o uniforme, que fechava nos pulsos e nas costas, formando uma casca protetora sobre as outras roupas.

— Imagino que tenha que ir para casa?

Ela assentiu, relutante. Convencer a mãe a concordar em deixá-la ingressar no treinamento de Caça às Sombras tinha sido uma tarefa longa e desagradável. Jocelyn batera o pé, dizendo que tinha passado a vida tentando manter Clary longe da cultura dos Caçadores de Sombras, que achava perigosa — não apenas violenta, argumentara ela, mas isolacionista e cruel. Há apenas um ano, ela lembrou a Clary, a decisão de ser treinada como Caçadora de Sombras teria significado que jamais poderia falar com a mãe outra vez. Clary retorquiu dizendo que o fato de que a Clave tinha suspendido regras como essa enquanto o novo Conselho revia as Leis significava que a Clave tinha mudado desde os tempos em que Jocelyn era menina, e, de qualquer forma, Clary precisava saber se defender.

— Espero que isto não seja só por causa de Jace — dissera Jocelyn afinal. — Sei como é estar apaixonada por alguém. Quer estar onde a pessoa está, fazer o que ela faz, mas Clary...

— Não sou você — respondera Clary, lutando para controlar a própria raiva —, os Caçadores de Sombras não são o Ciclo, e Jace não é Valentim.

— Não falei nada sobre Valentim.

— É no que estava pensando — dissera Clary. — Valentim pode ter criado Jace, mas Jace não é nada como ele.

— Bem, espero que não — respondera Jocelyn com suavidade. — Para o bem de todos. — Ela acabou cedendo, mas com algumas regras.

Clary não ia morar no Instituto, mas com a mãe na casa de Luke; Jocelyn receberia relatórios semanais de evolução de Maryse para ter garantia de que Clary estava aprendendo e não apenas, supunha Clary, devorando Jace com os olhos o dia todo, ou o que quer que a preocupasse. E Clary não poderia passar a noite no Instituto — nunca.

— Nada de dormir onde seu namorado mora — dissera Jocelyn com firmeza. — Não me interessa se é o Instituto. Não.

Namorado. Ainda era um choque ouvir a palavra. Por tanto tempo pareceu uma impossibilidade completa que Jace pudesse ser seu namorado, que pudessem ser qualquer coisa além de irmãos um para o outro — o que fora dificílimo e terrível de encarar. Nunca mais se verem, tinham resolvido, seria melhor do que aquilo, e isso já teria sido como morrer. E então, por um milagre, foram libertados. Já haviam se passado seis semanas, mas Clary ainda não tinha se cansado da palavra.

— Tenho que ir para casa — disse ela. — São quase 11 horas, e minha mãe fica doida se fico aqui até depois das dez.

— Tudo bem. — Jace derrubou o uniforme, ou pelo menos a parte superior, em um banco. Estava com uma camiseta fina por baixo; Clary podia ver as Marcas através dela, como tinta sangrando em papel molhado. — Acompanho você.

O Instituto estava quieto quando o atravessaram. Não havia Caçadores de Sombras de outras cidades visitando no momento. Robert — pai de Isabelle e Alec — estava em Idris ajudando a montar o novo Conselho, e com Hodge e Max ausentes para sempre, e Alec viajando com Magnus, Clary tinha a sensação de que os ocupantes remanescentes eram como hóspedes em um hotel praticamente vazio. Ela gostaria que outros integrantes do Conclave aparecessem com mais frequência, mas imaginava que todos estivessem dando um tempo aos Lightwood no momento. Tempo para se lembrarem de Max, e tempo para esquecerem.

— Teve notícias de Alec e Magnus ultimamente? — perguntou ela. — Estão se divertindo?

— Parece que sim. — Jace tirou o telefone do bolso e entregou a ela. — Alec não para de me mandar fotos irritantes. Várias legendas do tipo *Queria que estivessem aqui, só que na verdade não.*

— Bem, não pode culpá-lo. É para ser uma viagem romântica.

Ela olhou as fotos no telefone de Jace e riu. Alec e Magnus na frente da Torre Eiffel, Alec usando jeans como sempre, e Magnus com um cardigã de tricô, calças de couro e uma boina louca. Nos jardins Boboli, Alec ainda de jeans, e Magnus com uma enorme capa veneziana e um chapéu de gondoleiro. Parecia o Fantasma da Ópera. Na frente do Prado estava com um casaco brilhante de toureiro e botas de plataforma, enquanto Alec parecia alimentar calmamente um pombo ao fundo.

— Vou tirar isso de você antes que chegue na parte da Índia — disse Jace, pegando de volta o telefone. — Magnus de sári. Há coisas que você não esquece.

Clary riu. Já tinham chegado ao elevador, que abriu a porta ruidosamente quando Jace apertou o botão. Ela entrou, e ele a seguiu. Assim que o elevador começou a descer — Clary achava que jamais iria se acostumar à guinada inicial de parar o coração quando a descida começava —, ele se moveu em direção a ela na pouca luminosidade, e a puxou para perto. Ela pôs as mãos no peito dele, sentindo os músculos firmes sob a camiseta, a batida do coração abaixo. Sob a luz sombria os olhos dele brilhavam.

— Sinto muito por não poder ficar — sussurrou ela.

— Não lamente. — Havia uma aspereza na voz que a surpreendeu. — Jocelyn não quer que você fique como eu. Não a culpo por isso.

— Jace — disse ela, um pouco aturdida pela amargura na voz dele —, você está bem?

Em vez de responder, ele a beijou, puxando-a com força contra si. Seu corpo pressionou o dela contra a parede, o metal do espelho frio nas costas de Clary, as mãos de Jace deslizando pela cintura, por baixo do casaco. Ela sempre amou o jeito como ele a segurava. Cuidadoso, mas não muito suave, não tão suave a ponto de dar a sensação de que ele tinha mais controle do que ela. Nenhum dos dois podia controlar o que sentia pelo outro, e ela gostava daquilo, gostava da forma como o coração de Jace batia contra o dela, gostava do jeito como ele murmurava em sua boca quando ela o beijava de volta.

O elevador parou ruidosamente, e a porta abriu. Além dele, Clary podia ver a nave vazia da catedral, luz brilhando em uma fila de candelabros no corredor central. Ela apertou-se contra Jace, feliz por ter tão pouca luz no elevador, de modo que não podia ver o próprio rosto queimando no espelho.

— Talvez possa ficar — sussurrou ela. — Só mais um pouco.

Jace não disse nada. Ela podia sentir a tensão nele, e também ficou tensa. Era mais do que apenas a tensão do desejo. Jace estava tremendo, o corpo inteiro vibrando ao enterrar o rosto no canto do pescoço de Clary.

— Jace — disse ela.

Ele então a soltou, repentinamente, e recuou. Estava com as bochechas rubras, os olhos brilhavam febris.

— Não — disse ele. — Não quero dar mais motivo para sua mãe não gostar de mim. Ela já acha que sou a continuação do meu pai...

Interrompeu-se, antes que Clary pudesse dizer *Valentim não era seu pai*. Jace normalmente tinha o cuidado de só se referir a Valentim Morgenstern pelo nome, nunca como "meu pai" — isso quando chegava a mencionar Valentim. Normalmente evitavam o assunto, e Clary nunca admitiu para ele que a mãe se preocupava que ele, no íntimo, fosse exatamente como Valentim, sabendo que a mera sugestão o machucaria demais. Essencialmente, Clary apenas fazia o que podia para manter os dois afastados.

Ele esticou a mão por cima de Clary antes que ela pudesse falar qualquer coisa, e abriu a porta do elevador.

— Eu te amo, Clary — disse Jace, sem olhar para ela. Estava encarando a igreja, as fileiras de velas acesas, o dourado das chamas refletido em seus olhos. — Mais do que... — interrompeu-se. — Meu Deus. Mais do que provavelmente deveria. Você sabe disso, não sabe?

Ela saiu do elevador e se virou para encará-lo. Havia mil coisas que queria dizer, mas ele já estava desviando o olhar, apertando o botão que faria o elevador subir novamente para os andares do Instituto. Ela começou a protestar, mas o elevador já estava se movendo, as portas fechando enquanto iniciava a ruidosa ascensão. Elas se fecharam com um clique, e Clary as encarou por um instante; tinham o Anjo pintado na superfície, com as asas abertas, olhos erguidos. O Anjo estava pintado em tudo.

Sua voz ecoou durante no recinto vazio quando ela falou.

— Também te amo — disse.

Capítulo 3
SETE VEZES

—Sabe o que é incrível? — disse Eric, repousando as baquetas. — Ter um vampiro na nossa banda. É isso que vai nos colocar no topo.

Kirk, abaixando o microfone, revirou os olhos. Eric vivia falando sobre levar a banda às alturas, e até agora nada tinha se materializado. O melhor que já tinham conseguido foi um show na *Knitting Factory* e só quatro pessoas compareceram. E uma delas foi a mãe de Simon.

— Não sei como chegaremos ao topo se não podemos contar para ninguém que ele é um vampiro.

— É uma pena — disse Simon. Ele estava sentado em um dos amplificadores, ao lado de Clary, que se concentrava em mandar mensagens de texto para alguém, provavelmente Jace. — Ninguém vai acreditar mesmo, porque olha só: aqui estou. Luz do dia. — Ele ergueu os braços para indicar a luz do sol entrando pelos buracos no telhado da garagem de Eric, que era o atual local de ensaios.

— Isso realmente tem certo impacto sobre nossa credibilidade — disse Matt, tirando o cabelo ruivo da frente dos olhos e apertando-os para encarar Simon. — Talvez você pudesse utilizar uma dentadura falsa.

— Ele não precisa de dentadura — disse Clary irritadiça, abaixando o telefone. — Ele tem presas de verdade. Você já viu.

Isto era verdade. Simon teve que exibir as presas quando revelou a notícia para a banda. Primeiro acharam que ele tinha sofrido uma batida na cabeça, ou um colapso mental.

Depois que ele mostrou as presas, todos se convenceram. Eric até admitiu que não estava muito surpreso.

— Sempre soube que vampiros existiam, cara — dissera ele. — Porque, você sabe, há pessoas que, tipo, sabe, têm sempre a mesma aparência, mesmo quando têm, tipo, cem anos de idade? Tipo o David Bowie? É porque são vampiros.

Simon não tinha contado a eles que Clary e Isabelle eram Caçadoras de Sombras. Não era um segredo dele para que pudesse revelar. Também não sabiam que Maia era licantrope. Simplesmente acreditavam que Maia e Isabelle fossem duas gatas que inexplicavelmente tinham concordado em sair com Simon. Atribuíram o fato ao que Kirk classificava de "charme sexy de vampiro". Simon não se importava com o nome que usavam, contanto que jamais escorregassem e contassem para Maia ou Isabelle sobre a outra. Até agora tinham tido sucesso em convidá-las para shows alternados, de modo que nunca apareciam no mesmo.

— Talvez pudesse mostrar as presas no palco? — sugeriu Eric. — Só, tipo, uma vez, cara. Mostra para a multidão.

— Se ele fizesse isso, o líder do clã de vampiros de Nova York mataria todos vocês — disse Clary. — Sabem disso, não sabem? — Balançou a cabeça na direção de Simon. — Não posso acreditar que contou a eles que é um vampiro — acrescentou, diminuindo a voz para que somente Simon pudesse ouvi-la. — São idiotas, caso não tenha percebido.

— São meus amigos — murmurou Simon.

— São seus amigos, *e* são idiotas.

— Quero que as pessoas com as quais me importo saibam a verdade a meu respeito.

— Ah, é? — disse Clary, sem muita gentileza. — Então, quando vai contar para sua mãe?

Antes que Simon pudesse responder, ouviram uma batida alta na porta da garagem, e um instante mais tarde esta deslizou para cima, permitindo que mais luz outonal entrasse. Simon olhou para cima, piscando. Isso era um reflexo, na verdade, dos tempos em que era humano. Seus olhos não levavam mais do que uma fração de segundo para se ajustar à escuridão ou à luz.

Havia um menino na entrada da garagem, iluminado por trás pelo sol brilhante. Trazia um pedaço de papel na mão. Olhou para baixo, incerto, e em seguida novamente para a banda.

— Olá — disse. — É aqui que posso encontrar a banda Mancha Perigosa?

— Somos Lêmure Dicotômica agora — disse Eric, dando um passo à frente. — Quem quer saber?

— Sou o Kyle — respondeu o menino, se abaixando sob a porta da garagem. Endireitando-se, ele tirou o cabelo castanho da frente dos olhos, e entregou o pedaço de papel a Eric. — Vi que estavam procurando um vocalista.

— Opa — disse Matt. — Colocamos esse flyer há, tipo, um ano. Tinha me esquecido completamente.

— É — disse Eric. — Estávamos fazendo umas coisas diferentes naquela época. Agora basicamente revezamos nos vocais. Você tem experiência?

Kyle — que era muito alto, percebeu Simon, apesar de nada desengonçado — deu de ombros.

— Na verdade, não. Mas já me disseram que canto bem. — Tinha uma dicção lenta, ligeiramente arrastada, mais de surfista do que sulista.

Os integrantes da banda se entreolharam incertos. Eric coçou atrás da orelha.

— Pode nos dar um segundo, cara?

— Claro. — Kyle saiu da garagem, fechando a porta atrás de si. Simon podia ouvi-lo assobiando fracamente do lado de fora. Parecia "She'll Be Coming Round the Mountain". E também não estava particularmente afinado.

— Não sei — falou Eric. — Não tenho certeza se precisamos de alguém novo agora. Porque, quero dizer, não podemos contar para ele sobre a história de você ser vampiro, podemos?

— Não — respondeu Simon. — Não podem.

— Bem, então. — Matt deu de ombros. — É uma pena. Precisamos de um vocalista. Kirk é péssimo. Sem ofensa, Kirk.

— Vá se ferrar — disse Kirk. — Não sou péssimo nada.

— É sim — disse Matt. — Você é incrivelmente, terrivelmente...

— *Eu* acho — interrompeu Clary, levantando a voz — que vocês deveriam deixá-lo fazer um teste.

Simon a encarou.

— Por quê?

— Porque ele é muito gato — respondeu Clary, para surpresa de Simon. Ele não tinha ficado muito impressionado com a aparência de Kyle, mas talvez não fosse o melhor juiz para beleza masculina. — E sua banda precisa de um pouco de sex appeal.

— Obrigado — disse Simon. — Em nome de todos nós, muito obrigado.

Clary emitiu um ruído impaciente.

— Sim, sim, todos vocês são rapazes bonitos. Principalmente você, Simon. — Ela afagou a mão dele. — Mas Kyle é gato do tipo "uau". Só estou falando. Minha opinião objetiva como menina é que se acrescentarem Kyle à banda, vão dobrar o número de fãs.

— O que quer dizer que teremos duas fãs em vez de uma — disse Kirk.

— Qual? — Matt parecia verdadeiramente curioso.

— A amiga da priminha do Eric. Como ela chama? A que gosta do Simon. Ela vai a todos os nossos shows e diz para todo mundo que é namorada dele.

Simon franziu o cenho.

— Ela tem 13 anos.

— É seu charme sexy de vampiro trabalhando, cara — disse Matt. — As meninas não resistem a você.

— Ah, pelo amor de Deus — disse Clary. — Não existe charme sexy de vampiro. — Apontou o dedo para Eric. — E nem diga que Charme Sexy de Vampiro parece um nome de banda, ou eu...

A porta da garagem levantou novamente.

— Hã, caras? — Era Kyle de novo. — Ouçam, se não quiserem que eu faça o teste, tudo bem. De repente mudaram o som, sei lá. É só falar que eu vou embora.

Eric inclinou a cabeça para o lado.

— Entre e vamos dar uma olhada em você.

Kyle entrou na garagem. Simon o encarou, tentando aferir o que tinha feito Clary chamá-lo de gato. Era alto, tinha ombros largos, magro, com maçãs do rosto altas, cabelos negros e cacheados, mais para longos, caindo sobre a testa e o pescoço, e o tom de pele de quem ainda não tinha perdido o bronze do verão. Os cílios longos e espessos sobre olhos verde-âmbar o faziam parecer um astro do rock do tipo bonitinho e rebelde. Vestia uma camisa verde justa e calças jeans, e se entrelaçando nos dois braços nus havia tatuagens — não eram Marcas, apenas tatuagens comuns. Pareciam escrituras circulando a pele, desaparecendo por dentro das mangas da camisa.

Tudo bem, Simon tinha que admitir. Ele não era horrendo.

— Sabe — disse Kirk afinal, rompendo o silêncio. — Eu consigo ver. Ele é bem gato.

Kyle piscou e olhou para Eric.

— Então, querem que eu cante ou não?

Eric tirou o microfone do stand e entregou a ele.

— Vá em frente — disse. — Tenta.

— Sabe, ele mandou muito bem — disse Clary — Estava mais ou menos brincando sobre incluir Kyle na banda, mas ele tem voz.

Estavam andando pela Kent Avenue, em direção à casa de Luke. O céu tinha escurecido de azul para cinza, em preparação para o crepúsculo, e havia algumas nuvens baixas sobre o rio East River. Clary estava passando as mãos enluvadas pela grade de corrente que as separava do aterro de concreto, fazendo o metal tilintar.

— Só está falando isso porque o achou bonito — disse Simon.

Ela sorriu.

— Não tão gato assim. Não é o cara mais gato que já vi. — Esse, imaginou Simon, seria Jace, apesar de ela ter tido a gentileza de não falar. — Mas acho que seria uma boa ideia tê-lo na banda, honestamente. Se Eric e o resto deles não podem contar a *ele* que você é vampiro, também não podem contar para ninguém. Com sorte, isso vai acabar com essa ideia ridícula.

Estavam quase na casa de Luke; Simon conseguia enxergá-la do outro lado da rua, as janelas acesas em amarelo contra a escuridão que se aproximava. Clary parou no buraco na grade.

— Lembra quando matamos um monte de demônios Raum aqui?

— Você e Jace mataram demônios Raum. Eu quase vomitei. — Simon se lembrava, mas não estava com a cabeça nisso; estava pensando em Camille, sentada diante dele no jardim, dizendo É amigo de Caçadores de Sombras, mas nunca pode ser um deles. *Sempre será diferente e de fora.* Simon olhou de lado para Clary, imaginando o que ela diria se ele contasse sobre a reunião com a vampira, e sobre a oferta. Ele imaginava que provavelmente ficaria apavorada. O fato de que ele não podia ser atingido ainda não a tinha impedido de se preocupar com sua segurança.

— Não se assustaria agora — disse ela suavemente, como se estivesse lendo a mente dele. — Agora tem a Marca. — Clary se virou para olhar para ele, ainda apoiada na grade. — Alguém percebe ou pergunta sobre ela?

Ele balançou a cabeça.

— Meu cabelo cobre quase toda, e, de qualquer forma, desbotou bastante. Está vendo? — Ele então puxou o cabelo para o lado.

Clary esticou o braço e tocou a testa dele, e a Marca sinuosa desenhada ali. Ela estava com uma expressão triste, como no dia em que estiveram no Salão dos Acordos em Alicante, quando cortou a mais antiga maldição do mundo na pele de Simon.

— Dói?

— Não. Não dói. — *E Caim disse ao Senhor, meu castigo é maior do que posso suportar.* — Sabe que não a culpo, não sabe? Salvou a minha vida.

— Eu sei. — Os olhos de Clary estavam brilhando. Ela abaixou a mão que estivera na testa dele e esfregou as costas da luva no rosto. — Droga. Detesto chorar.

— Bem, é melhor se acostumar — disse ele e, quando ela arregalou os olhos, acrescentou apressadamente: – Estou falando do casamento. Quando é? Sábado que vem? Todo mundo chora em casamentos.

Ela deu um riso de desdém

— E como estão sua mãe e Luke?

— Irritantemente apaixonados. Um horror. Então... — Afagou-o no ombro. — É melhor eu entrar. Nos vemos amanhã?

Ele assentiu.

— Claro. Amanhã.

Ele a observou enquanto ela corria pela rua e subia as escadas para a porta da frente de Luke. *Amanhã*. Ficou imaginando quanto tempo fazia desde a última vez em que passara mais de alguns dias sem ver Clary. Pensou sobre ser um fugitivo e um andarilho na terra, como Camille dissera. Como Raphael dissera. *O sangue do teu irmão me chama da terra*. Ele não era Caim, o homem que matou o irmão, mas a maldição acreditava que sim. Era estranho, ele achava, ficar à espera de perder tudo, sem saber se aconteceria ou não.

A porta se fechou atrás de Clary. Simon virou para descer a Kent Street, para a estação de metrô da linha G na Lorimer Street. Estava quase completamente escuro agora, o céu acima um redemoinho de cinza e preto. Simon ouviu pneus cantando na estrada atrás dele, mas não se virou. Carros dirigiam rápido demais nesta rua o tempo todo, apesar das rachaduras e das poças. Foi só quando a van chegou do lado dele e freou com um rangido que virou para olhar.

O motorista da van arrancou as chaves da ignição, desligando o motor, e abriu a porta. Era um homem — um homem alto, com uma roupa de ginástica cinza de capuz e tênis, com o capuz tão abaixado que escondia quase todo o rosto. Saltou do banco do motorista, e Simon viu que tinha uma faca grande e brilhante na mão.

Mais tarde Simon pensaria que deveria ter corrido. Era um vampiro, mais rápido do que qualquer humano. Seria mais veloz do que qualquer um. Devia ter corrido, mas estava espantado demais; ficou parado enquanto o sujeito, com a faca na mão, veio em direção a ele. O homem disse alguma coisa com uma voz baixa e gutural, algo em uma língua que Simon não entendia.

Simon deu um passo para trás.

— Veja — disse, alcançando o bolso. — Pode levar minha carteira...

O homem avançou para Simon, apertando a faca contra seu peito. Simon olhou incrédulo. Tudo pareceu acontecer muito lentamente, como se o tempo tivesse se estendido. Viu a ponta da faca perto do peito, a ponta furando o couro da jaqueta — e em seguida ela se moveu para o lado, como se alguém tivesse agarrado o braço do agressor e *puxado*. O homem gritou quando foi lançado para o ar como uma marionete sendo controlada pelas cordas. Frenético, Simon olhou em volta — certamente alguém devia ter visto ou percebido a comoção, mas ninguém apareceu. O homem continuou gritando e se debatendo, enquanto a camisa rasgava na frente, como se tivesse sido destruída por uma mão invisível.

Simon ficou encarando, horrorizado. Hematomas enormes apareciam no tronco do sujeito. A cabeça voou para trás, e sangue foi cuspido da boca. Ele parou de gritar subitamente... — e caiu, como se a mão invisível se tivesse aberto, soltando-o. O homem atingiu o chão e estilhaçou como vidro em mil pedaços brilhantes que se espalharam pela calçada.

Simon caiu de joelhos. A faca com que tentaram matá-lo estava jogada no chão, um pouco afastada, ao alcance de seu braço. Era tudo que restava do agressor, exceto pela pilha de cristais brilhantes que já começavam a voar ao vento frio. Ele tocou uma delas cautelosamente.

Era sal. Olhou para as mãos. Estavam tremendo. Sabia o que tinha acontecido, e por quê.

E Deus disse a ele, Portanto, quem quer que mate Caim, sofrerá uma vingança sete vezes pior.
Então sete vezes era assim.

Mal conseguiu chegar até a sarjeta antes de se curvar e vomitar sangue na rua.

No instante em que abriu a porta, Simon soube que tinha calculado mal. Achou que a mãe já estaria dormindo a essa hora, mas não. Estava acordada, sentada na poltrona diante da porta da frente, com o telefone na mesa ao lado, e viu o sangue na jaqueta dele imediatamente.

Para surpresa de Simon, ela não gritou, mas sua mão voou para a boca.

— *Simon*.

— O sangue não é meu — disse rapidamente. — Eu estava na casa de Eric, e Matt teve um sangramento no nariz...

— Não quero ouvir. — O tom agudo era um que raramente utilizava; fazia com que ele se lembrasse da maneira como ela falava durante aqueles últimos meses em que o pai esteve doente, a ansiedade como uma faca em sua voz. — Não quero ouvir mais mentiras.

Simon jogou as chaves na mesa perto da porta.

— Mãe...

— Só o que você faz é mentir para mim. Cansei disso.

— Não é verdade — respondeu, mas sentiu-se nauseado, sabendo que era. — Minha vida está muito confusa, é só.

— Eu sei. — A mãe se levantou; sempre fora uma mulher magra, e parecia esquelética agora, os cabelos pretos, da mesma cor do dele, marcados com mais linhas grisalhas do que ele se lembrava ao redor do rosto. — Venha comigo, rapazinho. *Agora*.

Confuso, Simon a seguiu até a cozinha amarela brilhante. A mãe parou e apontou para a bancada.

— Se importa de explicar isso?

A boca de Simon ficou seca. Alinhadas no balcão, como uma fileira de soldadinhos de brinquedo, estavam as garrafas de sangue que ele guardava no minibar dentro do armário. Uma estava pela metade, as outras completamente cheias, o líquido vermelho nelas brilhava como uma acusação. Ela também tinha encontrado as bolsas vazias de sangue que ele tomara, lavando-as e depois colocado cuidadosamente em uma sacola de compras antes de jogá-las na lata de lixo. Também estavam espalhadas pela bancada, como uma decoração grotesca.

— Primeiro achei que fossem garrafas de vinho — disse Elaine Lewis, com a voz trêmula. — Depois encontrei as sacolas. Então abri uma das garrafas. É *sangue*. Não é?

Simon não disse nada. Sua voz parecia ter fugido.

— Tem estado muito estranho ultimamente — prosseguiu a mãe. — Sempre na rua, nunca come, mal dorme, tem amigos que nunca conheci, de quem nunca ouvi falar. Acha que não sei quando está mentindo para mim? Eu sei, Simon. Achei que estivesse usando drogas.

Simon encontrou a voz.

— Então revistou meu quarto?

A mãe enrubesceu.

— Eu tive que fazer isso! Achei... achei que se encontrasse drogas, poderia ajudar, te inscrever em um programa de reabilitação, mas isto? — gesticulou desgovernadamente para as garrafas. — Não sei nem o que pensar sobre isto. O que está acontecendo, Simon? Entrou em uma espécie de seita?

Simon balançou a cabeça.

— Então, me conte — disse a mãe, com os lábios tremendo. — Porque as únicas explicações que consigo pensar são horríveis e doentias. Simon, por favor...

— Sou um vampiro — disse Simon. Não fazia ideia de como tinha dito, nem mesmo por quê. Mas lá estava. As palavras pairavam no ar entre os dois como um gás venenoso.

Os joelhos da mãe pareceram ceder, e ela afundou em uma cadeira na cozinha.

— O que você disse? — sussurrou ela.

— Sou um vampiro — disse Simon. — Há mais ou menos dois meses. Sinto muito por não ter contado antes. Não sabia como.

O rosto de Elaine Lewis estava branco como giz.

— Vampiros não existem, Simon.

— Sim — disse. — Existem. Olha, eu não pedi para ser um vampiro. Fui atacado. Não tive escolha. Eu mudaria isso se pudesse. — Rapidamente, ele pensou no panfleto que Clary havia lhe dera há tanto tempo, sobre sair do armário e contar para os pais. Na época pareceu uma analogia engraçada; agora não.

— Acha que é um vampiro — disse a mãe de Simon, entorpecida. — Acha que bebe sangue.

— Eu bebo sangue — declarou Simon. — Bebo sangue animal.

— Mas você é *vegetariano*. — A mãe parecia à beira das lágrimas.

— Era. Não sou mais. Não posso ser. É o sangue que me mantém vivo. — A garganta de Simon parecia apertada. — Nunca machuquei uma pessoa. Jamais beberia o sangue de alguém. Continuo sendo o mesmo. Continuo sendo eu.

A mãe parecia estar lutando para se controlar.

— Seus novos amigos... também são vampiros?

Simon pensou em Isabelle, Maia, Jace. Não podia explicar Caçadores de Sombras e lobisomens também. Era demais.

— Não. Mas sabem que sou.

— Eles... eles te deram drogas? Fizeram você tomar alguma coisa? Alguma coisa que provocasse alucinações? — Ela mal parecia ter escutado a resposta do filho.

— Não. Mãe, é verdade.

— Não é — sussurrou. — Você *acha* que é. Meu Deus. Simon. Sinto muito. Devia ter notado. Vamos buscar ajuda. Vamos encontrar alguém. Um médico. Qualquer que seja o preço...

— Não posso ir ao médico, mãe.

— Pode sim. Precisa ir a algum lugar. Talvez um hospital...

Simon esticou o pulso para ela.

— Verifique meu pulso — disse.

Ela olhou para ele, espantada.

— O quê?

— Meu pulso — disse. — Pode checar. Se sentir alguma coisa, tudo bem, vou ao hospital com você. Caso contrário, terá que acreditar em mim.

Ela esfregou as lágrimas dos olhos e lentamente se esticou para verificar o pulso dele. Após tanto tempo cuidando do pai de Simon quando ele estava doente, sabia fazer isso tão bem quanto qualquer enfermeira. Pressionou o indicador na parte interna do pulso do filho e esperou.

Ele observou conforme o rosto dela mudava, de tristeza e irritação para confusão, e depois pavor. Ela se levantou, largando a mão dele, afastando-se. Os olhos eram enormes e escuros em seu rosto branco.

— O que é você?

Simon se sentiu enjoado.

— Já disse. Sou um vampiro.

— Você não é meu filho. Não é o Simon. — Estava tremendo. — Que espécie de criatura viva não tem pulsação? Que tipo de monstro você é? *O que você fez com meu filho?*

— Sou o Simon... — Ele deu um passo em direção a mãe.

Ela gritou. Ele nunca a tinha ouvido gritar assim, e nunca mais queria. Era um som horrível.

— Afaste-se de mim. — A voz falhou. — Não se aproxime mais. — Começou a sussurrar. — *Barukh ata Adonai sho'me'a't' fila...*

Estava *rezando*. Simon percebeu, com choque. Tinha tanto medo dele que estava rezando para que se afastasse, fosse banido. E o pior de tudo era que ele podia sentir. O nome de Deus lhe embrulhava o estômago e fazia a garganta doer.

Ela tinha razão em rezar, pensou Simon, completamente enjoado. Era amaldiçoado. Não pertencia ao mundo. *Que espécie de criatura viva não tem pulsação?*

— Mãe — sussurrou Simon. — Mãe, pare.

Ela olhou para ele, os olhos arregalados, os lábios ainda se movendo.

— Mãe, não precisa ficar tão perturbada. — Ouviu a própria voz como que de longe, suave e calmante, a voz de um estranho. Manteve os olhos fixos na mãe ao falar, capturando seu olhar com o próprio como um gato capturaria um rato. — Não aconteceu nada. Você dormiu na poltrona da sala. Está tendo um pesadelo de que voltei para casa e contei que sou um vampiro. Mas isso é loucura. Jamais aconteceria.

Ela tinha parado de rezar. Piscou os olhos.

— Estou sonhando — repetiu.

— É um pesadelo — disse Simon. Foi em direção a ela e colocou a mão no ombro da mãe. Ela não recuou. Estava com a cabeça caída, como a de uma criança cansada. — Só um sonho. Não encontrou nada no meu quarto. Não aconteceu nada. Está apenas dormindo, só isso.

Pegou a mão da mãe. Ela permitiu que ele a levasse para a sala, onde a colocou na poltrona. Ela sorriu quando o filho colocou um cobertor sobre ela, e fechou os olhos.

Simon voltou para a cozinha e, rápida e metodicamente, jogou as garrafas de sangue em uma sacola de lixo. Amarrou a parte superior e levou para o quarto, onde trocou a jaqueta sangrenta por uma nova, e jogou algumas coisas rapidamente em uma mochila. Apagou a luz e saiu, fechando a porta.

A mãe já estava adormecida quando passou pela sala. Esticou o braço e tocou a mão dela.

— Vou me ausentar por alguns anos — sussurrou. — Mas você não vai se preocupar. Não vai esperar que eu volte. Você acha que estou em um passeio da escola. Não precisa ligar. Está tudo bem.

Ele retirou a mão. À luz fraca a mãe parecia ao mesmo tempo mais velha e mais nova do que estava acostumado. Era tão pequena quanto uma criança, encolhida sob a coberta, mas havia novas rugas no rosto, das quais não se lembrava.

— Mãe — sussurrou Simon.

Tocou a mão dela, e ela se mexeu. Não querendo que ela acordasse, Simon se afastou e foi silenciosamente para a porta, pegando as chaves na mesa ao passar.

O Instituto estava quieto. Vivia quieto ultimamente. Jace tinha passado a deixar a janela aberta à noite, para poder escutar os ruídos do tráfego passando, sirenes ocasionais de ambulâncias e as buzinas da York Avenue. Também ouvia coisas que os mundanos não conseguiam escutar, e estes barulhos penetravam a noite e invadiam seus sonhos — a corrente de ar deslocada pela motocicleta aérea de um vampiro, as batidas das asas de fadas aladas, o uivo distante de lobos em noites de lua cheia.

A lua estava apenas na fase crescente agora, emitindo luz o suficiente para que ele pudesse ler jogado em cima da cama. Estava com a caixa de prata do pai aberta diante de si, examinando o conteúdo. Uma das estelas do pai estava ali, e uma adaga de cabo de prata com as iniciais SWH no cabo e — o que mais interessava a Jace — uma pilha de cartas.

Ao longo das últimas seis semanas tinha passado a ler mais ou menos uma carta por noite, tentando entender melhor o homem que era seu pai biológico. Uma imagem começou a emergir lentamente, de um jovem gentil com pais severos que fora atraído por Valentim e o Ciclo porque lhe ofereciam uma oportunidade de se destacar no mundo. Continuou escrevendo para Amatis mesmo depois do divórcio, fato que ela não tinha mencionado antes. Naquelas cartas, seu desencanto com Valentim e o nojo das atividades do Ciclo eram claros, apesar de ele raramente mencionar a mãe de Jace, Céline — se é que ele o fez. Fazia sentido — Amatis não ia querer ouvir sobre sua substituta — e, no entanto, Jace não conseguia deixar de odiar o pai um pouco por isso. Se não gostava da mãe dele, por que se casara com ela? Se detestava o Ciclo tanto assim, por que não o deixou? Valentim foi um louco, mas pelo menos respeitava os próprios princípios.

E então é claro que Jace só se sentia pior por preferir Valentim a seu pai verdadeiro. Que tipo de pessoa isso o tornava?

Uma batida na porta o arrancou de suas autorrecriminações; então ele se levantou e foi atender, esperando que fosse Isabelle, pedindo algo emprestado, ou reclamando de alguma coisa.

Mas não era Isabelle. Era Clary.

Não estava vestida como de costume. Usava uma camiseta preta com decote profundo com uma blusa branca folgada aberta por cima, e uma saia curta, curta o suficiente para exibir as curvas da perna até o meio da coxa. Os cabelos ruivos brilhantes estavam presos em tranças, alguns cachos soltos grudados na têmpora, como se estivesse chovendo um pouco lá fora. Ela sorriu ao vê-lo, erguendo as sobrancelhas. Eram cúpricas, como os cílios finos que emolduravam seus olhos verdes.

— Não vai me deixar entrar?

Ele olhou de um lado para o outro no corredor. Não havia mais ninguém ali, graças a Deus. Pegando Clary pelo braço, puxou-a para dentro e fechou a porta. Apoiando-se contra ela, disse:

— O que está fazendo aqui? Está tudo bem?

— Tudo bem. — Ela tirou os sapatos e se sentou na beira da cama. A saia levantou quando ela se inclinou para trás, apoiando-se nas mãos, revelando mais da coxa. Não estava ajudando muito na concentração de Jace. — Fiquei com saudade. E minha mãe e Luke estão dormindo. Não vão perceber que saí.

— Não deveria estar aqui. — As palavras saíram como uma espécie de resmungo. Detestava dizê-las, mas sabia que precisavam ser ditas, por razões que ela sequer conhecia. E ele esperava que nunca soubesse.

— Bem, se quiser que eu vá embora, eu vou. — Ela se levantou. Seus olhos eram de um ofuscante brilho verde. Deu um passo em direção a ele. — Mas vim até aqui. Você poderia ao menos me dar um beijo de despedida.

Ele esticou o braço, puxou-a para perto e beijou-a. Havia coisas que precisavam ser feitas, mesmo que não fosse uma boa ideia. Ela caiu em seus braços como seda delicada. Ele passou os dedos pelos cabelos dela, soltando as tranças até os cabelos caírem sobre os ombros como ele gostava. Lembrava-se que quisera fazer isso na primeira vez em que a viu, e que descartara a ideia como uma loucura. Era uma mundana, uma estranha, não fazia sentido querê-la. E depois a beijara pela primeira vez na estufa, o que quase o enlouqueceu. Tinham descido e sido interrompidos por Simon, e ele nunca quis matar alguém tanto quanto quis matar Simon naquela ocasião, apesar de saber, racionalmente, que ele não tinha feito nada errado. Mas o que sentia não tinha nada de racional, e quando a imaginou deixando-o por Simon, esse pensamento o enojou e assustou de uma forma que demônio nenhum jamais havia feito.

E depois Valentim lhe disse que eram irmãos, e Jace percebeu que havia coisas piores, infinitamente piores do que Clary deixá-lo por outra pessoa — era saber que a forma como a amava era de alguma forma cosmicamente errada; que o que parecia a coisa mais pura e irrepreensível em sua vida tinha sido contaminada além de qualquer redenção. Lembrou-se do pai dizendo que quando anjos caíam, caíam angustiados, pois já tinham visto o rosto de Deus, e jamais o veriam novamente. E achou que sabia como era a sensação.

Porém isso não fez com que a quisesse menos; apenas transformou querê-la em tortura. Às vezes a sombra dessa tortura surgia nas lembranças mesmo quando a beijava, como agora, e isso lhe fez apertá-la com mais força. Ela emitiu um ruído de surpresa, mas não protestou, mesmo quando Jace a levantou, carregando-a até a cama.

Esparramaram-se juntos sobre ela, amassando algumas das cartas, Jace empurrando a própria caixa para abrir espaço para os dois. Seu coração batia forte contra as costelas. Nunca tinham estado juntos na cama assim, não de verdade. Teve aquela noite no quarto dela em Idris, mas mal se tocaram. Jocelyn tinha o cuidado de nunca permitir que um passasse a noite onde o outro morava. Não gostava muito dele, Jace desconfiava, e não podia culpá-la por isso. Duvidava que ele próprio fosse gostar de si se estivesse no lugar dela.

— Eu te amo — sussurrou Clary. Tinha tirado a camiseta dele, e estava passando as pontas dos dedos nas cicatrizes das costas de Jace, e a cicatriz em forma de estrela no ombro, igual à dela, uma relíquia do anjo cujo sangue compartilhavam. — Não quero perdê-lo nunca.

Ele deslizou a mão para baixo para desatar o nó que segurava a blusa de Clary. A outra mão, apoiada no colchão, tocou o metal frio da adaga de caça; devia ter caído na cama com o resto do conteúdo da caixa.

— Isso não vai acontecer nunca.

Ela olhou para ele com olhos brilhantes.

— Como pode ter tanta certeza?

A mão de Jace se fechou sobre o cabo da faca. A luz da lua que jorrava pela janela refletiu na lâmina quando a levantou.

— Tenho certeza — respondeu ele, e abaixou a adaga bruscamente. A lâmina cortou a carne de Clary como se fosse papel, e quando sua boca se abriu em forma de O, em choque, e a frente da camisa branca ficou ensopada de sangue, ele pensou *Meu Deus, de novo não.*

Acordar do pesadelo foi como estilhaçar uma janela de vidro. Os cacos afiados pareciam cortá-lo mesmo enquanto se libertava e se sentava, engasgando. Rolou para fora da cama, instintivamente querendo escapar, e atingiu o chão de pedra sobre as mãos e joelhos. Ar frio entrava pela janela aberta, fazendo-o tremer, mas livrando-o dos restos do sonho.

Olhou para as próprias mãos. Não tinham sangue. A cama estava uma bagunça, os lençóis e cobertores enrolados em uma bola, de tanto Jace que se revirar, mas a caixa com as coisas do pai continuava na cabeceira, onde a havia deixado antes de ir dormir.

Nas primeiras vezes em que teve o pesadelo, ele tinha acordado e vomitado. Agora tomava o cuidado de não comer algumas horas antes de dormir, então o corpo se vingava com espasmos de náusea e febre. Quando seu corpo se contorceu num desses espasmos, ele se encolheu, arquejando e arfando até passar.

Quando acabou, pressionou a testa contra o chão frio de pedra. O suor estava esfriando em seu corpo, a camisa grudada na pele, e ele considerou, a sério, se eventualmente os sonhos o matariam. Tinha tentado de tudo para evitá-los — remédios para dormir e poções, marcas de sono, marcas de paz e cura. Nada adiantou. Os sonhos eram como venenos em sua mente, e não havia nada que pudesse fazer para afastá-los.

Mesmo enquanto estava acordado, achava difícil olhar para Clary. Ela sempre conseguira ver através dele como ninguém, e Jace mal podia imaginar o que ela pensaria se soubesse o que ele vinha sonhando. Rolou para o lado e encarou a caixa na cabeceira, refletindo a luz da lua. E pensou em Valentim. Valentim, que havia torturado e aprisionado a única mulher que amou na vida, que ensinou o filho — os filhos — que amar alguma coisa era destruí-la para sempre.

Sua mente girava freneticamente ao dizer as palavras para si mesmo, repetidas vezes. Havia se tornado uma espécie de mantra para ele, e como qualquer mantra, as palavras tinham começado a perder o significado individual.

Não sou como Valentim. Não quero ser como ele. Não serei como ele. Não serei.

Viu Sebastian — Jonathan, na verdade — seu mais-ou-menos-irmão, sorrindo para ele através de um emaranhado de cabelos branco-prateados, os olhos negros brilhando com júbilo impiedoso. E viu a própria faca entrar em Jonathan e sair, e o corpo de Jonathan caindo em direção ao rio embaixo, o sangue se misturando às ervas daninhas e à grama na margem do rio.

Não sou como Valentim.

Não se arrependera de ter matado Jonathan. Se precisasse, faria outra vez.

Não quero ser como ele.

Sem dúvida não era normal matar alguém — matar o próprio irmão adotivo — e não sentir nada.

Não serei como ele.

Mas seu pai havia lhe ensinado que matar sem piedade era uma virtude, e talvez fosse impossível esquecer o que os pais ensinavam. Independentemente do quanto quisesse.

Não serei como ele.

Talvez as pessoas jamais pudessem mudar de fato.

Não serei.

Capítulo 4
A ARTE DOS OITO MEMBROS

AQUI ESTÃO CONTIDOS OS ANSEIOS DE GRANDES CORAÇÕES E COISAS NOBRES QUE SE ERGUEM ACIMA DA MARÉ, A PALAVRA MÁGICA QUE SUSCITOU SUSTOS MARAVILHADOS, A SABEDORIA ARMAZENADA QUE JAMAIS MORREU.

As palavras estavam esculpidas sobre as portas de entrada da Biblioteca Pública do Brooklyn na Grand Army Plaza. Simon estava sentado nos degraus da frente, olhando para a fachada. Inscrições brilhavam em dourado contra a pedra, cada palavra ganhando vida temporariamente quando iluminada pelos faróis de carros que passavam.

A biblioteca sempre foi um de seus locais preferidos durante a infância. Havia uma entrada separada para crianças pela lateral, e durante anos ia encontrar Clary ali todos os sábados. Pegavam uma pilha de livros e iam para o Jardim Botânico ao lado, onde podiam ler durante horas, esparramados na grama, o ruído do trânsito uma batida constante ao longe.

Como tinha parado ali esta noite, não sabia ao certo. Afastou-se de casa o mais rápido que pôde, apenas para perceber que não tinha para onde ir. Não podia encarar uma ida até a casa de Clary — a amiga ficaria horrorizada com o que tinha feito, e ia querer que ele voltasse para consertar. Eric e os outros não entenderiam. Jace não gostava dele, e, além disso, Simon não podia entrar no Instituto. Era uma igreja, e a razão pela qual os

Nephilim moravam ali era exatamente manter criaturas como ele do lado de fora. Eventualmente percebeu quem *poderia* chamar, mas a ideia era suficientemente desagradável para que demorasse a reunir a coragem necessária para de fato fazê-lo.

Ouviu a moto antes de vê-la, o ronco alto do motor cortando os sons do leve tráfego na Grand Army Plaza. A moto carenou pela interseção e subiu na calçada, em seguida deu marcha a ré para então avançar pelos degraus. Simon chegou para o lado enquanto o veículo aterrissava suavemente ao lado dele e Raphael soltava o guidão.

A moto desligou instantaneamente. As motocicletas dos vampiros eram alimentadas por espíritos demoníacos e respondiam como animais de estimação aos desejos dos donos. Simon as achava arrepiantes.

— Queria me ver, Diurno? — Raphael, elegante como sempre com uma jaqueta preta e jeans caros, desmontou e apoiou a moto contra a grade da biblioteca. — Espero que seja algo quente — acrescentou. — Não é qualquer coisa que me traz até o Brooklyn. Raphael Santiago não pertence ao subúrbio.

— Ah, ótimo. Está começando a falar de si mesmo na terceira pessoa. Não é como se isso fosse sinal de megalomania nem nada.

Raphael deu de ombros.

— Pode me contar o que queria, ou vou embora. A escolha é sua. — Olhou para o relógio. — Você tem trinta segundos.

— Contei para minha mãe que sou um vampiro.

As sobrancelhas de Raphael se ergueram. Eram muito finas e muito escuras. Em momentos menos generosos Simon imaginava se eram maquiadas.

— E o que aconteceu?

— Ela me chamou de monstro e tentou rezar para mim. — A lembrança fez o gosto amargo de sangue subir no fundo da garganta de Simon.

— E aí?

— Aí não sei ao certo o que aconteceu. Comecei a falar com ela com uma voz muito estranha, muito tranquilizante, dizendo que nada tinha acontecido, e que tudo não passava de um sonho.

— E ela acreditou em você.

— Acreditou — disse Simon, relutante.

— Claro que acreditou — disse Raphael. — Porque você é um vampiro. É um poder que temos. O *encanto*. A fascinação. O poder de persuasão, como chamaria. Pode convencer humanos mundanos de quase qualquer coisa, se aprender a utilizar a habilidade adequadamente.

— Mas não queria usar nela. É minha mãe. Existe algum jeito de tirar dela... algum jeito de consertar?

— Consertar para que ela o odeie novamente? Para que pense que é um monstro? Parece uma definição muito estranha de consertar alguma coisa.

— Não me importo — respondeu Simon. — Tem jeito?

— Não — disse Raphael alegremente. — Não tem. Você saberia disso tudo, é claro, se não desdenhasse tanto da própria espécie.

— Muito bem. Aja como se *eu* tivesse rejeitado *você*. Não é como se você tivesse tentado me matar ou coisa do tipo.

Raphael deu de ombros.

— Aquilo foi política. Não foi pessoal. — Inclinou-se para trás contra a grade e cruzou os braços sobre o peito. Estava com luvas pretas de motoqueiro. Simon tinha que admitir que ele parecia bem descolado.

— Por favor, não me diga que me trouxe aqui só para me contar uma história chata sobre sua irmã.

— Minha mãe — corrigiu Simon.

Raphael fez um gesto de desdém com a mão.

— Que seja. Alguma mulher na sua vida o rejeitou. Não será a última vez, posso garantir. Por que está me incomodando com isso?

— Queria saber se poderia ficar no Dumont — disse Simon, soltando as palavras bem rápido, para que não pudesse desistir no meio. Mal conseguia acreditar que estava perguntando. Suas lembranças do hotel de vampiros eram lembranças de sangue, terror e dor. Mas era um lugar para onde ir, onde poderia ficar sem que procurassem por ele, e assim não precisaria ir para casa. Ele era um vampiro. Tolice temer um hotel cheio de *outros* vampiros. — Não tenho mais para onde ir.

Os olhos de Raphael brilharam.

— A-há — disse, com um tom de triunfo que Simon não achou lá muito agradável. — Agora quer algo de mim.

— Acho que sim. Apesar de ser esquisito você ficar tão animado com isso, Raphael.

Raphael riu.

— Se vier ficar no Dumont, não irá se referir a mim como Raphael, mas como Mestre, Patriarca ou Grande Líder.

Simon se preparou.

— E Camille?

Raphael tomou um susto.

— O que quer dizer?

— Sempre me disse que não era o líder dos vampiros de fato — respondeu Simon, num tom neutro. — Depois, em Idris, me disse que era uma pessoa chamada Camille. Falou que ela não tinha voltado para Nova York ainda. Mas presumo que, quando voltar, *ela* será a mestre, ou qualquer que seja o título, certo?

O olhar de Raphael escureceu.

— Acho que não estou gostando da sua linha de questionamento, Diurno.

— Tenho direito de saber as coisas.

— Não — disse Raphael. — Não tem. Você vem a mim, perguntando se pode ficar no meu hotel, porque não tem para onde ir. Não porque quer estar com outros da sua espécie. Você nos evita.

— O que, conforme já observei, tem a ver com aquela vez em que tentou me matar.

— O Dumont não é uma casa de transição para vampiros relutantes — prosseguiu Raphael. — Você vive entre humanos, caminha à luz do dia, toca na sua banda idiota... sim, não pense que não sei sobre isso. De todas as formas possíveis, não aceita o que realmente é. E enquanto isso for verdade, não é bem-vindo no Dumont.

Simon pensou em Camille dizendo, *assim que os seguidores virem que você está comigo, o deixarão para vir comigo. Acredito que por baixo do medo que sentem dele, são leais a mim. Acredito que quando nos virem juntos, o medo vai desaparecer e virão para o nosso lado.*

— Sabe — disse Simon —, tive outras ofertas.

Raphael olhou para ele como se estivesse falando com um louco.

— Ofertas de quê?

— Apenas... ofertas — respondeu Simon debilmente.

— Você é péssimo neste negócio de política, Simon Lewis. Sugiro que não tente mais.

— Tudo bem — disse Simon. — Vim aqui lhe contar uma coisa, mas agora não vou mais.

— Suponho que também vá jogar fora o presente de aniversário que comprou para mim — disse Raphael. — Muito trágico. — Pegou novamente a moto e passou uma perna sobre ela enquanto o motor ganhava vida. Faíscas vermelhas voaram do exaustor. — Se voltar a me incomodar, Diurno, é melhor que seja por um bom motivo. Ou não serei tão clemente.

E com isso, a moto avançou e começou a subir. Simon esticou a cabeça para trás, para assistir enquanto Raphael, como o anjo que lhe dera o nome, voava pelo céu, deixando um rastro de fogo.

Clary estava sentada com o caderno de desenhos nos joelhos e mordia a ponta do lápis pensativamente. Já tinha desenhado Jace dezenas de vezes — supunha que fosse esta a sua versão da maioria das meninas escrevendo sobre os próprios namorados no diário — mas nunca conseguia fazê-lo exatamente *certo*. Para começar, era quase impossível fazê-lo ficar parado, então achou que agora, enquanto ele dormia, seria perfeito — mas mesmo assim não estava saindo do jeito que ela queria. Simplesmente não parecia *ele*.

Descartou o caderno sobre a toalha com um suspiro exasperado e levantou os joelhos, olhando para ele. Não esperava que ele fosse cair no sono. Tinham vindo ao Central Park para almoçar e treinar em um ambiente externo enquanto o tempo ainda estava bom. Fizeram *uma* dessas coisas. Embalagens de comida para viagem do Taki's encontravam-se espalhadas na grama ao lado da toalha. Jace não tinha comido muito, mexeu na caixa de macarrão de gergelim de um jeito meio ausente antes de deixá-la de lado e deitar na toalha, olhando para o céu. Clary ficou sentada olhando para ele, para a maneira como as nuvens refletiam em seus olhos claros, o contorno dos músculos nos braços cruzados atrás da cabeça, uma tira perfeita de pele revelada entre a bainha da camiseta e a cintura dos jeans. Ela quis se esticar e passar a mão na barriga lisa e dura dele; em vez disso desviou os olhos, procurando o caderno. Quando se virou, com o lápis na mão, ele estava com os olhos fechados, e a respiração suave e uniforme.

Até o momento já tinha feito três rascunhos da ilustração, e nem um pouco mais perto de um desenho que a satisfizesse. Olhando para ele agora, imaginou por que não conseguia desenhá-lo. A iluminação estava perfeita, uma luz suave de outubro projetava um brilho dourado claro sobre os cabelos e pele já dourados de Jace. As pálpebras fechadas eram cobertas por um dourado um pouco mais escuro do que o dos cabelos dele. Uma das mãos estava pendurada solta sobre o peito, a outra aberta ao lado do corpo. Tinha o rosto relaxado e vulnerável durante o sono, mais suave e menos angular que quando estava acordado. Talvez fosse este o problema. Era tão raro Jace estar relaxado e vulnerável que era difícil capturar suas linhas quando estava. Parecia... estranho.

Naquele exato momento ele se moveu. Tinha começado a emitir pequenos ruídos de engasgo durante o sono, os olhos se mexendo de um lado para o outro sob as pálpebras fechadas. A mão se moveu, fechando-se contra o peito, e ele sentou tão repentinamente que quase derrubou Clary. Abriu os olhos. Por um instante parecia simplesmente atordoado; estava muito pálido.

— Jace? — Clary não conseguiu esconder a surpresa.

Os olhos dele focaram nela; no instante seguinte ele já a puxara em sua direção sem qualquer traço da ternura habitual; a puxou para o colo e a beijou ferozmente, passando as mãos pelos cabelos dela. Clary podia sentir as batidas do coração de Jace junto com as próprias, e sentiu as bochechas enrubescendo. Estavam em um parque público, pensou, e as pessoas provavelmente estavam encarando.

— Uau — disse ele, recuando, os lábios se curvando em um sorriso. — Desculpe. Você provavelmente não estava esperando.

— Foi uma bela surpresa. — A voz soou baixa e gutural aos próprios ouvidos. — *Com o que* você estava sonhando?

— Você. — Girou um cacho de cabelo dela no dedo. — Sempre sonho com você.

Ainda no colo de Jace, as pernas por cima das dele, Clary disse:

— Ah, é? Pois achei que estivesse tendo um pesadelo.

Jace inclinou a cabeça para trás para olhá-la.

— Às vezes sonho que foi embora — contou. — Fico imaginando quando vai descobrir que pode conseguir coisa muito melhor e me deixar.

Clary tocou o rosto do namorado com as pontas dos dedos, passando-os delicadamente sobre as maçãs do rosto, até a curva da boca. Jace nunca dizia coisas assim para ninguém além dela. Alec e Isabelle sabiam, por morarem com ele e amá-lo, que por baixo daquela armadura protetora de humor e arrogância forjada, os cacos afiados de lembrança e da infância ainda o dilaceravam. Mas ela era a única para quem dizia as palavras em voz alta. Clary balançou a cabeça; seus cabelos caíram na testa, e ela os empurrou com impaciência para o lado.

— Queria conseguir dizer as coisas do jeito que você diz — comentou Clary. — Tudo que fala, as palavras que escolhe, são tão perfeitas. Sempre encontra a citação certa, ou a coisa certa para dizer e me fazer acreditar que você me ama. Se não consigo te convencer de que nunca vou deixá-lo...

Jace pegou as mãos dela.

— Diga outra vez.

— Nunca vou deixá-lo — repetiu.

— Independentemente do que aconteça, do que eu faça?

— Jamais desistiria de você — falou. — Jamais. O que sinto por você... — engasgou com as palavras. — É a coisa mais importante que já senti.

Droga, pensou. Aquilo soava completamente idiota. Mas Jace não parecia concordar; sorriu desejoso e disse:

— *L'amor che move il sole e l'altre stelle.*

— Isso é latim?

— Italiano — respondeu ele. — Dante.

Ela passou as pontas dos dedos sobre os lábios dele, que tremeu.

— Não falo italiano — disse Clary, muito suavemente.

— Significa — explicou ele —, que o amor é a força mais poderosa do mundo. Que o amor pode fazer qualquer coisa.

Ela puxou a mão da dele, ciente ao fazê-lo de que ele a observava através de olhos semicerrados. Colocou as duas mãos em volta do pescoço dele, inclinou-se para a frente e tocou os lábios de Jace com os próprios — não foi um beijo desta vez, apenas lábios se tocando. Foi o suficiente; sentiu o pulso de Jace acelerar, e ele se inclinou para a frente, tentando capturar a boca de Clary com a própria, mas ela balançou a cabeça, sacudindo o cabelo em volta deles como uma cortina que os esconderia dos olhos de todas as pessoas do parque.

— Se você está cansado, podemos voltar para o Instituto — disse Clary, em um quase sussurro. — Para tirar uma soneca. A gente não dorme na mesma cama desde... desde Idris.

Os olhares se encontraram, e ela sabia que ele estava lembrando a mesma coisa que ela. A luz fraca entrando pela janela do pequeno quarto de hóspedes de Amatis, o desespero na voz de Jace. *Só quero deitar com você, e acordar com você, só uma vez na vida.* Aquela noite toda, deitados lado a lado, apenas as mãos se tocando. Já tinham se tocado muito mais desde aquela noite, mas nunca passado uma noite juntos. Ele sabia que Clary estava oferecendo muito mais do que um cochilo em um dos quartos não utilizados do Instituto. Ela tinha certeza de que Jace podia enxergar em seus olhos — mesmo que ela própria não soubesse exatamente o quanto *estava* oferecendo. Mas não tinha importância. Jace jamais pediria nada que ela não quisesse dar.

— Eu quero. — O calor que viu nos olhos dele, a aspereza na voz, demonstravam que não estava mentindo. — Mas... não podemos. — Segurou os pulsos da namorada com firmeza e os abaixou, e manteve as mãos entre os dois, formando uma barreira.

Os olhos de Clary se arregalaram.

— Por que não?

Jace respirou fundo.

— Viemos aqui para treinar, e temos que treinar. Se a gente passar todo o tempo em que devíamos estar treinando se agarrando, não vão mais me deixar treinar com você.

— Não deveriam estar procurando alguém para me treinar em tempo integral *de qualquer forma*?

— Deveriam — respondeu ele, levantando e puxando-a junto —, e temo que se você adquirir o hábito de beijar os instrutores, vai acabar beijando o novo contratado também.

— Não seja machista. Pode ser que arrumem uma instrutora.

— Neste caso tem minha permissão para beijá-la, contanto que eu possa assistir.

— Lindo. — Clary sorriu, abaixando para dobrar a toalha que tinham trazido para sentar. — Só está com medo que contratem um homem, e que ele seja mais gato que você.

As sobrancelhas de Jace se ergueram.

— Mais gato do que *eu*?

— Pode acontecer — disse Clary. — Você sabe, teoricamente.

— Teoricamente o planeta pode se partir em dois, me deixando em um lado, e você no outro, eterna e tragicamente separados, mas também não estou com medo disso. Algumas coisas — disse Jace, com o sorriso torto de sempre — são improváveis demais para despertarem preocupação.

Estendeu a mão; ela pegou, e juntos atravessaram o campo, dirigindo-se a um pequeno bosque de árvores na beira do Pasto Leste, que apenas os Caçadores de Sombras pareciam conhecer. Clary desconfiava que fosse encoberto por feitiço, considerando que ela e Jace treinavam ali com frequência, e ninguém jamais interrompeu, exceto Isabelle ou Maryse.

O Central Park no outono era um tumulto de cores. As árvores alinhando o pasto vestiam suas cores mais brilhantes e cercavam o verde com um dourado ardente, vermelho, cobre e laranja avermelhado. Fazia um dia lindo para uma caminhada romântica no parque e um beijo em uma das pontes de pedras. Mas *isso* não ia acontecer. Obviamente, no que dizia respeito a Jace, o parque não passava de uma extensão a céu aberto da sala de treinamento do Instituto, e estavam lá para passar para Clary uma série de exercícios envolvendo habilidades de navegação, técnicas de evasão e fuga, e matar coisas com as próprias mãos.

Normalmente teria ficado animada por aprender a matar coisas com as próprias mãos. Mas ainda havia algo a incomodando em relação a Jace. Não conseguia se livrar da sensação desagradável de que alguma coisa estava seriamente errada. Se ao menos houvesse um símbolo, pensou, que o fizesse contar o que estava realmente sentindo. Mas jamais criaria um símbolo assim, lembrou ela a si mesma apressadamente. Seria antiético usar seu poder para controlar outra pessoa. Além disso, desde que criara o símbolo de aliança em Idris, o poder parecia adormecido. Não sentia nenhum impulso pedindo que desenhasse velhos símbolos, tampouco tinha tido visões de novos símbolos para criar. Maryse dissera que tentaria trazer um especialista em símbolos para orientá-la, depois que o treinamento ficasse para trás, mas até agora a ideia ainda não tinha se materializado. Não que se importasse de verdade. Tinha que admitir que não estava certa sobre se de fato lamentaria caso o poder desaparecesse para sempre.

— Vai haver momentos em que encontrará um demônio, sem ter uma arma de luta à disposição — dizia Jace enquanto passavam por uma fileira de árvores com folhas baixas cujas tonalidades percorriam uma escala que ia de verde a dourado brilhante. — Quando isso acontecer, não entre em pânico. Primeiro, tem que se lembrar de que qualquer coisa pode ser uma arma. Um galho de árvore, um punhado de moedas... dão um ótimo soco-inglês... um sapato, qualquer coisa. Segundo, tenha em mente que você é uma arma. Teoricamente, quando acabar o treinamento, será capaz de abrir um buraco na parede com um chute, ou nocautear um alce com um único soco.

— Eu jamais bateria em um alce — disse Clary. — Estão em extinção.

Jace sorriu ligeiramente, e se virou para encará-la. Haviam chegado ao bosque, uma pequena área aberta no meio de uma plataforma de algumas árvores. Havia símbolos marcados nos troncos que os cercavam, indicando que aquele era um lugar de Caçadores de Sombras.

— Existe um estilo antigo de luta chamado Muay Thai — disse Jace. — Já ouviu falar?

Clary balançou a cabeça. O sol estava brilhante e firme, e ela estava quase com calor demais, usando as calças de treino e o casaco. Jace tirou o dele e voltou-se para ela, flexionando as mãos esguias de pianista. Seus olhos eram intensamente dourados sob a luz de outono. Marcas de velocidade, agilidade e força se alinhavam como uma estampa de vinhas, a partir dos pulsos, até o inchaço de cada bíceps desaparecendo sob as mangas da camiseta. Clary ficou imaginando por que ele havia se incomodado em se Marcar, como se ela fosse um inimigo a ser combatido.

— Ouvi um boato de que o novo instrutor da semana que vem é mestre em Muay Thai — relatou ele. — E sambo, lethwei, tomoi, krav magá, jiu-jítsu e mais uma coisa que, sinceramente, não lembro o nome, mas envolve matar pessoas com pequenos gravetos, ou coisa do tipo. O que estou *tentando* dizer é que ele, ou ela, não estará acostumado a trabalhar com alguém da sua idade tão inexperiente quanto você, então se eu ensinar um pouco do básico, espero que sejam um pouco mais gentis. — Esticou os braços para colocar as mãos nos quadris de Clary. — Agora vire-se de frente para mim.

Clary agiu conforme instruída. De frente um para o outro desse jeito, a cabeça dela batia na base do queixo dele. Colocou as mãos suavemente nos bíceps de Jace.

— Muay Thai é chamada de "a arte dos oito membros". Porque você não usa apenas os punhos e pés como pontos de ataque, mas também os joelhos e cotovelos. Primeiro você quer atrair seu oponente para perto, depois golpear com todos os seus pontos de ataque, até que ele ou ela sucumba.

— E isso funciona com demônios? — Clary ergueu as sobrancelhas.

— Com os menores. — Jace se aproximou. — Muito bem. Estique a mão e segure minha nuca.

Mal era possível fazer conforme Jace orientara sem ficar na ponta dos pés. Não pela primeira vez, Clary amaldiçoou o fato de ser tão baixinha.

— Agora levante a outra mão e repita o gesto, de modo que suas mãos estejam entrelaçadas na minha nuca.

Ela obedeceu. A nuca dele estava morna por causa do sol, e os cabelos macios fizeram cócegas nos dedos de Clary. Os corpos estavam pressionados um contra o outro; ela podia sentir o anel que usava em uma corrente no pescoço apertado entre os dois, como uma pedra entre duas palmas.

— Em uma luta de verdade, faria esse movimento muito mais depressa — disse ele. A não ser que ela estivesse imaginando, a voz de Jace estava um pouco instável. — Agora, essa sua garra em mim te dá uma alavanca. Você vai utilizar essa alavanca para puxar seu corpo para a frente e acrescentar ímpeto às joelhadas...

— Ora, ora — disse uma voz fria e entretida. — Só seis semanas, e já estão se enforcando? Tão rapidamente desbota o amor mortal.

CIDADE DOS ANJOS CAÍDOS

Soltando Jace, Clary girou, apesar de já saber quem era. A Rainha da Corte Seelie estava nas sombras entre duas árvores. Clary ficou imaginando se a teria visto, caso não soubesse que estava lá, mesmo com o dom da Visão. A Rainha trajava um vestido tão verde quanto a grama, e os cabelos, caindo em volta dos ombros, eram da cor de uma folha em transformação. Ela era tão bonita e tão terrível quanto uma estação no fim. Clary nunca confiara nela.

— O que está fazendo aqui? — perguntou Jace, com os olhos cerrados. — Este é um lugar de Caçadores de Sombras.

— E tenho notícias do interesse dos Caçadores de Sombras. — Enquanto a Rainha avançava graciosamente, o sol descia através das árvores e refletia o aro de frutos dourados ao redor da cabeça dela. Às vezes Clary ficava imaginando se a Rainha planejava estas entradas dramáticas, e, em caso afirmativo, como. — Houve mais uma morte.

— Que espécie de morte?

— Mais um dos seus. Nephilim morto. — Havia certo deleite na forma como a Rainha relatava o fato. — O corpo foi encontrado no alvorecer, sob a ponte Oak Bridge. Como sabem, o parque é meu domínio. Uma morte humana não me diz respeito, mas a morte não parecia ter origens mundanas. O corpo foi trazido até a Corte para ser examinado pelos meus médicos. Declararam que o mortal falecido era um dos seus.

Clary olhou rapidamente para Jace, lembrando-se da notícia sobre o Caçador de Sombras morto dois dias antes. Podia perceber que Jace estava pensando o mesmo que ela; tinha ficado pálido.

— Onde está o corpo? — perguntou ele.

— Está preocupado com a minha hospitalidade? Ele aguarda na minha corte, e lhe garanto que estamos dispensando ao corpo todo o respeito que daríamos a um Caçador de Sombras vivo. Agora que um dos meus tem um lugar no Conselho ao seu lado e junto aos seus, não pode duvidar da nossa boa-fé.

— Como sempre, boa-fé e milady andam juntas. — O sarcasmo na voz de Jace era claro, mas a Rainha apenas sorriu. Ela gostava de Jace, Clary sempre achou, daquele jeito que fadas gostavam de coisas bonitinhas só porque eram bonitinhas. Não achava que a Rainha gostasse dela, e a recíproca era verdadeira. — E por que está transmitindo o recado a nós, e não a Maryse? Os costumes indicam...

— Ah, costumes. — A Rainha descartou a convenção com um aceno de mão. — Vocês estavam aqui. Pareceu oportuno.

Jace lançou mais um olhar cerrado e abriu o celular. Gesticulou para Clary permanecer onde estava, e afastou-se um pouco. Ela o ouviu dizendo "Maryse?", quando o telefone foi atendido, e em seguida teve a voz engolida pelos gritos dos campos próximos.

431

Com uma sensação de pavor gélido, Clary olhou novamente para a Rainha. Não via a Lady da Corte Seelie desde a última noite em Idris, e, na ocasião, Clary não tinha sido muito educada. Duvidava que a Rainha tivesse esquecido ou que a tivesse perdoado por isso. *Você realmente recusaria um favor da Rainha da Corte Seelie?*

— Soube que Meliorn conseguiu um assento no Conselho — disse Clary agora. — Deve estar satisfeita com isso.

— De fato. — A Rainha a olhou entretida. — Estou suficientemente satisfeita.

— Então — disse Clary. — Sem ressentimentos?

O sorriso da Rainha tornou-se gelado nas bordas, como gelo cercando os cantos de um lago.

— Suponho que esteja se referindo à minha oferta, que recusou com tanta grosseria — disse ela. — Como sabe, meu objetivo se completou independentemente; a perda, imagino que a maioria das pessoas concordaria, foi sua.

— Não quis seu acordo. — Clary tentou manter a aspereza longe da voz, e fracassou. — As pessoas não podem fazer o que você quer o tempo todo, sabe disso.

— Não tenha a pretensão de me passar sermão, criança. — Os olhos da Rainha seguiram Jace, que estava andando de um lado para o outro na beira das árvores, com o telefone na mão. — Ele é lindo — disse. — Dá para entender por que o ama. Mas alguma vez já imaginou o que o atrai a você?

Clary não respondeu; não parecia haver resposta.

— O sangue do Paraíso os une — disse a Rainha. — Sangue chama sangue, por sob a pele. Mas amor e sangue não são a mesma coisa.

— Enigmas — disse Clary, irritadiça. — Você sequer *quer dizer* alguma coisa quando fala assim?

— Ele é ligado a você — disse a Rainha. — Mas te ama?

Clary sentiu as mãos tremerem. Queria muito treinar na Rainha alguns dos novos golpes de luta que aprendera, mas ela sabia o quão idiota aquilo seria.

— Sim, me ama.

— E a quer? Pois amor e desejo nem sempre caminham juntos.

— Não é da sua conta — respondeu apenas, mas pôde ver que os olhos da Rainha a encaravam como agulhas afiadas.

— Você o quer como nunca quis nada. Mas ele sente o mesmo? — A voz suave da Rainha era inexorável. — Ele poderia ter qualquer coisa ou qualquer pessoa que quisesse. Não fica imaginando por que a escolheu? Se pergunta se ele não teria se arrependido? Ele está diferente com você?

Clary sentiu lágrimas queimando por trás dos olhos.

— Não, não está. — Mas pensou no rosto dele no elevador naquela noite, e na forma como disse que ela tinha que ir para casa quando se ofereceu para ficar.

— Me disse que não desejava um pacto comigo, pois não havia nada que eu pudesse lhe dar. Disse que não existia nada que quisesse no mundo. — Os olhos da Rainha brilharam. — Quando imagina sua vida sem ele, continua sendo dessa opinião?

Por que está fazendo isso comigo?, Clary queria gritar, mas não falou nada, pois a Rainha das Fadas passou por ela e sorriu, dizendo:

— Limpe as lágrimas, pois ele retorna. Não fará bem a ele vê-la chorar.

Clary esfregou apressadamente os olhos; Jace vinha na direção delas, cenho franzido.

— Maryse está a caminho da Corte — declarou. — Aonde foi a Rainha?

Clary olhou para ele, surpresa.

— Ela está bem aqui — começou, virando, e parou. Jace tinha razão. A Rainha não estava mais lá, apenas um redemoinho de folhas aos pés de Clary mostrando onde estivera.

Simon estava deitado de costas, com o casaco amontoado embaixo da cabeça, olhando para o teto de buracos preenchidos da garagem de Eric com um senso de fatalidade cruel. A mochila estava aos pés, o telefone, ao ouvido. Neste momento a familiaridade da voz de Clary do outro lado era a única coisa que o impedia de desmoronar completamente.

— Simon, sinto muito. — Dava para perceber que ela estava em algum lugar na cidade. O barulho alto do trânsito atrás dela, abafando a voz. — Está realmente na *garagem* de Eric? Ele sabe?

— Não — respondeu Simon. — Não tem ninguém em casa agora, e eu tenho a chave da garagem. Parecia uma opção. Onde você está?

— Na cidade. — Para moradores do Brooklyn, Manhattan sempre era "a cidade". Não havia outra metrópole. Estava treinando com Jace, mas ele teve que voltar para o Instituto, algum assunto da Clave. Estou voltando para a casa do Luke agora. — Um carro buzinou alto no fundo. — Simon, você quer ficar com a gente? Pode dormir no sofá.

Simon hesitou. Tinha boas lembranças da casa de Luke. Ao longo de todos os anos que conhecia Clary, Luke sempre morou na mesma casa desconjuntada porém agradável acima da livraria. Clary tinha uma chave, e eles dois já tinham passado muitas horas agradáveis lá, lendo livros que "pegavam emprestados" da loja abaixo ou assistindo a filmes antigos na TV.

Mas as coisas eram diferentes agora.

— Talvez minha mãe possa conversar com a sua — sugeriu Clary, parecendo preocupada pelo silêncio dele. — Fazê-la entender.

433

— Fazê-la entender que sou um *vampiro*? Clary, acho que ela entende isso, de um jeito estranho. Não significa que vá aceitar ou ficar bem com a ideia.

— Bem, você também não pode ficar fazendo com que ela esqueça, Simon — argumentou Clary. — Não vai funcionar para sempre.

— Por que não? — Sabia que estava sendo irracional, mas deitado no chão duro, cercado por cheiro de gasolina e pelo sussurro de aranhas tecendo teias nos cantos da garagem, se sentindo mais sozinho do que nunca, a razão parecia muito distante.

— Porque assim toda a sua relação com ela será uma mentira. Nunca poderá ir para casa...

— E daí? — Simon interrompeu, hostil. — Faz parte da maldição, não? "Um fugitivo e um andarilho serás."

Apesar dos ruídos de trânsito e dos sons de conversa ao fundo, conseguiu ouvir a súbita respiração de Clary.

— Acha que devo contar isso para ela também? — perguntou ele. — Sobre você ter colocado a Marca de Caim em mim? Sobre eu ser basicamente uma maldição ambulante? Acha que ela vai querer *isso* na casa dela?

Os ruídos ao fundo se aquietaram; Clary devia ter entrado em algum lugar. Ele podia escutá-la lutando para conter as lágrimas ao falar:

— Simon, sinto muito. Você *sabe* que sinto...

— Não é culpa sua. — De repente se sentiu exausto. *Isso, apavore sua mãe, e em seguida faça sua melhor amiga chorar. Um grande dia para você, Simon.* — Olha, obviamente não devo ficar perto de pessoas agora. Vou ficar aqui, e vou pro quarto do Eric quando ele chegar.

Clary emitiu um barulho de rindo-através-das-lágrimas.

— Como assim, Eric não conta como pessoa?

— Respondo isso depois — disse Simon, e hesitou. — Ligo amanhã, tudo bem?

— Vai me *ver* amanhã. Prometeu que ia comigo para a prova do vestido, lembra?

— Uau — respondeu ele. — Devo te amar mesmo.

— Eu sei — disse ela. — Também te amo.

Simon desligou o telefone e deitou para trás, segurando o aparelho contra o peito. Era engraçado, pensou. Agora conseguia dizer "eu te amo" para Clary, quando durante anos havia lutado para declarar as mesmas palavras, sem conseguir colocá-las para fora. Agora que o significado por trás não era o mesmo, era fácil.

Às vezes imaginava o que teria acontecido se jamais tivesse aparecido um Jace Wayland. Se Clary jamais tivesse descoberto que era Caçadora de Sombras. Mas logo afastava esse pensamento — perda de tempo, não adianta percorrer essa estrada. Não tinha como mudar o passado — só era possível ir adiante. Não que ele tivesse ideia do que adiante queria dizer. Não poderia ficar na garagem de Eric para sempre. Mesmo levando em conta seu estado atual, tinha que admitir que se tratava de um lugar miserável para ficar. Não estava com frio — não sentia mais frio ou calor —, mas o chão era duro, e não estava conseguindo dormir. Gostaria de poder adormecer os sentidos. O barulho alto do trânsito lá fora o impedia de descansar, assim como o odor desagradável de gasolina. Mas a pior parte era a preocupação corrosiva quanto ao que fazer em seguida.

Tinha jogado fora a maior parte do estoque de sangue, e escondeu o resto na mochila; tinha o suficiente para mais alguns dias, depois estaria encrencado. Eric, onde quer que estivesse, certamente permitiria que ele ficasse na casa, se quisesse, mas isso poderia resultar nos pais de Eric ligando para sua mãe. E como ela achava que o filho estava em um passeio do colégio, isso não seria nada bom.

Dias, pensou. Era o tempo que tinha. Antes de esgotar o sangue, antes de a mãe começar a imaginar onde estaria e telefonar para a escola perguntando. Antes que começasse a lembrar. Era um vampiro agora. Deveria ter a eternidade. Mas tinha dias.

Fora tão cuidadoso. Lutou tanto pelo que considerava uma vida normal — colégio, amigos, a própria casa, o próprio quarto. Foi difícil, mas era assim que a vida *era*. As outras opções pareciam tão desoladas e solitárias que não eram dignas de consideração. E, no entanto, a voz de Camille soava em sua cabeça. *E daqui a dez anos, quando em tese terá vinte e seis anos? Em vinte anos? Trinta? Acha que ninguém vai perceber que envelhecem e mudam, e você não?*

A situação que tinha criado para si mesmo, que tinha esculpido tão cuidadosamente no formato da antiga vida, nunca fora permanente, ponderou agora, com um vazio no peito. Jamais poderia ter sido. Estava se agarrando a sombras e lembranças. Pensou novamente em Camille, em sua oferta. Agora parecia melhor do que antes. Uma oferta de comunidade, ainda que não fosse a comunidade que desejava. Só tinha mais ou menos três dias até que ela viesse procurando uma resposta. E o que diria quando ela aparecesse? Achou que soubesse, mas não tinha mais tanta certeza.

Um som de moagem interrompeu o devaneio. A porta da garagem estava levantando, uma luz forte perfurando o interior escuro do espaço. Simon se sentou, o corpo inteiro subitamente alerta.

— Eric?

— Não. Sou eu. Kyle.

— Kyle? — disse Simon, confuso, antes de se lembrar: o cara que tinham concordado em convidar para vocalista da banda. Simon quase caiu no chão outra vez. — Ah. Certo. Os outros não estão aqui agora, então, se estava pensando em ensaiar...

— Tudo bem. Não foi por isso que vim. — Kyle entrou na garagem, piscando os olhos na escuridão, as mãos nos bolsos de trás da calça jeans. — Você é aquele cara, o baixista, certo?

Simon se levantou, limpando a poeira do chão da garagem das roupas.

— Sou o Simon.

Kyle olhou em volta, as sobrancelhas franzidas de perplexidade.

— Deixei minhas chaves aqui ontem, acho. Procurei em todo canto. Ah, aqui estão. — Abaixou atrás da bateria e levantou um segundo depois, balançando um chaveiro triunfantemente na mão. Parecia estar igualzinho ao dia anterior. Estava com uma camiseta azul sob uma jaqueta de couro, e uma medalha dourada de santo brilhava no pescoço. Os cabelos escuros estavam mais bagunçados do que nunca. — Então — disse Kyle, apoiando-se em um dos amplificadores. — Estava dormindo aqui? No chão?

Simon assentiu.

— Fui expulso de casa. — Não era exatamente o caso, mas era tudo que estava com vontade de falar.

Kyle assentiu, solidário.

— Sua mãe encontrou seu estoque de maconha? Que droga.

— Não. Nada de... estoque de maconha. — Simon deu de ombros. — Temos uma diferença de opiniões quanto ao meu estilo de vida.

— Então ela descobriu sobre suas duas namoradas? — Kyle sorriu. Era boa pinta. Simon tinha que admitir, mas, ao contrário de Jace, que parecia saber exatamente o quanto era bonito, Kyle parecia alguém que provavelmente não penteava o cabelo há semanas. Mas ele era sincero e amistoso de um jeito meio canino, o que era cativante. — É, Kirk me contou. Bom para você, cara.

Simon balançou a cabeça.

— Não foi isso.

Fez-se um curto silêncio entre os dois. Em seguida:

— Eu... também não moro em casa — disse Kyle. — Saí há alguns anos. — Abraçou o próprio corpo, abaixando a cabeça. Estava com a voz baixa. — Não falo com meus pais desde então. Quero dizer, estou indo bem sozinho, mas... entendo.

— Suas tatuagens — disse Simon, tocando levemente os próprios braços. — O que significam?

Kyle esticou os braços.

— *Shaantih shaantih shaantih* — respondeu. — São mantras dos Upanixades. Sânscrito. Orações pela paz.

Normalmente Simon consideraria tatuagens em sânscrito algo pretensioso. Mas neste momento não.

— *Shalom* — disse.

Kyle piscou para ele.

— Quê?

— Significa paz — disse Simon. — Em hebraico. Só estava pensando que as palavras soam mais ou menos parecidas.

Kyle o olhou longamente. Parecia estar considerando. Finalmente falou:

— Isso vai soar ligeiramente louco...

— Ah, não sei. Minha definição de loucura se tornou bastante flexível nos últimos meses.

— ... mas eu tenho um apartamento. Em Alphabet City. E meu colega de apê acabou de se mudar. É um dois quartos, então pode ficar no lugar dele. Tem cama e tudo.

Simon hesitou. Por um lado não conhecia Kyle, e se mudar para o apartamento de um completo estranho parecia uma burrice de proporções épicas. Kyle poderia ser um assassino em série, apesar das tatuagens de paz. Por outro lado não conhecia Kyle, o que significava que ninguém o procuraria por lá. E que importância tinha se Kyle realmente fosse um assassino?, pensou amargamente. Seria pior para Kyle do que para ele, assim como aconteceu com aquele assaltante de ontem.

— Sabe — disse ele —, acho que vou aceitar, se não tiver problema.

Kyle assentiu.

— Minha picape está lá fora, se quiser ir para a cidade comigo.

Simon se abaixou para pegar a mochila e se levantou com ela no ombro. Guardou o telefone no bolso e abriu as mãos, indicando que estava pronto.

— Vamos lá.

Capítulo 5
INFERNO ATRAI INFERNO

O apartamento de Kyle acabou se revelando uma surpresa agradável. Simon estava esperando uma coisa suja em um cortiço da Avenue D, com baratas subindo pelas paredes e uma cama feita de espuma de colchão e engradados de leite. Na verdade era um dois quartos limpo com uma pequena sala, várias prateleiras de livros, e muitas fotos nas paredes de locais famosos para surfar. Verdade seja dita, Kyle parecia cultivar plantas de maconha na escada de incêndio, mas não se podia ter tudo.

O quarto de Simon era basicamente uma caixa vazia. Quem quer que tivesse morado ali antes não havia deixado nada além de um colchão futon. Paredes nuas, chão vazio, e uma única janela, através da qual Simon via o letreiro luminoso do restaurante chinês do outro lado da rua.

— Gostou? — perguntou Kyle, rondando pela entrada do quarto, os olhos âmbar abertos e amistosos.

— É ótimo — respondeu Simon com sinceridade. — Exatamente o que eu precisava.

O item mais caro no apartamento era a TV de tela plana na sala. Jogaram-se no sofá futon e assistiram a programas ruins enquanto a luz do sol diminuía lá fora. Kyle era legal, concluiu Simon. Não cutucava, não se intrometia, não fazia perguntas. Não parecia querer nada em troca do quarto, exceto contribuições para compras de supermercado. Era

CIDADE DOS ANJOS CAÍDOS

apenas um cara bacana. Simon ficou imaginando se teria se esquecido de como eram os humanos normais.

Depois que Kyle saiu para trabalhar no turno da noite, Simon foi para o quarto, desabou no colchão e ouviu o trânsito na Avenue B.

Foi assombrado por pensamentos com o rosto da mãe desde que saíra de casa: a forma como o olhara com horror e medo, como se fosse um intruso. Mesmo não precisando respirar, pensar nisso ainda lhe apertava o peito. Mas agora...

Quando criança, sempre gostou de viajar, pois estar em um lugar novo significava estar longe dos problemas. Mesmo aqui, a apenas um rio do Brooklyn, as lembranças que vinham corroendo como ácido — a morte do assaltante, a reação da mãe à verdade sobre quem era — pareciam borradas e distantes.

Talvez fosse esse o segredo, pensou. Seguir em frente. Como um tubarão. Ir para onde ninguém pudesse encontrar. *Um fugitivo e um andarilho serás na terra.*

Mas só funcionava se não se importasse com ninguém que estava deixando para trás.

Dormiu mal a noite inteira. O impulso natural era dormir durante o dia, apesar dos poderes de Diurno, e lutou contra a inquietação e os sonhos antes de acordar tarde com o sol entrando pela janela. Após vestir umas roupas limpas que tinha na mochila, saiu do quarto para encontrar Kyle na cozinha, fritando bacon e ovos em uma frigideira teflon.

— Olá, colega de apê — saudou Kyle, alegre. — Quer um pouco de café da manhã?

Ver comida ainda deixava Simon ligeiramente enjoado.

— Não, obrigado. Mas aceito um café. — Ajeitou-se em um dos bancos ligeiramente tortos.

Kyle empurrou uma caneca lascada pela bancada em direção a ele.

— O café da manhã é a refeição mais importante do dia, cara. Mesmo que já seja meio-dia.

Simon colocou as mãos na caneca, sentindo o calor na pele fria. Procurou um tópico para servir de conversa — algum que não tivesse a ver com o quão pouco comia.

— Não perguntei ontem, o que você faz da vida?

Kyle pegou um pedaço de bacon da frigideira e mordeu. Simon notou que a medalha no pescoço tinha detalhes em folhas, e as palavras *"Beati Bellicosi"*. *"Beati"*, Simon sabia, era uma palavra que tinha alguma coisa a ver com santos. Kyle devia ser católico.

— Mensageiro de bicicleta — respondeu, mastigando. — É ótimo. Posso pedalar pela cidade, vendo tudo, falando com todo mundo. Muito melhor que o colégio.

— Você largou?

— Fiz prova de equivalência no último ano. Prefiro a escola da vida. — Simon acharia que Kyle soava ridículo se não fosse pelo fato de que tinha dito "escola da vida" do mesmo jeito que dizia todas as outras coisas, com total sinceridade. — E você? Algum plano?

Ah, você sabe. Vagar pela terra, provocando morte e destruição de inocentes. Talvez beber um pouco de sangue. Viver eternamente, mas sem jamais me divertir. O de sempre.

— Estou deixando a vida me levar no momento.

— Quer dizer que não quer ser músico? — perguntou Kyle.

Para alívio de Simon, o telefone tocou antes que tivesse que responder. Pescou-o do bolso e olhou para a tela. Era Maia.

— Oi — atendeu. — E aí?

— Você vai à prova do vestido com Clary hoje à tarde? — perguntou ela, a voz crepitante do outro lado da linha. Provavelmente estava ligando da sede do bando em Chinatown, onde o sinal não era muito bom. — Ela me contou que ia forçá-lo a ir para fazer companhia.

— Quê? Ah, sim. É. Estarei lá. — Clary havia exigido que Simon a acompanhasse para a prova do vestido de madrinha, para depois poderem comprar quadrinhos e ela se sentir, em suas próprias palavras, "menos menininha embonecada".

— Bem, então também vou. Tenho que dar um recado do bando para o Luke, e, além disso, parece que não te vejo há séculos.

— Eu sei. Sinto muito...

— Tudo bem — disse ela com leveza. — Mas vai ter que me falar o que vai vestir no casamento em algum momento, porque senão nossas roupas podem não combinar.

Ela desligou, deixando Simon encarando o telefone. Clary tinha razão. O casamento era o dia D, e ele estava lamentavelmente despreparado para a batalha.

— Uma das suas namoradas? — perguntou Kyle, curioso. — A ruiva da garagem é uma delas? Porque ela é gatinha.

— Não. Aquela é a Clary; minha melhor amiga. — Simon guardou o telefone no bolso. — E tem namorado. Do tipo tem namorado mesmo, mesmo, *mesmo*. A bomba nuclear dos namorados. Vai por mim.

Kyle sorriu.

— Só estava perguntando. — Derrubou a frigideira de bacon, agora vazia, na pia. — Então, suas duas meninas. Como elas são?

— São muito, muito... diferentes. — De certas formas, pensava Simon, eram opostas. Maia era calma e centrada; Isabelle vivia em nível elevado de agito. Maia era uma luz firme na escuridão; Isabelle uma estrela ardente, girando pelo vazio. — Quero dizer, as duas são incríveis. Bonitas, inteligentes...

— E não sabem sobre a outra? — Kyle se apoiou na bancada. — Tipo, não sabem nada?

Simon se pegou explicando sobre como quando voltou de Idris (apesar de não se referir ao local pelo nome) as duas começaram a ligar para ele, querendo sair. E porque gostava das duas, foi. E de algum jeito as coisas começaram a ficar casualmente românticas com cada

CIDADE DOS ANJOS CAÍDOS

uma, mas nunca aparecia uma oportunidade de explicar para nenhuma que estava saindo com outra. E sabe-se lá como, foi se acumulando, e aqui estava ele, sem querer magoar nenhuma, mas sem saber como continuar.

— Bem, se quer minha opinião — disse Kyle, virando para jogar o resto do café na pia —, você deve escolher uma e deixar de ser um cachorro. Só estou falando.

Como estava de costas para Simon, Simon não podia enxergar seu rosto, e por um instante ficou imaginando se Kyle estava irritado de fato. A voz soou estranhamente rígida. Mas quando Kyle se virou, a expressão era receptiva e amigável como sempre. Simon concluiu que devia estar imaginando coisas.

— Eu sei — disse ele. — Você tem razão. — Olhou para o quarto. — Olha, tem certeza que não tem problema, eu ficar aqui? Posso sair quando quiser...

— Tudo bem. Fique o quanto precisar. — Kyle abriu uma gaveta da cozinha e remexeu até encontrar o que estava procurando: chaves extras presas em um anel de borracha. — Um conjunto de chaves para você. É totalmente bem-vindo aqui, tá? Tenho que ir trabalhar, mas pode ficar por aí se quiser. Jogar Halo, qualquer coisa. Vai estar aqui quando eu voltar?

Simon deu de ombros.

— Provavelmente não. Tenho uma prova de vestido às três da tarde.

— Legal — disse Kyle, passando uma bolsa carteiro por cima do ombro, e se dirigindo para a porta. — Peça para fazerem alguma coisa em vermelho para você. É totalmente a sua cor.

— Então — disse Clary, saindo do provador. — O que acham?

Deu uma voltinha experimental. Simon, equilibrado em uma das cadeiras brancas desconfortáveis da loja de trajes de casamento *Karyn's Bridal Shop*, mudou de posição, franziu o rosto e disse:

— Está bonita.

Estava mais do que bonita. Clary era a única madrinha da mãe, então pôde escolher o que queria. Selecionou um vestido muito simples de seda cor de cobre com alças finas que realçavam sua constituição pequena. Sua única joia era o anel Morgenstern, que usava em um cordão no pescoço; a simples corrente de prata destacava a forma das clavículas e a curva da garganta.

Há poucos meses, ver Clary vestida para um casamento teria provocado uma mistura de sentimentos em Simon: desespero sombrio (ela jamais o amaria) e intensa empolgação (ou talvez sim, se ele conseguisse reunir a coragem de revelar o que sentia). Agora só o deixava um pouco saudoso.

— Bonita? — ecoou Clary. — Só isso? Céus. — Voltou-se para Maia. — O que *você* acha?

441

Maia já tinha desistido das cadeiras desconfortáveis, e estava sentada no chão, com as costas contra uma parede decorada com tiaras e longos véus. Estava com o Nintendo DS de Simon equilibrado em um dos joelhos e parecia pelo menos parcialmente imersa em uma partida de Grand Theft Auto.

— Não me pergunte — disse. — Detesto vestidos. Iria de jeans para o casamento se pudesse.

Era verdade. Simon raramente via Maia com alguma roupa que não fosse jeans e camiseta. Neste aspecto era o oposto de Isabelle, que usava vestido e salto até mesmo nas ocasiões mais inadequadas. (Apesar de que, desde a vez em que a viu despachando um demônio Vermis com o salto de uma bota, estava menos inclinado a se preocupar com o assunto).

O sino da loja tocou e Jocelyn entrou, seguida por Luke. Ambos traziam copos quentes de café, e Jocelyn estava olhando para Luke, com as bochechas ruborizadas e os olhos brilhando. Simon se lembrou do que Clary havia dito sobre estarem irritantemente apaixonados. Ele não achava irritante, apesar de isso provavelmente se explicar pelo fato de não serem os pais *dele*. Ambos pareciam tão felizes e, para falar a verdade, ele achava legal.

Os olhos de Jocelyn se arregalaram ao ver Clary.

— Meu amor, você está linda!

— É, tem que dizer isso. Você é minha mãe — disse Clary, mas sorriu assim mesmo. — Ei, esse café é preto, por acaso?

— É. Considere um presente de desculpa pelo atraso — disse Luke, entregando o copo. — Ficamos presos. Um problema com o bufê ou coisa do tipo. — Acenou com a cabeça para Simon e Maia. — Oi, pessoal.

Maia inclinou a cabeça. Luke era o líder do bando local de licantropes, do qual Maia fazia parte. Apesar de ele ter vencido o hábito da menina de chamá-lo de "Mestre" ou "Senhor", ela permanecia respeitosa na presença dele.

— Trouxe um recado do bando — disse ela, repousando o jogo. — Eles têm algumas perguntas sobre a festa nos Grilhões...

Enquanto Maia e Luke mergulharam em uma conversa sobre a festa que o bando de lobos estava preparando em honra do casamento do lobo alfa, a dona da loja, uma mulher alta que ficara lendo revistas atrás do balcão enquanto os adolescentes conversavam, percebeu que as pessoas que iam *pagar* pelos vestidos tinham acabado de chegar, e se apressou em recebê-los.

— Acabei de receber de volta o seu vestido e está *maravilhoso* — derreteu-se a vendedora, pegando a mãe de Clary pelo braço, e conduzindo-a até o fundo da loja. — Venha experimentar. — Quando Luke foi atrás, ela apontou um dedo ameaçador em direção a ele. — *Você* fica.

442

Luke, assistindo a noiva desaparecer através de um par de portas brancas pintadas com sinos de casamento, parecia confuso.

— Mundanos acham que não se pode ver a noiva com o vestido de casamento antes da cerimônia — lembrou Clary. — Dá azar. Ela provavelmente está achando estranho que tenha vindo para a prova.

— Mas Jocelyn queria a minha opinião... — Luke se interrompeu e balançou a cabeça. — Paciência. Os hábitos mundanos são tão peculiares. — Jogou-se em uma cadeira e franziu o rosto quando uma das rosetas esculpidas o espetou nas costas. — Ai.

— E casamentos de Caçadores de Sombras? — perguntou Maia, curiosa. — Têm as próprias tradições?

— Têm — respondeu Luke devagar —, mas esta não será uma cerimônia clássica de Caçadores de Sombras. Estas particularmente não abordam nenhuma situação em que um dos participantes não seja um Caçador de Sombras.

— Sério? — Maia parecia chocada. — Não sabia.

— Parte de um casamento de Caçadores de Sombras envolve traçar símbolos permanentes nos corpos dos participantes — explicou Luke. A voz estava calma, mas os olhos pareciam tristes. — Símbolos de amor e compromisso. Mas, é claro, os que não são Caçadores de Sombras não aguentam os símbolos do Anjo, então eu e Jocelyn vamos trocar alianças.

— Que droga — declarou Maia.

Com isso, Luke sorriu.

— Na verdade, não. Casar com Jocelyn é tudo que sempre quis, e não estou ligando para os detalhes. Além disso, as coisas estão mudando. Os novos integrantes do Conselho abriram muitos caminhos no sentido de convencer a Clave a tolerar esse tipo de...

— Clary! — Era Jocelyn, chamando do fundo da loja. — Pode vir aqui um segundo?

— Estou indo! — respondeu Clary, engolindo o resto do café. — Ops. Parece uma emergência com o vestido.

— Bem, boa sorte com isso. — Maia se levantou e jogou o DS de volta no colo de Simon antes de se curvar para beijá-lo na bochecha. — Tenho que ir. Vou encontrar uns amigos no Hunter's Moon.

Ela tinha um cheiro agradável de baunilha. Sob isso, como sempre, Simon podia sentir o odor salgado de sangue, misturado a um aroma cítrico, peculiar a lobisomens. O sangue de cada tipo de integrante do Submundo tinha um cheiro diferente — o das fadas era de flores mortas, o de feiticeiros era de fósforos queimados, e o de outros vampiros, metálico.

Clary perguntou uma vez qual era o cheiro de Caçadores de Sombras.

— Luz do sol — respondera.

— Até mais tarde, amor. — Maia se ajeitou, afagou o cabelo de Simon uma vez e saiu. Enquanto a porta se fechava atrás dela, Clary o encarou com um olhar afiado.

— Você *precisa* resolver sua vida amorosa até sábado que vem — pediu. — Estou falando sério, Simon. Se não contar para elas, conto eu.

Luke pareceu aturdido.

— Contar o que para quem?

Clary balançou a cabeça para Simon.

— Está andando em gelo fino, Lewis. — Com esta declaração se retirou, segurando a saia de seda ao fazê-lo. Simon achou graça ao perceber que por baixo do vestido ela estava usando tênis verdes.

— Claramente — disse Luke —, tem alguma coisa acontecendo, e eu não sei nada a respeito.

Simon olhou para ele.

— Às vezes acho que este é o lema da minha vida.

Luke ergueu as sobrancelhas.

— Aconteceu alguma coisa?

Simon hesitou. Certamente não poderia contar a Luke sobre sua vida amorosa — Luke e Maia integravam o mesmo bando, e bandos de lobisomens eram mais leais que gangues de rua. Colocaria Luke em uma posição muito desagradável. Mas também era verdade que Luke era um recurso. Como líder do bando de Manhattan, ele tinha acesso a todos os tipos de informação, e era engajado na política do Submundo.

— Já ouviu falar em uma vampira chamada Camille?

Luke emitiu um ruído baixo de assobio.

— Sei quem é. Fico surpreso por você saber.

— Bem, ela é a líder do clã de vampiros de Nova York. Eu sei *alguma coisa* sobre eles — disse Simon, com um pouco de rigidez.

— Não sabia. Pensei que quisesse viver como humano o máximo possível. — Não havia julgamento na voz de Luke, apenas curiosidade. — Bem, quando assumi o bando da cidade depois do último líder, ela havia colocado Raphael na frente dos assuntos. Acho que ninguém sabia bem para onde tinha ido. Mas ela é uma espécie de lenda. Uma vampira extraordinariamente velha, pelo que sei. E com fama de cruel e astuta. Competiria em pé de igualdade com o Povo das Fadas.

— Já a viu alguma vez?

Luke balançou a cabeça.

— Acho que não. Por que a curiosidade?

— Raphael a mencionou — disse Simon sem dar muitos detalhes.

Luke franziu a testa.

— Viu Raphael recentemente?

Antes que Simon pudesse responder, o sino da loja soou de novo, e para surpresa de Simon, Jace entrou. Clary não tinha dito que ele viria.

Aliás, percebeu, Clary não vinha mencionando Jace com muita frequência ultimamente.

Jace olhou de Luke para Simon. Parecia um pouco surpreso em ver Simon e Luke ali, embora fosse difícil afirmar. Apesar de Simon imaginar que Jace revelava uma gama de expressões faciais quando estava sozinho com Clary, o padrão era uma espécie de neutralidade feroz.

— Ele parece — dissera Simon a Isabelle certa vez — estar pensando em alguma coisa profunda e importante, mas se você perguntar o que, vai te dar um soco na cara.

— Então não pergunte — respondera Isabelle, como se achasse que Simon estava sendo ridículo. — Ninguém disse que vocês dois precisam ser amigos.

— Clary está aqui? — perguntou Jace, fechando a porta. Parecia cansado. Estava com olheiras, e não parecia ter se incomodado em vestir um casaco, apesar do vento de outono estar gelado. Apesar de a temperatura não afetar Simon, ver Jace apenas de jeans e uma camisa térmica o deixava com frio.

— Está ajudando Jocelyn — explicou Luke. — Mas pode esperar aqui conosco.

Jace olhou em volta desconfortável para as paredes com véus pendurados, leques, tiaras e caudas com pérolas bordadas.

— É tudo... tão branco.

— Claro que é branco — disse Simon. — É um casamento.

— Branco para Caçadores de Sombras é a cor dos funerais — explicou Luke. — Mas para os mundanos, Jace, é a cor dos casamentos. As mulheres vestem branco para simbolizar a pureza.

— Pensei que Jocelyn tivesse dito que o vestido não era branco — disse Simon.

— Bem — falou Jace —, suponho que *seja* tarde demais.

Luke engasgou com o café. Antes que pudesse falar — ou fazer — qualquer coisa, Clary voltou para o recinto. Estava com os cabelos presos agora, com pregadores cintilantes, alguns cachos soltos.

— Não sei — dizia, ao se aproximar deles. — Karyn pôs as mãos em mim e ajeitou meu cabelo, mas não tenho certeza quanto aos brilhos...

Parou de falar ao ver Jace. Pela expressão ficou claro que também não estava esperando vê-lo. Seus lábios se afastaram em sinal de surpresa, mas ela não disse nada. Jace, por sua vez, estava olhando para ela, e pela primeira vez na vida, Simon pôde ler o rosto de Jace como se fosse um livro. Era como se tudo tivesse desabado para Jace, exceto ele e Clary, e ele a olhou com um desejo ardente e não disfarçado, deixando Simon constrangido, como se tivesse invadido um momento particular.

Jace deu um pigarro.

— Você está linda.

— Jace. — Clary parecia mais confusa do que qualquer outra coisa. — Está tudo bem? Pensei que tivesse dito que não viria por causa da reunião do Conclave.

— É mesmo — disse Luke. — Soube do corpo do Caçador de Sombras no parque. Alguma notícia?

Jace balançou a cabeça, ainda olhando para Clary.

— Não. Ele não integra o Conclave de Nova York, mas, além disso, não foi identificado. Nenhum dos corpos foi. Os Irmãos do Silêncio estão olhando agora.

— Isso é bom. Os Irmãos vão descobrir quem são — disse Luke.

Jace não disse nada. Continuava olhando para Clary, com o olhar mais estranho, pensou Simon — o tipo de olhar que se lança a uma pessoa amada, mas que jamais, jamais se poderá ter. Supunha que Jace já tivesse se sentido assim em relação a Clary antes, mas agora?

— Jace? — disse Clary, e deu um passo em direção a ele.

Jace desgrudou o olhar dela.

— Aquele casaco que pegou emprestado ontem no parque — disse ele. — Ainda está com ele?

Parecendo ainda mais confusa agora, Clary apontou para onde a vestimenta, um casaco marrom perfeitamente normal, estava pendurada nas costas de uma das cadeiras.

— Está ali. Eu ia devolver depois...

— Bem — disse Jace, pegando-o, e enfiando os braços rapidamente nas mangas, como se de repente estivesse com pressa —, agora não precisa mais.

— Jace — disse Luke com o tom calmo de sempre —, vamos jantar cedo em Park Slope depois disso. Pode vir conosco.

— Não — respondeu Jace, fechando o zíper do casaco. — Tenho treino hoje à tarde. É melhor ir.

— Treino? — ecoou Clary. — Mas nós treinamos ontem.

— Alguns de nós precisam treinar todos os dias, Clary. — Jace não parecia irritado, mas havia uma dureza no tom que fez Clary enrubescer. — Até mais tarde — acrescentou sem olhar para ela, e praticamente se jogou para a porta.

Quando ela se fechou, Clary levantou as mãos num gesto de irritação e arrancou os pregadores do cabelo. Ele caiu em cascatas sobre os ombros.

— Clary — disse Luke, gentilmente. Levantou-se. — O que está fazendo?

— Meu cabelo. — Puxou o último pregador, com força. Seus olhos brilhavam, e Simon percebeu que ela estava se segurando para não chorar. — Não quero usar assim. Fica ridículo.

— Não fica, não — Luke pegou os pregadores, e os repousou em uma das pequenas mesas brancas. — Entenda, casamentos deixam homens nervosos, certo? Não quer dizer nada.

— Certo. — Clary tentou sorrir. Quase conseguiu, mas Simon sabia que ela não tinha acreditado em Luke. E mal podia culpá-la. Depois de ver o olhar no rosto de Jace, Simon também não acreditava.

Ao longe, o restaurante Fifth Avenue Diner brilhava como uma estrela contra o crepúsculo azul. Simon caminhou ao lado de Clary pelos quarteirões da avenida, Jocelyn e Luke alguns passos à frente. Clary tinha tirado o vestido e usava novamente a calça jeans, e um cachecol branco grosso no pescoço. De vez em quando levantava a mão e girava o anel na corrente no pescoço, um gesto nervoso que ele ficou imaginando se seria consciente.

Quando saíram da loja, Simon perguntou se ela sabia o que havia de errado com Jace, mas ela não respondeu de fato. Desviou da pergunta e começou a perguntar o que estava acontecendo com ele, se já tinha conversado com a mãe, e se achava ruim ficar na casa de Eric. Quando revelou que estava no apartamento de Kyle, Clary ficou surpresa.

— Mas mal o conhece — argumentou. — Ele pode ser um assassino.

— Considerei essa possibilidade. Verifiquei o apartamento, mas se ele tem um cooler com gelo cheio de braços, ainda não vi. De qualquer forma, me parece bastante sincero.

— Como é o apartamento?

— Bom em termos de Alphabet City. Você deveria passar lá mais tarde.

— Hoje não — disse Clary, um pouco distraída. Estava mexendo no anel outra vez. — Talvez amanhã?

Vai encontrar com Jace?, pensou Simon, mas não tocou no assunto. Se ela não queria falar sobre o assunto, não iria forçá-la.

— Chegamos. — Abriu a porta para ela, e um sopro de ar quente com cheiro de souvlaki os atingiu.

Arranjaram uma cabine perto de uma das TVs de tela plana que alinhavam as paredes. Sentaram enquanto Jocelyn e Luke conversavam animadamente sobre os planos do casamento. O bando de Luke, ao que parecia, tinha se ofendido por não ter sido convidado para a cerimônia — apesar de a lista de convidados ser mínima — e estavam insistindo em promover uma comemoração em uma fábrica reformada no Queens. Clary ouviu sem falar nada; a garçonete apareceu, entregando cardápios plastificados tão duros que poderiam ser utilizados como armas. Simon repousou o que recebera na mesa e ficou olhando pela janela. Havia uma academia do outro lado da rua, e dava para ver as pessoas através do vidro, correndo em esteiras, com os braços em movimento, e fones nos ouvidos. *Tanta corrida para não chegar a lugar nenhum*, pensou. *É a história da minha vida.*

Tentou desvencilhar os pensamentos de aspectos sombrios, e quase conseguiu. Esta era uma das situações mais familiares da sua vida, pensou — uma mesa no canto de um restaurante, ele, Clary e a família da amiga. Luke sempre foi da família, mesmo antes de estar prestes a se casar com a mãe de Clary. Simon deveria se sentir em casa. Tentou forçar um sorriso, apenas para perceber que Jocelyn tinha feito uma pergunta que ele não tinha escutado. Todos à mesa o olhavam com expectativa.

— Desculpe — disse. — Eu não... O que você disse?

Jocelyn sorriu pacientemente.

— Clary me contou que vocês acrescentaram um novo integrante à banda?

Simon sabia que ela só estava sendo educada. Bem, educada do jeito que são os pais quando fingem levar seus hobbies a sério. Mesmo assim, ela já tinha ido a vários shows, só para ajudar a preencher o local. Ela gostava dele; sempre havia gostado. Nos cantos mais escuros e isolados de sua mente, Simon desconfiava que ela sempre soubera dos sentimentos que nutria por Clary, e ficava imaginando se ela teria desejado que a filha fizesse uma escolha diferente, se pudesse controlar. Sabia que ela não adorava Jace completamente. Ficava claro até pela maneira como pronunciava o nome do rapaz.

— É — disse ele. — Kyle. É um cara meio estranho, mas muito legal. — Luke pediu a Simon que explicasse melhor sobre a estranheza de Kyle, então Simon contou sobre o apartamento, com o cuidado de não incluir o fato de que agora o apartamento também era *dele*, sobre o emprego de mensageiro de bicicleta, a picape velha e surrada. — E ele cultiva umas plantas esquisitas na varanda — acrescentou ele. — Não é maconha, eu verifiquei. Elas têm umas folhas meio prateadas...

Luke franziu o cenho, mas antes que pudesse dizer alguma coisa, a garçonete chegou, trazendo um enorme bule de café prateado. Era jovem, com cabelos claros oxigenados amarrados em duas tranças. Ao se curvar para preencher a xícara de Simon, uma delas tocou-lhe o braço. Sentia o cheiro de suor nela, e, sob este, sangue. Sangue humano, o mais doce dos aromas. Sentiu um aperto familiar no estômago. Frio se espalhou por ele. Estava com fome, e tudo que tinha na casa de Kyle era sangue em temperatura ambiente que já estava começando a precipitar — uma perspectiva repugnante, até mesmo para um vampiro.

Nunca se alimentou de um humano, não é? Ainda vai. E quando o fizer, não vai se esquecer.

Simon fechou os olhos. Quando os abriu novamente, a garçonete já tinha se retirado e Clary o encarava curiosa do outro lado da mesa.

— Está tudo bem?

— Tudo. — Fechou a mão em torno da xícara de café. Estava tremendo. Acima deles a TV continuava transmitindo o noticiário noturno.

— Ugh — disse Clary, olhando para a tela. — Estão ouvindo isso?

Simon seguiu o olhar da amiga. O âncora estava com aquela expressão que âncoras costumam ter quando relatam alguma coisa particularmente sombria.

— Ninguém apareceu para identificar um menino que foi encontrado abandonado em um beco atrás do hospital Beth Israel há alguns dias — dizia. — O bebê é branco, pesa dois quilos e noventa e cinco gramas, e fora isso é saudável. Ele foi encontrado em uma cadeirinha de carro atrás de um lixão no beco — continuou o âncora. — O mais perturbador no entanto é um bilhete escrito a mão no cobertor da criança, implorando que autoridades do hospital exercessem a eutanásia na criança, pois "eu não tenho forças para fazê-lo pessoalmente". A polícia diz que é provável que a mãe da criança sofra de distúrbios mentais, e alega dispor de "pistas promissoras". Qualquer pessoa com informações sobre esta criança deve ligar para...

— Isso é terrível — disse Clary, virando as costas para a TV com um tremor. — Não entendo como as pessoas podem largar os próprios bebês desse jeito, como se fossem lixo...

— Jocelyn — disse Luke, um tom nítido de preocupação na voz. Simon olhou na direção da mãe de Clary. Estava branca como um papel, e parecia prestes a vomitar. Afastou o prato subitamente, levantou-se da mesa, e correu para o banheiro. Após um instante, Luke derrubou o guardanapo do colo e foi atrás.

— Droga. — Clary colocou a mão na boca. — Não acredito que disse isso. Sou tão burra.

Simon estava inteiramente perplexo.

— O que está acontecendo?

Clary se afundou no assento.

— Ela estava pensando no Sebastian — disse. — Quero dizer, Jonathan. Meu irmão. Presumo que se lembre dele.

Estava sendo sarcástica. Nenhum deles esqueceria Sebastian, cujo verdadeiro nome era Jonathan, que matou Hodge e Max, e quase teve êxito em auxiliar Valentim a ganhar uma guerra que teria visto a destruição de todos os Caçadores de Sombras. Jonathan, que tinha olhos negros ardentes e um sorriso como uma navalha. Jonathan, cujo sangue tivera gosto de ácido quando Simon o mordeu uma vez. Não que se arrependesse.

— Mas sua mãe não o abandonou — disse Simon. — Continuou criando, mesmo sabendo que havia algo terrivelmente errado com ele.

— Mas o detestava — respondeu Clary. — Acho que ela nunca superou isso. Imagine odiar o próprio filho. Minha mãe costumava pegar uma caixa com as coisas de bebê dele e chorava, todo ano, no dia do aniversário. Acho que chorava pelo filho que teria tido, você sabe, se Valentim não tivesse feito o que fez.

— E você teria tido um irmão — declarou Simon. — Digo, um irmão de verdade. Não um psicopata assassino.

Parecendo prestes a chorar, Clary afastou o prato.

— Estou enjoada agora — falou. — Sabe aquela sensação de estar com fome, mas não conseguir comer?

Simon olhou para a garçonete oxigenada, que estava se apoiando na bancada do restaurante.

— Sim — respondeu ele. — Sei sim.

Luke voltou para a mesa depois de um tempo, mas apenas para avisar a Clary e Simon que ia levar Jocelyn para casa. Deixou dinheiro, com o qual pagaram a conta antes de sair do restaurante para a Galaxy Comics na Seventh Avenue. Mas nenhum dos dois conseguiu se concentrar o suficiente para aproveitar, então se despediram com a promessa de se encontrarem no dia seguinte.

Simon foi para a cidade com o capuz na cabeça e o iPod ligado, tocando música nos ouvidos. Música sempre havia sido sua forma de bloquear as coisas. Quando saltou na Second Avenue e foi andando pela Houston, começou a garoar; seu estômago ainda estava embrulhado.

Cortou caminho pela First Street, que estava basicamente deserta, um fio de escuridão entre as luzes brilhantes da First Avenue e da Avenue A. Porque estava com o iPod ligado, não os ouviu se aproximando por trás até estarem quase em cima dele. O primeiro indício de que algo estava errado foi a longa sombra que surgiu na calçada, sobrepondo-se à dele. Outra se juntou à primeira, esta do outro lado. Ele se virou...

E viu dois homens atrás de si. Ambos vestidos exatamente como o assaltante que o havia atacado na outra noite — roupas cinzentas, capuzes cobrindo as faces. Perto o bastante para o tocarem.

Simon pulou para trás, com uma força que o surpreendeu. Sua força vampiresca era tão nova que ainda tinha o poder de chocá-lo. Quando, um instante depois, se viu empoleirado na coluna de um prédio baixo, a vários metros dos assaltantes, congelou.

Os assaltantes avançaram para ele. Falavam a mesma língua gutural do primeiro bandido — o qual, Simon estava começando a desconfiar, não era ladrão nenhum. Ladrões, até onde sabia, não operavam em gangues, e era improvável que o primeiro tivesse amigos criminosos que decidiram se vingar pela morte do camarada. Alguma coisa diferente estava acontecendo aqui, claramente.

Os dois chegaram à coluna, encurralando Simon efetivamente na escada. Simon puxou os fones do iPod dos ouvidos e levantou as mãos apressadamente.

— Vejam — falou —, não sei o que está se passando, mas é melhor me deixarem em paz.

Os assaltantes simplesmente olharam para ele. Ou, pelo menos, ele achou que estivessem olhando. Sob as sombras dos capuzes, era impossível ver os rostos.

— Estou com a impressão de que alguém os mandou atrás de mim — disse ele. — Mas é uma missão suicida. Sério. Não sei o que estão pagando a vocês, mas não é o suficiente.

Uma das figuras riu. A outra enfiou a mão no bolso e sacou alguma coisa. Algo que brilhava em preto sob as luzes da rua.

Uma arma.

— Ai, cara — disse Simon. — Você não quer fazer isso, não quer mesmo. Não estou brincando. — Deu um passo para trás, subindo um degrau. Talvez se conseguisse altura o suficiente, pudesse pular sobre eles, ou passar por eles. Qualquer coisa para impedir que o atacassem. Não achava que pudesse aguentar o que isso representava. Não outra vez.

O homem com a arma a levantou. Ouviu-se um clique quando ele puxou o martelo do revólver para trás.

Simon mordeu o lábio. No pânico as presas haviam crescido. Sentiu uma dor se espalhando ao afundarem na pele.

— *Não...*

Um objeto escuro caiu do céu. Inicialmente Simon achou que alguma coisa tinha caído de uma das janelas superiores — um ar-condicionado desabando ou alguém preguiçoso demais para levar o lixo para baixo. Mas a coisa caindo, ele viu, era uma pessoa — caindo com direção, propósito e graça. A pessoa aterrissou no assaltante, esmagando-o. A arma voou da sua mão, e ele gritou, um ruído fino, agudo.

O segundo bandido se curvou e pegou a arma. Antes que Simon pudesse reagir, o sujeito a levantou e puxou o gatilho. Uma faísca de chama apareceu na boca da arma.

A arma explodiu. Explodiu, e o assaltante explodiu junto, rápido demais para sequer gritar. Planejara dar a Simon uma morte rápida, e foi uma ainda mais rápida o que recebeu em troca. Estilhaçou como vidro, como as cores voadoras em um caleidoscópio. Ouviu uma explosão suave — o ruído de deslocamento de ar —, em seguida nada além de uma chuva fraca de sal, caindo no chão como chuva sólida.

A visão de Simon borrou, e ele afundou nos degraus. Tinha consciência de um murmúrio alto nos ouvidos, e então alguém o agarrou com força pelos pulsos, e o sacudiu, violentamente.

— Simon. Simon!

Levantou o olhar. A pessoa o agarrando e sacudindo era Jace. Ele não estava uniformizado, mas ainda de jeans e usando o casaco que pegara com Clary. Estava desgrenhado, as roupas e o rosto sujos de poeira e fuligem. O cabelo molhado com a chuva.

— Que diabos foi isso? — perguntou Jace.

Simon olhou de um lado para o outro da rua. Continuava deserta. O asfalto brilhava, preto, molhado e vazio. O segundo assaltante havia desaparecido.

451

— *Você* — disse, um pouco grogue. — Você atacou os assaltantes...

— Não eram assaltantes. Estavam te seguindo desde que saltou do metrô. Alguém mandou aqueles dois — afirmou Jace com total certeza.

— O outro — disse Simon. — O que aconteceu com ele?

— Simplesmente desapareceu. — Jace estalou os dedos. — Viu o que aconteceu com o amigo e sumiu, simples assim. Não sei o que eram, exatamente. Não eram demônios, porém, não exatamente humanos.

— É, isso eu pude concluir, obrigado.

Jace o olhou mais de perto.

— Aquilo... o que aconteceu com o assaltante... aquilo foi você, não foi? Sua Marca, aqui. — Apontou para a testa. — A vi ardendo em branco antes de o cara... dissolver.

Simon não respondeu nada.

— Já vi muita coisa — contou Jace. Não havia qualquer sarcasmo na voz, surpreendentemente, nem deboche. — Mas nunca vi nada assim.

— Não fui eu — disse Simon com calma. — Não fiz nada.

— Não precisou — disse Jace. Seus olhos dourados ardiam no rosto sujo de fuligem.

— *"Pois está escrito, a Vingança é minha; irei pagar, disse o Senhor."*

Capítulo 6
ACORDAR OS MORTOS

O quarto de Jace estava mais arrumado do que nunca — a cama feita com perfeição, os livros organizados em ordem alfabética nas prateleiras, anotações e livros de referência empilhados cuidadosamente na mesa. Até mesmo as armas estavam enfileiradas na parede por ordem de tamanho, que ia uma espada enorme, até um conjunto de pequenas adagas.

Clary, parada na entrada, conteve um suspiro. A organização era formidável. Já estava acostumada. Era, sempre achou, a maneira de Jace exercer controle sobre os elementos de uma vida que sob outros aspectos poderia parecer oprimida pelo caos. Ele vivera durante tanto tempo sem saber quem — ou mesmo o que — realmente era, que ela não podia se chatear com a cuidadosa ordem alfabética em que estava organizada a coleção de poesia.

Podia, contudo, ficar — e ficou — chateada por ver que ele não estava lá. Se não tinha voltado para casa depois de sair da loja de noivas, *aonde* tinha ido? Ao olhar ao redor do quarto, uma sensação de irrealidade a dominou. Não era possível que isso estivesse acontecendo, era? Sabia como funcionavam términos de namoro por ouvir outras meninas reclamando. Primeiro o afastamento, a recusa gradual em responder bilhetes ou telefonemas. As mensagens vagas afirmando que não havia nada errado, que a outra pessoa só queria um pouco de espaço. Em seguida o discurso de que "não é você, sou eu". E depois a parte da choradeira.

Nunca pensou que nada disso se aplicaria a ela e Jace. O que tinham não era comum ou sujeito a regras usuais de relacionamentos e términos. Pertenciam um ao outro por completo, e assim seria eternamente; isso era um fato.

Mas talvez todo mundo se sentisse da mesma maneira? Até o instante em que percebiam que eram como todo mundo, e tudo que consideravam real estilhaçava.

Alguma coisa com um brilho prateado do outro lado do quarto lhe chamou a atenção. Era a caixa que Amatis dera a Jace, com um desenho delicado de pássaros nas laterais. Sabia que ele estava analisando o conteúdo aos poucos, lendo as cartas lentamente, avaliando anotações e fotos. Não contou muita coisa para Clary, e ela não queria se intrometer. Seus sentimentos em relação ao pai biológico eram algo que ele precisaria descobrir sozinho.

No entanto, se viu atraída pela caixa agora. Lembrou-se dele sentado nos degraus de entrada do Salão dos Acordos em Idris, segurando o objeto no colo. *Como se eu pudesse deixar de te amar*, Jace dissera. Ela tocou a tampa da caixa, e os dedos encontraram o fecho, que abriu com facilidade. Dentro havia papéis espalhados, fotos antigas. Puxou uma e encarou, fascinada. A fotografia era de duas pessoas, uma moça e um rapaz. Reconheceu a mulher imediatamente: era a irmã de Luke, Amatis. Ela estava olhando para o rapaz com todo o esplendor do primeiro amor. Ele era bonito, alto e louro, mas tinha olhos azuis, e não dourados, e as feições era menos angulares do que as de Jace... Mas, mesmo assim, saber quem ele era — pai de Jace — era o bastante para fazer seu estômago se contrair.

Guardou apressadamente a foto de Stephen Herondale, quase cortando o dedo na lâmina de uma fina adaga de caça que estava repousada transversalmente na caixa. Havia pássaros esculpidos no cabo. A lâmina estava suja de ferrugem, ou de algo que parecia ferrugem. Provavelmente não fora adequadamente limpa. Fechou a caixa rapidamente e virou-se de costas, sentindo o peso da culpa nos ombros.

Pensou em deixar um bilhete para Jace, mas, concluindo que seria melhor esperar até que pudesse falar com ele pessoalmente, saiu e atravessou o corredor que levava ao elevador. Tinha batido à porta de Isabelle mais cedo, mas aparentemente ela também não estava em casa. Até as tochas de luz enfeitiçadas nos corredores pareciam queimar mais fracamente do que o normal. Sentindo-se completamente deprimida, Clary se encaminhou ao botão do elevador — apenas para perceber que já estava aceso. Alguém estava subindo do térreo para o Instituto.

Jace, pensou imediatamente, o pulso acelerando. Mas claro que podia não ser, disse a si mesma. Era possível que fosse Izzy, ou Maryse, ou...

— Luke? — disse, surpresa, quando a porta do elevador se abriu. — O que está fazendo aqui?

— Eu poderia fazer a mesma pergunta. — Ele saiu do elevador, fechando o portão atrás de si. Estava com um casaco de flanela com forro de lã que Jocelyn tentava fazer com que jogasse fora desde que começaram a namorar. Era bem legal, Clary achava, que nada parecesse mudar Luke, independentemente do que acontecesse em sua vida. Gostava do que gostava, e isso era um fato. Ainda que o objeto em questão fosse um casaco velho e surrado. — Mas acho que consigo adivinhar. E aí, ele está aqui?

— Jace? Não. — Clary deu de ombros, tentando parecer despreocupada. — Não tem problema. Falo com ele amanhã.

Luke hesitou.

— Clary...

— Lucian. — A voz fria que veio de trás deles era de Maryse. — Obrigada por vir tão depressa.

Ele se virou para cumprimentá-la com um aceno de cabeça.

— Maryse.

Maryse Lightwood estava na entrada, a mão tocando levemente a moldura. Usava luvas cinza-claras que combinavam com o tailleur cinza. Clary ficou imaginando se Maryse usava jeans em alguma ocasião. Nunca tinha visto a mãe de Isabelle e Alec usando nada além de tailleur ou uniforme de luta.

— Clary — disse ela. — Não sabia que estava aqui.

Clary se sentiu enrubescer. Maryse não parecia se importar com ela entrando e saindo, mas também nunca reconhecera a relação de Clary e Jace de forma alguma. Era difícil culpá-la. Maryse ainda estava enfrentando a morte de Max, que só tinha acontecido há seis semanas; e sozinha, pois Robert Lightwood continuava em Idris. Tinha assuntos mais importantes do que a vida amorosa de Jace.

— Estava de saída.

— Eu te levo quando acabar aqui — disse Luke, colocando a mão no ombro da menina. — Maryse, tem algum problema se Clary ficar enquanto conversamos? Eu preferiria que ela ficasse.

Maryse balançou a cabeça.

— Não tem problema, suponho. — Suspirou, passando as mãos pelo cabelo. — Acredite em mim, gostaria de não incomodá-lo. Sei que se casa em uma semana... meus parabéns, aliás. Não sei se já lhe disse isso.

— Não — respondeu Luke —, mas agradeço. Obrigado.

— Apenas seis semanas. — Maryse esboçou um sorriso. — Um namoro relâmpago.

A mão de Luke apertou mais o ombro de Clary, o único sinal de que estava irritado.

— Suponho que não tenha me chamado aqui para me parabenizar pelo meu noivado, não é?

Maryse balançou a cabeça. Parecia muito cansada, Clary avaliou, e seu cabelo escuro e despenteado tinha linhas grisalhas que não existiam antes.

— Não. Presumo que esteja sabendo dos corpos que encontramos na última semana?

— Os Caçadores de Sombras mortos, sei.

— Encontramos mais um hoje. Em um lixão perto do Columbus Park. Território do seu bando.

As sobrancelhas de Luke se ergueram.

— Sim, mas os outros...

— O primeiro foi encontrado em Greenpoint. Território dos feiticeiros. O segundo, boiando em um lago no Central Park. Domínio das fadas. Agora temos um no território dos licantropes. — Ela fixou o olhar em Luke. — O que isso faz você pensar?

— Que alguém que não ficou muito satisfeito com os novos Acordos está tentando jogar os integrantes do Submundo uns contra os outros — disse Luke. — Posso garantir que meu bando não teve nada a ver com isso. Não sei quem está por trás, mas foi um esforço um tanto desajeitado, se quer minha opinião. Espero que a Clave enxergue isso.

— Tem mais — disse Maryse. — Identificamos os dois primeiros corpos. Demorou um pouco, considerando que o primeiro estava queimado a ponto de quase impossibilitar qualquer reconhecimento, e o segundo bastante decomposto. Consegue adivinhar de quem possam ser?

— Maryse...

— Anson Pangborn — disse ela —, e Charles Freeman. Não se tinha notícia de nenhum dos dois, vale observar, desde a morte de Valentim.

— Mas isso é impossível — interrompeu Clary. — Luke matou Pangborn em agosto, em Renwick.

— Ele matou Emil Pangborn — disse Maryse. — Anson era o irmão mais novo de Emil. Ambos faziam parte do Ciclo.

— Assim como Freeman — acrescentou Luke. — Então não estão matando apenas Caçadores de Sombras, mas antigos membros do Ciclo? E deixando os corpos em territórios do Submundo? — Ele balançou a cabeça. — Parece que alguém está tentando atingir alguns dos integrantes mais... relutantes da Clave. Fazer com que repensem os novos Acordos, talvez. Devíamos ter esperado isto.

— Pode ser — disse Maryse. — Já me encontrei com a Rainha da Corte Seelie, e enviei uma mensagem a Magnus. Onde quer que esteja. — Ela revirou os olhos; Maryse e Robert pareciam ter aceitado a relação de Alec com Magnus com uma boa vontade surpreendente, mas Clary percebia que, ao menos Maryse, não levava a sério. — Pensei apenas que, talvez... — Suspirou. — Ando tão exausta ultimamente. Tenho a sensação de que mal consigo pensar direito. Estava torcendo para que você pudesse ter alguma ideia de quem está fazendo isso, algo que não tivesse me ocorrido.

Luke balançou a cabeça.

— Alguém que não concorde com o novo sistema. Mas isso pode ser qualquer um. Imagino que não haja nenhuma pista nos corpos?

Maryse suspirou.

— Nada conclusivo. Se pelo menos os mortos pudessem falar, não é, Lucian?

Foi como se Maryse tivesse levantado uma mão e puxado uma cortina sobre a visão de Clary; tudo escureceu, exceto um único símbolo, pendurado como um sinal brilhante contra um céu noturno vazio.

Ao que parecia, seu poder não tinha desaparecido, afinal.

— E se... — disse ela lentamente, levantando os olhos para Maryse. — E se pudessem?

Olhando para si mesmo no espelho do banheiro do apartamento de Kyle, Simon não conseguia deixar de pensar sobre qual seria a origem do boato de que vampiros não conseguem se enxergar no espelho. Conseguia se ver perfeitamente na superfície refletora — cabelos castanhos emaranhados, olhos castanhos grandes, pele branca, sem marcas. Tinha limpado o sangue do corte labial, apesar de a pele já ter se curado.

Sabia, objetivamente, que se transformar em vampiro o tornara mais atraente. Isabelle explicou que seus movimentos se tornaram mais graciosos e que, ao passo que antes parecia desgrenhado, agora era desarrumado de um jeito charmoso, como se tivesse acabado de sair da cama.

— Da cama de *outra* pessoa — destacara ela, as que ele respondeu que já tinha entendido, muito obrigado.

Quando se olhava, no entanto, não via nada disso. A brancura sem poros da pele o perturbava como sempre, assim como as veias escuras que apareciam nas têmporas, evidências de que não tinha se alimentado no dia. Parecia um estranho, e não ele mesmo. Talvez a história de vampiros não se enxergarem no espelho fosse apenas um desejo dos próprios. Talvez quisesse dizer apenas que um vampiro não reconhecia o próprio reflexo.

Limpo, voltou para a sala, onde Jace estava esparramado no sofá, lendo a cópia surrada de *O senhor dos anéis* de Kyle. Derrubou-a sobre a mesa de centro assim que Simon apareceu. Seus cabelos pareciam recém molhados, como se tivesse jogado água no rosto na pia da cozinha.

— Dá para entender por que gosta daqui — disse Jace, fazendo um gesto amplo para indicar a coleção de pôsteres de cinema de Kyle e os livros de ficção científica. — Tem um leve toque nerd em tudo.

— Obrigado, agradeço muito. — Simon olhou seriamente para Jace. De perto, sob a luz brilhante da lâmpada sem sombras, Jace parecia... doente. As olheiras que Simon tinha notado sob os olhos estavam mais acentuadas do que nunca, e a pele parecia esticada sobre os ossos do rosto. A mão tremia um pouco ao tirar o cabelo da testa em seu gesto característico.

Simon balançou a cabeça como se pretendesse esvaziá-la. Desde quando conhecia Jace o bastante para saber identificar quais gestos eram característicos? Não era como se fossem amigos.

— Você está péssimo — disse Simon.

Jace piscou.

— Parece um momento esquisito para começar um concurso de ofensas, mas se insiste, provavelmente consigo pensar em alguma coisa boa.

— Não, estou falando sério. Você não me parece bem.

— Isso vindo de um sujeito que tem o *sex appeal* de um pinguim. Veja bem, entendo que possa ter inveja pelo Senhor não ter lidado com você com a mesma mão talhadeira que destinou a mim, mas isso não é razão para...

— Não estou *tentando insultá-lo* — irritou-se Simon. — Quero dizer que está parecendo *doente*. Quando comeu pela última vez?

Jace pareceu pensativo.

— Ontem?

— Comeu alguma coisa ontem. Tem certeza?

Jace deu de ombros.

— Bem, não juraria sobre uma pilha de Bíblias. Mas acho que foi ontem.

Simon tinha investigado o conteúdo da geladeira de Kyle antes, quando revistou o local, e não encontrara muita coisa. Um limão velho, algumas latas de refrigerante, meio quilo de carne moída e, inexplicavelmente, um único salgadinho no freezer. Pegou as chaves na bancada da cozinha.

— Vamos — disse. — Tem um supermercado na esquina. Vamos comprar comida para você.

Jace parecia a fim de protestar, mas acabou dando de ombros.

— Tá bom — disse, em tom de quem não se importava com para onde iriam ou o que fariam lá. — Vamos.

Lá fora Simon trancou a porta com as chaves às quais ainda estava se acostumando enquanto Jace examinava a lista de nomes dos moradores perto do interfone.

— Esse é o seu, então? — perguntou, apontando para o 3A. — Por que só diz "Kyle"? Ele não tem sobrenome?

— Kyle quer ser um astro do rock — disse Simon, descendo os degraus. — Acho que está tentando fazer a coisa de um nome só funcionar. Como a Rihanna.

Jace o seguiu, se encolhendo contra o vento, apesar de não fazer qualquer gesto para fechar o zíper do casaco que pegara com Clary mais cedo.

— Não faço ideia do que esteja falando.

— Tenho certeza de que não.

Quando viravam a esquina para a Avenue B, Simon olhou de lado para Jace.

— Então — falou. — Estava me *seguindo*? Ou é apenas uma grande coincidência você estar no telhado de um prédio pelo qual eu estava passando quando fui atacado?

Jace parou na esquina, esperando o sinal abrir. Aparentemente, até os Caçadores de Sombras precisavam obedecer às leis de trânsito.

— Eu estava te seguindo.

— Esta é a parte em que me conta que é secretamente apaixonado por mim? O charme de vampiro ataca novamente.

— Não existe charme de vampiro — declarou Jace, repetindo o comentário que Clary fizera mais cedo, o que era assustador. — E eu estava seguindo a Clary, mas ela entrou em um táxi, e não consigo seguir um táxi. Então mudei de direção e segui você mesmo. Basicamente para ter o que fazer.

— Seguindo Clary? — ecoou Simon. — Fica a dica: a maioria das garotas não gosta de ser perseguida.

— Ela deixou o telefone no bolso do meu casaco — disse Jace, afagando o lado direito do corpo, onde, presumivelmente, o telefone estava guardado. — Achei que se pudesse descobrir para onde ela estava indo, poderia deixar em algum lugar onde fosse encontrar.

— Ou — disse Simon —, poderia ligar para a casa dela e dizer que estava com o telefone, e ela iria buscar.

Jace não disse nada. O sinal abriu, e eles atravessaram a rua para o supermercado C-Town. Ainda estava aberto. Mercados em Manhattan nunca fechavam, pensou Simon, o que era uma melhora em relação ao Brooklyn. Manhattan era um bom lugar para ser vampiro. Podia fazer todas as compras à meia-noite e ninguém acharia esquisito.

— Está evitando Clary — observou Simon. — Imagino que não queira me contar por quê?

— Não, não quero — respondeu Jace. — Apenas se considere sortudo porque eu *estava* te seguindo, ou...

— Ou o quê? Outro assaltante estaria morto? — Simon podia ouvir a amargura na própria voz. — Você viu o que aconteceu.

— Vi. E vi seu olhar na hora. — O tom de Jace era neutro. — Não foi a primeira vez que viu aquilo acontecer, foi?

Simon se viu contando para Jace sobre a figura vestida de cinza que o tinha atacado em Williamsburg, e como concluíra que se tratava apenas de um ladrão.

— Depois que ele morreu, virou sal — concluiu. — Que nem o segundo cara. Acho que é uma coisa bíblica. Pilares de sal. Como a esposa de Ló.

Quando chegaram ao supermercado, Jace abriu a porta e Simon o seguiu, pegando um pequeno carrinho prateado de uma fila perto da entrada. Começou a empurrá-lo em direção a uma das seções, com Jace atrás, claramente perdido nos próprios pensamentos.

— Então, a pergunta é — disse Jace — você faz alguma ideia de quem pode querer te matar?

Simon deu de ombros. Ver tanta comida ao redor fazia seu estômago revirar, lembrando-o do quanto estava com fome, apesar de não sentir vontade de comer nada do que vendiam ali.

— Talvez Raphael. Ele parece me odiar. E me queria morto antes...

— Não é ele — disse Jace.

— Como pode ter tanta certeza?

— Porque Raphael sabe sobre a sua Marca e não seria burro o suficiente para atacá-lo diretamente assim. Sabe exatamente o que iria acontecer. Quem quer que esteja atrás de você é alguém que sabe o bastante a seu respeito para saber sua provável localização, mas não sobre a Marca.

— Mas assim pode ser qualquer pessoa.

— Exatamente — concordou Jace, e sorriu. Por um instante quase pareceu ele mesmo outra vez.

Simon balançou a cabeça.

— Então, você sabe o que quer comer ou só quer que eu fique empurrando esse carrinho pelos corredores porque acha divertido?

— Isso — disse Jace, e não sou totalmente familiarizado com o que vendem em mercados mundanos. Maryse normalmente cozinha, ou pedimos comida. — Deu de ombros, e pegou uma fruta a esmo. — O que é isso?

— Uma manga. — Simon encarou Jace. Às vezes realmente parecia que Caçadores de Sombras vinham de outro planeta.

— Acho que nunca vi uma destas sem estar cortada — revelou Jace. — Gosto de manga.

Simon pegou a fruta e colocou no carrinho.

— Ótimo. Do que mais você gosta?

Jace pensou por um instante.

— Sopa de tomate — disse, afinal.

— Sopa de tomate? Quer sopa de tomate e manga para o jantar?

Jace deu de ombros.

— Não ligo muito para comida.

— Tudo bem. Que seja. Fique aqui. Já volto.

Caçadores de Sombras, Simon sussurrou para si mesmo ao dobrar a esquina na seção de latas de sopa. Eram como uma espécie amálgama bizarra de milionários, pessoas que

460

nunca precisavam considerar os aspectos mesquinhos da vida, como compras de supermercado ou utilização das máquinas de cartão no metrô, e soldados com a autodisciplina rígida e os treinamentos constantes. Talvez fosse mais fácil para eles passar pela vida com antolhos, pensou ao pegar uma lata de sopa na prateleira. Talvez ajudasse a manter o foco no objetivo maior, que, quando seu trabalho é manter o mundo protegido dos perigos, é um grande objetivo, de fato.

Estava quase se sentindo solidário a Jace quando se aproximou da seção onde o deixara — e parou. Jace estava apoiado no carrinho, girando alguma coisa nas mãos. Aquela distância, Simon não conseguia ver o que era, e não podia se aproximar, pois duas adolescentes estavam bloqueando a passagem, paradas no meio do corredor, rindo e sussurrando, como garotas faziam. Obviamente estavam vestidas para tentar convencer que tinham 21 anos, com saltos, saias curtas e sutiãs que levantavam os seios, e não usavam jaquetas, mesmo com o frio.

Cheiravam a brilho labial. Brilho labial, talco de bebê e sangue.

Podia escutá-las, é claro, apesar dos sussurros. Estavam falando sobre Jace, sobre como era bonito, uma desafiando a outra a ir falar com ele. Houve muita discussão sobre o cabelo e o abdômen, apesar de Simon não saber como estavam enxergando o abdômen através da camiseta. *Eca*, pensou. *Que ridículo*. Estava prestes a pedir licença quando uma delas, a mais alta e de cabelos mais escuros, se afastou e foi até Jace, cambaleando um pouco sobre o salto plataforma. Jace levantou o olhar cautelosamente quando ela se aproximou, e Simon por um instante teve o pensamento apavorante de que Jace a confundiria com uma vampira ou uma espécie de demônio e sacaria uma de suas lâminas serafim ali mesmo, então os dois seriam presos.

Não precisava ter se preocupado. Jace apenas ergueu uma sobrancelha. A menina disse alguma coisa para ele, arfando; ele deu de ombros; ela colocou alguma coisa na mão dele, em seguida voltou para a amiga. Saíram cambaleando do supermercado, rindo juntas.

Simon foi até Jace e jogou a lata de sopa no carrinho.

— O que foi aquilo?

— Acho — respondeu Jace — que ela perguntou se podia encostar na minha manga.

— Ela *disse* isso?

Jace deu de ombros.

— É, depois me deu o telefone dela. — Mostrou para Simon o pedaço de papel com uma expressão de total indiferença, em seguida o jogou no carrinho. — Podemos ir agora?

— Não vai ligar para ela, vai?

Jace olhou para ele como se Simon estivesse louco.

— Esqueça que perguntei isso — disse Simon. — Este tipo de coisa acontece com você o tempo todo, não é? Garotas se aproximando?

— Só quando não estou escondido por feitiços.

— Sim, porque quando está, as meninas não te enxergam, porque fica *invisível*. — Simon balançou a cabeça. — Você é uma ameaça pública. Não deveriam permitir que você saísse sozinho.

— A inveja é um sentimento tão feio, Lewis. — Jace deu um sorriso torto que normalmente teria feito com que Simon quisesse agredi-lo. Mas não desta vez. Tinha acabado de perceber no que ele vinha mexendo, girando nos dedos como se fosse algo precioso ou perigoso; ou ambos. Era o telefone de Clary.

— Ainda não tenho certeza se é uma boa ideia — manifestou-se Luke.

Clary, com os braços cruzados para se proteger do frio da Cidade do Silêncio, olhou de lado para ele.

— Talvez devesse ter dito isso *antes* de chegarmos aqui.

— Tenho certeza de que disse. Várias vezes — ecoou a voz de Luke pelos pilares que se erguiam, circundados com anéis de pedras semipreciosas: ônix preta, jade verde, cornalina rosa e lápis-lazúli.

Luz enfeitiçada prateada queimava em tochas presas aos pilares, iluminando os mausoléus que alinhavam cada parede e deixando-as com um branco brilhante quase doloroso de se ver.

Pouco havia mudado na Cidade do Silêncio desde a última vez em que Clary estivera lá. Ainda parecia um lugar estranho, apesar de agora os símbolos espalhados em espirais pelos chãos e as estampas provocarem sua mente com as sombras de seus significados, em vez de serem totalmente incompreensíveis. Maryse a deixara ali com Luke, naquela câmara de entrada, no instante em que chegaram, preferindo prosseguir e consultar pessoalmente os Irmãos do Silêncio. Não havia garantia de que deixariam os três entrarem para ver os corpos, alertara ela. Nephilins mortos eram da competência dos guardiões da Cidade dos Ossos, e mais ninguém tinha jurisdição sobre eles.

Não que ainda houvesse muitos guardiões. Valentim tinha matado quase todos em sua busca pela Espada Mortal, deixando vivos apenas os que não estavam na Cidade do Silêncio no momento. Novos membros foram acrescentados desde então, mas Clary duvidava que ainda houvesse mais de dez ou quinze Irmãos do Silêncio no mundo.

Os estalos fortes dos saltos de Maryse no chão de pedra alertaram-nos sobre seu retorno antes que ela aparecesse de fato, acompanhada de perto por um Irmão do Silêncio vestido com uma túnica.

— Aqui estão vocês — disse ela, como se Clary e Luke não estivessem exatamente onde os deixou. — Este é o Irmão Zachariah. Irmão Zachariah, esta é a menina de quem lhe falei.

O Irmão do Silêncio puxou ligeiramente o capuz para fora do rosto. Clary conteve uma exclamação de surpresa. Não tinha uma aparência semelhante à do Irmão Jeremiah, com olhos ocos e boca costurada. Os olhos do Irmão Zachariah estavam fechados, cada uma das maças do rosto marcada pela cicatriz de um único símbolo negro. Mas a boca não era fechada com pontos de costura, e Clary também não achou que tivesse a cabeça raspada. Era difícil dizer, com o capuz levantado acima do rosto, se estava vendo sombras ou cabelos escuros.

Sentiu a voz tocar sua mente.

Realmente acredita que pode fazer isto, filha de Valentim?

Ela sentiu as bochechas ruborizarem. Detestava ser lembrada de quem era filha.

— Certamente já ouviu falar das outras coisas que ela já fez — disse Luke. — O símbolo de aliança nos ajudou a acabar com a Guerra Mortal.

O Irmão Zachariah puxou o capuz para esconder o rosto.

Venha comigo ao Ossário.

Clary olhou para Luke, esperando um aceno de apoio, mas ele estava olhando para a frente e mexendo nos óculos, como fazia quando estava ansioso. Com um suspiro, foi atrás de Maryse e do Irmão Zachariah. Ele se movia silencioso como fumaça enquanto os saltos de Maryse pareciam tiros nos chãos de mármore. Clary ficou imaginando se a propensão de Isabelle a calçados inadequados era genética.

Seguiram um caminho sinuoso pelos pilares, passando pelo pátio das Estrelas Falantes, onde os Irmãos do Silêncio haviam contado a Clary sobre Magnus Bane. Depois do pátio havia uma entrada arqueada, com enormes portas de ferro. Na superfície haviam sido queimados os símbolos de morte e paz. Sobre as portas, uma inscrição em latim que fazia com que Clary desejasse ter consigo suas anotações. Estava lamentavelmente atrasada em latim para uma Caçadora de Sombras; a maioria deles a falava como uma segunda língua.

Taceant Colloquia. Effugiat risus. Hic locus est ubi mors gaudet succurrere vitae.

— *Que a conversa pare. Que as risadas cessem* — leu Luke em voz alta. — *Aqui é o lugar onde os mortos se alegram em ensinar aos vivos.*

O Irmão Zachariah pôs a mão na porta.

O mais recente dos assassinados foi preparado para você. Está pronta?

Clary engoliu em seco, se perguntando no que exatamente teria se metido.

— Estou pronta.

As portas se abriram amplamente, e eles atravessaram. Entraram em uma sala grande e sem janelas com paredes de mármore branco e liso. Não tinha muitas características marcantes, exceto ganchos nos quais se penduravam instrumentos prateados de dissecação: bisturis brilhantes, coisas que pareciam martelos, serrotes de osso e separadores de costelas. E ao lado, em prateleiras, havia instrumentos ainda mais peculiares: ferramentas que pareciam saca-rolhas imensos, folhas de lixa e jarras com líquidos multicoloridos, inclusive um esverdeado que levava uma etiqueta em que se lia "ácido", mas que, na verdade, parecia vapor.

O centro do recinto tinha uma fila de mesas altas de mármore. A maioria vazia. Três estavam ocupadas, e em duas delas, só o que Clary conseguia enxergar era uma forma humana escondida por um lençol branco. Na terceira encontrava-se um corpo, coberto até as costelas com um lençol. Nu da cintura para cima, o corpo era claramente masculino, tão claramente quanto o fato de que se tratava de um Caçador de Sombras. A pele clara estava inteiramente desenhada com Marcas. Os olhos do morto tinham sido fechados com seda branca, conforme o costume dos Caçadores de Sombras.

Clary engoliu a sensação de náusea que começava a dominá-la e foi para perto do corpo. Luke a acompanhou, a mão protetora sobre o ombro; Maryse estava do lado oposto, assistindo a tudo com olhos azuis curiosos, da mesma cor dos de Alec.

Clary retirou a estela do bolso. Pôde sentir o frio do mármore através da camiseta ao se inclinar sobre o homem. Perto assim, dava para enxergar os detalhes — tinha cabelos castanho-avermelhados, e a garganta fora cortada em tiras, como que por uma garra imensa.

O Irmão Zachariah removeu o pedaço de seda dos olhos do falecido. Por baixo do pano, estavam fechados.

Pode começar.

Clary respirou fundo e tocou a ponta da estela na pele do braço do Caçador de Sombras morto. O símbolo que visualizara antes, na entrada do Instituto, voltou tão claramente quanto as letras do próprio nome. Começou a desenhar.

As linhas pretas da Marca se desenrolaram a partir da ponta da estela, como sempre acontecia — mas sua mão parecia pesada e o instrumento se arrastava ligeiramente, como se ela estivesse escrevendo em lama em vez de pele. Como se a estela estivesse confusa, passando pela superfície da pele morta, procurando o espírito vivo do Caçador de Sombras que não estava mais ali. O estômago de Clary se agitou ao desenhar e, quando ela terminou e recolheu o objeto, estava suando e sentindo enjoo.

Por um longo instante nada aconteceu. Então, com uma rapidez espantosa, os olhos do Caçador de Sombras morto se abriram. Eram azuis, e as partes brancas tinham manchas vermelhas de sangue.

Maryse soltou uma exclamação. Evidentemente não tinha acreditado que o símbolo iria funcionar.

— Pelo Anjo.

Um suspiro falho veio do morto, o barulho de alguém tentando respirar através de uma garganta cortada. A pele rasgada do pescoço tremulava como as brânquias de um peixe. Seu peito se ergueu, e uma palavra saiu da boca.

— *Dói.*

Luke praguejou e olhou para Zachariah, mas o Irmão do Silêncio estava impassível.

Maryse se aproximou da mesa, os olhos repentinamente aguçados, quase predatórios.

— Caçador de Sombras — disse ela. — Quem é você? Diga-me seu nome.

A cabeça do homem virou de um lado para o outro. As mãos subiam e desciam convulsivamente.

— *A dor... faça parar.*

A estela de Clary quase caiu da mão. Isso era muito mais terrível do que tinha imaginado. Olhou para Luke, que estava recuando da mesa, os olhos arregalados de horror.

— Caçador de Sombras. — O tom de Maryse era autoritário. — Quem fez isso com você?

— *Por favor...*

Luke se virou, ficando de costas para Clary. Parecia estar procurando alguma coisa nas ferramentas do Irmão do Silêncio. Clary congelou quando a mão enluvada de Maryse foi adiante e se fechou ao redor do ombro do cadáver, os dedos apertando a carne.

— Em nome do Anjo, ordeno que responda!

O Caçador de Sombras emitiu um ruído engasgado.

— *Vampira... Submundo...*

— Que vampira? — perguntou Maryse.

— *Camille. A anciã...* — As palavras foram engasgadas quando uma gota de sangue preto coagulado escorreu da boca morta.

Maryse arquejou e afastou a mão. Ao fazê-lo, Luke reapareceu, trazendo a jarra de líquido verde ácido que Clary notara anteriormente. Com um único gesto retirou a tampa e jogou o conteúdo sobre a Marca no braço do cadáver, erradicando-a. O corpo soltou um único grito quando a carne chiou — e depois caiu de volta na mesa, olhos vazios e fixos; o que quer que o tivesse animado por aquele breve período claramente desaparecera.

Luke colocou a jarra de ácido vazia sobre a mesa.

— Maryse. — Seu tom era reprovador. — Não é assim que tratamos nossos mortos.

— Eu decido como tratamos os nossos mortos, criatura do Submundo. — Maryse estava pálida, as bochechas com marcas vermelhas. — Agora temos um nome. Camille. Talvez possamos evitar novas mortes.

— Há coisas piores do que a morte. — Luke estendeu a mão para Clary, sem olhar para ela. — Vamos, Clary. Acho que está na hora de irmos embora.

— Então realmente não consegue pensar em mais ninguém que possa querer matá-lo? — perguntou Jace, não pela primeira vez.

Avaliaram a lista diversas vezes, e Simon estava começando a se cansar de tanto ouvir as mesmas perguntas. Sem falar que desconfiava que Jace não estava prestando atenção completamente. Já tinha tomado a sopa que Simon comprara — fria, direto da lata, com uma colher, o que Simon não podia deixar de achar repugnante — e estava apoiado na janela, a cortina ligeiramente aberta de modo que podia ver o trânsito na Avenue B e as janelas acesas dos apartamentos do outro lado da rua. Através destas, Simon via pessoas jantando, vendo TV e sentadas ao redor de mesas conversando. Coisas comuns que pessoas comuns faziam. Aquilo fez com que ele se sentisse estranhamente vazio.

— Ao contrário de você — observou Simon —, não existem tantas pessoas que desgostam de mim.

Jace ignorou o comentário.

— Tem alguma coisa que não está me contando.

Simon suspirou. Não queria falar sobre a oferta de Camille, mas considerando que alguém estava tentando matá-lo, por mais ineficiente que fossem os atentados, talvez o segredo não fosse mais tão prioritário. Explicou o que tinha acontecido na reunião com a vampira, enquanto Jace o encarava com uma expressão atenta.

Quando terminou, Jace disse:

— Interessante, mas também é improvável que seja ela a mandante. Para começar, ela sabe sobre a Marca. E não tenho tanta certeza de que fosse querer quebrar os Acordos assim. Quando se trata de integrantes do Submundo antigos, eles geralmente sabem se manter longe de problemas. — Repousou a lata de sopa. — Podemos sair outra vez — sugeriu. — Para ver se tentam atacar uma terceira vez. Se conseguíssemos capturar um deles, talvez...

— Não — respondeu Simon. — Por que vive tentando se matar?

— É o meu trabalho.

— É um *risco* do seu trabalho. Pelo menos para a maioria dos Caçadores de Sombras. Para você, parece um objetivo.

Jace deu de ombros.

— Meu pai sempre disse... — interrompeu-se, enrijecendo o rosto. — Desculpe. Quis dizer Valentim. Pelo Anjo. Cada vez que o chamo assim, parece que estou traindo meu verdadeiro pai.

Simon se solidarizou, apesar de tudo.

— Olha, pensou que ele fosse seu pai por quanto tempo, 16 anos? Isso não desaparece de uma hora para a outra. E nunca conheceu seu pai de verdade. Além disso, ele está morto. Então você não pode traí-lo. Apenas pense em si mesmo como alguém que tem dois pais por um tempo.

— Não se pode ter dois pais.

— Claro que pode — argumentou Simon. — Quem disse que não? Podemos comprar para você um daqueles livros infantis. *Timmy tem dois pais*. Exceto que não acho que exista um chamado *Timmy tem dois pais e um deles era mau*. Essa parte vai ter que resolver sozinho.

Jace revirou os olhos.

— Fascinante — disse. — Você conhece um monte de palavras, mas quando as une em frases, não fazem o menor sentido. — Puxou singelamente a cortina. — Não esperaria que me entendesse.

— Meu pai morreu — disse Simon.

Jace se virou para olhar para ele.

— O quê?

— Imaginei que não soubesse — falou Simon. — Quero dizer, não é como se você fosse *perguntar* ou tivesse algum interesse em mim. Então, é isso, meu pai morreu. Temos isso em comum.

Subitamente exausto, apoiou-se no futon. Sentia-se doente, tonto e cansado, um cansaço profundo que parecia impregnado nos ossos. Jace, por outro lado, parecia dotado de uma energia inquietante que Simon achava um pouco perturbadora. Também não foi fácil vê-lo tomando aquela sopa de tomate. Parecia demais com sangue para o seu gosto.

Jace o encarou.

— Há quanto tempo *você*... não come? Parece bem mal.

Simon suspirou. Supunha que não podia argumentar, depois de encher Jace para comer alguma coisa.

— Espere aí — disse. — Já volto.

Levantando-se do futon, foi para o quarto e pegou a última garrafa de sangue de debaixo da cama. Tentou não olhar — sangue coagulado era repugnante. Balançou a garrafa e foi para a sala, onde Jace continuava olhando pela janela.

Apoiando-se na bancada da cozinha, Simon abriu a garrafa de sangue e tomou um gole. Normalmente não gostava de beber aquilo na frente dos outros, mas era Jace; não se importava com a opinião de Jace. Além disso, não era como se ele nunca o tivesse visto bebendo sangue antes. Pelo menos Kyle não estava em casa. Isso seria difícil de explicar ao novo colega de apartamento. Ninguém gostaria de um sujeito que guardava sangue na geladeira.

Dois Jaces o encaravam: um verdadeiro e o outro refletido na janela.

— Você não pode deixar de se alimentar, você sabe.

Simon deu de ombros.

— Estou comendo agora.

— É — disse Jace —, mas é um vampiro. Sangue não é como comida para você. Sangue é... sangue.

— Muito esclarecedor. — Simon se jogou na poltrona em frente à TV; provavelmente um dia fora de um veludo dourado claro, mas agora estava gasta e cinzenta. — Tem outros pensamentos profundos assim? Sangue é sangue? Uma torradeira é uma torradeira? Um cubo gelatinoso é um cubo gelatinoso?

Jace deu de ombros.

— Tudo bem. Ignore meu conselho. Vai se arrepender depois.

Antes que Simon pudesse responder, ouviu o barulho da porta da frente abrindo. Lançou um olhar significativo a Jace.

— É meu colega de apartamento, Kyle. Seja gentil.

Jace deu um sorriso charmoso.

— Sou sempre gentil.

Simon não teve chance de responder como gostaria, pois no instante seguinte Kyle entrou, parecendo alegre e cheio de energia.

— Cara, andei a cidade inteira hoje — contou. — Quase me perdi, mas é como dizem. O Bronx é para cima, Battery para baixo... — Olhou para Jace, registrando com atraso a presença de mais uma pessoa no recinto. — Ah. Oi. Não sabia que tinha convidado um amigo. — Estendeu a mão. — Sou o Kyle.

Jace não respondeu no mesmo tom. Para surpresa de Simon, Jace havia se tornado inteiramente rijo. Os olhos amarelo-claros cerrados, o corpo inteiro demonstrando aquele alerta de Caçador de Sombras que parecia transformá-lo de um adolescente comum em algo muito diferente.

— Interessante — disse. — Sabe, Simon não mencionou que o novo colega de apartamento dele era um lobisomem.

Clary e Luke percorreram todo o caminho de volta para o Brooklyn praticamente em silêncio. Clary olhou pela janela enquanto avançavam, observando Chinatown passar, depois a Williamsburg Bridge, acesa como uma corrente de diamantes contra o céu noturno. Ao longe, sobre a água negra do rio, conseguia ver Renwick, iluminado como sempre. Parecia uma ruína outra vez, janelas pretas vazias abertas como buracos de olhos em uma caveira. A voz do Caçador de Sombras morto sussurrava em sua mente:

A dor... Faça parar.

Ela estremeceu e puxou o casaco mais firmemente ao redor dos ombros. Luke a olhou de relance, mas não disse nada. Só quando estacionou na frente de casa e desligou o motor que virou para ela e falou.

— Clary — disse. — O que você acabou de fazer...

— Foi errado — completou ela. — Sei que foi errado. Eu também estava lá. — Clary limpou o rosto com a manga. — Pode gritar comigo.

Luke ficou olhando para fora, através do para-brisa.

— Não vou gritar. Você não sabia o que ia acontecer. Caramba, eu também achei que pudesse funcionar. Não teria ido com você se não achasse.

Clary sabia que isso deveria fazê-la se sentir melhor, mas não fez.

— Se não tivesse jogado ácido no símbolo...

— Mas joguei.

— Nem sabia que dava para fazer isso. Destruir uma Marca assim.

— Se desfigurá-la o suficiente, pode minimizar ou destruir o poder. Às vezes, em batalhas, o inimigo tenta queimar ou cortar a pele de Caçadores de Sombras, apenas para privá-los do poder dos símbolos. — Luke parecia distraído.

Clary sentiu os lábios tremerem, e trincou os dentes com força para contê-los. Às vezes se esquecia dos piores aspectos de ser Caçadora de Sombras — *esta vida de cicatrizes e de morte*, como Hodge dissera uma vez.

— Bem — disse ela —, não vou mais fazer isso.

— Fazer o quê? Aquela Marca específica? Não tenho dúvidas de que não vai, mas não sei se isso cuida do problema. — Luke tamborilou os dedos no volante. — Você tem uma habilidade, Clary. Uma grande habilidade. Mas não faz ideia do que isso representa. É totalmente destreinada. Não sabe quase nada sobre a história dos símbolos antigos ou o que representaram para os Nephilim ao longo dos séculos. Não conhece a diferença entre um símbolo feito para o bem e outro criado para o mal.

— Não se importou em me deixar usar meu poder quando fiz o símbolo da aliança — disse, irritada. — Não me disse para não criar símbolos naquele momento.

— Não estou falando para não utilizar seu poder. Aliás, acho que o problema é que raramente faz uso dele. Não é como se estivesse exercendo seu poder para mudar a cor do esmalte ou fazer o metrô chegar na hora que quer. Só utiliza nestes ocasionais momentos de vida ou morte.

— Os símbolos só vêm até mim nessas horas.

— Talvez porque ainda não tenha sido treinada quanto ao *funcionamento* do seu poder. Pense em Magnus; o poder dele é parte de quem é. Você parece pensar no seu como uma coisa separada. Algo que acontece. Não é. É uma ferramenta que tem que aprender a utilizar.

— Jace falou que Maryse pretende contratar um especialista em símbolos para trabalhar comigo, mas ainda não o fez.

— Sim — disse Luke —, suponho que Maryse tenha outras questões em mente. Tirou a chave da ignição e ficou em silêncio por um instante. — Perder um filho como perdeu Max — disse ele. — Nem consigo imaginar. Eu deveria ser mais compreensivo quanto ao comportamento dela. Se alguma coisa acontecesse a você, eu...

Luke não terminou a frase.

— Queria que Robert voltasse de Idris — disse Clary. — Não sei por que ela tem que lidar com isto tudo sozinha. Deve ser horrível.

— Muitos casamentos se desfazem quando um filho morre. O casal não consegue parar de se culpar, ou um ao outro. Suponho que Robert esteja afastado justamente porque precise de espaço, ou porque Maryse precisa.

— Mas eles se amam — disse Clary, estarrecida. — Não é isso que significa o amor? Que deve estar presente para a outra pessoa, independentemente de qualquer coisa?

Luke olhou para o rio, a água escura se movendo sob a luz da lua de outono.

— Às vezes, Clary — disse ele —, o amor não basta.

Capítulo 7
PRAETOR LUPUS

A garrafa escorregou da mão de Simon e caiu no chão, onde estilhaçou, lançando cacos em todas as direções.

— Kyle é um lobisomem?

— Claro que é um lobisomem, seu idiota — disse Jace. Olhou para Kyle. — Não é?

O menino não disse nada. O bom humor relaxado desapareceu de sua expressão. Os olhos âmbar estavam duros e fixos como vidro.

— Quem quer saber?

Jace se afastou da janela. Não havia nada exatamente hostil em sua conduta, e, no entanto, tudo nele sugeria clara ameaça. As maos estavam largadas nas laterais do corpo, mas Simon se lembrava da maneira como já vira Jace entrar em ação do nada, ao que parecia, entre pensamento e resposta.

— Jace Lightwood — disse. — Do Instituto Lightwood. A que bando é aliciado?

— Jesus — disse Kyle. — Você é um Caçador de Sombras? — Olhou para Simon. — A ruivinha bonitinha que estava com você na garagem... Ela também, não é?

Espantado, Simon assentiu.

— Sabe, algumas pessoas acham que Caçadores de Sombras não passam de mitos. Como múmias ou gênios. — Kyle sorriu para Jace. — Consegue conceder desejos?

O fato de que tinha acabado de chamar Clary de bonitinha não parecia tê-lo tornado mais querido a Jace, cujo rosto enrijeceu assustadoramente.

— Depende — disse. — Quer levar um soco na cara?

— Ai, ai — disse Kyle. — E eu achando que vocês todos estivessem alegrinhos com os Acordos recentemente...

— Os Acordos se aplicam a vampiros e licantropes com alianças definidas — interrompeu Jace. — Diga-me a que bando é filiado, ou terei que presumir que é um trapaceiro.

— Tudo bem, já chega — disse Simon. — Os dois, parem de agir como se estivessem prestes a se bater. — Então olhou para Kyle. — Devia ter me contado que é um lobisomem.

— Não reparei que me contou que é um vampiro. Talvez achasse que não fosse da sua conta.

O corpo inteiro de Simon tremeu, surpreso.

— Quê? — Olhou para o vidro estilhaçado e o sangue no chão. — Eu não... não...

— Não perca seu tempo — disse Jace, baixinho. — Ele pode sentir que você é vampiro. Exatamente como você vai sentir lobisomens e outros integrantes do Submundo quando tiver um pouco mais de prática. Ele sabe o que é desde que o conheceu. Não é verdade? — Encarou os olhos gelados de Kyle, que não disse nada. — E aquela coisa que ele cultiva na varanda, a propósito? É acônito, veneno de lobo. Agora você sabe.

Simon cruzou os braços e encarou Kyle.

— Então que diabos é isso? Alguma espécie de armadilha? Por que me chamou para morar com você? Lobisomens detestam vampiros.

— Eu, não — disse Kyle. — Mas não morro de amores pela espécie dele. — Apontou um dedo para Jace. — Acham que são melhores do que todo mundo.

— Não — disse Jace. — *Eu* acho que *eu* sou melhor do que todo mundo. Uma opinião que já foi endossada com grandes evidências.

Kyle olhou para Simon.

— Ele sempre fala assim?

— Sempre.

— E nada cala a boca dele? Além de uma boa surra, é claro.

Jace se afastou da janela.

— *Adoraria* que tentasse.

Simon se colocou entre os dois.

— Não vou deixar que briguem.

— E o que vai fazer se... Ah. — O olhar de Jace desviou para a testa de Simon, e ele sorriu relutantemente. — Então, basicamente está ameaçando me transformar em algo que se coloca na pipoca se eu não fizer o que está mandando?

Kyle se espantou.

— O quê...

— Só acho que deveriam conversar — interrompeu Simon. — Então Kyle é um lobisomem. Eu sou um vampiro. E você não é exatamente um menino comum — acrescentou para Jace. — Acho melhor entendermos o que está acontecendo, e continuar a partir disso.

— Sua confiança estúpida não tem limites — disse Jace, mas sentou no parapeito, cruzando os braços. Após um instante, Kyle também sentou no futon. Ambos se encararam. *Parados*, pensou Simon. *Progresso.*

— Tudo bem — pronunciou-se Kyle. — Sou um lobisomem. Não faço parte de um bando, mas *tenho* uma aliança. Já ouviu falar em Praetor Lupus?

— Já ouvi falar em lúpus — disse Simon. — Não é uma espécie de doença?

Jace lançou a Simon um olhar arrasador.

— "*Lupus*" significa "lobo" — explicou. — E os pretorianos eram uma força militar romana de elite. Então presumo que a tradução seja "Lobos Guardiões". — Deu de ombros. — Já ouvi algo sobre eles, mas é uma organização bastante reservada.

— E os Caçadores de Sombras não? — rebateu Kyle.

— Temos bons motivos.

— Nós também. — Kyle se inclinou para a frente. Os músculos nos braços se flexionaram quando apoiou os cotovelos nos joelhos. — Existem dois tipos de lobisomens — explicou. — Do tipo que nasce lobisomem, com pais licantropes, e do tipo que é infectado com licantropia através de mordida. — Simon olhou para ele, surpreso. Não pensaria que Kyle, o mensageiro preguiçoso e maconheiro, conheceria a palavra "licantropia", quanto mais que saberia pronunciá-la. Mas este era um Kyle bem diferente: concentrado, atento e direto. — Para aqueles de nós que são transformados por mordida, os primeiros anos são anos-chave. A descendência demoníaca que provoca licantropia causa diversas outras mudanças: ondas de agressão incontroláveis, incapacidade de conter a raiva, fúria suicida e desespero. O bando pode ajudar com isso, mas muitos dos recém-infectados não têm sorte o bastante para encontrar um. Ficam sozinhos, tentando lidar com todas essas coisas, e muitos se tornam violentos, com os outros e consigo mesmos. Há uma taxa alta de suicídio e de violência doméstica. — Olhou para Simon. — O mesmo vale para vampiros, podendo ser até pior. Um incipiente órfão não faz ideia do que aconteceu, literalmente. Sem orientação, não sabe se alimentar com segurança ou sequer que deve ficar longe do sol. É aí que entramos.

— E fazem o quê?

— Localizamos integrantes "órfãos" do Submundo, vampiros e lobisomens que foram Transformados há pouco e ainda não sabem direito o que são. Às vezes até feiticeiros; alguns não entendem o que são por anos. Nós intervimos, tentamos encaixá-los em um bando ou um clã, ajudá-los a controlar os próprios poderes.

473

— Bons samaritanos, hein? — Os olhos de Jace brilharam.

— Somos sim, na verdade. — Kyle soava como se estivesse se esforçando para manter a voz neutra. — Fazemos a intervenção antes que o novo integrante do Submundo se torne violento e se machuque, ou a outros. Sei o que teria me acontecido se não fosse pelos Guardiões. Fiz coisas ruins. Muito ruins.

— Ruins como? — perguntou Jace. — Ruins do tipo ilegais?

— Cala a boca, Jace — disse Simon. — Você está de folga, OK? Pare de ser um Caçador de Sombras por um instante. — Então voltou-se para Kyle. — Então, como acabou fazendo teste para a porcaria da minha banda?

— Não sabia que você sabia que era uma porcaria.

— Responda a pergunta.

— Recebemos um relatório sobre um vampiro novo, um Diurno, vivendo por conta própria, sem um clã. Seu segredo não é tão secreto quanto pensa. Vampiros Incipientes sem um clã para ajudá-los podem ser muito perigosos. Fui enviado para ficar de olho em você.

— Então, o que está dizendo — concluiu Simon — é que não só não quer que eu saia daqui agora que sei que é um lobisomem, como que não vai deixar eu ir embora?

— Isso — disse Kyle. — Quero dizer, você pode se mudar, mas eu vou junto.

— Não é necessário — disse Jace. — Posso muito bem ficar de olho em Simon, obrigado. Ele é *meu* integrante neófito do Submundo para zombar e dar ordens, e não seu.

— Calem a boca! — gritou Simon. — Os dois. Nenhum de vocês estava presente quando tentaram me matar hoje mais cedo...

— Eu estava — disse Jace. — Você sabe, uma das vezes.

Os olhos de Kyle brilharam, como os olhos de um lobo à noite.

— Alguém tentou te matar? O que aconteceu?

Os olhos de Simon encontraram os de Jace do outro lado da sala. Um consenso silencioso de não mencionar a Marca de Caim passou entre eles.

— Há dois dias, e hoje, fui seguido e atacado por uns caras com roupas cinzas de treinamento.

— Humanos?

— Não temos certeza.

— E não faz ideia do que queriam com você?

— Definitivamente me querem morto — explicou Simon. — Fora isso, não sei.

— Temos algumas pistas — declarou Jace. — Vamos investigar.

Kyle balançou a cabeça.

— Tudo bem. O que quer que não estejam me contando, vou descobrir eventualmente. — Levantou-se. — Agora estou cansado. Vou dormir. Até amanhã — disse a Simon. — Você — falou para Jace —, bem, imagino que vamos nos encontrar por aí. É o primeiro Caçador de Sombras que já conheci.

— Que pena — disse Jace —, pois todos que conhecer a partir de agora serão uma grande decepção.

Kyle revirou os olhos e saiu, fechando a porta do quarto.

Simon olhou para Jace.

— Não vai voltar para o Instituto — perguntou —, vai?

Jace balançou a cabeça.

— Você precisa de proteção. Quem sabe quando alguém pode tentar te matar outra vez?

— Essa sua coisa de evitar a Clary realmente assumiu proporções épicas — disse Simon, levantando-se. — Algum dia vai voltar para casa?

Jace olhou para ele.

— Você vai?

Simon foi para a cozinha, pegou uma vassoura e varreu os cacos da garrafa destroçada. Era a última. Jogou os pedaços de vidro no lixo e passou por Jace em direção ao próprio quarto, onde tirou o casaco e os sapatos e se jogou no colchão.

Um instante mais tarde, Jace entrou no quarto. Olhou em volta, as sobrancelhas claras erguidas em uma expressão de divertimento.

— Um belo espaço que tem aqui. Minimalista. Gostei.

Simon rolou para o lado e encarou Jace, incrédulo.

— Por favor, não me diga que está planejando ficar no meu *quarto*.

Jace sentou no parapeito e olhou para ele.

— Você realmente não entende como funciona essa coisa de guarda-costas, não é mesmo?

— Nem achava que gostasse tanto assim de mim — replicou Simon. — Essa é uma daquelas situações de "mantenha os amigos por perto e os inimigos ainda mais perto"?

— Pensei que fosse "mantenha os amigos por perto para ter quem dirigir o carro quando você vai até a casa do seu inimigo vomitar na caixa de correio".

— Tenho certeza de que não é. E essa coisa de me proteger é mais perturbadora do que tocante, só para avisar. Estou *bem*. Viu o que acontece com quem tenta me machucar.

— Sim, eu vi — falou Jace. — Mas eventualmente a pessoa que está tentando te matar vai descobrir sobre a Marca de Caim. E então vai desistir ou descobrir outro meio. — Apoiou-se na janela. — E é por isso que estou aqui.

Apesar da exasperação, Simon não conseguia enxergar falhas naquele argumento, ou, pelo menos, nenhuma grande o bastante para se incomodar. Rolou de barriga para baixo e enterrou o rosto nos braços. Em poucos minutos estava dormindo.

Estava caminhando pelo deserto, sobre areias ardentes, passando por ossos embranquecendo ao sol. Nunca sentira tanta sede. Quando engolia, a boca parecia coberta de areia, a garganta repleta de facas.

O apito agudo do celular acordou Simon. Ele rolou e alcançou o casaco, exaurido. Quando conseguiu pegar o telefone do bolso, já tinha parado de tocar.

Virou o aparelho para ver quem tinha ligado. Luke.

Droga. Aposto que minha mãe ligou para a casa de Clary procurando por mim, pensou, sentando-se. O cérebro ainda estava ligeiramente embriagado de sono, e levou um instante para se lembrar de que quando adormecera no quarto; não estava sozinho.

Olhou rapidamente para a janela. Jace ainda estava ali, mas claramente dormia — sentado, com a cabeça apoiada no vidro. A luz clara do alvorecer se filtrava ao redor dele. Parecia muito jovem assim, pensou Simon. Sem deboche na expressão, sem defensivas ou sarcasmo. Era quase possível imaginar o que Clary vira nele.

Estava bastante claro que ele não estava levando as obrigações de guarda-costas muito a sério, mas isso tinha sido óbvio desde o início. Simon ficou imaginando, e não pela primeira vez, que diabos estava se passando entre Clary e Jace.

O telefone começou a zumbir novamente. Levantando-se, Simon foi para a sala, apertando o botão de atender bem a tempo de evitar que a ligação fosse para a caixa postal outra vez.

— Luke?

— Desculpe acordá-lo, Simon. — Luke, como sempre, infalivelmente educado.

— Eu já estava acordado — mentiu Simon.

— Preciso que me encontre na Washington Square Park em meia hora — disse Luke. — No chafariz.

Agora Simon ficou seriamente alarmado.

— Está tudo bem? Clary está bem?

— Tudo bem. Não é nada com ela. — Pôde ouvir um ronco ao fundo. Simon concluiu que Luke estava ligando a picape. — Apenas me encontre no parque. E não leve ninguém com você.

Desligou.

O barulho da caminhonete de Luke saindo despertou Clary de sonhos desconfortáveis. Ela se sentou, encolhendo-se. A corrente do pescoço havia prendido no cabelo enquanto dormia, e ela a tirou por cima da cabeça, libertando-a cuidadosamente dos nós.

Colocou o anel na palma da mão, com a corrente ao redor. O pequeno círculo de prata, estampado com estrelas, parecia piscar para ela, zombeteiro. Lembrava-se de quando Jace lhe dera, enrolado no bilhete que havia deixado para trás quando saiu para caçar Jonathan. *Apesar de tudo, não posso suportar a ideia deste anel se perdendo para sempre, não mais do que posso suportar a ideia de deixá-la para sempre.*

Fazia quase dois meses. Tinha certeza de que ele a amava, tanta certeza que a Rainha da Corte Seelie não conseguiu tentá-la. Como poderia haver qualquer outra coisa que quisesse, quando tinha Jace?

Mas talvez jamais fosse possível ter alguém, pensava agora. Talvez, independentemente do quanto se amasse, ainda fosse possível que a pessoa escapasse por entre seus dedos como água, sem que houvesse nada para fazer a respeito. Entendia porque as pessoas falavam sobre corações "partidos"; tinha a sensação de que o seu era feito de vidro rachado, e os cacos eram como facas minúsculas no peito quando respirava. *Imagine sua vida sem ele*, dissera a Rainha Seelie...

O telefone tocou, e por um instante Clary sentiu apenas alívio por alguma coisa, qualquer coisa, interromper seu desespero. O segundo pensamento foi: *Jace*. Talvez não tivesse conseguido encontrá-la no celular e estivesse ligando para casa. Largou o anel na cabeceira e esticou o braço para alcançar o aparelho. Estava prestes a atender quando percebeu que a ligação já tinha sido interceptada por sua mãe.

— Alô? — A mãe parecia ansiosa e, o que era surpreendente, acordada, apesar de ser tão cedo.

A voz que atendeu era desconhecida, e dotada de um ligeiro sotaque.

— Aqui é Catarina, do hospital Beth Israel. Procuro por Jocelyn.

Clary congelou. O hospital? Será que tinha acontecido alguma coisa, talvez com Luke? Ele tinha saído absurdamente rápido...

— Sou eu. — A mãe não soava assustada, mas parecia que estivera aguardando a ligação. — Obrigada por retornar a ligação tão depressa.

— Claro. Fiquei feliz em receber notícias. Não é comum ver pessoas se recuperando de uma maldição como a que lhe afligiu. — Certo, pensou Clary. A mãe tinha estado no Beth Israel em coma pelos efeitos da poção que tomou para impedir que Valentim a interrogasse. — E qualquer amigo de Magnus Bane é meu amigo.

Jocelyn parecia tensa.

— Meu recado fez sentido? Sabe por que liguei?

— Queria saber sobre a criança — respondeu a mulher do outro lado da linha. Clary sabia que devia desligar, mas não conseguiu. Que criança? O que estava acontecendo?

— A que foi abandonada.

A voz de Jocelyn falhou.

— S-sim. Pensei...

— Sinto informar, mas ele está morto. Faleceu ontem à noite.

Por um instante, Jocelyn ficou em silêncio. Clary pôde sentir o susto da mãe através do telefone.

— Morreu? Como?

— Eu mesma não tenho certeza de que entendi. O padre veio ontem para batizar a criança e...

— Meu Deus. — A voz de Jocelyn falhou. — Eu posso... poderia, por favor, passar aí e dar uma olhada no corpo?

Fez-se um longo silêncio. Finalmente a enfermeira respondeu:

— Não tenho certeza. O corpo está no necrotério, esperando transferência para o consultório do médico legista.

— Catarina, acho que sei o que aconteceu com o menino. — Jocelyn estava ofegante. — E se eu pudesse confirmar, talvez possa evitar que volte a acontecer.

— Jocelyn...

— Estou indo — disse a mãe de Clary, e desligou o telefone. A menina encarou, confusa, o objeto por um instante antes de desligar. Então levantou-se, passou uma escova no cabelo, vestiu uma calça jeans e um casaco e deixou o quarto, bem a tempo de encontrar a mãe na sala, escrevendo um bilhete no caderno ao lado do telefone. Ela levantou o olhar quando Clary entrou e deu um pulo de susto, com uma expressão culpada.

— Estava saindo — informou. — Alguns probleminhas de última hora no casamento surgiram e...

— Não perca tempo mentindo para mim — disse Clary, sem preâmbulos. — Estava ouvindo na extensão, e sei exatamente aonde está indo.

Jocelyn empalideceu. Então, lentamente, repousou a caneta.

— Clary...

— Precisa parar de tentar me proteger — falou. — E aposto que também não contou nada a Luke sobre ligar para o hospital.

Jocelyn ajeitou o cabelo, nervosa.

— Me parece injusto com ele. Com o casamento chegando e tudo mais...

— Certo. O casamento. Vão fazer um casamento. E por que isso? Porque vão se *casar*. Não acha que é hora de começar a confiar em Luke? E em mim?

— Confio em você — disse suavemente.

— Então não vai ligar se eu for com você ao hospital.

— Clary, não acho...

— Sei o que acha. Acha que é a mesma coisa que aconteceu com Sebastian; quero dizer, Jonathan. Acha que talvez alguém esteja por aí fazendo com bebezinhos o que Valentim fez com meu irmão.

A voz de Jocelyn tremeu ligeiramente.

— Valentim está morto. Mas há outros que estavam no Ciclo que nunca foram capturados.

E nunca encontraram o corpo de Jonathan. Não era uma coisa sobre a qual Clary gostava de pensar. Além disso, Isabelle estava lá, e sempre foi firme na declaração de que Jace tinha danificado a espinha de Jonathan com a lâmina da adaga, e que, como resultado, Jonathan morreu bem morrido. Ela foi até a água e verificou, dissera. Sem pulso, sem batimentos cardíacos.

— Mãe — disse Clary. — Ele era *meu irmão*. Tenho direito de ir também.

Muito lentamente, Jocelyn assentiu.

— Tem razão. Imagino que tenha. — Ela alcançou a bolsa, pendurada em um cabide perto da porta. — Bem, vamos então, e pegue o casaco. A previsão do tempo anunciou que pode chover.

O Washington Square Park era essencialmente deserto nas primeiras horas da manhã. O ar estava frio e limpo, e as folhas já cobriam a rua com camadas espessas de vermelho, dourado e verde-escuro. Simon chutou-as para o lado ao abrir caminho sob o arco de pedra no eixo sul do parque.

Havia poucas pessoas ao redor — alguns desabrigados dormindo em bancos, enrolados em sacos de dormir ou cobertores puídos, e alguns homens com uniformes verdes de limpeza esvaziando as latas de lixo. Tinha um sujeito empurrando um carrinho pelo parque, vendendo rosquinhas, café e pães. E no centro, perto do grande chafariz circular, Luke. Vestia um casaco verde e acenou ao ver Simon.

Simon retribuiu o aceno, um pouco hesitante. Ainda não tinha certeza de que não estava encrencado por alguma razão. A expressão de Luke, à medida que Simon se aproximou, só intensificou seu mau pressentimento. Luke parecia cansado e mais do que um pouquinho estressado. O olhar, ao repousar em Simon, estava carregado de preocupação.

— Simon — disse. — Obrigado por ter vindo.

— Claro. — Simon não estava com frio, mas colocou as mãos nos bolsos do casaco assim mesmo, só para dar a elas uma coisa para fazer. — Qual é o problema?

— Não falei nada sobre um problema.

— Não me arrastaria até aqui no alvorecer se não tivesse um — observou Simon. — Se não é nada com Clary, então...?

— Ontem, na loja de noivas — explicou Luke. — Você me perguntou sobre uma pessoa. Camille.

Um bando de pássaros levantou voo de uma árvore próxima, grasnando. Simon se lembrou de uma rima que a mãe costumava recitar, sobre pombos: *um para tristeza, dois para alegria, três para um casamento, quatro para um nascimento; cinco para prata, seis para dourado, sete para um segredo nunca revelado.*

— Certo — respondeu Simon. Já tinha perdido a conta do número de pássaros. Sete, supôs. Um segredo nunca revelado. O que quer que isso quisesse dizer.

— Sabe sobre os Caçadores de Sombras que foram encontrados assassinados pela cidade nos últimos dias — disse Luke. — Não sabe?

Simon assentiu lentamente. Estava com um mau pressentimento quanto ao rumo desta conversa.

— Parece que Camille pode ter sido a responsável — revelou Luke. — Não pude deixar de me lembrar que perguntou sobre ela. Ouvir o nome duas vezes, no mesmo dia, após anos sem escutá-lo... pareceu muita coincidência.

— Coincidências acontecem.

— Algumas vezes — disse Luke —, mas raramente são a resposta mais provável. Hoje à noite Maryse vai convocar Raphael para interrogá-lo sobre o papel de Camille nestes assassinatos. Se for revelado que você sabia alguma coisa sobre Camille, que teve contato com ela, não quero que esteja desavisado.

— Então somos dois. — A cabeça de Simon começou a latejar outra vez. Vampiros tinham dor de cabeça? Não conseguia se lembrar da última vez em que tivera uma antes dos eventos destes últimos dias. — Conheci Camille — contou. — Há mais ou menos quatro dias. Pensei que estivesse sendo convocado por Raphael, mas foi ela. Me ofereceu um acordo. Se eu fosse trabalhar para ela, me tornaria o segundo vampiro mais importante da cidade.

— Por que queria que você fosse trabalhar para ela? — O tom de Luke era neutro.

— Ela sabe sobre a minha Marca — explicou. — Disse que foi traída por Raphael e poderia me usar para recuperar o controle do clã. Tive a impressão de que ela não morre de amores por ele.

— Isso é muito curioso — disse Luke. — A história que ouvi é que Camille tirou uma licença de prazo indeterminado da liderança do clã e fez de Raphael o sucessor temporário. Se o escolheu para liderar em seu lugar, por que agiria contra ele?

Simon deu de ombros.

— Não sei. Só estou contando o que ela disse.

— Por que não nos contou sobre ela, Simon? — disse Luke, bem baixinho.

— Ela disse para não contar. — Simon percebeu o quão estúpido soava. — Nunca conheci um vampiro como ela — acrescentou. — Só Raphael, e os outros no Dumont. É difícil explicar como ela é. Tudo o que diz, você quer acreditar. Tudo o que pede, você quer fazer. Eu queria agradá-la, mesmo sabendo que só estava brincando comigo.

O homem com o carrinho de rosquinhas e café estava passando outra vez. Luke comprou um café e um pão e sentou na borda do chafariz. Após um instante, Simon se juntou a ele.

— O homem que me deu o nome de Camille a chamou de "a anciã" — disse Luke. — Ela é, acredito, um dos vampiros muito, muito velhos deste mundo. Imagino que seja capaz de fazer a maioria das pessoas se sentir muito pequena.

— Fez com que eu me sentisse um inseto — disse Simon. — Prometeu que se em cinco dias eu não quisesse trabalhar para ela, nunca mais voltaria a me incomodar. Então eu disse que pensaria a respeito.

— E então? Pensou a respeito?

— Se ela está matando Caçadores de Sombras, não quero nenhuma ligação com ela — respondeu Simon. — Isso eu garanto.

— Tenho certeza de que Maryse ficará aliviada em saber.

— Agora está sendo sarcástico.

— Não estou — disse Luke, parecendo muito sério. Era em momentos como este que Simon conseguia deixar de lado as lembranças de Luke, o mais ou menos padrasto de Clary, o cara que estava sempre por perto, sempre disposto a dar uma carona para casa ou emprestar dez pratas para um livro ou uma entrada de cinema, e lembrar que Luke liderava o principal bando de lobos da cidade, que era alguém que, em momentos cruciais, toda a Clave escutava. — Você esquece o que é, Simon. Esquece o poder que tem.

— Quem dera que eu pudesse esquecer — respondeu Simon com amargura. — Queria que ele simplesmente sumisse se eu não usasse.

Luke balançou a cabeça.

— O poder é um ímã. Atrai aqueles que o desejam. Camille é um deles, mas haverá outros. Tivemos sorte, de certa forma, por ter demorado tanto. — Olhou para Simon. — Acha que se ela o invocar novamente, pode me avisar, ou ao Conclave, informando onde podemos encontrá-la?

— Posso — respondeu Simon, lentamente. — Ela me deu uma forma de entrar em contato, mas não é como se fosse aparecer se eu soprar um apito mágico. Na última vez em que quis conversar comigo, mandou capangas me surpreenderem e me levarem até ela. Então, ter pessoas perto de mim enquanto tento falar com ela não vai dar certo. Conseguirá os subjugados, mas não ela.

— Humm. — Luke pareceu ponderar a questão. — Teremos que pensar em um jeito mais inteligente, então.

— Melhor pensar depressa. Ela disse que me daria cinco dias, e isso quer dizer que até amanhã ela vai esperar alguma espécie de sinal meu.

— Imagino que sim — disse Luke. — Aliás, estou contando com isso.

Simon abriu a porta da frente do apartamento de Kyle com cuidado.

— Olá — disse, entrando e pendurando o casaco. — Tem alguém em casa?

Ninguém respondeu, mas da sala Simon pôde ouvir o familiar *zap-bang-crash* de um videogame. Foi até lá, segurando na frente de si, como uma oferta de paz, um saco branco de pães que tinha comprado na Bagel Zone, na Avenue A.

— Trouxe café da manhã...

Sua voz falhou. Não sabia ao certo o que esperava que fosse acontecer quando seus autodeclarados guarda-costas percebessem que tinha saído escondido do apartamento. Definitivamente envolvia alguma variação da frase "tente outra vez e eu te mato". O que não envolvia era Kyle e Jace sentados lado a lado no futon, parecendo melhores amigos. Kyle tinha um controle de videogame nas mãos e Jace estava inclinado para a frente, com os cotovelos nos joelhos, assistindo atentamente. Mal pareceram reparar na chegada de Simon.

— Aquele cara no canto está olhando para o outro lado — observou Jace, apontando para a tela da TV. — Um chute giratório acabaria com ele.

— Não posso chutar nesse jogo. Só atirar. Está vendo? — Kyle apertou alguns botões.

— Que idiotice. — Jace olhou para Simon e pareceu vê-lo pela primeira vez. — De volta da reunião matinal, percebo — disse, num tom não muito acolhedor. — Aposto que se achou muito esperto, fugindo daquele jeito.

— Meio esperto — reconheceu Simon. — Como um cruzamento entre George Clooney em *Onze homens e um segredo* e aqueles caras dos *Caçadores de mitos*, só que, você sabe, mais bonito.

— Sempre fico tão feliz por não saber do que está falando — falou Jace. — Me preenche com uma sensação de paz e bem-estar.

Kyle repousou o controle, deixando a tela congelada em um close de uma arma enorme estilo rifle.

— Aceito um bagel.

Simon jogou um para ele, que foi até a cozinha, separada da sala por uma longa bancada, para torrar e passar manteiga no pão. Jace olhou para o saco branco e o dispensou com um aceno.

— Não, obrigado.

Simon se sentou sobre a mesa de centro.

— Precisa comer alguma coisa.

— Olha quem fala.

— Estou sem sangue agora — explicou Simon. — A não ser que esteja oferecendo.

— Não, obrigado. Já passamos por isso, e acho que é melhor continuarmos apenas amigos. — O tom de Jace era levemente sarcástico, como sempre, mas a distância que estava, Simon conseguia ver o quanto estava pálido e com olheiras cinzentas. Os ossos do rosto pareciam mais proeminentes do que antes.

— Sério — disse Simon, empurrando o saco pela mesa em direção a Jace. — Precisa comer alguma coisa. Não estou brincando.

Jace olhou para o saco de comida e fez uma careta. Suas pálpebras estavam cinza-azuladas de exaustão.

— Só de pensar fico enjoado, para ser sincero.

— Você pegou no sono ontem à noite — disse Simon. — Quando deveria estar tomando conta de mim. Sei que essa história de guarda-costas é mais uma brincadeira para você, mas mesmo assim. Há quanto tempo não dorme?

— Tipo, a noite inteira? — Jace considerou. — Duas semanas. Talvez três.

O queixo de Simon caiu.

— Por quê? Quero dizer, o que está acontecendo?

Jace deu um meio sorriso.

— Eu poderia viver recluso numa casca de noz e me considerar rei do espaço infinito, se não estivesse tendo pesadelos.

— Essa eu conheço. *Hamlet*. Então está dizendo que não consegue dormir porque vem tendo *pesadelos*?

— Vampiro — disse Jace, com uma certeza exaurida —, você nem imagina.

— Ei. — Kyle reapareceu e sentou na poltrona cheia de protuberâncias. Mordeu um pedaço do pão. — O que está rolando?

— Fui encontrar com Luke — relatou Simon, e explicou o que tinha acontecido, não vendo motivo para esconder. Não mencionou nada sobre o fato de que Camille o queria não só por ser um Diurno, mas também por causa da Marca de Caim. Kyle assentiu assim que terminou.

— Luke Garroway. Líder do bando da cidade. Já ouvi falar nele. É poderoso.

— O verdadeiro nome dele não é Garroway — disse Jace. — Ele era um Caçador de Sombras.

— Certo. Ouvi isso também. E agora contribuiu para os novos Acordos e tudo mais. — Kyle olhou para Simon. — Você conhece pessoas importantes.

— Pessoas importantes trazem grandes problemas — afirmou Simon. — Camille, por exemplo.

— Quando Luke contar para Maryse o que está acontecendo, a Clave cuidará dela — disse Jace. — Existem protocolos para lidar com os trapaceiros do Submundo. — Com isso, Kyle olhou de lado para ele, mas Jace não pareceu notar. — Já disse que não acho que ela esteja tentando te matar. Ela sabe... — Jace se interrompeu. — Ela sabe que é melhor não.

— Além disso, quer usar você — completou Kyle.

— Bom argumento — disse Jace. — Ninguém vai apagar um recurso valioso.

Simon olhou de um para o outro e balançou a cabeça.

— Quando foi que ficaram tão amiguinhos? Ontem à noite estavam todos "sou o maior guerreiro de elite!", "não, *eu* sou o maior guerreiro de elite!", e hoje estão jogando Halo e se cumprimentando por boas ideias.

— Percebemos que temos algo em comum — respondeu Jace. — Você irrita os dois.

— Por falar nisso, me ocorreu uma coisa — revelou Simon. — Mas acho que nenhum dos dois vai gostar.

Kyle ergueu as sobrancelhas.

— Vamos ver.

— O problema de me observarem o tempo todo — disse Simon — é que assim os sujeitos que estão tentando me matar não tentarão mais, e se não tentarem mais, não saberemos quem são. Além disso, terão que ficar de olho em mim o tempo todo. E presumo que tenham outras coisas que prefiram fazer. Bem — acrescentou na direção de Jace —, talvez *você* não tenha.

— Então? — indagou Kyle. — Qual é a sua sugestão?

—Vamos atraí-los. Fazer com que ataquem novamente. Tentamos capturar um deles para descobrir quem está por trás.

— Se bem me lembro — declarou Jace —, tive essa ideia no outro dia... e você não gostou muito.

— Eu estava cansado — falou Simon. — Mas andei pensando. E pela minha experiência com malfeitores até agora, sei que eles não vão embora só porque você resolveu ignorá-los. Continuam vindo de outras maneiras. Então, ou faço com que venham até mim logo ou passo a eternidade esperando que ataquem novamente.

— Estou dentro — disse Jace, apesar de Kyle ainda não parecer convencido. — Então quer sair e vagar por aí até que apareçam novamente?

— Pensei em facilitar para eles. Aparecer onde todos sabem que devo estar.

— Quer dizer...? — perguntou Kyle.

Simon apontou para o flyer na geladeira. MILLENIUM LINT, 16 DE OUTUBRO, ALTO BAR, BROOKLYN, 21H.

— Estou falando do show. Por que não? — Ainda estava com uma dor de cabeça muito forte, mas afastou-a, tentando não pensar no quanto estava exausto ou em como sobreviveria ao show. Precisava conseguir mais sangue de algum jeito. Precisava.

Os olhos de Jace estavam brilhando.

— Sabe, até que é uma bela ideia, vampiro.

— Quer que te ataquem *no palco*? — perguntou Kyle.

— Deixaria o show bem interessante — disse Simon, com mais bravata do que sentia.

A ideia de ser atacado mais uma vez era mais do que podia suportar, mesmo que não temesse por sua segurança pessoal. Não sabia se conseguia aguentar ver a Marca de Caim em ação novamente.

Jace balançou a cabeça.

— Eles não atacam em público. Vão esperar até depois do show. E estaremos lá para lidar com eles.

Kyle balançou a cabeça.

— Não sei...

Fizeram mais algumas rodadas, Jace e Simon de um lado da discussão e Kyle do outro. Simon sentiu um pouco de culpa. Se Kyle soubesse sobre a Marca, seria muito mais fácil persuadi-lo. Eventualmente cedeu à pressão e relutantemente concordou com o que, continuava insistindo, se tratava de um "plano idiota".

— Mas — falou afinal, levantando-se e limpando farelos de pão da camisa — só estou concordando porque sei que vão fazer o que querem, comigo concordando ou não. Então é melhor que eu esteja lá. — Olhou para Simon. — Quem diria que protegê-lo de si mesmo seria tão difícil?

— Eu poderia ter te dito isso — afirmou Jace, enquanto Kyle vestia um casaco e ia para a porta. Aparentemente ele era de fato um mensageiro; o Pretor Lupus, apesar do nome poderoso, não pagava tão bem. A porta se fechou atrás dele e Jace voltou-se novamente para Simon. — Então, o show é às nove, certo? O que faremos com o resto do dia?

— O que faremos? — Simon o olhou, incrédulo. — *Alguma hora* pretende ir para casa?

— O quê, já está entediado com a minha companhia?

— Deixa eu fazer uma pergunta — continuou Simon. — Me acha uma pessoa fascinante de se ter por perto?

— Como? — perguntou Jace. — Desculpe, acho que caí no sono por um instante. Por favor, continue com qualquer que seja a coisa memorável que estava falando.

— Pare — disse Simon. — Pare de ser sarcástico por um segundo. Não está comendo, não está dormindo. Sabe quem mais não está fazendo nada disso? Clary. Não sei o que está acontecendo entre vocês, porque, francamente, ela não me contou nada. Presumo que ela também não queira conversar a respeito. Mas está bastante claro que estão brigados. E se vai terminar com ela...

— *Terminar com ela?* — Jace o encarou. — Está louco?

— Se continuar a evitá-la — rebateu Simon —, ela vai terminar com *você*.

Jace se levantou. O relaxamento de antes desapareceu; estava inteiramente tenso agora, como um gato caçando. Foi até a janela e mexeu na cortina, ansioso, a luz do fim da manhã entrando pelo buraco e clareando os olhos dele.

— Tenho motivo para as coisas que faço — falou afinal.

— Ótimo — respondeu Simon. — Clary conhece estes motivos?

Jace não disse nada.

— Tudo o que ela faz é te amar e confiar em você — observou Simon. — Deve a ela...

— Existem coisas mais importantes do que honestidade — replicou Jace. — Acha que gosto de machucá-la? Pensa que gosto de saber que estou deixando Clary irritada, talvez fazendo com que me odeie? Por que acha que estou *aqui*? — Olhou para Simon

485

com uma espécie de raiva fria. — Não posso estar com ela — declarou. — E se não posso estar com ela, pouco me importa onde estou. Posso muito bem ficar com você, pois se pelo menos ela soubesse que estou tentando te proteger, talvez ficasse feliz.

— Então está tentando deixá-la feliz mesmo sabendo que o motivo pelo qual ela está infeliz é você — disse Simon, sem muita gentileza. — Parece contraditório, não?

— O amor é uma contradição — respondeu Jace, e se virou novamente para a janela.

Capítulo 8

ANDAR NA ESCURIDÃO

Clary tinha se esquecido do quanto odiava cheiro de hospital até entrarem pela porta da frente do Beth Israel. Não havia esterilização, metal, café velho e água sanitária suficiente para cobrir o odor de doença e tristeza. A lembrança da enfermidade da mãe, de Jocelyn deitada inconsciente e sem reação no ninho de tubos e fios, a atingiu como um tapa na cara, e Clary respirou fundo, tentando não sentir o gosto do ar.

— Você está bem? — Jocelyn puxou o capuz do casaco de Clary para trás e olhou para ela, os olhos verdes cheios de ansiedade.

Clary assentiu, se encolhendo dentro do casaco, e olhou em volta. O lobby era todo composto de mármore frio, metal e plástico. Tinha um balcão grande de informações atrás da qual várias mulheres, provavelmente enfermeiras, trabalhavam; placas apontavam o caminho para a UTI, Radiologia, Oncologia Cirúrgica, Pediatria e outros. Provavelmente teria encontrado o caminho para a cantina de olhos fechados; tinha levado copos tépidos de café de lá para Luke o suficiente para encher a reserva do Central Park.

— Com licença. — Uma enfermeira esguia empurrando um senhor em uma cadeira de rodas passou por elas, quase atropelando os dedos dos pés de Clary com as rodas. Clary olhou para ela; vira alguma coisa, um brilho...

— Não fique encarando, Clary — sussurrou Jocelyn.

Colocou o braço ao redor dos ombros de Clary, virando-a de modo que ambas encarassem as portas que levavam à sala de espera do laboratório, onde as pessoas tiravam sangue. Clary viu a si própria e a mãe refletidas no vidro escuro. Apesar de ainda ser meia cabeça mais baixa do que a mãe, elas *realmente* se pareciam, não? No passado sempre descartava quando as pessoas mencionavam. Jocelyn era linda, e ela não. Mas os formatos dos olhos e da boca eram os mesmos, assim como os cabelos ruivos, os olhos verdes e as mãos finas. Como tinha herdado tão pouco da aparência de Valentim, pensou Clary, quando o irmão herdou tudo? Ele ficara com os cabelos claros e os olhos negros penetrantes. Apesar de que, ponderou, talvez se olhasse de perto, conseguisse ver um pouco de Valentim na posição teimosa da própria mandíbula...

— Jocelyn. — As duas viraram. A enfermeira que estivera empurrando o senhor na cadeira de rodas estava diante delas. Era magra, aparentemente jovem, morena, olhos escuros, e então, enquanto Clary olhava, o feitiço foi despido. Ainda era uma mulher magra e jovem, mas agora a pele era azul-escura, e os cabelos, enrolados em um nó atrás da cabeça, brancos como a neve. O azul da pele contrastava de forma chocante com o uniforme rosa-claro.

— Clary — disse Jocelyn. — Esta é Catarina Loss. Ela cuidou de mim enquanto estive aqui. É também amiga de Magnus.

— Você é uma feiticeira. — As palavras deixaram a boca de Clary antes que pudesse contê-las.

— *Shhh.* — A feiticeira parecia horrorizada. Encarou Jocelyn. — Não me lembro de ter mencionado que ia trazer sua filha. Ela é só uma criança.

— Clarissa sabe se comportar. — Jocelyn olhou duramente para Clary. — Não sabe?

Clary assentiu. Já tinha visto feiticeiros além de Magnus antes, na batalha em Idris. Todos eles tinham feições que os destacavam como não humanos, aprendera, como os olhos de gato de Magnus. Alguns eram dotados de asas, ou tinham os dedos dos pés unidos por membranas, ou garras nas mãos. Mas pele completamente azul seria difícil esconder com lentes de contato ou casacos grandes. Catarina Loss devia ter que se enfeitiçar todos os dias para conseguir sair de casa, principalmente trabalhando em um hospital mundano.

A feiticeira apontou o polegar para os elevadores.

— Vamos. Venham comigo. Vamos acabar com isso de uma vez.

Clary e Jocelyn se apressaram a segui-la até os elevadores, e entraram no primeiro que abriu. As portas se fecharam atrás delas com um chiado, e Catarina apertou um botão marcado com a letra N. Havia um entalhe no metal ao lado que indicava que o andar M só podia ser alcançado com uma chave de acesso, mas quando ela tocou o botão, seu dedo emitiu uma faísca azul e o botão acendeu. O elevador começou a descer.

Catarina estava balançando a cabeça.

— Se não fosse amiga de Magnus Bane, Jocelyn Fairchild...

— Fray — respondeu Jocelyn. — Atendo por Jocelyn Fray agora.

— Não tem mais nome de Caçadora de Sombras? — Catarina sorriu afetadamente; os lábios eram surpreendentemente vermelhos contra a pele azul. — E você, garotinha? Vai ser Caçadora de Sombras como seu pai?

Clary tentou conter a irritação.

— Não — declarou. — Vou ser Caçadora de Sombras, mas não serei como meu pai. E meu nome é Clarissa, mas pode me chamar de Clary.

O elevador parou; as portas se abriram. Os olhos azuis da feiticeira repousaram em Clary por um instante.

— Ah, sei como se chama — disse. — Clarissa Morgenstern. A garotinha que impediu uma guerra imensa.

— Suponho que sim. — Clary saltou do elevador depois de Catarina, com a mãe logo atrás. — Você estava lá? Não me lembro de tê-la visto.

— Catarina estava aqui — esclareceu Jocelyn, um pouco ofegante por ter tido que apertar o passo para acompanhar. Estavam atravessando um corredor praticamente vazio; não havia janelas nem portas. As paredes eram pintadas de um verde-claro nauseante. — Ela ajudou Magnus a usar o Livro Branco para me despertar. Depois ficou tomando conta enquanto ele voltava para Idris.

— Tomando conta do livro?

— É um livro muito importante — disse Catarina, os sapatos com solas de borracha batendo no chão enquanto acelerava na frente.

— Pensei que fosse uma guerra muito importante — murmurou Clary, baixinho.

Finalmente chegaram a uma porta. Tinha um quadrado de vidro e a palavra "necrotério" pintada em letras grandes e negras. Catarina girou a maçaneta com um olhar entretido no rosto e fixou os olhos em Clary.

— Aprendi cedo que tinha um dom de cura — revelou. — É o tipo de magia que faço. Então trabalho aqui, por um salário péssimo, e faço o que posso para curar mundanos que gritariam se conhecessem minha verdadeira aparência. Poderia ganhar uma fortuna vendendo minhas habilidades a Caçadores de Sombras e mundanos tolos que acham que sabem o que é magia, mas não faço isso. Trabalho aqui. Então não venha bancar a superior para cima de mim, ruivinha. Não é melhor do que eu só porque é famosa.

As bochechas de Clary queimaram. Nunca pensou em si como uma pessoa famosa.

— Tem razão — admitiu. — Desculpe.

Os olhos azuis da feiticeira desviaram para Jocelyn, que também assentiu. Catarina abriu a porta, e as duas a seguiram para o necrotério.

489

A primeira coisa que impactou Clary foi o frio. Estava um gelo ali dentro, e a menina fechou o casaco apressadamente. A segunda foi o cheiro, o odor forte de produtos de limpeza se sobrepondo ao enjoativo de apodrecimento. Uma luz amarelada transbordou das luzes fluorescentes no alto. Duas mesas de exame grandes e vazias se encontravam no centro no recinto; havia também uma pia e uma bancada de metal com uma balança para pesar órgãos. Em uma das paredes havia compartimentos metálicos, como cofres em um banco, mas muito maiores. Catarina atravessou a sala até um deles, pegou a maçaneta, e puxou, fazendo-a deslizar sobre as rodinhas. Ali dentro, em uma maca de metal, havia o corpo de um bebê.

Jocelyn emitiu um pequeno ruído, então se apressou para perto de Catarina; Clary seguiu mais devagar. Já tinha visto cadáveres antes — vira o corpo de Max Lightwood, e o conhecia. Ele só tinha 9 anos. Mas um bebê...

Jocelyn pôs a mão na boca. Seus olhos estavam grandes e escuros, fixos no corpo da criança. Clary olhou para baixo. À primeira vista o bebê — um menino — parecia normal. Tinha os dez dedos das mãos e dos pés. Mas quando chegou mais perto — como se quisesse enxergar além dos feitiços — viu que os dedos da criança não eram dedos, mas garras que se curvavam para dentro, pontudas. A pele era cinzenta, e os olhos, abertos e fixos, absolutamente negros — não somente as íris, mas as partes que deveriam ser brancas também.

Jocelyn sussurrou:

— Os olhos de Jonathan eram assim quando nasceu, como túneis negros. Mudaram depois, para parecerem mais humanos, mas eu *me lembro*...

Com um tremor, virou-se e saiu da sala, fechando a porta do necrotério.

Clary olhou para Catarina, que estava impassível.

— Os médicos não perceberam? — perguntou. — Quero dizer, os olhos... e essas mãos...

Catarina balançou a cabeça.

— Não veem o que não querem ver — disse, e deu de ombros. — Tem alguma espécie de magia atuando aqui que não conheço bem. Magia demoníaca. Algo ruim. — Retirou uma coisa do bolso. Era um pedaço de tecido, guardado em uma bolsa plástica. — Isto é um pedaço do que o enrolava quando o trouxeram. Também cheira à magia de demônios. Entregue a sua mãe. Talvez ela possa mostrar aos Irmãos do Silêncio, ver se eles conseguem extrair alguma coisa. Descobrir quem fez isto.

Entorpecida, Clary pegou o objeto. Enquanto fechava as mãos em torno do saco, um símbolo surgiu por trás dos seus olhos — uma matriz de linhas e curvas, o sussurro de uma imagem que desapareceu assim que guardou o plástico no bolso do casaco.

Contudo, seu coração estava acelerado. *Isto não vai para os Irmãos do Silêncio*, pensou. *Não antes que eu veja o que o símbolo faz com ele.*

— Falará com Magnus? — indagou Catarina. — Conte para ele que mostrei para sua mãe o que ela queria ver.

Clary assentiu mecanicamente, como uma boneca. De repente tudo o que queria era sair de lá, da sala de luz amarela, ir para longe do cheiro de morte e do pequeno corpo desfigurado na maca. Pensou na mãe, em como todo ano no aniversário de Jonathan pegava aquela caixa e chorava sob a mecha de cabelo dele, chorava pelo filho que deveria ter tido, que foi trocado por uma *coisa* como esta. *Não acho que era isso que ela queria ver*, pensou Clary. *Acho que ela estava torcendo para que fosse impossível*. Mas tudo que o falou foi:

— Claro. Direi a ele.

O Alto Bar era um típico *point* hipster, localizado parcialmente abaixo da passagem do elevado do Brooklyn-Queens Expressway, em Greenpoint. Mas tinha uma noite para todas as idades aos sábados, e Eric era amigo do dono, então deixavam a banda de Simon tocar no sábado sempre que queriam, apesar de viverem mudando de nome e de não atraírem público.

Kyle e os outros integrantes da banda já estavam no palco, montando o equipamento e fazendo as últimas checagens. Iam tocar uma das setlists antigas, com Kyle nos vocais; ele aprendeu as letras bastante rápido, e estavam todos bastante confiantes. Simon concordou em ficar no camarim até o show começar, o que pareceu aliviar parte do estresse de Kyle. Agora Simon estava espiando de trás da cortina, tentando ter uma ideia quem poderia estar presente.

O interior do bar outrora fora decorado de forma estilosa, com latas amassadas nas paredes e no teto, lembrando um daqueles antigos bares clandestinos, e um vitral art déco na parte de trás do bar. Hoje em dia era muito mais grunge do que quando fora inaugurado, com suas manchas permanentes de fumaça nas paredes. O chão era coberto de serragem que se acumulara devido às cervejas derramadas e coisas piores.

O lado bom era que as mesas que alinhavam as paredes estavam quase todas cheias. Simon viu Isabelle sentada sozinha, com um vestido prateado curto que parecia cota de malha e as botas esmagadoras de demônios. O cabelo estava enrolado em um coque desarrumado, preso com palitos prateados. Simon sabia que cada um dos palitos era afiado como um estilete, capaz de cortar metal ou osso. O batom era vermelho forte, como sangue fresco.

Controle-se, disse Simon a si mesmo. *Pare de pensar em sangue*.

Mais mesas estavam ocupadas por outros amigos da banda. Blythe e Kate, as namoradas de Kirk e Matt, estavam juntas em uma mesa dividindo um prato de nachos meio pálidos. Eric tinha várias namoradas espalhadas por mesas ao redor do salão, e a maioria dos amigos do colégio também estava ali, fazendo o local parecer mais cheio.

Sentada no canto, sozinha em uma mesa, estava Maureen, a única fã de Simon — uma menina loura e pequena que parecia ter 12 anos, mas alegava ter 16. Ele concluiu que ela provavelmente tinha 14. Ao vê-lo colocando a cabeça para fora da cortina, acenou e sorriu vigorosamente.

Simon recuou como uma tartaruga, fechando as cortinas.

— Oi — disse Jace, que estava sentado em um amplificador, olhando para o telefone —, quer ver uma foto de Alec e Magnus em Berlim?

— Na verdade, não — respondeu Simon.

— Magnus está com um traje típico da Baviera.

— Mesmo assim, não quero.

Jace guardou o telefone no bolso e olhou, confuso, para Simon.

— Você está bem?

— Estou — respondeu Simon, mas não estava.

Estava tonto, enjoado e tenso, o que atribuiu ao estresse de ter que se preocupar com o que aconteceria esta noite. E o fato de não ter se alimentado não estava ajudando; teria que lidar com isso, e logo. Queria que Clary estivesse lá, mas sabia que ela não poderia ir. Tinha alguma obrigação do casamento para cumprir, e já tinha avisado havia muito tempo. Simon contara isso a Jace antes de chegarem. Ele pareceu ao mesmo tempo lamentavelmente aliviado e decepcionado, o que não deixava de ser impressionante.

— Ei, ei — disse Kyle atravessando a cortina. — Estamos prontos. — Encarou Simon bem de perto. — Tem certeza?

Simon olhou de Kyle para Jace.

— Sabia que vocês dois estão combinando?

Olharam para si mesmos e depois para o outro. Ambos vestiam jeans e camisas pretas de manga comprida. Jace puxou a bainha da camisa.

— Peguei emprestada com Kyle. Minha outra blusa estava imunda.

— Uau, estão trocando roupas agora. Isso é, tipo, coisa de melhor amigo.

— Está se sentindo excluído? — perguntou Kyle. — Suponho que queira uma camisa preta emprestada também.

Simon não apontou o óbvio: nada que coubesse em Kyle ou Jace ficaria bem em sua figura magra.

— Contanto que cada um use a própria calça.

— Vejo que cheguei em um momento fascinante da conversa. — A cabeça de Eric surgiu através da cortina. — Vamos. Está na hora.

Enquanto Kyle e Simon se dirigiam ao palco, Jace se levantou. Logo abaixo da bainha da camisa, Simon viu a ponta brilhante de uma adaga.

— Merda — disse Jace, com um sorriso travesso. — Vou ficar lá embaixo, se tiver sorte, fazendo alguma merda também.

Raphael deveria ter aparecido ao crepúsculo, mas os fez esperar por quase três horas depois da hora marcada até que sua Projeção aparecesse na biblioteca do Instituto.

Política de vampiros, pensou Luke secamente. O líder do clã de vampiros de Nova York viria, se necessário, quando os Caçadores de Sombras chamassem; mas não seria convocado, nem pontual. Luke passara as últimas horas lendo diversos livros da biblioteca para matar o tempo, já Maryse não demonstrou interesse em conversar, e passou o tempo quase todo perto da janela, tomando vinho de uma taça de cristal e observando o trânsito na York Avenue.

Virou-se quando Raphael apareceu, como um desenho em giz branco na escuridão. Primeiro a palidez do rosto e das mãos se tornaram visíveis, em seguida o escuro das roupas e do cabelo. Finalmente ali estava, completo, uma Projeção de aparência sólida. Viu Maryse se aproximando e disse:

— Chamou, Caçadora de Sombras? — Ele se virou, passando os olhos por Luke. — E o Lobo humano também está aqui, percebo. Fui convocado para alguma espécie de Conselho?

— Não exatamente. — Maryse repousou a taça sobre a mesa. — Soube das recentes mortes, Raphael? Os corpos de Caçadores de Sombras que foram encontrados?

Raphael ergueu as sobrancelhas de maneira expressiva.

— Soube. Não pensei em dar muita atenção. Não tem nenhuma relação com o meu clã.

— Um corpo encontrado em território de feiticeiros, um em território de lobos, um em território de fadas — acrescentou Luke. — Suponho que sua espécie seja a próxima. Parece uma clara tentativa de fomentar a discórdia entre os membros do Submundo. Estou aqui de boa-fé, para demonstrar que não acredito que seja você o responsável, Raphael.

— Que alívio — disse Raphael, mas os olhos estavam sombrios e atentos. — Por que haveria qualquer sugestão do contrário?

— Um dos mortos conseguiu nos revelar quem o atacou — disse Maryse, cuidadosamente. — Antes de... morrer... nos contou que a responsável era Camille.

— Camille. — A voz de Raphael era cuidadosa, mas o rosto, antes de conseguir forçar uma expressão vazia, demonstrou choque. — Mas isso é impossível.

— Por que é impossível, Raphael? — perguntou Luke. — Ela é a líder do seu clã. É muito poderosa, notoriamente implacável. E parece ter desaparecido. Não foi a Idris lutar com você na guerra. Não concordou com os novos Acordos. Nenhum Caçador de Sombras a viu ou ouviu falar nela em meses, até agora.

Raphael não disse nada.

— Alguma coisa está acontecendo — falou Maryse. — Queríamos lhe dar a chance de nos explicar, antes de informarmos à Clave sobre o envolvimento de Camille. Como uma demonstração de boa-fé.

— Sim — respondeu Raphael. — Sim, é certamente uma demonstração.

— Raphael — disse Luke, evitando ser indelicado. — Não precisa protegê-la. Se gosta dela...

— Gostar dela? — Raphael se virou para o lado e cuspiu; apesar de ser uma Projeção, era mais uma questão de demonstração do que de resultado. — Eu a detesto. Desprezo. Toda noite quando me levanto, desejo que esteja morta.

— Oh — disse Maryse, delicadamente. — Então, talvez...

— Ela nos liderou durante anos — contou Raphael. — Era chefe do clã quando me fizeram vampiro, e isso foi há cinquenta anos. Antes disso, veio até nós de Londres. Era uma estranha na cidade, mas impiedosa o bastante para se elevar à condição de líder do clã de Manhattan em poucos meses. Ano passado me tornei o segundo no comando. Depois, há alguns meses, descobri que ela vinha matando humanos. Matando por esporte, e bebendo o sangue. Transgredindo a Lei. Às vezes acontece. Vampiros trapaceiam e não há nada que possa ser feito para contê-los. Mas acontecer com a líder do clã... Eles têm que ser melhores do que isso. — Ficou parado, os olhos aparentemente sem foco, perdidos em lembranças. — Não somos como os lobos, aqueles selvagens. Não matamos um líder para encontrar outro. Para um vampiro, erguer a mão contra outro vampiro é o pior dos crimes, mesmo que esse vampiro tenha desrespeitado a Lei. E Camille tem muitos aliados, muitos seguidores. Não poderia me arriscar a exterminá-la. Em vez disso fui até ela e disse que teria que nos deixar, ir embora, ou então eu procuraria a Clave. Ela não queria fazer isso, é claro, pois sabia que se fosse descoberta, a ira se abateria sobre todo o clã. Desconfiariam de nós, seríamos investigados. Passaríamos vergonha e seríamos humilhados perante outros clãs.

Maryse emitiu um ruído impaciente.

— Há coisas mais importantes do que passar vergonha.

— Quando se é um vampiro, pode significar a diferença entre a vida e a morte. — A voz de Raphael ficou mais baixa. — Apostei que ela fosse acreditar em mim, e acreditou. Concordou em ir embora. Eu a fiz partir, mas isso deixou para trás um dilema. Eu não podia tomar seu lugar, pois ela não tinha abdicado. Não teria como explicar a partida sem revelar o que ela tinha feito. Tive que declarar uma longa ausência, uma necessidade de viajar. A sede por viagens não é algo incomum na nossa espécie; acontece de vez em quando. Quando se pode viver eternamente, ficar em um único lugar pode parecer uma prisão após muitos e muitos anos.

— E por quanto tempo achou que pudesse sustentar a farsa? — indagou Luke.

— O máximo possível — respondeu. — Até agora, ao que parece. — Desviou o olhar em direção à janela e à noite cintilante lá fora.

Luke se apoiou em uma das prateleiras de livros. Ficou ligeiramente entretido ao ver que parecia estar na seção de transmorfos, preenchida com tópicos de lobisomens, naga, kitsunes e selkies.

— Talvez se interesse em saber que ela anda contando a mesma história a seu respeito — revelou ele, sem mencionar a quem ela dissera isso.

— Pensei que tivesse deixado a cidade.

— Talvez, mas voltou — afirmou Maryse. — E não está mais satisfeita apenas com sangue humano, ao que parece.

— Não sei o que posso dizer — falou Raphael. — Estava tentando proteger meu clã. Se a Lei deve me punir, então aceitarei o castigo.

— Não estamos interessados em castigá-lo, Raphael — disse Luke. — A não ser que se recuse a cooperar.

Raphael então se virou para eles, os olhos em chamas.

— Cooperar com o quê?

— Gostaríamos de capturar Camille. Viva — disse Maryse. — Queremos interrogá-la. Precisamos saber por que anda matando Caçadores de Sombras, e estes em particular.

— Se realmente acha que consegue isto, espero que tenha um plano muito engenhoso. — Havia uma mistura de divertimento e desprezo no tom de Raphael. — Camille é ardilosa até para nós, e somos todos muito ardilosos.

— Tenho um plano — disse Luke. — Envolve o Diurno. Simon Lewis.

Raphael fez uma careta.

— Não gosto dele — declarou. — Preferia não fazer parte de um plano que dependa do envolvimento do Diurno.

— Ora — disse Luke —, que pena para você.

Que burra, pensou Clary. *Que burrice não trazer um guarda-chuva*. A fraca garoa que a mãe havia dito que viria naquela manhã tinha se transformado quase em uma tempestade quando chegou ao Alto Bar, na Lorimer Street. Passou por um grupo de pessoas que fumavam na calçada e entrou, agradecida pelo calor seco do interior do bar.

A Millenium Lint já estava no palco, com os meninos tocando, e Kyle, na frente, rosnando de forma sexy no microfone. Por um instante, Clary sentiu-se satisfeita. Tinha tido muita influência na incorporação de Kyle à banda, e ele claramente estava orgulhando a todos.

Ela olhou em volta, torcendo para ver Maia ou Isabelle. Sabia que não encontraria as duas, visto que Simon tinha o cuidado de convidá-las para shows alternados. Seu olhar repousou em uma figura magra e de cabelos negros, e ela foi em direção à mesa, mas parou no meio do caminho. Não era Isabelle, mas uma mulher muito mais velha, com os olhos maquiados de preto. Trajava um tailleur e lia um jornal, aparentemente ignorando a música.

— Clary! Aqui! — Clary se virou e viu Isabelle de verdade, sentada à mesa próxima ao palco. Usava um vestido que brilhava como um farol prateado; Clary foi em direção a ela e sentou à sua frente. — Acabou pegando chuva, dá pra ver — observou Isabelle.

Clary tirou o cabelo molhado do rosto com um sorriso pesaroso.

— Quem aposta contra a Mãe Natureza perde.

Isabelle ergueu as sobrancelhas escuras.

— Achei que não fosse vir hoje. Simon falou que tinha algum blá-blá-blá de casamento para resolver. — Isabelle não se impressionava com casamentos ou qualquer armadilha do amor romântico, até onde Clary sabia.

— Minha mãe não estava se sentindo muito bem — explicou Clary. — Decidiu remarcar.

Era verdade, até certo ponto. Quando voltaram do hospital para casa, Jocelyn foi para o quarto e fechou a porta. Clary, sentindo-se desamparada e frustrada, a ouviu chorando suavemente através da porta, mas a mãe se recusou a deixá-la entrar ou a conversar a respeito. Eventualmente Luke chegou em casa e Clary ficou agradecida em deixar a mãe aos cuidados dele, saindo para andar pela cidade antes de ir ver a banda de Simon. Sempre tentava ir aos shows do amigo quando podia, e além disso, conversar com ele faria com que se sentisse melhor.

— Hum. — Isabelle não fez mais perguntas. Às vezes a quase completa falta de interesse que ela demonstrava nos problemas dos outros era uma espécie de alívio. — Bem, tenho certeza de que Simon ficará feliz ao ver que veio.

Clary olhou para o palco.

— Como está o show?

— Bom. — Isabelle mastigou pensativamente o canudo. — Esse vocalista novo é gato. É solteiro? Queria montar *nele* como se fosse um pônei mau, muito mau...

— Isabelle!

— O quê? — Isabelle olhou para ela e deu de ombros. — Ah, que seja. Eu e o Simon não somos exclusivos. Já disse isso.

Como ele mesmo já tinha admitido, pensou Clary, Simon não tinha muita moral para reclamar desse assunto em particular. Mas ainda era seu amigo. Estava prestes a dizer alguma coisa em defesa dele quando olhou para o palco outra vez — e alguma coisa lhe chamou a atenção. Uma figura familiar, aparecendo pela porta lateral do palco. Ela o reconheceria em qualquer lugar, a qualquer hora, independentemente da escuridão do recinto ou do quão inusitada fosse a situação.

Jace. Vestido como um mundano; jeans e camisa preta justa que mostrava os movimentos dos músculos nos ombros e costas. Os cabelos brilhavam sob a luz do palco. Olhares encobertos o observaram enquanto ele se movia em direção à parede e se apoiava nela, olhando atentamente para a frente. Clary sentiu o coração acelerar. Parecia que não o via havia uma eternidade, apesar de só fazer mais ou menos um dia. Mesmo assim, olhar para ele já era como olhar para alguém distante, um estranho. O que ele estava fazendo aqui? Ele não gostava de Simon! Nunca tinha ido a nenhuma das apresentações da banda.

— Clary! — O tom de Isabelle era acusador. Clary se virou e viu que tinha acertado acidentalmente o copo de Isabelle; pingava água no vestido prateado da menina.

Isabelle, pegando um guardanapo, a olhou sombriamente.

— Fale com ele — disse. — Você sabe que quer.

— Desculpe — falou Clary.

Isabelle fez um gesto de "deixa pra lá".

— Vai.

Clary se levantou, desamassando o vestido. Se soubesse que Jace estaria, teria vestido alguma coisa diferente de leggings vermelhas, botas, e um vestido rosa Betsey Johnson vintage que encontrou no armário reserva de Luke. Em outros tempos havia achado os botões verdes em forma de flores que iam de ponta a ponta na frente do vestido legais, mas agora só estava se sentido menos arrumada e sofisticada do que Isabelle.

Abriu caminho pela pista, que agora estava cheia de pessoas dançando ou paradas no lugar, tomando cerveja e se mexendo um pouco ao som da música. Não conseguiu deixar de pensar na primeira vez em que vira Jace. Tinha sido numa boate, e ela o vira através do salão, os cabelos brilhantes e a postura arrogante. Tinha achado ele lindo, mas de nenhuma forma que pudesse ter a ver com ela. Não era o tipo de menino com quem poderia sair, pensara. Ele existia fora daquele mundo.

Jace não a notara até Clary ficar quase na sua frente. De perto, ela percebeu o quanto ele parecia exausto, como se não dormisse há dias. O rosto estava tenso de cansaço, os ossos parecendo afiados sob a pele. Estava apoiado na parede, os dedos nos arcos do cinto, os olhos dourado-claros atentos.

— Jace — disse.

Ele deu um pulo de susto e se virou para olhar para ela. Por um instante os olhos brilharam, como sempre faziam quando a via, e ela sentiu uma esperança desgovernada crescer no peito.

Quase instantaneamente a luz desapareceu, e o resto da cor escoou do rosto dele.

— Pensei... Simon disse que você não vinha.

Uma onda de náusea a atravessou e Clary esticou a mão para se apoiar na parede.

— Então você só veio porque achou que eu não estaria?

497

Ele balançou a cabeça.

— Eu...

— Tinha planos de falar comigo mais alguma vez na vida? — Clary sentiu a própria voz se elevar, e se obrigou a diminuir o tom com um esforço cruel. As mãos agora estavam firmes nas laterais do corpo, as unhas se enterrando nas palmas. — Se quer terminar, o mínimo que deveria fazer era me contar, e não parar de falar comigo e me deixar descobrir sozinha.

— Por que — perguntou Jace — todo mundo fica me perguntando se vou terminar com você? Primeiro Simon, e agora...

— Você falou com *Simon* sobre a gente? — Clary balançou a cabeça. — Por quê? Por que não está falando comigo?

— Porque não posso falar com você — respondeu. — Não posso falar com você, não posso estar com você, não posso nem olhar para você.

Clary respirou fundo; parecia que estava inspirando ácido de bateria.

— O quê?

Ele pareceu notar o que tinha dito e caiu em um silêncio espantado. Por um instante simplesmente se entreolharam. Então Clary se virou e saiu pela multidão, abrindo caminho pelos cotovelos agitados e grupos de pessoas conversando, sem pensar em nada além de chegar até a porta o mais rápido possível.

— E agora — gritou Eric ao microfone —, vamos tocar uma música nova, que acabamos de escrever. É para a minha namorada. Estamos juntos há três semanas, e, caramba, nosso amor é verdadeiro. Vamos ficar juntos para sempre, amor. Esta se chama *Te tocar como um tambor*.

Houve uma rodada de risos e aplausos da plateia quando a música começou, apesar de Simon não ter certeza se Eric tinha percebido que as pessoas achavam que ele estava brincando quando ele não estava. Eric estava sempre apaixonado por qualquer garota que tivesse acabado de começar a namorar, e sempre compunha uma música inadequada sobre isso. Normalmente Simon não ligaria, mas estava querendo sair do palco desde a última música. Sentia-se pior do que nunca — tonto, grudento, enjoado e suado, além de perceber um gosto metálico na boca, tipo sangue velho.

A música estourava em volta, como pregos sendo enterrados nos tímpanos. Os dedos escorregavam e deslizavam nas cordas ao tocar, e ele viu Kirk o olhando, confuso. Tentou forçar a concentração, focar, mas era como tentar dar a partida em um carro sem bateria. Tinha um barulho vazio de moagem na cabeça, mas nenhuma faísca.

Olhou para o bar, procurando — nem sabia ao certo por quê — Isabelle, mas só conseguia enxergar um mar de rostos brancos voltados para ele, e se lembrou da primeira noite no Hotel Dumont e dos rostos dos vampiros olhando para ele, como flores de papel desabrochando em um vazio negro. Uma onda de enjoo forte e dolorosa o atingiu, fazendo-o cambalear para trás e soltar o baixo. Parecia que o chão sob seus pés estava se movendo. Os outros integrantes da banda, imersos na música, não pareceram perceber. Simon arrancou a correia do ombro e passou por Matt em direção à parte de trás do palco, a tempo de cair de joelhos, com ânsia de vômito.

Não saiu nada. O estômago estava vazio como um poço. Simon se levantou e se apoiou na parede, pressionando as mãos gélidas contra o rosto. Há semanas que não sentia nem frio nem calor, mas agora estava febril — e assustado. O que estava acontecendo com ele?

Lembrou-se de Jace falando: *Você é um vampiro. Sangue não é como comida para você. Sangue é... sangue.* Será que isso tudo poderia ser porque não tinha comido? Mas não estava com fome, nem mesmo com sede, na verdade. Sentia-se tão mal quanto se estivesse morrendo. Talvez tivesse sido envenenado. Talvez a Marca de Caim não protegesse contra algo assim?

Foi lentamente em direção à saída de incêndio que o levaria para a rua nos fundos do bar. Talvez o ar frio ajudasse a clarear a mente. Talvez tudo aquilo fosse apenas exaustão e nervosismo.

— Simon? — chamou uma voz baixa, como um chiado de passarinho.

Olhou para baixo, temeroso, e viu que Maureen estava atrás. Parecia ainda menor de perto, ossinhos de pássaro e cabelos louros bem claros que caíam em cascata sobre os ombros por baixo de um chapéu de tricô. Estava com aquecedores de braço de arco íris e uma camiseta branca com uma estampa da Moranguinho. Simon resmungou internamente.

— Não é uma boa hora, Mo — disse.

— Só quero tirar uma foto sua com o meu celular — falou, colocando o cabelo para trás da orelha, nervosa. — Para mostrar para as minhas amigas; tudo bem?

— Tudo bem. — Sua cabeça estava latejando. Aquilo era ridículo. Não era como se tivesse milhares de fãs. Até onde eu sabia, Maureen era literalmente a única fã da banda, e era amiga da prima de Eric, para completar. Concluiu que não podia se dar o luxo de perdê-la. — Vá em frente. Pode tirar.

Maureen ergueu o celular e apertou um botão, em seguida franziu o rosto.

— Agora uma de nós dois? — Ela se aproximou rapidamente, pressionando o corpo contra o dele. Simon sentiu o cheiro do protetor labial de morango dela e, por baixo, o odor salgado de suor e o ainda mais salgado de sangue humano. Ela olhou para ele, levantando o telefone com a mão livre, e sorriu. Tinha um espaço entre os dois dentes da frente e uma veia azul na garganta. Ela pulsou quando o inspirou.

— Sorria — disse.

499

Duas pontadas de dor afligiram Simon quando as presas cresceram, perfurando o lábio. Ele ouviu Maureen exclamar e viu o telefone voar quando pegou a menina e a girou em sua direção, enterrando os caninos na garganta dela.

Sangue explodiu em sua boca, com um gosto diferente de tudo. Era como se estivesse com fome de ar e finalmente respirasse, inalando grandes lufadas de oxigênio limpo e frio; Maureen lutou e o empurrou, mas Simon mal percebeu. Sequer notou quando ela ficou flácida e o peso morto puxou-o para baixo, de modo que ficou deitado sobre ela, com as mãos agarrando os ombros da menina, apertando e soltando enquanto bebia.

Nunca se alimentou de um humano, não é?, dissera Camille. *Ainda vai.*

E quando o fizer, não vai se esquecer.

Capítulo 9
DO FOGO AO FOGO

Clary chegou à porta e a abriu para o ar noturno, úmido por causa da chuva, que estava caindo profusamente agora, deixando-a instantaneamente ensopada. Engasgando com a água da chuva e lágrimas, passou pela van amarela de Eric, na qual a chuva escorria do telhado para a calha, e estava prestes a atravessar a rua correndo quando uma mão a agarrou pelo braço, virando-a.

Jace. Estava tão ensopado quanto ela, a chuva grudando os cabelos claros na cabeça e colando a camisa no corpo como tinta negra.

— Clary, não me ouviu chamando?

— Me solta. — A voz saiu trêmula.

— Não. Não até falar comigo. — Olhou de um lado para o outro na rua deserta, com a chuva explodindo no asfalto como flores desabrochando em alta velocidade. — Vamos.

Ainda segurando Clary pelo braço, Jace praticamente a arrastou ao redor da van para um beco estreito que cercava o Alto Bar. Janelas altas acima dos dois deixavam passar o som abafado da música que ainda tocava lá dentro. O beco tinha paredes de tijolo e era claramente um terreno de descarte de pedaços inutilizáveis de equipamentos musicais. Amplificadores quebrados e microfones velhos poluíam o chão, junto com copos estilhaçados de cerveja e bitucas de cigarro.

Clary sacudiu o braço para soltá-lo da mão de Jace e se virou para encará-lo.

— Se está planejando pedir desculpas, não se incomode — disse, afastando o cabelo molhado e pesado do rosto. — Não quero ouvir.

— Ia contar que estava tentando ajudar o Simon — disse, com água da chuva pingando dos cílios e escorrendo pelas bochechas como lágrimas. — Fiquei na casa dele nos últimos...

— E não podia me contar? Não podia me mandar uma mensagem avisando onde estava? Ah, espera. Não podia, porque ainda está com *a porcaria do meu telefone*. Devolva.

Silenciosamente, ele o pegou no bolso da calça e entregou a ela. Parecia intacto. Clary o enfiou na bolsa carteiro antes que a chuva pudesse estragá-lo. Jace a observou fazendo isso como se ela tivesse acabado de dar um tapa no rosto dele, o que só fez com que ela se irritasse ainda mais. Que direito ele tinha de ficar magoado?

— Acho — disse lentamente — que pensei que o mais próximo de estar com você seria ficar com Simon. Cuidar dele. Tive alguma ideia idiota de que perceberia que estava fazendo isso por você e me perdoaria...

Toda a raiva de Clary subiu em uma onda quente e impossível de conter.

— Não sei nem pelo *que* você acha que eu devo perdoá-lo — gritou. — Por não me amar mais? Porque se é isso que quer, Jace Lightwood, pode ir em frente e... — Ela deu um passo para trás, no escuro, e quase tropeçou em um amplificador abandonado. A bolsa deslizou para o chão quando Clary esticou a mão para se equilibrar, mas Jace já estava lá. Avançou para pegá-la, então continuou se movendo para frente até as costas dela atingirem a parede do beco e seus braços a envolverem e ele começar a beijá-la freneticamente.

Clary sabia que deveria afastá-lo; sua mente lhe dizia que era a atitude sensata, mas nenhuma outra parte do corpo se preocupava com sensatez. Não quando Jace a beijava como se achasse que pudesse ir para o inferno por isso, mas que valeria a pena.

Apertou os dedos contra os ombros dele, contra o tecido molhado da camisa, sentindo a resistência dos músculos abaixo e retribuindo o beijo com todo o desespero dos últimos dias, a incerteza quanto a onde ele estava ou no que pensava, a sensação de que parte do coração tinha sido arrancada do peito e de que jamais conseguiria respirar direito.

— Me diz — disse ela entre beijos, os rostos molhados deslizando um contra o outro. — Me diz o que está errado... Oh — arquejou quando ele se afastou, apenas o bastante para abaixar as mãos e colocá-la na cintura de Clary. Jace a levantou para cima de um amplificador quebrado, deixando os dois quase da mesma altura. Depois colocou uma das mãos de cada lado da cabeça dela e se inclinou para a frente, de modo que os corpos quase se tocavam; mas não de fato. Era enervante. Clary podia sentir o calor febril que vinha dele; ainda estava com as mãos apoiadas nos seus ombros, mas não bastava. Ela o queria em volta dela, segurando-a com força. — P-por que — suspirou — não pode falar comigo? Por que não pode olhar para mim?

Ele abaixou a cabeça para encará-la. Seus olhos, cercados por cílios escurecidos pela água da chuva, eram impossivelmente dourados.

— Porque eu te amo.

Clary não aguentava mais. Tirou as mãos dos ombros dele e enganchou os dedos nas alças da calça que prendiam o cinto, o puxando contra si. Ele se deixou levar sem resistência, apoiando as mãos na parede e pressionando o corpo contra o dela, até estarem se encostando em todas as partes — peitos, quadris, pernas — como peças de um quebra-cabeça. As mãos de Jace deslizaram para a cintura de Clary e ele a beijou longa e lentamente, fazendo-a tremer.

Ela o afastou.

— Isso não faz o menor sentido.

— Nem isso — respondeu Jace —, mas eu não ligo. Estou cansado de tentar fingir que posso viver sem você. Não entende? Não vê que está me matando?

Ela o encarou. Podia ver que ele estava falando sério, podia ver naqueles olhos que conhecia tão bem quanto os próprios, nas sombras escuras sob eles, no pulso sob a garganta. A busca por respostas lutou contra a parte mais primitiva do cérebro, e perdeu.

— Então me beije — sussurrou, e ele pressionou a boca contra a dela, os corações batendo juntos através das camadas finas de tecido molhado que os separavam.

Clary estava se afogando naquilo: na sensação do beijo dele; da chuva por todos os lados, caindo dos cílios; de deixar as mãos de Jace deslizarem livremente pelo tecido molhado e amarrotado do vestido, fino e grudento por causa da água. Era quase como ter as mãos dele em sua pele nua, o peito, a cintura, a barriga; quando chegou à bainha do vestido, agarrou as pernas dela, apertando-a com mais força contra a parede enquanto ela as envolvia na cintura de Jace.

Ele emitiu um ruído baixo de surpresa e enterrou os dedos no tecido fino sobre as coxas de Clary. Não inesperadamente, ele se rasgou, e os dedos molhados de repente estavam na pele nua das pernas. Para não ficar para trás, ela passou a mão por baixo da bainha da camisa ensopada de Jace e permitiu que os dedos explorassem o que estava ali: a pele firme, quente sobre as costelas, as sobressalências do abdômen, as cicatrizes nas costas, o ângulo dos ossos dos quadris acima da cintura da calça. Era um território inexplorado para ela, mas isto parecia enlouquecê-lo: Jace estava gemendo suavemente na boca de Clary, beijando-a cada vez mais forte, como se jamais fosse ser suficiente, nunca o suficiente...

Então um terrível ruído tilintado explodiu nos ouvidos de Clary, arrancando-a do sonho de beijos e chuva. Com um arquejo, afastou Jace, com força o bastante para que ele a soltasse e ela caísse do amplificador e aterrissasse cambaleante sobre os próprios pés, ajeitando o vestido apressadamente. O coração batia aceleradamente nas costelas, como um aríete, e ela se sentiu tonta.

— Droga. — Isabelle, na entrada do beco, com os cabelos negros molhados como uma capa ao redor dos ombros, chutou uma lata de lixo do caminho e olhou furiosa.

— Ah, qual é — disse ela. — Não estou acreditando em vocês. Por quê? O que há de errado com quartos? E privacidade?

Clary olhou para Jace. Ele estava completamente ensopado, água escorria dele em rios, e os cabelos claros, grudados na cabeça, estavam quase prateados com o brilho claro das luzes distantes da rua. Só de olhar, Clary queria tocá-lo outra vez, com ou sem Isabelle; era um desejo que chegava a ser quase doloroso. Ele olhava para Izzy com o olhar de alguém que tinha acabado de ser despertado de um sonho com um tapa — espanto, raiva, lenta compreensão.

— Estava procurando Simon — relatou Isabelle defensivamente, ao ver a expressão de Jace. — Ele fugiu do palco, e não faço ideia de para onde foi. — A música tinha parado em algum momento, Clary percebeu; não reparou quando. — Seja como for, é óbvio que não está aqui. Podem voltar ao que estavam fazendo. De que adianta desperdiçar uma parede de tijolos perfeitamente adequada quando se tem alguém para jogar nela, é o que sempre digo. — E saiu, de volta para o bar.

Clary olhou para Jace. Em qualquer outro momento teriam rido juntos da irritação de Isabelle, mas não havia humor na expressão do namorado, e ela entendeu imediatamente que o que quer que tenha acontecido entre eles — o que quer que tivesse feito brotar aquela falta de controle momentânea nele — havia desaparecido. Sentiu gosto de sangue na boca, e não tinha certeza se tinha mordido o próprio lábio ou se ele o fizera.

— Jace... — Clary deu um passo na direção dele.

— Não — disse, a voz muito áspera. — Não posso.

E então saiu, correndo com uma velocidade que só ele conseguia, um borrão que desapareceu ao longe antes que Clary sequer pudesse respirar para chamá-lo de volta.

— *Simon!*

A voz furiosa explodiu nos ouvidos de Simon. Teria soltado Maureen naquele instante — ou pelo menos foi o que disse a si mesmo —, mas não teve a oportunidade. Mãos fortes o agarraram pelos braços, arrancando-o dela. Foi arrastado pelos pés por um Kyle pálido, ainda emaranhado e suado por conta do show que tinham acabado de concluir.

— Que diabos, Simon. Que diabos...

— Não tive a intenção — engasgou-se Simon. A voz soava estranha aos próprios ouvidos; as presas ainda estavam expostas, e Simon não tinha aprendido a falar com aquelas coisas. Atrás de Kyle, no chão, viu Maureen deitada encolhida, terrivelmente parada. — Simplesmente aconteceu...

— Eu disse a você. *Disse* a você. — A voz de Kyle se elevou, e ele empurrou Simon com força. O menino cambaleou para trás, a testa queimando, quando uma mão invisível pareceu erguer Kyle e jogá-lo com força contra a parede. Ele bateu nela e deslizou para o chão, aterrissando agachado como um lobo, sobre as mãos e os joelhos. Levantou-se bambo, encarando-o. — Jesus Cristo. Simon...

Mas Simon tinha ajoelhado ao lado de Maureen, as mãos na menina, tateando freneticamente a garganta à procura do pulso. Quando sentiu a palpitação sob as pontas dos dedos, fraca, porém firme, ele quase chorou de alívio.

— Afaste-se dela. — Kyle, parecendo cansado, se aproximou de Simon. — Levante-se e afaste-se.

Relutante, Simon se levantou e encarou Kyle por cima da forma débil de Maureen. Luz atravessava o espaço entre as cortinas que davam no palco; era possível ouvir os outros integrantes da banda lá, conversando entre si, começando a desmontar o palco. A qualquer momento sairiam por ali.

— O que acabou de fazer — disse Kyle. — Você... me empurrou? Porque não vi nenhum movimento.

— Não tive a intenção — repetiu Simon, miserável. Isso parecia ser tudo o que dizia ultimamente.

Kyle balançou a cabeça, os cabelos balançando.

— Saia daqui. Vá esperar perto da van. Eu cuido dela. — Abaixou-se e levantou Maureen nos braços. Ela parecia tão pequena em contraste com ele; uma boneca. Encarou Simon. — Vá. E espero que se sinta realmente péssimo.

Simon foi. Foi até a porta de incêndio e a abriu. Nenhum alarme soou; estava quebrado havia meses. A porta se fechou atrás, e ele se apoiou na parede dos fundos do bar enquanto cada parte de seu corpo começava a tremer.

O bar desembocava em uma rua estreita repleta de armazéns. No caminho tinha um lote vago isolado com uma grade. Uma grama feia crescia através das rachaduras no asfalto. A chuva caía, molhando o lixo que sujava a rua; latinhas velhas de cerveja boiavam nas valetas.

Simon achou que era a coisa mais linda que já tinha visto. A noite inteira pareceu explodir com luz prismática. A grade era feita de correntes de arames prateados brilhantes, cada gota como uma lágrima de platina. A grama crescendo pelo asfalto parecia uma franja de fogo.

Espero que se sinta realmente péssimo, dissera Kyle. Mas era muito pior. Sentia-se ótimo, vivo de uma maneira como jamais se sentira antes. Ondas de energia passavam por ele como uma corrente elétrica. A dor na cabeça e no estômago haviam desaparecido. Poderia correr 16 mil quilômetros.

Era péssimo.

— Ei, você. Está bem?

A voz que se pronunciou era culta, entretida; Simon virou e viu uma mulher com um casaco preto longo e um guarda-chuva amarelo aberto acima da cabeça. Com a nova visão prismática, parecia um girassol cintilante. A mulher era linda... apesar de que tudo parecia mais bonito agora, com cabelos pretos fulgurantes e boca de batom vermelho. Lembrava-se vagamente de tê-la visto em uma das mesas durante o show.

Simon assentiu, não confiando em si mesmo para falar. Devia parecer ter sofrido um verdadeiro trauma, se completos estranhos estavam aparecendo para perguntar sobre seu bem-estar.

— Parece que talvez você tenha batido a cabeça — disse ela, apontando para a testa dele. — Um machucado feio. Tem certeza de que não tem ninguém para quem eu possa ligar para vir te pegar?

Simon ergueu a mão apressadamente para colocar o cabelo por cima da testa, escondendo a Marca.

— Tudo bem. Não é nada.

— Muito bem. Se está dizendo. — Não soava convencida. Enfiou a mão no bolso, retirou um cartão e entregou a ele. Tinha um nome: Satrina Kendall. Abaixo dele, um título: PROMOTORA DE BANDAS, com um número de telefone e um endereço. — Sou eu — disse. — Gostei do que fizeram lá. Se tiver interesse em chegar mais longe, dê uma ligada.

E com isso, se virou e foi embora, deixando Simon parado, com o olhar fixo. Certamente, pensou, não havia como a noite ficar mais bizarra.

Sacudindo a cabeça — um movimento que fez gotas de água voarem por todas as direções — virou a esquina para onde a van estava parada. A porta do bar estava aberta, e as pessoas saíam. Tudo ainda parecia estranhamente brilhante, pensou Simon, mas a visão prismática estava começando a desbotar aos poucos. O cenário à frente parecia comum — o bar esvaziando, as portas laterais abertas, e a van com as portas traseiras escancaradas, já sendo carregada com os equipamentos por Matt, Kirk e alguns amigos. Ao se aproximar, Simon viu que Isabelle estava apoiada na lateral do veículo, com uma perna dobrada, o salto da bota contra a superfície pintada da van. Poderia estar ajudando com os instrumentos, é claro — Isabelle era mais forte do que qualquer um na banda, exceto, talvez, por Kyle —, mas é claro que não se incomodaria com isso. Simon não esperaria nada diferente.

Levantou o olhar quando ele se aproximou. A chuva tinha diminuído, mas ela claramente estava havia um tempo do lado de fora; os cabelos pesavam como uma cortina molhada nas costas.

— Olá — disse, se afastando da van e indo em direção a ele. — Por onde andou? Saiu correndo do palco...

— É — respondeu Simon. — Não estava me sentindo bem. Desculpe.

— Desde que esteja melhor agora. — Abraçou-o e sorriu contra o rosto dele. Simon sentiu uma onda de alívio por não ter nenhum impulso de mordê-la. Em seguida outra onda de culpa ao se lembrar do porquê.

— Não viu Jace em lugar nenhum, viu? — perguntou.

Isabelle revirou os olhos.

— Encontrei com ele e Clary se agarrando — respondeu. — Mas já foram. Para casa, espero. Aqueles dois exemplificam muito bem a expressão "arrumem um quarto".

— Não achei que Clary fosse vir — falou Simon, apesar de não ser tão estranho assim; era possível que o compromisso do bolo tivesse sido cancelado ou coisa do tipo.

Sequer tinha energia para se irritar por Jace ter se provado um péssimo guarda-costas. Não era como se tivesse acreditado que Jace levava sua segurança tão a sério. Esperava apenas que o casal tivesse resolvido o problema, qualquer que fosse.

— Que seja. — Isabelle sorriu. — Já que estamos a sós, quer ir para algum lugar e...

Uma voz — uma voz muito familiar — falou das sombras, vindo além do alcance do poste de luz mais próximo.

— Simon?

Ah, não, agora não. Agora não.

Ele se virou devagar. O braço de Isabelle ainda envolvia ligeiramente sua cintura, mas ele sabia que isso não duraria muito. Não se a pessoa falando fosse quem estava pensando.

E era.

Maia chegou à luz, e olhava para ele com uma expressão incrédula no rosto. Os cabelos normalmente cacheados estavam grudados na cabeça pela chuva, os olhos âmbar muito arregalados, a calça jeans e a jaqueta ensopadas. Trazia um pedaço de papel enrolado na mão esquerda.

Simon teve uma vaga noção de que ao lado os integrantes da banda desaceleraram os movimentos e estavam encarando descaradamente. O braço de Isabelle soltou a cintura dele.

— Simon? — disse ela. — O que está havendo?

— Você disse que ia estar ocupado — falou Maia, olhando para ele. — Aí alguém passou isso por baixo da porta hoje de manhã. — Ela esticou o braço com o papel enrolado para a frente, instantaneamente reconhecível como um dos flyers do show da banda.

Isabelle olhava de Simon para Maia, entendendo lentamente.

— Espere um instante — pronunciou-se. — Vocês dois estão *saindo*?

Maia empinou o queixo.

— Vocês estão?

— Estamos — respondeu Isabelle. — Há algumas semanas.

Os olhos de Maia cerraram.

— Nós também. Desde setembro.

— Não consigo acreditar — declarou Isabelle. E parecia mesmo não acreditar. — Simon? — Ela se virou para ele, com as mãos nos quadris. — Tem alguma explicação?

A banda, que finalmente tinha acabado de guardar o equipamento — a bateria ocupando todo o banco de trás, e as guitarras e baixos na mala — estava parada atrás do carro, encarando abertamente. Eric pôs as mãos em volta da boca como um megafone.

— Meninas, meninas — entoou. — Não precisam brigar. Tem Simon o suficiente para todas.

Isabelle virou e lançou um olhar tão aterrorizante a Eric que ele imediatamente se calou. As portas de trás da van se fecharam, e o veículo partiu. *Traidores*, pensou Simon, mas para ser justo, provavelmente concluíram que ele poderia pegar uma carona para casa com Kyle, cujo carro estava estacionado na esquina. Se sobrevivesse.

— Não acredito, Simon — disse Maia. Ela também estava com as mãos nos quadris, em uma pose idêntica a de Isabelle. — O que passou pela sua cabeça? Como pôde mentir assim?

— Não menti — protestou Simon. — Nunca dissemos que éramos exclusivos! — Então voltou-se para Isabelle. — Nem nós! E sei que você sai com outras pessoas...

— Não pessoas que você *conheça* — argumentou Isabelle, séria. — Não seus *amigos*. Como se sentiria se descobrisse que eu estava saindo com o Eric?

— Impressionado, para ser sincero — respondeu. — Ele não faz seu tipo.

— Não é essa a questão, Simon.

Maia se aproximou de Isabelle, e as duas o encararam, uma parede imóvel de fúria feminina. O bar já tinha acabado de esvaziar e, exceto pelos três, a rua estava deserta. Pensou nas próprias chances se tentasse fugir, e concluiu que não eram muito grandes. Licantropes eram velozes, e Isabelle era uma caçadora de vampiros treinada.

— Sinto muito — desculpou-se Simon. A euforia do sangue que bebera estava começando a desbotar, por sorte. Estava menos tonto com o excesso de sensações, porém, mais apavorado. Para piorar as coisas, a mente não parava de voltar para Maureen, para o que tinha feito com ela, e se ela estava bem. *Por favor, que ela esteja bem.* — Devia ter contado para vocês. É que... gosto muito das duas, e não queria magoar nenhuma.

Assim que as palavras saíram da sua boca, percebeu como soavam tolas. Apenas mais um idiota procurando desculpas pelo comportamento idiota. Simon nunca pensou que fosse assim. Era um cara legal, o tipo de menino que era negligenciado, preterido por um bad boy sexy ou por artistas torturados. Por caras egoístas que não achariam nada demais sair com duas meninas ao mesmo tempo desde que talvez não estivesse exatamente *mentindo* sobre o que estava fazendo, mas também não falando a verdade.

— Uau — falou, principalmente para si mesmo. — Sou um *grande* babaca.

— Essa foi, provavelmente, a primeira verdade que falou desde que cheguei aqui — disse Maia.

— Amém — concordou Isabelle. — Mas, se me perguntar, é pouco e tarde demais...

A porta lateral do bar se abriu, e alguém saiu. Kyle. Simon sentiu uma onda de alívio. Kyle parecia sério, mas não tão sério quanto Simon imaginava que estaria se algo terrível tivesse acontecido com Maureen.

Começou a descer os degraus em direção a eles. A chuva mal passava de uma garoa agora. Maia e Isabelle estavam de costas para ele; encaravam Simon, os olhos repletos de raiva.

— Acho bom que não espere que *alguma* de nós duas fale com você outra vez — disse Isabelle. — E vou ter uma conversa com Clary, uma conversa muito, muito séria sobre a escolha das amizades dela.

— Kyle — disse Simon, sem conseguir conter o alívio na voz quando Kyle chegou ao alcance auditivo. — Hum, Maureen... ela...

Não fazia ideia de como perguntar o que queria sem que Maia e Isabelle soubessem o que tinha acontecido, mas, no fim das contas, não fez diferença, pois não conseguiu pronunciar o resto das palavras. Maia e Isabelle se viraram; Isabelle parecia irritada, e Maia, surpresa, claramente imaginando quem seria Kyle.

Assim que Maia viu quem era, seu rosto mudou; os olhos arregalaram, o sangue escoou da face. Já Kyle, por sua vez, a encarava com o olhar de alguém que tinha acordado de um pesadelo apenas para descobrir que ele era real e contínuo. Sua boca se moveu, formando palavras, mas nenhum som foi emitido.

— Uau — disse Isabelle, olhando de um para o outro. — Vocês dois... se conhecem?

Os lábios de Maia se abriram. Continuava encarando Kyle. Simon só teve tempo de pensar que ela nunca tinha olhado para ele com nada parecido com aquela intensidade quando a licantrope sussurrou:

— *Jordan* — E avançou para Kyle, com as garras expostas e afiadas, e as enfiou na garganta do rapaz.

parte 2
Para cada Vida

Nada é gratuito. Tudo precisa ser pago. Para cada lucro em uma coisa, pagamento em outra. Para cada vida, uma morte. Mesmo a sua música, da qual ouvimos tanto, teve que ser paga. Sua mulher foi o pagamento por sua música. O Inferno agora está satisfeito.

— Ted Hughes, "The Tiger's Bones"

Capítulo 10
RIVERSIDE DRIVE, Nº 232

Simon estava sentado na poltrona da sala de Kyle, olhando fixamente para a imagem congelada na tela da TV que ficava no canto do recinto. Tinha sido pausada no jogo que Kyle estava jogando com Jace, e a imagem era de um túnel submerso de aparência fria e úmida com uma pilha de corpos no chão e algumas piscinas de sangue muito realistas. Era perturbador, mas Simon não tinha nem a energia nem a inclinação a se incomodar em desligar. As imagens que vinham passando por sua mente a noite inteira eram bem piores.

A luz que invadia a sala pelas janelas passara de uma luminosidade aquosa do alvorecer a uma iluminação pálida de início da manhã, mas Simon mal reparara. Só via o corpo de Maureen largado no chão, com os cabelos louros manchados de sangue. O próprio progresso cambaleante pela noite, com o sangue da menina zumbindo por suas veias. E em seguida Maia atacando Kyle, perfurando-o com as garras. Kyle tinha ficado lá, sem levantar uma mão para se defender. Provavelmente teria permitido que o matasse se Isabelle não tivesse interferido, arrancando Maia de cima dele e jogando-a pelo asfalto, contendo-a ali até que a raiva se transformasse em lágrimas. Simon havia tentado se aproximar, mas Isabelle o afastara com um olhar furioso, o braço envolvendo Maia e a mão levantada para alertá-lo.

— *Saia* daqui — ordenara. — E leve-o com você. Não sei o que ele fez, mas deve ter sido muito sério.

E foi. Simon conhecia aquele nome, Jordan. Já tinha sido mencionado quando ele perguntou a Maia como havia se transformado em licantrope. Obra do ex-namorado, revelara. Ele a atacara de uma maneira selvagem, cruel, e depois fugira, abandonando-a para lidar com o problema sozinha.

O nome dele era Jordan.

Por isso Kyle só tinha um nome perto da campainha. Porque era o seu *sobrenome*. O nome completo devia ser Jordan Kyle, concluiu Simon. Tinha sido burro, incrivelmente burro por não perceber antes. Não que precisasse de mais um motivo para se odiar agora.

Kyle — ou melhor, Jordan — era um lobisomem; curava-se rapidamente. Quando Simon o levantou, sem qualquer gentileza, e o levou de volta ao carro, os cortes profundos na garganta e embaixo dos rasgos na camisa já tinham melhorado e formado casquinhas. Simon tirou as chaves dele e o levou de volta para Manhattan praticamente em silêncio, Jordan praticamente imóvel no banco do passageiro, encarando as próprias mãos sangrentas.

— Maureen está bem — revelou afinal, enquanto passavam pela Williamsburg Bridge. — Pareceu pior do que foi. Você ainda não é muito bom em se alimentar de humanos, então ela não tinha perdido tanto sangue. Eu a coloquei em um táxi. Não se lembra de nada. Acha que desmaiou na sua frente, e está morrendo de vergonha.

Simon sabia que deveria agradecer, mas não conseguia.

— Você é o Jordan — disse. — O antigo namorado de Maia. Que a transformou em licantrope.

Estavam em Kenmare agora; Simon foi na direção norte, passando por Bowery com seus prédios de viciados e lojas de iluminação.

— É — confirmou Jordan afinal. — Kyle é meu sobrenome. Comecei a atender por ele quando me juntei ao Pretor.

— Ela ia te matar se Isabelle tivesse deixado.

— Tem todo direito de me matar se quiser — afirmou Jordan, e se calou. Não falou mais nada enquanto Simon encontrava uma vaga e depois enquanto subiam as escadas para o apartamento. Foi para o quarto sem sequer tirar a jaqueta ensanguentada, e fechou a porta.

Simon já tinha arrumado a mochila e estava prestes a sair quando hesitou. Até agora não sabia ao certo por quê, mas em vez de sair largou a mochila perto da porta e sentou na cadeira, onde passou toda a noite.

Queria poder ligar para Clary, mas ainda era muito cedo, e, além disso, Isabelle tinha dito que ela tinha saído com Jace, e a ideia de interromper algum momento especial entre os dois não era muito convidativa. Pensou em como estaria a mãe. Se tivesse visto o filho ontem, com Maureen, teria achado mesmo que era o monstro que ela o acusara de ser.

Talvez fosse.

Levantou a cabeça quando a porta de Jordan se abriu e ele apareceu. Estava descalço, com a mesma calça jeans e a camisa do dia anterior. As cicatrizes na garganta haviam desbotado, tornando-se linhas vermelhas. Olhou para Simon. Os olhos âmbar, normalmente tão brilhantes e alegres, estavam sombriamente encobertos.

— Achei que você ia embora — disse.

— Eu ia — confessou Simon. — Mas depois concluí que deveria te dar uma chance de explicar.

— Não há nada para explicar. — Jordan vasculhou a cozinha e uma gaveta até encontrar um filtro de café. — O que quer que Maia tenha contado a meu respeito, tenho certeza de que é verdade.

— Ela disse que você bateu nela — falou.

Jordan, na cozinha, ficou completamente parado. Olhou para o filtro como se não tivesse mais certeza de sua utilidade.

— Disse que ficaram juntos durante meses, e que estava tudo ótimo — prosseguiu Simon. — Então você virou violento e ciumento. E que quando ela reclamou, bateu nela. Ela terminou com você, e quando estava voltando para casa em uma determinada noite, alguma coisa a atacou, e quase a matou. E você... você saiu da cidade. Sem pedir desculpas, sem se explicar.

Jordan repousou o filtro na bancada.

— Como ela chegou aqui? Como encontrou o bando de Luke Garroway?

Simon balançou a cabeça.

— Entrou em um trem para Nova York e os encontrou. Maia é uma sobrevivente. Não permitiu que o que fez com ela a destruísse. Muitas pessoas permitiriam.

— Foi pra isso que ficou? — perguntou Jordan. — Para dizer que sou um canalha? Porque isso eu já sei.

— Fiquei — respondeu Simon — por causa do que fiz ontem à noite. Se tivesse descoberto um dia antes, teria ido. Mas depois do que fiz com Maureen... — Mordeu o lábio. — Pensei que tinha controle sobre minhas ações, mas não tenho, e machuquei alguém que não merecia. Por isso fiquei.

— Porque se eu não for um monstro, você também não é.

— Porque quero saber como seguir em frente, e talvez você possa me dizer. — Simon se inclinou. — Porque tem sido legal comigo desde que o conheci. Nunca o vi sendo mau, ou se irritando. Depois pensei nos Lobos Guardiões, e no que disse sobre ter se

515

filiado porque tinha feito coisas ruins. E achei que Maia fosse essa coisa ruim pela qual você está buscando compensação.

— Estou — disse Jordan. — É ela.

Clary sentou-se à escrivaninha do pequeno quarto de hóspedes da casa de Luke, com o pedaço de tecido recolhido no Beth Israel esticado à sua frente. Colocara dois lápis de cada lado para fazer peso e estava olhando, com a estela na mão, tentando se lembrar do símbolo que lhe viera no hospital.

Estava difícil se concentrar. Não parava de pensar em Jace, na noite passada. Para onde teria ido. Por que estava tão infeliz. Até vê-lo não tinha percebido que ele estava tão triste quanto ela, e isso lhe partiu o coração. Queria ligar para ele, mas precisou se conter diversas vezes desde que chegara em casa. Se ele fosse contar qual era o problema, teria que fazê-lo sem que ela perguntasse. Ela o conhecia o suficiente para saber disso.

Fechou os olhos, tentando se forçar a enxergar o símbolo. Não era algum que tivesse inventado, tinha certeza. Ele existia de fato, mas Clary não tinha certeza quanto a ter visto no Livro Gray. A forma lhe falava menos em tradução do que em revelação, em mostrar a forma de alguma coisa escondida debaixo da terra, em soprar poeira lentamente para ler a inscrição abaixo...

A estela tremeu em seus dedos, e Clary abriu os olhos para descobrir, surpresa, que tinha conseguido traçar um pequeno desenho na beira do tecido. Parecia quase uma mancha, com pedaços estranhos em cada direção, e ela franziu o cenho, imaginando se estaria perdendo a habilidade. Mas o tecido começou a cintilar, como calor exalando de um teto preto quente. Observou enquanto palavras começaram a surgir no tecido como se uma mão invisível estivesse escrevendo:

Propriedade da Igreja de Talto. Riverside Drive nº 232.

Um murmúrio de entusiasmo a percorreu. Uma pista, uma pista de verdade. E a descobrira sozinha, sem ajuda de ninguém.

Riverside Drive nº 232. Ficava no Upper West Side, pensou, perto do Riverside Park, do outro lado do rio de Nova Jersey. Uma viagem nada longa. A Igreja de Talto. Clary repousou a estela com uma cara preocupada. O que quer que fosse, parecia ruim. Arrastou a cadeira até o velho computador de Luke e acessou a internet. Não podia dizer que se surpreendeu quando descobriu que digitar "Igreja de Talto" não produzia resultados compreensíveis. O que fora escrito no canto do tecido estava em Purgático, ou Ctônio, ou alguma outra língua demoníaca.

De uma coisa tinha certeza: o que quer que fosse a Igreja de Talto, era segredo, e provavelmente ruim. Se tinha qualquer relação com transformar bebês em *coisas* com garras em vez de mãos, não era nada parecido com alguma religião de verdade. Clary ficou imaginando se a mãe que abandonou a criança perto do hospital fazia parte da igreja, se sabia no que tinha se metido antes de o neném nascer.

Sentiu calafrios por todo o corpo enquanto esticava a mão para o telefone — e congelou quando o segurou. Estava a ponto de ligar para a mãe, mas não podia falar com Jocelyn sobre isso. Ela tinha acabado de parar de chorar, finalmente concordado em sair com Luke para ver alianças. E por mais que acreditasse que a mãe era forte o suficiente para lidar com qualquer que fosse a verdade, certamente se encrencaria muito com a Clave por ter conduzido sua investigação até ali sem informá-los.

Luke. Mas Luke estava com a mãe. Não podia ligar para ele.

Maryse, talvez. A simples ideia de telefonar para ela parecia estranha e intimidante. Além disso, Clary sabia — sem querer admitir para si mesma que era um diferencial — que se deixasse a Clave assumir, iria para o banco de reservas. Ficaria de fora de um mistério que julgava intensamente pessoal. Sem falar que seria como trair a própria mãe para a Clave.

Mas sair sozinha, sem saber o que encontraria... Bem, tinha treinamento, mas não *tanto* assim. E sabia que tendia a agir antes e pensar depois. Relutante, puxou o telefone para perto, hesitou por um instante — e mandou uma mensagem: RIVERSIDE DRIVE, Nº 232. PRECISA ME ENCONTRAR LÁ AGORA. É IMPORTANTE. Apertou a tecla de envio e esperou um pouco até a tela acender com um barulho de resposta: OK.

Com um suspiro, Clary repousou o telefone e foi buscar as armas.

— Eu amava Maia — disse Jordan. Estava sentado no futon agora após ter finalmente conseguido fazer café, apesar de não ter bebido nada. Só estava segurando a caneca nas mãos, girando-a enquanto falava. — Precisa saber disso antes que eu conte qualquer outra coisa. Nós dois viemos de uma cidadezinha abominável no fim de mundo de Nova Jersey, e ela aturava muita palhaçada porque o pai era negro e a mãe, branca. E também tinha um irmão, que era completamente psicótico. Não sei se ela falou sobre ele. Daniel.

— Não muito — respondeu Simon.

— Com tudo isso, a vida dela era um verdadeiro inferno, mas nunca se deixou abalar. Eu a conheci em uma loja de música, comprando discos antigos. Isso, vinil. Começamos a conversar, e percebi que era a menina mais legal de lá. E linda, também. E doce. — Os olhos de Jordan estavam distantes. — Começamos a sair juntos, e era fantástico. Estávamos completamente apaixonados. Do jeito que acontece quando se tem 16 anos. Aí fui mordido. Me envolvi em uma briga numa noite, em uma boate. Entrava em muitas brigas. Estava acostumado a socos e chutes, mas mordidas? Achei que o sujeito que me mordeu fosse louco, mas não liguei. Fui ao hospital, levei pontos, esqueci o assunto.

"Cerca de três semanas depois comecei a sentir ondas de fúria incontrolável. Minha visão apagava e eu não sabia o que estava acontecendo. Soquei a janela da cozinha porque uma gaveta não queria abrir. Comecei a sentir um ciúme louco de Maia, convencido de que ela estava atrás de outros caras, convencido de que... Nem sei o que estava pensando. Só sei que me descontrolei. Bati nela. Queria dizer que não me lembro de ter feito isso, mas lembro. E aí ela terminou comigo... — A voz se interrompeu. Jordan tomou um gole de café; parecia nauseado, pensou Simon. Não devia ter contado essa história muitas vezes, se é que já contara alguma. — Algumas noites depois, fui a uma festa, e ela estava lá. Dançando com outro cara. Beijando como se quisesse me provar que tinha acabado mesmo. Maia escolheu uma péssima noite, não que ela tivesse como saber. A primeira lua cheia desde a mordida. — As juntas dos dedos estavam brancas onde agarrava a caneca. — A primeira vez em que me Transformei. A transformação rasgou meu corpo e dilacerou meus ossos e minha pele. Estava agonizante, e não apenas por causa daquilo. Queria a Maia, queria que voltasse, queria explicar, mas só conseguia uivar. Saí correndo pelas ruas, e foi então que a vi, atravessando o parque perto da casa onde morava. Estava indo para casa..."

— E então a atacou — completou Simon. — Mordeu Maia.

— Foi. — Jordan parecia cego ao rever o passado. — Quando acordei na manhã seguinte, sabia o que tinha feito. Tentei ir até a casa dela, para explicar. Estava no meio do caminho quando um sujeito grandalhão parou na minha frente e me encarou. Sabia quem eu era, sabia tudo a meu respeito. Explicou que era membro do Praetor Lupus, e que tinha sido enviado atrás de mim. Não gostou de ter chegado atrasado, de saber que já tinha mordido alguém. Não me deixou chegar perto dela. Disse que só pioraria as coisas. Prometeu que os Lobos Guardiões cuidariam dela. Falou que como eu já tinha mordido uma humana, o que era terminantemente proibido, a única maneira de escapar do castigo seria me juntando a eles e treinando para me controlar.

"Não teria aceitado. Teria cuspido nele e aceitado qualquer que fosse o castigo que quisessem aplicar. Me detestava a esse ponto. Mas quando me explicou que eu poderia ajudar a outros como eu, talvez impedir que o que ocorrera com Maia acontecesse novamente, foi como uma luz no fim do túnel. Talvez uma chance de consertar meu erro."

— Certo — disse Simon lentamente. — Mas não é uma coincidência um pouco estranha que tenha sido enviado a mim? O cara que estava namorando a menina que você mordeu e transformou em licantrope?

— Coincidência nenhuma — garantiu Jordan. — Sua pasta foi uma das várias que recebi. Escolhi *porque* Maia era mencionada nas anotações. Uma loba e um vampiro namorando. Sabe, é grande coisa. Foi a primeira vez que percebi que ela tinha se tornado licantrope depois... depois do que fiz.

— Nunca pesquisou para descobrir? Parece um pouco...

— Tentei. O Praetor não deixou, mas fiz o que pude para descobrir o que tinha acontecido com ela. Soube que tinha fugido de casa, mas a vida lá era infernal, então isso não me disse nada. E não é como se existisse um registro nacional de licantropes onde pudesse procurá-la. Eu simplesmente... torci para que não tivesse se Transformado.

— Então quis o meu caso por causa de Maia?

Jordan enrubesceu.

— Pensei que talvez se te conhecesse, pudesse descobrir o que tinha acontecido com ela. Saber se estava bem.

— Por isso brigou comigo por enganá-la — disse Simon, lembrando-se. — Estava sendo protetor.

Jordan o encarou por cima da caneca.

— É, bem, foi uma atitude idiota.

— E foi você quem colocou o flyer do show da banda embaixo da porta, não foi? — Simon balançou a cabeça. — Então bagunçar minha vida amorosa fazia parte do trabalho ou foi apenas um toque pessoal extra?

— Fiz com que ela sofresse — observou ele. — Não queria vê-la sofrendo por causa de outra pessoa.

— E não pensou que se ela aparecesse no show tentaria arrancar a sua cara? Se não tivesse se atrasado, talvez o atacasse no palco. Teria sido um extra bem empolgante para a plateia.

— Não sabia — relatou Jordan. — Não sabia que me odiava tanto assim. Quero dizer, eu não odeio o sujeito que me Transformou; entendo um pouco que possa ter perdido o controle.

— É — disse Simon —, mas você nunca *amou* o cara. Não teve um relacionamento com ele. Maia te amava. Ela acha que você a mordeu, depois a abandonou e nunca mais pensou nela. Vai odiá-lo tanto quanto um dia amou.

Antes que Jordan pudesse responder, a campainha tocou — não o chiado como se houvesse alguém lá embaixo, interfonando para cima, mas o que soaria se o visitante estivesse no corredor, do lado de fora da porta. Os meninos trocaram olhares espantados.

— Está esperando alguém? — indagou Simon.

Jordan balançou a cabeça e repousou a caneca de café. Juntos, foram até a pequena entrada. Jordan gesticulou para Simon ficar atrás dele antes de abrir a porta.

Não havia ninguém. Em vez de uma pessoa, jazia um pedaço de papel dobrado no tapete de entrada, com uma pedra por cima, prendendo-o. Jordan abaixou para pegar o papel e se ajeitou, franzindo o cenho.

— É para você — disse, entregando a Simon.

Confuso, Simon desdobrou o papel. No centro, com uma fonte infantil, havia a mensagem:

519

SIMON LEWIS. ESTAMOS COM A SUA NAMORADA. PRECISA VIR A RIVERSIDE DRIVE Nº 232 HOJE. ESTEJA LÁ ANTES QUE ESCUREÇA OU CORTAREMOS A GARGANTA DELA.

— É uma piada — disse Simon, encarando o papel, entorpecido. — Tem que ser.

Sem uma palavra, Jordan pegou o braço de Simon e o puxou para a sala. Soltando-o, procurou o telefone sem fio até encontrar.

— Ligue para ela — disse, colocando o aparelho no peito de Simon. — Ligue para Maia e certifique-se de que ela está bem.

— Mas pode não ser ela. — Simon encarou o telefone enquanto o horror da situação zumbia em seu cérebro como espíritos chiando do lado de fora de uma casa, implorando para entrar. *Concentre-se*, disse para si mesmo. *Não entre em pânico*. — Pode ser Isabelle.

— Ai, meu Deus. — Jordan fitou-o com um ar zangado. — Você tem mais alguma namorada? Temos que fazer uma lista de nomes para ligar?

Simon arrancou o telefone dele e se virou, digitando o número.

Maia atendeu no segundo toque.

— Alô?

— Maia... É o Simon.

A delicadeza sumiu da voz.

— Ah. O que você quer?

— Só queria ter certeza de que está bem — disse.

— Estou — respondeu secamente. — Não é como se o que estava acontecendo entre a gente fosse tão sério. Não estou feliz, mas vou sobreviver. Ainda assim, você continua sendo um idiota.

— Não — disse Simon. — Quis dizer que queria verificar se você estava *bem*.

— Está falando do Jordan? — Deu para ouvir a ira tensa quando pronunciou o nome dele. — Certo. Vocês foram embora juntos, não foram? São amigos ou coisa do tipo, não? Bem, pode dizer para ele ficar longe de mim. Aliás, isso vale para os dois.

E desligou. O tom de discagem chiou pelo telefone como uma abelha irritada.

Simon olhou para Jordan.

— Ela está bem. Detesta a nós dois, mas não me pareceu que alguma coisa estivesse errada.

— Tudo bem — disse Jordan automaticamente. — Ligue para Isabelle.

Foram necessárias duas tentativas antes de Izzy atender; Simon estava quase em pânico quando a voz da Caçadora de Sombras veio do outro lado da linha, soando distraída e irritada.

— Quem quer que seja, espero que seja sério.

Ele sentiu alívio jorrando pelas veias.

— Isabelle. É o Simon.

— Ah, pelo amor de Deus. O que *você* quer?

— Só queria ter certeza de que estava bem...

— Ah, o quê, eu deveria estar arrasada porque você é um infiel, mentiroso, traidor filho da...

— Não. — Isto estava realmente começando a irritar Simon. — Quero dizer, você está bem? Não foi sequestrada nem nada?

Seguiu-se um longo silêncio.

— Simon — disse Isabelle afinal. — Esta é realmente, de verdade, a desculpa mais idiota para uma ligação choramingada de pazes que já ouvi em toda a minha vida. Qual é o seu *problema*?

— Não tenho certeza — respondeu Simon, e desligou antes que ela pudesse fazer o mesmo. Entregou o telefone a Jordan. — Ela também está bem.

— Não entendo. — Jordan parecia aturdido. — Quem faz uma ameaça dessas se não houver fundamento? Digo, é muito fácil descobrir se é mentira.

— Devem achar que sou burro — começou Simon, em seguida parou, um pensamento horrível lhe ocorrendo. Arrancou o telefone de Jordan outra vez e começou a discar com dedos entorpecidos.

— O que foi? — indagou Jordan. — Para quem está ligando?

O telefone de Clary tocou exatamente quando ela virou a esquina da 96th Street para a Riverside Drive. A chuva parecia ter lavado a sujeira habitual da cidade; o sol reluzia em um céu brilhante sobre a tira verde de parque que corria ao longo do rio, cuja água parecia quase azul hoje.

Catou o telefone na bolsa, o encontrou e atendeu.

— Alô?

A voz de Simon veio do outro lado da linha.

— Ah, graças a... — interrompeu-se. — Está tudo bem? Não foi sequestrada nem nada?

— *Sequestrada*? — Clary olhou para os números dos prédios enquanto subia a rua; 220, 224. Não sabia exatamente o que estava procurando. Será que *pareceria* com uma igreja? Ou seria outra coisa, enfeitiçada para parecer um lote abandonado? — Está bêbado ou coisa do tipo?

— É um pouco cedo para isso. — O alívio na voz era claro. — Não, é que... recebi um bilhete estranho. Alguém ameaçando acabar com a minha namorada.

— Qual delas?

— Ha-ha. — Simon não soava entretido. — Já liguei para Maia e Isabelle, e as duas estão bem. Depois pensei em você... quero dizer, passamos muito tempo juntos. Alguém poderia ter uma impressão errada. Mas agora não sei o que pensar.

— Não sei. — O número 232 da Riverside Drive surgiu repentinamente na frente de Clary, um prédio grande e quadrado de pedra com um telhado pontudo. *Poderia* ter sido uma igreja em algum momento, pensou, apesar de não se parecer muito com uma agora.

— Maia e Isabelle descobriram tudo ontem à noite, a propósito. Não foi bonito — acrescentou Simon. — Você tinha razão quanto a brincar com fogo.

Clary examinou a fachada do número 232. A maioria dos edifícios na rua eram de apartamentos caros, com porteiros uniformizados. Este aqui, no entanto, tinha apenas portas altas de madeira com topos arredondados e alças metálicas antigas no lugar de maçanetas.

— Iiih, ai. Sinto muito, Simon. Alguma das duas está falando com você?

— Não exatamente.

Ela segurou uma das maçanetas e empurrou. A porta se abriu com um chiado suave. Clary diminuiu o tom de voz.

— Talvez uma delas tenha deixado o bilhete?

— Não faz o gênero de nenhuma das duas — afirmou, parecendo verdadeiramente confuso. — Acha que Jace teria feito isso?

O som do nome dele era como um soco no estômago. Clary perdeu o fôlego e disse:

— Não acredito mesmo que ele pudesse fazer isso, mesmo que estivesse irritado. — Afastou o telefone do ouvido. Espiando pela porta entreaberta, viu o que parecia o interior de uma igreja normal: uma nave longa e luzes tremeluzindo como velas. Certamente não faria mal dar uma olhadinha do lado de dentro. — Tenho que ir, Simon — despediu-se. — Ligo mais tarde.

Então fechou o telefone e entrou.

— Acha mesmo que era brincadeira? — Jordan estava andando de um lado para o outro como um tigre em uma jaula. — Não sei. Parece um tipo de piada doentio demais para mim.

— Nunca disse que não era doentia. — Simon olhou para o bilhete; estava sobre a mesa de centro, as letras grossas impressas bem visíveis, mesmo de longe. Só de olhar sentia um sobressalto no estômago, apesar de saber que não significava nada. — Só estou tentando pensar quem pode ter mandado. E por quê.

— Talvez eu devesse tirar o dia de folga de você e ficar de olho nela — declarou Jordan. — Sabe, por via das dúvidas.

— Presumo que esteja falando sobre Maia — respondeu Simon. — Sei que tem boas intenções, mas não acho que ela o queira por perto. De nenhuma maneira.

A mandíbula de Jordan enrijeceu.

— Ficaria fora do caminho, para que não me visse.

— Uau. Você ainda gosta muito dela, não gosta?

— Tenho uma responsabilidade pessoal. — Jordan soava sério. — O que eu sinto além disso não tem importância.

— Pode fazer o que quiser — disse Simon. — Mas acho...

A campainha tocou outra vez. Os dois trocaram um único olhar antes de correrem para a entrada estreita que dava na porta. Jordan chegou primeiro. Pegou o cabideiro perto da porta, arrancou os casacos e escancarou a porta, segurando o objeto acima da cabeça como uma lança.

Do outro lado da porta estava Jace. Ele piscou.

— Isso é um cabideiro?

Jordan devolveu o objeto ao chão e suspirou.

— Se você fosse um vampiro, teria sido muito mais útil.

— Sim — disse Jace. — Ou alguém com muitos casacos.

Simon esticou a cabeça por trás de Jordan e falou:

— Desculpe. Tivemos uma manhã estressante.

— É, bem — respondeu. — Está prestes a piorar muito. Vim para levá-lo ao Instituto, Simon. O Conclave quer vê-lo, e não gostam de esperar.

No instante em que a porta da Igreja de Talto se fechou atrás de Clary, ela sentiu que estava em outro mundo, o barulho e o agito de Nova York inteiramente bloqueados. O espaço no interior do prédio era grande e amplo, com teto alto. Havia uma nave ladeada por fileiras de bancos, e velas marrons e grossas queimando em arandelas nas paredes. O interior parecia mal-iluminado aos olhos de Clary, mas talvez fosse por estar habituada à claridade da luz enfeitiçada.

Caminhou pelo ambiente, sentindo os tênis suaves contra a pedra empoeirada. Era esquisito, pensou, uma igreja sem janelas. Ao fim da nave chegou à abside, onde alguns degraus de pedra conduziam a um pódio no qual se encontrava o altar. Clary piscou, percebendo o que mais havia de estranho: não havia cruzes nesta igreja. Em vez disso, uma placa vertical de pedra pendia no altar, coroada com a figura esculpida de uma coruja. As palavras na placa diziam:

> Pois sua casa se inclina para a morte
> e suas veredas para as sombras.
> Nenhum dos que se dirigem a ela tornará a sair,
> nem retornará às veredas da vida.

Clary piscou. Não tinha tanta familiaridade com a Bíblia — certamente não dispunha da capacidade de Jace de se lembrar quase com perfeição de longas passagens das Sagradas Escrituras — mas ao passo que soava religioso, era também um trecho estranho para se exibir em uma igreja. Estremeceu e se aproximou do altar, onde um grande livro fechado fora deixado. Uma das páginas parecia marcada; quando Clary esticou o braço para abrir, percebeu que o que achou que fosse um marcador tratava-se na verdade de uma adaga de cabo negro com símbolos ocultos esculpidos. Já tinha visto fotos nos livros de estudo. Era um *athame*, frequentemente utilizado em rituais de invocação de demônios.

Seu estômago gelou, mas ainda assim ela se abaixou para examinar a página marcada, determinada a descobrir alguma coisa — mas apenas pôde constatar que estava escrito numa uma letra garranchada e estilizada que teria sido difícil de decifrar ainda que o livro fosse em inglês. Não era; tratava-se de um alfabeto anguloso e pontudo que Clary tinha certeza de jamais ter visto antes. As palavras situavam-se abaixo de uma ilustração que reconheceu como um círculo de invocação — o tipo de desenho que feiticeiros traçavam no chão antes de executar feitiços. Os círculos eram feitos para atrair e concentrar poder mágico. Estes, espalhados na página em tinta verde, pareciam dois círculos concêntricos, com um quadrado no meio. No espaço entre eles, havia símbolos espalhados. Clary não os reconheceu, mas podia sentir a linguagem dos símbolos nos ossos, e estremeceu. Morte e sangue.

Virou a página apressadamente e encontrou um conjunto de ilustrações que fez com que respirasse fundo.

Tratava-se de uma progressão de figuras que começavam com a imagem de uma mulher com um pássaro empoleirado no ombro esquerdo. A ave, possivelmente um corvo, parecia sinistra e ardilosa. No segundo desenho o pássaro havia desaparecido, e a mulher estava visivelmente grávida. Na terceira ilustração ela estava deitada em um altar não muito diferente do que se encontrava diante de Clary no momento. Uma figura de túnica se colocava na frente da mulher, com uma seringa espantosamente moderna na mão. A seringa estava cheia de um líquido vermelho-escuro. A mulher claramente sabia que estavam prestes a injetar o conteúdo da seringa, pois a boca estava aberta.

No último desenho a mulher estava sentada com um bebê no colo. A criança parecia quase normal, exceto pelo fato de que os olhos eram inteiramente negros, sem nenhuma parte branca. A mulher olhava para o filho com uma expressão de terror.

Clary sentiu os cabelos da nuca se arrepiarem. A mãe tinha razão. Alguém estava tentando fazer bebês como Jonathan. Aliás, já tinha feito.

Ela se afastou do altar. Cada nervo no corpo gritava que havia algo errado naquele lugar. Não se julgava capaz de passar mais um segundo ali; era melhor sair e aguardar a cavalaria. Podia ter descoberto a pista sozinha, mas o resultado era muito mais do que podia encarar por conta própria.

Foi quando ouviu o som.

Era um sussurro, como uma corrente lenta retrocedendo, que parecia vir de cima dela. Olhou para o alto, segurando o *athame* com firmeza na mão. E ficou com o olhar vidrado. Ao redor das galerias superiores havia filas de figuras silenciosas. Trajavam o que pareciam roupas de esporte cinzentas — tênis, moletons e casacos de zíper com capuzes puxados sobre os rostos. Estavam completamente imóveis, as mãos nas grades da galeria, encarando-a. Pelo menos presumiu que estivessem encarando. Os rostos escondiam-se nas sombras; sequer conseguia saber se eram homens ou mulheres.

— Eu... sinto muito — disse ela. Sua voz ecoou, alta, pela sala de pedra. — Não tive a intenção de atrapalhar ou...

Não houve qualquer resposta além do silêncio. Um silêncio pesado. O coração de Clary começou a bater com força

— Vou embora, então — pronunciou-se, engolindo em seco.

Deu um passo para a frente, repousou o *athame* no altar e virou para se retirar. Então, uma fração de segundo antes de se virar, sentiu o cheiro no ar, o fedor familiar de lixo apodrecendo. Entre ela e a porta, erguendo-se como uma parede, erguia-se uma miscelânea de pele com escamas, dentes como lâminas e garras compridas se esticando.

Há sete semanas Clary vinha treinando para encarar uma batalha demoníaca, ainda que fosse gigantesca. Mas agora que estava acontecendo de fato, tudo que conseguiu fazer foi gritar.

Capítulo 11
NOSSA ESPÉCIE

O demônio avançou para Clary e ela parou de gritar abruptamente, se jogando para trás por cima do altar — um salto perfeito, e por um instante bizarro desejou que Jace estivesse ali para ver. Caiu no chão agachada, exatamente no momento em que algo atingiu com força o chão, fazendo a pedra vibrar.

Um uivo ressoou através da igreja. Clary se ajoelhou desajeitadamente e espiou por sobre a beira do altar. O demônio não era tão grande quanto pareceu inicialmente, mas também não era pequeno — mais ou menos do tamanho de uma geladeira, com três cabeças em caules oscilantes. As cabeças eram cegas, com mandíbulas enormes abertas das quais se dependuravam fios esverdeados de saliva. O demônio parecia ter batido a cabeça esquerda no altar quando tentou agarrá-la, pois estava balançando-a para frente e para trás como se tentasse clarear os pensamentos.

Clary olhou para cima descontroladamente, mas as figuras de cinza continuavam no lugar. Nenhuma delas se mexeu. Pareciam observar tudo que se passava com um interesse alheio. Girou e olhou para trás, mas ao que tudo indicava, não havia saída da igreja além da porta pela qual entrara. Percebendo que estava desperdiçando segundos preciosos, levantou-se e agarrou o *athame*. Arrancou-o do altar e desviou para trás na hora em que o demônio tentou atacar novamente. Clary rolou para o lado enquanto uma cabeça, balançando sobre um pescoço espesso, mirou o altar, com a língua preta para fora, procurando por ela. Com um grito, enfiou o *athame* no pescoço da criatura e então o soltou, recuando e saindo do caminho.

CIDADE DOS ANJOS CAÍDOS

A coisa gritou, a cabeça sacudindo para trás, sangue negro espirrando do machucado que Clary provocara. Mas não foi um ataque mortal. Mesmo enquanto a menina observava, o ferimento começou a se curar lentamente, a carne verde enegrecida se remendando como um tecido sendo costurado. Seu coração despencou. Claro. A razão pela qual os Caçadores de Sombras utilizavam armas com símbolos, era porque eles impediam que demônios se curassem.

Pegou a estela no cinto com a mão esquerda, soltando-a exatamente quando o demônio atacou outra vez. Saltou para o lado e se jogou dolorosamente pelas escadas, rolando até chegar à primeira fila de bancos. O demônio se virou, arrastando-se um pouco ao se mover, então avançou outra vez. Percebendo que ainda estava agarrando a estela e a adaga — aliás, a adaga a cortara em algum momento enquanto rolava, e o sangue estava manchando rapidamente a frente do casaco — transferiu a adaga para a mão esquerda, a estela para a direita e, com uma velocidade desesperada, talhou um símbolo *enkeli* no cabo do *athame*.

Os outros símbolos no cabo começaram a derreter e escorrer enquanto o símbolo do poder angelical se firmava. Clary levantou o olhar; o demônio estava quase chegando, as três cabeças a alcançando, bocas abertas. Levantando-se, impulsionou o braço para trás e jogou a adaga com toda força. Para sua grande surpresa, atingiu a cabeça do meio em cheio, afundando até o cabo. A cabeça se debateu enquanto o demônio berrava — Clary sentiu o coração na garganta — e em seguida a cabeça simplesmente caiu, atingindo o chão com uma batida horrorosa. O demônio continuou avançando mesmo assim, agora arrastando a cabeça morta e flácida atrás de si enquanto se aproximava de Clary.

O ruído de muitos passos veio de cima. Clary olhou. As figuras de roupa cinza tinham desaparecido, e as galerias ficaram vazias. A visão não a tranquilizou. Com o coração batendo desgovernadamente no peito, Clary se virou e correu para a porta da frente, mas o demônio foi mais veloz. Com um rugido de esforço, ele se lançou *por cima* dela e aterrissou diante da porta, bloqueando a saída. Emitindo um ruído sibilado, foi na direção dela e levantou, se erguendo ao máximo para atacar...

Alguma coisa brilhou pelo ar, uma chama certeira de ouro prateado. As cabeças dos demônios giraram; o silvo elevou-se a um grito, mas era tarde demais — a coisa prateada que as envolvera puxou com firmeza e, com um esguicho de sangue preto, as duas cabeças remanescentes foram decepadas. Clary rolou para fora do caminho enquanto o sangue respingava nela, queimando a pele. Em seguida desviou a cabeça quando o corpo sem cabeça cambaleou e caiu na direção dela...

E desapareceu. Enquanto sucumbia, o demônio sumiu, sugado de volta à própria dimensão. Clary levantou a cabeça cautelosamente. As portas da igreja estavam abertas, e na entrada estava Isabelle, de botas e vestido preto, com o chicote de electrum na mão.

Enrolava-o com cuidado no pulso, olhando em volta ao fazê-lo, as sobrancelhas escuras aproximadas em uma carranca de curiosidade. Ao fixar o olhar em Clary, sorriu.

— Caramba, garota — disse. — No que foi se meter dessa vez?

O toque das mãos dos serventes da vampira na pele de Simon era frio e leve, como o toque de asas geladas. Ele estremeceu em pouco ao desenrolarem a venda de sua cabeça, sentindo as peles secas e ásperas contra a dele, antes de recuarem, curvando-se em reverência ao fazerem.

Olhou em volta, piscando. Há poucos instantes estava à luz do sol, na esquina da 78th Street com a Second Avenue — a uma distância grande o suficiente do Instituto para julgar seguro utilizar a terra de cemitério para entrar em contato com Camille sem levantar suspeitas. Agora estava em um recinto mal-iluminado, bastante amplo, com chão liso de mármore e pilares elegantes que sustentavam um teto alto. Ao longo da parede esquerda corria uma fileira de cubículos com frentes de vidro, cada qual com uma placa de bronze pendurada que dizia CAIXA. Outra placa metálica na parede dizia que este era o DOUGLAS NATIONAL BANK. Camadas espessas de poeira se acumulavam sobre o chão e os balcões, outrora utilizados por pessoas que passavam cheques ou recibos de saques, e os lustres de base metálica que se penduravam do teto estavam cobertos de verdete.

No centro da sala havia uma poltrona alta, e na cadeira sentava-se Camille. Os cabelos louro-prateados estavam soltos e desciam sobre os ombros como fios de prata. O rosto belo não tinha maquiagem, mas os lábios ainda estavam muito vermelhos. Na escuridão do banco, era quase a única cor que Simon conseguia enxergar.

— Normalmente não concordaria com um encontro durante o dia, Diurno — comentou ela. — Mas como é você, abri uma exceção.

— Obrigado. — Notou que não havia cadeira para ele, então continuou de pé, desajeitadamente. Se seu coração ainda batesse, pensou, estaria a mil por hora. Quando concordou em fazer isso pelo Conclave, tinha se esquecido do quanto Camille o assustava. Talvez não tivesse a menor lógica (o que ela poderia, afinal, *fazer* com ele?), mas era um fato.

— Presumo que isto signifique que considerou minha oferta — disse Camille. — E que aceitou.

— O que a faz pensar que aceitei? — questionou Simon, torcendo muito para que ela não atribuísse a fatuidade da pergunta ao fato de que ele estava tentando ganhar tempo.

A vampira aparentava uma ligeira impaciência.

— Dificilmente comunicaria em pessoa a decisão de me recusar. Teria medo do meu temperamento.

— Devo temer seu temperamento?

Camille recostou-se na cadeira, sorrindo. A cadeira parecia moderna e luxuosa, diferente de tudo no banco abandonado. Devia ter sido trazida de outro lugar, provavelmente pelos servos de Camille, que no momento estavam um de cada lado, como estátuas silenciosas.

— Muitos temem — respondeu. — Mas você não tem motivo para isso. Estou muito satisfeita com você. Apesar de ter esperado até o último segundo para entrar em contato, sinto que tomou a decisão certa.

O telefone de Simon escolheu aquele instante para começar a vibrar insistentemente. Ele deu um pulo, sentindo uma gota de suor frio descendo pela coluna, em seguida pescou o aparelho do bolso da jaqueta apressadamente.

— Desculpe — disse, abrindo-o. — Telefone.

Camille ficou horrorizada.

— *Não* atenda.

Simon começou a levantar o aparelho para o ouvido. Ao fazê-lo, conseguiu apertar o botão da câmera diversas vezes.

— Não vai levar nem um segundo.

— *Simon*.

Apertou o botão para enviar e em seguida fechou o telefone rapidamente.

— Desculpe. Não pensei.

O peito de Camille subia e descia de raiva, apesar de ela não respirar.

— Exijo mais respeito dos meus serventes — sibilou. — Jamais fará isso outra vez, senão...

— Senão o quê? — perguntou Simon. — Não pode me machucar mais do que qualquer outro. E me falou que eu não seria um servente. Disse que seria um parceiro. — Fez uma pausa, para dar o tom certo de arrogância à voz. — Talvez deva repensar minha aceitação.

Os olhos de Camille escureceram.

Ora, pelo amor de Deus. Não seja tolo.

— Como consegue falar essa palavra? — Simon exigiu saber.

Camille ergueu uma sobrancelha delicada.

— Que palavras? Não gostou que o chamasse de tolo?

— Sim. Bem, não, mas não foi isso que quis dizer. Você falou "ora, pelo amor de..." — interrompeu-se, a voz falhando. Ainda não conseguia pronunciar. *Deus*.

— Porque não acredito nele, bobinho — respondeu Camille. — E você ainda acredita. — Inclinou a cabeça para o lado, olhando para ele como um pássaro olharia para uma minhoca na calçada que considerasse comer. — Acho que talvez seja hora de um juramento de sangue.

— Um... juramento de sangue? — Simon ficou imaginando se tinha escutado direito.

— Esqueço que seu conhecimento sobre os costumes da nossa espécie é muito limitado. — Camille balançou os cabelos prateados. — Farei com que assine um juramento, com sangue, de que é leal a mim. Evitará que me desobedeça no futuro. Considere como uma espécie de... acordo pré-nupcial. — Sorriu, e Simon pôde ver o brilho dos caninos. — Venha. — Estalou os dedos imperiosamente, e os capangas foram até ela, as cabeças cinzentas abaixadas. O primeiro que a alcançou entregou algo que parecia uma caneta antiquada de vidro, do tipo que tinha uma ponta de espiral feita para reter tinta. — Terá que se cortar e tirar o próprio sangue — instruiu Camille. — Normalmente eu mesma faria isso, mas a Marca me impede. Portanto, teremos que improvisar.

Simon hesitou. Aquilo era ruim. Muito ruim. Conhecia o suficiente do mundo sobrenatural para saber o que juramentos significavam no Submundo. Não eram apenas promessas vazias que podiam ser quebradas. Eles prendiam as pessoas de verdade, como algemas virtuais. Se assinasse o juramento, realmente seria leal a Camille. Possivelmente por toda a eternidade.

— Venha — disse Camille, uma pontinha de impaciência surgindo na voz. — Não há necessidade de perder tempo.

Engolindo em seco, Simon deu um passo muito relutante para a frente, e depois mais um. Um servente se colocou diante dele, bloqueando a passagem. Estava estendendo uma faca a Simon, um objeto de aparência perversa, com uma lâmina afiada. Simon a pegou e a levantou sobre o pulso. Então o abaixou.

— Sabe — comentou —, não sou muito fã de sentir dor. Ou de facas...

— *Faça* — rugiu Camille.

— Tem que haver outra maneira.

Camille se ergueu da cadeira, e Simon viu que as presas estavam completamente expostas. Estava realmente enfurecida.

— Se não parar de desperdiçar meu tempo...

Ouviu-se uma leve implosão, um ruído como algo imenso rasgando no meio. Um painel brilhante apareceu na parede oposta. Camille se virou na direção dele, os lábios abrindo-se em choque ao ver o que era. Simon sabia que ela reconhecia, assim como ele. Só podia ser uma coisa.

Um Portal. E, por ele, pelo menos uma dúzia de Caçadores de Sombras entrava.

— Tudo bem — disse Isabelle, guardando o kit de primeiros socorros com um gesto rápido. Estavam em um dos muitos quartos vazios do Instituto, destinados a membros visitantes da Clave. Cada um contava com uma cama, uma cabeceira e um armário, além de um pequeno banheiro. E, claro, cada qual era equipado com um kit de primeiros socorros: ataduras, cataplasmas e até estelas extras. — Já está muito *"iratzada"*, mas vai demorar até que alguns destes machucados desapareçam. E estas — passou a mão sobre as queimaduras no antebraço de Clary, onde o sangue do demônio havia respingado — provavelmente não desaparecerão por completo até amanhã. Mas se descansar, vão se curar mais depressa.

— Tudo bem. Obrigada, Isabelle. — Clary olhou para as mãos; a direita estava envolta em ataduras, e a camisa ainda estava rasgada e suja de sangue, apesar de os símbolos de Izzy terem curado os cortes abaixo. Supunha que pudesse ter feito os *iratzes* sozinha, mas era bom ter alguém que cuidasse dela, e Izzy, apesar de não ser a pessoa mais calorosa que Clary conhecia, era capaz e gentil quando queria. — E obrigada por aparecer e, você sabe, salvar a minha vida do que quer que aquilo fosse...

— Um demônio Hydra. Já disse. Eles têm muitas cabeças, mas são muito burros. E você não estava se saindo tão mal quando apareci. Gostei do que fez com o *athame*. Pensou bem sob pressão. Isso é tão parte de ser Caçadora de Sombras quanto aprender a abrir buracos com socos. — Isabelle foi para a cama ao lado de Clary e suspirou. — É melhor eu ir e descobrir o que puder sobre a Igreja de Talto antes que o Conclave retorne. Talvez nos ajude a descobrir o que está acontecendo. A coisa do hospital, os bebês... — Ela estremeceu. — Não gosto disso.

Clary havia revelado a Isabelle o máximo possível sobre as razões pelas quais tinha ido à igreja, até mesmo sobre o bebê demônio no hospital, apesar de ter fingido que a desconfiança partira dela, deixando a mãe de fora. Isabelle pareceu nauseada quando Clary descreveu que o bebê parecia normal, exceto pelos olhos negros e as garras no lugar das mãos.

— Acho que estavam tentando fazer outro bebê como... como o meu irmão. Acho que fizeram a experiência em uma pobre mundana — opinou Clary. — Mas ela não aguentou quando a criança nasceu e enlouqueceu. Mas... quem faria uma coisa assim? Um dos seguidores de Valentim? Os que não foram capturados, talvez tentando continuar com a obra dele?

— Talvez. Ou simplesmente uma seita de adoração demoníaca. Existem muitos. Apesar de eu não conseguir imaginar por que alguém ia querer fazer mais criaturas como Sebastian. — A voz assumiu um tom de ódio ao pronunciar o nome dele.

— O nome dele na verdade é Jonathan...

— Jonathan é o nome de Jace — afirmou Isabelle duramente. — Não vou chamar aquele monstro pelo nome do meu irmão. Para mim será sempre Sebastian.

Clary precisava admitir que Isabelle tinha uma bom argumento. Também tinha dificuldades de pensar nele como Jonathan. Supunha que não fosse justo com o verdadeiro Sebastian, mas ninguém o conheceu. Era mais fácil atribuir o nome de um estranho ao filho maldoso de Valentim do que se referir a ele de uma forma que o deixasse mais próximo de sua família, de sua vida.

Isabelle conversava com leveza, mas Clary sabia que a mente da amiga estava trabalhando, percorrendo diversas possibilidades:

— Seja como for, fiquei feliz que tenha me mandado uma mensagem naquela hora. Deu para perceber que alguma coisa estranha estava rolando, e para ser sincera, eu estava entediada. Todo mundo saiu para alguma função secreta com o Conclave, e eu não queria ir, porque Simon vai estar lá, e eu o detesto agora.

— Simon está com o Conclave? — Clary se espantou. Tinha percebido que o Instituto parecia mais vazio do que o normal quando chegaram. Jace, é claro, não estava lá, mas ela não esperava que fosse estar, apesar de não saber o porquê. — Falei com ele hoje de manhã, mas não me contou nada sobre fazer alguma coisa para eles — acrescentou ela.

Isabelle deu de ombros.

— Tem alguma coisa a ver com política de vampiros. É tudo que sei.

— Acha que ele está bem?

Isabelle soou exasperada.

— Ele não precisa mais de sua proteção, Clary. Tem a Marca de Caim. Poderia ser bombardeado, levar um tiro, ser afogado e esfaqueado que continuaria bem. — Olhou severamente para Clary. — Percebi que não me perguntou por que odeio o Simon — declarou. — Presumo que soubesse da vida dupla?

— Sabia — admitiu Clary. — Desculpe.

Isabelle dispensou a confissão com um aceno.

— Você é a melhor amiga dele. Seria estranho se não soubesse.

— Deveria ter contado — disse Clary. — É que... nunca tive a impressão de que você levasse tão a sério a história com Simon, sabe?

Isabelle franziu o rosto.

— Não levava. É que... pensei que *ele* fosse levar a sério, pelo menos. Considerando que sou muita areia para o caminhãozinho dele e tudo mais. Acho que esperava mais dele do que espero de outros caras.

— Talvez — respondeu Clary, baixinho — Simon não devesse sair com alguém que se acha tão melhor do que ele. — Isabelle olhou para Clary, que se sentiu enrubescendo. — Desculpe. Seu relacionamento não é da minha conta.

Isabelle estava enrolando o cabelo em um coque, algo que fazia quando estava tensa.

— Não, não é. Quero dizer, poderia perguntar por que me mandou a mensagem pedindo para encontrá-la na igreja, em vez de para Jace, mas não disse nada. Não sou burra. Sei que tem alguma coisa errada entre vocês, independentemente das sessões passionais de beijos em becos. — Lançou em olhar cheio de significado para Clary. — Vocês já dormiram juntos?

Clary sentiu o sangue fluir para o próprio rosto.

— O quê... Quero dizer, não, mas não sei o que isso tem a ver.

— Não tem nada a ver — respondeu Isabelle, afagando o cabelo no lugar. — Apenas curiosidade lúbrica. Qual é o empecilho?

— *Isabelle...* — Clary ergueu os joelhos, abraçou-os e suspirou. — Nenhum. Só estamos indo devagar. Eu nunca... você sabe.

— Jace já — relatou Isabelle. — Digo, presumo que sim. Não tenho certeza. Mas se algum dia precisar de alguma coisa... — Deixou a frase pairando no ar.

— Precisar de alguma coisa?

— Proteção. Você sabe. É bom tomar cuidado — disse Isabelle. Falava com tanta praticidade como se conversasse sobre botões extras. — O Anjo poderia ter sido suficientemente presciente e nos dar um símbolo anticoncepcional, mas não.

— Claro que eu seria cuidadosa — balbuciou Clary, sentindo as bochechas ruborizarem. — Mas chega. Isso é muito constrangedor.

— Isso é conversa de meninas — afirmou Isabelle. — Só acha que é constrangedor porque passou a vida inteira tendo Simon como único amigo. E não pode conversar com ele sobre Jace. *Isso* seria constrangedor.

— E Jace não disse nada? Sobre o que está incomodando ele? — perguntou Clary, com a voz baixa. — Jura?

— Não precisou — respondeu Isabelle. — A maneira como você vem agindo, e com Jace andando por aí como se alguém tivesse acabado de morrer, não tinha como deixar de notar que algo estava errado. Devia ter vindo conversar comigo antes.

— Ele está bem, pelo menos? — perguntou Clary, bem baixinho.

Isabelle se levantou da cama e olhou para ela.

— Não — disse. — Não está nada bem. E você?

Clary balançou a cabeça.

— Não pensei que estivesse — concluiu Isabelle.

Para surpresa de Simon, Camille, ao ver os Caçadores de Sombras, nem tentou se defender. Gritou e correu para a porta, apenas para congelar ao perceber que estava dia lá fora, e que sair do banco a incineraria rapidamente. Ela exclamou e se encolheu em uma parede, os caninos expostos, um sussurro baixo vindo da garganta.

Simon recuou enquanto os Caçadores de Sombras se agrupavam ao redor, todos vestidos de preto como um bando de corvos; ele viu Jace, a face pálida e dura como mármore branco, cortar com uma espada um dos serventes humanos ao passar por ele, com a casualidade de um pedestre matando uma mosca. Maryse foi na frente, os cabelos negros esvoaçantes fazendo Simon se lembrar de Isabelle. Ela despachou o segundo capanga encolhido com um movimento chicoteado da lâmina serafim, e avançou para cima de

Camille, a lâmina brilhante esticada. Jace estava ao lado dela, e outro Caçador de Sombras — um homem alto com símbolos pretos se enroscando como vinhas nos antebraços —, do outro.

O restante havia se espalhado, todos revistando o banco, varrendo-o com aquelas coisas estranhas que utilizavam — Sensores — e verificando cada canto à procura de atividade demoníaca. Ignoraram os corpos dos serventes humanos de Camille, deitados imóveis sob as piscinas de sangue que já secavam. Também ignoraram Simon. Podia ser apenas mais um pilar, a julgar pela atenção dispensada a ele.

— Camille Belcourt — disse Maryse, a voz ecoando nas paredes de mármore. — Você transgrediu a Lei e está sujeita aos castigos dela. Vai se render e vir conosco ou lutar?

Camille estava chorando, sem fazer qualquer tentativa de cobrir as lágrimas tingidas de sangue. Elas marcavam o rosto pálido com linhas vermelhas enquanto soluçava.

— Walker... e meu arqueiro...

Maryse se espantou. Virou-se para o homem à esquerda.

— Do que ela está falando, Kadir?

— Dos serventes humanos — respondeu. — Acho que está pranteando as mortes.

Maryse acenou com indiferença.

— É contra a Lei tornar humanos serventes.

— Os fiz antes de os integrantes do Submundo serem submetidos às suas malditas leis, sua vaca. Estavam comigo há duzentos anos. Eram como filhos para mim.

A mão de Maryse se apertou sobre o cabo da lâmina.

— O que sabe sobre filhos? — sussurrou. — O que a sua espécie sabe a respeito de qualquer coisa além de destruição?

O rosto sujo de lágrimas de Camille brilhou com triunfo por um instante.

— Eu sabia — disse ela. — O que quer que diga, independentemente das mentiras que conte, detesta a nossa espécie. Não é mesmo?

O rosto de Maryse se enrijeceu.

— Peguem-na — ordenou. — Levem-na ao Santuário.

Jace foi rapidamente até Camille e a segurou; Kadir pegou o outro braço. Juntos, prenderam-na entre eles.

— Camille Belcourt, você está sendo acusada de homicídio de humanos — entoou Maryse. — E do homicídio de Caçadores de Sombras. Será conduzida ao Santuário, onde passará por interrogatório. A pena pelo assassínio de Caçadores de Sombras é a morte, mas é possível que, caso colabore conosco, tenha a vida poupada. Entendeu? — inquiriu Maryse.

Camille balançou a cabeça desafiadoramente.

— Só respondo a um homem — afirmou. — Se não o trouxer até mim, não direi nada. Pode me matar, mas não digo nada.

— Muito bem — disse Maryse. — Que homem é esse?

Camille mostrou os dentes.

— Magnus Bane.

— *Magnus Bane?* — Maryse pareceu estarrecida. — O Alto Feiticeiro do Brooklyn? Por que deseja falar com ele?

— Responderei a ele — repetiu Camille. — Ou não respondo a ninguém.

E assim foi. Não disse mais uma palavra. Enquanto a vampira era arrastada por Caçadores de Sombras, Simon assistia. Não se sentiu triunfante, como achou que se sentiria. Sentia-se vazio e estranhamente enjoado. Olhou para os corpos dos serventes assassinados; também não gostava muito deles, mas as criaturas não pediram para ser o que eram de fato. De certa forma, talvez nem Camille. Mas era um monstro para os Nephilim ainda assim. E talvez não apenas por ter matado Caçadores de Sombras; talvez não houvesse como pensarem nela como outra coisa.

Camille foi empurrada pelo Portal; Jace estava do outro lado, gesticulando impacientemente para que Simon os seguisse.

— Você vem ou não? — chamou.

O que quer que diga, independentemente das mentiras que conte, detesta a nossa espécie.

— Vou — respondeu Simon, e avançou com relutância.

Capítulo 12
SANTUÁRIO

— Para que acha que Camille quer Magnus? — perguntou Simon.

Ele e Jace estavam apoiados na parede dos fundos do Santuário, que era uma sala imensa anexa ao corpo do Instituto por uma passagem. Não era *parte* do Instituto em si; não o haviam consagrado deliberadamente, para que pudesse ser utilizado como um local de retenção para demônios e vampiros. Santuários, Jace informara a Simon, tinham saído um pouco de moda desde a invenção da Projeção, mas em algumas ocasiões encontravam uso para o deles. Aparentemente, esta era uma delas.

Tratava-se de uma sala grande, feita de pedras e pilares, com uma entrada após um conjunto de portas duplas; ela levava ao corredor que ligava a sala ao Instituto. Sulcos imensos no chão de pedra indicavam que o que quer que houvesse sido enjaulado ali ao longo dos anos tinha sido bastante terrível — e grande. Simon não pôde deixar de se perguntar em quantas salas enormes e cheias de pilares teria que passar parte do seu tempo. Camille estava apoiada em uma das colunas, com os braços atrás do corpo e guerreiros Caçadores de Sombras em ambos os lados. Maryse caminhava de um lado para o outro, ocasionalmente conversando com Kadir, claramente tentando bolar alguma espécie de plano. Não havia janelas no local, por razões óbvias, mas tochas de luz enfeitiçada queimavam por todos os lados, conferindo ao cenário um aspecto branco peculiar.

— Não sei — respondeu Jace. — Talvez ela queira dicas de moda.

— Ha — disse Simon. — Quem é aquele sujeito com a sua mãe? Me parece familiar.

— Kadir — explicou. — Provavelmente conheceu o irmão dele, Malik. Morreu no ataque do navio de Valentim. Kadir é a segunda pessoa mais importante no Conclave, depois da minha mãe. Ela confia muito nele.

Enquanto Simon observava, Kadir puxou os braços de Camille para trás ao redor do pilar e os acorrentou pelos pulsos. A vampira soltou um gritinho.

— Metal bento — disse Jace sem qualquer traço de emoção. — Provoca queimaduras neles.

Neles, pensou Simon. *Quer dizer "em vocês". Sou exatamente como ela. Não sou diferente só porque me conhece.*

Camille estava choramingando. Kadir chegou para trás, com o rosto impassível. Símbolos, escuros contra a pele escura, entrelaçavam-se por toda a extensão dos braços e da garganta. Virou-se para dizer alguma coisa a Maryse; Simon escutou as palavras "Magnus" e "mensagem de fogo".

— Magnus outra vez — disse Simon. — Mas ele não está viajando?

— Magnus e Camille são muito velhos — respondeu Jace. — Suponho que não seja estranho que se conheçam. — Deu de ombros, aparentemente sem interesse no assunto. — Seja como for, tenho certeza de que vão acabar convocando Magnus de volta. Maryse quer informações, e quer muito. Sabe que Camille não matou aqueles Caçadores de Sombras apenas por sangue. Existem maneiras mais simples de se obter sangue.

Simon pensou fugazmente em Maureen, e sentiu enjoo.

— Bem — disse, tentando não soar preocupado. — Suponho que isso signifique que Alec vai voltar. Então isso é bom, certo?

— Claro.

A voz de Jace parecia sem vida. Ele também não parecia muito bem; a luz branca no recinto projetava sombras novas e mais acentuadas dos ângulos de suas maçãs do rosto, deixando claro que ele havia emagrecido. As unhas estavam completamente roídas, e havia olheiras escuras sob seus olhos.

— Pelo menos seu plano deu certo — acrescentou Simon, tentando injetar um pouco de alegria no tormento de Jace. Fora sugestão dele que Simon tirasse fotos com o celular e enviasse ao Conclave, o que permitiria que abrissem um Portal até lá. — Foi uma boa ideia.

— Sabia que funcionaria. — Jace parecia entediado com o elogio. Levantou a cabeça quando as portas duplas do Instituto se abriram e Isabelle entrou, os cabelos negros balançando. Olhou em volta, mal prestando atenção em Camille ou nos outros Caçadores de Sombras, e foi em direção a Jace e Simon, as botas estalando no chão de pedra.

— Que história é essa de arrancar os coitados do Magnus e do Alec das férias? — perguntou Isabelle. — Eles tinham entradas para a ópera!

Jace explicou enquanto Isabelle ouvia, com as mãos nos quadris e ignorando Simon por completo.

— Tudo bem — disse, quando Jace acabou. — Mas isso tudo é ridículo. Ela só está tentando ganhar tempo. O que poderia querer dizer a Magnus? — Olhou por cima do ombro para Camille, que agora não estava apenas algemada, mas amarrada com correntes de ouro e prata. Cruzavam o corpo através do tronco, dos joelhos, e até dos calcanhares, deixando-a completamente imóvel. — Aquilo é metal bento?

Jace assentiu.

— As algemas estão alinhadas para proteger os pulsos, mas caso se mova demais... — Emitiu um ruído chiado. Simon, recordando-se de como as próprias mãos queimaram ao tocarem a estrela de Davi na cela em Idris, da forma como a pele sangrou, teve que lutar contra o impulso de gritar com ele.

— Bem, enquanto você estava por aí prendendo vampiros, eu estava ao norte da cidade combatendo um demônio Hydra — relatou Isabelle. — Com Clary.

Jace, que até então havia demonstrado apenas o mínimo interesse no que acontecia ao redor, endireitou-se.

— Com *Clary*? Você a levou para caçar demônios? Isabelle...

— Claro que não. Ela já estava mais do que envolvida na luta quando cheguei.

— Mas como soube...?

— Ela me mandou uma mensagem — respondeu Isabelle. — Então fui. — Examinou as unhas, que estavam, como sempre, perfeitas.

— Mandou mensagem para *você*? — Jace agarrou Isabelle pelo pulso. — Ela está bem? Se machucou?

Isabelle olhou para a mão de Jace segurando seu pulso e depois novamente para o rosto do irmão. Se estava machucando, Simon não sabia dizer, mas o olhar no rosto dela poderia ter cortado vidro, assim como o sarcasmo na voz.

— Sim, está sangrando até a morte lá em cima, mas pensei em não revelar isso de cara porque gosto de fazer suspense.

Jace, como que repentinamente consciente do que estava fazendo, soltou o pulso de Isabelle.

— Ela está aqui?

— Lá em cima — respondeu Isabelle. — Descansando...

Mas Jace já tinha saído, correndo pelas portas de entrada. Atravessou-as e desapareceu. Isabelle, encarando-o de trás, balançou a cabeça.

— Não pode ter esperado que ele fosse agir de forma diferente — disse Simon.

Por um instante ela não disse nada. Simon ficou imaginando se ela planejava ignorá-lo assim por toda a eternidade.

— Eu sei — disse, afinal. — Só queria saber o que está acontecendo com eles.

— Não sei nem se *eles* sabem.

Isabelle estava mordendo o lábio inferior. De repente parecia muito nova, e estranhamente perturbada para os padrões Isabelle. Claramente alguma coisa estava acontecendo, e Simon esperou silenciosamente enquanto a menina aparentava chegar a uma decisão.

— Não quero ficar assim — disse. — Venha. Quero falar com você. — E começou a ir em direção às portas do Instituto.

— Quer? — Simon se espantou.

Isabelle virou e o encarou.

— Agora quero. Mas não posso garantir que vá durar muito.

Simon levantou as mãos.

— Quero falar com você, Iz. Mas não posso entrar no Instituto.

Uma linha apareceu entre as sobrancelhas de Izzy.

— Por quê? — interrompeu-se, olhando dele para as portas, então para Camille e para ele novamente. — Ah, certo. Então como chegou aqui?

— Portal — respondeu. — Mas Jace disse que tem uma entrada que leva a portas que dão lá fora. Para vampiros poderem vir aqui à noite. — Apontou para portas estreitas na parede a alguns metros. Eram fechadas com um pino enferrujado, como se há tempos não fossem utilizadas.

Isabelle deu de ombros.

— Tudo bem.

O pino emitiu um ruído quando ela puxou, espirrando flocos de ferrugem em uma nuvem vermelha. Do outro lado da porta, havia uma pequena sala de pedra, como uma sacristia de igreja, e portas que provavelmente desembocavam do lado de fora. Não havia janelas, mas uma corrente de ar frio entrava pelas bordas das portas, fazendo com que Isabelle, que estava de vestido curto, tremesse.

— Ouça, Isabelle — disse Simon, concluindo que iniciar a discussão era obrigação dele. — Eu realmente sinto muito pelo que fiz. Não tem desculpa...

— Não, não tem — concordou Isabelle. — E já que estamos no assunto, pode esclarecer por que tem andado com o sujeito que Transformou Maia em licantrope.

Simon relatou a história que Jordan havia contado, tentando manter a explicação o mais imparcial possível. Achou que fosse muito importante explicar para ela que de início não sabia quem era Jordan, e também que Jordan se arrependia muito do que fizera.

— Não que justifique — concluiu. — Mas, você sabe... — *todos nós já fizemos coisas ruins.* Não conseguia contar sobre Maureen. Não agora.

— Eu sei — falou Isabelle. — E já ouvi falar no Praetor Lupus. Se o aceitaram como membro, não pode ser um fiasco total, suponho. — Olhou para Simon um pouco mais

539

de perto. — Mas não sei por que precisa de alguém para protegê-lo. Você tem... — Apontou para a própria testa.

— Não posso passar o resto da vida tendo pessoas vindo para cima de mim e sendo explodidas pela Marca — disse Simon. — Tenho que saber quem está tentando me matar. Jordan está ajudando com isso. Jace também.

— Acha mesmo que Jordan está ajudando? Porque a Clave tem influência junto ao Praetor. Podemos substituí-lo.

Simon hesitou.

— Sim — declarou. — Acho que está ajudando. E não posso depender da Clave sempre.

— Tudo bem. — Isabelle se inclinou para trás, contra a parede. — Alguma vez já imaginou por que sou tão diferente dos meus irmãos? — perguntou, sem preâmbulo. — De Alec e Jace, quero dizer.

Simon piscou.

— Além do fato de que você é uma menina e eles... não?

— Não. Não é isso, idiota. Quero dizer, olhe para eles. Não têm nenhum problema em se apaixonarem. Os dois *estão* apaixonados. Do tipo, pra sempre. Já se encontraram. Veja só Jace. Ele ama Clary como... como se não existisse mais nada no mundo, nem nunca mais fosse existir. Com Alec é a mesma coisa. E Max... — A voz falhou. — Não sei como teria sido no caso dele. Mas ele confiava em todo mundo. E como talvez tenha notado, eu não confio em ninguém.

— As pessoas são diferentes — disse Simon, tentando parecer compreensivo. — Não significa que sejam mais felizes do que você...

— Claro que significa — discordou Isabelle. — Pensa que não sei? — Olhou para Simon, fixamente. — Conhece meus pais.

— Não muito bem. — Nunca demonstraram muito interesse em conhecer o namorado vampiro de Isabelle, o que não ajudou a melhorar a impressão de Simon de que ele era apenas mais um em uma longa lista de pretendentes indesejáveis.

— Bem, sabe que os dois faziam parte do Ciclo. Mas aposto que não sabia que foi ideia da minha mãe. Meu pai nunca se entusiasmou muito com Valentim, nem com nada daquilo. E depois, quando tudo aconteceu e foram banidos, perceberam que tinham praticamente destruído as próprias vidas, e acho que ele a culpou. Mas já tinham Alec, e eu ia nascer, então ele ficou, apesar de eu achar que ele queria ir embora. E depois, quando Alec tinha mais ou menos 9 anos, ele conheceu outra pessoa.

— Uau — disse Simon. — Seu pai traiu sua mãe? Isso... isso é horrível.

— Ela me contou — explicou. — Eu tinha mais ou menos 13 anos. Minha mãe falou que ele ia deixá-la, mas descobriram que ela estava grávida de Max, então continuaram juntos, e ele terminou com a outra. Minha mãe não me contou quem era ela. Só falou que não se podia confiar nos homens. E mandou que eu não contasse para ninguém.

— E você? Contou?

— Não até agora — revelou.

Simon pensou em uma Isabelle mais nova, guardando o segredo, jamais confiando-o a ninguém, escondendo dos irmãos. Sabendo coisas sobre a família que eles jamais saberiam.

— Ela não deveria ter pedido isso — falou, subitamente furioso. — Não foi justo.

— Talvez — respondeu Isabelle. — Achei que me fazia ser especial. Não pensei em como poderia ter me mudado. Mas vejo meus irmãos entregando os respectivos corações e penso *não sabem que não deveriam fazer isso?* Corações são frágeis. E acho que mesmo quando a pessoa se cura, ela nunca mais volta a ser como era antes.

— Talvez fique melhor — disse Simon. — Sei que eu fiquei.

— Está falando de Clary — concluiu. — Porque ela partiu seu coração.

— Em pedacinhos. Sabe, quando alguém prefere o próprio irmão a você, não é como receber uma injeção no ego. Achei que talvez quando percebesse que jamais daria certo com Jace, desistiria e voltaria para mim. Mas finalmente percebi que ela nunca deixaria de amá-lo, independentemente de dar certo ou não. E entendi que se só estava comigo por não poder ficar com ele, preferia ficar sozinho, então terminei.

— Não sabia que você tinha terminado — disse Isabelle. — Presumi...

— Que eu não tivesse amor-próprio? — Simon sorriu ironicamente.

— Achei que ainda estivesse apaixonado por Clary — falou. — E que não conseguisse ter nada sério com mais ninguém.

— Porque você escolhe caras que jamais terão nada sério com você — disse Simon. — Para nunca precisar ter nada sério com eles.

Os olhos de Isabelle brilharam quando olhou para ele, mas não disse nada.

— Gosto de você — disse Simon. — Sempre gostei.

Ela deu um passo em direção a ele. Estavam relativamente próximos na pequena sala, e Simon conseguia escutar a respiração de Isabelle e os batimentos do coração. Tinha cheiro de xampu, suor, perfume de gardênia e sangue de Caçadora de Sombras.

Pensar em sangue fez com que se lembrasse de Maureen, e seu corpo ficou tenso. Isabelle percebeu — claro, era uma guerreira, tinha os sentidos extremamente aguçados e detectava os mais discretos movimentos nos outros — e recuou, a própria expressão enrijecendo.

— Muito bem — disse ela. — Bom, fico feliz que tenhamos conversado.

— Isabelle...

Mas ela já tinha se retirado. Ele foi atrás pelo Santuário, mas ela era rápida. Quando a porta da sacristia se fechou atrás dele, ela já tinha atravessado metade do salão. Simon desistiu e observou enquanto ela desaparecia para o Instituto, sabendo que não podia segui-la.

Clary sentou, balançando a cabeça para espantar o torpor. Levou um instante para se lembrar de onde estava — em um quarto no Instituto, cuja única luz no recinto vinha da luminosidade que penetrava pela única janela alta. Era uma luz azul — luz de crepúsculo. Estava enrolada em um cobertor; a calça jeans, o casaco e os sapatos arrumados em uma cadeira perto da cama. E ao seu lado, Jace, olhando para ela como se o tivesse conjurado de um sonho.

Ele estava sentado na cama com uniforme de combate, como se tivesse acabado de chegar de uma luta, e o cabelo bagunçado; o brilho fraco da janela iluminando as olheiras, os vãos nas têmporas, os ossos das bochechas. Sob esta luz tinha a beleza extrema e quase irreal de uma pintura de Modigliani, cheio de planos alongados e angulosos.

Clary esfregou os olhos, piscando para espantar o sono.

— Que horas são? — perguntou. — Quanto tempo...

Ele a puxou para perto e beijou-a e, por um instante, Clary congelou, subitamente consciente de que só trajava uma camiseta fina e roupa íntima. Em seguida ela relaxou. Foi o tipo de beijo demorado que deixava seu corpo tão mole quanto água. O tipo de beijo capaz de fazê-la achar que não havia nada errado, que estava tudo como antes, e ele só estava feliz em vê-la. Mas quando as mãos de Jace alcançaram a bainha da camiseta para levantá-la, Clary o empurrou.

— Não — disse, envolvendo o pulso dele com os dedos. — Não pode me agarrar toda vez que me vê. Não serve como substituto para conversa.

Com a respiração entrecortada, ele disse:

— Por que você mandou uma mensagem para Isabelle e não para mim? Se estava com problemas...

— Porque sabia que ela iria — respondeu. — E não sei quanto a você. Não neste momento.

— Se tivesse acontecido alguma coisa...

— Aí você teria ficado sabendo. Você sabe, quando se dignasse a atender ao telefone. — Ainda estava segurando os pulsos de Jace; soltou-os nesse momento e chegou para trás. Era difícil, fisicamente difícil, estar tão perto dele e não tocá-lo, mas forçou as mãos para baixo, ao lado do corpo, e as manteve lá. — Ou me fala o que está acontecendo ou pode sair do quarto.

A boca dele se abriu, mas ele não disse nada; Clary não era tão severa com Jace havia muito tempo.

— Desculpe — respondeu ele, afinal. — Quero dizer, sei que pelo jeito que tenho agido, você não tem razão alguma para me ouvir. E provavelmente não devia ter entrado aqui. Mas quando Isabelle contou que se machucou, não pude me conter.

— Algumas queimaduras — disse Clary. — Nada importante.

— Tudo que acontece com você é importante para mim.

— Bem, isso certamente explica o motivo de não ter me ligado nenhuma vez. E na última vez em que o vi, fugiu sem me dizer por quê. É como namorar um fantasma.

A boca de Jace subiu ligeiramente no canto.

— Não exatamente. Isabelle já namorou um fantasma. Ela poderia contar...

— Não — disse Clary. — Foi uma metáfora. E você sabe exatamente o que estou querendo dizer.

Por um instante, Jace ficou em silêncio. Em seguida se pronunciou:

— Deixe-me ver as queimaduras.

Clary esticou os braços. Tinha machas vermelhas no interior dos pulsos onde o sangue do demônio havia pingado. Ele pegou os pulsos dela muito levemente, olhando para ela para pedir permissão primeiro, e então virando-os. Ela se lembrou da primeira vez em que a tocara, na rua, do lado de fora do Java Jones, examinando suas mãos, procurando Marcas que não possuía.

— Sangue de demônio — falou. — Daqui a algumas horas somem. Está doendo?

Clary balançou a cabeça.

— Não sabia — disse ele. — Não sabia que precisava de mim.

A voz de Clary tremeu.

— Sempre preciso.

Ele abaixou a cabeça e beijou a queimadura no pulso. Uma onda de calor passou por ela, como um espinho quente do pulso até a ponta do estômago.

— Não percebi — disse ele.

Beijou a queimadura seguinte, no antebraço, e a próxima, subindo pelo braço e o ombro, a pressão do corpo dele empurrando-a para trás até que estivesse deitada sobre os travesseiros, olhando para ele. Jace se apoiou sobre os cotovelos para não esmagá-la com o próprio peso, e encarou-a.

Os olhos de Jace sempre escureciam quando se beijavam, como se o desejo mudasse a cor de algum jeito primitivo. Tocou a marca branca de estrela no ombro de Clary, a que os dois tinham, que os marcava como filhos daqueles que tiveram contato com anjos.

— Sei que tenho andado estranho ultimamente — declarou. — Mas não é você. Eu te amo. Isso nunca muda.

— Então o quê...?

— Acho que tudo que aconteceu em Idris; Valentim, Max, Hodge, até mesmo Sebastian... Sufoquei tudo, tentando esquecer, mas as coisas estão me alcançando. Eu... vou procurar ajuda. Vou melhorar. Prometo.

— Promete.

— Juro pelo Anjo. — Abaixou a cabeça, beijando a bochecha de Clary. — Não, que diabos. Juro por *nós dois*.

Clary enrolou os dedos na manga da camisa de Jace.

— Por que nós dois?

— Porque não existe nada em que eu acredite mais. — Ele inclinou a cabeça para o lado. — Se nos casássemos... — começou, e deve ter sentido que ela ficou tensa, pois sorriu. — Não entre em pânico, não estou te pedindo em casamento. Só estava imaginando o que você sabia sobre casamentos de Caçadores de Sombras.

— Não usam anéis — respondeu Clary, passando os dedos pela nuca dele, onde a pele era macia. — Apenas símbolos.

— Um aqui — prosseguiu Jace, tocando gentilmente o braço de Clary com a ponta do dedo, onde estava a cicatriz. — E outro aqui. — Deslizou o dedo pelo braço dela, passando pela clavícula, até repousá-lo no coração acelerado da menina. — O ritual vem da Canção de Salomão: "Põe-me como selo sobre o teu coração, como um selo sobre o teu braço: porque o amor é tão forte quanto a morte."

— O nosso é mais forte do que isso — sussurrou Clary, lembrando-se de como o trouxera de volta. E desta vez, quando os olhos de Jace escureceram, ela esticou o braço e o puxou em direção à própria boca.

Beijaram-se por um longo tempo, até quase toda a luz sumir do quarto e restarem apenas sombras. Mas Jace não moveu as mãos nem tentou tocá-la; Clary sentiu que ele estava esperando permissão.

Percebeu que ela teria que se encarregar de levar adiante, se quisesse — e *queria*. Jace tinha admitido que alguma coisa estava errada, e que não tinha nada a ver com ela. Era um progresso: um progresso positivo. Precisava ser recompensado, certo? Um sorriso torto se esboçou na beira da boca de Clary. A quem estava enganando? Queria por ela. Porque ele era Jace, porque o amava, porque era tão lindo que às vezes achava que precisava cutucá-lo, apenas para se certificar de que ele era real.

E foi exatamente isso que fez.

— Ai — reagiu Jace. — Por que fez isso?

— Tire a camisa — sussurrou. Tentou alcançar a bainha, mas Jace foi mais rápido, levantando-a sobre a cabeça e jogando-a casualmente no chão. Ele sacudiu o cabelo, e ela quase esperou que os fios dourados espalhassem faíscas pela escuridão do quarto.

— Sente-se — disse Clary suavemente. Seu coração estava acelerado. Não era comum assumir o papel de condutora nestas situações, mas Jace não parecia se incomodar. Sentou-se lentamente, puxando-a consigo até que os dois estivessem sentados entre os lençóis amontoados. Ela subiu no colo dele, colocando as pernas uma de cada lado dos quadris. Agora estavam cara a cara. Clary o escutou respirando fundo, e ele ergueu as mãos, alcançado a camiseta dela, mas ela as abaixou novamente, com suavidade, colocando-as nos lados do corpo dele e posicionando as próprias mãos sobre Jace em vez disso. Observou os próprios dedos deslizarem sobre o peito e os braços dele, o inchaço dos bíceps onde as Marcas pretas se entrelaçavam, a marca em forma de estrela no ombro. Passou o indicador na linha entre os músculos do peitoral, na barriga tanquinho. Os dois estavam arfando quando ela alcançou o fecho da calça dele, mas ele não se moveu, apenas olhou para ela com uma expressão que dizia: *o que você quiser*.

Com o coração acelerado, abaixou as mãos para a barra da própria camisa e a tirou sobre a cabeça. Desejou que estivesse usando um sutiã melhor — este era branco e de algodão — mas quando olhou novamente para a expressão de Jace, o pensamento evaporou. Ele estava com os lábios abertos, os olhos quase pretos; podia se ver refletida neles e percebeu que ele não ligava se o sutiã era branco, preto ou verde neon. Só o que ele via era ela.

Clary então alcançou as mãos de Jace, pegando-as e colocando-as na própria cintura, como se dissesse *pode me tocar agora*. Ele inclinou a cabeça para cima, e a boca de Clary desceu para a dele, então começaram a se beijar novamente, mas desta vez de maneira feroz em vez de lenta, com um fogo quente e acelerado. As mãos de Jace estavam febris: nos cabelos de Clary, no corpo, puxando-a para baixo de modo que ficasse deitada embaixo dele, e enquanto as peles nuas deslizavam juntas, ela teve plena consciência de que não havia nada entre eles além dos jeans, do sutiã e da calcinha. Passou as mãos nos cabelos sedosos e desgrenhados, segurando a cabeça do namorado enquanto ele a beijava até a garganta. *Até onde vamos? O que estamos fazendo?*, perguntava uma pequena parte do cérebro, mas o restante da mente berrava para que esta parte se calasse. Queria continuar tocando-o, beijando-o. Queria que ele a segurasse, e saber que era real, que estava aqui com ela e que jamais sumiria novamente.

Os dedos dele encontraram o fecho do sutiã. Clary ficou tensa. Os olhos de Jace eram grandes e brilhantes na escuridão, o sorriso lento.

— Tudo bem?

Clary assentiu. A respiração vinha veloz. Ninguém na vida jamais a vira sem sutiã — nenhum *menino*, pelo menos. Como se sentisse o nervosismo dela, amparou o rosto gentilmente com uma das mãos, provocando seus lábios com os próprios, tocando-os suavemente até que todo o corpo de Clary parecesse estar explodindo de tensão. A mão direita calejada e de dedos longos acariciou a bochecha dela, em seguida o ombro, acalentando-a. Mas ainda estava tensa, esperando que a outra mão voltasse ao fecho do sutiã, lhe tocasse novamente, mas ele parecia estar alcançando alguma coisa atrás dele próprio — o que estava *fazendo*?

Clary de repente pensou no que Isabelle havia dito sobre tomar cuidado. *Ah*, pensou. Enrijeceu um pouco e recuou.

— Jace, não tenho certeza se...

Viu um flash prateado na escuridão, e algo frio e afiado cortou a lateral do seu braço. Por um instante só o que sentiu foi surpresa — em seguida, dor. Puxou as mãos para trás, piscando, e viu uma linha de sangue escuro escorrendo na pele onde um corte superficial se estendia do ombro ao cotovelo.

— Ai — disse, mais por irritação do que por surpresa. — O que...

Jace saiu de cima dela e da cama com um único movimento. De súbito estava no meio do quarto, sem camisa, com o rosto branco como osso.

Com a mão no braço ferido, Clary começou a sentar.

— Jace, o que...

Interrompeu-se. Na mão esquerda ele tinha uma faca — a faca de cabo prateado que ela vira na caixa do pai. Havia uma linha fina de sangue na lâmina.

Olhou para a própria mão e levantou os olhos novamente para ele.

— Não entendo...

Ele abriu a mão, e a faca caiu no chão. Por um segundo pareceu que fosse correr outra vez, como fizera no dia do bar. Então desabou no chão e pôs a cabeça entre as mãos.

— Gostei dela — disse Camille quando as portas se fecharam atrás de Isabelle. — Me lembra um pouco de mim mesma.

Simon se virou para olhar para ela. O Santuário estava pouquíssimo iluminado, mas conseguia vê-la claramente, com as costas no pilar, as mãos amarradas atrás. Um Caçador de Sombras montava guarda perto das portas do Instituto, mas ou não ouviu ou não estava interessado em Camille.

Simon aproximou-se dela. As amarras que a prendiam exerciam um estranho fascínio nele. Metal bento. A corrente parecia brilhar suavemente contra a pele pálida, e ele teve a impressão de estar vendo alguns fios de sangue pingando em torno das algemas nos pulsos.

— Ela não é nada como você.

— Isso é o que você pensa. — Camille inclinou a cabeça para o lado; os cabelos louros pareciam artisticamente arranjados ao redor do rosto, apesar de ele saber que ela não tinha como ter tocado neles. — Você os ama tanto — afirmou —, seus amigos Caçadores de Sombras. Como o falcão ama o mestre que o prende e cega.

— As coisas não são assim — disse Simon. — Caçadores de Sombras e integrantes do Submundo não são inimigos.

— Nem pode entrar na casa deles — argumentou. — É excluído. E, no entanto, ansioso em servi-los. Ficaria ao lado deles contra sua própria espécie.

— Não tenho espécie — respondeu Simon. — Não sou um deles. Mas também não sou um de vocês. E prefiro ser como eles a ser como você.

— É um de nós. — Camille se mexeu impacientemente, batendo as correntes, e soltou uma pequena exclamação de dor. — Tem uma coisa que não lhe disse, no banco. Mas é verdade. — Deu um sorriso rígido em meio à dor. — Sinto cheiro de sangue humano em você. Alimentou-se recentemente. De um mundano.

Simon sentiu alguma coisa saltar dentro de si.

— Eu...

— Foi maravilhoso, não? — Os lábios vermelhos se curvaram. — A primeira vez que não sentiu fome desde que virou vampiro.

— Não — disse Simon.

— Está mentindo. — Havia convicção na voz de Camille. — Eles tentam nos fazer lutar contra nossa natureza, os Nephilim. Só nos aceitam se fingirmos que somos diferentes do que de fato somos: caçadores e predadores. Seus amigos nunca aceitarão o que é, apenas o que finge ser. O que faz por eles, jamais fariam por você.

— Não sei por que está se incomodando com isto — falou Simon. — O que está feito, está feito. Não vou soltá-la. Fiz minha escolha. Não quero o que me ofereceu.

— Talvez não agora — respondeu Camille suavemente. — Mas vai querer. Vai querer.

O Caçador de Sombras que estava de guarda recuou quando a porta abriu e Maryse entrou. Vinha acompanhada de duas figuras imediatamente familiares a Simon: o irmão de Isabelle, Alec e o namorado, o feiticeiro Magnus Bane.

Alec estava com um terno preto; Magnus, para surpresa de Simon, vestia algo semelhante, acrescido de um cachecol branco de seda com franjas nas pontas e um par de luvas brancas. Os cabelos estavam arrepiados como sempre, mas pela primeira vez não estavam cheios de purpurina. Camille, ao vê-lo, ficou imóvel.

Magnus não parecia ter visto a vampira ainda; estava ouvindo Maryse que dizia, um tanto desconfortavelmente, que tinham sido gentis em virem tão depressa.

— Realmente não os esperávamos até amanhã, na melhor das hipóteses.

Alec emitiu um ruído abafado de irritação e olhou para o nada. Não parecia nem um pouco feliz em estar ali. Fora isso, pensou Simon, ele parecia o mesmo de sempre — mesmo cabelo preto, mesmos olhos azuis firmes —, apesar de haver um aspecto mais relaxado que não tinha antes, como se tivesse crescido de algum jeito.

— Felizmente tem um Portal perto da Ópera de Viena — disse Magnus, jogando o cachecol sobre o ombro de maneira expressiva. — Assim que recebemos o recado, corremos para cá.

— Ainda não sei o que isso tem a ver conosco — contestou Alec. — Então caçaram uma vampira que estava aprontando alguma. Não é o que sempre fazem?

Simon sentiu o estômago revirar. Olhou para Camille e viu que ela estava rindo dele, mas com os olhos fixos em Magnus.

Alec, olhando para Simon pela primeira vez, enrubesceu. Era sempre muito perceptível, devido à pele muito pálida.

— Desculpe, Simon. Não estava falando de você. Você é diferente.

Pensaria assim se tivesse me visto ontem à noite, me alimentando do sangue de uma menina de 14 anos?, ponderou Simon. Mas não disse nada, apenas assentiu para Alec.

— Ela é relevante para a nossa atual investigação sobre as mortes de três Caçadores de Sombras — esclareceu Maryse. — Precisamos de informações dela, e ela só fala com Magnus Bane.

— Sério? — Alec olhou para Camille com um interesse confuso. — Só com Magnus?

Magnus seguiu os olhos de Alec e, pela primeira vez — ou pelo menos foi esta a impressão de Simon —, olhou diretamente para Camille. Alguma coisa crepitou entre eles, uma espécie de energia. A boca de Magnus se elevou em um sorriso nostálgico.

— Sim — respondeu Maryse, uma expressão confusa passando por seu rosto ao perceber o olhar entre o feiticeiro e a vampira. — Isto é, se Magnus aceitar.

— Aceito — declarou, tirando as luvas. — Falo com Camille para vocês.

— Camille? — Alec olhou para Magnus com as sobrancelhas erguidas. — Então a conhece? Ou... ela o conhece?

— Nos conhecemos. — Magnus deu de ombros singelamente, como se dissesse *o que se pode fazer?* — Ela já foi minha namorada.

Capítulo 13

GAROTA ENCONTRADA MORTA

—Sua namorada? — Alec parecia estarrecido. Maryse também. Simon não podia dizer que ele próprio não estava. — Você namorou uma *vampira*? Uma *mulher* vampira?

— Foi há 130 anos — disse Magnus. — Não a vejo desde então.

— Por que não me contou? — inquiriu Alec.

Magnus suspirou.

— Alexander, faz centenas de anos que estou vivo. Já estive com homens, com mulheres, com fadas, feiticeiros e vampiros, e até mesmo um ou dois gênios. — Olhou de lado para Maryse, que aparentava estar levemente horrorizada. — Revelei demais?

— Tudo bem — disse ela, apesar parecer um pouco descorada. — Preciso discutir uma coisa com Kadir um instante. Já volto. — Chegou para o lado, juntando-se a Kadir, então desapareceram por uma entrada. Simon recuou alguns passos também, fingindo analisar um dos vitrais atentamente, mas sua audição vampiresca era suficientemente boa para que pudesse ouvir cada palavra que Magnus e Alec diziam um ao outro, querendo ou não. Camille também estava escutando, sabia. Estava com a cabeça inclinada para o lado enquanto ouvia, os olhos pesados e pensativos.

— *Quantas outras* pessoas? — perguntou Alec. — Mais ou menos.

Magnus balançou a cabeça.

— Não sei quantas, e não tem importância. A única coisa importante é o que sinto por você.

— Mais de cem? — indagou Alec. O rosto de Magnus não demonstrava expressão. — *Duzentas?*

— Não posso acreditar que estamos tendo esta conversa agora — disse Magnus, a ninguém em particular. Simon estava inclinado a acreditar, e desejou que não estivessem conversando na frente dele.

— Por que tantas? — Os olhos de Alec estavam muito claros à pouca luz. Simon não sabia dizer se ele estava irritado. Não *soava* irritado, apenas intenso, mas Alec era uma pessoa contida, e talvez isto fosse o mais irritado que ficasse. — Enjoa das pessoas depressa?

— Eu vivo eternamente — Magnus respondeu, baixinho. — Mas ninguém mais vive.

Alec aparentava ter sido agredido.

— Então você fica com elas enquanto estão vivas, depois encontra outra?

Magnus não disse nada. Olhou para Alec, os olhos brilhando como os de um gato.

— Preferia que eu passasse a eternidade sozinho?

A boca de Alec estremeceu.

— Vou encontrar Isabelle — declarou, e sem mais uma palavra virou e voltou para o Instituto.

Magnus observou-o partir com olhos tristes. Não uma tristeza humana, pensou Simon. Seus olhos pareciam conter uma tristeza centenária, como se as bordas afiadas da tristeza humana tivessem sido desgastadas e suavizadas pelo efeito do tempo, do jeito que a água do mar gastava pontas afiadas de vidro.

Como se soubesse o que Simon estava pensando, Magnus o olhou de lado.

— Ouvindo a conversa alheia, vampiro?

— Não gosto quando me chamam assim — disse Simon. — Tenho um nome.

— Suponho que seja melhor eu lembrar. Afinal de contas, daqui a cem, duzentos anos, seremos só nós dois. — Magnus olhou pensativamente para Simon. — Só sobraremos nós.

A ideia fez Simon se sentir como se estivesse em um elevador que havia se soltado das amarras repentinamente e começado a cair, mil andares abaixo. Já tinha pensado nisso, é claro, mas sempre afastara o pensamento. A noção de que permaneceria com 16 anos enquanto Clary crescia, Jace crescia, todos os conhecidos cresciam e tinham filhos e nada mudaria para ele era grande e terrível demais para ser contemplada.

Ter 16 anos para sempre parecia bom até que se parasse para pensar de fato. Então não parecia mais um grande prospecto.

Os olhos de gato de Magnus eram de um verde dourado claro.

— Encarar a eternidade — disse Magnus. — Não é tão divertido, é?

Antes que Simon pudesse responder, Maryse estava de volta.

— Onde está Alec? — perguntou confusa, olhando ao redor.

— Foi ver Isabelle — respondeu Simon antes que Magnus precisasse se pronunciar.

— Muito bem. — Maryse alisou a frente do blazer, apesar de não estar amarrotado. — Se não se importa...

— Falo com Camille — disse Magnus. — Mas quero fazer isso sozinho. Se quiser me esperar no Instituto, posso encontrá-la quando acabar.

Maryse hesitou.

— Sabe o que perguntar?

O olhar de Magnus tinha total firmeza.

— Sei como conversar com ela, sim. Se estiver disposta a dizer alguma coisa, dirá a mim.

Ambos pareciam ter se esquecido de que Simon estava lá.

— Devo sair também? — perguntou ele, interrompendo o campeonato de troca de olhares.

Maryse olhou para ele, meio distraída.

— Ah, sim. Obrigada pela ajuda, Simon, mas não precisamos mais de você. Pode ir para casa, se desejar.

Magnus não disse nada. Simon deu de ombros, virou-se e foi para a porta que levava à sacristia e à saída. Na porta pausou e olhou para trás. Maryse e Magnus continuavam conversando, apesar de o guarda já estar mantendo a porta do Instituto aberta, pronto para se retirar. Apenas Camille parecia se lembrar da presença de Simon. Estava sorrindo para ele do pilar, os lábios curvados nos cantos, os olhos brilhando como uma promessa.

Simon saiu e fechou a porta.

— Acontece toda noite. — Jace estava sentado no chão, as pernas levantadas, as mãos entre os joelhos. Tinha posto a faca na cama ao lado de Clary; a menina manteve uma mão sobre o objeto enquanto ele falava, mais para reconfortá-lo do que por precisar se defender. Toda a energia parecia ter se esvaído de Jace, e mesmo a voz soava vazia e distante enquanto conversava, como se falasse de longe. — Sonho que você entra no meu quarto e nós... começamos a fazer o que estávamos fazendo. E aí eu te machuco. Corto, enforco ou esfaqueio, e você morre, me olhando com esses olhos verdes enquanto sua vida se esvai em sangue entre minhas mãos.

— São apenas sonhos — disse Clary, suavemente.

— Acabou de ver que não são — discordou Jace. — Eu estava completamente acordado quando peguei a faca.

Clary sabia que ele estava certo.

— Tem medo de estar enlouquecendo?

Ele balançou a cabeça lentamente. O cabelo caiu no olho e ele o puxou para trás. Os cabelos de Jace tinham crescido demais; fazia algum tempo que não os cortava, e Clary ficou imaginando se seria porque não se importava. Como pôde não prestar mais atenção às olheiras, às unhas roídas e a aparência completamente exausta do namorado? Esteve tão preocupada pensando se ele ainda a amava ou não que não teve olhos para mais nada.

— Não estou tão preocupado com isso, sinceramente — disse. — Fico preocupado em machucá-la. Estou preocupado que qualquer que seja o veneno invadindo meus sonhos vá penetrar minha vida e eu... — Sua garganta pareceu fechar.

— Jamais me machucaria.

— Essa faca estava *na minha mão*, Clary. — Olhou para ela, e em seguida desviou o olhar. — Se machucá-la... — interrompeu-se. — Caçadores de Sombras morrem jovens, muitas vezes — disse. — Todos nós sabemos disso. E você quis ser Caçadora de Sombras, e eu jamais a impediria, pois não é minha competência dizer o que deve fazer com sua vida. Principalmente quando corro os mesmos riscos. Que espécie de pessoa eu seria se dissesse que não tem problema arriscar a minha vida, mas a sua tem? Então pensei em como seria para mim se você morresse. Aposto que já pensou nisso.

— Sei como seria — disse Clary, lembrando-se do lago, da espada e do sangue de Jace se espalhando pela areia. Ele havia morrido, e o Anjo o trouxera de volta, mas aqueles haviam sido os piores minutos de sua vida. — Queria morrer. Mas sabia o quão decepcionado ficaria se eu simplesmente desistisse.

Ele deu um meio sorriso.

— E pensei a mesma coisa. Se você morresse, eu não ia querer viver. Mas não me mataria, pois o que quer que aconteça conosco depois da morte, quero estar com você. E se eu me matasse, sei que nunca mais falaria comigo. Em vida nenhuma. Então viveria e tentaria fazer alguma coisa com a minha vida, até poder estar novamente com você. Mas se *eu* te machucasse, se *eu* fosse a causa da sua morte, nada me impediria de me destruir.

— Não diga isso. — Clary se sentiu gelada até os ossos. — Jace, devia ter me contado.

— Não podia. — A voz soou seca, definitiva.

— Por que não?

— Achei que fosse Jace Lightwood — falou. — Pensei que fosse possível que minha criação não tivesse me afetado. Mas agora fico imaginando se talvez as pessoas não sejam capazes de mudar. Talvez eu sempre vá ser Jace Morgenstern, filho de Valentim. Ele me criou, durante dez anos, e talvez essa mancha não saia nunca mais.

— Acha que isto é por causa do seu pai — disse Clary, e o pedaço da história que Jace contou uma vez passou por sua cabeça: *amar é destruir*. E em seguida lhe ocorreu o quanto era estranho chamar Valentim de pai de Jace, quando o sangue dele corria em suas veias, e não nas do namorado. Mas nunca sentiu por Valentim o que uma pessoa sentiria por um pai. Ao contrário de Jace. — E não queria que eu soubesse?

— Você é tudo que quero — declarou. — E talvez Jace Lightwood mereça tudo que deseja. Mas Jace Morgenstern não. Em algum lugar de mim, sei disso. Ou não estaria tentando destruir o que temos.

Clary respirou profunda e lentamente.

— Não acho que esteja tentando.

Jace levantou a cabeça e piscou.

— O que quer dizer?

— Acha que é psicológico — explicou Clary. — Que tem alguma coisa errada com você. Bem, eu não acho. Acho que tem alguém fazendo isso com você.

— Eu não...

— Ithuriel me mandava sonhos — contou Clary. — Talvez alguém esteja te fazendo sonhar.

— Ithuriel enviou sonhos para tentar ajudar. Para guiá-la até a verdade. Qual é o objetivo destes sonhos? São doentios, sem significado, sádicos...

— Talvez tenham algum significado — disse Clary. — De repente o significado não é o que pensa. Ou talvez o responsável pelo envio esteja tentando machucá-lo.

— Quem faria isso?

— Alguém que não goste muito da gente — respondeu Clary, e afastou uma imagem da Rainha Seelie.

— De repente — falou Jace suavemente, olhando para as próprias mãos. — Sebastian...

Então ele também não quer chamá-lo de Jonathan, pensou Clary. Não o culpava. Também era o nome dele.

— Sebastian está morto — disse, um pouco mais abrupta do que pretendia. — E se ele tivesse este tipo de poder, teria utilizado antes.

Dúvida e esperança pareceram lutar na expressão de Jace.

— Realmente acha que outra pessoa poderia estar fazendo isso?

O coração de Clary batia acelerado. Não *tinha* certeza; queria tanto que fosse verdade, mas se não fosse, teria dado esperança a Jace à toa. Teria dado esperança *aos dois*.

Mas então teve a sensação de que fazia tempo que Jace não se sentia esperançoso em relação a nada.

— Acho que devemos ir até a Cidade do Silêncio — disse. — Os Irmãos podem entrar na sua cabeça e descobrir se alguém andou mexendo nela. Como fizeram comigo.

Jace abriu a boca e fechou novamente.

— Quando? — perguntou, finalmente.

— Agora — respondeu Clary. — Não quero esperar. Você quer?

Ele não respondeu; apenas se levantou e pegou a camisa. Olhou para Clary, quase sorrindo.

— Se vamos até a Cidade do Silêncio, é melhor se vestir. Quero dizer, eu gosto do visual calcinha e sutiã, mas não sei se os Irmãos do Silêncio vão gostar. Só sobraram alguns, e não quero que morram de emoção.

Clary se levantou da cama e jogou um travesseiro nele, principalmente de alívio. Alcançou as roupas e começou a vestir a camisa. Logo antes de passá-la sobre a cabeça, viu a faca sobre a cama, brilhando como um raio de chama prateada.

— Camille — disse Magnus. — Quanto tempo, não?

Ela sorriu. A pele parecia mais pálida do que o feiticeiro lembrava, e veias escuras e difusas começavam a aparecer sob a superfície. O cabelo ainda tinha cor de prata, e os olhos eram verdes como os de um gato. Continuava linda. Ao olhar para ela, transportou-se para Londres novamente. Viu o lampião e sentiu o cheiro de fumaça, sujeira e cavalos, o gosto metálico da névoa, as flores no Kew Gardens. Viu um menino com cabelos negros e olhos azuis como os de Alec. Uma menina com longos cachos castanhos e um semblante sério. Em um mundo onde tudo o deixava eventualmente, Camille era uma das poucas constantes remanescentes.

E lá estava ela.

— Senti sua falta, Magnus — disse.

— Não, não sentiu. — Ele sentou-se no chão do Santuário. Sentiu o frio das pedras através das roupas. Ficou feliz por ter pegado o cachecol. — Então, por que o recado para mim? Tentando ganhar tempo?

— Não. — Inclinou-se para a frente, as correntes tilintando. Ele quase conseguia escutar o chiado de onde o metal bento tocava a pele dos pulsos. — Ouvi coisas a seu respeito, Magnus. Ouvi que está sob a proteção dos Caçadores de Sombras atualmente. Ouvi que conquistou o amor de um deles. O menino com quem estava conversando, suponho. Mas seus gostos sempre foram diversificados.

— Tem ouvido boatos a meu respeito — disse Magnus. — Mas poderia ter simplesmente me perguntado. Durante todos estes anos estive no Brooklyn, nada longe, e nunca tive notícias suas. Nunca a vi em uma das minhas festas. Havia um muro de gelo entre nós dois, Camille.

— *Eu* não o construí. — Os olhos verdes se arregalaram. — Sempre o amei.

— Você me deixou — disse. — Fez de mim um bichinho de estimação e depois me abandonou. Se o amor fosse comida, eu teria passado fome com os ossos que me deu.

— Falava com naturalidade. Fazia muito tempo.

— Mas tínhamos toda a eternidade — protestou Camille. — Devia saber que eu voltaria para você...

— Camille — falou Magnus, com total paciência. — O que *quer*?

O peito dela subiu e desceu rapidamente. Como não tinha necessidade de respirar, Magnus sabia que era apenas um efeito.

— Sei que tem os ouvidos dos Caçadores de Sombras — falou. — Quero que fale com eles a meu favor.

— Quer que arrume um acordo para você — traduziu Magnus.

Ela fixou os olhos nele.

— Sua linguagem sempre foi lamentavelmente moderna.

— Estão dizendo que matou três Caçadores de Sombras — disse Magnus. — Matou?

— Eram membros do Ciclo — revelou, o lábio inferior tremendo. — Mataram e destruíram minha espécie no passado...

— Foi por isso? Vingança? — Quando ela ficou calada, Magnus disse: — Sabe o que fazem com aqueles que matam Nephilim, Camille.

Os olhos de Camille se acenderam.

— Preciso que interceda por mim, Magnus. Quero imunidade. Quero uma promessa assinada da Clave de que se eu der informações, pouparão minha vida; e me libertarão.

— Nunca vão libertá-la.

— Então nunca saberão por que seus colegas tiveram que morrer.

— *Tiveram* que morrer? — ponderou Magnus. — Colocação interessante, Camille. Estou certo em concluir que há mais do que os olhos podem ver? Mais do que sangue ou vingança.

Camille se manteve em silêncio, olhando para ele, o peito subindo e descendo artisticamente. Tudo nela era artístico — a cascata de cabelos prateados, a curva da garganta, até o sangue nos pulsos.

— Se quer que converse com eles por você — disse Magnus —, precisa, no mínimo, me contar alguma coisinha. Uma demonstração de boa-fé.

Ela sorriu alegremente.

— Sabia que falaria com eles, Magnus. Sabia que o passado não estava completamente morto para você.

— Considere-o vivo se quiser — respondeu Magnus. — E a verdade, Camille?

A vampira passou a língua pelo lábio inferior.

— Pode revelar a eles — disse — que estava cumprindo ordens quando matei aqueles Caçadores de Sombras. Não me incomodei em fazê-lo, afinal mataram minha espécie, e foram mortes merecidas. Mas não faria a não ser que alguém ordenasse, alguém muito mais poderoso do que eu.

O coração de Magnus acelerou. Não estava gostando daquilo.

— Quem?

Mas Camille balançou a cabeça.

— Imunidade, Magnus.

— Camille...

— Vão me levar para o sol e me deixar morrer — disse. — É o que fazem com quem mata os Nephilim.

Magnus se levantou. O cachecol estava empoeirado por ter tocado o chão. Olhou pesarosamente para as manchas.

— Farei o que puder, Camille. Mas não posso prometer.

— Jamais prometeria — murmurou, com olhos semicerrados. — Venha cá, Magnus. Aproxime-se de mim.

Ele não a amava, mas ela era um sonho do passado, então se aproximou até que pudesse tocá-la.

— Lembra — disse suavemente. — Lembra-se de Londres? Das festas de De Quincey? Lembra-se de Will Herondale? Sei que sim. Aquele seu menino, aquele Lightwood. São até parecidos.

— São? — disse Magnus, como se jamais tivesse pensado a respeito.

— Meninos bonitos sempre foram sua ruína — declarou. — Mas o que uma criança mortal pode oferecer? Dez anos? Vinte, antes de a ruptura alcançá-los? Quarenta, cinquenta anos, antes de a morte levá-los. Posso lhe dar toda a eternidade.

Magnus tocou a bochecha de Camille. Era mais fria do que o chão.

— Podia me dar o passado — disse, um pouco triste. — Mas Alec é meu futuro.

— Magnus... — começou.

A porta do Instituto se abriu. Maryse estava na entrada, contornada pela luz enfeitiçada atrás. Ao seu lado, Alec, com os braços cruzados. Magnus ficou imaginando se Alec teria escutado a conversa entre ele e Camille através da porta... Certamente não?

— Magnus — disse Maryse Lightwood. — Chegaram a algum acordo?

Magnus abaixou a mão.

— Não tenho certeza se chamaria de acordo — disse, voltando-se para Maryse. — Mas acho que temos alguns assuntos a discutir.

Vestida, Clary foi com Jace até o quarto dele, onde arrumou uma pequena bolsa de lona com coisas para levar até a Cidade do Silêncio; como se, pensou, estivesse indo a uma sombria festa do pijama. Eram armas, essencialmente — algumas lâminas serafim, a estela de Jace, e, quase como uma decisão de última hora, a faca de cabo prateado, com a lâmina agora limpa. Jace vestiu uma jaqueta de couro preta, e ela observou enquanto ele fechava o zíper, soltando mechas de cabelo dourado do colarinho. Quando virou para olhar para ela, passando a bolsa pelo ombro, deu um sorriso frágil, e ela viu a lasca singela no incisivo esquerdo da frente que sempre achara adorável; um pequeno defeito em uma aparência que do contrário seria perfeita. Seu coração se contraiu, e por um instante desviou os olhos dele, mal conseguindo respirar.

Jace estendeu a mão para ela.

— Vamos.

Não havia como convocar os Irmãos do Silêncio para buscarem-nos, então Jace e Clary pegaram um táxi em direção a Houston e ao Cemitério de Mármore. Clary achou que poderiam ter atravessado um Portal até a Cidade dos Ossos — já tinha ido lá antes, sabia como era —, mas Jace falou que havia regras para tais coisas, e Clary não conseguia espantar a sensação de que os Irmãos do Silêncio poderiam achar grosseiro.

Jace se sentou ao lado dela no banco de trás do táxi, segurando uma de suas mãos e traçando desenhos com os dedos. Isto a distraía, mas não o suficiente para impedir que prestasse atenção enquanto ele contava sobre o que vinha acontecendo com Simon, a história de Jordan, a captura de Camille, e a exigência da vampira em ver Magnus.

— Simon está bem? — perguntou, preocupada. — Não sabia. Ele esteve no Instituto e sequer o vi...

— Não esteve no Instituto; só no Santuário. E parece estar bem. Melhor do que eu imaginava para alguém que há tão pouco tempo era mundano.

— Mas o plano parece perigoso. Digo, Camille; ela é completamente louca, não é?

Jace passou os dedos nas juntas de Clary.

— Precisa parar de pensar em Simon como o menino mundano que conhecia. O que vivia precisando ser salvo. Está quase impossibilitado de se ferir. Não viu aquela Marca que deu a ele em ação. Eu vi. É como a fúria de Deus visitando o mundo. Deveria se sentir orgulhosa.

Ela estremeceu.

— Não sei. Fiz porque tinha que fazer, mas não deixa de ser uma maldição. E não sabia que ele estava passando por tudo isso. Não me falou nada. Sabia que Isabelle e Maia tinham descoberto tudo, mas nem imaginava sobre Jordan. Que era ex-namorado de Maia, nem... nada. — *Porque não perguntou. Estava ocupada demais se preocupando com Jace. Nada legal.*

— Bem — disse Jace —, contou para ele o que está acontecendo com *você*? Porque é uma via de mão dupla.

— Não. Na verdade, não falei para ninguém — revelou Clary, e contou a Jace sobre a ida com Luke e Maryse à Cidade do Silêncio, do que descobriram no necrotério do Beth Israel e a subsequente descoberta da Igreja de Talto.

— Nunca ouvi falar — comentou. — Mas Isabelle tem razão, existem todos os tipos de seitas demoníacas bizarras por aí. A maioria nunca consegue de fato invocar um. Parece que essa conseguiu.

— Acha que o demônio que matamos era o que estavam idolatrando? Acha que agora talvez... parem?

Jace balançou a cabeça.

— Aquele foi só um demônio Hydra, uma espécie de cão de guarda. Além disso, "ninguém que vai a ela voltará". Parece um demônio fêmea. E são as seitas que idolatram demônios femininos que normalmente fazem coisas horríveis com bebês. Têm todos os tipos de ideias distorcidas sobre fertilidade e crianças. — Acomodou-se para trás no assento, semicerrando os olhos.

— Tenho certeza de que o Conclave irá até a igreja verificar, mas aposto vinte contra um que não vão encontrar nada. Vocês mataram o demônio-guarda, então a seita vai limpar tudo e se livrar das provas. Talvez tenhamos que esperar até arrumarem um lugar novo.

— Mas... — O estômago de Clary se embrulhou. — Aquele bebê. E as fotos que vi no livro. Acho que vão tentar fazer mais crianças como... como Sebastian.

— Não podem — disse Jace. — Injetaram sangue de demônio em um bebê humano, o que é péssimo, sim. Mas só se arruma alguma coisa como Sebastian se utilizar sangue de demônio em crianças Caçadoras de Sombras. Em vez disso, o neném morreu. — Jace apertou singelamente a mão dela, para confortá-la. — Não são boas pessoas, mas não imagino que tentarão novamente, considerando que não deu certo.

O táxi freou cantando pneu na esquina da Houston com a Second Avenue.

— O taxímetro está quebrado — disse o motorista. — Dez dólares.

Jace, que em outras circunstâncias provavelmente teria feito algum comentário sarcástico, deu uma nota de vinte ao motorista e saltou, segurando a porta aberta para Clary.

— Está pronta? — perguntou, enquanto se dirigiam ao portão de ferro que levava à Cidade.

Clary assentiu.

— Não posso dizer que minha última visita tenha sido muito legal, mas, sim, estou pronta. — Pegou a mão dele. — Desde que estejamos juntos, estou pronta para qualquer coisa.

Os Irmãos do Silêncio estavam esperando por eles na entrada da Cidade, quase como se aguardassem a visita. Clary reconheceu o Irmão Zachariah em meio ao grupo. Estavam em uma fila silenciosa, bloqueando a entrada da Cidade a Clary e Jace.

Por que vieram aqui, filha de Valentim e filho do Instituto? Clary não tinha certeza quanto a qual deles falava em sua cabeça, ou se eram todos. *Não é comum crianças entrarem na Cidade do Silêncio sem supervisão.*

A designação "crianças" doeu, apesar de Clary saber que no que se referia a Caçadores de Sombras, todos os menores de 18 anos eram crianças e sujeitos a regras diferentes.

— Precisamos de ajuda — respondeu Clary quando ficou claro que Jace não ia dizer nada. Estava olhando de um Irmão do Silêncio para o outro com uma indiferença curiosa, como alguém que já tivesse recebido incontáveis diagnósticos terminais de diferentes médicos, e agora, chegando ao fim da linha, aguardava sem muita esperança o veredito de um especialista. — Não é essa a função de vocês; ajudar Caçadores de Sombras?

No entanto, não somos serventes à sua disposição. E nem todos os problemas fazem parte da nossa jurisdição.

— Mas este faz — argumentou Clary com firmeza. — Acredito que alguém esteja invadindo a mente de Jace, alguém poderoso, e mexendo com as lembranças e os sonhos dele. Fazendo com que faça coisas que não quer.

Hipnomancia, disse um dos Irmãos do Silêncio. *A magia dos sonhos. Território somente dos maiores e mais poderosos usuários de magia.*

— Como os anjos — concordou Clary, e foi recompensada com um silêncio rígido e surpreso.

Talvez, disse o Irmão Zachariah, finalmente, *devessem vir conosco até as Estrelas Falantes.* Não se tratava de um convite, claramente, mas de uma ordem, pois viraram-se imediatamente e começaram a caminhar para o coração da Cidade, sem esperar para ver se Jace e Clary seguiram.

Chegaram ao pavilhão das Estrelas Falantes, onde os Irmãos assumiram seus lugares atrás da mesa preta de pedra de basalto. A Espada Mortal estava de volta ao lugar, brilhando na parede atrás deles como a asa de um pássaro prateado. Jace foi para o centro do recinto e olhou para a estampa de estrelas metálicas cauterizadas nos azulejos vermelhos e dourados no chão. Clary olhou para ele, com dor no coração. Era difícil vê-lo assim, com toda a energia ardente de sempre apagada, como luz enfeitiçada sufocando sob uma coberta de cinzas.

Ele então levantou a cabeça loura, piscando, e Clary soube que os Irmãos do Silêncio estavam se manifestando na mente dele, dizendo palavras que ela não podia ouvir. Viu Jace balançando a cabeça e o escutou falando:

— Não sei. Achei que não passassem de sonhos comuns. — A boca de Jace então enrijeceu, e Clary não pôde deixar de imaginar o que estariam perguntando. — Visões? Acho que não. Sim, encontrei o Anjo, mas foi Clary que teve os sonhos proféticos. Não eu.

Clary ficou tensa. Estavam muito perto de perguntar sobre o que acontecera com Jace e o Anjo naquela noite perto do Lago Lyn. Não tinha pensado nisso. Quando os Irmãos do Silêncio entravam na sua mente, o que viam? Só o que estavam procurando? Ou tudo?

Jace então assentiu.

559

— Tudo bem. Estou pronto se vocês estiverem.

Fechou os olhos, e Clary, assistindo, relaxou um pouco. Deve ter sido assim para Jace, pensou, quando ele a viu nesta posição na primeira vez em que os Irmãos do Silêncio investigaram sua mente. Enxergou detalhes que não havia notado naquela ocasião, pois estava envolvida nas redes das mentes dos Irmãos e na própria, passeando pelas lembranças, alheia ao mundo.

Viu Jace enrijecer completamente, como se o tivessem tocado com as mãos. A cabeça foi para trás. As mãos, nos lados do corpo, se abriram e fecharam, enquanto as estrelas no chão brilhavam com uma luz prateada. Clary piscou, afastando lágrimas causadas pela claridade; Jace era um contorno escuro contra uma folha de prata luminosa a ponto de quase cegar, como se estivesse no coração de uma cachoeira. Ao redor deles havia um ruído, um sussurro suave e incompreensível.

Enquanto Clary observava, ele caiu de joelhos, as mãos apoiadas no chão. Seu coração apertou. Quando os Irmãos do Silêncio estiveram na cabeça dela, quase desmaiou, mas Jace era mais forte, não era? Ele lentamente se curvou, com as mãos na barriga e agonia em cada linha do rosto, apesar de não ter soltado nenhum grito. Clary não aguentou mais — correu na direção dele através dos lençóis de luz e se ajoelhou ao lado do namorado, jogando os braços ao redor de seu corpo. As vozes sussurradas ao redor elevaram-se a uma tempestade de protestos quando Jace virou a cabeça e olhou para ela. A luz prateada havia desaparecido dos olhos do rapaz, que estavam lisos e brancos como ladrilhos de mármore. Os lábios formaram o nome de Clary.

E então sumiu... a luz, o som, tudo, e eles ficaram ajoelhados juntos no chão, cercados por silêncio e sombra. Jace estava tremendo, e quando as mãos dele se soltaram, Clary viu que estavam sangrando onde as unhas haviam rasgado a pele. Ainda segurando-o pelo braço, ela olhou para os Irmãos do Silêncio, lutando contra a própria raiva. Sabia que era o equivalente a sentir raiva de um médico que precisava administrar um tratamento doloroso, porém necessário. Mas era difícil — tão difícil — ser razoável quando se trata de alguém que amava.

Existe algo que não nos contou, Clarissa Morgenstern, disse o Irmão Zachariah. *Um segredo que vocês dois estão retendo.*

Uma mão gelada se fechou em torno do coração de Clary.

— O que quer dizer?

A marca da morte está neste rapaz. Era outro Irmão falando; Enoch, supôs Clary.

— Morte? — disse Jace. — Quer dizer que vou morrer? — Não parecia muito surpreso.

Queremos dizer que esteve morto. Passou pelo portal para os reinos de sombra, teve a alma descolada do corpo.

Clary e Jace trocaram um olhar. Ela engoliu em seco.

— O Anjo Raziel... — começou Clary.

Sim, a marca dele está por todo o corpo do menino também. A voz de Enoch não tinha emoção. *Só existem duas maneiras de trazer de volta os mortos. A forma da necromancia: a magia negra de sino, livro e vela. Isso devolve uma ilusão de vida. Mas somente um Anjo da própria mão direita de Deus poderia devolver uma alma humana ao corpo com a mesma facilidade com que a vida foi dada ao primeiro dos homens.* Balançou a cabeça. *O equilíbrio entre vida e morte, entre bem e mal, é delicado, jovens Caçadores de Sombras. Vocês o perturbaram.*

— Mas Raziel é o Anjo — disse Clary. — Pode fazer o que quiser. Vocês os idolatram, não? Se ele escolheu fazer isto...

Escolheu?, perguntou outro Irmão. *Ele escolheu?*

— Eu... — Clary olhou para Jace. *Eu poderia ter pedido qualquer coisa no universo. Paz mundial, a cura de uma doença, vida eterna. Mas a única coisa que queria era você.*

Conhecemos o ritual dos Instrumentos, disse Zachariah. *Sabemos que aquele que os possui, que é o seu Senhor, pode fazer um pedido ao Anjo. Não acho que poderia ter recusado.*

Clary empinou o queixo.

— Bem — disse ela —, já está feito.

Jace deu uma risada sem alegria.

— Podem me matar, você sabe — declarou. — Restaurar o equilíbrio.

As mãos de Clary apertaram o braço dele.

— Não seja ridículo. — Mas a voz saiu fraca.

Ficou ainda mais tensa quando Zachariah se afastou do grupo de Irmãos do Silêncio e se aproximou deles, os pés deslizando silenciosamente até as Estrelas Falantes. Alcançou Jace, e Clary teve que lutar contra o impulso de empurrá-lo quando se ajoelhou e colocou os longos dedos sob o queixo de Jace, erguendo sua cabeça para perto da própria. Os dedos de Zachariah eram esguios, sem linhas: dedos de um jovem. Nunca tinha parado para pensar na idade dos Irmãos do Silêncio antes, presumindo que fossem todos alguma espécie de velhos encarquilhados.

Jace, ajoelhado, olhou de baixo para Zachariah, que olhava para ele com sua expressão cega e impassível. Clary não pôde deixar de pensar em pinturas medievais de santos ajoelhados, olhando para o alto, os rostos inundados de luz dourada brilhante.

Queria ter estado aqui, disse a voz surpreendentemente suave, *quando estava crescendo. Teria enxergado a verdade em seu rosto, Jace Lightwood, e sabido quem era.*

Jace pareceu confuso, mas não se afastou.

Zachariah se virou para os outros.

Não podemos e tampouco devemos machucar o menino. Laços antigos existem entre os Herondale e os Irmãos. Devemos ajuda a ele.

— Ajuda com o quê? — perguntou Clary. — Está enxergando alguma coisa errada com ele, alguma coisa dentro da cabeça?

Quando um Caçador de Sombras nasce, um ritual é executado, diversos feitiços de proteção são colocados sobre a criança, pelos Irmãos do Silêncio e pelas Irmãs de Ferro.

As Irmãs de Ferro, Clary sabia por causa dos estudos, eram a seita irmã dos Irmãos do Silêncio; ainda mais reservadas que eles, responsabilizavam-se pela fabricação das armas dos Caçadores de Sombras.

O Irmão Zachariah continuou.

Quando Jace morreu e depois foi reerguido, ele nasceu uma segunda vez, despido destas proteções e rituais. Deve tê-lo deixado tão aberto quanto uma porta destrancada — sujeito a qualquer tipo de influência demoníaca ou mal-intencionada.

Clary lambeu os lábios secos.

— Possessão, quer dizer?

Possessão, não. Influência. Desconfio que um poder demoníaco forte sussurre aos seus ouvidos, Jonathan Herondale. Você é forte e o combate, mas isso te desgasta como o oceano desgasta a areia.

— Jace — sussurrou ele, através de lábios brancos. — Jace Lightwood, não Herondale.

Clary, prendendo-se aos aspectos práticos, disse:

— Como pode ter certeza de que se trata de um demônio? E o que podemos fazer para que o deixe em paz?

Enoch, soando pensativo, falou:

O ritual deve ser executado novamente, as proteções aplicadas uma segunda vez, como se ele tivesse acabado de nascer.

— Podem fazer isso?

Zachariah inclinou a cabeça.

Pode ser feito. As preparações precisam ser realizadas, uma das Irmãs de Ferro convocadas, um amuleto fabricado... Interrompeu-se. *Jonathan precisa ficar conosco até que o ritual seja completo. Este é o lugar mais seguro para ele.*

Clary olhou novamente para Jace, procurando uma expressão — qualquer expressão — de esperança, alívio, alegria, qualquer coisa. Mas o rosto estava impassível.

— Por quanto tempo? — perguntou.

Zachariah abriu as mãos.

Um dia, talvez dois. O ritual é feito para bebês; teremos que mudá-lo, modificá-lo para funcionar com um adulto. Se tivesse mais de 18 anos, seria impossível. Como é, já será difícil. Mas não está além de qualquer salvação.

Não está além de qualquer salvação. Não era o que Clary esperava; queria ouvir que o problema era simples, que seria facilmente resolvido. Olhou para Jace. Estava com a cabeça abaixada, os cabelos caindo para a frente; a nuca parecia tão vulnerável para ela que fez com que seu coração doesse.

— Tudo bem — disse ela suavemente. — Eu fico aqui com você...

Não. Os Irmãos se pronunciaram como um grupo, as vozes inexoráveis. *Ele deve ficar aqui sozinho. Para o que precisamos fazer, ele não pode se dar o luxo de se deixar distrair.*

Clary sentiu o corpo de Jace enrijecer. Na última vez em que ele tinha estado sozinho na Cidade do Silêncio, havia sido injustamente aprisionado, testemunhado as mortes terríveis da maioria dos Irmãos do Silêncio, e atormentado por Valentim. Não podia imaginar que a ideia de outra noite sozinho na Cidade fosse algo menos do que terrível para ele.

— Jace — sussurrou Clary. — Faço qualquer coisa que queira. Se quiser ir...

— Eu fico — disse. Tinha levantado a cabeça, e a voz saiu forte e clara. — Fico. Faço o que tiver que fazer para consertar isso. Só preciso que ligue para Izzy e Alec. Diga a eles... diga que estou na casa de Simon para ficar de olho nele. Diga que os vejo amanhã ou depois.

— Mas...

— Clary. — Gentilmente, Jace pegou as mãos dela e segurou-as entre as dele. — Você tinha razão. Alguma coisa está *fazendo* isto comigo. Conosco. Sabe o que isso significa? Se posso ser... curado... não precisarei ter medo de mim quando estiver perto de você. Passaria mil noites na Cidade do Silêncio para isso.

Clary se inclinou para a frente, sem se incomodar com a presença dos Irmãos do Silêncio, e o beijou; um rápido toque dos próprios lábios nos dele.

— Voltarei — sussurrou ela. — Amanhã à noite, depois da festa nos Grilhões, volto para vê-lo.

A esperança nos olhos dele foi o suficiente para quebrar o coração de Clary.

— Talvez até lá já esteja curado.

Ela tocou o rosto dele com as pontas dos dedos.

— Talvez esteja.

Simon acordou ainda se sentindo exausto após uma longa noite de pesadelos. Rolou para ficar de costas e olhou para a luz que entrava pela janela solitária do quarto.

Não pôde deixar de imaginar se dormiria melhor caso fizesse o que faziam os outros vampiros e dormisse durante o dia. Apesar de o sol não lhe causar nenhum mal, sentia o apelo das noites, o desejo de sair sob o céu escuro e as estrelas brilhantes. Havia algo nele que queria viver nas sombras — assim como havia algo que queria sangue. E veja no que lutar contra *isso* tinha dado.

Levantou-se cambaleando e se vestiu, então foi até a sala. O local cheirava a torrada e café. Jordan estava sentado em um dos bancos à bancada, os cabelos arrepiados como sempre, os ombros encolhidos.

— Oi — cumprimentou Simon. — E aí?

Jordan olhou para ele. Estava pálido por baixo do bronzeado.

— Temos um problema — revelou.

Simon piscou. Não via o colega de apartamento lobisomem desde o dia anterior. Voltara do Instituto e desmaiara de exaustão. Jordan não estava em casa, e Simon concluiu que estivesse trabalhando. Mas talvez alguma coisa tivesse acontecido.

— O que houve?

— Puseram isto embaixo da nossa porta. — Jordan empurrou um jornal dobrado para Simon. Era o *New York Morning Chronicle*, dobrado em uma das páginas. Havia uma foto terrível perto do topo, uma imagem granulosa de um corpo em uma calçada, membros magros curvados em ângulos estranhos. Mal parecia humano, como acontecia às vezes com cadáveres. Simon estava prestes a perguntar para Jordan por que tinha que olhar para isso quando o texto abaixo da foto captou seu olhar.

GAROTA ENCONTRADA MORTA

A polícia diz que está investigando pistas sobre a morte de Maureen Brown, de 14 anos, cujo corpo foi encontrado na noite de domingo, às 23 horas, enfiado em uma lata de lixo do lado de fora da lanchonete Big Apple Deli, na Third Avenue. Apesar de nenhuma causa de morte oficial ter sido liberada pelo médico legista, o dono do estabelecimento, Michael Garza, que encontrou o corpo, disse que a garganta da menina estava cortada. A polícia ainda não localizou nenhuma arma...

Sem conseguir continuar lendo, Simon desabou em uma cadeira. Agora que sabia, a foto era claramente de Maureen. Reconheceu as mangas de arco-íris, o chapéu cor-de-rosa bobo que estava usando quando a viu pela última vez. *Meu Deus*, queria dizer. *Ah, Deus.* Mas nenhuma palavra saiu.

— Aquele bilhete não dizia — indagou Jordan, com a voz gelada — que se não fosse àquele endereço, cortariam a garganta da sua namorada?

— Não — sussurrou Simon. — Não é possível. Não.

Mas lembrava.

A amiga da priminha do Eric. Como ela chama? A que gosta do Simon. Ela vai a todos os nossos shows e diz para todo mundo que é namorada dele.

Simon se lembrou do telefone cor-de-rosa e cheio de adesivos e da forma como o segurou para tirar uma foto deles. Da sensação da mão dela em seu ombro, leve como uma borboleta. Catorze anos. Encolheu-se, cruzando os braços sobre o peito, como se conseguisse se encolher o suficiente até desaparecer.

Capítulo 14
QUAIS SONHOS PODEM VIR

Jace se mexeu desconfortavelmente na cama estreita da Cidade do Silêncio. Não sabia onde os Irmãos dormiam, e eles não pareciam inclinados a revelar. O único lugar que parecia haver para ele deitar era em uma das celas abaixo da Cidade, onde normalmente mantinham os prisioneiros. Deixaram a porta aberta para que ele não sentisse tanto como se estivesse preso, mas o lugar não poderia ser qualificado como agradável nem com muito esforço.

O ar era abafado e espesso; Jace tinha tirado a camisa e deitado por cima das cobertas apenas de jeans, mas ainda estava com muito calor. A cor das paredes era cinzenta. Alguém havia marcado as letras *JG* na pedra logo acima de sua cama, deixando a ele a tarefa de imaginar o que significaria — e não havia nada no recinto além da cama, um espelho quebrado que lhe devolvia o reflexo em pedaços distorcidos, e a pia. Sem falar nas lembranças mais do que desagradáveis que o quarto despertava.

Os Irmãos entraram e saíram de sua mente a noite inteira, até que estivesse se sentindo como um pano torcido. Como eram tão reservados em relação a tudo, Jace não tinha a menor ideia de se estava tendo algum progresso ou não. Não pareciam satisfeitos, mas também, nunca pareciam.

O verdadeiro teste, sabia, seria dormir. Com que sonharia? *Dormir, sonhar talvez*. Rolou, enterrando o rosto nos braços. Não achava que pudesse suportar mais nenhum sonho em que machucasse Clary. Acreditava que poderia enlouquecer de fato, e a ideia o apavorava. O prospecto de morrer nunca o assustou tanto, mas pensar em enlouquecer era quase a pior coisa que poderia imaginar. No entanto, dormir era a única forma de saber. Fechou os olhos e se forçou a dormir.

Conseguiu, e sonhou.

Estava no vale — no vale em Idris onde lutou contra Sebastian e quase morreu. Era outono, e não verão, como quando estivera lá pela última vez. As folhas explodiam em ouro, castanho avermelhado, laranja e vermelho. Estava perto da margem do pequeno rio — um riacho, na verdade — que cortava o vale ao meio. Ao longe, vindo em sua direção, havia alguém, alguém que ainda não conseguia enxergar com clareza, mas o ritmo da pessoa era direto e intencional.

Tinha tanta certeza de que era Sebastian que só quando a figura chegou perto o bastante para que enxergasse com clareza, percebeu que não podia ser. Sebastian era alto, mais do que Jace, mas esta pessoa era pequena — a face estava coberta por sombras, mas era uma cabeça ou duas mais baixa do que ele — e magra, com os ombros finos da infância, pulsos ossudos saindo das mangas curtas demais da camisa.

Max.

A imagem do irmão caçula atingiu Jace como um golpe, e ele caiu de joelhos sobre a grama verde. A queda não o machucou. Tudo tinha os amortecimentos do sonho que era. Max tinha a aparência de sempre. Um menino de joelhos nodosos prestes a crescer e deixar aquela fase criancinha. Agora jamais aconteceria.

— Max — disse Jace. — Max, sinto tanto.

— Jace. — Max continuou onde estava. Uma lufada de vento soprou e levantou os cabelos castanhos do rosto do menino. Os olhos, por trás dos óculos, mostravam-se muito sérios. — Não estou aqui por minha causa — disse. — Não estou aqui para assombrá-lo ou fazer com que se sinta culpado.

Claro que não está, disse uma voz na mente de Jace. *Max apenas o amou, sempre, o admirou, o achava maravilhoso.*

— Os sonhos que vem tendo — disse Max. — São recados.

— Os sonhos são influência de um demônio, Max. Os Irmãos do Silêncio disseram...

— Estão errados — interrompeu Max. — Só restaram poucos deles agora, e seus poderes estão mais fracos do que costumavam ser. Estes sonhos querem dizer alguma coisa. Você interpretou errado. Não estão mandando machucar Clary. Estão avisando que já está machucando.

Jace balançou a cabeça lentamente.

— Não entendo.

— Os anjos me mandaram para conversar com você porque o conheço — disse Max, com a voz infantil clara. — Sei como é com as pessoas que ama, e jamais as machucaria intencionalmente. Mas ainda não destruiu toda a influência de Valentim em você. A voz dele sussurra, e você acha que não ouve, mas ouve. Os sonhos estão afirmando que até matar essa parte de você, não pode ficar com Clary.

— Então a matarei — disse Jace. — Farei o que precisar. Só me diga como.

Max deu um sorriso luminoso e entregou alguma coisa que trazia na mão. Uma adaga de cabo prateado — aquela de Stephen Herondale, a que estava na caixa. Jace reconheceu de cara.

— Pegue isto — instruiu Max. — E volte-a contra si mesmo. A parte de você que está comigo no sonho tem que morrer. O que restará depois estará purificado.

Jace pegou a faca.

Max sorriu.

— Ótimo. Muitos de nós aqui do outro lado nos preocupamos com você. Seu pai está aqui.

— Valentim não...

— Seu verdadeiro pai. Ele me disse para orientá-lo a utilizar isto. Cortará tudo que há de podre na sua alma.

Max sorriu como um anjo, e Jace virou a faca contra si, com a lâmina para dentro. Então, no último segundo, hesitou. Era próximo demais do que Valentim havia feito com ele, perfurando-o no coração. Pegou a lâmina e fez uma incisão no antebraço direito, do cotovelo ao pulso. Não sentiu dor. Trocou a faca para a mão direita e fez o mesmo com o outro braço. Sangue explodiu dos longos cortes nos braços, de um vermelho mais brilhante do que sangue de verdade, sangue da cor de rubis. Derramou-se por seus braços e pingou na grama.

Ouviu Max respirar suavemente. O menino se curvou e tocou o sangue com os dedos da mão direita. Quando os levantou, brilhavam escarlates. Deu um passo na direção de Jace, e depois mais um. Perto assim, Jace enxergava claramente o rosto de Max — a pele infantil sem poros, a transparência das pálpebras, os olhos... — Jace não se lembrava dos olhos dele serem tão escuros. Max colocou a mão no peito de Jace, logo acima do coração, e com o sangue começou a traçar um desenho, um símbolo. Um que Jace nunca tinha visto, com cantos que se sobrepunham e ângulos estranhos na forma.

Quando terminou, Max abaixou a mão e recuou, a cabeça inclinada para o lado como um artista examinando seu trabalho mais recente. Uma pontada de agonia passou por Jace de repente. Parecia que a pele do peito estava queimando. Max ficou olhando, sorrindo, flexionando a mão sangrenta.

— Dói, Jace Lightwood? — disse, e a voz não era mais a de Max, mas algo diferente, alto, rouco e familiar.

— Max — sussurrou Jace.

— Como causou dor, também deve recebê-la — disse Max, cujo rosto havia começado a brilhar e mudar. — Como causou pesar, também deve senti-lo. Agora é meu, Jace Lightwood. É meu.

A dor cegava. Jace se encolheu para a frente, com as mãos fechadas sobre o peito, e caiu na escuridão.

Simon estava sentado no sofá, o rosto nas mãos. A mente em alvoroço.

— É minha culpa — disse. — É como se tivesse matado Maureen enquanto bebia o sangue. Está morta por minha causa.

Jordan esparramou-se na poltrona diante dele. Estava de jeans e uma camiseta verde sobre uma blusa térmica com buracos nos punhos; colocou os polegares neles e começou a esgarçar o tecido. A medalha de ouro do Praetor Lupus que tinha no pescoço brilhava.

— Ah, vai — falou. — Você não tinha como saber. Ela estava bem quando a coloquei no táxi. Estes caras devem ter pegado e matado ela mais tarde.

Simon estava tonto.

— Mas eu a mordi. Ela não vai voltar, certo? Não vai ser vampira?

— Não. Qual é, você sabe estas coisas tão bem quanto eu. Teria que ter dado um pouco de sangue para que ela se tornasse vampira. Se ela tivesse bebido o *seu* sangue e depois morrido, sim, estaríamos no cemitério vigiando. Mas não bebeu. Digo, presumo que fosse se lembrar de algo assim.

Simon sentiu um gosto amargo de sangue no fundo da garganta.

— Eles acharam que ela fosse minha namorada — falou. — Avisaram que a matariam se eu não aparecesse, e quando não fui, cortaram a garganta dela. Deve ter passado o dia esperando, imaginando se eu apareceria. Torcendo para que aparecesse... — Seu estômago embrulhou, e ele se curvou, arfando e tentando não vomitar.

— É — disse Jordan —, mas a pergunta é: quem são *eles*? — Fixou os olhos em Simon. — Acho que talvez seja hora de ligar para o Instituto. Não amo os Caçadores de Sombras, mas sempre soube que têm arquivos incrivelmente completos. Talvez consigam alguma coisa com o endereço do bilhete.

Simon hesitou.

— Vamos — disse Jordan. — Você faz um monte de troço para eles. Deixe que façam alguma coisa por você.

Simon deu de ombros e foi buscar o telefone. Voltando para a sala, discou o número de Jace. Isabelle atendeu no segundo toque.

— Você de novo?

— Desculpe — respondeu Simon, sem jeito. Aparentemente o interlúdio no Santuário não a suavizara tanto quanto esperava. — Estava procurando o Jace, mas suponho que possa falar com você...

— Um amor, como sempre — disse Isabelle. — Pensei que ele estivesse com você.

— Não. — Simon sentiu um ligeiro desconforto. — Quem disse?

— Clary — respondeu. — Talvez estejam se escondendo juntos, ou coisa do tipo. — Não parecia preocupada, o que fazia sentido; a última pessoa que mentiria em relação à localização de Jace se ele estivesse correndo perigo seria Clary. — Seja como for, Jace deixou o telefone no quarto. Se o vir, lembre que tem que ir à festa nos Grilhões hoje à noite. Clary vai matar ele, se não aparecer.

Simon tinha quase se esquecido de que *ele* deveria comparecer à festa.

— Tudo bem — disse ele. — Isabelle, ouça, temos um problema aqui.

— Desembucha. Adoro problemas.

— Não sei se vai adorar este — comentou, incerto, e relatou rapidamente a situação. Ela se espantou ligeiramente na parte em que ele falou sobre ter mordido Maureen, e Simon sentiu a garganta apertar.

— Simon — sussurrou ela.

— Eu sei, eu sei — disse, miseravelmente. — Acha que não sinto muito? Lamento além da conta.

— Se tivesse matado ela, teria transgredido a Lei. Seria um criminoso. Eu teria que *te* matar.

— Mas não matei — falou, a voz tremendo um pouco. — Não fiz isso. Jordan jura que ela estava bem quando a pôs no táxi, e o jornal diz que a garganta dela tinha sido cortada. Não fui *eu* que fiz isso. Alguém fez para me atingir. Só não sei por quê.

— Ainda não terminamos com esse assunto. — A voz soou severa. — Mas primeiro vá buscar o bilhete que deixaram. Leia para mim.

Simon obedeceu, e foi recompensado ao ouvir Isabelle inspirando profundamente.

— Achei que o endereço soasse familiar — falou. — Foi lá que Clary me mandou encontrá-la ontem. É uma igreja, ao norte da cidade. A sede de alguma espécie de seita de adoração demoníaca.

— O que uma seita de adoração demoníaca ia querer comigo? — perguntou Simon, e recebeu um olhar curioso de Jordan, que só estava escutando metade da conversa.

— Não sei. Você é um Diurno. Tem poderes incríveis. Será alvo de lunáticos e praticantes de magia negra. É assim que as coisa *são*. — Isabelle, pensou Simon, poderia ter sido um pouco mais solidária. — Vai à festa nos Grilhões, certo? Podemos nos encontrar lá para discutirmos os próximos passos. E contarei para a minha mãe sobre o que está acontecendo com você. Já estão investigando a Igreja de Talto, então podem acrescentar este detalhe às informações.

— Pode ser — disse Simon. A última coisa que queria agora era ir a uma festa.

— E leve Jordan — orientou ela. — Um guarda-costas não fará mal.

— Não posso fazer isso. Maia vai estar lá.

— Eu falo com ela — disse Isabelle. Soava mais confiante do que Simon estaria no lugar dela. — Nos vemos lá.

E desligou. Simon voltou-se para Jordan, que estava deitado no futon com a cabeça apoiada em uma das almofadas.

— Quanto da conversa você escutou?

— O suficiente para entender que vamos à festa hoje — respondeu Jordan. — Soube da festa nos Grilhões. Não sou do bando de Garroway, então não fui convidado.

— Sendo assim, acho que vai ter que ir como meu acompanhante. — Simon guardou o telefone de volta no bolso.

— Sou seguro o bastante quanto a minha masculinidade para aceitar isso — disse Jordan. — Mas é melhor arrumarmos alguma roupa legal para você — gritou enquanto Simon voltava para o quarto. — Quero que esteja bonito.

Há muitos anos, quando Long Island City era um centro industrial e não uma vizinhança da moda cheia de galerias de arte e cafés, os Grilhões eram uma fábrica têxtil. Agora tratava-se de uma casca de tijolos cujo interior fora transformado em um espaço vago, porém lindo. O chão era feito de quadrados de aço sobrepostos, e vigas finas de aço bordavam o teto, enroladas com cordas de pequenas luzes brancas. Escadas de ferro ornamentadas subiam em espiral até passarelas decoradas com plantas suspensas. Um enorme teto de vidro abria-se para o céu noturno. Tinha até um terraço, construído sobre o East River, com uma vista espetacular da Fifty-Ninth Street Bridge, que se erguia, estendendo-se do Queens para Manhattan como uma lança de gelo metálico.

O bando de Luke tinha caprichado na arrumação do local. Havia vasos metálicos enormes artisticamente posicionados, com flores marfim de caules longos, e mesas cobertas com panos brancos arrumadas em um círculo ao redor de um palco onde um quarteto de cordas de lobisomens tocava música clássica. Clary não conseguia deixar de desejar que Simon estivesse ali; tinha certeza de que ele acharia que Quarteto de Cordas de Lobisomens seria um bom nome para uma banda.

Clary foi de mesa em mesa, arrumando coisas que não precisavam ser arrumadas, mexendo em flores e alinhando talheres que não estavam tortos. Apenas alguns convidados já tinham chegado, e ela não conhecia nenhum. Sua mãe e Luke estavam perto da porta, recebendo as pessoas e sorrindo, com Luke parecendo desconfortável de terno, e Jocelyn radiante em um vestido azul feito sob medida. Após os eventos dos últimos dias, era bom ver a mãe feliz, apesar de Clary não poder evitar imaginar quanto era real e quanto era aparência. Havia uma certa rigidez na boca de Jocelyn que deixou Clary preocupada — estava realmente feliz ou apenas sorrindo por cima da dor?

Não que Clary não soubesse como a mãe estava se sentindo. Independentemente do que se passasse, não conseguia tirar Jace da cabeça. O que os Irmãos do Silêncio estavam fazendo com ele? Será que conseguiriam consertar o que quer que houvesse de errado com ele, bloquear a influência demoníaca? Passara a noite anterior em claro, olhando para a escuridão do quarto e se preocupando até literalmente passar mal.

Mais do que qualquer outra coisa, queria que ele estivesse ali. Tinha escolhido o vestido que estava usando — dourado-claro, e mais justo que o usual — na esperança de que Jace fosse gostar, e agora ele não a veria usando-o. Era uma preocupação fútil, sabia disso; ela passaria o resto da vida vestindo um barril se isso significasse que Jace iria melhorar. Além do mais, ele vivia dizendo o quanto ela era linda, e nunca reclamava do fato de que usava mais jeans e tênis do que qualquer outra coisa, mas tinha achado que ele gostaria do vestido.

Diante do espelho mais cedo, quase se sentiu linda. A mãe sempre dissera que ela própria tinha florescido tarde, e Clary, olhando para o próprio reflexo, ficou imaginando se a mesma coisa aconteceria com ela. Não era mais lisa como uma tábua — aumentara um número do sutiã no último ano — e se apertasse bem os olhos, acreditava que dava para ver... Sim, definitivamente eram quadris. Tinha curvas. Pequenas, mas tinha que começar em algum lugar.

Usou poucas joias?

Levantou a mão e tocou o anel Morgenstern na corrente em torno do pescoço. Tinha colocado novamente, pela primeira vez em dias, naquela manhã. Acreditava se tratar de um gesto silencioso de confiança em Jace, uma forma de demonstrar lealdade, independentemente de ele saber ou não. Decidiu que o usaria até vê-lo novamente.

— Clarissa Morgenstern? — disse uma voz suave sobre seu ombro.

Clary se virou, surpresa. A voz não era familiar. Havia ali uma menina alta e magra, que parecia ter mais ou menos 20 anos. A pele era branca como leite, marcada com veias verde-claras como seiva, o mesmo tom dos cabelos louros. Os olhos eram azuis, como bolas de gude, e estava com um vestido azul tão fino que Clary concluiu que devia estar morrendo de frio. A lembrança surgiu lentamente das profundezas.

— Kaelie — disse Clary, reconhecendo a garçonete fada do Taki's, que serviu a ela e aos Lightwood em mais de uma oportunidade. Uma faísca fez com que lembrasse que houvera indícios de que Kaelie e Jace já tinham tido algum envolvimento, mas isto parecia tão insignificante diante dos acontecimentos que não conseguiu se importar. — Não sabia... Conhece Luke?

— Não me confunda com uma convidada neste evento — disse Kaelie, a mão esguia fazendo casualmente um gesto de indiferença no ar. — Milady me enviou para encontrá-la, não para participar das celebrações. — Olhou curiosa por cima do ombro, os

571

olhos inteiramente azuis brilhando. — Mas não sabia que sua mãe estava se casando com um lobisomem.

Clary ergueu as sobrancelhas.

— E daí?

Kaelie a olhou da cabeça aos pés com um ar entretido.

— Milady disse que você era um tanto dura, apesar de pequena. Na Corte seria menosprezada por ter uma estatura tão baixa.

— Não estamos na Corte — disse Clary. — E não estamos no Taki's, o que quer dizer que *você* veio até *mim*, o que significa que tem cinco segundos para dizer o que a Rainha Seelie quer. Não gosto muito dela, e não estou com humor para os joguinhos de Milady.

Kaelie apontou um dedo fino e de unha verde para a garganta de Clary.

— Milady pediu para perguntar — disse — por que usa o anel Morgenstern. É em reconhecimento ao seu pai?

A mão de Clary foi para a garganta.

— Por Jace, porque ele me deu — disse, antes que pudesse se conter, e em seguida se repreendeu silenciosamente. Não era sábio revelar mais do que o necessário a Rainha Seelie.

— Mas ele não é um Morgenstern — disse Kaelie —, e sim um Herondale, e eles têm o próprio anel. Uma estampa de garças, e não estrelas matutinas. E não combina mais com ele, uma alma que voa como um pássaro, e não caindo como Lúcifer?

— Kaelie — disse Clary, entre dentes. — *O que a Rainha Seelie quer?*

A menina fada riu.

— Ora — falou —, apenas lhe dar isto. — E entregou alguma coisa, um pequeno pingente de sino de prata, com um arco na ponta que permitia que fosse pendurado em uma corrente. Quando Kaelie esticou a mão, o sino soou, leve e doce como a chuva.

Clary recuou.

— Não quero presentes da sua dama — disse —, pois eles vêm carregados de mentiras e expectativas. Não vou dever nada a Rainha.

— Não é um presente — afirmou Kaelie, impaciente. — É uma forma de convocação. A Rainha lhe perdoa por sua teimosia de mais cedo. Espera que em breve vá querer a ajuda dela. Está disposta a oferecer, se decidir solicitar. Basta tocar este sino, e um empregado da Corte virá e a levará até ela.

Clary balançou a cabeça.

— Não vou tocá-lo.

Kaelie deu de ombros.

— Então não lhe custará nada aceitá-lo.

Como se estivesse em um sonho, Clary viu a própria mão se esticar, e os dedos pairarem sobre o sino.

— Faria qualquer coisa para salvá-lo — disse Kaelie, a voz fina e doce como o toque do sino —, qualquer que fosse o preço, independentemente do que pudesse dever ao Inferno ou ao Céu, não faria?

Lembranças de vozes tocaram como música na cabeça de Clary. *Já parou para pensar que inverdades podia haver no conto que sua mãe contou, mas que serviam a algum propósito? Realmente acha que conhece todos os segredos do seu passado?*

Madame Dorothea disse a Jace que ele se apaixonaria pela pessoa errada.

Não está além de qualquer salvação. Mas será difícil.

O sino tilintou quando Clary o pegou, guardando-o na palma. Kaelie sorriu, os olhos brilhando como contas de vidro.

— Uma escolha sábia.

Clary hesitou. Mas antes que pudesse devolver o sino à menina fada, ouviu alguém chamar seu nome e se virou para ver a mãe abrindo caminho pelas pessoas em direção a ela. Girou rapidamente outra vez, mas não se surpreendeu ao constatar que Kaelie já tinha se retirado, sumindo pela multidão como bruma queimando rapidamente ao sol da manhã.

— Clary — disse Jocelyn, alcançando-a —, estava te procurando, e Luke apontou para você aqui, sozinha. Tudo bem?

Sozinha. Clary imaginou que tipo de feitiço Kaelie teria utilizado; teoricamente, a mãe conseguia enxergar através de quase tudo.

— Tudo bem, mãe.

— Cadê o Simon? Pensei que fosse vir.

Claro que pensaria em Simon primeiro, pensou Clary, e não em Jace. Apesar de que, teoricamente, Jace iria e, como namorado dela, provavelmente chegaria cedo.

— Mãe — disse, e em seguida deu uma pausa. — Acha que algum dia vai gostar de Jace?

Os olhos verdes de Jocelyn suavizaram.

— Eu *notei* que ele não estava aqui, Clary. Só não sabia se você queria conversar sobre isso.

— Quero dizer — prosseguiu Clary obstinadamente —, acha que tem alguma coisa que ele possa *fazer* para que goste dele?

— Tem — disse Jocelyn. — Poderia fazê-la feliz. — Tocou suavemente o rosto de Clary, que cerrou a mão, sentindo o sino contra a pele.

— Ele me faz feliz — respondeu Clary. — Mas não pode controlar tudo no mundo, mãe. Outras coisas acontecem... — Não encontrou palavras. Como poderia explicar que não era *Jace* que a estava deixando infeliz, mas sim o que estava acontecendo com ele, sem revelar o que era?

573

— Você o ama tanto — falou Jocelyn, levemente. — Isso me assusta. Sempre quis mantê-la protegida.

— E veja no que deu — começou Clary, então suavizou a voz. Não era hora de culpar a mãe, ou brigar com ela; não agora. Não com Luke olhando para elas da entrada, o rosto iluminado com amor e ansiedade. — Se pelo menos o conhecesse — disse, um pouco desamparada. — Mas suponho que todo mundo diga isso sobre o próprio namorado.

— Tem razão — concordou Jocelyn, surpreendendo-a. — Não o conheço, não de verdade. Olhando, ele me lembra um pouco a mãe, de alguma forma. Não sei por quê; ele não se parece com ela, exceto pelo fato de que também era linda, e tinha aquela vulnerabilidade terrível que ele tem...

— Vulnerabilidade? — Clary estava estarrecida. Nunca pensou que ninguém além dela pudesse achar Jace vulnerável.

— Ah, sim — disse Jocelyn. — Eu queria detestá-la por tirar Stephen de Amatis, mas era impossível não querer proteger Céline. Jace tem um pouco disso. — Soava perdida em pensamentos. — Ou talvez seja o fato de coisas belas serem tão facilmente quebradas pelo mundo. — Abaixou a mão. — Não importa. Tenho minhas lembranças com as quais brigar, mas são *minhas* lembranças. Jace não deveria ter que suportar o peso delas. Mas digo uma coisa. Se ele não te amasse como ama, e isso fica estampado no rosto dele cada vez que te olha, não o toleraria nem por um segundo. Então, mantenha isso em mente quando ficar irritada comigo.

Com um sorriso e um carinho na bochecha, dispensou os protestos de Clary de que não estaria irritada, e voltou para perto de Luke com um último apelo para que Clary se misturasse e tentasse socializar. Clary assentiu e não disse nada, olhando para a mãe enquanto se retirava e sentindo o sino queimando o interior da mão onde o apertava, como a ponta de um fósforo aceso.

A área em torno dos Grilhões era composta essencialmente de armazéns e galerias de arte, o tipo de vizinhança que esvaziava à noite, então Simon e Jordan não demoraram muito para encontrar uma vaga. Simon saltou da picape e constatou que Jordan já estava na calçada, fitando-o com um olhar crítico.

Simon não tinha levado consigo nenhuma roupa chique quando saiu de casa — não tinha nada mais arrumado do que uma jaqueta que outrora pertencera a seu pai —, então ele e Jordan haviam passado a tarde no East Village procurando uma roupa decente. Finalmente acharam um antigo terno Zegna em uma loja de consignação chamada Love Saves the Day, que essencialmente vendia botas de plataforma com purpurina e cachecóis Pucci dos anos 1970. Simon suspeitava que a maioria das roupas de Magnus viesse de lá.

— O quê? — disse agora, puxando desconfortavelmente a manga do paletó. Era um pouco pequeno para ele, apesar de Jordan ter opinado que ninguém notaria se não abotoasse. — Está muito ruim?

Jordan deu de ombros.

— Não vai quebrar nenhum espelho — disse. — Só estava me perguntando se está armado. Quer alguma coisa? Uma adaga, talvez? — Abriu um pouco o próprio paletó, e Simon viu algo longo e metálico brilhando contra o forro.

— Não é à toa que você e Jace se gostam tanto. São dois arsenais ambulantes malucos. — Simon balançou a cabeça, cansado, e se virou para ir em direção à entrada dos Grilhões. Era do outro lado da rua, onde havia um toldo dourado projetando um retângulo de sombra na calçada que fora decorada com um tapete vermelho-escuro com a imagem de um lobo estampada em ouro. Simon não pôde deixar de se sentir levemente entretido.

Apoiada em um dos mastros que sustentavam o toldo encontrava-se Isabelle. Estava com o cabelo preso e usava um longo vestido vermelho com uma abertura na lateral que mostrava boa parte da perna. Círculos dourados subiam pelo braço direito da jovem. Pareciam pulseiras, mas Simon sabia que na verdade era o chicote de electrum. Estava coberta por Marcas. Entrelaçavam-se pelos braços, desciam pela coxa, cercavam a garganta e decoravam o peito, do qual boa parte era visível graças ao decote. Simon tentou não encarar.

— Oi, Isabelle — disse.

Ao lado de Simon, Jordan também tentava não olhar muito.

— Hum — disse ele. — Oi. Sou o Jordan.

— Já nos conhecemos — respondeu Isabelle friamente, ignorando a mão estendida do rapaz. — Maia estava tentando arrancar sua pele da cara. E com razão.

Jordan pareceu preocupado.

— Ela está aqui? Está bem?

— Está aqui — respondeu Isabelle. — Não que o estado dela seja da sua conta...

— Me sinto meio que responsável — afirmou Jordan.

— E onde está essa sensação? Dentro das suas calças, talvez?

Jordan pareceu indignado.

Isabelle acenou com a mão fina e decorada.

— Veja bem, o que quer que tenha feito no passado é passado. Sei que é do Praetor Lupus agora, e contei a Maia o que isso significa. Ela está disposta a aceitar que você está aqui, e ignorá-lo. Mas é o máximo que terá. Não a incomode, não tente falar com ela, sequer olhe para ela, ou o dobrarei ao meio tantas vezes que vai acabar parecendo um pequeno origami de lobisomem.

Simon deu uma risadinha.

— Pode rir. — Isabelle apontou para ele. — Ela também não quer falar com você. Então, apesar de ela estar totalmente gata hoje... se eu gostasse de meninas, iria fundo... nenhum dos dois está autorizado a falar com ela. Entenderam?

Assentiram, olhando para os próprios sapatos como alunos que acabaram de receber advertências.

Isabelle afastou-se do mastro.

— Ótimo. Vamos entrar.

Capítulo 15
BEATI BELLICOSI

O interior dos Grilhões estava vivo com cordas de luzes multicoloridas. Vários dos convidados já estavam sentados, mas também havia muitos circulando, com taças de champanhe cheias do líquido claro e espumante nas mãos. Garçons — que também eram lobisomens, Simon notou; todo o evento parecia equipado por membros do bando de Luke — passavam em meio aos convidados, entregando flautas de champanhe. Simon recusou. Desde a experiência na festa de Magnus, não se sentia seguro bebendo nada que não tivesse preparado pessoalmente.

Maia estava perto de um dos pilares de tijolo, conversando com outros dois lobisomens e rindo. Trajava um vestido de cetim laranja brilhante que realçava sua pele morena, e os cabelos formavam uma moldura de cachos castanho-dourados ao redor do rosto. Ela viu Simon e Jordan e virou de costas deliberadamente. A parte de trás do vestido tinha um decote em V profundo que deixava muita pele nua a mostra, incluindo uma tatuagem de borboleta na lombar.

— Acho que ela não tinha aquilo quando a conheci — disse Jordan. — A tatuagem.

Simon olhou para Jordan. Ele estava fitando a ex-namorada com uma espécie de nostalgia que Simon achou que faria com que Isabelle lhe desse um soco na cara se não fosse cuidadoso.

— Vamos — disse ele, colocando a mão nas costas de Jordan e empurrando levemente. — Vamos ver onde é nossa mesa.

Isabelle, que estava observando os dois por cima do ombro, deu um sorriso malicioso.

— Boa ideia.

Abriram caminho pela multidão até a área onde se situavam as mesas, apenas para descobrir metade delas já estava ocupada. Clary estava em um dos assentos, olhando para uma taça de champanhe cujo conteúdo parecia ser refrigerante. Ao lado estavam Alec e Magnus, ambos com os ternos escuros que usavam desde o retorno de Viena. Magnus parecia brincar com as franjas do cachecol branco. Alec, com os braços cruzados, olhava emburrado para o nada.

Clary, ao ver Simon e Jordan, se levantou, o alívio evidente em sua expressão.

Circulou a mesa para cumprimentar Simon, e ele viu que ela usava um vestido dourado de seda e sandálias baixas. Sem salto alto, parecia minúscula. O anel Morgenstern estava no pescoço, a prata brilhando contra a corrente que o sustentava. Esticou os braços para abraçá-lo e murmurou:

— Acho que Alec e Magnus estão brigando.

— É o que parece — murmurou ele de volta. — Cadê o seu namorado?

Com isso, soltou os braços do pescoço dele.

— Ficou preso no Instituto. — Virou-se. — Oi, Kyle.

Ele sorriu, meio sem jeito.

— É Jordan, na verdade.

— Fiquei sabendo. — Clary gesticulou para a mesa. — Bem, é melhor sentarmos. Logo logo vão começar os brindes e tudo mais. E depois, espero, a comida.

Todos se sentaram. Fez-se um silêncio longo e desconfortável.

— Então — disse Magnus afinal, passando um dedo branco e comprido na borda da taça de champanhe. — Jordan. Soube que faz parte do Praetor Lupus. Vejo que está com um dos medalhões. O que está escrito?

Jordan assentiu. Estava ruborizado, os olhos âmbar brilhando, a atenção, era claro, apenas parcialmente voltada para a conversa. Estava seguindo Maia com o olhar, os dedos se abrindo e fechando nervosamente da borda da toalha. Simon duvidava que Jordan tivesse consciência disso.

— *Beati bellicosi*: abençoados são os guerreiros.

— Bela organização — disse Magnus. — Conheci o fundador, no século XIX. Woolsey Scott. Uma antiga e respeitável família de lobisomens.

Alec emitiu um ruído feio com o fundo da garganta.

— Dormiu com ele também?

Os olhos felinos de Magnus se arregalaram.

— Alexander!

— Bem, não sei nada sobre o seu passado, sei? — indagou Alec. — Não me conta nada; só diz que não tem importância.

O rosto de Magnus estava sem expressão, mas havia um leve toque de irritação em sua voz.

— Isto quer dizer que cada vez que eu mencionar qualquer pessoa que tenha conhecido, vai me perguntar se tive um caso com ela?

A expressão de Alec era de teimosia, mas Simon não pôde deixar de se solidarizar um pouco; a dor por trás dos olhos azuis era clara.

— Talvez.

— Encontrei Napoleão uma vez — disse Magnus. — Mas não tivemos um caso. Surpreendentemente, ele era pudico para um francês.

— Conheceu Napoleão? — Jordan, que não aparentava estar acompanhando quase nada da conversa, pareceu impressionado. — Então é verdade o que dizem sobre feiticeiros, não?

Alec o olhou, desagradado.

— *O que* é verdade?

— Alexander — disse Magnus friamente, e Clary encontrou o olhar de Simon do outro lado da mesa. Os dela estavam arregalados, verdes e com uma expressão de *Uh-oh*. — Não pode ser grosso com todo mundo que falar comigo.

Alec fez um gesto largo e abrangente.

— E por que não? Estou atrapalhando seu estilo? Digo, talvez estivesse querendo flertar com o lobisomem aqui. Ele é bastante atraente, se gosta do tipo cabelos desgrenhados, ombros largos, bonitão.

— Ei, calma — disse Jordan levemente.

Magnus enterrou a cabeça entre as mãos.

— Ou então, há muitas meninas bonitas aqui, já que aparentemente seu gosto é amplo. Existe alguma coisa que você *não* curta?

— Sereias — respondeu Magnus entre os dedos. — Sempre têm cheiro de alga.

— *Nao tem graça* — irritou-se Alec e, chutando a cadeira para trás, levantou-se e misturou-se à multidão.

Magnus ainda estava com a cabeça entre as mãos, os cabelos negros arrepiados atravessando os dedos.

— Só não entendo — disse a ninguém em particular — por que o passado tem que importar.

Para surpresa de Simon, foi Jordan quem respondeu.

— O passado sempre importa — declarou. — É o que lhe dizem quando se junta aos Praetor. Não pode esquecer o que fez no passado, ou jamais aprenderá com ele.

579

Magnus levantou o olhar, os olhos verde-dourados brilhando através dos dedos.

— Quantos anos você tem? — inquiriu. — Dezesseis?

— Dezoito — disse Jordan, parecendo ligeiramente assustado.

A idade de Alec, pensou Simon, suprimindo um sorriso interior. Não achava o drama de Alec e Magnus engraçado de verdade, mas era difícil não se sentir amargamente entretido com a expressão de Jordan. Ele devia ter o dobro do tamanho de Magnus — apesar de alto, Magnus era esguio quase a ponto de ser esquelético —, mas claramente temia o feiticeiro. Simon virou para trocar um olhar com Clary, mas ela estava olhando para a porta da frente, o rosto subitamente branco como osso. Derrubando o guardanapo na mesa, murmurou:

— Com licença. — E se levantou, praticamente correndo.

Magnus ergueu as mãos.

— Bem, se vai haver um êxodo em massa... — disse, e se levantou com graça, jogando o cachecol em torno do pescoço. Desapareceu na multidão, teoricamente procurando por Alec.

Simon olhou para Jordan, que estava fitando Maia outra vez. A menina estava de costas para eles, conversando com Luke e Jocelyn, rindo e jogando os cabelos cacheados para trás.

— Nem pense nisso — disse Simon, e se levantou. Então apontou para Jordan. — Fique aqui.

— Fazendo o quê? — quis saber Jordan.

— O que quer que Praetor Lupus façam nesta situação. Medite. Contemple seus poderes Jedi. Qualquer coisa. Volto em cinco minutos, e é melhor que ainda esteja aqui.

Jordan se inclinou para trás, cruzando os braços sobre o peito de um jeito claramente rebelde, mas Simon já tinha parado de prestar atenção. Virou e foi para a multidão, seguindo Clary. Ela era um pontinho vermelho e dourado entre os corpos em movimento, coroada pelos cabelos brilhantes.

Ele a alcançou perto de um dos pilares e colocou a mão no ombro da amiga, que se virou com uma expressão de espanto, olhos arregalados, a mão erguida como se fosse combatê-lo. Relaxou ao ver quem era.

— Você me assustou!

— Claramente — disse Simon. — O que está acontecendo? Por que está tão agitada?

— Eu... — Clary abaixou a mão, dando de ombros; apesar de forçar um olhar de despreocupação casual, a pulsação no pescoço parecia um martelo. — Achei que tivesse visto Jace.

— Foi o que imaginei — revelou. — Mas...

— Mas?

— Parecia muito assustada. — Não sabia ao certo por que falou aquilo, ou o que esperava que ela respondesse.

Clary mordeu o lábio, como sempre fazia quando estava nervosa. Por um instante seu olhar ficou distante; era um olhar familiar a Simon. Uma das coisas que sempre amou em Clary era a capacidade que ela tinha de se perder na própria imaginação, a facilidade em se distanciar em mundos ilusórios de maldições, príncipes, destinos e magia. Em outra época fora capaz de fazer o mesmo, de habitar universos imaginários muito mais emocionantes por serem seguros, por serem fictícios. Agora que o real e o imaginário haviam colidido, imaginava se ela, como ele, sentia saudades do passado, do normal. Imaginou se a normalidade seria algo como a visão ou o silêncio, que não se percebe ser algo precioso até que se perca.

— Ele está passando por um mau momento — contou, com a voz baixa. — Estou preocupada.

— Eu sei — disse Simon. — Veja, não quero me intrometer, mas... ele descobriu o que tem de errado? Alguém descobriu?

— Ele... — interrompeu-se. — Ele está bem. Só está tendo dificuldades para aceitar algumas coisas sobre Valentim. Você sabe.

Simon sabia. Também sabia que ela estava mentindo. Clary, que quase nunca escondia nada dele. Encarou-a severamente.

— Ele anda tendo pesadelos — continuou ela. — Ficou preocupado que houvesse algum envolvimento demoníaco...

— Envolvimento *demoníaco*? — repetiu Simon, incrédulo. Sabia que Jace vinha tendo pesadelos, ele mesmo havia revelado, mas nunca mencionara nada sobre demônios.

— Bem, aparentemente existem espécies de demônios que tentam atingi-lo através dos sonhos — disse Clary, parecendo lamentar ter tocado no assunto —, mas tenho certeza de que não é nada. Todo mundo tem pesadelos às vezes, não? — Colocou a mão no braço de Simon. — Só vou ver como ele está. Já volto. — Seu olhar já estava desviando-se dele, direcionando-se à porta que levava ao terraço; Simon recuou com um aceno de cabeça e deixou que ela fosse, observando-a enquanto adentrava a multidão.

Parecia tão pequena — pequena como no primeiro ano do fundamental, quando a levou até a porta de casa e a observou subindo as escadas, pequena e determinada, a merendeira batendo no joelho. Sentiu o coração, que não batia mais, se contrair, e ficou imaginando se havia alguma coisa no mundo tão dolorosa quanto não poder proteger as pessoas que amava.

— Parece péssimo — disse uma voz atrás dele. Era rouca, familiar. — Pensando na pessoa horrível que você é?

Simon se virou e viu Maia apoiada no pilar atrás dele. Tinha um fio das pequenas luzes brancas e brilhantes no pescoço e o rosto ruborizado pelo champanhe e o calor do recinto.

— Ou talvez devesse dizer — prosseguiu ela —, no *vampiro* horrível que você é. Exceto que assim parece que você é ruim em ser vampiro.

— *Sou* ruim em ser vampiro — disse Simon. — Mas isso não significa que eu também não seja ruim como namorado.

Maia deu um sorriso torto.

— O Morcego disse que eu não deveria ter sido tão dura com você — observou. — Disse que os homens fazem coisas estúpidas quando há meninas envolvidas. Principalmente os mais nerds que não tiveram tanta sorte com as mulheres anteriormente.

— É como se ele enxergasse a minha alma.

Maia balançou a cabeça.

— É difícil sentir raiva de você — revelou ela. — Mas estou tentando. — Virou-se de costas.

— Maia — disse Simon. Sua cabeça tinha começado a doer e ele estava um pouco tonto. No entanto, se não falasse com ela agora, não falaria mais. — Por favor. Espere.

Ela virou novamente e olhou para ele, as duas sobrancelhas elevadas de forma questionadora.

— Desculpe pelo que fiz — falou. — Sei que já disse isso antes, mas estou sendo sincero.

Ela deu de ombros, sem expressão, não oferecendo nada em troca.

Simon engoliu em seco, ignorando a dor de cabeça.

— Talvez o Morcego tenha razão — continuou ele. — Mas acho que é mais do que isso. Queria ficar com você porque, e isso vai soar muito egoísta, você fazia com que eu me sentisse normal. Como a pessoa que eu era antes.

— Sou licantrope, Simon. Não é exatamente normal.

— Mas você... você — disse, tropeçando um pouco nas palavras. — É espontânea e verdadeira, uma das pessoas mais verdadeiras que já conheci. Queria ir pra minha casa jogar Halo. Conversar sobre quadrinhos, ir a shows, sair para dançar e fazer coisas normais. Nunca me chamou de Diurno, ou vampiro, nem nada além de Simon.

— Essas são atividades de amiga — disse Maia. Estava apoiada no pilar outra vez, os olhos brilhavam suavemente enquanto falava. — Não de *namorada*.

Simon apenas olhou para ela. A dor de cabeça pulsava como um batimento cardíaco.

— Aí aparece — acrescentou — trazendo Jordan. *O que* passou pela sua cabeça?

— Isso não é justo — protestou Simon. — Não fazia ideia de que ele era seu ex...

— Eu sei. Isabelle me contou — interrompeu Maia. — Mas achei que devesse brigar por isso também.

— Ah, é? — Simon olhou para Jordan, que estava sentado sozinho à mesa redonda, como alguém cujo par do baile de formatura não tinha aparecido. E de repente se sentiu muito cansado; cansado de se preocupar com todo mundo, de sentir culpa pelas coisas que havia feito e que provavelmente faria no futuro. — Bem, a Izzy contou que ele escolheu trabalhar comigo para ficar perto de você? Precisava ouvir o jeito como pergunta de você. Até a forma como diz seu nome. Cara, o jeito que brigou comigo quando achou que eu estivesse te traindo...

— Não estava me traindo. Não éramos exclusivos. Traição é diferente...

Simon sorriu quando Maia parou de falar, enrubescendo.

— Acho que é bom que desgoste tanto de Jordan a ponto de ficar do meu lado contra ele independentemente de qualquer coisa — disse Simon.

— Faz muitos anos — disse ela. — Ele nunca tentou entrar em contato. Nenhuma vez.

— Tentou — revelou Simon. — Sabia que a noite em que te mordeu foi a primeira vez que ele se Transformou?

Maia balançou a cabeça, fazendo os cachos balançarem, os olhos escuros muito sérios.

— Não. Pensei que ele soubesse...

— Que era lobisomem? Não. Sabia que estava perdendo o controle de alguma forma, mas quem imagina que está virando um licantrope? Um dia após ter te mordido, foi procurá-la, mas os Praetor o contiveram. Mantiveram-no longe de você. E mesmo assim não deixou de procurá-la. Acho que não se passou um único dia nos últimos dois anos em que não tenha pensado sobre seu paradeiro...

— Por que está defendendo ele? — sussurrou Maia.

— Porque precisa saber — disse Simon. — Fui um péssimo namorado, e devo isso a você. Precisa saber que ele não teve a intenção de abandoná-la. Só me aceitou como tarefa porque seu nome foi mencionado nas anotações do meu caso.

Os lábios de Maia se abriram. Ao balançar a cabeça, as luzes brilhantes do colar piscaram como estrelas.

— Só não sei o que devo fazer com isso, Simon. O que devo *fazer*?

— Não sei — respondeu ele. Sentia como se pregos estivessem sendo martelados no crânio. — Mas posso dizer uma coisa. Sou o último sujeito a quem deveria pedir conselhos amorosos. — Apertou a mão contra a testa. — Vou lá fora. Respirar um pouco. Jordan está sentado ali se quiser falar com ele.

Apontou para as mesas e virou-se de costas, para longe dos olhos inquisidores, dos olhos de todos no recinto, do barulho das vozes elevadas e das risadas, e cambaleou para a porta.

✳ ✳ ✳

Clary abriu as portas que levavam ao terraço e foi recebida por uma corrente de ar frio. Estremeceu, desejando que estivesse com o casaco, mas sem vontade de perder tempo voltando até a mesa para buscá-lo. Então saiu, fechando a porta.

O terraço era uma ampla área de ladrilho cercada por grades de ferro. Tochas esculpidas queimavam em grandes suportes de peltre, mas não ajudavam muito a aquecer o ar — o que provavelmente explicava por que ninguém além de Jace estava ali fora. Ele estava perto da grade, olhando para o rio.

Clary queria correr até ele, mas não conseguia deixar de hesitar. Ele usava um terno escuro, o blazer aberto sobre uma camisa branca e a cabeça estava virada para o lado, para longe dela. Nunca o tinha visto usando esse tipo de roupa, e o visual o deixava mais velho e reservado. A brisa do rio levantava seus cabelos claros, e ela viu a cicatriz do lado da garganta onde Simon o mordera uma vez, lembrando que Jace havia se deixado morder, arriscado a própria vida, por ela.

— Jace — disse ela.

Ele se virou, olhou para ela e sorriu. O sorriso era familiar e pareceu destrancar alguma coisa nela, libertando-a para correr pelos ladrilhos até ele e jogar os braços em volta de seu corpo. Ele a pegou, segurando-a um pouco acima do chão por um bom tempo, o rosto enterrado em seu pescoço.

— Você está bem — disse Clary afinal quando ele a colocou no chão. Ela esfregou ferozmente as lágrimas que haviam escapado dos olhos. — Digo, os Irmãos do Silêncio não o liberariam se não estivesse bem, mas pensei que tivessem dito que o ritual ia demorar? Dias, até?

— Não demorou. — Ele colocou as mãos uma de cada lado do rosto e sorriu para ela. Atrás dele a Queensboro Bridge erguia-se sobre a água. — Conhece os Irmãos do Silêncio. Gostam de exagerar sobre tudo o que fazem. Mas na verdade a cerimônia é bem simples. — Jace sorriu. — Me senti um pouco tolo. É uma cerimônia para criancinhas, mas fiquei pensando que se acabasse depressa, poderia vê-la com seu vestido sexy de festa. Foi o que me fez aguentar. — Seus olhos percorreram Clary da cabeça aos pés. — E vou te contar, *não* me decepcionei. Você está linda.

— Você também está muito bonito. — Clary riu um pouco em meio às lágrimas. — Nem sabia que tinha um terno.

— Não tinha. Precisei comprar. — Passou os dedos pelas maçãs do rosto de Clary, onde as lágrimas o haviam molhado. — Clary...

— Por que veio aqui para fora? — perguntou ela. — Está um gelo. Não quer voltar lá para dentro?

Ele balançou a cabeça.

— Queria falar com você a sós.

— Então fale — disse Clary, quase sussurrando. Tirou as mãos dele do rosto e as colocou na sua cintura. A necessidade de ser abraçada por ele era quase sufocante. — Mais algum problema? Você vai ficar bem? Por favor, não me esconda nada. Depois de tudo que aconteceu, deve saber que aguento qualquer notícia ruim. — Sabia que estava tagarelando de nervoso, mas não conseguia evitar. Seu coração parecia bater a mil quilômetros por minuto. — Só quero que fique bem — disse, o mais calmamente que conseguiu.

Os olhos dourados de Jace escureceram.

— Não paro de olhar aquela caixa. A que era do meu pai. Não sinto nada. As cartas, as fotos. Não sei quem eram aquelas pessoas. Não parecem reais para mim. Valentim era real.

Clary piscou; não era o que esperava que ele dissesse.

— Lembra, eu disse que ia demorar...

Ele não pareceu escutar.

— Se eu realmente fosse Jace Morgenstern, me amaria assim mesmo? Se eu fosse Sebastian, me amaria?

Clary apertou as mãos de Jace.

— Você jamais seria assim.

— Se Valentim tivesse feito comigo o que fez com Sebastian, *você me amaria?*

Tinha uma urgência na pergunta que Clary não compreendia. Ela disse:

— Mas aí não seria você.

A respiração dele falhou, quase como se o que ela disse o tivesse machucado — mas como poderia? Era verdade. Ele não era como Sebastian. Ele era ele.

— Não sei quem sou — disse Jace. — Me olho no espelho e vejo Stephen Herondale, mas me comporto como um Lightwood e falo como meu pai, como Valentim. Então vejo quem sou aos seus olhos e tento ser essa pessoa, porque você tem fé nessa pessoa, e acho que a fé pode bastar para fazer de mim o que você quer.

— Já é o que quero. Sempre foi — disse Clary, mas não conseguia se livrar da sensação de que estava falando com uma sala vazia. Era como se Jace não pudesse *escutá-la*, independentemente de quantas vezes dissesse que o amava. — Entendo que tem a sensação de não saber quem é, mas eu sei. E um dia você também vai saber. Enquanto isso, não pode ficar se preocupando em me perder, porque isso não vai acontecer nunca.

— Existe um jeito... — Jace levantou os olhos para encontrar os dela. — Me dê a mão.

Surpresa, Clary estendeu a mão, lembrando-se da primeira vez em que ele a tinha tocado daquele jeito. Tinha o símbolo agora, o símbolo do olho aberto na parte de trás da mão, a que ele estava procurando naquela ocasião, mas não encontrou. Seu primeiro símbolo permanente. Virou a mão dela, mostrando o pulso, a pele vulnerável do antebraço.

Clary estremeceu. A brisa do rio parecia penetrar em seus ossos.

— Jace, o que está fazendo?

— Você se lembra do que falei sobre casamentos de Caçadores de Sombras? Como em vez de trocar anéis, nos Marcamos com símbolos de amor e compromisso? — Ela a encarou, os olhos arregalados e vulneráveis sob cílios dourados espessos. — Quero Marcá-la de um jeito que nos una, Clary. É só uma Marca pequena, mas é permanente. Está disposta?

Ela hesitou. Um símbolo permanente, quando eram tão jovens — a mãe ficaria furiosa. Mas nada mais parecia funcionar; nada do que dizia o convencia. Talvez isso convencesse. Silenciosamente, Clary sacou a própria estela e entregou a ele. Ele a pegou, tocando as pontas dos seus dedos ao fazê-lo. Ela tremia mais agora, sentindo frio por todo o corpo, exceto onde ele a tocou. Jace segurou o braço dela contra o próprio corpo e abaixou a estela, encostando-a levemente em sua pele, movendo-a suavemente para cima e para baixo, e então, quando ela não protestou, com mais força. Devido ao frio que sentia, o calor da estela foi quase bem-vindo. Assistiu enquanto as linhas escuras surgiam a partir da ponta, formando um desenho de linhas firmes e angulares.

Os nervos de Clary tremeram com um alarme súbito. O desenho não parecia falar de amor e compromisso; havia alguma outra coisa ali, mais sombria, algo que falava em controle e submissão, em perda e escuridão. Será que ele estava desenhando o símbolo errado? Mas este era Jace; certamente sabia o que estava fazendo. No entanto, uma dormência já começava a se espalhar pelo braço a partir de onde a estela havia tocado — um formigamento dolorido, como nervos despertando — e ela se sentiu tonta, como se o chão estivesse se movendo embaixo dela.

— Jace. — A voz se elevou, transparecendo ansiedade. — Jace, acho que não está certa...

Ele soltou o braço dela. Equilibrava levemente a estela na mão, com a mesma graça com a qual seguraria uma arma.

— Sinto muito, Clary — disse. — Quero estar ligado a você. Jamais mentiria quanto a isso.

Ela abriu a boca para perguntar de que diabos ele estava falando, mas nenhuma palavra saiu. A escuridão subia rápido demais. A última coisa que sentiu foram os braços de Jace ao seu redor enquanto caía.

Após o que pareceu uma eternidade vagando por uma festa que considerava extremamente chata, Magnus finalmente encontrou Alec, sentando sozinho à uma mesa no canto, atrás de um arranjo de rosas brancas artificiais. Havia algumas taças de champanhe sobre a mesa, a maioria pela metade, como se convidados as tivessem abandonado lá ao passar. O próprio Alec parecia abandonado. Estava com o queixo apoiado nas mãos, e olhava irritado para o nada. Não levantou o olhar, nem quando Magnus passou o pé em torno de uma cadeira na frente da dele, girou-a e sentou, apoiando os braços no encosto.

— Quer voltar para Viena? — ofereceu.

Alec não respondeu, apenas continuou encarando o vazio.

— Ou podemos ir para outro lugar — sugeriu Magnus. — Onde quiser. Tailândia, Carolina do Sul, Brasil, Peru... ih, não, fui banido do Peru. Tinha me esquecido. É uma longa história, mas divertida, se quiser ouvir.

A expressão de Alec revelava que não queria ouvir. Deliberadamente, virou e olhou pelo salão, como se o quarteto de cordas dos lobisomens o fascinasse.

Como estava sendo ignorado por Alec, Magnus decidiu se entreter mudando as cores do champanhe nas taças. Fez uma azul, a seguinte rosa, e estava trabalhando em uma verde quando Alec esticou a mão e bateu no pulso dele.

— Pare com isso — comandou. — As pessoas estão olhando.

Magnus olhou para os próprios dedos, que soltavam faíscas azuis. Talvez fosse um tanto óbvio. Encolheu os dedos.

— Bem — declarou. — Tenho que fazer alguma coisa para não morrer de tédio, considerando que não está falando comigo.

— Não estou — disse Alec. — Não falando com você, quero dizer.

— Ah, é? — respondeu Magnus. — Acabei de perguntar se queria ir para Viena, para a Tailândia, ou para a lua, e não me lembro de você ter dado uma resposta.

— Não sei o que quero.

Alec, com a cabeça abaixada, estava brincando com um garfo de plástico abandonado. Apesar de os olhos estarem desafiadoramente voltados para baixo, a cor azul clara era visível mesmo através das pálpebras abaixadas, que eram claras e finas como pergaminho. Magnus sempre achara os humanos mais bonitos que todas as outras criaturas da Terra, e sempre se perguntou por quê. Apenas alguns anos antes da dissolução, Camille dissera. Mas era a mortalidade que fazia deles quem eram, a chama era mais brilhante por causa das oscilações. *A morte é a mãe da beleza*, dizia o poeta. Imaginou se o Anjo teria cogitado fazer seus servos, os Nephilim, imortais. Mas não; apesar de toda a força, eles sucumbiam como os humanos sempre sucumbiram nas batalhas através de todas as eras do mundo.

— Está com aquele olhar outra vez — Alec observou, rabugento, levantando os olhos por entre os cílios. — Como se estivesse encarando alguma coisa que não consigo enxergar. Está pensando em Camille?

— Na verdade, não — respondeu. — Quanto da minha conversa com ela você escutou?

— Quase tudo. — Alec cutucou a toalha de mesa com o garfo. — Estava ouvindo atrás da porta. O suficiente.

— Nem perto do suficiente, na minha opinião. — Magnus fixou o olhar no garfo, que saltou da mão de Alec e atravessou a mesa em direção a ele. Bateu a mão sobre ele e disse:
— Pare com a inquietação. O que foi que eu disse para Camille que o incomodou tanto?

Alec levantou os olhos azuis.

— Quem é *Will*?

Magnus exalou uma espécie de risada.

— Will. Santo Deus. Isso foi há muito tempo. Will era um Caçador de Sombras, como você. E sim, lembrava você, mas não é nada como ele. Jace é muito mais parecido, pelo menos no quesito personalidade, e minha relação com você não é nada como a que tive com Will. É *isso* que está te incomodando?

— Não gosto de pensar que só está comigo porque pareço com um morto de quem gostava.

— Nunca disse isso. Camille insinuou. Ela é mestre em insinuação e manipulação. Sempre foi.

— Você não disse que ela estava enganada.

— Se deixar, Camille ataca por todas as frentes. Defenda uma, e ela ataca outra. A única maneira de lidar com ela é fingir que ela não está conseguindo atingi-lo.

— Ela disse que meninos bonitos eram sua ruína — disse Alec. — O que faz parecer que sou apenas mais um em uma linha de brinquedos seus. Um morre ou vai embora, você arruma outro. Não sou nada. Sou... trivial.

— Alexander...

— O que — prosseguiu Alec, encarando a mesa novamente — é particularmente injusto, porque você não é nada trivial para mim. Mudei minha vida inteira por você. Mas nada muda no seu caso, muda? Acho que é isso que significa viver para sempre. Nada nunca precisa importar tanto assim.

— Estou dizendo que você importa...

— O Livro Branco — disse Alec, de repente. — Por que o queria tanto?

Magnus olhou para ele, confuso.

— Sabe por quê. É um livro de feitiços muito poderoso.

— Mas o queria para alguma coisa específica, não era? Um feitiço que ele possui? — A respiração de Alec estava irregular. — Não precisa responder; dá para ver pelo seu rosto que sim. Era... era um feitiço para me tornar imortal?

Magnus ficou completamente abalado.

— Alec — sussurrou. — Não. Não, eu... não faria isso.

Alec fitou-o com um olhar perfurante.

— Por que não? Por que ao longo de todo os anos e de todas as relações que teve nunca tentou transformar alguém em imortal, como você? Se pudesse ter a mim ao seu lado para sempre, não quereria?

— Claro que quereria! — Magnus, percebendo que estava quase gritando, diminuiu a voz com esforço. — Mas você não entende. Não se consegue alguma coisa em troca de nada. O preço de viver eternamente...

— Magnus. — Era Isabelle, apressando-se em direção a eles com o telefone na mão. — Magnus, preciso falar com você.

— Isabelle. — Normalmente Magnus gostava da irmã de Alec. No momento, não tanto. — Adorável, maravilhosa Isabelle. Poderia se retirar, por favor? Não é uma boa hora.

Isabelle olhou de Magnus para o irmão, então para o feiticeiro outra vez.

— Então não quer que eu lhe diga que Camille acabou de fugir do Santuário e minha mãe está exigindo que volte ao Instituto para ajudar a encontrá-la?

— Não — respondeu Magnus. — Não quero que me diga isso.

— Bem, que péssimo — disse ela. — Porque é verdade. Quero dizer, suponho que não tenha que ir, mas...

O resto da frase pairou pelo ar, mas Magnus entendia o que ela não estava falando. Se ele não fosse, a Clave desconfiaria que ele tinha algum envolvimento na fuga de Camille, e essa era a última coisa de que precisava. Maryse ficaria uma fera, complicando ainda mais a relação com Alec. E, no entanto...

— Ela *fugiu?* — ecoou Alec. — Ninguém jamais escapou do Santuário antes.

— Bem — disse Isabelle —, agora escaparam.

Alec se encolheu ainda mais no assento.

— Vá — disse Alec. — É uma emergência. Apenas vá. Podemos conversar mais tarde.

— Magnus... — Isabelle parecia quase pedir desculpas, mas não tinha como esconder a urgência na voz.

— Tudo bem. — Magnus se levantou. — Mas — acrescentou, pausando ao lado da cadeira de Alec e se inclinando para perto dele — *você não é trivial.*

Alec enrubesceu.

— Se está dizendo — falou.

— Estou dizendo — respondeu Magnus, e se virou para seguir Isabelle para fora do salão.

Lá fora, na rua deserta, Simon estava apoiado na parede, contra o tijolo coberto de marfim, olhando para o céu. As luzes da ponte ofuscavam as estrelas, então não havia nada a ser visto além de um lençol de negritude aveludada. Desejou com uma ferocidade repentina que pudesse respirar o ar frio para clarear a mente, que pudesse senti-lo no rosto, na pele. Vestia apenas uma camisa fina, e não fazia a menor diferença. Não podia tremer, e mesmo a lembrança de como era tremer aos poucos o estava deixando, a cada dia, se afastando como lembranças de outra vida.

— Simon?

Ele congelou onde estava. Aquela voz, fraca e familiar, flutuando como um fio no ar gélido. *Sorria.* Fora essa a última palavra que dissera a ele.

Mas não podia ser. Estava morta.

— Não vai olhar para mim, Simon? — A voz era pequena como sempre, mal um suspiro. — Estou bem aqui.

Uma sensação de pavor subiu por sua espinha. Abriu os olhos e virou a cabeça lentamente.

Maureen estava envolta em um círculo de luz emitido por um poste de rua na esquina do Vernon Boulevard. Trajava um longo e virginal vestido branco. Os cabelos estavam penteados sobre os ombros, brilhando em amarelo à luz do poste. Ainda tinha um pouco de sujeira de cemitério nele. Usava chinelos brancos nos pés. O rosto estava completamente pálido, com círculos vermelhos pintados nas maçãs do rosto e a boca rosa escura como se tivesse sido desenhada com pilot.

Os joelhos de Simon cederam. Ele deslizou pela parede onde se apoiava até estar sentado no chão, com os joelhos dobrados. A cabeça parecia prestes a explodir.

Maureen soltou uma risadinha feminina e saiu da frente do poste. Foi em direção a ele e olhou para baixo; o rosto trazia uma expressão de satisfação entretida.

— Achei que fosse se surpreender — revelou.

— Você é uma vampira — disse Simon. — Mas... como? Eu não fiz isso com você. Sei que não fiz.

Maureen balançou a cabeça.

— Não foi você. Mas foi *por causa* de você. Pensaram que eu fosse sua namorada, sabia? Me tiraram do meu quarto à noite e me deixaram em uma jaula o dia seguinte inteiro. Mandaram eu não me preocupar, pois você iria me buscar. Mas não foi. Não apareceu.

— Eu não sabia. — A voz de Simon falhou. — Teria ido se soubesse.

Maureen jogou os cabelos louros por cima do ombro em um gesto que fez com que Simon se lembrasse repentina e dolorosamente de Camille.

— Não tem importância — disse com a voz juvenil. — Quando o sol se pôs, disseram que eu podia morrer, ou escolher viver assim. Como vampira.

— Então *escolheu* isso?

— Não queria morrer — suspirou. — E agora serei bonita e jovem para sempre. Posso passar a noite toda fora, e não preciso voltar para casa nunca. E ela toma conta de mim.

— De quem está falando? Quem é ela? Está se referindo a Camille? Veja bem, Maureen, ela é louca. Não deveria dar ouvidos a ela. — Simon se levantou, cambaleando. — Posso ajudar. Encontrar um lugar para você ficar. Ensinar a ser vampira...

— Ah, Simon. — Maureen sorriu, e os dentinhos brancos se mostraram em uma fileira perfeita. — Acho que você também não sabe ser vampiro. Não queria me morder, mas mordeu. Eu me lembro. Seus olhos ficaram pretos com os de um tubarão, então me mordeu.

— Sinto muito. Se me deixar ajudar...

— Poderia vir comigo — disse ela. — Isso me ajudaria.

— Ir com você para onde?

Maureen olhou de um lado para o outro da rua vazia. Parecia um fantasma com o vestido branco e fino. O vento o balançava ao redor do corpo, mas ela claramente não sentia frio.

— Você foi escolhido — disse. — Porque é um Diurno. Os que fizeram isto comigo querem você. Mas sabem que tem a Marca agora. Não podem te ter a não ser que escolha ir. Então, me enviaram como mensageira. — Ela inclinou a cabeça para o lado, como um passarinho. — Posso não ser alguém que importe para você — disse —, mas na próxima vez, será. Continuarão indo atrás das pessoas que ama até que não sobre ninguém, então é melhor vir comigo e descobrir o que querem.

— Você sabe? — perguntou Simon. — O que querem?

Ela fez que não com a cabeça. Estava tão pálida sob a luz difusa do poste que parecia quase transparente, como se o olhar de Simon pudesse passar direto por ela. Da maneira como, supôs, sempre fizera.

— Importa? — perguntou ela, e estendeu a mão.

— Não — respondeu. — Não, suponho que não. — E segurou a mão dela.

Capítulo 16
ANJOS DE NOVA YORK

— Chegamos — disse Maureen a Simon.

A menina tinha parado no meio da calçada e estava olhando para um prédio enorme de vidro e pedra que se erguia diante deles. Fora claramente projetado para se parecer com um daqueles edifícios luxuosos construídos no Upper East Side antes da Segunda Guerra Mundial, mas os toques modernos denunciavam — as janelas altas, os telhados metálicos sem nenhum toque de verdete, os anúncios caindo pela frente do prédio prometendo APARTAMENTOS LUXUOSOS A PARTIR DE US$750.000. Aparentemente a compra de um deles garantiria o uso de um jardim no telhado, uma academia, uma piscina aquecida e serviço de porteiro 24 horas, a partir de dezembro. No momento o local ainda estava em construção, e havia placas de AFASTE-SE: PROPRIEDADE PRIVADA pelos andaimes que o cercavam.

Simon olhou para Maureen. Ela parecia estar se acostumando a ser vampira com grande rapidez. Atravessaram a Queensboro Bridge e a Second Avenue para chegarem ali, e os chinelos brancos estavam rasgados. Mas não diminuiu o ritmo em nenhum momento, e nem pareceu se surpreender por não se cansar. Agora estava olhando para o edifício com uma expressão beatífica, o pequeno rosto cheio do que Simon só podia imaginar se tratar de ansiedade.

— Este local está fechado — disse ele, sabendo que estava relatando o óbvio. — Maureen...

— Silêncio. — Ela esticou a mão pequena para empurrar um letreiro preso a um canto do andaime. O objeto se soltou com um ruído de gesso sendo rasgado e pregos arrancados. Alguns deles caíram no chão aos pés de Simon. Maureen jogou o letreiro de lado e sorriu para o buraco que acabara de abrir.

Um senhor que passeava com um poodle vestido com uma roupa xadrez, parou e os encarou.

— Deveria arrumar um casaco para a sua irmãzinha — disse a Simon. — Magrinha desse jeito, vai congelar neste frio.

Antes que Simon pudesse responder, Maureen voltou-se para o sujeito com um sorriso feroz, exibindo todos os dentes, inclusive os caninos.

— *Não sou irmã dele* — sibilou.

O homem empalideceu, pegou o cachorro e se apressou para longe.

Simon balançou a cabeça para Maureen.

— Não precisava fazer isso.

As presas tinham perfurado o lábio inferior, coisa que já tinha acontecido com Simon tantas vezes que ele já estava até acostumado. Gotas finas de sangue escorreram pelo queixo.

— Não me diga o que fazer — respondeu com impertinência, mas as presas se retraíram. Passou a mão no queixo num gesto infantil, espalhando o sangue. Em seguida voltou-se novamente para o buraco que abrira. — Vamos.

Atravessou-o, e ele foi atrás. Passaram pelo que obviamente era a área onde a equipe de construtores jogava o lixo. Havia ferramentas quebradas por todos os lados, tijolos esmagados, sacos plásticos e latas de coca-cola sujando o chão. Maureen levantou a saia e passou cuidadosamente pelo lixo, com um olhar de nojo no rosto. Pulou por cima de uma vala e subiu alguns degraus de pedra quebrados. Simon a seguiu.

Os degraus levavam a um par de portas de vidro, abertas. Através destas havia uma recepção de mármore. Um lustre imenso pendurava-se do teto, apesar de não haver luz para refletir nos pingentes de cristal. O local estava escuro demais para que um humano sequer o visse. Tinha uma mesa de mármore para o porteiro, uma espreguiçadeira verde sob um espelho de bordas douradas, e fileiras de elevadores em ambos os lados da portaria. Maureen apertou o botão do elevador, que, para surpresa de Simon, acendeu.

— Para onde estamos indo? — perguntou.

O elevador apitou e Maureen entrou, com Simon logo atrás. Era decorado em dourado e vermelho, com espelhos em cada parede.

— Para cima. — Ela apertou o botão para o telhado e riu. — Para o Céu — disse, e as portas se fecharam.

— Não estou encontrando Simon.

Isabelle, apoiada em um pilar dos Grilhões, tentando não se preocupar, levantou a cabeça e viu Jordan se erguendo diante dela. Ele era realmente muito alto, pensou. Devia ter pelo menos 1,90 m. O achou bonito na primeira vez em que o viu, com os cabelos escuros desalinhados e os olhos esverdeados, mas agora que sabia que era ex-namorado de Maia, o movera para o espaço mental destinado a meninos proibidos.

— Bem, eu não o vi — disse ela. — Pensei que fosse o guardião dele.

— Ele me disse que voltava logo. Isso foi há quarenta minutos. Achei que tivesse ido ao banheiro.

— Que espécie de guardião você é? Não deveria ter ido ao banheiro *com* ele? — perguntou.

Jordan pareceu horrorizado.

— Caras — explicou — não vão com outros caras ao banheiro.

Isabelle suspirou.

— O pânico homossexual latente acaba com vocês em qualquer ocasião — declarou. — Vamos. Vamos procurá-lo.

Circularam pela festa, movimentando-se entre os convidados. Alec estava se lamuriando sozinho em uma mesa, brincando com uma taça de champanhe vazia.

— Não, não vi — respondeu quando perguntaram. — Mas é bem verdade que não estava procurando.

— Bem, pode nos ajudar a procurar — disse Isabelle. — Terá alguma coisa para fazer além de parecer infeliz.

Alec deu de ombros e se juntou a eles. Decidiram se separar e vasculhar a festa. Alec subiu para procurar nas passarelas e no segundo andar. Jordan saiu para checar as varandas e a entrada. Isabelle se encarregou da área da festa. Estava ponderando se procurar embaixo das mesas seria ridículo quando Maia apareceu atrás dela.

— Está tudo bem? — inquiriu. Olhou para cima em direção a Alec, e em seguida para onde Jordan havia ido. — Reconheço uma equipe de buscas quando vejo uma. O que estão procurando? Algum problema?

Isabelle relatou a situação de Simon.

— Acabei de falar com ele, há meia hora.

— O Jordan também, mas agora ele sumiu. E considerando que pessoas têm tentado matá-lo ultimamente...

Maia repousou o copo sobre a mesa.

— Eu ajudo.

— Não precisa. Sei que não está morrendo de amores pelo Simon no momento...

— Isso não significa que não quero ajudar se ele estiver *com problemas* — falou, como se Isabelle estivesse sendo ridícula. — O Jordan não deveria estar de olho nele?

Isabelle jogou as mãos para o alto.

— Deveria, mas aparentemente caras não vão com outros caras ao banheiro ou coisa parecida. Não estava falando coisa com coisa.

— Meninos nunca falam — disse Maia, e foi atrás dela. Entraram e saíram da multidão, apesar de Isabelle já estar praticamente certa de que não encontrariam Simon. Tinha um friozinho no estômago que estava se tornando maior e mais intenso. Quando todos voltaram à mesa original, ela sentia como se tivesse engolido um copo de água gelada.

— Ele não está aqui — disse ela.

Jordan xingou, em seguida olhou com uma expressão culpada para Maia.

— Desculpe.

— Já ouvi coisa pior — disse ela. — Então, qual é o próximo passo? Alguém já tentou ligar para ele?

— Cai direto na caixa postal — relatou Jordan.

— Alguma ideia de para onde possa ter ido? — perguntou Alec.

— Na melhor das hipóteses, voltou para o apartamento — respondeu Jordan. — Na pior, as pessoas que andavam atrás dele finalmente o alcançaram.

— Pessoas que o quê? — Alec ficou estarrecido; apesar de Isabelle ter contado a história de Simon a Maia, ainda não tinha atualizado o irmão.

— Vou voltar para o apartamento e procurar lá — disse Jordan. — Se estiver, ótimo. Se não, ainda é o local por onde devo começar. Eles sabem onde ele mora; têm mandado recados para lá. Talvez tenha alguma mensagem. — Não parecia muito esperançoso.

Isabelle tomou a decisão em uma fração de segundo:

— Vou com você.

— Não precisa...

— Sim, preciso. Eu disse a ele que poderia vir para cá hoje à noite; sou responsável. Além disso, estou achando esta festa um saco.

— É — concordou Alec, parecendo aliviado com a possibilidade de sair de lá. — Eu também. Talvez todos devêssemos ir. Devemos contar para Clary?

Isabelle balançou a cabeça.

— É a festa da mãe dela. Não seria justo. Vamos ver o que conseguimos fazer só os três.

— Três? — perguntou Maia, com um tom delicado de irritação na voz.

— Quer vir conosco, Maia? — Quem perguntou foi Jordan. Isabelle congelou; não sabia ao certo como Maia reagiria ao fato do ex-namorado ter falado diretamente com ela. A boca da licantrope se encolheu um pouco, e por apenas um instante ela olhou para Jordan não como se o detestasse, mas de maneira pensativa.

— É o Simon — disse, finalmente, como se isso decidisse tudo. — Vou buscar meu casaco.

As portas do elevador se abriram para uma mistura de ar escuro e sombras. Maureen soltou mais uma risada aguda e dançou pela escuridão, e Simon a seguiu com um suspiro.

Encontravam-se em uma grande sala de mármore sem janelas. Não havia lâmpadas, mas a parede à esquerda do elevador tinha uma porta de vidro dupla. Através delas Simon viu a superfície lisa do telhado, e no alto o céu negro marcado por estrelas que brilhavam fracamente.

O vento soprava forte outra vez. Seguiu Maureen através das portas em direção à rajada de ar frio, o vestido da menina esvoaçando como uma mariposa batendo as asas contra uma ventania. O jardim do telhado era tão elegante quanto garantiam as placas. Azulejos lisos e hexagonais compunham o piso; havia canteiros de flores brotando sob vidro e arbustos em forma de monstros e animais. A passarela através da qual seguiam era adornava com pequenas luzes brilhantes alinhadas. Ao redor erguiam-se condomínios altos, as janelas avermelhadas com eletricidade.

O caminho acabava em degraus de ladrilho que davam em um ambiente quadrado e amplo envolto em três lados pela parede alta que cercava o jardim. Claramente tratava-se de uma área onde futuros moradores socializariam. Havia um grande bloco de concreto no centro, que provavelmente teria uma grelha, concluiu Simon, e a área era cercada por canteiros de rosas cuidadosamente aparados que floresceriam em junho, assim como as grades nuas emoldurando as paredes um dia desapareceriam sob uma coberta de folhas. Eventualmente seria um local muito bonito, um jardim em uma cobertura no Upper East Side onde seria possível relaxar em uma espreguiçadeira, com o East River brilhando sob o pôr do sol e a cidade se estendendo diante dos espectadores num um mosaico de luzes cintilantes.

Só que... O chão de azulejos fora desfigurado, com uma espécie de líquido preto e pegajoso utilizado para desenhar um círculo, dentro de um círculo maior. O espaço entre os dois círculos fora preenchido com símbolos rabiscados. Apesar de Simon não ser um Caçador de Sombras, já tinha visto símbolos Nephilim o bastante para reconhecer os que eram oriundos do Livro Gray. Estes não eram. Pareciam ameaçadores e errados, como uma maldição escrita em uma língua desconhecida.

No centro do círculo havia um bloco de concreto. No topo deste, um objeto volumoso e retangular, coberto com um pano escuro. O formato não diferia muito do de um caixão. Mais símbolos se espalhavam ao redor da base do bloco. Se o sangue de Simon circulasse, teria gelado.

Maureen uniu as mãos.

— Oh — disse com a vozinha fina. — Que bonito.

— *Bonito?* — Simon olhou rapidamente para a forma encolhida em cima do bloco de concreto. — Maureen, que diabos...

— Então o trouxe. — Foi a voz de uma mulher que falou; educada, forte e... familiar. Simon se virou. Na passarela atrás dele encontrava-se uma mulher alta com cabelos curtos e escuros. Era muito magra e trajava um casaco escuro comprido, com um cinto no meio como uma *femme fatale* de um filme de espionagem dos anos 1940. — Obrigada, Maureen — prosseguiu. Tinha um rosto rijo e belo, de ângulos precisos e com maçãs do rosto altas e olhos escuros e grandes. — Muito bem. Pode ir agora. — Então voltou o olhar para Simon. — Simon Lewis — disse. — Obrigada por ter vindo.

No instante em que pronunciou o seu nome, Simon a reconheceu. Na última vez em que a vira, ela estava sob a chuva forte do lado de fora do Alto Bar.

— Você. Eu me lembro de você. Me deu seu cartão. A promotora musical. Uau, deve *realmente* querer promover minha banda. Nem achei que fôssemos tão bons assim.

— Não seja sarcástico — disse a mulher. — Não adianta nada. — Olhou para o lado. — Maureen. Pode *ir*. — A voz soou firme desta vez, e Maureen, que estava circulando como um fantasminha, soltou um ganido e correu de volta pelo caminho que os trouxera. Ele assistiu enquanto ela desaparecia pelas portas que levavam até o elevador, quase lamentando por vê-la se retirar. Maureen não era grande companhia, mas sem ela se sentiu muito sozinho. Quem quer que fosse esta estranha, emitia uma aura clara de poder negro que Simon não notara antes por estar sob os efeitos do sangue humano.

— Me deu trabalho, Simon — disse ela, e agora a voz vinha de outra direção, a alguns metros de distância. Simon girou e viu que ela estava ao lado do bloco de concreto, no centro do círculo. As nuvens passavam rapidamente pela lua, projetando uma estampa de sombras ambulantes no rosto da mulher. Porque estava no primeiro degrau, Simon tinha que esticar a cabeça para trás para olhar para ela. — Pensei que colocar as mãos em você seria fácil. Lidar com um simples vampiro. E um recentemente transformado, aliás. Mesmo um Diurno não é nada que eu não tenha encontrado antes, apesar de não ver um há cem anos. Sim — acrescentou com um sorriso ao ver o olhar no rosto dele. — Sou mais velha do que pareço.

— Parece bem velha.

A mulher ignorou o insulto.

— Mandei meus melhores serventes atrás de você, e apenas um retornou, com um conto balbuciado sobre fogo sagrado e ira de Deus. Depois disso se tornou um completo inútil. Tive que sacrificá-lo. Foi bastante irritante. Então resolvi que teria que lidar pessoalmente com você. Segui você até seu showzinho musical estúpido, e depois, quando me aproximei de você, vi. Sua Marca. Como alguém que conheceu Caim pessoalmente, estou intimamente familiarizada com a forma.

— Conheceu Caim *pessoalmente*? — Simon balançou a cabeça. — Não pode esperar que eu acredite nisso.

— Acredite ou não — declarou —, não faz a menor diferença para mim. Sou mais velha do que os sonhos da sua espécie, garotinho. Caminhei pelo Jardim do Éden. Conheci Adão antes de Eva. Fui sua primeira esposa, mas não fui obediente, então Deus me descartou e fez uma nova mulher para ele, uma fabricada do seu próprio corpo, para ser sempre subserviente. — Sorriu fracamente. — Tenho muitos nomes. Mas pode me chamar de Lilith, a primeira de todos os demônios.

Com isso, Simon, que não sentia frio há meses, finalmente estremeceu. Já tinha ouvido o nome Lilith antes. Não conseguia lembrar exatamente onde, mas sabia que era um nome associado à escuridão, maldade e coisas terríveis.

— Sua Marca me colocou numa difícil questão — disse Lilith. — Preciso de você, Diurno, entenda. Da sua força de vida, de seu sangue. Mas não podia forçá-lo, ou machucá-lo.

Disse isso como se o fato de precisar do sangue dele fosse a coisa mais natural do mundo.

— Você... bebe sangue? — perguntou Simon. Estava tonto, como se estivesse preso em um sonho estranho. Certamente isto não podia estar acontecendo de fato.

Ela riu.

— Sangue não é o alimento de demônios, criança tola. O que quero de você não é para mim. — Estendeu uma mão esguia. — Aproxime-se.

Simon balançou a cabeça.

— Não vou entrar nesse círculo.

Ela deu de ombros.

— Muito bem, então. Pretendia apenas lhe oferecer uma visão melhor. — Mexeu os dedos ligeiramente, de forma quase negligente, como o gesto de alguém abrindo uma cortina. O pano preto cobrindo o objeto em forma de caixão entre eles desapareceu.

Simon encarou fixamente o que fora revelado. Não estivera enganado quanto à forma de caixão. Tratava-se de uma caixa grande de vidro, comprida e larga o suficiente para uma pessoa se deitar. Um caixão de vidro, pensou, como o da Branca de Neve. Mas este não era um conto de fadas. O interior do caixão continha um líquido nebuloso, e, flutuando no líquido — nu da cintura para cima, os cabelos louro-esbranquiçados boiando como algas claras — estava Sebastian.

Não havia nenhum recado na porta do apartamento de Jordan, embaixo do tapete de boas-vindas, ou imediatamente óbvio no interior do apartamento. Enquanto Alec montava guarda lá embaixo e Maia e Jordan verificavam a mochila de Simon na sala, Isabelle, na entrada do quarto de Simon, olhava silenciosamente para o lugar onde ele vinha dormindo nos últimos dias. Era muito vazio — apenas quatro paredes, despidas de qualquer decoração; um chão sem nada além de um futon e um cobertor branco dobrado no pé; e uma única janela com vista para a Avenue B.

Podia ouvir a cidade — a cidade onde crescera, cujos ruídos sempre a cercaram, desde que era um bebê. Tinha achado a quietude de Idris terrivelmente estranha, sem os barulhos de alarmes de carro, pessoas gritando, sirenes de ambulâncias e a música tocando; coisas que em Nova York nunca cessavam, mesmo tarde da noite. Mas agora, parada ali, olhando para o pequeno quarto de Simon, pensou no quão solitário e distantes soavam estes barulhos, e se ele próprio tinha se sentido sozinho à noite, deitado aqui, olhando para o teto, sem ninguém.

Mas também, não era como se já tivesse visto o quarto de Simon na casa dele, que provavelmente era coberto por pôsteres de bandas, troféus de esporte, caixas daqueles jogos que ele gostava de jogar, instrumentos musicais, livros — todos os fragmentos de uma vida normal. Nunca tinha pedido para ir até lá, e ele nunca sugerira. Tinha ficado tímida quanto a conhecer a mãe dele ou fazer qualquer coisa que pudesse indicar um compromisso maior do que estava disposta a aceitar. Mas agora, olhando para este quarto vazio, com o agito escuro da cidade ao seu redor, sentiu uma pontada de medo por Simon — misturada a uma quantidade equivalente de arrependimento.

Voltou-se para o restante do apartamento, mas parou ao escutar um murmúrio baixo de vozes vindo da sala. Reconheceu a de Maia. Não soava irritada, o que em si era surpreendente, considerando o quanto parecia detestar Jordan.

— Nada — dizia ela. — Chaves, alguns papéis com placares de jogos anotados. — Isabelle se inclinou através da porta. Conseguiu ver Maia, em um dos lados da bancada da cozinha, com a mão no bolso da mochila de Simon. Jordan, do outro lado, a observava. Observava *Maia* em si, pensou Isabelle, não o que estava fazendo; daquele jeito que os meninos olham quando gostam tanto da pessoa que cada movimento os fascina. — Vou verificar a carteira.

Jordan, que havia trocado a roupa formal e colocado calça jeans e uma jaqueta de couro, franziu o rosto.

— Estranho que tenha deixado para trás. Posso ver? — Ele esticou a mão através da bancada.

Maia recuou tão depressa que derrubou a carteira, a mão se afastando velozmente.

— Não ia... — Jordan recolheu a própria mão lentamente. — Desculpe.

Maia respirou fundo.

— Ouça — disse —, conversei com Simon. Sei que não teve a intenção de me Transformar. Sei que não sabia o que estava acontecendo com você. Lembro como foi. Lembro que fiquei apavorada.

Jordan colocou as mãos lenta e cuidadosamente sobre a bancada. Era estranho, pensou Isabelle, ver alguém tão alto tentando parecer pequeno e inofensivo.

— Deveria ter estado lá para você.

— Mas o Praetor não deixou — disse Maia. — E sejamos sinceros, você não sabia nada sobre ser licantrope; seríamos como duas pessoas vendadas tropeçando em um círculo. Talvez tenha sido melhor que não estivesse por perto. Fez com que eu fugisse para onde pude encontrar ajuda. Com o Bando.

— Inicialmente, torci para que o Praetor Lupus a trouxesse — sussurrou ele. — Para poder vê-la novamente. Depois percebi que estava sendo egoísta, e deveria estar torcendo para não ter transmitido a doença para você. Sabia que as chances eram meio a meio. Pensei que pudesse ter tido sorte.

— Bem, não tive — disse ela, com naturalidade. — E ao longo dos anos montei uma imagem sua na cabeça como uma espécie de monstro. Pensei que soubesse o que estava fazendo quando fez isso comigo. Achei que fosse vingança por eu ter beijado aquele menino. Então o odiei. E odiá-lo tornou tudo mais fácil. Ter a quem culpar.

— Deve me culpar — disse. — A culpa é minha.

Ela passou o dedo na bancada, evitando os olhos dele.

— E culpo. Mas... não como antes.

Jordan levantou as mãos e agarrou o próprio cabelo com os punhos, puxando com força.

— Não tem um dia em que não pense no que fiz. Eu mordi você. Te Transformei. Fiz de você o que é. Levantei a mão para você. Te machuquei. A pessoa que mais amava no mundo.

Os olhos de Maia brilhavam com lágrimas.

— Não *diga* isso. Não ajuda. Acha que ajuda?

Isabelle limpou a garganta alto, entrando na sala.

— Então. Encontraram alguma coisa?

Maia desviou o olhar, piscando rapidamente. Jordan, abaixando as mãos, respondeu:

— Não. Estávamos prestes a revistar a carteira dele. — Pegou-a de onde Maia havia derrubado. — Aqui. — Jogou para Isabelle.

Ela a pegou e abriu. Carteira da escola, identidade, uma palheta vazia que deveria ser destinado a cartão de crédito. Uma nota de dez dólares e um recibo. Então outra coisa chamou a atenção — um cartão de visitas, guardado de maneira descuidada atrás de uma foto de Simon e Clary, do tipo que se tiraria em uma cabine de uma farmácia barata. Ambos sorriam.

Isabelle pegou o cartão e o analisou. Tinha um desenho curvilíneo, quase abstrato, de uma guitarra flutuando contra as nuvens. Abaixo um nome.

Satrina Kendall. Promotora de Bandas. Abaixo, um número de telefone e um endereço no Upper East Side. Isabelle franziu o cenho. Alguma coisa, uma lembrança, surgia no fundo da mente.

Isabelle levantou o cartão para Jordan e Maia, que estavam ocupados não olhando um para o outro.

— O que acham disto?

Antes que pudessem responder, a porta do apartamento se abriu e Alec entrou. Estava com a cara fechada.

— Encontraram alguma coisa? Estou lá embaixo há meia hora, e nada sequer remotamente ameaçador passou. A não ser que se leve em conta os alunos da NYU que vomitaram nos degraus da frente.

— Aqui — disse Isabelle, entregando o cartão para o irmão. — Veja isto. Não parece ter alguma coisa estranha?

— Além do fato de que nenhuma promotora de bandas poderia ter algum interesse na porcaria da banda do Lewis? — perguntou Alec, pegando o cartão entre os dedos. Ele estreitou os olhos. — Satrina?

— Esse nome significa alguma coisa para vocês? — perguntou Maia. Seus olhos ainda estavam vermelhos, mas a voz soou firme.

— Satrina é um dos 17 nomes de Lilith, a mãe de todos os demônios. É por causa dela que feiticeiros são chamados de filhos de Lilith — respondeu Alec. — Porque ela é mãe dos demônios, que por sua vez criaram a raça dos feiticeiros.

— E você sabe os 17 nomes de cabeça? — Jordan parecia incrédulo.

Alec o olhou friamente.

— Quem é você mesmo?

— Ah, cala a boca, Alec — disse Isabelle, com o tom que só usava com o irmão. — Olha, nem todos temos a memória que você tem para coisas chatas. Não suponho que se lembre dos *outros* nomes de Lilith?

Com um olhar superior, Alec despejou:

— Satrina, Lilith, Ita, Kali, Batna, Talto...

— Talto! — gritou Isabelle. — É isso. Sabia que estava me lembrando de alguma coisa. *Sabia* que tinha uma ligação! — Rapidamente contou a eles sobre a Igreja de Talto, o que Clary tinha encontrado lá, e como se relacionava ao bebê metade demônio no Beth Israel.

— Gostaria que tivesse me contado isto antes — disse Alec. — Sim, Talto é outro nome de Lilith. E Lilith sempre esteve associada a bebês. Foi a primeira mulher de Adão, mas fugiu do Jardim do Éden porque não queria obedecer a ele ou a Deus. Mas Deus a amaldiçoou por desobediência: qualquer criança que gerasse, morreria. Reza a lenda que ela tentou ter filhos de todas as maneiras, mas todos nasciam mortos. Eventualmente jurou que se vingaria de Deus enfraquecendo e matando bebês humanos. Pode-se dizer que ela é a deusa demônio das crianças mortas.

— Mas você disse que ela era mãe dos demônios — observou Maia.

— Ela conseguiu criar demônios espalhando gotas do próprio sangue na terra de um lugar chamado Edom — explicou Alec. — E porque nasceram do seu ódio a Deus e à humanidade, se tornaram demônios. — Ciente de que todos o estavam encarando, deu de ombros. — É só uma história.

— Todas as histórias são verdadeiras — afirmou Isabelle. Esta era a base de suas crenças desde a infância. Todos os Caçadores de Sombras acreditavam nisso. Não existia apenas uma religião, apenas uma verdade, e nenhum mito era desprovido de significado. — Você sabe disso, Alec.

— Sei de mais uma coisa — disse Alec, devolvendo o cartão. — Esses telefone e endereço são inúteis. Chance zero de serem reais.

— Talvez — disse Isabelle, enfiando o cartão no bolso. — Mas não temos outro lugar por onde começar. Então vamos começar por lá.

Simon só conseguia olhar. O corpo boiando no caixão — o corpo de Sebastian — não parecia vivo; pelo menos, não estava respirando. Mas também não estava exatamente morto. Fazia dois meses. Se *estivesse* morto, Simon tinha quase certeza, estaria com uma aparência muito pior. O corpo estava muito branco, como mármore; uma das mãos era um cotoco atado, mas fora isso não havia marcas. Parecia estar dormindo, os olhos fechados, os braços soltos nas laterais. Apenas o fato de que o peito não fazia movimentos de subida e descida indicava que havia alguma coisa muito errada.

— Mas — disse Simon, sabendo que soava ridículo — ele está morto. Jace o matou.

Lilith colocou uma das mãos claras na superfície de vidro do caixão.

— Jonathan — disse, e Simon lembrou que este era, de fato, seu nome. A voz da mulher tinha um aspecto suave estranho ao falar o nome, como se estivesse cantando para uma criança. — Ele é lindo, não é?

— Hum — disse Simon, olhando com desprezo para a criatura dentro do caixão, o garoto que assassinara Max Lightwood, de 9 anos. A coisa que matara Hodge. Que tentara matar todos eles. — Não faz muito o meu tipo, na verdade.

— Jonathan é único — afirmou. — É o único Caçador de Sombras que já conheci que é parte Demônio Maior. Isto faz dele alguém muito poderoso.

— Ele está *morto* — rebateu Simon. Tinha a sensação de que, de algum jeito, era importante reafirmar este argumento, apesar de Lilith não parecer absorvê-lo.

Lilith, olhando para Sebastian, franziu o rosto.

— É verdade. Jace Lightwood chegou por trás e o apunhalou pelas costas, através do coração.

— Como você...

— Eu estava em Idris — respondeu Lilith. — Quando Valentim abriu a porta para os mundos dos demônios, atravessei. Não para lutar naquela batalha estúpida. Foi mais por curiosidade do que por qualquer outra razão. Que Valentim pudesse ter tanta arrogância... — interrompeu-se, dando de ombros. — O Céu o destruiu por isso, é claro. Vi o sacrifício que fez; vi o Anjo se elevar e voltar-se contra ele. Vi o que foi retribuído. Sou a mais velha dos demônios, conheço as Leis Antigas. Uma vida por uma vida. Corri para Jonathan. Já era quase tarde demais. A parte humana dele morreu instantaneamente: o coração deixou de bater, os pulmões de inflar. As Leis Antigas não foram o suficiente. Tentei trazê-lo de volta ali. Mas já era tarde. Tudo que consegui fazer foi isto. Preservá-lo para este momento.

Simon pensou brevemente sobre o que aconteceria se fugisse — se passasse pela mulher-demônio insana e se jogasse do telhado. Não podia ser ferido por outra criatura humana devido à Marca, mas duvidava que o poder se estendesse a protegê-lo contra o solo. Mesmo assim, era um vampiro. Se caísse de quarenta andares e quebrasse todos os ossos do corpo, poderia se curar? Engoliu em seco e viu Lilith olhando entretida para ele.

— Não quer saber — disse, com a voz fria e sedutora — de que momento estou falando? — Antes que tivesse a chance de responder, ela se inclinou para a frente, apoiando os cotovelos no caixão. — Suponho que conheça a história de como os Nephilim passaram a existir? Como o Anjo Raziel misturou o próprio sangue ao sangue dos homens e deu para um homem beber, tornando-o o primeiro dos Nephilim?

— Já escutei.

— Como consequência, o Anjo criou uma nova raça. E agora, com Jonathan, uma nova raça nasceu novamente. Assim como o primeiro Jonathan liderou os primeiros Nephilim, este Jonathan liderará a nova raça que pretendo criar.

— A nova raça que pretende... — Simon ergueu as mãos. — Quer saber, se quer criar uma nova raça começando com um cara morto, vá em frente. Não sei o que isto tem a ver comigo.

— Ele está morto agora. Mas não precisa continuar assim. — A voz de Lilith era totalmente fria e sem emoção. — Existe, é claro, uma espécie de criatura do Submundo cujo sangue oferece a possibilidade de, digamos, ressurreição.

— Vampiros — disse Simon. — Quer que eu transforme Sebastian em um *vampiro*?

— O nome dele é Jonathan. — O tom saiu severo. — E sim, de certa forma. Quero que o morda, beba seu sangue, e dê a ele o seu em troca...

— Não vou fazer isso.

— Tem certeza?

— Um mundo sem Sebastian — Simon utilizou o nome propositalmente — é melhor do que um *com* ele. Não o farei. — Raiva fervia em Simon em uma corrente veloz.

— E mesmo assim, não poderia se quisesse. Ele está *morto*. Vampiros não podem ressuscitar os mortos. Deveria saber disso, se sabe tanta coisa. Uma vez que a alma deixa o corpo, nada pode trazê-lo de volta. Ainda bem.

Lilith fixou os olhos nele.

— Realmente não sabe, né? — disse. — Clary nunca lhe contou.

Simon estava ficando de saco cheio.

— Nunca me contou o quê?

Ela riu.

— Olho por olho, dente por dente, vida por vida. Para prevenir o caos, é preciso que haja ordem. Se uma vida é dada à Luz, uma vida é devida às Trevas.

— Eu — disse Simon de forma lenta e deliberada — realmente não faço ideia do que esteja falando. E não me importo. Vocês, vilões, e seus programas de eugenia arrepiantes estão começando a me entediar. Então vou embora agora. Sinta-se à vontade para tentar me conter me ameaçando ou me machucando. Recomendo que vá em frente e tente.

Ela olhou para ele e riu.

— Caim se ergueu. — disse. — Você é um pouco como aquele cuja Marca possui. Ele era teimoso, como você. Audacioso, também.

— Ele enfrentou... — Simon engasgou com a palavra. *Deus*. — Eu só estou lidando com você. — E virou-se para se retirar.

— Eu não viraria as costas, Diurno — disse Lilith, e alguma coisa na voz o fez olhar para ela, apoiada no caixão de Sebastian. — Pensa que não pode ser ferido — falou com desdém. — E de fato não posso levantar a mão contra você. Não sou tola; já vi o fogo sagrado do divino. Não tenho o menor desejo de vê-lo voltado contra mim. Não sou Valentim para me meter com o que não entendo. Sou um demônio, mas sou muito antiga. Conheço a humanidade melhor do que pode imaginar. Entendo a fraqueza do orgulho, da sede de poder, do desejo pela carne, da cobiça, da vaidade e do amor.

— O amor não é uma fraqueza.

— Ah, não? — disse ela, e olhou para além dele com um olhar frio e aguçado como um sincelo.

Simon se virou, sem querer, sabendo que devia, e olhou para trás.

Ali na passagem de tijolos, estava Jace. Vestia um terno escuro e uma camisa branca. Diante dele encontrava-se Clary, ainda com o vestido dourado bonito da festa nos Grilhões. Os longos cabelos ruivos e ondulados haviam se soltado do penteado, e espalhavam-se ao redor dos ombros. Estava completamente imóvel em um círculo formado pelos braços de Jace. Quase poderia parecer uma foto romântica, não fosse pelo fato de que em uma de suas mãos, Jace segurava uma faca comprida e brilhante com cabo de osso, e a ponta estivesse contra a garganta de Clary.

Simon olhou para Jace completamente chocado. Não havia emoção no rosto dele, nenhuma luz nos olhos. Parecia completamente vazio.

Muito levemente, Jace inclinou a cabeça.

— Trouxe-a, Lady Lilith — disse ele. — Conforme me pediu.

Capítulo 17
E CAIM SE ERGUEU

Clary nunca sentira tanto frio.

Nem quando nadou para fora do Lago Lyn, tossindo e cuspindo a água venenosa. Nem quando achou que Jace estivesse morto sentiu esta terrível paralisia gelada no coração. Naquele momento ardeu em fúria, fúria contra o pai. Agora sentia apenas gelo, até os dedos dos pés.

Tinha recuperado a consciência no lobby de mármore de um prédio estranho, sob a sombra de um lustre apagado. Jace a carregava, um braço sob os joelhos dobrados, o outro apoiando a cabeça. Ainda tonta e atordoada, enterrou a cabeça no pescoço dele por um instante, tentando lembrar onde estava.

— O que aconteceu? — sussurrou.

Chegaram ao elevador. Jace apertou o botão e Clary escutou o ruído que indicava que a máquina estava descendo em direção a eles. Mas onde estavam?

— Perdeu a consciência — respondeu Jace.

— Mas como... — Então se lembrou, e parou de falar. As mãos dele nela, a picada da própria estela na pele, a onda de escuridão que sucedera. Alguma coisa *errada* com o símbolo que ele desenhou nela, a aparência e a sensação. Ficou imóvel nos braços dele por um instante, em seguida falou:

— Me ponha no chão.

Jace a colocou de pé e eles se entreolharam. Apenas um pequeno espaço os separava. Ela poderia ter esticado o braço e o tocado, mas pela primeira vez desde que o conhecera, não queria. Tinha a terrível sensação de estar olhando para um estranho. Parecia Jace, soava como Jace quando falava, pareceu Jace quando o abraçou. Mas os olhos estavam estranhos e distantes, assim como o pequeno sorriso que dançava em seus lábios.

As portas do elevador se abriram atrás dele. Lembrou-se de estar na nave do Instituto, dizendo "eu te amo" para uma porta de elevador fechada. A passagem se abria atrás dele agora, tão negro quanto a boca de uma caverna. Clary apalpou o bolso em busca da estela; não estava lá.

— Você me apagou — disse ela. — Com um símbolo. Me trouxe até aqui. *Por quê?*

O rosto lindo estava completa e cuidadosamente sem expressão.

— Tive que fazer isso. Não tive escolha.

Ela se virou e correu, tentando chegar à porta, mas ele foi mais rápido. Sempre havia sido. Pôs-se diante dela, bloqueando a passagem, e esticou as mãos.

— Clary, não corra — disse ele. — Por favor. Por mim.

Olhou para ele, incrédula. A voz era a mesma — soava como Jace, mas não exatamente... — como uma gravação, pensou, onde todos os tons e características da voz estavam ali, mas a vida que a animava, não. Como não tinha percebido antes? Achava que ele parecia distante em decorrência de estresse e dor, mas não. Ele *não estava mais lá*. O estômago de Clary se embrulhou e ela tentou chegar à porta outra vez, mas ele apenas a pegou pela cintura e a girou novamente para ele. Ela o empurrou, os dedos fechando no tecido da camisa e rasgando-a de lado.

Clary congelou, encarando-o. Na pele do peito, logo acima do coração, havia um símbolo.

Não era algum que já tivesse visto. Não era preto, como normalmente eram os símbolos dos Caçadores de Sombras, mas vermelho-escuro, cor de sangue. E não tinha a graciosidade delicada dos símbolos do Livro Gray. Era rabiscado, feio, as linhas ríspidas e cruéis em vez de curvilíneas e bondosas.

Jace não pareceu notar. Olhou para si mesmo, como se estivesse imaginando para que ela estava olhando, em seguida voltou os olhos para ela, confuso.

— Tudo bem. Não machucou.

— Esse símbolo... — começou, mas se interrompeu. Talvez ele *não* soubesse que estava ali. — Me solte, Jace — foi o que acabou falando, se afastando dele. — Não precisa fazer isto.

— Está errada quanto a isso — disse ele, e a alcançou novamente.

Desta vez ela não lutou. O que aconteceria se escapasse? Não podia simplesmente largá-lo ali. Jace ainda estava lá, pensou, preso em algum lugar por trás daqueles olhos vazios, talvez gritando para ela. Tinha que ficar com ele. Precisava saber o que estava acontecendo. Permitiu que a pegasse e a levasse ao elevador.

607

— Os Irmãos do Silêncio vão perceber que saiu — falou, enquanto os botões dos andares acendiam conforme o elevador subia. — Vão alertar a Clave. Virão procurar...

— Não preciso temer os Irmãos. Não era um prisioneiro; não esperavam que eu quisesse sair. Não notarão que saí até acordarem amanhã.

— E se eles acordarem antes disso?

— Ah — disse Jace, com uma certeza fria —, não vão. É mais provável que os outros convidados da festa nos Grilhões percebam a sua ausência. Mas o que podem fazer quanto a isso? Não terão ideia de onde foi, e o Rastreamento a esse prédio é bloqueado. — Tirou o cabelo do rosto de Clary, que ficou imóvel. — Vai ter que confiar em mim. Ninguém vem atrás de você.

Não sacou a faca até saírem do elevador.

— Jamais te machucaria. Sabe disso, não sabe? — disse, mesmo enquanto afastava o cabelo dela com a ponta da lâmina e a pressionava contra a garganta. O ar gelado atingiu os ombros nus de Clary assim que chegaram ao telhado. As mãos de Jace estavam mornas onde a tocavam, e Clary sentiu o calor através do vestido fino, mas isso não a aqueceu, não por dentro. Internamente estava preenchida por lascas de gelo.

Sentiu ainda mais frio ao ver Simon, olhando para ela com aqueles olhos escuros e enormes. O rosto dele parecia ter sido esvaziado pelo choque, como um pedaço de papel branco. Ele estava olhando para ela e Jace como se estivesse vendo alguma coisa fundamentalmente *errada*, uma pessoa com o rosto revirado, um mapa-múndi em que a terra sumira e sem nada além de oceano.

Mal olhou para a mulher perto dele, com os cabelos escuros e finos, e o rosto cruel. O olhar de Clary dirigiu-se imediatamente para o caixão transparente no pedestal de pedra. Parecia brilhar por dentro, como se aceso por uma luz leitosa interior. A água em que Jonathan flutuava provavelmente não era água, mas algum outro líquido, menos natural. A Clary normal, pensou, sem veemência, teria gritado ao ver o irmão, boiando, aparentemente morto e totalmente imóvel no que parecia o caixão de vidro da Branca de Neve. Mas a Clary congelada apenas encarou com um choque distante e contido.

Lábios vermelhos como sangue, pele branca como a neve, cabelos negros como ébano. Bem, em parte estava certo. Quando conheceu Sebastian, ele tinha cabelos pretos, mas agora era branco-prateado, e flutuava ao redor da cabeça como algas albinas. A mesma cor do cabelo do pai dele. Do pai *deles*. A pele era tão clara que podia ser feita de cristais luminosos. Mas os lábios também estavam descoloridos, assim como as pálpebras dos olhos.

— Obrigada, Jace — respondeu a mulher que ele chamou de Lady Lilith. — Muito bem, e muito pontual. De início achei que fosse ter dificuldades com você, mas ao que parece me preocupei à toa.

Clary encarou. Apesar de a mulher não parecer familiar, a *voz* era. Já tinha ouvido antes. Mas onde? Tentou se afastar de Jace, mas as mãos dele a apertaram mais. A ponta da faca pressionou sua garganta. Um acidente, disse a si mesma. Jace — mesmo este — jamais a machucaria.

— Você — disse a Lilith entre dentes. — O que fez com Jace?

— A filha de Valentim se pronuncia. — A mulher de cabelos escuros sorriu. — Simon? Gostaria de explicar?

Simon parecia prestes a vomitar.

— Não faço ideia — respondeu, parecendo engasgado. — Acredite, vocês dois são a última coisa que eu esperava ver.

— Os Irmãos do Silêncio disseram que um demônio era responsável pelo que vem acontecendo com Jace — disse Clary, e viu Simon parecer mais espantado do que nunca. A mulher, no entanto, apenas a observou com olhos que pareciam círculos lisos de obsidiana. — O demônio era você, não era? Mas por que Jace? O que quer de nós?

— Nós? — Lilith gargalhou. — Como se você tivesse alguma importância nisto, menina. Por que você? Porque é um meio para um fim. Porque precisava destes dois meninos, e os dois a amam. Porque Jace Herondale é a pessoa em quem mais confia no mundo. E *você* é alguém a quem o Diurno ama o suficiente para abdicar da própria vida. Talvez *você* não possa ser ferido — disse, voltando-se para Simon —, mas *ela* pode. É tão teimoso que vai assistir enquanto Jace corta a garganta dela em vez de dar seu sangue?

Simon, parecendo a própria morte, balançou a cabeça lentamente, mas antes que pudesse falar, Clary disse:

— Simon, não! Não faça, o que quer que seja. Jace não me machucaria.

Os olhos insondáveis da mulher voltaram-se para Jace. Ela sorriu.

— Corte-a — disse. — Só um pouco.

Clary sentiu os ombros de Jace ficarem tensos, como ocorrera no parque quando estivera mostrando a ela como lutar. Ela sentiu alguma coisa na garganta, como um beijo mordaz, frio e quente ao mesmo tempo. E sentiu uma gota quente escorrendo pela clavícula. Os olhos de Simon se arregalaram.

Ele tinha cortado Clary. Realmente a cortara. Ela pensou em Jace agachado no chão do quarto no Instituto, a dor evidente em cada linha do corpo. *Sonho que você entra no meu quarto. E aí eu te machuco. Corto, enforco ou esfaqueio, e você morre, me olhando com esses olhos verdes enquanto sangra entre minhas mãos.*

Não tinha acreditado nele. Não de fato. Ele era Jace. Jamais a machucaria. Olhou para baixo e viu o sangue manchando o colarinho do vestido. Parecia tinta vermelha.

— Vocês estão vendo — disse Lilith. — Ele faz o que eu mando. Não o culpem por isso. Está inteiramente sob meu poder. Durante semanas invadi a mente dele, enxergando os sonhos, aprendendo seus temores e vontades, as culpas e os desejos. Em um sonho aceitou minha Marca, e essa Marca tem queimado através dele desde então, através da pele, até a alma. Agora a alma dele está em minhas mãos, para que eu a modele e direcione como bem entendo. Fará tudo que eu mandar.

Clary se lembrou do que os Irmãos do Silêncio haviam dito. *Quando um Caçador de Sombras nasce, um ritual é executado, diversos feitiços de proteção são colocados sobre a criança, pelos Irmãos do Silêncio e pelas Irmãs de Ferro. Quando Jace morreu e depois foi reerguido, ele nasceu uma segunda vez, despido destas proteções e rituais. Deve tê-lo deixado tão aberto quanto uma porta destrancada — sujeito a qualquer tipo de influência demoníaca ou mal-intencionada.*

Eu fiz isso, pensou Clary. *Eu o trouxe de volta, e quis guardar segredo. Se tivéssemos contado a alguém sobre o que aconteceu, talvez o ritual pudesse ter sido feito a tempo de manter Lilith fora da cabeça dele.* Sentiu-se nauseada e com ódio de si mesma. Atrás dela, Jace estava em silêncio, parado como uma estátua, com os braços em torno dela e a faca ainda na garganta. Pôde senti-la na pele quando respirou para falar, mantendo a voz calma com esforço.

— Entendo que esteja controlando Jace — disse. — Só não entendo *por quê*. Certamente existem outras formas mais fáceis de me ameaçar.

Lilith suspirou como se a história toda tivesse ficado muito tediosa.

— Preciso de você — disse, com uma paciência exagerada —, para fazer com que Simon faça o que quero, que é me dar o sangue dele. E preciso de Jace não apenas para trazê-la aqui, mas como um contrapeso. Tudo na magia precisa se equilibrar, Clarissa. — Apontou para o círculo preto desenhado nos azulejos, e em seguida para Jace. — Ele foi o primeiro. O primeiro a voltar, a primeira alma restaurada neste mundo em nome da Luz. Portanto precisa estar presente para que eu tenha êxito na restauração da segunda, em nome das Trevas. Entendeu agora, tolinha? Todos somos necessários aqui. Simon para morrer. Jace para viver. Jonathan para voltar. E você, filha de Valentim, para ser a catalisadora de tudo.

A voz da mulher demônio havia se reduzido a um cântico baixo. Com um choque de surpresa, Clary percebeu que agora sabia onde a tinha ouvido antes. Viu o pai, no interior de um pentagrama, uma mulher de cabelos negros com tentáculos no lugar dos olhos ajoelhada a seus pés. A mulher dizia:

— *A criança nascida com este sangue terá mais poderes que os Demônios Maiores dos abismos entre os mundos. Mas isto queimará sua humanidade, como o veneno queima a vida do sangue.*

— Eu sei — disse Clary através de lábios rijos. — *Eu sei quem você é*. Te vi cortando o próprio pulso e entornando sangue em um cálice para o meu pai. O anjo Ithuriel me mostrou em uma visão.

Os olhos de Simon iam de Clary para a mulher, cujos olhos escuros detinham uma ponta de surpresa. Clary supôs que ela não se surpreendesse com facilidade.

— Vi meu pai invocá-la. Sei que do que a chamou. *Milady de Edom*. Você é um Demônio Maior. *Você* deu seu sangue para fazer do meu irmão o que ele é. Você o transformou em uma... uma *coisa* horrível. Se não fosse por você...

— Sim. Tudo isso é verdade. Dei meu sangue para Valentim Morgenstern, ele o colocou no filho dele, e este é o resultado. — A mulher repousou a mão suavemente, quase como uma carícia, na superfície do caixão de Sebastian. Tinha um sorriso estranhíssimo no rosto. — Quase é possível dizer, de certa forma, que sou mãe de Jonathan.

— Falei que aquele endereço não significava nada — disse Alec.

Isabelle ignorou o irmão. Assim que atravessaram as portas do prédio, o pingente de rubi que carregava no pescoço pulsou ligeiramente, como as batidas de um coração distante. Isso significava presença demoníaca. Em outras circunstâncias teria esperado que Alec sentisse a estranheza do local assim como ela, mas ele estava claramente muito imerso em melancolia por causa de Magnus para se concentrar.

— Pegue sua luz enfeitiçada — disse a ele. — Deixei a minha em casa.

Ele olhou irritado para ela. Estava escuro no lobby, escuro o bastante para que um ser humano normal não conseguisse enxergar. Maia e Jordan tinham a excelente visão noturna dos lobisomens. Estavam em pontas opostas do recinto, Jordan examinando a enorme mesa de mármore da portaria e Maia apoiada na outra parede, aparentemente analisando os próprios anéis.

— Tem que levá-la sempre a todos os lugares — respondeu Alec.

— Ah é? Você trouxe seu Sensor? — irritou-se Isabelle. — Não pensei que tivesse trazido. Pelo menos tenho isto. — Cutucou o pingente. — Posso dizer que tem *alguma coisa* aqui. Alguma coisa demoníaca.

A cabeça de Jordan se virou bruscamente.

— Têm demônios aqui?

— Não sei, talvez só um. Ele pulsou e enfraqueceu — admitiu Isabelle. — Mas é uma coincidência grande demais para ser o endereço errado. Temos que checar.

Uma luz suave se ergueu à sua volta. Olhou para o lado e viu Alec erguendo a luz enfeitiçada, o brilho contido entre os dedos. Projetou sombras estranhas no rosto dele, fazendo com que parecesse mais velho do que realmente era, os olhos num tom de azul mais escuro.

— Então vamos — disse ele. — Investigaremos um andar de cada vez.

Foram em direção ao elevador, primeiro Alec, em seguida Isabelle, então Jordan e Maia entrando em fila atrás dos irmãos. As botas de Isabelle tinham símbolos de silêncio desenhados nas solas, mas os saltos de Maia estalavam no chão de mármore ao andar. Franzindo o rosto, parou para tirá-los e foi descalça pelo restante do caminho. Quando entrou no elevador, Isabelle notou que ela usava um anel dourado no dedo do pé esquerdo, com uma pedra turquesa.

Jordan, olhando para os pés dela, disse, surpreso:

— Lembro deste anel. Comprei para você n...

— Cala a boca — comandou Maia, apertando o botão de fechar a porta. As portas se fecharam enquanto Jordan emudecia.

Pararam em todos os andares. A maioria ainda estava em construção — não havia iluminação, e fios se penduravam do teto como vinhas. As janelas tinham tábuas de madeira compensada pregadas sobre elas. Panos balançavam na brisa como fantasmas. Isabelle manteve uma mão firme no pingente, mas nada aconteceu até chegarem ao décimo andar. Quando as portas se abriram, ela sentiu uma palpitação na palma, como se estivesse segurando um passarinho batendo as asas.

Falou em um leve sussurro:

— Tem alguma coisa aqui.

Alec apenas assentiu; Jordan abriu a boca para dizer alguma coisa, mas Maia lhe deu uma cotovelada com força. Isabelle ultrapassou o irmão, entrando no hall diante dos elevadores. O rubi agora pulsava e vibrava em sua mão como um inseto perturbado.

Atrás dela, Alec sussurrou:

— *Sandalphon*. — Uma luz brilhou ao redor de Isabelle, iluminando o hall. Ao contrário de alguns dos outros andares que tinham visto, este parecia ao menos parcialmente pronto. Havia paredes nuas de granito ao seu redor, e o chão era de azulejo liso. Um corredor levava a duas direções. Um desaguava em uma pilha de equipamentos de construção e fios emaranhados. O outro levava a um arco. Além dele, um espaço escuro os chamava.

Isabelle virou para olhar os companheiros. Alec havia guardado a pedra de luz enfeitiçada e estava segurando uma lâmina serafim ardente, que iluminava o interior do elevador como uma lanterna. Jordan havia sacado uma faca grande e de aparência brutal, que segurava na mão direita. Maia parecia em processo de prender o cabelo; quando abaixou as mãos, tinha um pino longo e afiado. Suas unhas também haviam crescido, e os olhos tinham um brilho esverdeado e selvagem.

— Sigam-me — orientou Isabelle. — Em silêncio.

O rubi na garganta de Isabelle fazia *tap tap* enquanto ela percorria o corredor, como as cutucadas de um dedo insistente. Não ouvia o resto do bando atrás dela, mas sabia que estavam ali pelas longas sombras projetadas nas paredes escuras de granito. Estava com a garganta apertada e os nervos zunindo, como sempre acontecia quando entrava em uma batalha. Esta era a parte que menos gostava, a antecipação antes da liberação da violência. Durante uma luta nada além da luta importava; agora tinha que se esforçar para manter em mente a tarefa em mãos.

O arco se ergueu sobre eles. Era de mármore esculpido, estranhamente *démodé* para um prédio tão moderno, as laterais decoradas com arabescos. Isabelle olhou brevemente para cima ao atravessar, e quase deu um pulo. O rosto de uma gárgula sorridente esculpida na pedra a encarava de volta. Fez uma careta e virou para olhar para a sala em que acabara de entrar.

Era ampla, com teto alto, claramente destinada a ser um loft no futuro. As paredes eram janelas que se estendiam do chão ao teto, fornecendo uma vista do East River com o Queens ao longe, um painel da Coca-Cola brilhando em vermelho-sangue e azul-marinho na água negra. As luzes dos prédios em volta flutuavam cintilantes pelo ar noturno como fios prateados em uma árvore de Natal. A sala em si estava escura e cheia de sombras estranhas e recurvadas espalhadas em intervalos regulares e próximas ao chão. Isabelle apertou os olhos, confusa. Eram inanimadas; pareciam pedaços de móveis quadrados e pesados, mas o quê...?

— Alec — disse suavemente. O pingente se agitava como se estivesse vivo, o coração de rubi dolorosamente quente contra sua pele.

Em um instante o irmão estava ao seu lado. Ergueu a lâmina, e o quarto se encheu de luz. A mão de Isabelle voou para a boca.

— Santo Deus — sussurrou ela. — Oh, pelo Anjo, não.

— Você não é mãe dele. — A voz de Simon se alquebrou com as palavras, mas Lilith sequer virou para olhá-lo. Ainda estava com as mãos sobre o caixão de vidro. Sebastian flutuava do lado de dentro, mudo e inconsciente. Os pés estavam descalços, Simon notou. — Ele tem uma mãe. A mãe de Clary. Clary é irmã dele. Sebastian, Jonathan, não ficará muito contente se machucá-la.

Com isso Lilith levantou o olhar e riu.

— Uma tentativa corajosa, Diurno — disse. — Mas sei com o que estou lidando. Vi meu filho crescer, você sabe. Visitei-o diversas vezes sob a forma de uma coruja. Vi como a mulher que o pariu o detestava. Ele não tem nenhum amor perdido por ela, tampouco se importa ou deveria se importar com a irmã. É muito mais parecido comigo do que com Jocelyn Morgenstern. — Seus olhos escuros passaram de Simon para Jace e Clary. Não tinham se mexido. Clary ainda estava envolta pelos braços de Jace, com a faca próxima à garganta. Ele a segurava com facilidade e descuido, como se mal prestasse atenção. Mas Simon sabia o quão velozmente o aparente desinteresse de Jace poderia explodir em ação violenta.

— Jace — disse Lilith. — Entre no círculo. Traga a menina com você.

Obediente, Jace avançou, empurrando Clary. Ao atravessarem a linha preta pintada, os símbolos no interior da linha brilharam em um vermelho súbito e cintilante — e mais

613

alguma coisa também se acendeu. Uma Marca no lado esquerdo do peito de Jace, logo acima do coração, brilhou repentinamente, com tanto fulgor que Simon fechou os olhos. Mesmo assim, ainda conseguia ver o símbolo, um torvelinho vil de linhas furiosas, impressas no interior de suas pálpebras.

— Abra os olhos, Diurno — irritou-se Lilith. — A hora chegou. Vai me dar seu sangue ou vai recusar? Conhece o preço se o fizer.

Simon olhou para Sebastian no caixão — então olhou novamente. Um símbolo gêmeo ao que tinha acabado de brilhar no peito de Jace ficara visível no de Sebastian também, e estava começando a desbotar quando Simon o fitou. Em um instante desapareceu, e Sebastian estava parado e pálido outra vez. Sem se mover. Sem respirar.

Morto.

— Não posso trazê-lo de volta para você — disse Simon. — Ele está *morto*. Daria meu sangue, mas ele não pode engolir.

A respiração de Lilith sibilou exasperada por entre os dentes, e por um instante seus olhos brilharam com uma luz dura e ácida.

— Primeiro precisa mordê-lo — falou. — Você é um *Diurno*. Sangue de anjo corre pelo seu corpo, pelo seu sangue e suas lágrimas, pelo fluido nas suas presas. Seu sangue de Diurno irá ressuscitá-lo por tempo o suficiente para que possa engolir e beber. Morda-o e dê-lhe o seu sangue, traga-o de volta para mim.

Simon encarou-a vorazmente.

— Mas o que está dizendo... está dizendo que tenho o poder de trazer de volta os *mortos*?

— Desde que se tornou um Diurno tem esse poder — revelou ela. — Mas não o direito de utilizá-lo.

— O direito?

Ela sorriu, passando a ponta de uma das longas unhas vermelhas pelo topo do caixão de Sebastian.

— A história é escrita por vencedores, é o que dizem — declarou. — Talvez não haja tanta diferença entre os lados da Luz e das Trevas quanto pensa. Afinal, sem as Trevas não haveria nada para a Luz iluminar.

Simon a olhou sem entender.

— Equilíbrio — esclareceu ela. — Existem leis mais antigas do que qualquer um de vocês pode imaginar. E uma delas é que não se pode trazer de volta o que está morto. Quando a alma deixa o corpo, pertence à morte. E não pode ser recuperada sem um preço.

— E está disposta a pagar? Por *ele?* — Simon gesticulou na direção de Sebastian.

— Ele *é* o preço. — Jogou a cabeça para trás e riu. Soava quase como uma risada humana. — Se a Luz traz de volta uma alma, então as Trevas também têm o direito de trazer outra. É o meu direito. Ou talvez deva perguntar para sua amiguinha Clary do que estou falando.

Simon olhou para Clary. Ela parecia prestes a desmaiar.

— Raziel — disse, fracamente. — Quando Jace morreu...

— Jace *morreu*? — A voz de Simon subiu uma oitava. Jace, apesar de ser o assunto da discussão, permaneceu sereno e impassível, a mão que segurava a faca ainda firme.

— Valentim o apunhalou — disse Clary, quase num sussurro. — Então o Anjo matou Valentim, e me disse que eu poderia pedir qualquer coisa. E eu falei que queria Jace de volta... eu o queria de volta, e ele o trouxe... para mim. — Os olhos de Clary estavam enormes em seu pequeno rosto branco. — Ele ficou morto por apenas alguns minutos... quase nada...

— Foi o suficiente — suspirou Lilith. — Eu estava pairando perto do meu filho durante a batalha com Jace; o vi cair e morrer. Segui Jace até o lago, vi Valentim matá-lo, e depois vi quando o Anjo o fez levantar novamente. Soube que era a minha chance. Corri para o rio e peguei o corpo do meu filho... Mantive-o preservado precisamente para este momento. — Ela olhou afetuosamente para o caixão. — Tudo em equilíbrio. Olho por olho. Dente por dente. Vida por vida. Jace é o contrapeso. Se Jace vive, Jonathan também viverá.

Simon não conseguia desviar o olhar de Clary.

— O que ela está falando... sobre o Anjo... é verdade? — indagou. — E nunca contou para ninguém?

Para surpresa dele, foi Jace quem respondeu. Esfregando a bochecha no cabelo de Clary, falou:

— Era o nosso segredo.

Os olhos verdes de Clary brilharam, mas não se moveram.

— Então, como vê, Diurno — disse Lilith —, só estou pegando o que é meu de direito. A Lei diz que o primeiro que foi trazido de volta deve estar no círculo enquanto o segundo é retornado. — Apontou para Jace e estalou desdenhosamente o dedo. — Aqui está ele. Aqui está você. Tudo está pronto.

— Então não precisa de Clary — disse Simon. — Deixe-a fora disso. Deixe-a ir.

— Claro que preciso dela. Preciso dela para que *você* tenha motivação. Não posso feri-lo, detentor da Marca, ou ameaçá-lo, ou matá-lo. Mas posso lhe arrancar o coração ao acabar com a vida dela. E o farei.

Lilith olhou na direção de Clary, e Simon acompanhou o olhar.

Clary. Estava tão pálida que quase parecia azul, apesar de, talvez, ser por causa do frio. Os olhos verdes estavam grandes no rosto branco. Um rastro de sangue quase seco ia da clavícula ao colarinho do vestido, agora manchado de vermelho. As mãos estavam largadas nas laterais, soltas, mas tremendo.

Simon a viu como era, mas também como fora aos 7 anos, com braços finos, sardas e aqueles prendedores azuis de plástico que usou no cabelo até os 11 anos. Lembrou da primeira vez em que notou que ela tinha a forma de uma garota por baixo das camisetas largas e dos jeans que sempre usava, e de como não sabia se olhava ou desviava o olhar. Pensou na sua risada e em seu lápis veloz se movendo sobre a página, deixando desenhos complexos ao passar: castelos pontudos, cavalos correndo, personagens coloridas que inventava. *Pode ir sozinha para a escola*, dissera a mãe, *mas só se Simon for junto*. Pensou na mão de Clary sobre a dele enquanto atravessaram a rua, e no próprio senso de que tinha assumido uma tarefa incrível: a responsabilidade pela segurança da amiga.

Já fora apaixonado por ela uma vez, e talvez alguma parte dele sempre fosse ser, porque ela havia sido a primeira. Mas não era isso que importava agora. Importava porque era Clary; era parte dele; sempre fora, e sempre seria. Quando olhou para ela, a amiga balançou a cabeça, muito levemente. Sabia o que ela estava dizendo. *Não faça isso. Não dê o que ela quer. Deixe que aconteça o que tiver que acontecer comigo.*

Simon entrou no círculo; quando os pés passaram pela linha pintada, sentiu um tremor, como um choque elétrico, passar por ele.

— Tudo bem — falou. — Eu faço.

— *Não!* — gritou Clary, mas Simon não olhou para ela. Estava observando Lilith, que deu um sorriso frio e vitorioso ao levantar a mão esquerda e passá-la pela superfície do caixão.

A tampa desapareceu, se abrindo pelos lados de um jeito que, para Simon, parecia bizarramente com uma lata de sardinha. Enquanto a camada superior do vidro retrocedia, ela derreteu e escorreu pelas laterais do pedestal de granito, cristalizando em pequenos cacos de vidro quando as gotas atingiam o chão.

O caixão agora estava aberto, como um aquário; o corpo de Sebastian boiava no interior, e Simon achou ter visto mais uma vez o brilho do símbolo no peito dele quando Lilith alcançou o aquário. Enquanto Simon assistia, ela pegou os braços largados de Sebastian e os cruzou sobre o peito em um gesto estranhamente tenro, colocando o enfaixado embaixo do inteiro. Afastou um chumaço de cabelo da testa branca e imóvel e recuou, sacudindo a água leitosa das mãos.

— Ao trabalho, Diurno — disse.

Simon foi em direção ao caixão. O rosto de Sebastian estava imóvel, assim como as pálpebras fechadas. Não havia pulsação na garganta. Simon se lembrou do quanto queria beber o sangue de Maureen. Como desejou a sensação dos caninos se enterrando na pele dela e libertando o sangue salgado abaixo. Mas isto — isto era se alimentar de um cadáver. A mera ideia fazia seu estômago embrulhar.

Apesar de não estar olhando para ela, tinha consciência de que Clary estava observando. Podia sentir a respiração dela ao se inclinar sobre Sebastian. Também sentia Jace assisti-lo com olhos vazios. Alcançando o interior do caixão, fechou as mãos em torno dos ombros frios e escorregadios de Sebastian. Contendo o impulso de vomitar, abaixou-se e enterrou os dentes na garganta dele. Sangue negro de demônio jorrou em sua boca, amargo como veneno.

Isabelle se moveu silenciosamente entre os pedestais de pedra. Alec estava com ela, *Sandalphon* na mão, fazendo a luz se mover pelo recinto. Maia estava em um canto da sala, abaixada e vomitando, a mão apoiada na parede; Jordan estava por perto, aparentando querer esticar o braço e acariciar as costas dela, mas temendo a rejeição.

Isabelle não culpava Maia por vomitar. Se não tivesse anos de treinamento, faria o mesmo. Nunca tinha visto nada como o que via agora. Havia dezenas, talvez cinquenta pedestais na sala. Sobre cada um, uma pequena cesta parecida com um berço. Dentro de cada uma, um bebê. E todos eles estavam mortos.

Inicialmente manteve a esperança, ao percorrer as fileiras, de que poderia encontrar algum vivo. Mas estas crianças estavam mortas havia algum tempo. As peles cinzentas, os pequenos rostos machucados e descolorados. Estavam enroladas em cobertores finos e, apesar de estar frio no local, Isabelle não considerava que o frio fosse suficiente para que os bebês tivessem morrido congelados. Não sabia ao certo como tinham morrido; não suportava a ideia de investigar de perto. Este era claramente um assunto para a Clave.

Alec, atrás dela, tinha lágrimas descendo pelo rosto; estava praguejando baixinho quando chegaram ao último pedestal. Maia havia se levantado e estava apoiada na janela; Jordan lhe entregara alguma espécie de tecido, talvez um lenço, para pôr na frente do rosto. As luzes brancas e frias da cidade ardiam por trás dela, penetrando o vidro escuro como brocas de diamante.

— Iz — manifestou-se Alec. — Quem poderia ter feito uma coisa destas? *Por que alguém, mesmo um demônio...*

Então interrompeu-se. Isabelle sabia no que estava pensando. Max, quando nasceu. Ela tinha 7 anos, Alec, 9. Ambos se curvaram sobre o irmãozinho no berço, entretidos e encantados com aquela nova criatura fascinante. Brincaram com os dedinhos, riram das caras estranhas que ele fazia quando faziam cócegas nele.

O coração de Isabelle se apertou. *Max.* Ao passar pelas filas de berços, agora transformados em caixões, um senso de pavor opressor começou a atacá-la. Não conseguia ignorar o fato de que o pingente no pescoço estava brilhando com um fulgor mordaz e firme. O tipo de brilho que esperaria se estivesse encarando um Demônio Maior.

Pensou no que Clary tinha visto no necrotério do hospital Beth Israel. *Parecia um bebê normal. Exceto pelas mãos. Eram curvadas em garras...*

Com muito cuidado, alcançou um dos berços. Com cuidado para não tocar a criança, puxou o cobertor branco que envolvia o corpo.

Sentiu o ar deixar a própria garganta em um engasgo. Braços gorduchos comuns, pulsos redondos de bebê. As mãos pareciam suaves e novas. Mas os dedos — os dedos formavam garras, pretas como osso queimado, com pontas afiadas. Ela deu um passo involuntário para trás.

— O que foi? — Maia foi em direção a eles. Ainda parecia nauseada, mas a voz soava firme. Jordan seguiu, com as mãos nos bolsos. — O que achou? — perguntou.

— Pelo Anjo. — Alec, ao lado da irmã, estava olhando para o berço. — Este é... como o bebê que Clary falou? O do Beth Israel?

Lentamente, Isabelle assentiu.

— Acho que não foi só aquele — concluiu Isabelle. — Alguém está tentando fabricar mais deles. Mais... Sebastians.

— Por que alguém quereria mais *dele*? — A voz de Alec estava carregada de ódio cru.

— Ele era rápido e forte — observou Isabelle. Quase doía fisicamente falar qualquer coisa elogiosa sobre o garoto que matara o seu irmão e tentara matá-la. — Acho que estão tentando criar uma raça de superguerreiros.

— Não funcionou. — Os olhos de Maia estavam escuros de tristeza.

Um ruído tão suave que era quase inaudível intrigou a audição de Isabelle. Levantou a cabeça, a mão voando para o cinto, onde o chicote estava enrolado. Alguma coisa nas sombras à beira do quarto, perto da porta, se moveu; uma tremulação quase imperceptível, mas Isabelle já tinha se separado dos outros e estava correndo para a porta. Lançou-se para o corredor perto dos elevadores. *Tinha* alguma ali — uma sombra que saíra da escuridão e estava se movendo, correndo ao longo parede. Isabelle acelerou e se jogou para a frente, derrubando a sombra no chão.

Não se tratava de um fantasma. Ao caírem juntos, Isabelle extraiu da figura sombreada um grunhido de surpresa que soava bastante humano. Atingiram o chão ao mesmo tempo e rolaram. A figura era definitivamente humana — leve e mais baixa que Isabelle, com uma roupa esportiva cinzenta e um par de tênis. Cotovelos pontudos se elevaram, atacando a clavícula de Isabelle. Um joelho atingiu seu plexo solar. Ela engasgou e rolou para o lado, procurando o chicote. Quando conseguiu soltá-lo, a figura estava de pé. Isabelle rolou de bruços, lançando o chicote para a frente; a ponta enrolou no calcanhar da figura estranha e apertou. Isabelle puxou o chicote, derrubando-a.

Isabelle levantou-se cambaleando e alcançando a estela com a mão livre, que estava enfiada na frente do vestido. Com um movimento rápido finalizou a Marca *nyx* no braço esquerdo. Sua visão ajustou rapidamente, todo o recinto parecendo se encher de luz quando o símbolo de visão noturna fez efeito. Podia ver a agressora com mais clareza agora

— uma figura magra com uma roupa cinza esportiva e tênis da mesma cor, chegando para trás até atingir a parede com as costas. O capuz do casaco caiu para trás, expondo o rosto. A cabeça era raspada, mas o rosto era definitivamente feminino, com maçãs do rosto angulares e olhos grandes e escuros.

— Pare com isso — mandou Isabelle, e puxou o chicote com força. A mulher gritou de dor. — Pare de tentar fugir.

A mulher expôs os dentes.

— Verme — disse. — Descrente. Não contarei nada.

Isabelle guardou a estela de volta no vestido.

— Se eu puxar o chicote com força o suficiente, vai cortar sua perna. — Deu outro puxão no chicote, apertando ainda mais, e avançou até estar diante da mulher, olhando para ela. — Aqueles bebês — disse. — O que aconteceu com eles?

A mulher soltou uma gargalhada alegre.

— Não eram fortes o suficiente. Um estoque fraco, fraco demais.

— Fraco demais para quê? — Quando a mulher não respondeu, Isabelle se irritou: — Pode me contar ou perder a perna. A escolha é sua. Não pense que não deixarei que sangre até a morte no chão. Assassinos de crianças não merecem clemência.

A mulher exibiu os dentes e sibilou, como uma cobra:

— Se me machucar, Ela vai castigá-la.

— Quem... — Isabelle se interrompeu, lembrando-se do que Alec havia dito. *Talto é outro nome de Lilith. Pode-se dizer que ela é a deusa demônio das crianças mortas.* — Lilith — disse. — É adoradora de Lilith. Fez tudo isso... por ela?

— Isabelle. — Era Alec, carregando a luz de *Sandalphon* à frente do corpo. — O que está acontecendo? Maia e Jordan estão revistando, procurando mais... crianças, mas parece que todas estavam naquele aposento. O que está acontecendo aqui?

— Esta... pessoa — disse Isabelle com nojo — faz parte da seita da Igreja de Talto. Aparentemente são adoradores de Lilith. E assassinaram todos estes bebês para ela.

— Assassinato não! — A mulher lutou para se reerguer. — Assassinato não. Sacrifício. Foram testadas e concluiu-se que eram fracas. Não foi nossa culpa.

— Deixe-me adivinhar — disse Isabelle. — Tentou injetar sangue de demônio em mulheres grávidas. Mas sangue de demônio é tóxico. Os bebês não conseguiram sobreviver. Nasceram deformados, e depois morreram.

A mulher choramingou. Foi um ruído muito leve, mas Isabelle viu os olhos de Alec cerrarem. Ele sempre fora o melhor em ler as pessoas.

— Um desses bebês — disse ele — era seu. Como pôde injetar sangue de demônio na sua própria criança?

A boca da mulher tremeu.

— Não fiz isso. *Nós* éramos as que levavam as injeções. As mães. Tornávamo-nos mais fortes, mais rápidas. Nossos maridos também. Mas ficamos doentes. Cada vez mais. Nossos cabelos caíram. Nossas unhas... — Ela levantou as mãos, mostrando as unhas enegrecidas, os dedos ensanguentados dos quais algumas haviam caído. Os braços tinham marcas de hematomas escuros. — Estamos todas morrendo — disse. Tinha um leve ruído de satisfação na voz. — Estaremos mortas em poucos dias.

— Ela as fez tomar veneno — disse Alec —, e mesmo assim todas vocês a idolatram?

— Não entendem. — A mulher soava rouca, sonhadora. — Eu não tinha nada antes de Lilith me encontrar. Dormia em grades de metrô para não congelar. Ela me deu um lugar onde morar, uma família para cuidar de mim. Estar na presença Dela é estar segura. Nunca tinha me sentido segura antes.

— Você viu Lilith — disse Isabelle, lutando para manter a incredulidade afastada da voz. Sabia como eram seitas demoníacas; escrevera um trabalho sobre o assunto uma vez, para Hodge. Tirou uma nota alta. A maioria das seitas adorava demônios imaginados ou inventados. Alguns conseguiam invocar demônios menores e mais fracos, que ou matava todos os adoradores quando liberados ou se contentavam em serem servidos pelos membros da seita e terem todas as necessidades atendidas, com poucos pedidos em troca. Nunca tinha ouvido falar em uma seita que adorasse um Demônio Maior cujos membros de fato haviam *visto* o referido demônio. Muito menos um Demônio Maior tão poderoso quanto Lilith, a mãe dos feiticeiros. — Já esteve na presença dela?

Os olhos da mulher palpitaram e fecharam até a metade.

— Estive. Com Seu sangue em mim posso sentir quando Ela está perto. Como agora.

Isabelle não pôde evitar; a mão livre voou até o pingente. Vinha pulsando irregularmente desde que haviam entrado no prédio, e ela presumira que fosse por causa do sangue de demônio nas crianças mortas, mas a proximidade de um Demônio Maior faria mais sentido ainda.

— Ela está aqui? Onde?

A mulher parecia estar caindo no sono.

— Lá em cima — respondeu vagamente. — Com o vampiro. O que anda à luz do dia. Mandou que fôssemos buscá-lo para Ela, mas ele estava protegido. Não conseguimos tocá-lo. Os que foram atrás dele morreram. Então, quando o Irmão Adam voltou e nos contou que o menino era protegido pelo fogo sagrado, Lady Lilith ficou furiosa. Destruiu-o ali mesmo. Ele teve sorte, morrer pelas mãos Dela, muita sorte. — A respiração falhou. — E Ela é esperta, Lady Lilith. Encontrou outra maneira de trazer o menino...

O chicote caiu da mão repentinamente sem força de Isabelle.

— Simon? Ela trouxe Simon para cá? Por quê?

— "Ninguém que se dirige a Ela" — suspirou a mulher — "voltará..."

Isabelle caiu de joelhos, puxando o chicote.

— Pare com isso — disse, com a voz trêmula. — Pare de balbuciar e me diga onde ele está. Para onde o levou? Onde está Simon? Responda, ou...

— Isabelle — repreendeu Alec. — Iz, não adianta. Ela está morta.

Isabelle olhou incrédula para a mulher. Tinha morrido, parecia, entre uma respiração e outra, com os olhos arregalados, o rosto rijo em linhas sem energia. Era possível enxergar agora que por baixo da fome, da calvície e dos hematomas, provavelmente era muito jovem, não mais de 20 anos.

— *Maldição*.

— Não entendo — observou Alec. — O que um Demônio Maior quer com Simon? Ele é um vampiro. Tudo bem, um vampiro poderoso, mas...

— A Marca de Caim — respondeu Isabelle, distraída. — Deve ter alguma coisa a ver com a Marca. Só pode. — Foi em direção ao elevador e apertou o botão de chamar. — Se Lilith foi realmente a primeira mulher de Adão, e Caim era filho de Adão, então a Marca de Caim é quase tão velha quanto ela.

— Onde está indo?

— Ela disse que estavam lá em cima — respondeu Isabelle. — Vou procurar em todos os andares até encontrá-lo.

— Ela não pode machucá-lo, Izzy — disse Alec, com a voz sensata que Isabelle detestava. — Sei que está preocupada, mas ele tem a Marca de Caim; é intocável. Nem um Demônio Maior pode feri-lo. Ninguém pode.

Isabelle fechou a cara para o irmão.

— Então para que acha que ela o quer? Para ter quem busque a roupa dela na lavanderia durante o dia? Sinceramente, Alec...

Escutaram um *ping*, e a seta acima do elevador mais distante acendeu. Isabelle avançou quando as portas começaram a abrir. Houve um raio de luz... e depois, uma onda de homens e mulheres — carecas, emaciados e trajando roupas esportivas cinzentas e tênis. Brandiam armas rústicas, improvisadas com os escombros da construção: cacos de vidro, fragmentos de vergalhões, blocos de concreto. Nenhum deles falou. Em um silêncio tão intenso quanto misterioso, saíram do elevador em consonância e partiram para cima de Alec e Isabelle.

621

Capítulo 18
CICATRIZES DE FOGO

Nuvens afluíram sobre o rio, como às vezes acontecia à noite, trazendo consigo uma bruma espessa. Não esconderam o que estava acontecendo no telhado, apenas dispuseram uma espécie de névoa escura sobre todas as coisas. Os prédios que se erguiam ao redor tornaram-se pilares sombrios de luz atravessando as nuvens baixas. Os pedaços de vidro quebrados do caixão, espalhados pelo chão de azulejos, brilhavam como gelo, e Lilith também reluzia, pálida sob a lua, observando Simon enquanto ele se curvava sobre o corpo imóvel de Sebastian, bebendo o sangue.

Clary mal suportava assistir. Sabia que Simon detestava o que estava fazendo; sabia que o fazia por ela. Por ela e, até um pouquinho, por Jace. E sabia qual seria o próximo passo do ritual. Simon daria o próprio sangue a Sebastian, por vontade própria, e morreria. Vampiros podiam morrer se tivessem o sangue drenado. Ele morreria, ela o perderia para sempre e seria — tudo isso seria — culpa dela.

Sentia Jace atrás dela, os braços ainda firmes em volta do seu corpo, as batidas suaves e regulares do coração nas omoplatas. Lembrou-se de como a segurara nos degraus do salão dos Acordos em Idris. Do ruído do vento nas folhas quando a beijara, das mãos mornas em ambos os lados do rosto. Da forma como sentira o coração dele batendo, e em como pensara que o coração de mais ninguém batia como o dele, como se cada pulsação se casasse às dela.

Ele *tinha* que estar ali em algum lugar. Como Sebastian na prisão de vidro. Tinha que haver alguma forma de alcançá-lo.

Lilith olhava para Simon enquanto ele estava inclinado sobre Sebastian, os olhos escuros arregalados e fixos. Clary e Jace podiam nem estar ali.

— Jace — sussurrou Clary. — Jace, não quero ver isto.

Pressionou o próprio corpo contra o dele, como se estivesse tentando se aconchegar nos braços dele, e, em seguida, simulou um tremor quando a faca tocou a lateral de sua garganta.

— Por favor, Jace — sussurrou. — Não precisa da faca. Sabe que não posso machucá-lo.

— Mas por que...

— Só quero olhar para você. Quero ver seu rosto.

Sentiu o peito dele subir e descer uma vez, depressa. Um tremor o atravessou, como se estivesse combatendo alguma coisa, lutando. Em seguida se moveu, do jeito que só ele conseguia, tão veloz quanto um clarão de luz. Manteve o braço direito firme em volta dela e a mão esquerda deslizou a faca para o cinto.

Seu coração saltou, descontrolado. *Poderia correr*, pensou, mas ele a pegaria, e o pensamento durou apenas um instante. Segundos depois ambos os braços a envolviam outra vez, as mãos nos braços dela, virando-a para ele. Sentiu os dedos de Jace passarem por suas costas e pelos braços trêmulos e expostos ao girá-la para ficar de frente para ele.

Não estava olhando para Simon agora, nem para a mulher-demônio, apesar de ainda sentir ambas as presenças às suas costas, dando-lhe calafrios na espinha. Olhou para Jace. Aquele rosto era tão familiar. As linhas, a maneira como os cabelos caíam sobre a testa, a cicatriz desbotada na maçã do rosto, outra na têmpora. Os cílios eram um tom mais escuro do que os cabelos. Os olhos tinham a cor de um vidro amarelo claro. Era ali que estava a diferença, pensou. Ainda se parecia com Jace, mas os olhos estavam vazios e inexpressivos, como se ela estivesse olhando através de uma janela para um quarto vazio.

— Estou com medo — disse.

Ele a acariciou no ombro, enviando faíscas pelos nervos; com uma sensação de enjoo, percebeu que o corpo ainda reagia ao toque dele.

— Não vou deixar que nada aconteça a você.

Olhou-o fixamente. *Realmente acredita nisso, não é? De algum jeito não enxerga a desconexão entre suas ações e intenções. De algum jeito ela tirou isso de você.*

— Não vai conseguir contê-la — disse Clary. — Ela vai me matar, Jace.

Ele balançou a cabeça.

— Não. Ela não faria isso.

Clary queria gritar, mas manteve a voz baixa, cautelosa, calma.

— Sei que está aí, Jace. O verdadeiro Jace. — Pressionou o corpo mais para perto. A fivela do cinto dele se enterrou em sua cintura. — Você poderia combatê-la...

623

Foi a coisa errada a se dizer. Jace ficou completamente rígido, e ela viu um brilho de angústia nos olhos dele, o olhar de um animal enjaulado. Em um segundo se fechou.

— Não posso.

Clary estremeceu. O olhar no rosto dele era horrível, tão horrível. Ao vê-la tremendo, os olhos de Jace suavizaram.

— Está com frio? — perguntou, e por um instante soou como ele novamente, preocupado com o bem-estar da namorada. Isso fez com que a garganta de Clary doesse.

Ela assentiu, apesar de o frio físico ser a última coisa que tinha em mente.

— Posso colocar as mãos dentro do seu paletó?

Ele fez que sim com a cabeça. O paletó estava desabotoado; Clary deslizou os braços para dentro, as mãos tocando levemente as costas. Tudo estava misteriosamente silencioso. A cidade parecia congelada dentro de um prisma gélido. Até a luz que irradiava dos prédios em volta era imóvel e fria.

Jace respirava lenta e uniformemente. Clary conseguia enxergar o símbolo no peito através do tecido rasgado da camisa. Parecia pulsar quando ele respirava. Era nauseante, pensou, anexado a ele daquele jeito, como um sanguessuga, arrancando o que havia de bom, o que era *Jace*.

Lembrou-se do que Luke dissera sobre destruir uma Marca. *Se desfigurá-la o suficiente, pode minimizar ou destruir o poder. Às vezes, em batalhas, o inimigo tenta queimar ou cortar a pele de Caçadores de Sombras, apenas para privá-los do poder dos símbolos.*

Manteve os olhos fixos no rosto de Jace. *Esqueça o que está acontecendo*, pensou. *Esqueça Simon, a faca na garganta. O que disser agora importa mais do que qualquer coisa que já tenha dito antes.*

— Lembra do que me falou no parque? — sussurrou ela.

Jace olhou para ela, espantado.

— O quê?

— Quando contei que não falava italiano. Lembro o que me disse, o que aquela citação significava. Disse que significava que o amor é a força mais poderosa do mundo. Mais poderoso do que qualquer outra coisa.

Uma linha fina apareceu entre as sobrancelhas dele.

— Eu não...

— Lembra, sim. — *Vá com cuidado*, disse a si mesma, mas não conseguiu conter a tensão que emergiu na própria voz. — Lembra. A força mais poderosa, você disse. Mais forte que o Céu ou o Inferno. Tem que ser mais poderosa do que Lilith também.

Nada. Ele a fitou como se não conseguisse escutar. Era como gritar em um túnel negro e vazio. *Jace, Jace, Jace. Sei que está aí.*

— Existe uma maneira de me proteger sem deixar de fazer o que ela quer — falou.

— Não seria a melhor coisa? — Pressionou o corpo contra o dele, sentindo o estômago embrulhar. Era como abraçar Jace e não gostar; alegria e pavor, tudo ao mesmo tempo, misturados. E sentia o corpo dele respondendo a ela, a batida do coração de Jace em seus ouvidos, suas veias; ele não tinha deixado de querê-la, independentemente das camadas de controle que Lilith exercia sobre a mente.

— Vou sussurrar para você — disse, esfregando os lábios no pescoço de Jace. Sentiu o cheiro dele, tão familiar quanto o próprio. — Ouça.

Ela inclinou a cabeça para cima e ele abaixou para escutá-la — então Clary deslizou a mão da cintura para o cabo da faca no cinto dele. Puxou-a para cima, exatamente como ele havia mostrado quando treinaram, equilibrando o peso na palma, e rasgou o lado esquerdo do peito em um arco amplo e superficial. Jace gritou — mais de surpresa do que de dor, supôs — e sangue jorrou do corte, escorrendo pela pele, cobrindo o símbolo. Ele pôs a mão no peito; quando viu que estava vermelha, olhou para Clary com os olhos arregalados, como se estivesse verdadeiramente machucado e não conseguisse acreditar na traição de Clary.

Ela se afastou dele quando Lilith gritou. Simon não estava mais curvado sobre Sebastian; tinha se reerguido e olhava para Clary, com a parte de trás da mão pressionando a boca. Sangue negro de demônio pingava do queixo na camisa branca. Os olhos estavam arregalados.

— Jace. — A voz de Lilith se elevou, estarrecida. — Jace, pegue-a... Eu ordeno...

Jace não se moveu. Olhou de Clary para Lilith para a própria mão ensanguentada, então para Clary outra vez. Simon já tinha começado a se afastar de Lilith; de repente parou com um solavanco brusco e se curvou, caindo de joelhos. Lilith virou de costas para Jace e avançou para Simon, o rosto rijo e contorcido.

— Levante-se! — gritou. — Fique de pé! Bebeu o sangue dele. Ele agora precisa do seu!

Simon lutou para conseguir sentar, então caiu sem forças no chão. Vomitou, tossindo o sangue negro. Clary se lembrou dele em Idris, dizendo que o sangue de Sebastian era como veneno. Lilith moveu o pé para chutá-lo — em seguida cambaleou para trás como se tivesse sido empurrada com força por uma mão invisível. Lilith berrou — não palavras, apenas um grito como o guincho de uma coruja. Um ruído inconfundível de ódio e fúria.

Não era um som que um humano poderia emitir; era como se cacos de vidro estivessem sendo enfiados nos ouvidos de Clary. Ela gritou:

— Deixe Simon em paz! Ele está passando mal. Não vê que está passando mal?

Imediatamente se arrependeu de ter falado. Lilith virou-se lentamente, o olhar deslizando para Jace, frio e autoritário.

— Estou dizendo, Jace Herondale. — A voz ressoou. — Não deixe a garota sair do círculo. Pegue a arma dela.

Clary mal tinha percebido que ainda estava segurando a faca. Sentia tanto frio que estava quase entorpecida, mas, por baixo disso, uma onda de fúria intolerável contra Lilith — contra tudo — liberou o movimento do braço. Ela jogou a faca no chão. O objeto deslizou pelos azulejos, chegando aos pés de Jace. Ele olhou confuso para o objeto, como se jamais tivesse visto uma arma antes.

A boca de Lilith estava como um corte vermelho fino. Os brancos dos olhos haviam desaparecido; estavam inteiramente negros. Não parecia humana.

— Jace — sibilou. — Jace Herondale, você me ouviu. E *vai* me obedecer.

— Pegue — disse Clary, olhando para Jace. — Pegue e mate a ela ou a mim. A escolha é sua.

Lentamente, Jace se abaixou e pegou a faca.

Alec estava com *Sandalphon* em uma das mãos e uma *hachiwara* — boa para combater múltiplos agressores — na outra. Pelo menos seis integrantes da seita estavam caídos aos seus pés, mortos ou inconscientes.

Alec já tinha combatido alguns demônios na vida, mas havia algo particularmente assustador em combater os integrantes da Igreja de Talto. Moviam-se em conjunto, menos como pessoas e mais como uma onda sinistra — visto que eram tão silenciosos e bizarramente fortes e velozes. Também não pareciam temer nem um pouco a morte. Apesar de Isabelle e Alec gritarem para que se afastassem, continuavam avançando em um bando conciso e silencioso, lançando-se contra os Caçadores de Sombras com a negligência autodestrutiva de roedores se atirando de penhascos. Tinham feito Alec e Isabelle recuarem pelo corredor até a sala grande e ampla cheia de pedestais quando o barulho da briga chegou a Maia e Jordan, que vieram correndo: Jordan em forma de lobo, Maia ainda humana, mas com as garras totalmente expostas.

Os integrantes da seita mal pareceram registrar a presença dos dois. Continuaram lutando, caindo um atrás do outro enquanto Alec, Maia e Jordan atacavam com facas, garras e lâminas. O chicote de Isabelle traçava desenhos brilhantes no ar ao cortar os corpos, enviando esguichos de sangue no ar. Maia em particular estava se saindo muito bem. Pelo menos uma dúzia de adoradores estava encolhida ao seu redor, e ela estava atacando mais um com uma fúria ardente, as mãos em garras vermelhas até os pulsos.

Um dos agressores invadiu o caminho de Alec e avançou nele. O capuz estava levantado; não dava para enxergar o rosto, nem adivinhar o sexo ou a idade. Alec enterrou a lâmina de *Sandalphon* no lado esquerdo do peito. A criatura gritou — um grito masculino, alto e rouco — e caiu, segurando o tórax, onde chamas queimavam as bordas do buraco rasgado no casaco. Alec virou-se de costas, enjoado. Detestava assistir ao que acontecia com humanos quando uma lâmina serafim penetrava suas peles.

CIDADE DOS ANJOS CAÍDOS

De repente sentiu uma queimadura nas costas e virou-se, vendo um segundo integrante da seita empunhando um pedaço de vergalhão. Este estava sem capuz — um homem, o rosto tão fino que as maçãs do rosto pareciam perfurar a pele. Ele sibilou e atacou mais uma vez Alec, que saltou para o lado, a arma chiando inofensivamente no lugar onde estava. Ele girou e chutou o objeto para fora da mão do agressor, fazendo-o cair barulhentamente no chão; o homem da seita recuou, quase tropeçando em um corpo, e fugiu.

Alec hesitou por um instante. O sujeito que tinha acabado de agredi-lo estava quase alcançando a porta. Alec sabia que deveria segui-lo — até onde sabia, ele podia estar correndo para alertar alguém, ou buscar reforços —, mas sentia-se exaurido, enojado e um pouco nauseado. Eles podiam estar possuídos; podiam não ser mais quase nada humanas, mas ainda parecia muito como se estivesse matando pessoas

Ficou imaginando o que Magnus diria mas, para ser sincero, já sabia. Alec já tinha combatido criaturas assim antes, integrantes de seitas que serviam a demônios. Quase tudo de humano neles já tinha sido consumido, não restando nada além de um impulso assassino de matar e um corpo humano morrendo aos poucos em agonia. Não tinha como ajudá-los: eram incuráveis, irreparáveis. Escutou a voz de Magnus como se o feiticeiro estivesse ao seu lado: *Matá-los é a atitude mais misericordiosa possível.*

Guardando a *hachiwara* de volta no cinto, Alec partiu, atravessando a porta e entrando no corredor atrás do agressor fujão. O corredor estava vazio, e as portas do elevador mais afastado, abertas; um barulho agudo de alarme soava pelo recinto. Várias entradas ramificavam a partir do vestíbulo. Dando de ombros mentalmente, Alec escolheu uma a esmo e entrou.

Encontrou-se em um labirinto de pequenos quartos mal-acabados — placas de reboco tinham sido colocadas apressadamente, e buquês multicoloridos de fios brotavam de buracos nas paredes. A lâmina serafim formava uma colcha de retalhos de luz pelas paredes enquanto Alec se movimentava cuidadosamente através dos quartos, os nervos formigando. Em determinado momento a luz captou um movimento, e ele deu um pulo. Abaixando a arma, viu um par de olhos vermelhos e um pequeno corpo cinzento correndo para dentro de um buraco na parede. A boca de Alec se contraiu. Nova York, muito prazer. Mesmo em prédios novos como estes, havia ratos.

Eventualmente os quartos se abriram em um espaço mais amplo — não tão amplo quanto a sala dos pedestais, mas maior do que os outros. Também havia uma parede de vidro ali, com folhas de papelão coladas em algumas partes.

Uma forma escura estava agachada em um canto da sala, perto de uma área exposta de encanamento. Alec se aproximou com cuidado. Seria um truque da luz? Não, a forma era notoriamente humana, uma figura agachada e encolhida com vestes escuras. Alec sentiu uma pontada no símbolo de visão noturna quando apertou os olhos, avançando. A forma se revelou ser de uma mulher magra, descalça, com as mãos acorrentadas a um cano na frente do corpo. Ela ergueu a cabeça ao ouvir Alec se aproximando, e a luz fraca que vazava pelas janelas iluminou seus cabelos claros.

— Alexander? — indagou, a voz inteiramente incrédula. — Alexander Lightwood?

Era Camille.

— *Jace.* — A voz de Lilith agredia como um chicote em carne exposta; até Clary se encolheu ao escutar. — Ordeno que...

O braço de Jace recuou — Clary ficou tensa, se preparando — e ele atirou a faca em Lilith. O objeto cortou o ar pelo caminho e se enterrou no peito dela, que cambaleou para trás, perdendo o equilíbrio. Os calcanhares de Lilith deslizaram sobre a pedra lisa; a mulher-demônio se ajeitou com um rosnado, esticando a mão para retirar a faca das costelas. Soltando alguma coisa em uma língua que Clary não conseguia entender, deixou-a cair. O objeto caiu chiando, a lâmina meio corroída, como se tivesse entrado em contato com um ácido poderoso.

Voltou-se para Clary.

— O que fez com ele? *O que fez?* — Havia poucos instantes os olhos de Lilith estavam inteiramente negros. Agora pareciam inchar e saltar. Pequenas serpentes negras deslizaram das cavidades oculares; Clary gritou e recuou, quase tropeçando em uma cerca viva baixa. Fora esta a Lilith que conhecera na visão de Ithuriel, com olhos de serpente e voz dura e ecoante. Partiu para cima de Clary...

E de repente Jace estava entre as duas, bloqueando a passagem da demônio. Clary fitou-o. Era ele outra vez. Parecia arder com um fogo dos justos, como acontecera com Raziel no Lago Lyn naquela noite terrível. Tinha sacado uma lâmina serafim do cinto; o brilho branco-prateado refletia em seus olhos; sangue pingava da abertura na camisa, escorregando pela pele nua. A forma como olhou para ela, para Lilith — se anjos pudessem se erguer do Inferno, pensou Clary, seriam assim.

— *Miguel* — disse ele, e Clary não sabia ao certo se era a força do nome ou a raiva da voz, mas a lâmina que empunhava acendeu com mais intensidade do que qualquer lâmina serafim que já tivesse visto. Ela olhou para o lado por um instante, cega, e viu Simon encolhido no chão ao lado do caixão de vidro de Sebastian.

Seu coração retorceu no peito. E se o sangue demoníaco de Sebastian o tivesse envenenado? A Marca de Caim não ajudaria. Foi algo que fez por vontade própria, contra si mesmo. Por ela. *Simon.*

— Ah, Miguel. — A voz de Lilith estava carregada de risadas ao se mover em direção a Jace. — O capitão dos anfitriões do Senhor. Eu o conheci.

Jace ergueu a lâmina serafim, que brilhou como uma estrela, tão luminosa que Clary imaginou se a cidade inteira poderia enxergar, como um farol perfurando o céu.

— Não se aproxime.

Lilith, para surpresa de Clary, parou.

— Miguel destruiu o demônio Samael, a quem eu amava — revelou. — Por que, Caçadorzinho de Sombras, seus anjos são tão frios e sem misericórdia? Por que destroem o que não os obedece?

— Não fazia ideia de que fosse tão partidária do livre-arbítrio — disse Jace, e a maneira como se expressou, com a voz carregada de sarcasmo, contribuiu mais para assegurar Clary de que ele tinha voltado a si do que qualquer outra coisa o faria. — Que tal deixar que a gente saia deste telhado agora, então? Eu, Simon, Clary? O que me diz, demônio? Acabou. Não me controla mais. Não vou machucar Clary, e Simon não irá obedecê-la. E aquela imundice que está tentando ressuscitar, sugiro que se livre dele antes que comece a apodrecer. Porque ele não vai voltar, e já passou da data de validade há muito tempo.

O rosto de Lilith se contorceu. Cuspiu em Jace, e o que saiu foi uma chama negra que atingiu o chão e se transformou em uma cobra que deslizou em direção a ele, com a boca aberta. Ele a esmagou com o sapato e avançou para a mulher-demônio com a lâmina em riste; mas Lilith desapareceu como uma sombra diante da luz, reaparecendo atrás dele. Quando Jace girou, ela esticou o braço quase preguiçosamente e bateu com a palma aberta no peito dele.

Jace voou, tendo Miguel arrancada da mão e quicando pelos ladrilhos. Seu corpo cortou o ar e bateu na parede baixa do telhado com tanta força que apareceram rachaduras na pedra. Caiu com violência no chão, visivelmente desorientado.

Arquejando, Clary correu para a lâmina serafim caída, mas não chegou a tempo de alcançá-la. Lilith segurou Clary com as mãos finas e frias e a arremessou com incrível força, fazendo-a bater em uma cerca viva. Os galhos a arranharam dolorosamente, abrindo longos cortes. Debateu-se para se soltar, o vestido enrolado na folhagem. Ouviu a seda rasgar ao se libertar e virou-se para ver Lilith levantando Jace, a mão sobre a frente ensanguentada da camisa.

Sorriu para ele, e os dentes também estavam pretos, reluzindo como metal.

— É bom que está de pé, pequeno Nephilim. Quero ver seu rosto quando matá-lo, e não apunhalá-lo pelas costas como fez com meu filho.

Jace passou a manga pelo rosto; estava sangrando por causa de um longo corte na bochecha, e o tecido voltou vermelho.

— Ele não é seu filho. Você doou um pouco de sangue para ele. Isso não faz com que seja seu. Mãe dos feiticeiros... — Ele virou a cabeça e cuspiu sangue. — Não é mãe de ninguém.

Os olhos de serpente de Lilith passearam furiosos de um lado para o outro. Clary, soltando-se arduamente da cerca, viu que cada uma das cabeças de serpente tinha dois olhos próprios, vermelhos e cintilantes. O estômago de Clary revirou quando as cobras se moveram, os olhares parecendo percorrer todo o corpo de Jace.

— Rasgando minha Marca. Que brutalidade — disse.

— Mas muito eficiente — respondeu Jace.

— Não pode me vencer, Jace Herondale — respondeu Lilith. — Pode ser o melhor Caçador de Sombras que o mundo conheceu, mas sou mais do que um Demônio Maior.

— Então lute comigo — disse Jace. — Dou-lhe uma arma. Uso minha lâmina serafim. Lute comigo cara a cara, e veremos quem vence.

Lilith olhou para ele, balançando a cabeça lentamente, os cabelos negros girando ao seu redor como fumaça.

— Sou a mais antiga dos demônios — disse. — Não sou um *homem*. Não tenho orgulho masculino para cair nos seus truques, e não estou interessada em nenhum combate. Esta é uma fraqueza exclusiva do seu sexo, não do meu. Sou mulher. Usarei todas e quaisquer armas para conseguir o que quero. — Então o soltou, com um empurrão meio desdenhoso; Jace cambaleou por um instante, ajeitando-se rapidamente e alcançando no chão a lâmina serafim Miguel.

Ergueu-a ao mesmo tempo que Lilith riu e levantou as mãos. Sombras meio opacas explodiram de suas mãos abertas. Até Jace pareceu chocado quando as sombras se solidificaram, formando dois demônios gêmeos com olhos vermelhos cintilantes. Atingiram o chão, dando patadas e rosnando. Eram *cachorros*, pensou Clary admirada, dois cachorros pretos, magros e de aparência cruel, que lembravam vagamente um par de dobermans.

— Cães Infernais — suspirou Jace. — Clary...

Interrompeu-se quando um dos cachorros avançou nele, a boca aberta tão grande quanto a de um tubarão, soltando um uivo alto. Um instante mais tarde o segundo saltou, lançando-se diretamente para Clary.

— Camille. — A cabeça de Alec estava girando. — O que está fazendo aqui?

Imediatamente percebeu que soava como um idiota. Lutou contra o impulso de estapear a própria testa. A última coisa que queria era parecer um idiota na frente da ex-namorada de Magnus.

— Foi Lilith — disse a vampira com uma voz pequena e trêmula. — Ordenou que os integrantes da seita invadissem o Santuário. Não é protegido contra humanos, e eles são humanos, de certa forma. Cortaram minhas correntes e me trouxeram para cá, para ela. — Ela ergueu as mãos, e as correntes prendendo os pulsos ao cano chacoalharam. — Eles me torturaram.

Alec agachou, ficando com os olhos na altura dos de Camille. Vampiros não tinham hematomas — curavam-se depressa demais para isso —, mas seus cabelos estavam sujos de sangue no lado esquerdo, o que fez com que ele acreditasse que ela estava dizendo a verdade.

— Digamos que eu acredite em você — falou. — O que ela queria contigo? Nada do que sei sobre Lilith menciona que ela tenha algum interesse em vampiros.

— Sabe por que a Clave estava me prendendo — disse. — Certamente ouviu.

— Você matou três Caçadores de Sombras. Magnus me disse que você alegou estar agindo por ordens de alguém... — interrompeu-se. — Lilith?

— Se eu contar, vai me ajudar? — O lábio inferior de Camille tremeu. Os olhos estavam enormes, verdes e suplicantes. Era linda. Alec se pegou imaginando se ela já teria olhado para Magnus deste jeito. Teve vontade de sacudi-la.

— Talvez — respondeu, espantado com a frieza na própria voz. — Não tem muito poder de barganha nesse contexto. Poderia ir embora e largá-la para Lilith, e não faria a menor diferença.

— Faria, sim — disse. A voz estava baixa. — Magnus o ama. Não amaria se fosse o tipo de pessoa capaz de abandonar uma criatura desamparada.

— Ele amou *você* — argumentou Alec.

Ela deu um sorriso nostálgico.

— Parece ter aprendido a lição desde então.

Alec se balançou ligeiramente sobre os calcanhares.

— Olha — disse. — Diga a verdade. Se o fizer, te liberto e te levo para a Clave. Eles vão tratá-la melhor do que Lilith.

Camille olhou para os pulsos, acorrentados a um cano.

— A Clave me acorrentou — relatou. — Lilith me acorrentou. Vejo pouca diferença no tratamento entre os dois.

— Então acho que a escolha é sua. Confiar em mim ou nela — concluiu Alec. Era uma aposta, tinha consciência.

Esperou durante diversos instantes tensos antes que ela respondesse:

— Muito bem. Se Magnus confia em você, também confiarei. — Levantou a cabeça, fazendo o melhor que podia para parecer digna apesar das roupas rasgadas e do cabelo ensanguentado. — Lilith veio até mim, e não o contrário. Ficou sabendo que eu queria recuperar minha posição de líder do clã de Manhattan, que estava com Raphael Santiago. Disse que me ajudaria, se eu a ajudasse.

— Ajudasse matando Caçadores de Sombras?

— Ela queria o sangue deles — revelou Camille. — Para aqueles bebês. Estava injetando sangue de Caçadores de Sombras e sangue de demônio nas mães, tentando repetir o que Valentim havia feito com o filho. Mas não deu certo. Os bebês viraram coisas retorcidas, e depois morreram. — Percebendo o olhar revoltado, acrescentou: — No início, eu não sabia *para quê* queria o sangue. Pode não ter uma boa opinião a meu respeito, mas não tenho gosto por matar inocentes.

— Não precisava aceitar — afirmou Alec. — Só porque ela ofereceu.

Camille sorriu, exaurida.

— Quando se é velho como eu — respondeu — é porque aprendeu a entrar no jogo corretamente, a fazer as alianças certas nos momentos certos. A se filiar não apenas aos poderosos, mas àqueles que acredita que o tornarão poderosos. Sabia que se não aceitasse ajudar Lilith, ela me mataria. Demônios são desconfiados por natureza, e ela acabaria achando que eu iria até a Clave revelar os planos de assassinar Caçadores de Sombras, mesmo que eu prometesse silêncio. Apostei que Lilith seria mais perigosa do que a sua espécie.

— E não se importava em matar Caçadores de Sombras.

— Eram integrantes do Ciclo — disse Camille. — Tinham matado integrantes da minha espécie. E da sua.

— E Simon Lewis? Qual era o seu interesse nele?

— Todo mundo quer um Diurno ao seu lado. — Camille deu de ombros. — E eu sabia que ele tinha a Marca de Caim. Um dos vampiros subalternos de Raphael ainda é leal a mim. Transmitiu a informação. Poucos membros do Submundo sabem. Isso faz dele um aliado incomensuravelmente valioso.

— É isso que Lilith quer com ele?

Os olhos de Camille se arregalaram. Sua pele estava muito pálida, e abaixo dela Alec podia ver que as veias tinham escurecido, o desenho das ramificações se espalhando pela brancura do rosto como rachaduras crescentes em porcelana. Eventualmente, vampiros famintos se tornavam selvagens, depois perdiam a consciência, uma vez que ficassem muito tempo sem sangue. Quanto mais velhos, mais conseguiam aguentar, mas Alec não pôde deixar de imaginar quanto tempo fazia que Camille não se alimentava.

— O que quer dizer?

— Aparentemente ela convocou Simon para um encontro — explicou Alec. — Estão em algum lugar no prédio.

Camille fitou-o mais um instante, em seguida riu.

— Uma verdadeira ironia — disse. — Ela nunca o mencionou para mim, e eu nunca o mencionei para ela, e, no entanto, nós duas estávamos atrás dele para nossos respectivos propósitos. Se ela o quer, é pelo sangue — acrescentou. — O ritual que está executando certamente envolve magia de sangue. O dele, que é uma mistura de Submundo com Caçador de Sombras, seria de grande utilidade para ela.

Alec sentiu uma pontada de desconforto.

— Mas ela não pode feri-lo. A Marca de Caim...

— Vai encontrar uma forma de contornar isso — garantiu Camille. — Ela é Lilith, a mãe dos feiticeiros. Está viva há *muito* tempo, Alexander.

Alec se levantou.

— Então é melhor descobrir o que ela está fazendo.

As correntes de Camille tilintaram quando a vampira tentou ajoelhar.

— Espere... Mas você disse que me libertaria.

Alec virou e olhou para ela.

— Não. Falei que deixaria a Clave cuidar de você.

— Mas se me deixar aqui, nada impede que Lilith me encontre antes. — Jogou os cabelos para trás. Linhas de tensão apareceram em seu rosto. — Alexander, por favor. Eu lhe imploro...

— Quem é Will? — perguntou Alec. As palavras foram expelidas súbita e inesperadamente, para horror dele.

— Will? — Por um instante o rosto de Camille transpareceu confusão; em seguida percepção, e quase divertimento. — Escutou minha conversa com Magnus.

— Parte dela — suspirou Alec cuidadosamente. — Will está morto, não está? Quero dizer, Magnus disse que faz muito tempo que o conheceu...

— Sei o que o incomoda, Caçadorzinho de Sombras. — A voz de Camille havia se tornado suave e musical. Atrás dela, através das janelas, Alec viu as luzes de um avião que sobrevoava a cidade. — Inicialmente se sentiu feliz. Pensou no momento, não no futuro. Agora percebeu que vai envelhecer, e um dia morrerá. E Magnus não. Não vão envelhecer juntos. Em vez disso, vão se afastar.

Alec pensou nas pessoas no avião, lá em cima, no ar gélido, olhando para a cidade como um campo de diamantes brilhando, bem abaixo. Claro, ele próprio nunca tinha entrado em um avião. Estava apenas especulando qual seria a sensação: solidão, distância, desconexão com o mundo.

— Não pode saber isso — falou. — Que vamos nos afastar.

Ela sorriu com piedade.

— Você é lindo agora — declarou. — Mas ainda será daqui a vinte anos? Quarenta? Cinquenta? Ele vai amar seus olhos azuis quando desbotarem, sua pele suave quando a idade deixar suas marcas? Suas mãos, quando enrugarem e enfraquecerem, seus cabelos quando ficarem brancos...

— Cale-se. — Alec ouviu o tremor da própria voz, e se sentiu envergonhado. — Cale-se. Não quero ouvir.

— Não precisa ser assim. — Camille se inclinou em direção a ele, os olhos verdes luminosos. — E se eu lhe dissesse que não precisa envelhecer? Nem morrer?

Alec sentiu uma onda de fúria.

— Não estou interessado em me tornar um vampiro. Nem perca seu tempo oferecendo. Nem que a única alternativa fosse a morte.

Por um breve instante, o rosto da vampira se contorceu. A careta sumiu em um flash quando seu autocontrole se restabeleceu; ela deu um sorriso fino e disse:

— Não era essa a minha sugestão. Eu se lhe dissesse que existe outra forma? Outra maneira de ficarem juntos para sempre?

Alec engoliu em seco. A boca estava seca como papel.

— Me diga — falou.

Camille ergueu as mãos. As correntes chacoalharam.

— Me solte.

— Não. Primeiro me conte.

Ela balançou a cabeça.

— Não farei isso. — A expressão estava dura como mármore, assim como a voz. — Disse que eu não tinha nenhum poder de barganha. Mas agora tenho. E não vou entregá-lo.

Alec hesitou. Em sua mente, escutou a voz suave de Magnus: *Ela é mestre em insinuação e manipulação. Sempre foi.*

Mas Magnus, pensou Alec. *Você nunca me contou. Nunca me alertou de que seria assim, que um dia eu acordaria e perceberia que estava indo a um lugar onde não poderia me seguir. Que essencialmente não somos iguais. Não existe "até que a morte nos separe" para quem nunca morre.*

Deu um passo em direção a Camille, e depois outro. Erguendo o braço direito, usou a lâmina serafim com toda a sua força. Arrebentou o metal das correntes; os pulsos da vampira se separaram, ainda com as algemas, porém livres. Ela ergueu as mãos com uma expressão de júbilo, triunfante.

— Alec. — Era Isabelle falando da entrada; Alec se virou e a viu ali parada, com o chicote ao lado do corpo. Estava manchado de sangue, assim como suas mãos e o vestido de seda. — O que está fazendo aqui?

— Nada. Eu... — Alec sentiu uma onda de vergonha e horror; quase sem pensar, se colocou na frente de Camille, como se pudesse escondê-la da irmã.

— Estão todos mortos. — O tom de Isabelle parecia cruel. — Os membros da seita. Matamos todos. Agora vamos. Temos que começar a procurar pelo Simon. — Cerrou os olhos para Alec. — Você está bem? Está muito branco.

— Cortei as correntes dela — soltou. — Não deveria ter feito isso. É que...

— Cortou as correntes de *quem*? — Isabelle deu um passo para dentro do quarto. As luzes da cidade se refletiam no vestido, fazendo-a brilhar como um fantasma. — Alec, do que está falando?

CIDADE DOS ANJOS CAÍDOS

A expressão de Isabelle estava vazia, confusa. Alec virou-se, seguindo o olhar da irmã... e não viu nada. O cano continuava lá, um pedaço de corrente ao lado, a poeira no chão se movendo ligeiramente. Mas Camille não estava mais lá.

Clary mal teve tempo de erguer os braços antes de o Cão Infernal colidir contra ela como uma bala de canhão de músculos e ossos, o hálito quente e malcheiroso. Seus pés saíram do chão; lembrou-se de Jace ensinando sobre a melhor forma de cair, sobre como se proteger, mas o conselho voou da mente ao atingir o chão com os cotovelos, sentindo a agonia percorrendo seu corpo quando a pele rasgou. No momento seguinte o cachorro estava em cima dela, as patas pressionando-a no peito, o rabo nodoso batendo de um lado para o outro em uma imitação grotesca de um abano. A ponta da cauda era coberta por espinhos semelhantes a pregos, como uma clava medieval, e um rosnado espesso veio do corpo largo do animal, tão alto e forte que ela sentiu os ossos vibrarem.

— Segure-a! Rasgue a garganta se ela tentar escapar! — Lilith gritava instruções enquanto o segundo Cão Infernal pulava em Jace; ele estava lutando contra o bicho, rolando de um lado para o outro em um redemoinho de dentes, braços, pernas e o rabo cruel que batia de lá para cá. Dolorosamente, Clary virou a cabeça para o outro lado e viu Lilith acelerando na direção do caixão de vidro e de Simon, ainda encolhido. Dentro do objeto, Sebastian flutuava, imóvel como um corpo afogado; a cor leitosa da água havia se tornado escura, provavelmente por causa do sangue.

O cão que prendia Clary ao chão rosnou perto do seu ouvido. O ruído enviou uma onda de medo por ela — e com o medo, raiva. Raiva de Lilith, e de si mesma. Era uma Caçadora de Sombras. Uma coisa era ser derrubada por um demônio Ravener quando nunca tinha ouvido falar nos Nephilim. Agora já tinha algum treinamento. Deveria se sair melhor.

Qualquer coisa pode ser uma arma, dissera Jace no parque. O peso do Cão Infernal era opressor; engasgou-se e se esticou para alcançar a garganta, como se estivesse lutando para conseguir respirar. O animal latiu e rosnou, mostrando os dentes quando os dedos de Clary se fecharam em torno da corrente, segurando o anel Morgenstern. Puxou, com força, e a corrente arrebentou; Clary lançou-a em direção ao rosto do cachorro, açoitando-o brutalmente nos olhos. O cão recuou, uivando de dor, e Clary rolou para o lado, ajoelhando-se desajeitadamente. Com olhos sangrentos, a fera agachou, pronta para atacar. O colar tinha caído da mão de Clary e o anel estava rolando para longe; tentou segurar a corrente quando o cão saltou...

Uma lâmina brilhante cortou a noite, passando a poucos centímetros do rosto de Clary e decapitando o animal. Com um uivo solitário ele desapareceu, deixando para trás uma marca negra chamuscada na pedra e o fedor de demônio no ar.

Mãos desceram e ergueram Clary gentilmente. Era Jace. Tinha guardado a lâmina serafim ardente no cinto, e segurou-a com ambas as mãos, encarando-a com um olhar peculiar. Clary não conseguiria descrevê-lo, ou sequer desenhá-lo — esperança, choque, amor, desejo e raiva, tudo misturado em uma única expressão. A camisa estava rasgada em vários lugares, ensopada de sangue; o paletó havia sumido, os cabelos claros estavam grudentos de suor e sangue. Por um instante simplesmente se olharam, o aperto de Jace nas mãos dela era dolorosamente forte. Os dois falaram ao mesmo tempo:

— Você está... — começou ela.

— Clary. — Ainda segurando as mãos dela, ele a moveu para longe do círculo, em direção ao caminho que levava aos elevadores. — Vá — disse asperamente. — Saia daqui, Clary.

— Jace...

Ele respirou, trêmulo.

— *Por favor* — disse, e soltou as mãos, pegando de volta a lâmina serafim enquanto virava novamente para o círculo.

— Levante-se — rosnou Lilith. — *Levante-se*.

Mãos sacudiram o ombro de Simon, enviando uma onda de agonia por sua cabeça. Estivera flutuando na escuridão; abriu os olhos e viu o céu noturno, estrelas e o rosto branco de Lilith se erguendo sobre ele. Os olhos haviam desaparecido, substituídos por serpentes negras. O choque da visão foi suficiente para fazer Simon levantar.

Assim que ficou de pé, teve ânsia de vômito e quase caiu de joelhos novamente. Fechando os olhos para combater o enjoo, ouviu Lilith rosnar seu nome, e, em seguida, a mão da mulher-demônio estava em seu ombro, conduzindo-o para a frente. Ele permitiu. Estava com a boca cheia do gosto amargo e nauseante do sangue de Sebastian; também estava se espalhando por suas veias, deixando-o enjoado, fraco, e fazendo-o ter calafrios. Sua cabeça parecia pesar quinhentos quilos, e a tontura ia e vinha em ondas.

Abruptamente, o aperto frio da mão de Lilith no braço de Simon desapareceu. Ele abriu os olhos e viu que estava sobre o caixão de vidro, exatamente como antes. Sebastian flutuava no líquido escuro e leitoso, o rosto liso, sem pulsação no pescoço. Dois buracos escuros eram visíveis na lateral da garganta, onde Simon o mordera.

Dê seu sangue a ele. A voz de Lilith ecoou, não alta, mas na mente dele. *Agora.*

Simon levantou o olhar, tonto. Estava com a visão enevoada. Esforçou-se para ver Clary e Jace através da escuridão invasora.

Use suas presas, disse Lilith. *Corte o pulso. Dê seu sangue a Jonathan. Cure-o.*

Simon ergueu o pulso até a boca. *Cure-o.* Levantar alguém do reino dos mortos era muito mais do que curá-los, pensou. Talvez a mão de Sebastian fosse crescer de volta.

Talvez fosse isso que quisesse dizer. Esperou as presas saírem, mas elas não vieram. Estava enjoado demais para sentir fome, pensou, e combateu um impulso insano de rir.

— Não consigo — disse, meio engasgando. — Não consigo...

— *Lilith!* — A voz de Jace cortou a noite; a mulher virou-se sibilando, incrédula.

Simon abaixou o pulso lentamente, lutando para manter os olhos focados. Concentrou-se no brilho diante de si, que acabou se revelando a chama de uma lâmina serafim, na mão esquerda de Jace. Simon conseguia enxergá-lo claramente agora, uma imagem distinta pintada na escuridão. Não estava mais de paletó; estava imundo, a camisa rasgada e preta com sangue, mas os olhos estavam claros, firmes e atentos. Não parecia mais um zumbi, ou um sonâmbulo preso em um pesadelo.

— Onde ela está? — perguntou Lilith, os olhos de cobra deslizando para a frente. — Onde está a menina?

Clary. A visão turva de Simon examinou a escuridão em torno de Jace, mas ela não estava em lugar nenhum. As imagens começavam a clarear. Enxergava sangue borrando o chão de azulejos e pedacinhos de cetim rasgado nos galhos afiados da cerca viva. Havia o que pareciam pegadas de cachorro no sangue. Simon sentiu o peito apertar. Olhou rapidamente para Jace outra vez. Jace parecia furioso — muito furioso, aliás — mas não destruído como Simon imaginaria que fosse ficar se alguma coisa tivesse acontecido com Clary. Então onde estava ela?

— Ela não tem nada a ver com isso — respondeu Jace. — Diz que não posso matá-la, demônio. Eu digo que posso. Vamos ver quem tem razão.

Lilith se moveu com tanta velocidade que pareceu um borrão. Num instante estava ao lado de Simon, no seguinte no degrau acima de Jace. Ela o atacou com a mão; ele desviou, girando atrás dela, golpeando a lâmina serafim no ombro da mulher-demônio. Ela gritou, rodando, com sangue escorrendo do machucado. A cor do líquido era preto reluzente, como ônix. Juntou as mãos como se pretendesse esmagar a lâmina entre elas, que bateram uma na outra com um ruído trovejante, mas Jace já tinha saído, e estava a vários metros de distância, a luz da lâmina serafim dançando no ar diante dele como uma piscadela zombeteira.

Se fosse qualquer outro Caçador de Sombras que não Jace, pensou Simon, já estaria morto. Pensou em Camille dizendo: *homens não podem lutar contra o divino*. Caçadores de Sombras eram humanos, apesar do sangue de anjo, e Lilith era mais do que um demônio.

Simon sentiu uma pontada de dor. Surpreso, percebeu que as presas tinham finalmente aparecido e estavam cortando o lábio inferior. A dor e o gosto de sangue o despertaram ainda mais. Começou a se levantar, lentamente, com os olhos em Lilith. Ela certamente não pareceu reparar nele, ou no que estava fazendo. A mulher fitava Jace. Com outro rosnado repentino, pulou para cima dele. Assisti-los batalhando no telhado era como ver mariposas indo e vindo. Até a visão vampiresca de Simon tinha dificuldade em acompanhá-los enquanto se moviam, saltando sobre cercas vivas, correndo por passagens. Lilith fez Jace recuar contra a parede baixa que cercava um relógio de sol, os números dourado cintilantes em alto-relevo. Jace se movimentava tão depressa que parecia um borrão, a luz de *Miguel* chicoteando em torno de Lilith como se ela estivesse sendo envolvida em uma rede de filamentos reluzentes. Qualquer outra pessoa teria sido cortada em pedacinhos. Mas Lilith se movimentava como água escura, como fumaça. Parecia sumir e reaparecer de acordo com a própria vontade, e apesar de Jace claramente não estar se cansando, Simon podia sentir sua frustração.

Finalmente aconteceu. Jace jogou a lâmina serafim violentamente em direção a Lilith — e ela a segurou no ar, os dedos se fechando em torno da arma. A mão pingou sangue negro quando ela tomou a lâmina para si. As gotas, ao atingirem o chão, transformavam-se em pequenas cobras de obsidiana que deslizavam para a vegetação rasteira.

Segurando a lâmina com as duas mãos, levantou-a. Sangue corria pelos pulsos brancos e antebraços como riachos de alcatrão. Com um sorriso rosnado, quebrou a lâmina ao meio; um pedaço ruiu e virou pó cintilante, enquanto o outro — o cabo e um caco da lâmina — crepitou sombriamente, uma chama semissufocada por cinzas.

Lilith sorriu.

— Pobre Miguel — disse. — Sempre foi fraco.

Jace estava arfando, as mãos cerradas nas laterais do corpo, o cabelo grudado na testa pelo suor.

— Você e essa mania de se gabar usando os nomes alheios. "Conheci Miguel." "Conheci Samael." "O Anjo Gabriel fez meu cabelo." É tipo *I'm with the band* com figuras bíblicas.

Isto era Jace sendo corajoso, pensou Simon; corajoso e irritável, porque achava que Lilith fosse matá-lo, e era assim que queria ir, corajoso e de pé. Como um guerreiro. Como faziam os Caçadores de Sombras. Seu canto do cisne seria sempre este — piadas, zombaria, falsa arrogância e aquele olhar que dizia *Sou melhor do que você*. Simon só não tinha percebido antes.

— Lilith — prosseguiu Jace, conseguindo fazer com que a palavra soasse como uma maldição. — Eu a estudei. No colégio. O Céu a amaldiçoou com a esterilidade. Mil bebês, e todos morreram. Não é esse o caso?

Lilith ergueu a lâmina escura, o rosto impassível.

— Cuidado, Caçadorzinho de Sombras.

— Ou o quê? Vai me matar? — Sangue escorria do rosto de Jace, do corte na bochecha; não fez qualquer gesto para limpar. — Vá em frente.

Não. Simon tentou dar um passo, mas seus joelhos cederam e ele caiu, batendo as mãos no chão. Respirou fundo. Não precisava do oxigênio, mas ajudava de alguma forma, estabilizando-o. Esticou o braço e agarrou a borda do pedestal de pedra, usando-o para se levantar. A cabeça de Simon estava latejando. Não teria tempo o suficiente. Tudo que Lilith precisava fazer era arremessar a lâmina quebrada que estava segurando...

Mas não o fez. Olhando para Jace, permaneceu parada, e de repente os olhos dele brilharam, a boca relaxando.

— *Não pode me matar* — disse, elevando a voz. — O que falou antes... sou o contrapeso. Sou a única coisa prendendo *ele* — esticou o braço, apontando para o caixão de vidro de Sebastian — a este mundo. Se eu morrer, ele morre. Não é mesmo? — Deu um passo para trás. — Posso pular deste telhado agora — disse. — Me matar. Acabar com isto.

Pela primeira vez Lilith pareceu verdadeiramente perturbada. Sua cabeça foi de um lado para o outro, os olhos de serpente tremendo, como se investigassem o vento.

— Onde ela está? Onde está a menina?

Jace esfregou sangue e suor do rosto e sorriu para ela; seu lábio já estava cortado e derramava sangue pelo queixo.

— Esqueça. Mandei ela descer quando você não estava prestando atenção. Ela já foi, está segura.

Lilith rosnou.

— Está mentindo.

Jace deu mais um passo para trás. Mais alguns e estaria no muro baixo, na borda do prédio. Jace podia sobreviver a muitas coisas, Simon sabia, mas uma queda de um prédio de quarenta andares talvez fosse demais até para ele.

— Você esquece — disse Lilith. — Eu estava *lá*, Caçador de Sombras. O vi cair e morrer. Vi Valentim chorar sobre seu corpo. E depois testemunhei quando o Anjo perguntou a Clarissa o que ela queria dele, o que desejava acima de tudo, e ela respondeu *você*. Achando que vocês seriam as únicas pessoas no mundo que poderiam ter de volta um morto amado, e que não haveria *consequências*. Foi o que pensaram, não foi, vocês dois? Tolos. — Lilith cuspiu. — Vocês se amam, qualquer um percebe só de olhar; o tipo de amor que pode incinerar o mundo ou erguê-lo em glória. Não, ela jamais sairia do seu lado. Não enquanto achar que corre perigo. — Jogou a cabeça para trás, estendendo a mão e curvando os dedos em garras. — *Ali.*

Ouviu-se um grito, e uma das cercas vivas pareceu se abrir, revelando Clary agachada, escondida no meio. Chutando e arranhando, ela foi arrastada para a frente, as unhas arranhando o chão, procurando em vão por alguma coisa a que pudesse se agarrar. As mãos deixaram rastros sangrentos nos azulejos.

— *Não!* — Jace avançou, em seguida congelou quando Clary foi lançada ao ar, onde flutuou, pairando diante de Lilith. Estava descalça, o vestido de cetim, agora tão rasgado e imundo que parecia vermelho e preto em vez de dourado, agitando-se ao seu redor, uma das alças rasgadas e penduradas. Os cabelos tinham soltado completamente do penteado e desciam sobre os ombros. Seus olhos verdes se fixaram em Lilith com ódio.

— *Sua vaca* — falou.

O rosto de Jace estava horrorizado. Ele realmente acreditava quando disse que Clary tinha saído, Simon percebeu. Pensou que ela estivesse em segurança. Mas Lilith tinha razão. E agora estava regozijando, os olhos de serpente dançando enquanto mexia as mãos como uma titereira e Clary rodava e se engasgava no ar. Lilith estalou os dedos, e o que parecia um chicote prateado açoitou o corpo de Clary, rasgando o vestido e a pele embaixo. A menina gritou e agarrou o ferimento, que jorrava sangue como chuva escarlate nos azulejos.

— *Clary*. — Jace virou-se para Lilith. — Tudo bem — disse. Estava pálido, a bravata desaparecera; as mãos, cerradas, estavam brancas nas juntas. — Tudo bem. Solte-a e farei o que quer... Simon também. Deixaremos que você...

— *Deixarão?* — De algum jeito, as feições no rosto de Lilith se rearranjaram. Cobras se contorciam nas cavidades oculares, a pele branca estava completamente esticada e reluzente, a boca larga. O nariz quase desaparecera. — Não têm escolha. E, mais precisamente, me irritaram. Todos vocês. Talvez se simplesmente tivessem feito o que ordenei, poderia ter permitido que fossem embora. Agora nunca saberão, não é mesmo?

Simon soltou o pedestal, balançou e se estabilizou. Em seguida começou a andar. Mover os pés, um após o outro, era como lançar sacos enormes de areia molhada de um penhasco. Cada vez que um pé atingia o chão, enviava uma punhalada de dor através do corpo. Concentrou-se em continuar avançando, um passo de cada vez.

— Talvez não possa te matar — disse Lilith a Jace. — Mas posso torturá-la além da sua capacidade de tolerância, até levá-la à loucura, e fazê-lo assistir. Há coisas piores do que a morte, Caçador de Sombras.

Ela estalou os dedos novamente, e o chicote de prata desceu, batendo no ombro de Clary desta vez e abrindo um corte amplo. Clary se curvou mas não gritou, colocando as mãos na boca e se encolhendo como se pudesse se proteger de Lilith.

Jace avançou para se jogar em Lilith — e viu Simon. Seus olhares se encontraram. Por um instante o mundo pareceu ficar suspenso; o mundo todo, não apenas Clary. Simon viu Lilith, com toda a sua atenção focada em Clary, a mão esticada para trás, pronta para mais um golpe cruel. O rosto de Jace estava pálido de tanta angústia, e seus olhos escureceram ao encontrarem os de Simon — então ele percebeu — e entendeu.

Jace deu um passo para trás.

O mundo se transformou em um borrão ao redor de Simon. Ao saltar para a frente, percebeu duas coisas. Uma, que era impossível, jamais alcançaria Lilith a tempo; a mão dela já estava se movendo, o ar na frente dela vivo com a prata que girava. E a outra, que nunca tinha entendido o quão *rápido* um vampiro podia se mexer. Sentiu a laceração nos músculos das pernas e das costas, o estrépito nos ossos dos pés e calcanhares...

E lá estava ele, deslizando entre Lilith e Clary quando a mão da mulher-demônio desceu. O fio prateado longo e afiado o atingiu no rosto e no peito — houve um instante de dor assustadora —, e em seguida o ar pareceu se romper em volta dele como confete brilhante e Simon escutou Clary gritar, um som claro de choque e espanto que rasgou a escuridão.

— *Simon!*

Lilith congelou. Olhou de Simon para Clary, ainda no ar, e depois para a própria mão, agora vazia. Respirou profunda e longamente, uma respiração irregular.

— *Sete vezes* — sussurrou, e foi abruptamente interrompida quando uma incandescência capaz de cegar iluminou a noite.

Atordoado, tudo que Simon conseguiu pensar foi em formigas queimando sob o calor concentrado de uma lente de aumento quando um enorme raio de fogo desceu do céu, perfurando Lilith. Por um longo instante, ela queimou, branca em contraste com a escuridão, presa à chama, a boca aberta como um túnel, soltando um grito silencioso. Seus cabelos se levantaram em uma massa de filamentos em chamas, em seguida tornou-se ouro branco, finíssimo no ar, e depois em sal, milhares de grãos cristalinos de sal que choviam aos pés de Simon com uma beleza pavorosa.

E então se foi.

Capítulo 19
O INFERNO ESTÁ SATISFEITO

O fulgor inimaginável marcado no interior das pálpebras de Clary desbotou em escuridão. Uma escuridão surpreendentemente longa que devagar abriu caminho para uma luz cinzenta intermitente, manchada por sombras. Havia algo duro e frio pressionando suas costas, e o corpo todo doía. Escutou vozes murmuradas acima de si, o que enviou uma pontada de dor em sua cabeça. Alguém a tocou suavemente na garganta, então se afastou. Clary inspirou profundamente.

Seu corpo todo estava latejando. Abriu um pouco os olhos e olhou em volta, tentando não se mexer demais. Estava deitada sobre os azulejos do jardim do telhado, e uma das pedras machucava suas costas. Caíra no chão quando Lilith desaparecera, e estava coberta por cortes e hematomas, sem sapatos, com os joelhos sangrando e o vestido rasgado onde Lilith a cortara com o chicote mágico, sangue inchando através das aberturas no tecido de seda.

Simon estava ajoelhado ao seu lado, o rosto ansioso. A Marca de Caim ainda brilhava em branco na testa do vampiro.

— O pulso dela parece estável — dizia —, mas qual é?! Você deveria ter todos aqueles símbolos de cura. Tem que haver alguma coisa que possa fazer por ela...

— Não sem uma estela. Lilith me fez jogar fora a de Clary para que ela não pudesse tirá-la de mim quando acordasse. — A voz de Jace estava baixa e tensa tamanha era sua

CIDADE DOS ANJOS CAÍDOS

angústia. Ajoelhou-se diante de Simon, do outro lado de Clary, o rosto na sombra. — Pode carregá-la lá para baixo? Se conseguirmos levá-la ao Instituto...

— Quer que *eu* a carregue? — Simon pareceu surpreso; Clary não o culpou por isso.

— Duvido que ela me queira encostando nela. — Jace se levantou, como se não aguentasse ficar parado. — Se você pudesse...

A voz de Jace falhou, e ele virou de costas, encarando fixamente o local onde Lilith estivera até pouco tempo, agora apenas uma pedra com moléculas de sal espalhadas por cima. Clary ouviu Simon suspirar — de maneira proposital — e então se inclinando sobre ela, colocando as mãos em seus braços.

Clary abriu de vez as pálpebras, e os olhares se encontraram. Apesar de saber que ele tinha percebido que ela estava consciente, nenhum dos dois disse nada. Era difícil olhar para ele, para aquele rosto familiar com a marca que havia lhe dado brilhando como uma estrela branca acima dos olhos.

Soubera, ao dar a ele a Marca de Caim, que estava fazendo algo enorme, assustador e colossal, cujas consequências seriam quase totalmente imprevisíveis. Faria tudo de novo, para salvar a vida dele. Mas mesmo assim, quando o vira, a Marca ardendo como um raio branco enquanto Lilith — um Demônio Maior tão antigo quanto a própria humanidade — era carbonizada até virar sal, pensou: *o que foi que fiz?*

— Estou bem — disse ela. Apoiou-se nos cotovelos; doíam horrores. Em algum momento aterrissara sobre eles e machucara a pele toda. — Posso andar.

Ao ouvir a voz dela, Jace se virou. Vê-lo dilacerou o coração de Clary. Estava absurdamente machucado e ensanguentado, tinha um arranhão comprido na bochecha, o lábio inferior estava inchado, e havia uma dúzia de rasgos sangrentos na roupa. Não estava acostumada a vê-lo tão ferido —, mas, é claro, se não tinha uma estela para curá-la, também não tinha uma para se curar.

A expressão dele estava completamente vazia. Até Clary, que estava acostumada a ler o rosto dele como se fosse um livro, era incapaz de interpretar. Jace desviou o olhar para a garganta dela, onde Clary ainda estava sentindo uma dor pungente e o sangue tinha formado uma casquinha no lugar em que a faca tinha cortado. O vazio da expressão de Jace se desmanchou, e ele desviou o olhar antes que ela pudesse ver seu rosto mudar.

Descartando a ajuda de Simon com um aceno, Clary tentou se levantar. Uma dor ardente subiu pelo calcanhar e ela gritou, depois mordeu o lábio. Caçadores de Sombras não gritavam de dor. Suportavam estoicamente, lembrou a si mesma. Sem choramingos.

— É o meu tornozelo — disse. — Acho que pode estar torcido, ou quebrado.

Jace olhou para Simon.

— Carregue ela — instruiu. — Como falei.

Desta vez Simon não esperou a aprovação de Clary; passou um braço embaixo dos joelhos e o outro sob os ombros e a levantou. Ela abraçou o pescoço dele e segurou firme enquanto Jace dirigia-se à cúpula e às portas que iam para o lado de dentro. Simon seguiu, carregando Clary cuidadosamente como se ela fosse de porcelana. Clary já tinha quase se esquecido do quanto ele era forte, agora que era um vampiro. Não tinha mais o mesmo cheiro, pensou, um pouco saudosa — aquele cheiro de Simon de sabão, loção de barba barata (da qual não precisava) e seu chiclete de canela favorito. O cabelo ainda estava com cheiro de xampu, mas fora isso, não parecia ter cheiro nenhum, e a pele dele era fria. Apertou os braços ao redor do pescoço dele, desejando que ele tivesse algum calor no corpo. As pontas dos dedos de Clary estavam azuladas, e o corpo inteiro parecia entorpecido.

Jace, à frente deles, abriu as portas duplas de vidro com o ombro. Entraram, e, graças a Deus, no interior estava ligeiramente mais quente. Era estranho, pensou Clary, ser carregada por alguém cujo tórax não subia e descia com a respiração. Uma estranha eletricidade ainda parecia se prender a Simon, restos da luz brutalmente clara que cercara o telhado quando Lilith foi destruída. Queria perguntar como ele estava se sentindo, mas o silêncio de Jace era tão devastadoramente intenso que Clary teve medo de interromper.

Ele alcançou o botão do elevador, mas antes que pudesse chamá-lo as portas se abriram e Isabelle precipitou-se para fora dele, com o chicote dourado-prateado atrás parecendo uma cauda de cometa. Alec vinha atrás, pisando forte; ao ver Jace, Clary e Simon ali, Isabelle se interrompeu, e Alec quase deu colidiu com ela. Em outras circunstâncias, teria sido quase engraçado.

— Mas... — balbuciou Isabelle. Estava cortada e ensanguentada, o belo vestido vermelho rasgado nos joelhos, os cabelos negros soltos do penteado e algumas mechas sujas de sangue. Alec parecia ter se saído melhor; apenas uma manga do paletó estava rasgada na lateral, apesar de a pele abaixo não aparentar ter sido machucada. — O que estão *fazendo* aqui?

Jace, Clary e Simon olharam confusos para ela, chocados demais para responder. Finalmente, Jace disse secamente:

— Poderíamos fazer a mesma pergunta.

— Eu não... Achamos que você e Clary estavam na festa — disse Isabelle. Clary raramente via Isabelle tão aturdida. — Estávamos procurando pelo Simon.

Clary sentiu o peito de Simon subir, uma espécie de reflexo de manifestação humana de surpresa.

— *Estavam?*

Isabelle enrubesceu.

— Eu...

— Jace? — Foi Alec quem falou, o tom autoritário. Lançou a Clary e Simon um olhar de espanto, mas depois sua atenção se voltou, como sempre, para Jace. Podia não estar mais apaixonado por Jace, se é que já tinha sido, mas ainda eram *parabatai*, e Jace era sempre o primeiro em sua mente em qualquer batalha. — O que está fazendo aqui? E, pelo Anjo, o que aconteceu com você?

Jace fitou Alec, quase como se não o conhecesse. Parecia alguém em um pesadelo, examinando uma paisagem nova não por ser surpreendente ou dramática, mas se preparando para quaisquer horrores que pudesse revelar.

— Estela — pronunciou-se finalmente, com a voz falhando. — Está com a sua estela?

Alec pôs a mão no cinto, aparentemente estarrecido.

— Claro. — Entregou a estela a Jace. — Se precisa de um *iratze*...

— Não é para mim — disse Jace, ainda com a mesma voz instável. — Para ela. — Apontou para Clary. — Ela precisa mais do que eu. — Seus olhos encontraram os de Alec, dourado e azul. — Por favor, Alec — pediu, e a dureza da voz se fora tão depressa quanto viera. — Ajude-a por mim.

Então virou e se afastou em direção ao lado oposto da sala, onde ficavam as portas de vidro. Ficou ali parado, olhando através delas para o jardim lá fora, ou para o próprio reflexo, Clary não sabia.

Alec ficou olhando Jace por um instante, em seguida foi até Clary e Simon, empunhando a estela. Fez um sinal para que Simon colocasse Clary no chão, o que ele fez suavemente, deixando que ela apoiasse as costas na parede. Recuou quando Alec se ajoelhou sobre ela. Clary enxergou a confusão no rosto de Alec, e o seu olhar de surpresa ao constatar quão sérios eram os cortes no braço e no abdômen.

— Quem fez isto com você?

— Eu... — Clary olhou desamparada para Jace, que ainda estava de costas para eles. Podia ver o reflexo dele nas portas de vidro, o rosto como uma mancha branca, escurecido aqui e ali com hematomas. A frente da camisa estava escura com sangue. — É difícil explicar.

— Por que não nos chamou? — Isabelle exigiu saber, a voz enfraquecida pela sensação de traição. — Por que não avisaram que estavam vindo para cá? Por que não enviaram uma mensagem por fogo, nem *nada*? Sabem que teríamos vindo se precisassem.

— Não deu tempo — respondeu Simon. — E eu não sabia que Clary e Jace estariam aqui. Pensei que fosse o único. Não parecia correto arrastá-los para os meus problemas.

— A-arrastar para os seus problemas? — começou Isabelle, atabalhoadamente. — Você... — começou, e em seguida, surpreendendo a todos, claramente até ela mesma, se atirou em Simon, abraçando-o pelo pescoço. Ele cambaleou para trás, despreparado para o ataque, mas se recuperou rapidamente. A envolveu com os braços, quase tropeçando no

645

chicote, e a apertou com força, a cabeça escura de Isabelle logo abaixo do seu queixo. Clary não tinha certeza porque Isabelle estava falando muito suavemente, mas parecia que xingava Simon.

As sobrancelhas de Alec se ergueram, mas ele não fez nenhum comentário ao se curvar sobre Clary, bloqueando sua visão de Isabelle e Simon. Encostou a estela na pele dela, que deu um pulo com a dor.

— Sei que dói — disse, em voz baixa. — Acho que bateu a cabeça. Magnus precisa dar uma olhada em você. E Jace? Ele se machucou muito?

— Não sei. — Clary balançou a cabeça. — Ele não me deixa chegar perto.

Alec pôs a mão embaixo do queixo dela, virando seu rosto de um lado para o outro, e desenhou um segundo *iratze* ao lado da garganta, logo abaixo da mandíbula.

— O que ele fez para se sentir tão mal?

Clary desviou o olhar para encará-lo.

— O que o faz pensar que ele fez alguma coisa?

Alec soltou o queixo de Clary.

— Porque o conheço. É a forma como pune a si mesmo. Não deixar que chegue perto dele é castigo para ele, não para você.

— Ele não me *quer* perto dele — declarou Clary, escutando a rebeldia na própria voz e se odiando por ser mesquinha.

— Você sempre é tudo que ele quer — disse Alec em um tom surpreendentemente suave. Então chegou para trás, apoiando-se nos calcanhares e tirando os cabelos escuros dos olhos. Havia algo diferente nele nos últimos dias, pensou Clary, uma segurança de si que lhe permitia ser generoso com outros como nunca fora consigo mesmo antes. — Como foi que vieram parar aqui? Nem percebemos quando saíram da festa com Simon...

— Não saíram — explicou Simon. Ele e Isabelle haviam se soltado do abraço, mas continuavam lado a lado. — Vim sozinho. Bem, não exatamente. Fui... convocado.

Clary assentiu.

— É verdade. Não saímos com ele. Quando Jace me trouxe, eu não fazia ideia de que Simon também estaria aqui.

— *Jace* a trouxe aqui? — exclamou Isabelle, estarrecida. — Jace, se sabia sobre Lilith e a Igreja de Talto, devia ter dito alguma coisa.

Jace continuava olhando para as portas.

— Acho que foi um lapso de memória — respondeu com a voz neutra.

Clary balançou a cabeça quando Alec e Isabelle olharam do irmão adotivo para ela, como se procurassem uma explicação para o comportamento dele.

— Não foi Jace de fato — esclareceu afinal. — Ele estava... sendo controlado. Por Lilith.

— Possessão? — Os olhos de Isabelle se arregalaram, surpresos. Fechou a mão reflexivamente no cabo do chicote.

Jace virou de costas para as portas, então, devagar, abriu a camisa mutilada para que pudessem ver a horrorosa marca de possessão, e o corte sangrento que a dividia.

— Essa — contou, ainda com a mesma voz sem inflexão — é a marca de Lilith. Foi assim que me controlou.

Alec balançou a cabeça; parecia muito perturbado.

— Jace, normalmente a única maneira de destruir uma conexão demoníaca como essa é matar o demônio controlador. Lilith é um dos demônios mais poderosos que...

— Ela está morta — declarou Clary subitamente. — Simon a matou. Ou acho que pode-se dizer que a Marca de Caim a matou.

Todos fixaram os olhos em Simon.

— E vocês dois? Como vieram parar aqui? — perguntou ele, em tom defensivo.

— Estávamos à sua procura — respondeu Isabelle. — Encontramos aquele cartão que Lilith deve ter entregado a você. No seu apartamento. Jordan nos deixou entrar. Ele está com Maia, lá embaixo. — Estremeceu. — As coisas que Lilith andava fazendo... Não iam acreditar... *Tão* horríveis...

Alec levantou as mãos.

— Devagar, gente. Vamos explicar o que aconteceu conosco, e depois, Simon, Clary, vocês explicam o que aconteceu com vocês.

A explicação levou menos tempo do que Clary havia imaginado, com Isabelle se encarregando de quase todo o relato, ocasionalmente fazendo gestos com as mãos que ameaçavam cortar os membros desprotegidos dos amigos com o chicote. Alec aproveitou a oportunidade para ir até o telhado e enviar uma mensagem de fogo à Clave, comunicando onde estavam e pedindo ajuda. Jace chegou para o lado para dar passagem, sem dizer uma palavra, e repetiu o gesto quando Alec voltou. Não se pronunciou durante a explicação de Simon e Clary sobre o que tinha acontecido no telhado, nem quando contaram a parte sobre Raziel tê-lo ressuscitado dos mortos em Idris. Foi Izzy quem finalmente interrompeu, quando Clary começou a falar sobre Lilith ser a "mãe" de Sebastian e sobre como guardara o corpo dele em um caixão de vidro.

— Sebastian? — Isabelle bateu o chicote no chão com força o suficiente para abrir uma rachadura no mármore. — *Sebastian* está por aí? E não está morto? — Virou-se para olhar para Jace, que estava apoiado nas portas de vidro com os braços cruzados, sem expressão. — Eu o vi morrer. Vi Jace cortar a espinha de Sebastian em dois, e o vi cair no rio. E agora está me dizendo que ele está por aí, *vivo*?

— Não. — Simon apressou-se em acalmá-la. — O corpo está lá, mas não está vivo, na verdade. Lilith não completou a cerimônia. — Simon pôs a mão no ombro dela, mas Isabelle se sacudiu para que retirasse. Estava mortalmente pálida.

— "Não está vivo, na verdade" não é o bastante para mim — disse. — Vou até lá e cortá-lo em mil pedaços. — Dirigiu-se para a porta.

— Iz! — Simon colocou a mão no ombro dela. — Izzy. Não.

— Não? — Ela olhou para ele, incrédula. — Me dê um bom motivo para não ir até lá transformar aquele maldito em confete.

O olhar de Simon passou pela sala, repousando por um instante em Jace, como se esperasse que ele fosse se manifestar ou acrescentar algum comentário. Não o fez; sequer se mexeu. Finalmente, Simon falou:

— Veja bem, você entende o ritual, certo? Porque Jace foi trazido dos mortos, Lilith ganhou o direito de reerguer Sebastian. E para isso, precisava de Jace presente, e vivo, como um... Como ela chamou...

— Um contrapeso — completou Clary.

— Aquela marca que Jace tem no peito. A marca de Lilith. — Com um gesto aparentemente inconsciente, Simon tocou o próprio peito, acima do coração. — Sebastian também tem. Vi as duas brilharem ao mesmo tempo quando Jace entrou no círculo.

Isabelle, com o chicote tremendo ao lado do corpo e os dentes mordendo o lábio inferior vermelho, disse impacientemente:

— E?

— Acho que ela estava criando uma ligação entre eles — prosseguiu Simon. — Se Jace morresse, Sebastian não poderia viver. Então, se cortar Sebastian em pedacinhos...

— Poderia machucar Jace — disse Clary, as palavras saindo num turbilhão com a compreensão. — Ah, meu Deus. Ah, Izzy, não pode.

— Então simplesmente vamos deixá-lo *viver*? — Isabelle parecia incrédula.

— Corte-o em pedacinhos se quiser — declarou Jace. — Tem minha permissão.

— Cala a boca — repreendeu Alec. — Pare de agir como se sua vida não importasse. Iz, não estava ouvindo? Sebastian não está vivo.

— Também não está morto. Não o *suficiente*.

— Precisamos da Clave — afirmou Alec. — Precisamos entregá-lo aos Irmãos do Silêncio. Podem romper a ligação com Jace, e aí pode derramar o sangue que quiser, Iz. Ele é filho de *Valentim*. E é um assassino. Todo mundo perdeu alguém na batalha em Alicante, ou conhece alguém que perdeu. Acha que serão generosos com ele? Vão destruí-lo lentamente enquanto ainda está vivo.

Isabelle encarou o irmão. Lentamente, lágrimas brotaram nos olhos da menina, escorrendo pelas bochechas e manchando a sujeira e o sangue em sua pele.

— Odeio — disse ela. — Odeio quando tem razão.

Alec puxou a irmã mais para perto e deu um beijou na cabeça dela.

— Sei que odeia.

Ela apertou brevemente a mão do irmão, em seguida recuou.

— Tudo bem — disse. — Não vou encostar em Sebastian. Mas não suporto estar tão perto dele. — Olhou para as portas de vidro, onde Jace ainda estava. — Vamos descer. Podemos esperar a Clave na portaria. E temos que chamar Maia e Jordan; provavelmente estão se perguntando aonde fomos.

Simon limpou a garganta.

— Alguém deveria ficar aqui só para ficar de olho... nas coisas. Eu fico.

— Não. — Quem falou foi Jace. — Você desce. Eu fico. Isto tudo é minha culpa. Devia ter me certificado de que Sebastian estava morto quando tive a oportunidade. E quanto ao resto...

Interrompeu-se. Mas Clary se lembrou de quando ele a tocara no rosto em um corredor escuro do Instituto, se lembrou dele sussurrando *Mea culpa, mea maxima culpa.*

Minha culpa, minha mais grave culpa.

Ela se virou para olhar para os outros; Isabelle já tinha apertado o botão, que estava aceso. Clary conseguia escutar o barulho distante do elevador subindo. Isabelle franziu o cenho.

— Alec, talvez devesse ficar aqui com Jace.

— Não preciso de ajuda — protestou Jace. — Não há nada de que cuidar aqui. Ficarei bem.

Isabelle jogou as mãos para o alto quando o elevador chegou com um *ping*.

— Tudo bem. Você venceu. Fique se remoendo aqui sozinho se quiser. — E entrou no elevador, seguida por Simon e Alec.

Clary foi a última, virando-se para olhar para Jace. Ele tinha voltado a fitar as portas, mas ela conseguia enxergar seu reflexo nelas. A boca estava cerrada em uma linha exangue e os olhos, escuros.

Jace, pensou quando as portas do elevador começaram a se fechar. Desejou que ele se virasse para olhá-la. Ele não o fez, mas Clary sentiu mãos fortes nos ombros, empurrando-a de súbito para a frente. Ouviu Isabelle dizer "Alec, o que está..." ao tropeçar através das portas do elevador e se ajeitar, virando-se para olhar. As portas estavam se fechando, mas conseguiu ver Alec. Ele deu um meio sorriso pesaroso e fez um gesto com ombros como se dissesse *O que mais poderia fazer?* Clary deu um passo para a frente, mas era tarde; as portas do elevador estavam fechadas.

Ela estava sozinha na sala com Jace.

O local estava cheio de cadáveres — figuras encolhidas, todas com roupas esportivas cinzentas, atirados, comprimidos ou amontoados contra a parede. Maia estava perto da janela, arfando e olhando a cena diante de si, incrédula. Tinha participado da batalha em

Brocelind, em Idris, e achava que aquilo era a pior coisa que poderia ver. Mas, de algum jeito, isto superava. O sangue que escorria dos membros mortos da seita não era icor demoníaco; era sangue humano. E os bebês — silenciosos e mortos nos berços, as mãos de dedos afiados cruzadas uma sobre a outra, como bonecas...

Olhou para as próprias mãos. As garras ainda estavam expostas, manchadas de sangue da ponta à raiz; retraiu-as, e o sangue escorreu pelas palmas, manchando os pulsos. Os pés estavam descalços e manchados de sangue, e havia um longo arranhão em um dos ombros que ainda sangrava, apesar de já ter começado a melhorar. Apesar da cura rápida que a licantropia oferecia, sabia que acordaria cheia de hematomas no dia seguinte. Quando se era licantrope, machucados raramente duravam mais de um dia. Lembrou-se de quando era humana, e seu irmão, Daniel, se especializou em beliscá-la com força em lugares onde os hematomas não fossem visíveis.

— Maia. — Jordan atravessou uma das portas inacabadas, desviando de um bando de fios pendurados. Então se ajeitou e foi em direção a ela, passando pelos corpos. — Você está bem?

O olhar de preocupação no rosto dele embrulhou o estômago da menina.

— Onde estão Isabelle e Alec?

Ele balançou a cabeça. Tinha sofrido ferimentos menos visíveis do que os dela. A jaqueta grossa de couro o protegera, assim como a calça jeans e os sapatos. Tinha um longo arranhão na bochecha e havia sangue seco nos cabelos castanho-claros e na lâmina da faca que estava segurando.

— Procurei por todo o andar. Não vi. Tem mais alguns corpos nos outros quartos. Podem ter...

A noite acendeu como uma lâmina serafim. As janelas embranqueceram e uma luz brilhante invadiu o recinto. Por um instante, Maia achou que o mundo estivesse pegando fogo, e Jordan, aproximando-se através da luz, pareceu quase submergir, branco contra o branco, em um campo luminoso de prata. Se ouviu gritando, e recuou cegamente, batendo a cabeça contra a janela de vidro. Levantou as mãos para cobrir os olhos...

E a luz sumiu. Maia abaixou as mãos, o mundo girando ao redor. Esticou o braço a esmo, e Jordan estava lá. Pôs os braços em volta dele — jogou-os em volta dele, como fazia quando ele ia buscá-la em casa, e a segurava, enrolando seus cachos nos dedos.

Naquela época era mais magro, tinha ombros mais finos. Agora tinha músculos envolvendo os ossos, e abraçá-lo era como envolver algo absolutamente sólido, um pilar de granito em uma tempestade de areia no deserto. Agarrou-se a ele, e escutou as batidas do coração contra o próprio ouvido enquanto as mãos dele afagavam seu cabelo, uma carícia áspera e calmante, ao mesmo tempo reconfortante e... familiar.

— Maia... está tudo bem...

Ela levantou a cabeça e pressionou os lábios contra os dele. Jordan tinha mudado tanto, mas a sensação de beijá-lo era a mesma, a boca suave como sempre. Por um segundo ficou tenso pela surpresa, e em seguida abraçou-a, as mãos acariciando as costas nuas de Maia em círculos lentos. Ela se lembrou da primeira vez em que se beijaram. Tinha entregado a ele um par de brincos para guardar no porta-luvas do carro, mas a mão dele tremeu tanto que os derrubou, então ele se desculpara sem parar, até que ela o beijasse para fazê-lo se calar. Achou que fosse o menino mais doce que já conhecera.

Depois ele foi mordido, e tudo mudou.

Ela recuou, tonta e ofegante. Ele a soltou instantaneamente; estava olhando para ela, boca aberta, olhos entorpecidos.

Atrás dele, pela janela, Maia via a cidade — chegou a esperar que estivesse plana, um deserto branco destruído do lado de fora —, mas estava tudo igual. Nada mudara. Luzes piscavam aqui e ali nos prédios do outro lado da rua; era possível escutar o sussurro do tráfego abaixo.

— É melhor irmos — disse ela. — Temos que procurar os outros.

— Maia — disse ele. — Por que me beijou?

— Não sei — respondeu. — Acha que devemos tentar os elevadores?

— Maia...

— Não *sei*, Jordan — repetiu. — Não sei por que beijei, e não sei se o faria de novo, mas sei que estou nervosa, preocupada com os meus amigos, e quero sair daqui. Tudo bem?

Jordan assentiu. Parecia querer falar um milhão de coisas, mas se determinou a não dizê-las, o que deixou Maia agradecida. Passou a mão pelos cabelos emaranhados e cobertos de pó de gesso e assentiu.

— Tudo bem.

Silêncio. Jace continuava apoiado na porta, só que agora estava com a testa pressionada contra o vidro e os olhos fechados. Clary imaginou se ele sequer sabia que ela estava ali. Deu um passo para a frente, mas antes que pudesse dizer qualquer coisa, ele abriu as portas e voltou para o jardim.

Ela ficou parada por um instante, observando de trás. Poderia chamar o elevador, é claro, e descer, esperar a Clave na portaria com todo mundo. Se Jace não queria conversar, não queria conversar. Não podia forçá-lo. Se Alec estivesse certo, se isto era Jace se castigando, teria que esperar até que ele superasse.

Virou-se para o elevador — e parou. Uma pequena chama de raiva se acendeu nela, fazendo seus olhos arderem. *Não*, pensou. Não precisava permitir que se comportasse deste jeito. Talvez pudesse ser assim com todo mundo, mas não com ela. Devia mais a ela. Ambos deviam mais, um ao outro.

Girou e foi até as portas. O tornozelo ainda estava doendo, mas os *iratzes* de Alec estavam funcionando. Quase toda a dor do corpo havia se reduzido a um incômodo latejante. Abriu as portas e entrou no terraço, estremecendo quando os pés descalços tocaram os azulejos gelados.

Viu Jace imediatamente; estava ajoelhado próximo aos degraus, sobre azulejos sujos de sangue, icor e sal. Ele se levantou quando Clary se aproximou, e se virou, alguma coisa brilhante pendurada na mão.

O anel Morgenstern, na corrente.

O vento soprava para cima; jogava os cabelos dourados no rosto de Jace. Ele afastou-os impacientemente e disse:

— Lembrei que tínhamos deixado isto aqui.

A voz soou surpreendentemente normal.

— Foi por isso que quis ficar? — disse Clary. — Para pegar de volta?

Ele virou a mão, girando a corrente para cima e fechando os dedos sobre o anel.

— Sou apegado a ele. Tolice, eu sei.

— Podia ter dito, ou Alec poderia ter ficado...

— Meu lugar não é com vocês — disse, subitamente. — Depois do que fiz, não mereço *iratzes*, cura, abraços; não mereço ser consolado ou o que quer que meus amigos pensem que preciso. Prefiro ficar aqui com *ele*. — Apontou o queixo para onde o corpo de Sebastian continuava, imóvel no caixão aberto sobre o pedestal de pedra. — E certamente não mereço *você*.

Clary cruzou os braços sobre o peito.

— Alguma vez já pensou no que *eu* mereço? Que talvez mereça uma chance de conversar com você sobre o que aconteceu?

Jace olhou fixamente para Clary. Estavam a poucos centímetros de distância um do outro, mas parecia haver um abismo inexprimível entre eles.

— Não sei por que sequer quereria olhar para mim, quanto mais conversar.

— Jace — disse Clary. — As coisas que fez... não era *você*.

Ele hesitou. O céu estava tão negro e as janelas dos edifícios próximos tão claras que era como se estivessem no centro de uma rede de joias cintilantes.

— Se não era eu — argumentou —, então por que consigo me lembrar de *tudo o que fiz*? Quando as pessoas ficam possuídas e voltam, não se recordam do que fizeram enquanto foram habitadas pelo demônio. Mas eu me lembro de *tudo*. — Ele virou-se abruptamente e saiu andando em direção à parede do jardim do telhado. Ela o seguiu, grata pela distância que isso colocava entre eles e o corpo de Sebastian, agora bloqueado por uma fila de cercas vivas.

— Jace! — chamou, e ele olhou, ficando de costas para a parede, apoiando-se nela. Atrás dele, a eletricidade da cidade acendia a noite como as torres demoníacas de Alicante. — Você se lembra porque ela queria que lembrasse — afirmou Clary, alcançando-o, arfando um pouco. — Fez isso para torturá-lo, assim como fez com Simon para convencê-lo a fazer o que queria. Queria que se visse machucando as pessoas que ama.

— E vi — revelou ele, a voz baixa. — Foi como se parte de mim estivesse de longe, assistindo e gritando comigo mesmo para parar. Mas fora isso, me senti completamente tranquilo, como se o que estava fazendo fosse *certo*. Como se fosse a única coisa que pudesse fazer. Fico pensando se era assim que Valentim se sentia em relação a tudo que fazia. Como se fosse fácil ter razão. — Desviou o olhar dela. — Não suporto — falou. — Não deveria estar aqui comigo. É melhor ir.

Em vez de sair, Clary foi para o lado dele na parede. Já estava com os braços em volta dela mesma e tremia. Finalmente, relutante, Jace virou a cabeça para olhá-la outra vez.

— Clary...

— Não é você que decide — discutiu — onde vou, nem quando.

— Eu sei. — A voz estava áspera. — Sempre soube isso a seu respeito. Não sei por que tive que me apaixonar por uma pessoa mais teimosa do que eu.

Clary ficou em silêncio por um instante. Seu coração ficou apertado ao ouvir aquela palavra: "apaixonar."

— Todas as coisas que me disse — falou, meio sussurrando — no terraço dos Grilhões... Era sério?

Os olhos dourados ficaram sem expressão.

— Que coisas?

Que me amava, quase disse, mas, pensando bem... não tinha dito isso, tinha? Não as palavras em si. Mas a implicação estivera lá. E o fato em si, que se amavam, era algo que sabia tanto quanto sabia o próprio nome.

— Ficou me perguntando se eu te amaria se fosse como Sebastian, como Valentim.

— E você disse que assim não seria eu. Veja como errou — respondeu, com amargura na voz. — O que fiz hoje...

Clary foi em direção a ele; Jace ficou tenso, mas não se afastou. Ela segurou a frente da camisa dele, se inclinou para perto e afirmou, enunciando cada palavra com clareza:

— Não era você.

— Diga isso a sua mãe — falou. — Diga a Luke, quando perguntarem de onde veio *isto*. — Tocou-a suavemente na clavícula; o ferimento já tinha curado, mas a pele e o tecido do vestido continuavam manchados com sangue escuro.

— Direi — falou. — Direi a eles que a culpa foi minha.

Jace a encarou, os olhos dourados incrédulos.

— Não pode mentir para eles.

653

— Não é mentira. Eu o trouxe de volta — observou. — Estava morto, e eu o trouxe de volta. *Eu* perturbei o equilíbrio, e não você. Abri a porta para Lilith e o ritual estúpido. Podia ter pedido qualquer coisa, e pedi você. — Intensificou o aperto na camisa dele, os dedos brancos por causa do frio e da pressão. — E *faria tudo outra vez*. Eu te amo, Jace Wayland, Herondale, Lightwood, como queira se chamar. Não me importo. Eu te amo e sempre vou amar, e fingir que poderia ser diferente é perda de tempo.

Um olhar de tanta dor passou pelo rosto dele que Clary sentiu o próprio coração apertar. Então ele esticou os braços e pegou o rosto de Clary entre as mãos. As palmas estavam mornas contra suas bochechas.

— Lembra o que falei — disse, com a voz mais suave do que nunca — sobre não saber se existia um Deus ou não, mas que, independentemente disso, estávamos completamente sozinhos? Ainda não sei a resposta; só sabia que existia fé, e que eu não merecia tê-la. Então você apareceu. Mudou tudo em que eu acreditava. Sabe a frase de Dante que citei no parque? *"L'amor che move il sole e l'altre stelle"*?

Os lábios de Clary se curvaram um pouco nas laterais ao olhar para ele.

— Continuo não falando italiano.

— É uma frase do último verso de *Paradiso*, o *Paraíso* de Dante. *"Minha vontade e meu desejo se transformaram pelo amor, o amor que move o sol e todas as outras estrelas"*. Dante estava tentando explicar a fé, eu acho, como um amor avassalador, e talvez seja blasfêmia, mas é assim que penso em relação ao jeito que te amo. Você apareceu na minha vida e de repente eu tinha uma verdade a qual me apegar: que eu te amava, e você a mim.

Apesar de parecer estar olhando para ela, seu olhar estava distante, como se fixo em algo longínquo.

— Aí comecei a ter os sonhos — prosseguiu. — E achei que talvez tivesse me enganado. Que não a merecia. Que não merecia ser perfeitamente feliz; quero dizer, meu Deus, quem merece *isso*? E depois de hoje...

— Pare. — Estivera agarrando a camisa dele, e a soltou, esticando as mãos sobre seu peito. Sentiu o coração acelerado de Jace sob as pontas dos dedos; as bochechas dele ruborizaram, e não só pelo frio. — Jace. Durante tudo que aconteceu esta noite, eu sabia de uma coisa. Que não era você me machucando. Não era você fazendo aquelas coisas. Tenho uma crença incontestável de que você é *bom*. E isso nunca vai mudar.

Jace respirou trêmula e profundamente.

— Não sei nem como tentar merecer isso.

— Não precisa. Tenho fé o suficiente em você — garantiu — por nós dois.

As mãos de Jace deslizaram sobre o cabelo de Clary. O vapor da respiração de ambos se elevou entre eles, uma nuvem branca.

— Senti tanto a sua falta — disse ele, e beijou-a de forma suave; não desesperada e faminta como nas últimas vezes, mas confortável, tenra e suavemente.

Ela fechou os olhos enquanto o mundo parecia girar ao seu redor como um catavento. Passando as mãos no peito dele, ergueu-se o máximo possível, envolvendo os braços no pescoço de Jace, ficando nas pontas dos pés para encontrar a boca dele com a sua. Os dedos dele desceram pelo corpo de Clary, sobre pele e cetim, e ela estremeceu, inclinando-se para ele, e tinha certeza de que os dois estavam com gosto de sangue, cinzas e sal, mas não tinha importância; o mundo, a cidade, todas as luzes e vida pareceram se reduzir a isto: ela e Jace, o coração ardente de um mundo congelado.

Foi ele que recuou relutantemente. No instante seguinte, ela percebeu por quê. O ruído de carros buzinando e pneus cantando na rua abaixo era audível, mesmo ali de cima.

— A Clave — disse, resignado, apesar de, como Clary ficou feliz em ouvir, ter precisado limpar a garganta para se pronunciar. O rosto de Jace estava avermelhado, como imaginava que o próprio também estivesse. — Chegaram.

Com a mão na dele, Clary olhou pela borda da parede do telhado e viu que vários carros compridos e pretos haviam estacionado na frente dos andaimes. Pessoas saltavam aos montes. Era difícil reconhecê-las desta altura, mas Clary teve a impressão de ter visto Maryse e vários outros com roupa de combate. Logo depois a picape de Luke parou e Jocelyn saltou. Clary teria sabido que era ela, apenas pela forma como se movia, a uma distância maior do que aquela.

Clary voltou-se para Jace.

— Minha mãe — disse. — É melhor descer. Não quero que suba aqui e veja... *ele*. — Apontou com o queixo para o caixão de Sebastian.

Jace tirou carinhosamente o cabelo do rosto de Clary.

— Não quero perdê-la de vista.

— Então venha comigo.

— Não. Alguém deveria ficar aqui. — Pegou a mão dela, virou-a de palma para cima e depositou ali o anel Morgenstern, a corrente formando uma piscina em volta dele como metal líquido. O fecho havia entortado quando o arrancou, mas ele conseguira consertar. — Por favor, fique com isto.

Ela olhou para baixo rapidamente, e em seguida, incerta, de volta para o rosto dele.

— Gostaria de entender o que significa para você.

Jace deu de ombros suavemente.

— Passei uma década usando — explicou. — Parte de mim está nele. Significa que confio a você o meu passado e todos os segredos que ele carrega. Além disso — tocou levemente uma das estrelas esculpidas na borda —, "o amor que move o sol e todas as outras estrelas". Finja que é isso que significa, e não Morgenstern.

Em resposta, Clary passou a corrente por cima da cabeça, sentindo o anel se ajeitar no lugar, abaixo da clavícula. Era como uma peça de um quebra-cabeça se encaixando. Por um instante, os olhares se encontraram em uma comunicação silenciosa, de certa forma mais intensa que o contato físico que haviam tido; Clary gravou a imagem dele em sua mente, como se o estivesse memorizando — os cabelos dourados emaranhados, as sombras projetadas pelos cílios, os anéis em tons mais escuros dentro do âmbar claro dos olhos.

— Já volto — disse. Apertou a mão dele. — Cinco minutos.

— Vá — disse ele com a voz áspera, soltando a mão da namorada, que virou e voltou pelo caminho em que viera. Assim que se afastou dele sentiu frio outra vez, e quando chegou às portas do prédio, estava congelando. Parou ao abrir a porta, e olhou para ele, mas Jace tinha se tornado apenas uma sombra, iluminado por trás pelo brilho do horizonte nova-iorquino. *O amor que move o sol e todas as outras estrelas*, pensou, e em seguida, quase como um eco em resposta, escutou as palavras de Lilith. *O tipo de amor que pode incinerar o mundo ou erguê-lo em glória.* Um tremor passou por ela, e não apenas pelo frio. Procurou Jace com os olhos, mas ele já tinha desaparecido nas sombras, então virou-se e entrou, a porta se fechando atrás.

Alec tinha subido para procurar Jordan e Maia, e Simon e Isabelle ficaram sozinhos, sentados lado a lado na espreguiçadeira no lobby. Isabelle estava com a luz enfeitiçada de Alec na mão, que iluminava o local com um brilho quase fantasmagórico, acendendo partículas de cinza que se soltavam do fogo no lustre.

Isabelle falou pouquíssimo desde que o irmão os deixara juntos. Estava com a cabeça abaixada, os cabelos escuros caindo para a frente, o olhar nas mãos. Eram mãos delicadas, com dedos longos, porém calejadas como as dos irmãos. Simon nunca tinha percebido, mas ela usava um anel prateado na mão direita, com um desenho de chamas no contorno e um L esculpido no meio. Lembrava o anel que Clary carregava no pescoço, com desenhos de estrelas.

— É o anel da família Lightwood — disse, percebendo que ele estava olhando. — Toda família tem um emblema. O nosso é o fogo.

Combina com você, pensou. Izzy era como fogo, com seu vestido vermelho ardente e humores inconstantes como faíscas. No telhado, quase achou que ela fosse sufocá-lo, com os braços envolvendo-o pelo pescoço enquanto o xingava de todos os nomes ao mesmo tempo em que o agarrava como se jamais quisesse soltá-lo. Agora estava olhando para o nada, intocável como uma estrela. Era tudo muito desconcertante.

Você os ama tanto, dissera Camille, *seus amigos Caçadores de Sombras. Como o falcão ama o mestre que o prende e cega.*

— O que disse — começou ele, um pouco indeciso, observando Isabelle, que tinha uma mecha de cabelo enrolada no indicador — lá no telhado... Que não sabia que Clary e Jace tinham sumido, que tinha vindo por minha causa... É verdade?

Isabelle levantou a cabeça, colocando a mecha de cabelo atrás da orelha.

— Claro que é verdade — respondeu, indignada. — Quando vimos que você tinha desaparecido da festa... Há dias que vem correndo perigo, Simon, e com a fuga de Camille... — interrompeu-se. — E Jordan é responsável por você. Estava desesperado.

— Então a ideia de vir me procurar foi dele?

Isabelle se virou para olhá-lo por um instante. Os olhos dela estavam insondáveis e escuros.

— Fui eu que notei sua ausência — revelou. — Eu que quis encontrá-lo.

Simon limpou a garganta. Sentiu-se ligeiramente tonto.

— Mas por quê? Pensei que me odiasse agora.

Escolhera a coisa errada para dizer. Isabelle balançou a cabeça, os cabelos negros esvoaçando, e se afastou um pouco dele no assento.

— Ah, Simon. Não seja tonto.

— Iz. — Ele esticou a mão e tocou o pulso de Isabelle, hesitante. Ela não se afastou, apenas observou. — Camille me disse uma coisa no Santuário. Disse que Caçadores de Sombras não gostavam de integrantes do Submundo, apenas os usavam. Disse que os Nephilim jamais fariam por mim o que eu faço por eles. Mas você fez. Veio me procurar. *A mim.*

— Claro que vim — respondeu ela, com a voz abafada. — Quando pensei que tinha acontecido alguma coisa com você...

Ele se inclinou na direção dela. Os rostos estavam afastados por poucos centímetros. Simon conseguia ver faíscas do lustre refletidos nos olhos negros de Isabelle. Os lábios da menina estavam abertos, e Simon sentia o calor da sua respiração. Pela primeira vez desde que se tornara vampiro, sentiu calor, como uma corrente elétrica passando entre os dois.

— Isabelle — falou. Não chamou de Iz, nem de Izzy. *Isabelle.* — Posso...

O elevador fez um barulho; as portas se abriram e Alec, Maia e Jordan saíram. Alec olhou desconfiado para Simon e Isabelle quando se afastaram, mas antes que pudesse dizer qualquer coisa, as portas duplas do lobby se escancararam, e Caçadores de Sombras inundaram o local. Simon reconheceu Kadir e Maryse, que imediatamente correu pela sala até Isabelle e a pegou pelos ombros, exigindo saber o que tinha se passado.

Simon se levantou e se afastou, saindo desconfortavelmente — e quase foi derrubado por Magnus, que estava correndo para chegar a Alec. Sequer pareceu notar Simon. *Afinal de contas, daqui a cem, duzentos anos, seremos só nós dois. Só sobraremos nós*, dissera-lhe Magnus no Santuário. Sentindo-se extremamente solitário na multidão de Caçadores de Sombras, Simon encostou-se à parede na vã esperança de não ser notado.

Alec levantou os olhos na hora em que Magnus o alcançou, o pegando e o puxando para perto. Passou os dedos pelo rosto de Alec como se estivesse verificando machucados ou danos; baixinho, murmurava:

— Como pôde... sair assim e nem me avisar... Eu poderia ter ajudado...

— Pare com isso. — Alec se afastou, sentindo-se rebelde.

Magnus olhou para si mesmo, acalmando a voz.

— Desculpe — disse ele. — Eu não devia ter saído da festa. Deveria ter ficado com você. Enfim, Camille sumiu. Ninguém tem a menor ideia quanto ao paradeiro dela, e como não é possível rastrear vampiros... — Deu de ombros.

Alec afastou a imagem de Camille da mente, acorrentada ao cano, olhando para ele com aqueles olhos verdes ferozes.

— Esqueça — disse. — Ela não tem importância. Sei que só estava tentando ajudar. E não estou irritado por ter saído da festa.

— Mas estava — disse Magnus. — Sabia que estava. Por isso fiquei tão preocupado. Fugindo e se colocando em perigo só porque estava com raiva de mim...

— Sou um Caçador de Sombras — interrompeu Alec. — Magnus, isto é o que eu *faço*. Não tem nada a ver com você. Da próxima vez se apaixone por um avaliador de seguros, ou...

— Alexander — disse Magnus. — Não vai ter próxima vez. — Encostou a própria testa na de Alec, verde-dourados olhando para azuis.

O coração de Alec acelerou.

— Por que não? — indagou. — Você vive eternamente. Nem todo mundo é assim.

— Sei que disse isso — concedeu Magnus. — Mas Alexander...

— Pare de me chamar assim — disse Alec. — Alexander é como meus pais me chamam. E suponho que seja muito evoluído de sua parte aceitar minha mortalidade de um jeito tão fatalista; tudo morre, blá-blá, mas como acha que eu me *sinto*? Casais normais podem *torcer*... Torcer para envelhecerem juntos, viverem vidas longas e morrerem na mesma época, mas nós não podemos. Nem sei o que você quer.

Alec não sabia o que esperava em resposta — raiva, defensiva ou até mesmo humor —, mas a voz de Magnus apenas diminuiu, crepitando singelamente ao falar:

— Alex... Alec. Se dei a impressão de que aceitei a ideia da sua morte, só posso me desculpar. Tentei aceitar, achei que tivesse... e, no entanto, ainda me ficava imaginava tendo você por mais cinquenta, sessenta anos. Achei que até lá poderia estar pronto para deixá-lo ir. Mas é você, e agora percebo que não estarei mais pronto para perdê-lo do que estou agora. — Colocou as mãos suavemente nos lados do rosto de Alec. — E não estou nem um pouco.

— Então o que faremos? — sussurrou Alec.

Magnus deu de ombros e sorriu repentinamente; com os cabelos pretos desalinhados e o brilho nos olhos verde-dourados, parecia um adolescente rebelde.

— O que todo mundo faz — respondeu. — Como você disse. Torcemos.

※ ※ ※

Alec e Magnus tinham começado a se beijar no canto, e Simon não sabia ao certo para onde olhar. Não queria que pensassem que estava fitando o que claramente se tratava de um momento particular, mas onde quer que olhasse, encontrava os olhares fixos de Caçadores de Sombras. Apesar de ter lutado com eles no banco contra Camille, ninguém olhava para ele com gentileza. Uma coisa era Isabelle aceitá-lo e gostar dele, mas Caçadores de Sombras em grupo era outra completamente diferente. Sabia o que estavam pensando. As palavras "vampiro, submundo, inimigo" estavam escritas no rosto de todos. Foi um alívio quando as portas se abriram novamente e Jocelyn entrou, ainda com o vestido azul da festa. Luke vinha logo atrás.

— Simon! — gritou assim que o viu. Correu até ele e, para sua surpresa, deu um abraço forte antes de falar: — Simon, onde está Clary? Ela...

Simon abriu a boca, mas nada saiu. Como poderia explicar para Jocelyn, logo ela, o que tinha acontecido hoje? Jocelyn, que ficaria horrorizada em saber que muito da maldade de Lilith, das crianças que matara, do sangue que entornara, tinha sido a serviço de criar mais criaturas como o próprio filho morto dela, cujo corpo neste instante estava no telhado onde Clary aguardava com Jace?

Não posso contar nada disso a ela, pensou. *Não posso*. Olhou para além dela, para Luke, cujos olhos azuis estavam voltados para ele cheios de expectativa. Atrás da família de Clary viu os Caçadores de Sombras se agrupando ao redor de Isabelle enquanto ela, supostamente, narrava os eventos da noite.

— Eu... — começou, desamparado, e as portas do elevador se abriram novamente, revelando Clary. Estava sem sapato, o vestido de cetim em trapos, os hematomas já desbotando dos braços e pernas. Mas estava sorrindo, até radiante, mais feliz do que Simon via em semanas.

— Mãe! — exclamou, e Jocelyn correu e abraçou a filha. Clary sorriu para Simon por cima do ombro da mãe. Ele olhou em volta. Alec e Magnus ainda estava agarrados, e Maia e Jordan haviam desaparecido. Isabelle continuava cercada por Caçadores de Sombras, e Simon conseguia ouvir as reações de horror e espanto no grupo que a cercava enquanto contava a história. Desconfiava que parte dela estava gostando. Isabelle adorava ser o centro das atenções, independentemente do motivo.

Sentiu uma mão no ombro. Era Luke.

— *Você* está bem, Simon?

Simon olhou para ele. Luke era o mesmo de sempre: sólido, professoral, extremamente confiável. Nem um pouco irritado por sua festa de noivado ter sido interrompida por uma súbita emergência dramática.

O pai de Simon já tinha morrido havia tanto tempo que mal se lembrava dele. Rebecca tinha algumas recordações — que ele tinha barba e a ajudava a construir torres elaboradas com blocos —, mas Simon não. Era uma das coisas que sempre tivera em comum com Clary, que os unia: ambos tinham pais falecidos, ambos criados por mulheres solteiras e fortes.

Bem, ao menos uma destas coisas era verdade, pensou Simon. Apesar de sua mãe ter tido namorados, nunca tivera uma presença paterna; nenhuma além de Luke. Supunha que, de certa forma, ele e Clary compartilhavam Luke. E o bando de lobos também procurava orientação nele. Para um solteirão que nunca tivera filhos, refletiu Simon, Luke tinha muitas crianças para cuidar.

— Não sei — disse Simon, oferecendo a Luke a resposta honesta que gostaria de acreditar que teria dado ao próprio pai. — Acho que não.

Luke virou Simon para ele.

— Está coberto de sangue — constatou. — E imagino que não seja seu, porque... — apontou para a Marca na testa do menino. — Mas ei. — A voz era suave. — Mesmo coberto de sangue e com a Marca de Caim, continua sendo o Simon. Pode me contar o que aconteceu?

— Não é meu sangue, tem razão — respondeu Simon com a voz rouca. — Mas também é uma longa história. — Inclinou a cabeça para cima a fim de olhar para Luke; sempre se perguntara se teria mais uma fase de crescimento algum dia, se ganharia alguns centímetros além dos 168 que já tinha, para conseguir olhar para Luke, sem falar em Jace, olho no olho. Mas agora não aconteceria mais. — Luke — começou —, acredita que é possível fazer alguma coisa tão ruim, mesmo sem ter a intenção, que não possa se recuperar? Que ninguém possa perdoá-lo?

Luke olhou para ele por um longo e silencioso instante. Em seguida respondeu:

— Pense em alguém que ama, Simon. Ama *mesmo*. Existe alguma coisa que esta pessoa possa fazer que seja capaz de acabar com seu amor por ela?

Várias imagens passaram pela mente de Simon como páginas de um livro de figuras: Clary virando para sorrir para ele por cima do ombro; a irmã fazendo cócegas nele quando era criança; a mãe dormindo no sofá com a manta cobrindo os braços; Izzy...

Conteve os pensamentos apressadamente. Clary nunca tinha feito nada tão terrível que precisasse de perdão; nenhuma das pessoas que estava imaginando tinha. Pensou em Clary, perdoando a mãe por ter roubado suas lembranças. Pensou em Jace, no que tinha feito no telhado, e em como tinha ficado depois. Fizera aquilo sem qualquer vontade, mas Simon duvidava que ele fosse conseguir se perdoar mesmo assim. E depois pensou em Jordan — não se perdoando pelo que aconteceu com Maia, mas seguindo com a vida mesmo assim, filiando-se ao Praetor Lupus e dedicando a vida a ajudar os outros.

— Mordi uma pessoa — disse. As palavras deixaram sua boca, e ele desejou que pudesse engoli-las de volta. Preparou-se para a expressão de horror de Luke, mas ela não veio.

— Sobreviveu? — perguntou. — A pessoa que mordeu. Sobreviveu?

— Eu... — Como explicar sobre Maureen? Lilith mandou que se retirasse, mas Simon tinha certeza de que voltaria a vê-la. — Não a matei.

Luke assentiu uma vez.

— Sabe como lobisomens se tornam líderes de bando — disse. — Têm que matar o antigo líder. Já fiz isso duas vezes. Tenho as cicatrizes para provar. — Puxou o colarinho da camisa de lado singelamente, e Simon viu a ponta de uma cicatriz branca, como se o peito tivesse sido arranhado. — Na segunda vez foi premeditado. Assassinato a sangue frio. Queria me tornar o líder, e foi assim que o fiz. — Deu de ombros. — Você é um vampiro. É da sua natureza querer beber sangue. Aguentou um longo tempo sem morder ninguém. Sei que pode caminhar ao sol, Simon, então se orgulha em ser um menino humano normal, mas ainda é o que é. Assim como eu. Quanto mais tentar sufocar sua verdadeira natureza, mais ela o controlará. Seja o que é. Ninguém que o ama de verdade vai deixar de amar por isso.

Rouco, Simon respondeu:

— Minha mãe...

— Clary me contou o que aconteceu com a sua mãe, e que está se hospedando com Jordan Kyle — disse Luke. — Veja, sua mãe vai te aceitar, Simon. Como Amatis me aceitou. Continua sendo o filho dela. Converso com ela, se quiser.

Simon balançou a cabeça silenciosamente. Sua mãe sempre gostara de Luke. Ter de lidar com o fato de que ele era um lobisomem provavelmente só pioraria as coisas.

Luke assentiu como se entendesse.

— Se não quiser voltar para a casa de Jordan, é mais do que bem-vindo ao meu sofá esta noite. Sei que Clary adoraria tê-lo por perto, e podemos conversar sobre o que fazer quanto a sua mãe amanhã.

Simon endireitou os ombros. Olhou para Isabelle do outro lado do lobby, o brilho do chicote, o resplendor do pingente na garganta, o movimento das mãos ao narrar. Isabelle, que não tinha medo de nada. Pensou na mãe, em como se afastara dele, o medo no olhar. Vinha se escondendo da lembrança, fugindo desde então. Mas era hora de parar.

— Não — respondeu. — Obrigado, mas acho que não preciso de nenhum lugar para ficar hoje. Acho... que vou para casa.

Jace estava sozinho no telhado, olhando para a cidade, o East River como uma cobra negro-prateada deslizando entre Brooklyn e Manhattan. As mãos e os lábios ainda estavam mornos pelo toque de Clary, mas o vento do rio era gelado, e o calor estava desbotando rapidamente. Sem casaco, sentia o ar atravessando o material fino da camisa como a lâmina de uma faca.

Inspirou profundamente, enchendo de ar frio os pulmões, e exalou lentamente. O corpo todo estava tenso. Aguardava o ruído do elevador, das portas se abrindo, dos Caçadores de Sombras invadindo o jardim. Seriam solidários de início, pensou, se preocupariam com ele. Então, quando entendessem o que tinha acontecido, viria o afastamento, as trocas de olhares significativos quando achassem que ele não estava olhando. Fora possuído — não apenas por um demônio, mas por um Demônio Maior —, agira contra a Clave e ameaçara ferir outra Caçadora de Sombras.

Pensou em como Jocelyn olharia para ele quando soubesse o que tinha feito com Clary. Luke talvez entendesse, perdoasse. Mas Jocelyn. Nunca conseguira falar honestamente com ela, dizer as palavras que julgava capazes de trazer algum conforto a ela. *Amo a sua filha mais do que jamais achei que fosse possível amar qualquer coisa. Jamais a machucaria.*

Ela simplesmente olharia para ele, pensou, com aqueles olhos verdes tão parecidos com os de Clary. Ia querer mais do que isso. Ia querer que dissesse o que ele mesmo não tinha certeza se era verdade.

Não sou nada como Valentim.

Não é? As palavras pareceram ser carregadas pelo ar frio, um sussurro destinado apenas aos seus ouvidos. *Não conheceu sua mãe. Não conheceu seu pai. Entregou seu coração a Valentim quando criança, como fazem as crianças, e se fez parte dele. Não pode extirpar isto de você agora com um corte de lâmina.*

Sua mão esquerda estava gelada. Olhou para baixo e viu, chocado, que de algum jeito tinha pegado a adaga — a adaga de prata do verdadeiro pai — e a estava segurando. A lâmina, apesar de ter sido corroída pelo sangue de Lilith, estava inteira novamente, e brilhava como uma promessa. Um frio que não tinha nenhuma relação com o clima começou a se espalhar pelo peito de Jace. *Quantas vezes tinha acordado assim, engasgando e suando, com a adaga na mão? E Clary, sempre Clary, morta aos seus pés.*

Mas Lilith estava morta. Acabou. Tentou colocar a faca no cinto, mas a mão não parecia querer obedecer ao comando do cérebro. Sentiu um calor pungente no peito, uma dor ardente. Ao olhar para baixo, viu que a linha ensanguentada que dividira a marca de Lilith ao meio, onde Clary o cortara com a adaga, tinha se curado. A marca reluzia em vermelho no peito.

Jace parou de tentar enfiar a adaga no cinto. Suas juntas embranqueceram à medida que o punho cerrou sobre o cabo, o pulso girando, tentando desesperadamente voltar a adaga contra si mesmo. Seu coração batia acelerado. Não tinha aceitado *iratzes*. Como a marca conseguira se curar tão depressa? Se a cortasse outra vez, se a desfigurasse, mesmo que temporariamente...

Mas a mão se recusava a obedecer. O braço permaneceu tenso ao lado do corpo enquanto ele começava a se dirigir, contra a vontade, ao pedestal onde o corpo de Sebastian estava estendido.

O caixão começou a brilhar com uma luz verde nebulosa — era quase um brilho de luz enfeitiçada, mas havia algo de doloroso naquele, algo que parecia perfurar o olho. Jace tentou recuar, mas as pernas não obedeceram. Suor gelado começou a escorrer por suas costas. Uma voz sussurrou no fundo da mente.

Venha aqui.

Era Sebastian.

Pensou que estivesse livre porque Lilith morreu? A mordida do vampiro me acordou; agora o sangue dela que corre em minhas veias o chama.

Venha aqui.

Jace tentou conter o próprio avanço, mas estava sendo traído pelo corpo, carregado para a frente apesar de a mente consciente combater. Mesmo ao tentar ficar para trás os pés o conduziam pela passagem, em direção ao caixão. O círculo pintado emitiu um brilho verde ao atravessá-lo, e o caixão pareceu reagir com um segundo clarão esmeralda. E então estava sobre ele, olhando para baixo.

Jace mordeu o lábio com força, torcendo para que a dor o arrancasse do atual estado de sonho. Não funcionou. Sentiu o gosto do próprio sangue ao olhar para Sebastian, que boiava como um corpo afogado na água. *Dos olhos nasceram pérolas baças.* Os cabelos eram algas descoradas, as pálpebras fechadas eram azuis. A boca tinha o formato frio e rígido da do pai. Era como olhar para um jovem Valentim.

Sem o próprio consentimento, inteiramente contra sua vontade, as mãos de Jace começaram a se elevar. A esquerda colocou a ponta da adaga na palma da direita, onde as linhas da vida e do amor se cruzavam.

Palavras escaparam dos próprios lábios. Escutou-as como se estivesse a uma distância imensa. Não era uma língua que conhecesse ou entendesse, mas sabia o que eram — cânticos de ritual. A mente gritava para o corpo parar, mas não parecia fazer a menor diferença. A mão esquerda desceu, a faca empunhada. A lâmina fez um corte limpo, certeiro e superficial na palma direita. Quase instantaneamente começou a sangrar. Tentou recuar, tentou puxar o braço, mas era como se estivesse preso em cimento. Enquanto assistia horrorizado, as primeiras gotas de sangue caíram no rosto de Sebastian.

Os olhos de Sebastian se abriram. Negros, mais negros que os de Valentim, tão negros quanto os do demônio que se referiu a si como mãe dele. Fixaram-se em Jace, como espelhos escuros, refletindo o próprio rosto, distorcido e irreconhecível, a boca formando as palavras do ritual, expelindo frases sem significado como um rio de água negra.

O sangue fluía mais livremente agora, transformando o líquido nebuloso dentro do caixão em um vermelho mais escuro. Sebastian se moveu. A água sangrenta deslocou-se e entornou quando ele sentou, os olhos negros grudados em Jace.

A segunda parte do ritual, disse a voz na cabeça de Jace, *está quase completa.*

Água escorreu dele como lágrimas. Os cabelos claros, grudados na testa, não pareciam ter cor alguma. Estendeu uma das mãos, e Jace, contra os protestos da mente, entregou a adaga, com a lâmina para a frente. Sebastian deslizou a mão pela lâmina fria e afiada. Sangue brotou de uma linha na palma. Sebastian descartou a adaga e pegou a mão de Jace, segurando-a contra a própria.

Era a última coisa que Jace esperava. Não conseguia recuar. Sentiu cada um dos dedos frios de Sebastian ao envolverem sua mão, pressionando os sangramentos um contra o outro. Era como ser agarrado por metal frio. Gelo começou a se espalhar pelas veias de Jace a partir da mão. Sentiu um arrepio passar por ele, e em seguida um tremor físico poderoso, tão doloroso que parecia que seu corpo estava sendo revirado do avesso. Tentou gritar...

Mas o grito morreu na garganta. Olhou para as mãos, a sua e a de Sebastian, unidas. Sangue corria pelos dedos e os pulsos, elegante como laços vermelhos. Brilhava sob a luz elétrica e fria da cidade. Não se movia como líquido, mas como arames rubros. Envolveu as mãos em uma união escarlate.

Um senso peculiar de paz se abateu sobre Jace. O universo parecia se afastar, e ele estava no pico de uma montanha, com o mundo aos seus pés, tudo para ele. As luzes da cidade que o cercavam não eram mais elétricas, e sim o brilho de mil estrelas como diamantes. Pareciam reluzir sobre ele com uma luminosidade benevolente que dizia: *Isto é bom. Isto é certo. Isto é o que seu pai gostaria que acontecesse.*

Viu Clary em sua mente, o rosto branco, a cachoeira de cabelos ruivos e a boca ao se mover, formando as palavras: *Já volto. Cinco minutos.*

Então a voz de Clary desbotou e outra se pronunciou, sobressaindo-se à dela, afogando-a. A imagem mental de Clary recuou, desaparecendo suplicantemente na escuridão, como Eurídice desapareceu quando Orfeu se virou com o intuito de vê-la uma última vez. Ele a viu, os braços brancos estendidos para ele; então as sombras se fecharam em torno dela, e Clary se foi.

Uma nova voz se pronunciou na mente de Jace agora, uma voz familiar, outrora odiada, agora estranhamente bem-vinda. A voz de Sebastian. Parecia correr com seu sangue, com o sangue que passara das mãos de um para o outro, como uma corrente em chamas.

Agora somos um, irmãozinho, você e eu, disse Sebastian.

Somos um.

AGRADECIMENTOS

Como sempre, a família ofereceu o apoio necessário para fazer um livro acontecer: meu marido Josh, minha mãe e meu pai, Jim Hill e Kate Connor; a família Esons; Melanie, Jonathan e Helen Lewis; Florence e Joyce. Este livro, mais do que qualquer outro, é o produto de um intenso trabalho em equipe, e devo muitos agradecimentos a: Delia Sherman, Holly Black, Sarah Rees Brennan, Justine Larbalestier, Elka Cloke, Robin Wasserman, e uma menção especial a Maureen Johnson por emprestar seu nome à personagem Maureen. Agradeço a Wayne Miller pela ajuda com as traduções em latim. Agradeço a Margie Longoria pelo apoio ao Project Book Babe: Michael Garza, o dono da Big Apple Deli, tem o mesmo nome de seu filho, Michael Eliseo Joe Garza. Minha eterna gratidão ao meu agente, Barry Goldblatt; à minha editora Karen Wojtyla; a Emily Fabre, por fazer mudanças muito depois dos prazos; a Cliff Nielson e a Russell Gordon, por fazerem belíssimas capas; e às equipes da Simon and Schuster e da Walker Books por fazerem o restante da magia acontecer. E, finalmente, meus agradecimentos a Linus e Lucy, meus gatos, que só vomitaram no manuscrito uma vez.

Cidade dos anjos caídos foi escrito com o programa Scrivener, em San Miguel de Allende, México.

Extras

O sino do Instituto começa a soar, a batida alta e profunda do ápice da noite.
　　　　Jace repousa a faca. É um pequeno canivete, com cabo de osso, que Alec lhe dera de presente quando se tornaram *parabatai*. Ele o utilizava constantemente, e o cabo já estava gasto e liso pela pressão da sua mão.

— Meia-noite — fala. Ele consegue sentir Clary ao seu lado, a respiração suave na atmosfera fresca e com cheiro de plantas da estufa. Ele não olha para ela, mas para a frente, para os botões brilhantes e fechados da planta *medianox*. Não sabe ao certo por que não quer olhar para ela. Lembra-se da primeira vez em que viu a flor desabrochar, durante a aula de horticultura, sentado em um banco de pedra com Alec e Izzy ladeando-o, os dedos de Hodge no caule da flor (ele os acordou quase meia-noite para mostrar a maravilha, uma planta que normalmente só crescia em Idris), e se lembrou da respiração falhando no ar de inverno da meia-noite ao ver algo tão surpreendente e tão lindo.

Alec e Isabelle, pelo que se lembrava, ficaram interessados, mas não tão impressionados quanto ele. E mesmo agora, ao soar do sino, temia a possibilidade de acontecer o mesmo com Clary: achar interessante ou até mesmo gostar, mas sem se encantar. Queria que ela se sentisse como ele em relação a *medianox*, apesar de ele mesmo não saber por quê.

Um ruído escapa dos lábios dela, um "oh!" suave. A flor está desabrochando: abrindo-se como o nascimento de uma estrela, com pólen brilhando e pétalas branco-douradas.

— Elas florescem toda noite?

Uma onda de alívio o domina. Os olhos verdes de Clary brilham, fixos na flor. Ela está flexionando os dedos inconscientemente, do jeito que ele passou a saber que ela faz quando queria ter um lápis ou uma caneta para capturar a imagem diante de seus olhos. Às vezes, ele gostaria de enxergar as coisas como ela: ver o mundo como uma tela a ser capturada em tinta, giz e aquarela. Às vezes, ela olha para *ele* daquele jeito e quase o faz enrubescer; uma sensação tão estranha que ele praticamente não reconhece. Jace Wayland não enrubesce.

— Feliz aniversário, Clarissa Fray — diz, e a boca dela se curva em um sorriso. — Tenho uma coisa para você. — Jace procura um pouco no bolso, mas acha que ela não nota. Quando ele coloca a pedra de luz enfeitiçada na mão dela, percebe como os dedos de Clary são pequenos contra os seus; delicados, porém fortes, calejados por causa de horas segurando lápis e pincéis. Os calos fazem cócegas nas pontas dos dedos de Jace. Ele fica imaginando se o contato com a sua pele acelera o pulso de Clary, como acontece com o dele quando a toca.

Aparentemente não, porque ela se afasta, com uma expressão que demonstra apenas curiosidade.

— Sabe, quando a maioria das meninas diz que quer uma pedra grande, não querem dizer, você sabe, literalmente uma pedra grande.

Ele sorri sem querer. O que é muito incomum; normalmente só Alec ou Isabelle conseguem arrancar risadas dele. Jace soube que Clary era corajosa desde que se conheceram — entrar naquela sala atrás de Isabelle, desarmada e despreparada, exigiu o tipo de coragem que ele não associava a mundanos —, mas o fato de que ela o fazia rir ainda o surpreendia.

— Muito interessante, minha amiguinha sarcástica. Não é uma pedra, exatamente. Todos os Caçadores de Sombras têm uma pedra de luz enfeitiçada. Vai trazer luz mesmo nas sombras mais escuras deste mundo e de outros. — Foram as mesmas palavras que seu pai dissera ao lhe dar sua primeira pedra de luz enfeitiçada. *Que outros mundos?*, Jace perguntara, e seu pai simplesmente riu. *Existem mais mundos a um suspiro de distância do que existem grãos de areia em uma praia.*

Ela sorri e faz uma piada sobre presentes de aniversário, mas ele sente que ela ficou emocionada, e guarda a pedra no bolso com cuidado. A flor *medianox* já está soltando as pétalas como uma chuva de estrelas, iluminando o rosto de Clary com uma luz suave.

— Quando eu tinha 12 anos, queria uma tatuagem — diz ela. Uma mecha de cabelos vermelhos cai sobre seus olhos; Jace luta contra o impulso de esticar o braço para ajeitá-lo.

— A maioria dos Caçadores de Sombras recebe as primeiras Marcas aos 12 anos. Devia estar no seu sangue.

— Talvez. Mas duvido que a maioria dos Caçadores de Sombras faça uma tatuagem do Donatello das Tartarugas Ninja no ombro esquerdo. — Clary está sorrindo, do jeito que faz quando diz coisas totalmente inexplicáveis para ele, como se estivesse se lembrando com carinho. Isso envia uma onda de ciúmes por suas veias, apesar de ele sequer saber ao certo do que está com ciúme. De Simon, que entende as referências a um mundo mundano do qual Jace nunca poderá fazer parte? Do próprio mundo mundano para o qual ela pode um dia voltar, deixando para trás Jace e seu universo de demônios e caçadores?

Jace limpa a garganta.

— Você queria uma tartaruga no ombro?

Ela faz que sim com a cabeça, e o cabelo volta para o lugar.

— Queria cobrir uma cicatriz de catapora. — Ela puxa a manga da blusa. — Viu?

E ele vê. Tem uma espécie de marca em seu ombro, uma cicatriz, mas Jace vê mais do que isso: vê a curva da clavícula, a luz expondo sardas em sua pele como se fosse pó de ouro, a curvatura suave do ombro, a pulsação na base do pescoço. Vê a forma da boca, os lábios ligeiramente separados. Os cílios acobreados enquanto ela os abaixa. E é tomado por uma onda de desejo, de um tipo que ele nunca tinha sentido antes. Claro que já tinha desejado garotas antes e tinha satisfeito o desejo: sempre pensou naquela sensação como fome, uma necessidade de um tipo de combustível que o corpo queria.

Nunca tinha sentido um desejo assim, um fogo puro que queimava os pensamentos. Desvia o olhar dela apressadamente.

— Está ficando tarde — diz Jace. — É melhor descermos.

Ela o olha com curiosidade, e ele não consegue evitar a sensação de que aqueles olhos verdes enxergam através dele.

— Você e Isabelle já namoraram? — pergunta.

O coração de Jace ainda está acelerado. Não entende bem a pergunta.

— Isabelle? — falou, confuso. *Isabelle?* O que Isabelle tinha a ver com o assunto?

— Simon estava se perguntando — emenda Clary, e Jace odeia a forma como a menina diz o nome de Simon. Ele nunca sentira nada assim antes: nada que mexesse com seus nervos como ela faz. Lembra de tê-la seguido naquele beco atrás do café; da forma como queria atraí-la para o lado de fora, para longe do menino de cabelos escuros que estava sempre com ela, para o seu mundo de sombras. Mesmo naquele momento ele teve a sensação de que o lugar dela era o mesmo dele, não o mundo mundano onde as pessoas não eram reais, onde passavam por seus olhos como marionetes em um palco. Mas esta menina, com seus olhos verdes que o prendiam como uma borboleta em um quadro, era real. Como uma voz ouvida em um sonho, mas que você sabe que vem do mundo acordado, ela era real, perfurando os sonhos e a distância que ele havia estabelecido com tanto cuidado como uma armadura.

— A resposta é não. Quer dizer, pode ser que já tenha havido alguma época em que um ou outro tenha considerado essa possibilidade, mas ela é quase uma irmã para mim. Seria esquisito.

— Quer dizer que você e Isabelle nunca...

— Nunca — responde Jace.

— Ela me odeia — fala Clary.

Apesar de tudo, Jace quase ri; como um irmão, ele sente certo prazer em observar Izzy quando ela está frustrada.

— Você só a deixa nervosa porque ela sempre foi a única menina no meio de meninos que a adoravam, e agora não é mais.

— Mas ela é tão linda!

— Você também — responde Jace automaticamente, e vê a expressão de Clary mudar. Não consegue interpretar a expressão. Não que ele nunca tivesse dito a uma garota que ela era linda, mas não conseguia se lembrar de alguma ocasião em que não tenha sido calculado. Agora foi acidental. Isso o deixou com vontade de ir para a sala de treinamento e arremessar facas, chutar, socar e lutar contra sombras até estar sangrando e exausto, e, se sua pele estivesse esfolada, seria apenas da forma que estava acostumado.

Ela simplesmente o encara, em silêncio. Sala de treinamento, então.

— Acho que deveríamos descer — diz Jace.

— Tudo bem. — Ele não consegue saber o que Clary está pensando ao ouvir sua voz; sua capacidade de interpretar as pessoas parece tê-lo abandonado, e ele não entende o motivo. A luz do luar penetra as vidraças da estufa enquanto eles se retiram, Clary um pouco à frente dele. Alguma coisa se move adiante, uma faísca branca de luz, e, de repente, ela para e se volta para ele, já em seus braços, e ela é calorosa, suave e delicada, e ele a está beijando.

Jace fica estarrecido. Ele não é assim; seu corpo não faz coisas sem sua permissão. É um instrumento seu, do mesmo jeito que o piano, e ele sempre teve controle total. Mas ela tem um gosto doce, de maçãs e de cobre, e o corpo em seus braços está tremendo. Ela é tão pequena; ele a abraça, para apoiá-la, e se perde. Agora entende porque os beijos são filmados como o são em filmes, com a câmera circulando, circulando infinitamente: o chão não está firme sob seus pés e ele se apoia nela, por menor que ela seja, como se ela pudesse mantê-lo estável.

Suas mãos acariciam as costas de Clary. Jace consegue senti-la respirando; um suspiro entre beijos. Seus dedos finos estão nos cabelos dele, na nuca, entrelaçando gentilmente, e ele se lembra da flor *medianox* e da primeira vez em que a viu e pensou: eis algo bonito demais para pertencer a este mundo.

O sopro do vento é audível para ele primeiro, considerando que foi treinado para escutar. Ele se afasta de Clary e vê Hugo, empoleirado na curva de um cipreste anão próximo. Seus braços ainda estão em Clary, que quase não pesa contra ele. E está com os olhos semicerrados.

— Não entre em pânico, mas temos plateia — sussurra Jace. — Se Hugo está aqui, Hodge não está longe. É melhor nós irmos.

Os olhos verdes da menina se abrem, e ela parece entretida. Isso fere um pouco o ego de Jace. Depois *desse beijo* ela não deveria estar desmaiando a seus pés? Mas está sorrindo.

EXTRAS

Ela quer saber se Hodge está espiando. Ele a tranquiliza, mas sente o riso suave de Clary viajar por suas mãos entrelaçadas — como *isso* aconteceu? — enquanto descem.

E ele entende. Entende *por que* as pessoas dão as mãos: sempre achou que fosse uma coisa possessiva, dizendo *isso é meu*. Mas é uma questão de manter o contato. É falar sem palavras. É dizer *quero você comigo e não vá*.

Ele a quer em seu quarto. E não para aquilo — nenhuma garota já esteve em seu quarto para aquilo. É seu espaço particular, seu santuário. Mas quer Clary lá. Quer que ela o veja, a verdade sobre ele, não a imagem que ele transmite ao mundo. Quer se deitar na cama com ela, e que ela se aninhe nele. Quer segurá-la enquanto ela respira suavemente durante a noite; vê-la como mais ninguém o faz: vulnerável e dormindo. Vê-la e ser visto.

Então, quando chegam à porta e ela agradece pelo piquenique de aniversário, ele continua não querendo largar a sua mão.

— Você vai dormir?

Ela inclina a cabeça para cima e ele vê que seus lábios ainda carregam a impressão dos beijos: corados de rosa, como os cravos na estufa, o que causa nós no estômago de Jace. *Pelo Anjo*, ele pensa, *estou muito...*

— Você não está cansado? — pergunta ela, interrompendo os pensamentos dele.

Há um vazio na boca do estômago de Jace, uma sensação de nervoso. Ele quer puxá-la de volta para perto de si, expressar tudo que está sentindo: admiração, novos conhecimentos, devoção, *necessidade*.

— Nunca estive tão acordado.

Ela levanta o queixo, um movimento rápido e inconsciente, e ele se inclina para baixo, colocando a mão livre no rosto dela. Não tem a intenção de beijá-la ali — em público, muito fácil de ser interrompido —, mas não consegue não tocar a boca de Clary com a sua levemente. Os lábios da menina se abrem sob os dele, que se inclina e não consegue parar. *Estou muito...*

Foi exatamente naquele instante que Simon abre a porta do quarto e vai para o corredor. E Clary se afasta apressadamente, virando a cabeça para o lado, e ele sente uma dor aguda como a de um esparadrapo sendo arrancado da pele.

Estou muito ferrado.

677

Um conto passado durante Cidade dos Ossos

A promessa de Magnus

Magnus Bane estava deitado no chão de seu loft no Brooklyn, olhando para o teto vazio. O chão estava ligeiramente grudento, como a maioria das coisas no apartamento. Vinho de fada entornado e misturado com sangue, correndo em fios pelos tacos farpados do chão. O bar, que costumava ser uma porta entre duas latas de lixo metálicas, tinha sido destruído em algum momento da noite, durante uma briga feia entre um vampiro e o Morcego, que fazia parte do bando de lobisomens da cidade. Magnus estava satisfeito. Se nada fosse quebrado, a festa não era boa.

Passos suaves cruzaram o chão em direção a ele, e alguma coisa subiu em seu peito: algo pequeno, macio e pesado. Ele levantou o olhar e se viu diante de um par de olhos arregalados, dourado-esverdeados, que combinavam com os dele próprio. Presidente Miau.

Acariciou o gato, que afofou alegremente a camisa de Magnus. Um pouco de serpentina caiu do teto sobre eles, fazendo com que Presidente Miau pulasse de lado.

Com um bocejo, Magnus se sentou. Normalmente se sentia assim depois de uma festa — cansado, mas tenso demais para dormir. Sua mente percorria os eventos da noite, mas, como um CD arranhado, voltava ao mesmo ponto e girava ali, lançando as lembranças em um redemoinho.

Aquelas crianças Caçadoras de Sombras. Não se surpreendeu por Clarissa finalmente tê-lo descoberto; ele sabia que os feitiços de memória de Jocelyn não durariam para sempre. Tinha dito isso a ela, mas ela estava determinada a proteger a menina enquanto pudesse. Agora que a encontrara, consciente e alerta, ficou imaginando se ela realmente precisava ser protegida. Ela era impetuosa, impulsiva, corajosa — e sortuda, como a mãe.

Isso se você acreditar em sorte. Mas alguma coisa deve tê-la levado aos Caçadores de Sombras do Instituto, possivelmente os únicos capazes de a protegerem de Valentim. Uma pena Robert e Maryse não estarem lá. Ele já tinha lidado com Maryse mais de uma vez, mas fazia anos que não via a nova geração.

Tinha uma vaga lembrança de ter visitado Maryse e Hodge, e de ter visto dois meninos no corredor, com cerca de 11 anos, lutando e se movendo de um lado para o outro com réplicas inofensivas de lâminas serafim. Uma menina de cabelos negros presos em duas tranças os observava e reclamava aos berros por não ter sido incluída. Na época, ele não prestou a menor atenção nas crianças.

Mas agora — vê-los o abalou, principalmente os meninos, Jace e Alec. Quando você tinha tantas lembranças, às vezes era difícil identificar exatamente as que queria; era como folhear um livro de dez mil páginas em busca de um parágrafo específico.

Desta vez, contudo, ele sabia.

Arrastou-se pelo chão farpado e se ajoelhou para abrir a porta do armário. Ali dentro, empurrou as roupas para o lado, além de vários pacotes e poções, tateando em busca do que queria. Quando ressurgiu, tossindo bolas de poeira, estava puxando um baú de madeira de bom tamanho. Apesar de já ter vivido muito tempo, ele tinha tendência a carregar pouca bagagem: guardava poucas lembranças do passado. De algum jeito, sentia que seriam um peso e o impediriam de seguir a vida. Quando se vivia para sempre, não se podia passar muito tempo olhando para trás.

Fazia muito tempo que Magnus não abria o baú, e o guincho das dobradiças foi tão alto que fez com que o Presidente Miau corresse para debaixo do sofá, contorcendo o rabo.

O acervo de objetos dentro do baú parecia o tesouro de um dragão desorganizado. Alguns objetos de metal e pedras preciosas brilhavam — Magnus puxou uma velha caixa de rapé com as iniciais WS no topo, feitas com rubis, e sorriu para o mau gosto da coisa e também para as lembranças que aquilo evocava. Outros objetos não pareciam nada extraordinários: um laço de seda creme desbotado que pertencera a Camille; um fósforo do Cloud Club com as palavras *Eu sei o que você é* escritas na parte de dentro por uma dama; um poema assinado OFOWW; um papel de carta queimado do Hong Kong Club — um lugar do qual foi banido não por ser feiticeiro, mas por não ser branco. Tocou um pedaço de corda quase no fundo da pilha, e pensou em sua mãe. Ela era filha de um colonialista holandês e de uma mulher da Indonésia que havia morrido no parto e cujo nome Magnus jamais soube.

Estava quase no fundo do baú quando encontrou o que estava procurando e puxou, cerrando os olhos: um papel de fotografia preta e branca sobre um papelão duro. Um objeto que realmente não deveria existir, e não existiria se Henry não fosse obcecado por fotografia. Magnus conseguia imaginá-lo agora, entrando e saindo do capuz de fotógrafo, correndo com as bandejas molhadas até a sala escura que havia montado na cripta para revelar o filme, gritando para seus objetos de fotografia ficarem parados. Era uma época na qual, para se obter uma fotografia precisa, a pessoa tinha que ficar imóvel por vários minutos. *Nada fácil*, Magnus pensou com um leve sorriso, *para as pessoas do Instituto de Londres*.

Lá estava Charlotte, com seus cabelos escuros presos em um coque simples. Ela sorria, mas com ansiedade, como se cerrasse os olhos para o sol. A seu lado, Jessamine, com um vestido que na foto parecia preto, mas que Magnus sabia ser azul-escuro. Seus cabelos

EXTRAS

eram encaracolados e laços caíam como flâmulas da aba do chapéu de palha. Ela era muito bonita, mas muito infeliz. Ficou imaginando como ela reagiria diante de alguém como Isabelle: uma garota da sua idade que obviamente adorava Caçar Sombras, que exibia seus hematomas e cicatrizes de marcas como se fossem joias em vez de escondê-los com rendas.

Do outro lado de Charlotte estava Jem, que parecia um negativo de foto com seus cabelos prateados e olhos quase brancos; sua mão estava sobre a bengala com topo de jade e o rosto, voltado para Tessa. Tessa... o chapéu se encontrava em sua mão, e seus longos cachos castanhos balançavam livres, ligeiramente borrados pelo movimento.

Havia uma singela luz em volta de Will: conforme sua natureza (e isso não surpreenderia a ninguém que o conheceu), ele não conseguiu ficar parado para a foto. Como sempre, estava sem chapéu, os cabelos negros ondulando contra as têmporas. Era uma pena que não desse para enxergar a cor de seus olhos, mas ele ainda era belo, jovem e um pouco vulnerável na foto, com uma das mãos no bolso e a outra atrás do pescoço.

Fazia tanto tempo que Magnus não olhava aquela foto que a semelhança entre Will e Jace o atingiu subitamente. Apesar de Alec ser quem tinha os cabelos negros e aqueles olhos — aquele azul-escuro impressionante —, era Jace quem tinha mais da personalidade de Will, pelo menos na superfície. A mesma arrogância cortante escondendo uma fragilidade interna, a mesma sagacidade afiada...

Ele traçou o halo de luz em torno de Will com um dedo e sorriu. Will não foi nenhum anjo, mas também nunca teve tantos defeitos quanto alguns talvez achassem. Quando Magnus pensava em Will, mesmo agora, pensava nele pingando chuva no tapete de Camille, implorando para que o feiticeiro o ajudasse como mais ninguém poderia. Foi Will quem mostrou que Caçadores de Sombras e integrantes do Submundo podiam ser amigos.

Jem era a outra, a melhor, metade de Will. Ele e Will foram *parabatai*, como Alec e Jace, e compartilharam a mesma evidente proximidade. E apesar de Alec não se parecer em nada com Jem aos olhos de Magnus (Alec era tenso e doce, sensível e preocupado, enquanto Jem era calmo, quase nunca se incomodava e era muito maduro para sua idade), ambos eram igualmente diferentes no que diz respeito aos Caçadores de Sombras. Alec exalava uma inocência intrínseca que era rara entre Caçadores de Somba — uma qualidade que, Magnus devia admitir, o atraía como uma mariposa a uma chama, apesar do próprio cinismo.

Magnus olhou novamente para Tessa. Apesar de ela não ser convencionalmente bonita como Jessamine, seu rosto era vivo com energia e inteligência. Seus lábios se curvavam para cima nos cantos. Ela estava, como Magnus supôs ser o mais apropriado, entre Jem e Will. Tessa. Tessa que, assim como Magnus, vivia eternamente. Magnus olhou para os fragmentos na caixa — lembranças de amores passados, alguns cujas faces se mantinham claras como no primeiro dia em que as viu, e outros de cujos nomes mal se lembrava. Tessa que, como ele, amou um mortal, alguém destinado a morrer, ao contrário dela.

Magnus recolocou a foto no baú. Balançou a cabeça, como se pudesse livrá-la das lembranças. Havia uma razão para quase nunca abrir o baú. Lembranças eram um peso, lembravam o que ele teve um dia, mas agora não tinha mais. Jem, Will, Jessamine, Henry, Charlotte — de certa forma, era incrível que ainda se lembrasse dos nomes. Mas, pensando bem, conhecê-los mudou sua vida.

Conhecer Will e seus amigos fez com que Magnus jurasse a si mesmo que jamais voltaria a se envolver em assuntos pessoais de Caçadores de Sombras. Pois quando passava a conhecê-los, ele passava a se importar. E quando se importava com mortais, eles partiam seu coração.

— E não vou deixar que isso aconteça — disse ao Presidente Miau solenemente e, talvez, um pouco embriagado. — Não importa o quão charmosos eles são, o quão corajosos, ou o quão desamparados pareçam. Eu nunca, nunca mais...

Lá embaixo, a campainha tocou, e Magnus se levantou para atender.

Este livro foi composto nas tipologias Aquiline, Centaur MT, Pterra, Schoensperger, e impresso em papel Lux Cream 70g/m², na China.